高等院校人文素质教育系列教材

文 学 欣 赏

孟令文　王春芝　黄春芳　李春辉　编著

清华大学出版社
北京

内 容 简 介

本书是在广泛搜集高校课程教学意见，对各地教学改革经验加以借鉴、吸收的基础上编写而成。全书共分为五章，涉及的主要文学类型包括诗歌、散文、小说、戏剧四个部分，每个部分包括概述(主要介绍该文学形式的发展概况、艺术特点及欣赏方法)，原文、注释，作品赏析，知识扩展(主要列举一些便于学生记忆和掌握的基本的文学史常识)。

本书既可以作为本科、高职高专院校大学语文或文学欣赏课程的通用教材，也可以作为学生及广大古典文学爱好者的日常读物，还可以供中小学语文教师作为教学参考书使用。

本书封面贴有清华大学出版社防伪标签，无标签者不得销售。
版权所有，侵权必究。举报：010-62782989，beiqinquan@tup.tsinghua.edu.cn。

图书在版编目(CIP)数据

文学欣赏/孟令文等编著. —北京：清华大学出版社，2022.5 (2025.6重印)
高等院校人文素质教育系列教材
ISBN 978-7-302-60530-0

Ⅰ.①文… Ⅱ.①孟… Ⅲ.①文学欣赏—高等学校—教材 Ⅳ.①I06

中国版本图书馆 CIP 数据核字(2022)第 056446 号

责任编辑：孙晓红
装帧设计：杨玉兰
责任校对：李玉茹
责任印制：杨 艳

出版发行：清华大学出版社
网　　址：https://www.tup.com.cn, https://www.wqxuetang.com
地　　址：北京清华大学学研大厦 A 座　　邮　编：100084
社 总 机：010-83470000　　邮　购：010-62786544
投稿与读者服务：010-62776969, c-service@tup.tsinghua.edu.cn
质量反馈：010-62772015, zhiliang@tup.tsinghua.edu.cn
课件下载：https://www.tup.com.cn, 010-62791865

印 装 者：三河市人民印务有限公司
经　　销：全国新华书店
开　　本：185mm×260mm　　印　张：16.5　　字　数：401千字
版　　次：2022年6月第1版　　印　次：2025年6月第3次印刷
定　　价：49.90元

产品编号：091392-01

前　言

党的十八大以来，习近平总书记在弘扬中华优秀传统文化方面，做了一系列重要论述。中华优秀传统文化博大精深，源远流长，完善中华优秀传统文化教育还任重道远。

首先，要让学生热爱它、学习它、弄懂它并且践行它。在这方面，中小学各个学科责无旁贷，而语文学科更能发挥独特的、不可替代的作用。语文包括语言、文字、文学，既是中华传统文化的重要组成部分，也是中华传统文化的重要载体，又是学习和弘扬中华传统文化的工具。任何一个国家和民族，都十分重视母语的学习，它的应用水平直接影响和体现民族的教育、文化和素质，对培育民族精神、孕育民族情结、弘扬民族文化都有极强的凝聚和教化作用。经典古诗文本身就是中华民族传统文化不可或缺的组成部分，学习它本身就是学习民族传统文化。

其次，开设人文学科课程，丰富学生的人文知识，在高等院校非常必要。俗语有云：读诗可以明其志，读史可以明其智，读书可以明其理。所谓"腹有诗书气自华"，说的就是这个道理。我们应该彻底抛弃功利主义和实用主义的育人观，通过文学、历史、艺术、哲学等课程的开设，把人类特别是本民族积累的智慧经验、价值理想、品格情操等有形和无形的精神财富传授给学生，丰富他们的知识，开阔他们的视野，陶冶他们的性情，提高他们的审美情趣和生活品位。尤其是中国古典文学，作为中国几千年来优秀传统文化的结晶，应该是每个中国人的宝贵财富。因为它不但代表文学，而且是中华民族历史的见证。学习古典文学，不但能增强文学修养，加深文化底蕴，同时也能使我们从过去的兴衰成败中总结经验，汲取教训。历史曾经辉煌，它让我们信心满怀；历史曾经屈辱，它让我们不再重蹈覆辙。

本书由哈尔滨铁道职业技术学院孟令文、王春芝、黄春芳、李春辉四位老师共同编写。本书编写的目的，就是希望中国古典文学能在高等院校的课堂上占有一席之地，帮助学生在有限的时间里掌握必要的古典文学知识和欣赏方法，提高文学修养，培育人文精神，同时更多地了解中华民族优秀传统文化，增强民族自豪感和自信心，真正成为既具有过硬的专业技能，又具有深厚的文化底蕴和思想素养的合格人才。

由于作者水平有限，书中难免存在疏漏之处，敬请读者批评、指正。

编　者

目 录

第一章 文学欣赏概述 1

第一节 文学欣赏课程目标 1
 一、能力目标 1
 二、知识目标 2
 三、素质目标 2
第二节 文学欣赏的概念、性质及特点 3
 一、文学欣赏的概念 3
 二、文学欣赏的性质 3
 三、文学欣赏的特点 3
第三节 文学欣赏的过程、内容及方法 4
 一、文学欣赏的过程 4
 二、文学欣赏的内容 6
 三、文学欣赏的方法 7
第四节 文学欣赏的文化背景比较 9

第二章 诗歌欣赏 11

第一节 诗歌概述 11
 一、中国古代诗歌概述 11
 二、中国现代、当代诗歌概述 13
 三、外国诗歌概述 18
第二节 诗歌的特点 20
 一、诗的抒情性 20
 二、诗的绘画美 21
 三、诗的音乐美 21
 四、诗的意象美 22
 五、诗的时空跳跃 23
第二节 诗歌欣赏技巧 24
 一、想象和联想 24
 二、品味与咀嚼 25
 三、感性到理性 26
第四节 诗歌作品欣赏 27
 关雎 27
 山鬼 28
 陌上桑 30

 燕歌行 32
 咏史(二) 34
 归园田居(其三) 35
 渭川田家 36
 走马川行奉送封大夫出师西征 37
 沁园春·雪 38
 再别康桥 40
 面朝大海，春暖花开 42
 格萨尔王史诗(节选) 43
 为海伦阵前决斗 47
 贝阿特丽采的魅力 51
 十四行诗集 52
 去国行 54
 西风歌 57

第三章 散文欣赏 60

第一节 散文概述 63
 一、中国古代散文概述 63
 二、中国现代、当代散文概述 64
第二节 散文类别 67
第三节 散文的艺术特色 68
 一、立意深远 68
 二、取材广泛 68
 三、语言灵活 69
 四、气势张扬 69
 五、理性思考 70
第四节 散文作品欣赏 70
 左传 72
 水经注·三峡 74
 桃花源记 76
 小石潭记 78
 岳阳楼记 80
 醉翁亭记 84
 前赤壁赋 86
 项脊轩志 89

  登泰山记 93
  背影 95
  迟暮 97
  小桔灯 98

第四章　小说欣赏 102

第一节　小说概述 104
  一、中国古代小说概述 104
  二、中国现代、当代小说概述 105
  三、外国小说概述 108

第二节　小说的语言特色 112
  一、戏剧性 112
  二、行动性 113
  三、丰富性与趣味性 113
  四、语言个性化 113

第三节　小说欣赏技巧 114
  一、刻画人物心理 114
  二、人称运用 115
  三、小说结尾 115

第四节　小说作品欣赏 115
  南柯太守传 115
  杜十娘怒沉百宝箱 122
  司马徽再荐名士　刘玄德三顾草庐 134
  智取生辰纲 140
  儒林外史(节选) 150
  黑骏马(节选) 158
  红高粱 170

  孕妇和牛 179
  简·爱 183
  红与黑 188
  高老头 191

第五章　戏剧欣赏 196

第一节　戏剧概述 200
  一、中国古典戏剧概述 201
  二、中国现代、当代戏剧概述 202
  三、外国戏剧概述 205

第二节　戏剧的特征及分类 209
  一、戏剧文学的特征 209
  二、戏剧剧本的组成 210
  三、戏剧的分类 210

第三节　戏剧文学的欣赏方法 210
  一、把握戏剧冲突 210
  二、分析人物形象 211
  三、品味戏剧语言 212

第四节　戏剧作品欣赏 214
  牡丹亭(选场) 214
  长生殿(选场) 220
  窦娥冤(选场) 225
  西厢记(选场) 229
  雷雨(第四幕) 233
  哈姆雷特(节选) 247
  伪君子(节选) 252

参考文献 257

第一章　文学欣赏概述

【本章导读】

好　了　歌

世人都晓神仙好，惟有功名忘不了！
古今将相在何方？荒冢一堆草没了。
世人都晓神仙好，只有金银忘不了！
终朝只恨聚无多，及到多时眼闭了。
世人都晓神仙好，只有娇妻忘不了！
君生日日说恩情，君死又随人去了。
世人都晓神仙好，只有儿孙忘不了！
痴心父母古来多，孝顺儿孙谁见了？

【赏析】

这首《好了歌》出现在《红楼梦》第一回，是晚年落魄的甄士隐拄着拐杖，到街前来散心时，听一位跛足道人唱的。跛足道人对这首《好了歌》的诠释是："可知世上万般，好便是了，了便是好；若不了，便不好；若是好，须是了。"曹雪芹在此回中借跛足道人写《好了歌》是为隐射小说情节，借此表达他的现实主义思想，传递其对现实的愤怒和失望。

第一节　文学欣赏课程目标

通过文学欣赏课程的学习，需要达到以下目标。

(1) 提高学生文学基础知识和文学阅读基本技能。

(2) 培养学生人文素养和审美等方面的能力，突出培养学生文学鉴赏能力，使学生能在未来的工作与社会交往中，具备基本的文学鉴赏和审美能力，帮助学生掌握良好的文学鉴赏方法，提高文化素养，以适应我国突飞猛进的社会发展对高素质技能型人才的需要。

一、能力目标

文学欣赏课程能力目标要求如下。

(1) 培养学生的阅读理解能力，使学生能掌握以下阅读技能：了解语篇和段落的主旨与大意；掌握语篇中的事实和主要情节；理解语篇上下文的逻辑关系；对句子和段落进行推理；了解作者的目的、态度和观点；根据上下文正确理解生词的意思；了解语篇的结论；进行信息转换；特别是能够了解人文历史和社会经济等方面的发展。文学欣赏的理解能力是高级水平的理解，属于间接理解，是指在概念理解的基础上，进一步达到系统化和具体化，重新建立或者调整认知结构，达到融会贯通，并使之得到广泛的迁移，知道它是

"为什么"。

(2) 鉴赏能力。文学鉴赏是读者阅读文学作品时的一种审美认知活动。读者通过语言媒介，获得对作品中的艺术形象及其艺术形式的具体感受和体验，引起情感反应，得到审美享受。文学鉴赏能力的要素由从事鉴赏活动所必需的鉴赏知识、技能所构成。

文学鉴赏能力处在理解能力和评论能力之间，起着承上启下的作用。随着课程改革的逐步推进，文学作品鉴赏能力的培养越来越受到关注。

(3) 评论能力。文学评论的对象是文学作品(小说、诗歌、散文、戏剧、影视等)；评论的目的是通过对其思想内容、创作风格、艺术特点等方面进行议论、评价，提高阅读、鉴赏水平。评论时可以旁征博引，引用各种材料论证，但旁征博引的各种材料，应该是与文学作品有关的，而文学评论所用的材料基本上来自所评文学作品本身。

(4) 审美能力。审美能力是个人所具有的与进行审美活动相关的主观条件和心理能力。审美感受以视、听两种感官为主，而在这方面，人与人之间存在很大差异。在这里，先天的条件以及后天的训练都起着很大的作用。例如，对绘画和音乐的敏感程度，与人的视听器官的先天敏锐程度有关，先天失明的人无法有绘画的感受，先天失聪的人也无法有音乐的感受。而后天各人生活条件和经验的不同，对感官的培养、锻炼的程度不同，更现实地使各人具有不同的审美能力。这些个人能力的产生、发展和形成，虽然和人们生理及心理的素质有关，但是在本质上是人类长期历史发展的产物，也是个人在生活中和审美活动中长期受到教育及训练的结果。

审美能力只能结合审美活动加以研究，不能把它看成某种固定不变的东西，而应该把它看成可以在审美活动的过程中不断提高和丰富的东西。

二、知识目标

文学欣赏课程知识目标要求如下。

(1) 掌握文学是语言艺术，文学用语言塑造文学形象；语言艺术的基本特点；文学欣赏是阅读文学作品时的一种审美认知活动。

(2) 掌握诗歌基本知识，包括中国现代、当代诗歌欣赏，中国古代诗歌欣赏，外国诗歌欣赏。

(3) 掌握与小说相关的知识，其中包括中国古代小说欣赏，中国现代、当代小说欣赏，外国小说欣赏等。

(4) 掌握东西方戏剧欣赏、影视欣赏知识。

三、素质目标

文学欣赏课程素质目标基本要求如下。

(1) 具备良好的职业道德修养。
(2) 具备善于与他人合作、交往、沟通的素养。
(3) 具备意志坚定、克服困难、勇于攀登、不畏艰险的素养。
(4) 具备与时俱进、大胆创新的劳动技术素养。
(5) 具备做人的诚信素养。

第二节　文学欣赏的概念、性质及特点

一、文学欣赏的概念

广义的文学是指一切用文字书写的书籍文献，包括纯文学和政治、哲学、历史、宗教等一般文化形态，这是一种文化型的文学观念。我国在魏晋以前，西方在 18 世纪以前都是这个观念。

狭义的文学是指用语言塑造形象以便反映社会生活、表达作者思想感情的艺术，通常分为诗歌、散文、小说、戏剧等。这是一种审美型的文学观念。

文学欣赏是阅读文学作品时的一种审美认知活动。读者通过语言的媒介，获得对文学作品塑造的艺术形象的具体感受和体验，引起思想感情上的强烈反应，得到审美的享受，从而领会文学作品所包含的思想内容。还能够对文学作品的修辞、结构、语句作出细致的解读，领悟文字中蕴含的不尽意味。文学欣赏包含感受艺术形象，体味艺术境界，领会思想内容，激起情感反应，欣赏艺术魅力，鉴别作品质量。

二、文学欣赏的性质

文学欣赏具有以下性质。

(1) 文学欣赏是一种认识活动。因为读者的知识、经验是有限的，但社会生活却是无限的，所以文学欣赏就成为读者认识客观世界、丰富生活经验、洞悉人生真谛的有效途径。作者通过文学作品去认识社会生活的某些本质，去发现社会和自己。

(2) 文学欣赏是一种审美活动。文学作品从情感上打动读者、感染读者，给读者带来愉悦、激昂、悲哀、愤怒等感受，这就是文学的审美属性。读者阅读一部作品时，会沉浸在艺术世界中，暂时忘却了现实生活，从而获得精神上的解放感和愉悦感。另外，人都有七情六欲，有一些理想，但现实生活中可能常常被压制。但在文学作品中，人的情感可以尽情地表达宣泄，现实中实现不了的愿望可能在书中实现，读者因此会动容、受感染。

(3) 文学欣赏是一种再创造活动。作家创作、塑造文学形象是一度创造，读者阅读、生成新的文学形象是二度创造，或叫再创作，具体讲，就是读者根据自己的生活经验、具体处境、文化素养等因素，通过想象和联想，对文学作品的形象进行再加工、补充，使之成为自己头脑中生动丰满的艺术形象。

三、文学欣赏的特点

文学欣赏具有如下特点。

(1) 文学欣赏是一种借助形象与感情的审美享受活动，始终离不开艺术形象的诱导和强烈情感的激发。

读者在欣赏文学作品时，首先通过理解文字意思，调动自己的想象和联想，把握作品中描写的艺术形象。优秀的文学作品会以鲜明生动的艺术形象吸引读者、感染读者，使读

者通过艺术形象认识作品所反映的社会现实生活的面貌，进而通过理解它的本质意义，引起情感上的反应。所以说，艺术形象所唤起的欣赏者的情感反应，是审美享受的重要标志，这是文学欣赏的一个重要特点。

例如，读到陶渊明的《饮酒》诗："结庐在人境，而无车马喧。问君何能尔，心远地自偏。采菊东篱下，悠然见南山。山气日夕佳，飞鸟相与还。此中有真意，欲辨已忘言。"我们会被陶渊明悠然的心态所打动，很容易想到我们今天生活在一个非常现代化、非常喧闹的社会中，已经不可能像陶渊明时代那样隐居到山林中。但只要我们的心远离一些名利和物质的追求，那么我们的心情也会变得宁静起来，一些浮躁的情绪也会被克服，使自己的生活也变得安宁、闲适。因此，现在我们读到陶渊明的诗，内心总会产生一种静谧、悠闲的感觉。

(2) 文学欣赏是感觉与理解相统一的审美认知活动，在欣赏过程中，形象思维与抽象思维结伴而行。

文学语言具有鲜明的形象性，我们在欣赏过程中通过文学语言这个媒介，在想象中再现作品所描绘的形象，进入作品所描绘的世界。只有做到如见其人、如闻其声、如临其境，才会充分欣赏到文学的艺术之美。这就是运用形象思维去感受作品的艺术魅力。然后在此基础上，运用自己的知识、经验等抽象思维去理解作品所包含的深刻思想和艺术特色，从而得到思想感情上的陶冶和艺术鉴赏上的愉悦。

(3) 文学欣赏是一种依靠想象与联想所进行的艺术再创造活动。

想象在文学欣赏中有着非常重要的作用。文学欣赏离不开形象，但也不是简单地再现形象，而是通过读者的想象、联想，通过自己的感受、理解，重新创造形象。比如没参加过战争的人，也能通过作家形象的描绘，通过自己的想象和联想，去体验、领略战争生活。如果读者不善于进行积极的想象和联想，就不可能对作品有深切的感受，不可能发现作品中那些弦外之音。当然，不同的读者，由于生活经历、文化素养、个性特点的差异，对于同一部作品中的同一个形象，也很可能得到不一样的印象。因此，人们认为"一千个读者的心中有一千个哈姆雷特"。

(4) 文学欣赏是以"共鸣"为重要特征的一种心理感应活动。

读者阅读文学作品时，会被作家通过形象表达出来的思想感情强烈打动，引起读者与作品所表达的情感相同或相近的思想感情；他们爱作者之所爱，恨作者之所恨，为作品中正面人物的胜利而欢呼，为反面人物的溃灭而称快；或者为正面人物的失败而悲痛，为反面人物的得势而愤慨，这种感情就是共鸣。

第三节　文学欣赏的过程、内容及方法

一、文学欣赏的过程

文学欣赏的过程，实质上是由兴趣、期待、感知、情感等一系列心理因素共同参与的复杂的心理活动过程。它包括以下几个阶段。

1. 准备阶段

(1) 文化储备：就是读者在欣赏前，对欣赏对象——文本的选择，这取决于读者的审美趣味、文化积淀和审美能力。

① 审美趣味：包括审美偏爱、审美标准、审美理想。

② 文化积淀：包括作者生平、时代背景等。

③ 审美能力：认识美、欣赏美的能力。包括直觉能力(第一印象)、想象能力、移情能力、思考能力和创新能力等。这种能力是可以在社会实践中逐步培养的，例如多读书，多读优秀的作品。

(2) 期待视野：指欣赏前，读者心理上对作品所抱的期待和要求。表现为以下几方面。

① 文体期待：读者希望看到某种文体应该具有的那种韵调和艺术魅力。例如阅读小说，期望展示波澜起伏的故事情节，塑造血肉丰满的人物形象。

② 意象期待：对作品深层的情感、意义的期待指向。例如读者希望作品蕴含符合自己思想倾向的艺术境界，能流露出与自己相通的人生态度。

2. 发生阶段

文学欣赏具有由表及里的审美层次结构，即"言""象""意"，人们首先接触"言"，然后窥见"象"，最后领悟"意"。文学欣赏的发生阶段主要指读者通过语言媒介，形成欣赏注意，进而感知文学形象的阶段。

(1) 欣赏注意：文学欣赏的开始就是欣赏注意的形成，也就是读者阅读作品第一行、第一段、第一页时，把自己的心理活动指向集中于该作品，尽快进入作品的虚拟世界中。欣赏注意的形成，既是作品自身艺术魅力的结果，又是读者自身发挥主观能动性的表现。

(2) 感知形象：文学创作是一个创造形象的过程，而文学欣赏是一个感知形象的过程。比如，读者读到李清照的"寻寻觅觅，冷冷清清，凄凄惨惨戚戚"时，一位万般愁苦的思妇形象就会在头脑中显现。

3. 发展阶段

文学欣赏的高级阶段即发展阶段，是对文本意蕴的深入把握，这个期间伴随着两种心理现象——想象的展开和情感反应的持续。

(1) 想象：大脑对已有表象进行加工改造而形成新形象的心理过程，是文学欣赏中重要的心理因素。文学欣赏需要想象，是因为：首先，文学作品是语言的艺术，而语言是符号，需要转化为艺术形象，这就离不开想象；其次，作品中的空旷结构，也需要读者运用想象去填补空白，使之连贯、完善。巴尔扎克说："真正读得懂诗的人，会把作者诗句中只透露一星半点儿的东西拿到自己的心中去发展。"可见，想象在意义理解中的不可或缺性。

(2) 情感反应：情感是文学欣赏中最活跃的心理因素，具有巨大的推动力。没有真正的情感投入，就没有真正的欣赏活动。共鸣和净化是文学欣赏高潮来临的重要标志。

① 共鸣：一种心灵感应现象，指读者与作者的思想感情互相沟通、交流融合，同忧同喜；也指不同读者对同一部作品产生共鸣。

② 净化：共鸣的进一步发展，指读者通过欣赏活动，实现去除杂念、提升人格、趋

向崇高的自我教育过程。车尔尼雪夫斯基说过："诗人，是指导人们对生活抱着高贵的观念，抱着高尚的感觉方式的领袖。"在阅读他们的作品时，我们就养成了厌恶一切虚伪的和恶劣的东西，了解一切善和美的事物的魅惑力，爱好一切高贵东西的习惯；读了它们以后，我们自己也变得更好起来、善良起来、高尚起来。

4. 延展阶段

延展是读者对文学作品从以感性认识为主到以理性认识为主的飞跃，是欣赏活动的最高境界。其表现为以下两方面。

(1) 回味：阅读文学作品后的萦绕、回想状态。比如读者读罢作品仍然难以忘怀，感情仍然陷在其中。

(2) 融入：指阅读文学作品后，其对读者审美能力、精神风貌、人格产生影响。例如许多青年看了《钢铁是怎样炼成的》后，立志投身革命，为国家奉献自己的青春。

二、文学欣赏的内容

文学欣赏可以从两个方面进行：一是解读文学作品蕴含的深刻思想，从中获得人生的启迪；二是领略文学作品的艺术风格和表现手法，从而体验审美的情趣。

在艺术欣赏中，最有欣赏价值的是意境。意境是一种特定的审美意象，具有整体性，而一般所称的意象则是单个的，若干意象才组合成意境整体。意境是中国文学艺术的独特贡献，且一直遵循着虚实相生的原则，李白《望庐山瀑布》就营造了一个雄伟壮丽且令人心旷神怡的美学意境。阅读古典诗文，可以使读者体味到或雄奇或委婉或悲壮或优雅的审美情趣。西方文学基于求真的模仿，因此强调意象，既注重"意"的表现，又注重"象"的刻画。华兹华斯的《我孤独地漫游，像一朵云》是意象诗的代表作。中国文学中，意境的特征是中和性，"乐而不淫，哀而不伤"，源于"天人合一"的古代文化。西方文学的意象则是基于"主客两分，物我两分"的核心观念。而印度文学虽然强调意象并重，但是更突出意象的神灵性，印度文学曾提出味、韵等欣赏概念，主要是指文学作品中超功利的审美情趣。

在表现手法上，中国古代文学的基本表现手法是含蓄写意。含蓄，即以隐喻、寄托、借代等语言形式来启发读者的想象，引导读者去体会作品的弦外之音、韵外之致。例如，柳宗元的《江雪》体现了孤傲独立的人格，李白"桃花潭水深千尺"(《赠汪伦》)表达了真挚的友情，杜甫"漫卷诗书喜欲狂"(《闻官军收河南河北》)表达了爱国的情怀，《孔雀东南飞》中松柏梧桐交枝接叶象征着忠贞的爱情，《儒林外史》则更是婉而多讽等。中国文学含蓄写意的美学风格取决于温柔敦厚的中庸之道，更受压于专制社会的淫威。

西方文学则不然，率意直言颇少禁忌。彼特拉克指出，我是凡人，我只要凡人的幸福，这是一种享乐观的反映，文艺复兴的狂飙刮起了"人欲"的旋风。尼采在《悲剧的诞生》中，更提出了酒神精神，为了酒神，人们在迷乱中狂欢醉舞，忘却了一切，他进而认为，现代艺术的唯一出路是恢复这种酒神精神，这与中国文学用平和、简约的手法来表现隽永深沉大相径庭。

三、文学欣赏的方法

1. 进入文本世界

文本就是作者创造出来的作品，是读者阅读的对象。阅读文本是读者对文学文本的审美创造，由于读者的文化修养、阅读背景、阅读经验等因素的影响，即使对同一个文本，读者的审美感受也是千差万别的，但无论如何，读者也不会把他想象成骑瘦马、挥长矛的唐·吉诃德。作为审美创造活动的文学欣赏是以文本为基础的有限创造，离开文本，文学欣赏就失去了自身的创造性。所以，细读文本和会意是文学欣赏活动的基点与开始。

细读文本就是从文本结构入手，从语言开始，对文本的形象、情感、结构和叙事方式、意义进行全面分析，寻找审美创造的切入点，打开艺术想象空间。

会意指对作品中的字词、语句的意思的理解和准确把握，以及在此基础上对作品意蕴、旨意的把握。

(1) 排除语言障碍：认识字词以及一些字词的深层意蕴，包括隐喻、象征、用典或文化意蕴，特殊语境中的引申义、暗示义等。例如在中国古诗词中，"柳"表示惜别之情，"杜鹃""梧桐"传达凄凉伤感，"菊花""松柏"象征坚贞、清高和高洁，"鸿雁"表达游子思乡和羁旅伤感之情，还指代书信和相思之情。

(2) 在理解和准确把握字词、语句意义的基础上，对整个作品的意义有一个总体的感受，包括艺术形象的内涵、作者融入作品中的感情等。这需要读者调动自己的生活经验和情感经历去理解与体悟。例如杜甫的诗歌《月夜》："今夜鄜州月，闺中只独看。遥怜小儿女，未解忆长安。香雾云鬟湿，清辉玉臂寒。何时倚虚幌，双照泪痕干。"这首诗很容易理解，是诗人因为战乱在外漂泊，心中充满对妻儿、对家的思念之情。如果我们结合自己的生活经验和经历，站在诗人的角度来体会，就会发现，诗人漂泊在外，不可能知道家中妻儿的情况，诗中所描写的妻子闺中独看月的情景是诗人自己的想象。这里写妻子思念丈夫，是为了表现诗人对妻子的思念。正是出于对妻子彻骨的思念，才能够如此形象、真实地想到妻子的思夫之苦，才能够想到将来团聚之日，夫妻二人能够共倚窗前，在同一片月光下互诉离别相思之苦。这样理解就深化了一步。

2. 保持虚静心态，体会结构手法

保持虚静心态是指欣赏文学作品时，读者要自觉摒弃一切欲求杂念和既有经验，为欣赏营造一个凝神静气的澄澈心境。例如阅读金庸的武侠小说时，如果读者从日常经验出发去看待文本中的奇幻情节，那么一定会觉得难以相信，产生武侠小说无聊、不真实的想法，这样读者就将自己逐出了艺术想象的空间，从而无缘于金庸武侠小说丰富的审美内涵。

体会结构手法指对作品遣词造句的仔细推敲，对表达情感和旨趣的结构手法的探究。由于文学表达的特殊需要，有的作品要依靠对语言的变形、违反常规的使用来达到传情达意的目的，这只靠凭第一感觉体会是不够的，需要进一步探究作品是如何传达情意的。例如杜甫的《秋兴》之八："昆吾御宿自逶迤，紫阁峰阴入渼陂。香稻啄余鹦鹉粒，碧梧栖老凤凰枝。佳人拾翠春相问，仙侣同舟晚更移。彩笔昔曾干气象，白头吟望苦低垂。"其

中,"香稻啄余鹦鹉粒,碧梧栖老凤凰枝"将正常的语序打破,正常的语序应该是"鹦鹉啄余香稻粒,凤凰栖老碧梧枝",作者是有意打破语序的。《秋兴》这组诗是作者五十五岁旅居夔州所作,诗中回忆昔日盛唐繁盛之境,对比当时衰败之境,表达了作者忧国忧民、凄凉悲苦的迟暮之感。本诗是这组诗的最后一首,除了最后一句以外都描绘了一种盛世中秋季的生机盎然和繁华胜景,因为是秋季之景,所以将"香稻""碧梧"通过倒装的手法置于句首,以便突出稻粒的富足、梧桐的繁茂,来衬托盛世的繁盛之境,这样既合乎《秋兴》之题,又凸显了盛世气象。

3. 展开自由想象

想象是文学欣赏中必不可少的心理因素。离开了想象,读者无法完成对文学文本的鉴赏。只有在文学欣赏中充分运用自己的想象力,根据个人的印象和积累,来补充、增加作家在文本中所提供的画面、形象、姿态、性格,读者才能体会到文学文本丰富的艺术感染力和审美内涵。

例如温庭筠《商山早行》中的诗句"鸡声茅店月,人迹板桥霜",只是几个名词组合而成,没有其他任何词。如果我们通过想象把每个名词转化为鲜活的文学意象,这些初看没有生命色彩的词语就会相互激活,交织成生动的情境画面:天色薄明,远行在外的人就在乡野茅店一声声鸡鸣的催促中,沐浴着晓月的余晖匆匆上路了,此时乡野板桥上的寒霜已经印上早行者的足迹。在这幅图景中,"板桥""茅店"传递着荒凉、萧瑟的感觉,"霜"有压抑之感,"月"有寒冷之意,"鸡声"传出催促之音,"人迹"暗示旅途漫漫。因此一幅旅居在外、颠沛转徙的人生图景便呈现出来了,并且使人产生一种苦涩沉闷、身不由己的生命感受。这样,诗的审美内涵就在自由的想象中得以实现。

4. 追溯创作背景

文学欣赏常用知人论世的方法。知人论世的思想来源于孟子,他认为对作者生平、思想及有关情况的了解和作者所处时代的认识是理解其文必不可少的条件。因为每一部作品都产生于特定的时代,都是作者对特定时代的社会生活和人生感受进行审美创作的结果,知人论世的方法可以从创作意图的方面帮助读者深化对文本意蕴的理解。例如鲁迅的小说多取材于不幸的下层平民百姓,通过刻画他们的性格和命运,表现出国民的灵魂。这种创作特点与鲁迅的身世、人生道路、世界观等有联系。

但有些作品(例如主观感受型小说、象征类诗歌)就不适合用知人论世的方法。文学文本是具有开放性结构的审美创作客体,一部文本之所以不朽,不是因为它把同一种意义强加给不同的人,而是因为它向同一个人暗示了不同的意义。我们不能把自己认定的作者的创作意图作为文本的主旨,从而限制审美想象的空间,抽干文本丰富的审美意蕴。

5. 品味象外之象

优秀的文学文本总是包含超出文本形象层面的深刻意蕴,这就是文本的言外之意、象外之象。文本通过文字所表现出来的作为读者接受基础的审美意象,是文本的第一个象。通过读者对第一个象的领悟和把握,想象出来的一幅虚幻景象,就是象外之象,它是一种高层次的情与景的结合，令人回味无穷，具有朦胧和不稳定的特点。这是文学欣赏中的最高级形态，是我们追求的一种境界。

例如《红楼梦》，我们可能都知道它通过宝玉和黛玉的爱情悲剧反映了封建婚姻制度的残酷，通过四大家族的衰败反映了封建制度走向没落的必然性，但《红楼梦》的深层意蕴不只如此。作为一幅完整的艺术长卷，它的形象整体走势似乎朝向结束、衰败、毁灭、消亡。无论是痴情的爱情悲剧，还是显赫世家的没落；无论是水做的女儿们悲惨的结局，还是泥做的男人们的沦落；无论是祖传家业的挥散，还是恩宠权势的消亡，其中的人物无论贵贱，竟没有一个活得痛快，故事不分大小，竟没有一桩结局圆满。万般事端似乎都只为一个字而存——"空"，所以使人自然而生"人生如梦""万般皆空"的感触。这一切与文本的篇名联系起来时，"空""梦"的生命悲剧感就会越来越强烈，这也就是支配读者审美兴趣的象外之象。

第四节　文学欣赏的文化背景比较

不同文化背景下的文学作品具有很大的差异性，同样，我们也通过不同的文学作品，提取出不同的文化背景内容。不同文化孕育出各自独特的文学品性，中外文学作品中所表现的价值取向也是不同的。

中国古代文学坚持以善为美德原则，其核心是尚善。据《论语·八佾》记载，孔子对《韶》乐的评价是"尽美矣，又尽善也"，而对《武》乐的评价是"尽美矣，未尽善也"。孔子尽善尽美的艺术观影响了后世的文学创作，也设定了文学评判的最高标准。这种尚善的理想主义，在文学上往往表现为揭露社会的黑暗、抒发爱国的情怀和追求高洁的人格。大禹治水三过家门而不入的忘我境界，屈原"虽九死其犹未悔"(《离骚》)的执着追求，就充分体现了这种精神。李白"松柏本孤直，难为桃李颜"(《古风》)的傲岸，陆游"僵卧孤村不自哀，尚思为国戍轮台"(《十一月四日风雨大作》)的激情，直至关汉卿、施耐庵、吴承恩、曹雪芹等，无一不是以揭露封建专制的腐朽，讴歌对新生活的憧憬为主题。其中，《西游记》中孙悟空的形象更是尚善理想主义的典型，从而使作品具有震撼心灵的艺术力量。应该说中国古代文学尚善的理想主义是接受"诗言志""文以载道"等儒家学说的影响，尤其是董仲舒的"罢黜百家，独尊儒术"以后，使之更上了一层楼。以诗教为代表的儒家思想一贯强调人格和诗文的统一性，因此，形成"铁肩担道义，妙手著文章"的文化传统，是历史的必然。

以古希腊为源头的西方古典文学则坚持以真为美德原则，其核心是求真。西方的文学创作强调模仿现实世界。亚里士多德认为，艺术之所以为艺术，就在于它惟妙惟肖地复制自然。当然，这种模仿是有选择性的，应该描绘出事物的本质。这种模仿自然的文艺本质论，自亚氏开始，至贺拉斯、达·芬奇，一直到波瓦洛，代代相递，在西方古代有着显赫的地位。西方文学到浪漫主义时期，文学从模仿外物跳到另一个极端——纯粹地表现主观。例如，华兹华斯认为，诗的本质是强烈的感情的自然流露，对此，埃布拉姆斯用镜和灯为比喻，评述了上述两种倾向，形象而精到。西方文学的求真与其思维形态紧密相关。

文学欣赏

西方的思维偏重外在客观事物的仔细观察，注重于事物内部的关系分析，即醉心于逻辑。因此，在文学欣赏中，人们喜欢把文学艺术类比为自然科学，强调理性分析。求真，既指追求社会科学的真理，又指对事物描写的真实和思想反映的真实，从亚氏的诗学乃至当代的结构主义、符号学等文学理论，无不闪烁着求真这个特色。

第二章 诗 歌 欣 赏

【本章导读】

登幽州台歌

唐·陈子昂

前不见古人，后不见来者[1]。
念天地之悠悠，独怆然[2]而涕下。

【注释】

[1] "前不见古人，后不见来者"二句：是说像燕昭王那样能任用贤才的人，古代曾经有之，但往者不可追；后来当亦有之，但来者不可及。

[2] 怆(chuàng)然：伤感貌。

【赏析】

该诗是陈子昂最负盛名的作品。公元696年，武则天派建安王武攸宜征契丹，陈子昂以右拾遗随军参谋，武攸宜出身亲贵，不晓军事，子昂曾献奇计，未被采纳，反遭贬斥，陈子昂满怀悲愤而作此诗。诗中没有一句提到具体的环境，却创造了一种辽阔幽远、空旷苍茫的意境。

诗人登上蓟北楼，想起当年燕昭王知人善任，礼贤下士，乐毅、郭隗等感激知遇，乘时立功。俯仰今古，瞻望未来，诗人更深刻地体会到生不逢时，理想无法实现的痛苦和悲哀，也更深刻地体会了古往今来许多仁人志士在困境中激愤不平的崇高感情。"前不见古人，后不见来者"表现了诗人在时间上的孤独，无论在前朝还是后代，往者不可追，来者不可及，知音难遇，知己难求。"念天地之悠悠，独怆然而涕下"表现了诗人在空间上的孤独，纵有天地之阔，相知却无一人。于是，在时间仿佛凝固的、辽阔无垠的大地上，寂寞地站着一位诗人，感叹着苍凉与孤独。这是一种绝对的孤独，是时间和空间的交会处一个孤独的点，这个点以浩瀚的天宇和苍茫原野的交融为背景，无限辽阔而苍凉，这是一种"伟大的孤独"(李泽厚语)。

第一节 诗 歌 概 述

一、中国古代诗歌概述

1. 诗歌的历史

茫茫宇宙，悠悠岁月，作为人类文学艺术之一的诗歌究竟产生于何时，谁也说不清，谁也道不明。当我们的祖先还在森林和洞穴里过着漫长的茹毛饮血的原始生活的时候，人类智慧就已透过沉沉黑夜放射出微弱的光华。古老岩洞的壁画、简单粗糙的石骨装饰品，使现在的人们仍然能依稀忆起那天边的一线曙色。虽然我们无法证明诗歌的产生先于绘画、雕刻，但是我们可以肯定地说，在语言产生以前，人类远祖只能发出一些简单的声音

文学欣赏

的时候，诗歌，这门人类古老的艺术就已开始萌芽——那就是"杭唷杭唷派"(鲁迅语)的"举重劝力之歌"。当然，开始时它只不过是一些简单的、有节奏的呼声，真正能表达意义的诗歌只有在语言这个人类文明的重要标志产生以后才能出现。

我们无法想象，在文字产生以前会有什么单纯地作为文学作品的诗歌，因此，诗、乐、舞三位一体就成为原始人艺术活动的一般形式。原始人正是通过长歌咏言来表现自己，抒发情感，反映生活，寄托自己朦胧的理想与追求。

2. 诗歌的发展

中国是诗的国度，中国诗歌有着悠久的历史和优良传统。早在先秦时代，《诗经》三百篇就奠定了中国诗歌发展的基础。而以屈原诗为代表的楚辞则以其雄奇瑰丽的浪漫主义风格与《诗经》"饥者歌其食，劳者歌其事"的现实主义精神交相辉映，开启了我国浪漫主义文学的先河。

继《诗经》之后，"感于哀乐，缘事而发"的两汉乐府民歌以其丰富的现实内容和朴素自然的艺术风格充分显示了中国古代劳动人民的艺术创造力。接着，以曹氏父子为首的建安文人第一次掀起了文人诗歌创作的高潮。志深笔长、悲凉慷慨的"建安风骨"，曲折隐晦、寄托遥深的"正始之音"，标志着一个文学的自觉时代已经到来。而谢灵运富丽精工的山水长吟、陶渊明平和淡泊的田园清唱则充分体现了魏晋南北朝士人对自我独立人格的追求。

到了隋唐，中国古典诗歌进入了一个新的发展阶段。初唐的张若虚、刘希夷和"初唐四杰"，已显示出与以往不同的新的精神风貌。"铁马秋风塞北"的边塞高歌则奏出了盛唐诗歌交响乐中的最强音；"杏花春雨江南"的山水田园诗篇也以其优美明朗、清新健康的浅吟低唱与阳刚雄健的边塞诗相映成趣，共同构成了"盛唐之音"。尤其是豪放飘逸的李白、沉郁顿挫的杜甫，更是达到了诗歌创作的高峰，诗仙、诗圣，就如日月双悬，朗照乾坤，光耀千古。中唐的新乐府运动是现实主义传统的又一次大发扬。白居易"唯歌生民病"的优秀篇章，为我们展示了一幅幅社会历史的真实画卷。晚唐的杜牧、李商隐却在忧时悯乱、感叹身世中吟唱着黯淡低沉的末世哀音，在"夕阳无限好，只是近黄昏"的社会背景下发出无可奈何的喟然长叹。

如果说唐诗是中国古典诗歌发展的高峰，那么，唐诗之后的宋词则是中国文学发展史上又一座丰碑。延续三百年之久的两宋词坛，产生了一千三百多位作家和两万余首作品，涌现出了像柳永、苏轼、李清照、陆游、辛弃疾、姜夔等著名词人，留下了许许多多传唱千古的名篇佳作，使灿烂的中国古代文化增添了新的光辉。

到了元代，诗词虽已衰退，但一种新的诗歌形式——散曲却从民间兴起，转到文人手里后即大放异彩，使马致远、关汉卿、乔吉、张养浩等杰出的文人士子写出了一曲曲凄婉缠绵、令人柔肠百结的人生悲歌。

明清两朝是中国古典诗歌的集大成时期，诗人辈出，各种诗歌理论和流派纷纷涌现，诗歌创作在数量上卷帙浩繁，超出以前任何一个朝代。但这是一个以小说、戏曲为代表的市民文学兴起的时代，诗歌已是强弩之末，渐趋衰落。因此，此时的诗歌创作在思想内容和艺术成就上都大不如前。随着最后一个封建王朝的覆灭，作为封建时代正统文学的中国古典诗歌也就走完了它漫长的道路。

二、中国现代、当代诗歌概述

在中国现代、当代史上具有重要意义的新文化运动,最初是以新文学的形式推行的,新文学革命则以新诗为突破口。在这之前,诗歌是以文言的形式写成的、讲究严整的格律的古体诗;在这之后,诗歌则是以现代白话文为载体、形式比较自由的新诗。如果以诗体形式为分类标准,那么新诗主要可以分为自由体、格律体、民歌体、商籁体和朦胧诗等。

1. 自由体

什么叫自由体呢?用白话文运动先驱者之一的胡适的话说,就是:"把从前一切束缚自由的枷锁镣铐,全都打破,有什么话,说什么话;话怎么说,就怎么说。"用诗人艾青的话说,就是:"这种诗体,有一句占一行的,有一句占几行的;每行没有一定的音节,每段没有一定的行数;也有整首诗不分段的……有押韵的,有不押韵的……没有一定的格式,只要有旋律,念起来流畅,像一条小河,有时声音高,有时声音低,因情感的起伏而变化。"例如,胡适的小诗《希望》:

> 我从山中来,
> 带着兰花草;
> 种在小园中,
> 希望花开早;
> 一日望三回,
> 望到花时过;
> 兰花却依然,
> 苞也无一个。

胡适这代人,因为是刚从古体诗中走出来学作新诗的,用他们自己的话说,就是"刚刚解开裹脚布",所以这首诗还带着比较明显的古体诗的痕迹:全诗 4 句 8 行,每行 5 个字,大致押韵,比较接近五言律诗,但是没有格律和对仗,诗句浅显易懂,明白如话,显得比较自由。

到了艾青这一代,新诗就完全脱离了古体诗的束缚,例如,他的叙事诗《大堰河——我的保姆》:全诗 12 节,每节行数不一,少的有 4 行,多的有 18 行;每行字数不一,少的有 5 个字,多的有 20 余个字;基本上不押韵,格律更是完全不讲究了。

2. 格律体

胡适等人的自由体诗作了一段时间之后,闻一多、徐志摩等新月派的诗人觉得诗歌太自由了,就失去了"诗味",因此他们开始提倡格律体新诗。什么是新诗的格律呢?徐志摩说:"格律可从两方面讲。(一)属于视觉方面的,(二)属于听觉方面的……属于视觉方面的格律有节的匀称,有句的均齐。属于听觉方面的有格式,有音尺,有平仄,有韵脚。"闻一多将徐志摩的意思发展、归纳为诗歌的"三美",即音乐的美(音节)、绘画的美(辞藻)、建筑的美(节的匀称和句的均齐)。也就是说,诗歌在形式上,一要有音乐般的节奏;二要像绘画一样,有优美的富有色彩的语句;三要像建筑物一样,有比较悦目的排列形式,节与节之间要有大致相等的句数,句与句之间也要有大致相等的字数,不要有的过长，念起来喘不过气，有的过短，一念就完，没有韵味。以这个标准来衡量，徐志摩的《再别康桥》和闻一多的《死水》是格律诗的代表作品。特别是徐志摩的一些诗歌，其诗行诗节的整齐、音韵的和谐典雅以及意境的清新优美，堪称中国新诗的经典。徐志摩的《再别康桥》在后文"中国现代、当代诗歌欣赏"部分已经入选了，闻一多的《死水》限于篇幅，没有入选，不妨附在下面：

> 这是一沟绝望的死水，
> 清风吹不起半点漪沦。
> 不如多扔些破铜烂铁，
> 爽性泼你的剩菜残羹。
> 也许铜的要绿成翡翠，
> 铁罐上绣出几瓣桃花；
> 再让油腻织一层罗绮，
> 霉菌给他蒸出些云霞。
> 让死水酵成一沟绿酒，
> 漂满了珍珠似的白沫；
> 小珠们笑声变成大珠，
> 又被偷酒的花蚊咬破。
> 那么一沟绝望的死水，
> 也就夸得上几分鲜明。
> 如果青蛙耐不住寂寞，
> 又算死水叫出了歌声。
> 这是一沟绝望的死水，
> 这里断不是美的所在，
> 不如让给丑恶来开垦，
> 看他造出个什么世界。

3. 民歌体

随着民族危机的加深，诗人们开始强调诗歌的通俗性、战斗性，这种要求是贵族气的格律诗所不能满足的，于是诗人们向民歌学习，这样便产生了民歌体新诗。早在五四时期，刘半农等人就开始搜集民歌，向民歌学习，但是那时远远没有形成气候。直到抗战时期，在延安，毛泽东强调文学的大众化、通俗化，李季等诗人搜集了数量丰富的陕北民歌，在吸纳了民歌表现手法和音韵特点的基础上，创作了大量不同于过去的诗歌形式，民歌体新诗才形成一股巨大的诗潮，这种民歌体诗潮一直持续到20世纪五六十年代。其代表作品有李季的《王贵与李香香》、贺敬之的《回延安》等。《王贵与李香香》《回延安》都采用了陕北信天游的形式，这种诗体两句为一节，节与节之间的起承转合关系并不太紧密，押韵也比较随意，但是音调高亢，便于及时、自由地反映社会事件，表达昂扬、激越的情绪。这里也不妨摘录《王贵与李香香》里面的几节：

> 山丹丹开花红姣姣，
> 香香人材长得好。
> 一对大眼水汪汪，

就像那露水珠在草上淌。
二道糜子碾三遍，
香香自小就爱庄稼汉。
地头上沙柳绿蓁蓁，
王贵是个好后生。
身高五尺浑身都是劲，
庄稼地里顶两人。
玉米开花半中腰，
王贵早把香香看中了。

4. 商籁体

在抗日战争爆发前后以及战争进入相持阶段以后(差不多与民歌体新诗同时)，一批相当熟悉国外诗歌传统和现实的年轻诗人尝试着借用外国的诗体来写汉语诗歌。其中，尝试比较多的一种诗体就是在欧洲流行了好几个世纪的十四行诗，也就是闻一多等人所说的"商籁体"。闻一多、徐志摩等人早在 20 世纪 20 年代就尝试过这种诗体的创作，但是并不成气候。因为十四行诗在格律上的讲究较之中国古代的格律诗，有过之而无不及(全诗十四行，有大致固定的音节和韵律，此外还有许多限制)，即使在西方，诗人们也觉得难以运用自如，何况用汉语来创作呢？真正把十四行诗模仿到家，并且充分将其中国化了的诗人，还得数活跃于 20 世纪 40 年代的一些诗人，比如梁宗岱、何其芳、卞之琳、穆旦、冯至等，如果莎士比亚精通汉语，那么他用汉语写出来的十四行诗恐怕也不过如此。其中，冯至的十四行诗最为出色，他在昆明的森林里独居的时候，创作了大量十四行诗，后来结集成《十四行集》出版了，引起相当大的轰动。可以说，冯至、穆旦等探索诗人的创作真正代表了 20 世纪 40 年代诗歌的最高成就。不妨从《十四行集》中选录第六首如下：

我时常看见在原野里
一个村童，或一个农妇
向着无语的晴空啼哭，
是为了一个惩罚，可是
为了一个玩具的毁弃？
是为了丈夫的死亡，
可是为了儿子的病创？
啼哭得那样没有停息，
像整个的生命都嵌在
一个框子里，在框子外
没有人生，也没有世界。
我觉得他们好像从古来
就一任眼泪不住地流
为了一个绝望的宇宙。

新中国成立以后的最初 27 年间，在文艺要为工农兵服务和"两结合"(现实主义和浪漫主义的结合)等诸多思想潮流的影响下，中国诗歌创作陷入了低迷状态，总体上的创作成就不高。

文学欣赏

尽管如此,还是有一些比较优秀的诗人进行了可贵的努力。比如前面提到的贺敬之,他的诗歌吸收了中国古典诗歌、民歌和现代诗歌的丰富营养,又熔铸了国外诗歌的有益形式(主要是苏联的由马雅可夫斯基开创的"楼梯体"),《雷锋之歌》《十年颂歌》《放声歌唱》《东风万里》《西去列车的窗口》等诗显示出了一种与"共和国"相匹配的宏大气象。另外一位与贺敬之齐名的诗人郭小川(本书选录了他的《望星空》),他本来也是写颂歌的好手,但是很快放弃了颂歌的创作,开始追求属于自己的"独特的风格",陆续写出了《白雪的赞歌》(写一个丈夫在前线的孕妇与一个医生的暧昧感情)、《一个和八个》(写一个被自己人视作奸细的共产党员王金与八个土匪的故事)等叙事长诗以及《团泊洼的秋天》《秋歌》等抒情诗,这些诗不仅在形式上,而且在题材和思想内涵上都作出了大胆探索。这些具有"独特的风格"的诗歌证明了郭小川是当时最有才气和勇气的诗人。

面对越来越僵化的诗歌现实,一些下放到农村的年轻诗人对此越来越感到焦虑,他们在私下里开始创作和传诵一些具有探索性质的个人化诗作,其中以"白洋淀诗群"的创作对后来的影响最大。"白洋淀诗群"是指下放到河北白洋淀的知识青年诗人群体,包括芒克(姜世伟)、根子(岳重)、多多(粟世征)、林莽(张建中)、宋海泉、方含(孙康)等。但是地下诗歌创作开始较早或影响较大的有食指(郭路生)、北岛(赵振开)、顾城等。食指有《相信未来》《这是四点零八分的北京》,北岛有《回答》,顾城有《一代人》。下面选录《回答》:

> 卑鄙是卑鄙者的通行证,
> 高尚是高尚者的墓志铭,
> 看吧,在那镀金的天空中,
> 飘满了死者弯曲的倒影。
> 冰川纪过去了,
> 为什么到处都是冰凌?
> 好望角发现了,
> 为什么死海里千帆相竞?
> 我来到这个世界上,
> 只带着纸、绳索和身影,
> 为了在审判之前,
> 宣读那些被判决的声音。
> 告诉你吧,世界
> 我——不——相——信!
> 纵使你脚下有一千名挑战者,
> 那就把我算作第一千零一名。
> 我不相信天是蓝的,
> 我不相信雷的回声,
> 我不相信梦是假的,
> 我不相信死无报应。
> 如果海洋注定要决堤,
> 就让所有的苦水都注入我心中,

如果陆地注定要上升，
就让人类重新选择生存的峰顶。
新的转机和闪闪星斗，
正在缀满没有遮拦的天空。
那是五千年的象形文字，
那是未来人们凝视的眼睛。

5. 朦胧诗

当"文革"结束，新时期来临之后，这些地下诗人成为诗歌先行者和英雄，他们以及他们的追随者掀起了一股被命名为"朦胧诗运动"的诗歌潮流。"朦胧"是一些老诗人"赠"给这批年轻诗人的"雅号"，意思是说：这些所谓的诗歌根本看不懂，算不上什么好诗。原意是为了表达对这些诗歌的轻蔑，却恰好概括了这些诗歌的特征。"朦胧诗"的确是有些"朦胧"，比如顾城的《远和近》：

你
一会儿看我
一会儿看云
我觉得
你看我时很远
你看云时很近

朦胧诗之后，许多新的诗歌群体迅速崛起又迅速消失，比如莽汉诗社、非非诗社、他们诗社等，这些诗人群体除了在诗坛掀起一阵诗歌狂欢之外，没有留下什么实质性的影响和建树，除了于坚、韩东、伊沙等少数诗人如今还比较活跃之外(其实这几个人已经转向了散文和小说创作)，其他诗人都消失得无影无踪。这些诗人提出"诗到语言为止"，也就是说，诗歌除了玩儿文字游戏之外，不要再有其他所谓的深意。他们认为北岛、顾城和海子等诗人在诗歌中摆出一副或深沉或天真的样子，讨论什么历史、哲学、人生，歌颂什么大海、土地、麦子，不是虚伪就是幼稚，对诗歌是没有什么好处的。所以他们的创作就立足于嘲笑、瓦解那些过去被认为比较神圣的东西，本书后文所选的韩东的《你见过大海》就是这种诗歌观念的体现。

整个20世纪的中国新诗，在诗体上总是在格律和自由两极波动、游走，当诗歌被格律限制得太死的时候，就提倡自由诗。反之，当诗歌写得太自由了，已经失去诗味的时候，就又提倡格律诗(民歌体诗也属于格律的一种)。胡适等人提倡自由诗，徐志摩等人提倡格律诗；艾青等人提倡自由诗，冯至、穆旦等人又提倡格律诗。新中国成立后的诗歌，贺敬之的诗是讲究格律的，郭小川的诗起初也是讲究格律的，后来却越写越自由。新时期以来，朦胧诗注重格律，后朦胧诗人却将格律完全推倒，用口语来写作诗歌。但诗歌的价值并不因为有无格律而不同，格律体(包括民歌体)和自由体都能写出好诗，从郭沫若到海子的诗歌，都证明了这一点。

最后必须提到中国台湾和香港地区的诗歌创作。20世纪港台的重要诗人有张我军(《乱都之恋》)、纪弦(《四十的狂徒》《雕刻家》)、郑愁予(《当西风走过》《情妇》)、余光中(《乡愁》《当我死时》《寻李白》)、罗门(《麦坚利堡》)等。

三、外国诗歌概述

诗是生活的牧歌,是人类最美的精神之花。优美的诗是诗人从五光十色的生活中采撷来的珍珠,是诗人心灵的花朵、艺术思考的结晶。生活不能没有诗,诗是为追求真善美的人类情感的一种纯情表现,它永远以真挚强烈的抒情叩响千万人心灵的弦索。一首好诗,要有一个"思想",一个"形象",一个"音响";"思想"是诗的灵魂,"形象"和"音响"是诗的血肉。诗人颇为强调纯粹抒情的美学情趣,所写抒情诗章注重艺术形式和艺术技巧,力图将音乐美(韵律节奏)、绘画美(色彩)和建筑美(形式和结构)融为一体,以便表达细腻的感情和美妙的景象。

我国自古以来就是一个诗歌大邦,从春秋时期的第一部诗歌总集《诗经》开始,各朝各代的文人骚客为我们留下的千古名句无不向我们昭示着泱泱大国的千年古韵。也许正因为如此,我们忽略了异国诗歌。

说到外国诗人,大家能说得出名字的可能只有泰戈尔、普希金、拜伦、雪莱等几个诗坛巨擘。其实,外国诗歌是一个庞大的集合,为了让读者更好地了解外国诗歌,编者认为,从中西诗歌的比较入手是一条适合的捷径。

中国诗歌重在抒情,西方诗歌长于叙事。纵观中西诗歌发展的历史,我们会看到这种差别非常明显。中国最早的诗歌总集《诗经》就体现了一种短小而深沉的抒情艺术,比如"蒹葭苍苍,白露为霜,所谓伊人,在水一方。溯洄从之,道阻且长,溯游从之,宛在水中央……"(《秦风·蒹葭》)诗集中很多诗篇都传达出这种真挚的情感和委婉悠长的韵味,它们奠定了中国诗歌的基础及其以抒情为主的审美特征。继《诗经》以后,屈原开创了中国抒情诗的又一光辉起点。虽然屈原诗歌的浪漫主义想象与《诗经》的现实主义精神大异其趣,但其诗最为突出的仍然是情感的力量。诗人那强烈的爱国之情,那追求理想及理想不得实现的悲愤之情,影响和感染着一代又一代读者。从《诗经》、楚辞到唐诗、宋词,中国诗歌一直在沿着抒情言志的主线发展。元明戏曲兴盛,戏曲作家们仍然用诗来表现人物的心理活动和内在情感。

读过《西厢记》,你一定不会忘记"碧云天,黄花地,西风紧,北雁南飞。晓来谁染霜林醉?总是离人泪"的优美唱词;看过《牡丹亭》,一定会对杜丽娘"良辰美景奈何天,赏心乐事谁家院"的怀春感慨留下深刻的印象。如果把长篇小说《红楼梦》的诗歌汇集成册,那么它们足以构成一部优秀的抒情诗集。中国诗苑里也不乏叙事诗,其中还有长篇叙事佳作,例如汉乐府民歌《孔雀东南飞》、北朝乐府民歌《木兰诗》、唐代白居易的《长恨歌》《琵琶行》,以及藏族人民创作的英雄史诗《格萨尔王传》。

西方从古希腊开始就出现了抒情诗,例如女诗人萨福的爱情诗、阿那克里翁的饮酒诗、品达的颂神歌。中世纪的法国盛行骑士抒情诗,描写骑士的"典雅爱情",并且影响了德国和意大利抒情诗歌的发展。文艺复兴时期,彼特拉克开创了抒情十四行诗体,自此以后,莎士比亚、华兹华斯、济慈、勃朗宁夫人等用这种诗体写下了不少优秀的诗篇。世界文豪歌德、雨果也留下了许多优美的抒情小诗。

然而,在18世纪前的漫长时期,西方文学史上占据重要地位的不是抒情诗,而是长篇叙事诗。古希腊最早的文学作品《荷马史诗》就是一部描写部落战争和海上历险、全面

反映古希腊社会生活的长篇巨著。继《荷马史诗》之后，西方长篇叙事诗不断涌现，例如古罗马史诗《埃涅阿斯纪》、中世纪欧洲各民族崛起时期的英雄史诗、意大利但丁的《神曲》、文艺复兴时期斯宾塞的《仙后》、17世纪弥尔顿的《失乐园》、19世纪拜伦的《唐璜》、雪莱的《麦布女王》和《伊斯兰的起义》等。这些长篇叙事诗以生动的情节、鲜明的形象和宏伟的篇幅充分地展现了一个民族、国家或一个时代的社会面貌和精神特征，并因此而成为西方文学中的经典名著。这种广泛表现社会生活和社会理想的叙事性特点有别于中国诗歌重在表现主体情感的抒情性特征。

但18世纪以后情况有了变化，其时，东方在封建帝制的统治下已经腐朽，而西方正处于快速发展的资本主义阶段。经济基础决定上层建筑，反映在文学领域便是欧洲文学浪漫主义时期的到来。浪漫主义的直接矛头虽然是法国的古典主义，但是实际上它也是对以理性和模仿为传统依托的西方文学观念的一种颠覆。浪漫主义最突出的本质特征是它的主观性，即要求强烈抒发个人情感。而此时的欧美诗歌同样刮起了浪漫之风，英国是最早出现浪漫主义文学的国家之一，加上她的诗歌传统，浪漫主义诗歌取得了辉煌的成就。由于对现实和自然不同的倾向性，又可以分为以华兹华斯为代表的"湖畔派诗人"和以拜伦为代表的积极浪漫主义诗人，分别以华兹华斯和柯勒律治共同出版的诗集《抒情歌谣集》和拜伦的《唐璜》为成熟和顶峰。其他国家也涌现出了一大批杰出诗人，对我国影响较大的除了英国的雪莱、拜伦、济慈、华兹华斯，还有德国的歌德、海涅，俄罗斯的普希金、莱蒙托夫，美国的惠特曼等。

19世纪下半叶，法国兴起了象征主义诗歌运动。象征派诗歌的主要特征是由冷静和客观描述转向纯粹的个人抒情，其目的是再现主观的心灵世界。但它不同于浪漫主义对个人情感所作的毫无节制的抒发，而是通过发掘诗人内心的情感与外部世界之间内在的神秘的对应关系，使读者感悟诗人的思想和情感，并且更进一步，象征主义诗歌力图超越不完美的现实世界，领略超验的理想世界。波德莱尔以他在19世纪50年代创作的诗歌而成为象征主义的先驱。他的《恶之花》是象征主义诗歌闯入诗坛的第一步。19世纪后期的魏尔伦、兰波、马拉美等诗人追随波德莱尔，从不同方面充实和发展了象征主义诗歌美学及创作，终于形成了蔚为大观的象征主义潮流。

以后，欧美诗歌又出现了后期象征主义、未来主义、超现实主义等。有两个诗人值得一提，一个是威廉·巴特勒·叶芝，另一个是托马斯·斯特恩斯·艾略特，他们都是后期象征主义诗歌的代表人物。

由于文化背景和根基的不同，除了表现手法以外，中西诗歌在题材、体式等方面也存在着很大的差别。比如，就抒情诗而言，由于中国是以儒家为主干的伦理型文化，而西方是以基督教为核心的宗教型文化，因此，中国诗歌的传统主题始终围绕忠君爱国，西方诗歌中没有与中国类似的忠君思想；忧国忧民题材是中国诗歌的重要内容，西方诗歌则对民生疾苦普遍有所忽视；中国诗歌常常描绘时间已经流逝而尚未建功立业的恐惧，西方诗歌却常常把时间的流逝和爱情、死亡联系在一起；诗歌在中国一直享有崇高地位，在西方则长期遭到排斥。

再比如，在诗歌中体现出的自然观的差别：中国传统诗歌中常常不以主观的情绪或知性的逻辑介入自然，力求以自然自身呈现的方式呈现自然，使之与人的情感平等交融；西方传统诗歌则将人的感受放在主位，以人的情感而不以自然的存在为依归，使自然处于从

属依附的地位。中国诗歌的这种现象可以从老庄的道家思想中追溯哲学本源，而西方诗歌的此种倾向亦可以从其文化中天人相分的传统哲学内涵寻求根源。

文体差别也是中西诗歌的一个主要显著特征：由于汉语和西方语言属于不同的语言体系，汉语是集音、形、意于一体的文字，而西方语言属于字母文字，由于其结构的复杂差异，导致了文体的不同，比如中国的律诗和西方的十四行诗，都是因为文字差异而导致的东西方特有的诗歌体式。

综上所述，对外国诗歌进行一定程度的了解不仅能够拓展我们的文学视野，提高我们的文学修养，陶冶我们的情操，还能在参照和比较中把握不同文化的审美共性以及差异。

第二节　诗歌的特点

一、诗的抒情性

诗是什么？有人说，诗是人的精神的挣脱、反叛和斗争；也有人说，诗的本质是人生复杂经验的凝结；还有人说，诗是与梦境相似的一种先验性神秘快感的东西。而车尔尼雪夫斯基说"诗是女人"！

女性是美的化身，她们有着丰富而细腻的情感，"诗是女人"这个高明的论断形象地说明了诗歌作为抒情艺术的特性。诗歌包含了人类所有美好的情感。别林斯基说得很明白：没有情感，就没有诗人。真正的诗，往往是心的诗，是心的歌。对此，中国的古人似乎早有清醒的认识："诗缘情而绮靡"（陆机）；"诗者，吟咏性情者也"（严羽）；"诗非他，人之性灵之所寄也"（焦闳）；"诗以道性情"；"诗之为道，从性情而出"（黄宗羲）……"性灵"也好，"性情"也罢，其实就是一个"情"字，没有情，就没有诗。诗是情感的结晶，是诗人情感激动的产物。

"感人心者，莫先乎情。"唯有情之人方能写诗，唯含情之诗方能感人。且看南唐后主李煜前期的作品，"晚妆初过，沉檀轻注些儿个，向人微露丁香颗""红日已高三丈透，金炉次第添香兽。红锦地衣随步皱"等，风花雪月，宫廷宴乐，艳则艳矣，读之却不耐咀嚼，了无余味。再看他后期的作品："春花秋月何时了？往事知多少。小楼昨夜又东风，故国不堪回首月明中！""最是仓皇辞庙日，教坊犹奏别离歌，垂泪对宫娥！"一字一滴血，一句一行泪，感人至深，催人泪下。前期，李煜贵为天子，纵情声色，何愁之有？即使有，也只是一些光阴易逝、人生如梦的淡淡闲愁。而后期，李煜由帝王变为阶下囚，过着"日以眼泪洗面"的俘虏生活，真是"流水落花春去也，天上人间"！亡国之恨，故园之思，伤己之感，满腹愁怀恨意全部在长歌短吟里倾泻而出，怎能不感人，怎能不动人！

诗就是情，情就是诗，无诗没有情，无情即非诗。但并不是说所有的诗都必须具有浓重热烈的情感色彩，否则就不是诗或不是好诗。诗人的情感有的如滔滔洪流，汹涌澎湃，屈原的《离骚》、蔡文姬的《胡笳十八拍》，李、杜的歌行，苏、辛的长短句，都是直抒胸臆，充满浓情厚意，读之令人荡气回肠；有的则如山涧小溪，潺潺流淌，《诗经》的"国风"，陶、孟的田园诗，感情清新明朗，真挚自然，同样具有感发人心的艺术力量。

而有的作品所表现出来的情感色彩却如淡云轻烟，缥缥缈缈，似有似无。王维的《辛夷坞》《鸟鸣涧》或写远山空阔，反影斜照，或写夜静月明，山鸟惊啼，画面优美而情思淡薄，真是"任是无情亦动人"！热烈奔放、情感外露的女子固然可爱，含蓄深沉、悠静娴雅的姑娘不亦别有一番风韵吗？

二、诗的绘画美

歌德曾把诗与绘画进行比较，并且说："造型艺术对眼睛提出形象，诗却对想象力提出形象。"古希腊诗人西蒙尼德斯说："诗是有声画，画是无声诗。"这与我国古典诗论中"诗中有画"的美学原则不谋而合，都说明了诗歌绘画美的特点。请看陶诗"暧暧远人村，依依墟里烟；狗吠深巷中，鸡鸣桑树颠……"：时已傍晚，天色朦胧，远处的几户农家在一片迷离的暮色里若隐若现，几缕炊烟袅袅上升，深巷中隐隐传来几声狗吠，几只雄鸡傲立桑树枝头，呜呜啼鸣，更给人宁静安谧之感……好一幅和平恬静的乡村生活图景！画面清新优美，色调平和，意境迷人，使读者如入其境，如闻其声，获得真切的形象感受。王维的"大漠孤烟直，长河落日圆"所描绘的则是塞外漠北壮丽的风光：茫茫一片大漠，空寂苍凉，唯见一缕孤烟连云直上，黄河从地平线的那端蜿蜒而来，一轮通红的落日悬挂在天边，把灿烂的余晖洒在地上，映在河里。多么新颖的构图，多么瑰丽的色彩！如果说陶诗是一幅清新淡远的水墨画，那么，王诗则是浓彩涂抹的风景图。还有如"忽如一夜春风来，千树万树梨花开""落花寂寂啼山鸟，杨柳青青渡水人""山桃红花满上头，蜀江春水拍山流"等，那瀚海冰原，带雪寒枝，那空山古渡，鸟语人声，那花态柳情，山容水意，莫不历历在目，画意盎然。而像"开畦分白水，间柳发红桃""两个黄鹂鸣翠柳，一行白鹭上青天"则是应用对比手法在色彩的互相映衬中，使画面显得鲜明生动，真切感人。

三、诗的音乐美

诗的音乐美首先表现为诗的语言富有鲜明的音乐性。谢榛在《四溟诗话》里说，诗的语言应是"诵之行云流水，听之金声玉振"，指的就是诗歌语言音乐美。而节奏、韵律是构成诗歌语言音乐性的重要因素。

所谓节奏，即某种声音相隔同等时间重复出现。对于音乐来说，节奏就是曲调的快慢节拍。诗歌的节奏是指诗歌的语言在一定的时间内有规律地间歇和停顿。例如七言诗的节奏是二、二、二、一，五言诗的节奏是二、二、一，即每两个词为一组，一组就是一个节拍，最后一字加上尾音占一个节拍，从而形成这样的语言停顿，例如：朝辞/白帝/彩云/间，千里/江陵/一日/还。或：空山/新雨/后，天气/晚来/秋。

如果说停顿体现为跳跃顿挫的节奏美，那么押韵则使诗歌产生一种回还往复、和谐流畅的旋律美。节奏是停顿、是间断，而押韵是黏合、是连续。押韵把一行行语音上独立的诗句连接在一起，使读者诵之如余音绕梁，绵绵不绝，形成回还往复的音乐旋律。

另外，中国古典诗歌非常讲究平仄，即把高低长短不同声调的词按一定的规则组合在一起，使诗歌的声调错落而又整齐，变化而又有规律，形成诗歌高低抑扬的声调美。

跳跃顿挫的节奏、回还往复的旋律、高低抑扬的声调，使一首诗在音律上"宫羽相变，低昂互节"，悠扬婉转，悦耳动听。诗人正是在语言的回旋往复、抑扬顿挫之间，创造出一种音乐般的旋律与节奏，给人以优美的听觉感受。

诗歌的韵律节奏离不开诗歌的内在情感，高昂低回的诗情则成为诗歌内在的旋律。前面已经说过，诗表现情而情有不同，或苍凉悲壮，或凄婉缠绵，或自然平和。情不同，诗歌的韵律节奏也就不同：有的如急管繁弦，铿锵短促；有的如哀丝豪竹，凄厉感人；有的如月夜笛声，清丽悠扬；有的如隔水洞箫，低诉慢吟，一唱三叹。例如杜甫的《闻官军收河南河北》，表现的是诗人听到收复失地后的愉快心情，全诗节奏跳跃欢畅，七阳韵韵脚高昂嘹亮，使诗人欢欣狂喜的内心情感洋溢纸面。李清照的《声声慢》押的则几乎全是入声韵，音调急切短促，节奏缓慢凝滞，与诗中国破家亡的苦痛、寂寞孤独的愁思正好合拍。

四、诗的意象美

元代马致远的《天净沙·秋思》是大家所熟悉的一首小令。

　　枯藤老树昏鸦，
　　小桥流水人家，
　　古道西风瘦马。
　　夕阳西下，
　　断肠人在天涯。

诗的题目是《秋思》，但除了"断肠"二字以外，作者并没有直截了当地告诉读者"思"的是什么，只是用彩笔描绘了几种不同的自然景物，这一个个单独的景物就如一组组移动的镜头，在读者眼前缓缓而过，同时又在读者的脑海里构成一幅萧瑟凄凉的秋郊晚景图，可是透过画面，读者却能深切地感受到那洋溢纸面的天涯游子的满腹羁旅之思。诗人并没有言情，也没有说愁，可那枯藤老树、夕阳古道、黄昏归鸦等暮秋景象不是已含蓄地烘托出游子的落寞伤感的心情了吗？如果读者再细细品味咀嚼一下，所感受到的又岂止是羁旅之愁，对困顿的人生、渺茫的前途的深沉喟叹不也是作品所表现的更深一层的含义吗？羁旅之人的秋思、人生失意的感慨，这些主观的内在之意都没有在作品中做直接明白的陈述，而是隐藏在一个个单独的客观物象之中，这些蕴藉着诗人内在主观情感的外在物象(枯藤、老树、昏鸦、小桥、流水、人家、古道、西风、瘦马、夕阳)就是这首诗的意象。

由此可见，所谓意象，就是表意之象。它既有内在的主观之"意"，又有外在的客观之"象"，是抽象的"意"与具体的"象"的结合，是主观与客观的统一。就其客观方面而言，意象首先是"象"，即一定的客观事物的具体形象，它必须是具体的、生动可感的。就其主观方面而言，意象必须包含诗人的情感、意志和认识等内在之"意"。"意"是抽象的观念和情感，"象"是具体生动的感性形象，用具体的"象"来表观抽象的"意"，正是诗歌美学的一般原则。意寓于象，象明乎意，二者不可分离。意离开象，就只剩下一堆抽象的概念、定义、口号，也许真实、正确，却不能给人以无限丰富的美感。象离开意，就成了没有任何现实内容的机械摹本，同样不具有感发人心的艺术力量。烂漫春花，袅袅秋风，流云翠竹，丽日晴空，夕阳晚照，朝日初升，鸣雷闪电，怒涛狂风……它们都是美的自然，美的"象"，然而只有当它们进入诗人心灵，被诗人跃动的诗情所捕捉，与诗人美的情感、美的思想、美的追求在美的语言中和谐交融的时候，才能成为美的意象。

意象，是构成诗美的原件，是牡丹芍药的片片花瓣，是辉煌大厦的碧瓦琉砖，是晴空的流云，是夏夜的星辰。诗之美，就在于意象之美。

五、诗的时空跳跃

关于诗歌的时空意识，论者颇多，这里只想谈谈与诗歌思维特点有关的时空的大跨度跳跃。请看李商隐的《夜雨寄北》。

> 君问归期未有期，巴山夜雨涨秋池。
> 何当共剪西窗烛，却话巴山夜雨时。

首句一问一答，虽是平铺直叙，却意味无穷。一个在夜雨朦胧的巴山异地，一个在遥远的北国他乡；一个来书殷勤探问归期，一个虽欲早归而不得归。拳拳之心，切切之情，已跃然纸上。第二句借景抒情，诗人的满腹羁旅愁思就如那脉脉秋霖，绵绵密密，淅淅沥沥，涨满池塘，弥漫夜空。"巴山夜雨"是眼前之景，两地相思是此刻之情。但诗人的思绪并没有局限在现实的时间和空间，也没有滞留于眼前的人情和物象，而是飞越时空的界限，拓展到美好的未来。"何当共剪西窗烛，却话巴山夜雨时"，什么时候能和你共倚西窗，剪烛夜话，那时再谈起今日两地相思的苦情，又该是一番什么滋味！诗人归期未卜，无法回答友人的询问，只好借未来的憧憬安慰友人，同时也作为自己心灵的慰藉，而设想中未来相聚时的欢乐，更增添了眼前相思的苦况。诗的前两句写的是现在，后两句是诗人的设想，写的是未来。而到那时，现在的一切都已成为过去，最后的"却话"又从未来回到现实(即那时的过去)。诗人的想象从此地的巴山飞到彼地的西窗，从此时的分离飞到未来的欢聚，又从未来的欢聚闲谈飞回到过去(今日)的相思，在时间和空间上打了一个回转，使过去、现在、未来得到和谐的交融与统一。理想与现实同时展现，真境与幻境共相叠印，构成了一个浑融完整的艺术意境，使这首短短的七言绝句显得深婉曲折，含蓄隽永，余味无穷。

这种在时间和空间上的大跨度跳跃，是由诗歌跳跃性的思维特点决定的。有人说，小说是线，是面，而诗歌是点，是一个个跳荡跃动的点。说得更形象一点儿，如果说小说是一条绵延不断的路，是一幅长长的卷轴，那么，诗则是茫茫雪原上的足印，是连缀在一起的颗颗玄珠。在诗人情感勃发的时候，各种不同的场景、物象、意绪就如狂泉喷发，在诗人的脑海里纷纷涌现，诗人就像一个高明的摄影师，抢拍下一个个闪光的镜头，然后把它们组织成一幅完整的图画，呈现于读者面前。所以，诗并不像绘画那样，只能描绘一个场景，表现一种物态人情，而是纵览古今，贯通南北，把历史与现实、过去与未来、此景与彼景、真境与幻境统一在一个画面里。例如：

> 王濬楼船下益州，金陵王气黯然收。千寻铁锁沉江底，一片降幡出石头。
> 人世几回伤往事，山形依旧枕寒流。从今四海为家日，故垒萧萧芦荻秋。

——刘禹锡《西塞山怀古》

文学欣赏

三国之时,吴晋争雄,晋将王濬率领楼船战舰沿江而下,突破千寻铁锁的封锁线,直捣吴都建业。石头城里,一片降旗飘飘而出,宣告孙吴政权的崩溃。诗人首先为我们描绘了一幅历史的画卷,把读者带入战火纷飞的古战场。接着,诗人又把读者的视线引向眼前的现实,山形依旧,寒波澹澹,秋风萧萧,荻花瑟瑟,这一切都是诗人眼里所看到的实景,却又如此紧密地和以往的历史联系在一起。在这里,历史和现实获得了如此和谐的统一,不但寄托了诗人的兴衰感慨,而且启发读者对历史与现实进行深刻的思考。

第三节　诗歌欣赏技巧

艺术是一个玄妙迷人的领域,诗,更是一个神奇的国度。戴叔伦说:"诗家之景,如蓝田日暖,良玉生烟,可望而不可置于眉睫之前也。"所以,可以说,诗歌欣赏是一种可望而不可即的寻觅。但是,只要我们充分调动自己的经验和知识,掌握一定的欣赏方法,同样可以在诗人为我们创造的美妙的艺术天地里流连徜徉,尽情领略那无边的风光美景。

一、想象和联想

大家知道,创作不能没有想象,在艺术创作的过程中,艺术家的思维可以超越现实时空的限制,上天入地,追古抚今,在想象的天地里纵情驰骋,任意遨游,即所谓"观古今于须臾,抚四海于一瞬"(陆机),"寂然凝虑,思接千载;悄焉动容,视通万里。吟咏之间,吐纳珠玉之声;眉睫之前,舒卷风云之色"(刘勰)。可以说,想象是艺术家心灵的"第二视觉",是艺术创作不可或缺的因素。同样,想象也是艺术欣赏的重要手段,尤其是诗歌的欣赏,更是离不开丰富的想象。柯勒律治在《文学传记》里说:"想象是写诗才能与鉴赏诗的才能这二者的根源。"诗是语言艺术,它所提供的形象不能像造型艺术那样直接呈现为空间并列中的具体形象,读者在欣赏的过程中无法通过感官直接感受到,而是要根据读者自己的经验与感受,借助丰富的想象和联想,对形象进行丰富和补充,才能使完整生动的形象跃然如在目前。清人况周颐言:"读词之法,取前人名句意境绝佳者,将此意境缔构于吾想望中,然后澄思渺虑,以吾身入乎其中,而涵泳玩索之。吾性灵与相浃而俱化,乃真实为吾有,而外物不能夺。"(《蕙风词话》)就是说读者在阅读时要借助想象使自己进入诗人为我们创造的迷人的艺术境界中去,才能尽情地领略里面无限的风光美景,体味其中深含的内在意蕴。《诗经》里有一首诗《芣苢》:"采采芣苢,薄言采之。采采芣苢,薄言有之。采采芣苢,薄言掇之……"全诗很简单,只是换了几个动词来叙述采集芣苢的劳动过程,初读似乎并没有多少诗意,诗中也没有什么人物景象的描绘。但是,读者却可以想象,有采集芣苢的动作,就必定有人,而采花摘草一般是女性的工作,所以人就具体化为劳动妇女的形象。芣苢是一种草,或生长在田间水边,或生长在平原旷野,这就是人物活动的背景。再从这首诗的情调韵味来看,似乎是妇女们在劳动过程中随意吟唱的民歌。这样,又有了"歌声"这个听觉意象,人物有了,人物活动的环境也有了,这样一来,在读者的想象中就会出现一幅完整的、充满浓厚生活气息的优美画面,读者似乎还能听到"田家妇女,三三五五,于平原旷野,风和日丽中,群歌互答,余音袅袅,若远若近,忽断忽续",于是获得一种审美的快感,以至于"不知情之何以移,而神

之何以旷也"。(方玉润《诗经原始》)

联想也是一种想象,在阅读的过程中,作品中美妙动人的诗境往往触发欣赏者原有的生活感受和经验回忆,在心中唤起类似的情感体验和记忆,欣赏者似乎又回到了以往亲历、亲见、亲闻的现实场景——实境,并且与作品的诗境相印证,从而更真切地感受到作品美的形象和美的意境(《红楼梦》第四十八回写到的香菱读了王维的诗后和黛玉的一段谈话就清楚地说明了这个问题),这叫类似联想(或接近联想)。这种类似联想不仅能把读者从诗境带回过去的实境,还可以让读者从眼前的实境进入作品的诗境,从而加深对诗境的感受和理解。宋代周紫芝在谈到他读杜诗的体会时说:"余顷年游蒋山,夜上宝公塔,时天已昏黑,而月犹未出。前临大江,下视佛屋峥嵘,时闻风铃,铿然有声。忽忆杜少陵诗'夜深殿突兀,风动金银铛',恍然如己语也。又尝独行山谷间,古木夹道交阴,惟闻子规相应木间,乃知'两边山木合,终日子规啼'之为佳句也。又暑中濒溪与客纳凉,时夕阳在山,蝉声满树,观二人洗马于溪中,曰:此少陵所谓'晚凉看洗马,森木乱鸣蝉'者也。"(《竹坡诗话》)杜甫的这些诗都是佳句,所描绘的也都是佳境,可是由于周紫芝以前没有这种亲身的体验,所以"平日诵之,不见其工",感觉不出诗的妙处,而现在面对此情此景,联想起杜诗,似乎写的就是眼前之景,说的就是自己心里想说而没有说出来的话,"乃始知其为妙也"。

二、品味与咀嚼

一盅清茶,一杯醇醪,若遇饕餮之徒,必然如笨牛饮河,一气灌下,虽能消渴买醉,然饮而不知其味。善饮者则细咽慢吞,仔细品尝,直觉馨香满口,余味无穷。读诗也当如此。诗,尤其是中国古典诗歌,讲究言外之意,味外之旨,以含蓄蕴藉为美。平淡无奇的诗句,短小精悍的篇幅,往往蕴藏着无限深广的内容和深渺幽微的情思,如果生吞活剥,囫囵吞枣,或望文生义,学究解诗,又怎能领略那深远悠长的个中滋味呢?

文有文理,诗有诗味。诗味不是酸咸之味,而是"味在酸咸之外",是"味外之旨""韵外之致",是有限的形象所包含的无限丰富的哲理与情思,是诗人寄托在诗中而又没有明白说出来的言外之意、弦外之音,是诗中独有的情味、意味、兴味、韵味。且看宋之问的《渡汉江》:"岭外音书断,经冬复历春。近乡情更怯,不敢问来人。"诗人因事贬谪岭南,客居他乡,多年音讯不通,其思亲想家之情不言可知,现在终于有机会踏上回乡之路,眼看就要和家乡亲人见面了,本应欣喜若狂,可是诗人因为是获罪遭贬,虽然希望能尽快和家人团聚,但不知家中现在情景,所以离家越近,内心越是忐忑不安,甚至不敢向来人打听家乡之事。一个"情更怯",一个"不敢问",把诗人归乡途中且悲、且喜、且忧的矛盾复杂心情表现得淋漓尽致,使千百年来有这种遭遇的人感同身受,没有类似经历的人也似乎被触动了内心的某种东西,从而引起感情上的共鸣。

那么,对诗中之味该如何"品"呢?

首先,要求欣赏者能透过诗中的景物形象体会到其中深含的情感意蕴。前面已经说过,诗人往往并不直抒其情,而是把难以言说之情寄寓于景物的描写之中,使情与景达到和谐完美的交融,这就更需要欣赏者细细咀嚼,品尝出诗中"像吃橄榄的那点儿回甘味儿"。如李商隐的《无题》:"相见时难别亦难,东风无力百花残……",首句直接抒

情，感叹人生的悲多欢少、生离死别。按惯例，下句是承上，应该进一步说明"难"之何在。但是诗人笔锋一转，不言情反而写景，似乎是"顾左右而言他"，其实却是以景寓情，景中含情。

其次，要把握诗人没有直接说出来的言外之意、弦外之音。有些诗意，诗人或者不便明言，或者说白了就缺少一种含蓄之美，所以往往采取暗示、象征等手法，让读者自己去猜测，去领悟。例如朱庆馀《宫中词》："寂寂花时闭院门，美人相并立琼轩。含情欲说宫中事，鹦鹉前头不敢言。"不说宫廷中的黑暗恐怖，不说幽闭深宫的女子的痛苦，只写她在会学舌的鹦鹉面前不敢言宫中之事，不言其意而意在其中。

最后，要咀嚼品味诗中文字。例如杜甫《蜀相》开头一句："丞相祠堂何处寻？"这个"寻"字，初看平淡无奇，它所包含的意思却深微幽渺。一个"寻"字，说明诗人并非闲行时偶然发现武侯祠，而是特意来寻访，既恰如其分地道出了诗人对先贤的仰慕之情，又为后面的赞颂、痛惜之词埋下了伏笔，无穷韵味尽在一字之工。这样的例子有很多，例如大家所熟知的"春风又绿江南岸"的"绿"字，"红杏枝头春意闹"的"闹"字，都是只著一字而境界全出，诗味盎然。

三、感性到理性

诗以抒情为主，但优秀的诗篇往往不仅抒发了诗人具体的主观情感，而且寄寓着诗人带有普遍性的人生经验和感受，包含着诗人对人生哲理的思辨和对生命真谛的探索。诗的永恒魅力就在于它具有超出字面意思和形象表面含义的内在的哲理意蕴。例如张若虚的《春江花月夜》，不但用清丽优美的语言描绘了春江花月夜缥缈迷人的意境，塑造了一个美丽动人的思妇形象，而且通过"江畔何人初见月？江月何年初照人"这样富有哲理意味的发问，把读者的思维引向无限广阔的时空，在浩渺的宇宙背景下进行深沉的思索，暗示了人生的短暂，表现出"少年时代在初次人生展望中所感到的那种轻烟般的莫名惆怅与哀愁"(李泽厚语)，使读者似乎从中领悟到了某种宇宙人生的精义。

读者如何才能突破作品的表层含义，参悟出更为深刻的哲理意蕴呢？事实上，在欣赏的高级阶段，艺术作品的作用已经从情感的领域上升到理性认识的范畴，读者不但被诗中如画的境界和浓郁的诗情所感染陶醉，而且在获得情感愉悦的同时已经对诗中所含的深微幽渺的精义妙理进行心领神会的体悟。这是一种心灵深处的顿悟，是沟通诗人与读者心灵的契机。诗人在进行艺术创作的时候，通过灵视(心灵的视觉)对自然和社会的万事万物进行澄思渺虑的静默观照，从而顿悟到其中深刻的宇宙哲理和人生精义。读者在欣赏的过程中同样以灵视去窥探诗人灵魂深处迸发的情感与理性交融的思想火花。例如王维的《辛夷坞》："木末芙蓉花，山中发红萼。涧户寂无人，纷纷开且落。"涧户空寂，杳无人迹，唯有辛夷花在那里自开自落，自荣自谢。诗人用淡淡的笔墨描绘了一幅空远、清灵的"空山幽花图"，的确美妙动人。但是，如果读者仅仅流连于富有诗情画意的境界之中，而不做更深层的探究，就只是一种浅层次的欣赏。请看吧，在这优美宁静的画面里，却蕴藏着无穷的生命活力：春天已经来临，辛夷花在生命力的催动下竞相开放，显示出一派勃勃生机，随着时间的推移，最后又纷纷扬扬地向人间撒下片片落英。花开花落本身是一种很普通的自然现象，诗人正是在这种普遍的自然现象中感受到了自然的内在生命的跃动，顿悟

到了宇宙万物变动不居的铁的规律。这是诗人对客观自然的认识和感悟，同时，这不也是读者进入诗人所创造的艺术境界中获得的一种诗意的彻悟吗？

第四节　诗歌作品欣赏

关　雎

《诗经·周南》

关关雎鸠[1]，在河之洲[2]。窈窕淑女[3]，君子好逑[4]。参差荇菜[5]，左右流之[6]。窈窕淑女，寤寐求之[7]。求之不得，寤寐思服[8]。悠哉悠哉[9]，辗转反侧[10]。参差荇菜，左右采之。窈窕淑女，琴瑟友之[11]。参差荇菜，左右芼之[12]。窈窕淑女，钟鼓乐之[13]。

【注释】

[1] 关关：雌雄二鸟相和答的鸣声。雎(jū)鸠：未详何鸟。近人疑为鸠类的鸟。

[2] 洲：水中的陆地。

[3] 窈(yǎo)窕(tiǎo)：形容女子文静而美好。淑女：贤淑美好的女子。

[4] 好逑：理想的配偶。

[5] 参(cēn)差(cī)：长短不齐。荇(xìng)菜：一种可以吃的水生植物。

[6] 流：用手捞取。

[7] 寤寐：睡醒为"寤"，睡着为"寐"。在这里"寤寐"即日夜的意思。

[8] 思服：思念。

[9] 悠哉悠哉：即"悠悠"，思念深长的样子。

[10] "辗转"句：在床上翻来覆去。

[11] "琴瑟"句：弹奏琴瑟同她亲近。友，亲。

[12] 芼(mào)："覒"的借字，用手拔取。

[13] "钟鼓"句：敲钟打鼓来取悦她。

【赏析】

《关雎》是《诗经·国风》的第一篇，也是全书的首篇，《毛诗序》认为此诗是吟咏"后妃之德"，"是以《关雎》乐得淑女以配君子"，其实这是一首典型的描写恋爱的作品，全诗表达了一个青年男子对心目中的美丽姑娘苦苦的思恋与追求。

开头两句，诗人借景发端，写得有声有色，不仅起到了"兴"的作用，即"先言他物以引起所咏之词"，还以雌雄相应和鸣的水鸟来比喻青年男女甜蜜的爱情，十分贴切。请看：丽日晴空，流水潺潺，成双成对的雎鸠在沙滩上嬉戏，发出悦耳的欢叫声。此情此景，怎能不引起诗人无限的感慨：禽鸟尚如此，可在现实中找到一位理想的佳偶却实在不易！

接着，诗歌进一步抒写了诗人对心目中的"窈窕淑女"的追求和思念。那水中摇摆不定的"荇菜"，就像是少女那颗捉摸不透的心，他痴心地想念她，追求她，甚至到了寝食难安的地步，可是，却始终"求之不得"，令其"辗转反侧"，可见诗人是多么痛苦，又是多么痴情。

在最后一章中，诗人"求之不得"却难以舍弃，设想自己用琴瑟弹奏出动人的乐曲，以亲近姑娘，最后敲钟打鼓，取悦姑娘，把姑娘娶回家，全诗就在这欢乐幸福的幻境中

结束了。

诗歌成功地使用了民歌中惯用的兴、比的表现手法,比喻贴切,在结构上具有重章复沓的特点,回还往复,一唱三叹,感人至深。

【知识拓展】

关于《诗经》

《诗经》是中国最早的诗歌总集,共收录自西周初年至春秋中叶500多年的诗歌305篇。原称《诗》或《诗三百》,汉代儒生始称《诗经》。现存的《诗经》是汉朝毛亨所传下来的,所以又叫"毛诗"。

《诗经》中的诗,当时都是能演唱的歌词。按所配乐曲的性质,可以分成《风》《雅》《颂》三类。《风》是民歌,《雅》是乐歌,《颂》是祭歌。《风》包括15"国风",大部分是黄河流域的民歌,共160篇。《雅》包括《小雅》和《大雅》,共105篇,基本上是贵族的作品,只有小雅的一部分来自民间。《颂》包括《周颂》《鲁颂》和《商颂》,共40篇,是宫廷用于祭祀的歌词。《诗经》以赋、比、兴为基本表现手法。赋,铺陈其事而直言之也,即叙述;比即比喻,以彼物比此物;兴,先言他物以引起所咏之词。风、雅、颂、赋、比、兴合为"诗六义"。

《诗经》是中国韵文的源头,是中国诗史的光辉起点。它形式多样,史诗、讽刺诗、叙事诗、恋歌、战歌、颂歌、节令歌以及劳动歌谣样样都有。它内容丰富,对周代社会生活的各个方面,例如劳动与爱情、战争与徭役、压迫与反抗、风俗与婚姻、祭祖与宴会,甚至天象、地貌、动物、植物等各个方面都有所反映。可以说,《诗经》是周代社会的一面镜子,《诗经》的语言也是研究公元前11世纪到公元前6世纪汉语概貌的最重要的资料。

山 鬼

屈原

若有人兮山之阿[1],被薜荔兮带女萝[2]。既含睇兮又宜笑[3],子慕予兮善窈窕[4]。乘赤豹兮从文狸[5],辛夷车兮结桂旗[6]。被石兰兮带杜衡,折芳馨兮遗所思[7]。

余处幽篁兮终不见天[8],路险难兮独后来[9]。表独立兮山之上[10],云容容兮而在下[11]。杳冥冥兮羌昼晦[12],东风飘兮神灵雨[13]。留灵修兮憺忘归[14],岁既晏兮孰华予[15]?采三秀兮于山间[16],石磊磊兮葛蔓蔓[17]。怨公子兮怅忘归[18],君思我兮不得闲[19]。山中人兮芳杜若[20],饮石泉兮荫松柏[21]。君思我兮然疑作[22]。雷填填兮雨冥冥[23],猨啾啾兮又夜鸣[24]。风飒飒兮木萧萧[25],思公子兮徒离忧[26]。

【注释】

[1] 若有人,仿佛有人,指山鬼。阿,山的弯曲处。

[2] 被,通"披"。带女萝,以女萝为带。女萝,蔓生植物名。

[3] 含睇(dì),含情斜视。宜笑,笑得很美的样子。

[4] 子,指山鬼所爱慕的男子。予,山鬼自称。

[5] 赤豹,毛赤而文黑的豹。从,随行。文狸,狸毛黄黑相离。

[6] 辛夷,香木名。结桂旗,结桂枝为旗。

[7] 遗(wèi)所思，送给所思慕的人。

[8] 余，山鬼自称。幽篁，深密的竹林。

[9] 后来，迟到。

[10] 表，突出貌。

[11] 容容，云出貌。

[12] 杳，深沉。冥冥，昏暗貌。昼晦，白天昏黑。

[13] 神灵雨，神灵下雨。

[14] 灵修，这里指山鬼。憺(dàn)，安乐。

[15] 华，荣华，这里作动词用。王逸注："年岁晚暮，将欲罢老，谁复当令我荣华也。"

[16] 三秀，芝草，芝一年三次开花，故称"三秀"。

[17] 磊磊，众石貌。蔓蔓，蔓延貌。

[18] 公子，指对方。

[19] 这句设想对方思念我却不得空闲前来。

[20] 山中人，山鬼自指。杜若，香草名。芳杜若，像杜若般芬芳。

[21] 荫松柏，以松柏为荫。

[22] 然，不疑。这句设想对方思念自己而又信疑交错。

[23] 填填，雷声。

[24] 啾啾，猿鸣声。又，一作"狖(yòu)"，猿类。

[25] 飒(sà)飒，秋风声。萧萧，风吹树叶摇落的声音。

[26] 徒，徒然。离，通"罹"，遭受。

【赏析】

《山鬼》是《九歌》中极其优美而情味隽永的一篇，写一位山中女神(山鬼)的爱情故事，通过她赴约不遇，久候不至而陷入痛苦的描写，歌颂了女主人公对爱情的无比忠贞，表现了诗人对人间真、善、美的追求。

全诗第一节描绘了山鬼美丽而又独特的形象，在朦胧的深山幽曲处，这位山中女神以特有的风韵出现了，她身上披萝带荔，缀满香花异草，乘着赤豹，带着文狸，含情带笑，冉冉而来，在匆匆忙忙赴约的路上，还不忘采摘沿途的花草，准备送给自己的情人。第二节写她带着最热切的期待和渴望来到相约的地方，可是她所盼望的人却还没有到，她登高远眺，急切地寻找着。忽然间浓云密布，东风飘雨袭来，痴情的她却仍苦苦地等待。第三节写女神一边苦思对方，一边又设想对方也在思念自己，只是因为不得空闲或信疑交错而未能前来，忧思怨怅却不能割舍。加上那夜雨滂沱，猿猴哀鸣，风声飒飒，木叶萧萧，在一片愁云惨雾中，女神的一片痴情被表达得淋漓尽致。

在本篇里，诗人采用浪漫主义和现实主义相结合的手法，塑造了山鬼(山中女神)这样一个人神结合的艺术形象。景物描写虽神奇诡异，却能以景写情，情景交融；对主人公的心理描绘更是曲折深微，细腻传神。诗篇写的是山神的恋歌，但所揭示的仍然是人间爱恨的交织和无奈。

【知识拓展】

关于《楚辞》

楚辞是战国时期以屈原为首的楚国人在本国民歌基础上创造的一种新的诗体。西汉刘向将楚国屈原、宋玉以及汉代的东方朔、淮南小山和他自己的诗歌编成一个诗歌总集，名

为《楚辞》。东汉王逸为之作注，名曰《楚辞章句》，共17卷。

《楚辞》的主要作者屈原创作出了《离骚》《九歌》《九章》《天问》等不朽作品。其中，《离骚》是《楚辞》中最有代表性的作品，后人也有以"骚"来指称《楚辞》的。

《楚辞》是继《诗经》之后的又一部诗歌总集，在中国诗史上占有重要地位。《诗》《骚》并称，成为中国古典诗歌的两大源头。特别是《楚辞》中的屈原作品，以其深邃的思想、浓郁的情感、丰富的想象、瑰丽的文辞，体现了内容与形式的完美统一。它的比兴寄托手法，不仅运用在遣词造句上，且能开拓到篇章构思方面，为后人提供了创作的楷模。而它对其后的赋体、骈文、五七言诗的形成都产生了深远的影响。

陌 上 桑

汉乐府民歌

日出东南隅[1]，照我秦氏楼[2]。秦氏有好女[3]，自名为罗敷[4]。罗敷喜蚕桑[5]，采桑城南隅。青丝为笼系[6]，桂枝为笼钩。头上倭堕髻[7]，耳中明月珠[8]。缃绮为下裙[9]，紫绮为上襦[10]。行者见罗敷[11]，下担捋髭须[12]。少年见罗敷，脱帽著帩头[13]。耕者忘其犁，锄者忘其锄。来归相怨怒，但坐观罗敷[14]。

使君从南来[15]，五马立踟蹰[16]。使君遣吏往，问是谁家姝[17]？"秦氏有好女，自名为罗敷[18]。""罗敷年几何？""二十尚不足，十五颇有余[19]。"使君谢罗敷[20]："宁可共载不[21]？"罗敷前置辞[22]："使君一何愚[23]！使君自有妇，罗敷自有夫。"

"东方千余骑，夫婿居上头[24]。何用识夫婿[25]？白马从骊驹[26]；青丝系马尾，黄金络马头；腰中鹿卢剑[27]，可直千万余。十五府小吏[28]，二十朝大夫[29]，三十侍中郎[30]，四十专城居[31]。为人洁白晳[32]，鬑鬑颇有须[33]。盈盈公府步[34]，冉冉府中趋[35]。坐中数千人，皆言夫婿殊[36]。"

【注释】

[1] 隅，方位，角落。

[2] 我，"我们"的省称，这句用的是作者的口吻。

[3] 好女，美女。

[4] 罗敷，古美人名，汉代女子常取以为名。

[5] 喜，一本作"善"。

[6] 青丝，青色丝绳。笼，装桑叶的竹篮。系，系物的绳子。

[7] 倭堕髻，即堕马髻，发髻偏在一边，呈欲堕之状，是当时时髦的式样。

[8] 明月珠，宝珠名。

[9] 缃，浅黄色。绮，有花纹的绫。

[10] 襦，短袄。

[11] 行者，过路的人。

[12] 下担，放下担子。捋，用手握住条状物，顺着移动、抚摩。宋本《乐府诗集》作"将"，据汲古阁本校改。髭，唇上的胡须。这句描写过路的行人，情不自禁地放下担子，摸着胡须，注视美丽的罗敷。

[13] 帩头，包头发的纱巾。古人加冠之前，先以纱巾束发。这句描写少年们见罗敷美丽，脱下帽子整理发巾，用故意做作的举动来炫耀自己。

[14] "来归"两句：坐，因为。这两句意思说，耕者、锄者归来彼此抱怨，只是因为看罗敷而耽误

了劳作。又，清代陈祚明说："缘观罗敷，故怨怒妻妾之陋。"(《采菽堂古诗选》)亦通。这是民歌中夸张的手法。

[15] 使君，汉代太守或刺史的称呼。

[16] 五马，五匹马。汉代太守驾车用五匹马。踟蹰，徘徊不前。

[17] 姝，美女。

[18] "秦氏"两句：是吏人询问后对太守的答词。

[19] "二十"两句：是吏人再次询问后对太守的答词。

[20] 谢，问，告。

[21] 宁，问词，作"岂"或"其"字解。共载，指与太守共乘，就是嫁给太守之意。以上两句是吏人代太守向罗敷的问词。

[22] 置辞，犹致辞，即答话。

[23] 一何，与"何其"同义。一说，"一何"作"何"字解，"一"为语气助词，亦通。

[24] 上头，前列。

[25] 用，以。识，辨认。

[26] 骊，深黑色的马。驹，两岁的马。这句说，骑着白马后边跟着小黑马的大官是我的丈夫。

[27] 鹿卢剑，指剑首用玉做成辘轳形。

[28] 府小吏，太守府中地位卑下的小官吏。

[29] 朝大夫，朝廷中大夫的官职。

[30] 侍中郎，也是官名。按汉代的官制，侍中郎是加官，在原官上特加的荣衔，兼任这种官职的经常在皇帝左右侍奉。

[31] 专城居，一城之主，如太守、刺史一类的官。

[32] 皙，白。白皙，指皮肤的颜色。

[33] 鬑(lián)鬑，鬓发稀疏貌。颇有须，略微有一点儿胡须。

[34] 盈盈，同下句的"冉冉"都是舒缓貌。公府，官府，公府步犹言官步。

[35] 以上两句写自己的丈夫走起路来很有派头，在官府中走来走去。

[36] 殊，优秀出众。

【赏析】

本篇是汉乐府民歌中著名的叙事诗，作者采用喜剧手法来揭露统治阶级的荒淫无耻，同时塑造了一个坚贞美丽、机智勇敢的劳动妇女的形象。

诗歌的第一部分描写罗敷的惊人美貌。作者没有作正面描绘，而是从她生活的环境、所用的器物、所梳的发式及所着的衣服落墨，来衬托罗敷的美貌。接着诗人运用烘托手法，通过旁观者见到罗敷时的神态举止来表现罗敷的美：过路人看到她，不由自主地放下担子，捋着胡须注目而视；少年人看到她，脱下帽子戴上帩头，想引起她的注意；耕者忘记了身边的犁，锄者也忘记了手中的锄……各种人都因为罗敷而神魂颠倒，你想罗敷有多美！不直接写美的形象，而去写美的效果，引导读者凭借自己的想象去"再创造"一个罗敷，这正是作者的匠心所在。这段描写很有生活气息，渲染出活泼的喜剧气氛，同时在结构上也为那"五马立踟蹰"的"使君"上场作了引导。

诗歌的第二部分写"使君"仗着权势强要罗敷与他一起坐车回去，遭到罗敷的断然拒绝。

诗歌的第三部分描写罗敷向"使君"盛夸自己的夫婿，说他官居要职，才貌出众。这种"以其人之道，还治其人之身"的反击，充分显示了罗敷的智慧，令仗势欺人的"使君"目瞪口呆，自惭形秽。罗敷越说越高兴，"使君"自然越听越扫兴。"座中数千人，

皆言夫婿殊"！这幕喜剧就在这充满胜利快感的哄笑声中结束了，而把"使君"如何狼狈而去的丑态留给读者自己去想象。这首诗歌充分调动了民歌中常用的铺叙手法，写得文辞飞动，酣畅淋漓。诗歌语言清新活泼，字里行间蕴含着一种幽默俏皮的情韵，千百年来传诵不绝。

【知识拓展】

汉乐府

乐府本是秦朝、汉朝设置的诗、乐、舞三者相结合的音乐机关。到了六朝，人们把此机构采集制作、和乐而歌的诗称为"乐府"，乐府便由机构名称变为一种带音乐性的诗体的名称。

汉乐府就是指汉时乐府官署所采制的诗歌，是继《诗经》之后，古代民歌的又一次大汇集，它不同于《诗经》的浪漫主义手法，而是"感于哀乐，缘事而发"，开启诗歌现实主义新风。其中女性题材作品占重要位置，它用通俗的语言构造贴近生活的作品，由杂言渐趋向五言，采用叙事写法，刻画人物细致入微，创造人物性格鲜明，故事情节较为完整，而且能突出思想内涵，着重描绘典型细节，开拓叙事诗发展成熟的新阶段，也是中国诗歌史上五言诗体发展的一个重要阶段。《陌上桑》《孔雀东南飞》是汉乐府民歌中较有代表性的作品。

燕 歌 行

曹丕

秋风萧瑟天气凉，草木摇落露为霜，群燕辞归雁南翔[1]。念君客游思断肠[2]，慊慊思归恋故乡[3]，何为淹留寄佗方[4]？贱妾茕茕守空房[5]，忧来思君不敢忘，不觉泪下沾衣裳。援琴鸣弦发清商[6]，短歌微吟不能长。明月皎皎照我床，星汉西流夜未央[7]。牵牛织女遥相望，尔独何辜限河梁[8]。

【注释】

[1] 雁，《乐府诗集》作"鹄"。

[2] 思断肠，《乐府诗集》作"多思肠"。

[3] 慊慊，空虚之感。

[4] 何为，《乐府诗集》作"君何"。淹留，久留。佗，同"他"。

[5] 茕(qióng)茕，孤独貌。

[6] 援，引，拿过来。清商，乐曲名。

[7] 星汉西流，银河转向西，表示夜已很深。夜未央，夜已深而未尽之时。

[8] 尔，指银河两边的牵牛、织女星。辜，罪。河梁，河上的桥，这里指银河。限河梁，是说为银河所隔，不能会面。

【赏析】

"秋风萧瑟天气凉，草木摇落露为霜，群燕辞归雁南翔。"开头三句写出了一片深秋的肃杀景象，为女主人公的出场做了准备。这里的形象有视觉、听觉、感觉，给人一种空旷、寂寞、衰落的感受。这种景致和即将出场的女主人公的内心之情是一致的。这三句虽然只是写景，还没有正面言情，但是我们已经感觉到情满于纸了。

第二章 诗歌欣赏

"念君客游思断肠,慊慊思归恋故乡,何为淹留寄他方?"在前面已经描写过的那个肃杀的秋风秋夜的场景上,女主人公登台了。她愁云满面,孤寂而又深情地望着远方自言自语,她说:"你离家已经这么长时间了,我思念你思念得柔肠寸断。我也可以想象得出你每天那种伤心失意的思念故乡的情景,可是究竟是什么原因使你这样长久地留在外面而不回来呢?""慊慊思归恋故乡"是女主人公在想象她的丈夫在外面思念故乡的情景。"何为淹留寄他方?"这里有期待,有疑虑,同时也包含着无限的悬心。是什么原因使你至今还不能回来呢?是事务繁忙?是战事紧急?是你生病了?受伤了?还是……那简直更不能想了。看,女主人公的心思多么沉重啊!

"贱妾茕茕守空房,忧来思君不敢忘,不觉泪下沾衣裳。"这三句描写了女主人公在家中的生活情景:她独守空房,整天以思夫为事,常常泪落沾衣。这一方面表现了她生活上的孤苦无依和精神上的寂寞无聊;另一方面又表现了女主人公对她丈夫的无限忠诚与热爱。她的生活尽管这样凄凉孤苦,但是她除了想念丈夫,除了盼望着他早日回归以外,别无任何要求。

"援琴鸣弦发清商,短歌微吟不能长。"女主人公在这秋月秋风的夜晚,愁怀难释,她取过瑶琴想弹一支清商曲,以遥寄自己难以言表的衷情,但是口中吟出的都是急促哀怨的短调,总也唱不成一曲柔曼动听的长歌。女主人公寂寞忧伤到了极点,即使她想弹别样的曲调,又怎么能弹得成呢?

"明月皎皎照我床,星汉西流夜未央。牵牛织女遥相望,尔独何辜限河梁。"女主人公伤心凄苦地怀念远人,她时而临风浩叹,时而抚琴低吟,彷徨徙倚,不知过了多久。月光透过帘栊照在她空荡荡的床上,她抬头仰望碧空,见银河已经西转,她这时才知道夜已经很深了。"夜未央"在这里有两层含义。一层是说夜正深沉,女主人公何时才能挨过这凄凉的漫漫长夜啊!另一层是象征,是说战争和徭役无穷无尽,女主人公的人生苦难,就如同这漫漫黑夜,还长得很,还看不到尽头呢!面对着这沉沉的夜空,仰望着这耿耿的星河,品味着这苦痛的人生,作为一个弱女子,她又有什么办法能改变自己的命运呢?这时,她的眼睛忽然落在了银河两侧的那几颗亮星上:啊!牛郎织女,你们到底有什么罪过才叫人家把你们隔断在银河两边呢?女主人公对牛郎织女所说的这两句如愤如怨、如惑如痴的话,既是对天上双星说的,也是对自己说的,同时也是对和自己命运相同的千百万被迫分离、不能团聚的男男女女们说的。这个声音是一种强烈的呼吁,是一种悲凉的控诉,是一种愤怒的抗议,它仿佛响彻当时的苍穹,而且在以后近两千年的封建社会里年年月月、时时刻刻都还可以听到它响亮的回声。这样语涉双关,言有尽而余味无穷,低回而又响亮的结尾,是十分精彩的。

【知识拓展】

"三曹"和"七子"

汉末建安年间(196—220),曹氏周围形成了一个进步文人集团,主要有"三曹""七子"和蔡琰。"三曹"即曹操和他的儿子曹丕、曹植。"七子"即孔融、陈琳、王粲、徐干、阮瑀、应玚、刘桢。"七子"在中国文学史上具有相当重要的地位,他们与"三曹"一起,构成建安作家的主力,对诗、赋、散文的发展,都曾做出贡献。

建安诗歌产生于汉末动乱时期,诗人面对现实的苦难,慷慨悲歌,正如《文心雕龙》

中所说:"观其时文,雅好慷慨,良由世积乱离,风衰俗怨,并志深而笔长,故梗概而多气也。"建安诗歌的传统,钟嵘《诗品》称之为"建安风力",严羽《沧浪诗话》称之为"建安风骨",它和"风""骚"——即《诗经》《楚辞》的传统一样,常常成为后代诗歌革新运动标举的旗帜。所谓"风力"或"风骨",都是指诗歌内容充实、风格劲健,有一股内在的力量。"曹刘坐啸虎生风,四海无人角两雄",建安诗歌正是以它深厚的社会历史内容和遒劲浑成的风格,铸就了自己的刚健"风骨"。

咏史(二)

左思

郁郁涧底松[1],离离山上苗[2]。以彼径寸茎[3],荫此百尺条[4]。世胄蹑高位[5],英俊沈下僚[6]。地势使之然,由来非一朝。金张籍旧业[7],七叶珥汉貂[8]。冯公岂不伟[9],白首不见招。

【注释】

[1] 郁郁,茂盛貌。

[2] 离离,下垂貌。苗,初生的草木。

[3] 径寸茎,直径仅一寸的茎干。彼,指山上苗。

[4] 荫,遮盖。百尺条,指涧底松。条,树枝。径寸之苗能遮盖百尺之条,也是地势使之如此。

[5] 世胄,世家子弟。蹑,登。

[6] 沈,同"沉",沉沦。下僚,下级官员,即属员。

[7] 金张,指金日磾和张安世两家族。日磾、安世两人是西汉宣帝时的权贵。籍,同藉,依靠。旧业,先人的遗业。

[8] 七叶,七世。珥,插。汉貂,汉代侍中官冠旁插貂鼠尾为饰。这两句是说,金张凭借祖先的世业七代做汉朝的贵官。《汉书·金日磾传赞》:"七世内侍,何其盛也。"戴逵《释疑论》:"张汤酷吏,七世珥貂。"张汤是张安世的父亲。

[9] 冯公,指冯唐,生于汉文帝时,汉武帝时仍居郎官小职。伟,奇异。

【赏析】

左思所处的时代,门阀制度发展到了顶点,士族地主垄断了高官显职,出身庶族寒门的人则遭到无理的压制,志向不得伸展。左思志高才雄,胸有抱负,却因出身寒微而得不到门阀社会的重视,一生抑郁不得志。本诗写由于门第的限制,有才能而出身寒微的人只能屈居下位,而士族子弟却依靠父兄世业窃居高位,充分表达了诗人对这种不合理的社会现象的强烈不满,以及对自己怀才不遇、壮志难酬的愤懑与不平。

一开篇,诗人就以山下挺拔的苍松与山上初生的小草对比,以山下高大的苍松被山上低矮的小草所遮蔽,以自然界这种不合理的现象暗示人间社会的不平等和不公正。接着诗人直击现实,对当时"上品无寒门,下品无士族"的现实进行了无情的揭露和痛斥。"地势"两句,说的既是自然,又是社会,表达了诗人愤懑而又无奈的心情,同时承上启下,由单纯的议论转入史事,引出所咏之史,先是借"金张"旧事,说明此种不合理现象确实"由来非一朝",再用冯唐的典故抒发自己怀才不遇的忧思与愤懑,不平之气跃然纸上。

【知识拓展】

南北朝乐府民歌和《木兰诗》

南北朝乐府民歌是继周民歌和汉乐府民歌之后以比较集中的方式出现的又一批人民的口头创作,是我国诗歌史上又一新的发展。它不但反映了新的社会现实,而且创造了新的艺术形式和风格。一般说来,它篇制短小,抒情多于叙事。

南北朝民歌虽然是同一时代的产物,但是由于南北的长期对峙,北朝又受鲜卑贵族统治,政治、经济、文化以及民族风尚、自然环境等都大不相同,南北民歌也呈现出不同的色彩和情调。《乐府诗集》所谓"艳曲兴于南朝,胡音生于北俗",正扼要地说明了这种不同。南歌的抒情长诗《西洲曲》和北歌的叙事长诗《木兰诗》,为这个时期民歌增色不少,《木兰诗》尤为卓绝千古。

《木兰诗》是北朝乐府民歌的代表作,是一篇歌颂女英雄木兰乔装代父从军的叙事诗,也可以说是一出喜剧。《木兰诗》和《孔雀东南飞》是我国诗歌史上的"乐府双璧",异曲同工。木兰的英雄形象出现在文学史上是具有不平凡意义的。她是一个勤劳织布的普通姑娘,但当战争来临的时候,竟然勇敢地承担起一般妇女所不能承担的代父从军的任务。《木兰诗》是现实主义和浪漫主义相结合的诗篇。木兰既是现实人物,又是人民理想的化身。

归园田居(其三)

陶渊明

种豆南山下[1],草盛豆苗稀。晨兴理荒秽[2],带月荷锄归[3]。道狭草木长,夕露沾我衣;衣沾不足惜,但使愿无违[4]。

【注释】

[1] 南山,即庐山。
[2] 兴,起床。理,整顿。
[3] 荷,扛着。
[4] 愿无违,不违背自己的意愿。愿,指隐居躬耕,不与世俗同流合污。

【赏析】

这是一首脍炙人口的优美的田园诗。这首短诗十分细腻、生动地描写了诗人对农田劳动生活的体验。"种豆南山下"与"采菊东篱下"有着同样的韵律,但韵味各异。采菊是漫不经心的,而种豆是十分认真的。采菊时不经意地抬头,见到的是幽幽南山,与诗人当时宁静适意的心情十分和谐;而豆种下后经意观察豆苗长势,看见的是稀疏的豆苗。豆苗长得不好,表明种豆人不在行,不过,对陶渊明来说,有这样的成绩也很满足了,这是一种诙谐的心境,我们可以想见诗人看着田中的豆苗和杂草时自嘲的微笑。于是他只得起早贪黑地"理荒秽"了。"带月荷锄归"写得极为精彩,极富情致:明月高挂天际,月影伴着他——荷锄晚归的"老农"。辛苦的劳动化作无限的生活乐趣。夹道而生的茂密的草木、沾湿衣裳的露水,都使这劳动的生活增添了生气。

"衣沾不足惜,但使愿无违"使这首田园诗不只停留在对劳动乐趣的体验上,更进一步点了题。种豆长草也罢,早出晚归也罢,夕露沾衣也罢,都在所不惜,只要称了心愿就

文学欣赏

好。这"愿"是什么呢？是找到一种理想的生活方式，它有些像古代"日出而作，日落而息"的自然生活。在当时政治上一片黑暗的东晋时代，能有这样一种自然宁静的生活是使诗人感到无限欣慰的。

【知识拓展】

谢灵运和山水诗

谢灵运(385—433)，南朝宋诗人，祖籍陈郡阳夏(今河南太康附近)，世居会稽(今浙江绍兴)。其祖父是谢玄，18岁袭封康乐公。他热衷于政治权势，到了刘宋时代，感到自己的特权地位受到威胁，政治欲望不能满足，心怀愤恨，因此，在永初三年作永嘉太守以后，就肆意遨游山水间，民间听讼，不复关怀。后来干脆辞官回会稽，大建别墅，凿山浚湖，经常领着僮仆门生几百人到处探奇访胜，排遣政治上的不满情绪。晚年担任临川内史，后被人以叛逆罪弹劾，流徙广州，元嘉十年在广州被杀。

魏晋以来，崇尚清谈，玄言诗盛行。晋宋之际，山水诗代替了玄言诗，是南朝诗歌的一个重要变化。山水诗的出现与南朝世族士大夫的生活情趣和生活条件有密切关系。他们大都以隐逸为清高，又能在园林别墅里过着悠闲的生活，自然为山水诗的出现准备了条件。另外，诗人对自然美的认识、五言诗的成熟，以及民歌中描写自然景物的艺术经验，为山水诗的出现做了文学上的准备。

谢灵运是扭转玄言诗风，开创山水诗派的第一个诗人。他的山水诗用富丽精工的语言描绘了永嘉、会稽、彭蠡湖等地的自然景色，刻画生动细致，揭示了大自然的美，给人以艺术的享受。谢灵运又是一个用全力雕章琢句的诗人，为齐梁以后的新体诗打下了一定的基础。自他之后，南朝的谢朓、何逊，唐朝的孟浩然、王维等许多山水诗人相继出现，他们以优美的山水诗篇丰富了诗歌的园地。

渭 川 田 家

王维

斜阳照墟落，穷巷牛羊归[1]。野老念牧童，倚杖候荆扉[2]。雉雊麦苗秀，蚕眠桑叶稀[3]。田夫荷锄至，相见语依依。即此羡闲逸，怅然吟式微[4]。

【注释】

[1] 墟落，村落。穷巷，深巷，僻巷。
[2] 荆扉，柴门。
[3] 雉，野鸡。雊(gòu)，野鸡叫。
[4] 式微，语本《诗经》，有归隐之意。

【赏析】

这首诗描绘了薄暮农村的景色，充满了浓郁的生活气息，同时表达了诗人那种游离于现实的悠闲情调，流露出对怡然自得的田园生活的羡慕之情。

前四句写日暮时分，夕阳斜照，暮霭沉沉，村落里却自有一番闲适而鲜活的景象。牛羊牧归，垂垂老者拄杖柴门外，在等待孙子放牧归来。多么宁静与安闲！五、六句既写景，又写农事：麦苗吐穗，野鸡啼鸣，桑叶零落，蚕儿也安眠结蛹。素朴自然，平淡无奇,却有声有色,动静结合。七、八句写农夫们在忙完了一天的农活后,踏着夕阳荷锄归来,在路上相遇,互相问候笑谈。诗人虽然没有写出谈的是什么内容,但可以想到农夫们谈论的话题只能是随意道来的农家琐事,绝不会有官场上的人事升降,宦海浮沉,也不会有什么虚伪和造作。简单的生活,简单的心情,这也正是诗人所歆羡和追求的。诗的最后两句表达了诗人对归隐田园的强烈愿望,然而"怅然"二字又隐含着诗人欲归不能、归无所从的矛盾心态。

全诗采用白描手法,清新自然,平淡中显出盎然诗意。

【知识拓展】

盛唐山水田园诗

山水田园诗是盛唐诗人在陶渊明以来的田园诗和谢灵运以来的山水诗的基础上发展起来的一个诗歌流派。其笔下景物既具化工肖物之妙,又能以清新自然的语言传田园之趣味、山水之精神,在山川风物中融入诗人的感情,即景会心,浑然天成。诗作以五言为主,风格多清淡恬静,具有较高的艺术技巧和审美价值。代表诗人有储光羲、裴迪、丘为、常建、祖咏等,而以王维、孟浩然为首,故后世又称"王孟诗派"。

山水田园诗的盛行有它的社会基础和思想基础。唐代开元、天宝年间,经济空前繁荣,给人们提供了怡情山水的物质条件。社会安定,南北统一,人们能四处游览,山水胜景尽收胸中。唐代士人把隐居待仕当作与应举求官并行的政治道路,隐逸之风盛行一时,而隐士的生活正是与山水田园分不开的。唐代统治阶级又提倡佛老,加之统治阶级内部的矛盾斗争,使得一些文人身在官场而心存江湖,向往着到山水田园中涤荡污浊,平息纷争,求得安宁。这些都是山水田园诗流行的基础。

走马川行奉送封大夫出师西征

岑参

君不见走马川,[行]雪海边[1],平沙莽莽黄入天。轮台九月风夜吼[2],一川碎石大如斗,随风满地石乱走。匈奴草黄马正肥[3],金山西见烟尘飞[4],汉家大将西出师。将军金甲夜不脱,半夜行军戈相拨,风头如刀面如割。马毛带雪汗气蒸,五花连钱旋作冰[5],幕中草檄砚水凝[6]。虏骑闻之应胆慑[7],料知短兵不敢接[8],车师西门伫献捷[9]。

【注释】

[1] "君不见"二句:原作"君不见走马川行雪海边","行"字当是衍文,此诗连句用韵,三韵一换,这里"川""边""天"为韵,与下文用韵例完全相合。雪海,泛指西北苦寒之地。《新唐书·西域传下》:"行度雪海,春夏常雨雪。"

[2] 轮台,唐时属庭州,隶北庭都护府,置有静塞军。

[3] 草黄马正肥,游牧民族作战以骑兵为主,秋天草盛,马有了饲料,养得肥壮,正好进行掠夺战争。

[4] 金山,即阿尔泰山。突厥语呼金为"阿尔泰"。这里泛指塞外山脉。烟尘飞,指战争已经发生。

[5] "五花"句:意谓汗和雪在马身上很快就结成冰。五花和连钱,都是指斑驳的毛色。一说五花连钱指名贵的马。唐开元、天宝年间,社会上最考究马的装饰,常把马的鬃毛剪成花瓣形,剪三瓣的叫"三花马",剪五瓣的叫"五花马"(见《图画见闻志》卷五)。连钱,"连钱骢"的省称。《尔雅·释

畜》第十九："青骊驎騝。"郭璞注云："色有深浅，斑驳隐粼，今之连钱骢。"旋，立即。

[6] 草檄，起草声讨敌人的文书。

[7] 虏骑，敌军。古时贬称北方的民族为"虏"。慑(shè)，恐惧。

[8] 短兵，刀剑一类的短兵器。接，接战，交锋。

[9] 车师，安西都护府所在地，在今新疆维吾尔自治区吐鲁番市。伫(zhù)，等待。

【赏析】

　　这首诗是写安西北庭节度使封常清的一次西征，是岑参边塞诗中杰出的代表作之一。诗人一开始就用大量的笔墨极力渲染边塞恶劣的气候和自然环境：雪海冰原，莽莽平沙，朔风夜吼，飞沙走石。接着写匈奴借草黄马壮之机入侵，燃起处处烽火，遍地狼烟。恶劣的气候、艰苦的环境、来势逼人的匈奴骑兵，正好有力地反衬出"汉家大将西出师"的声威，"将军金甲"三句更写出军情的紧急、军纪的严明，用偶然听到的"戈相拨"的声音来写大军夜行，尤其具有极强的暗示力量，对照着前面敌人来势汹汹的描写，唐军这样不动声色，更显得猛悍精锐。"马毛带雪"三句写塞上严寒，更显出唐军勇敢无畏的精神。虽然战斗还没有开始，但是上面这些描写却强有力地烘托出唐军胜利的必然之势。因此，结尾三句预祝胜利的话就是画龙点睛之笔。"应""料知"虽是推测之辞，但"伫献捷"的结果是毫无疑问的。诗虽叙征战，却以写寒冷为主，暗示冒雪征战之伟功。语句豪爽，如风发泉涌，真实感人。全诗句句用韵，三句一转，如急管繁弦，铿锵短促，节奏明快，与诗中描写的氛围和所叙内容配合得天衣无缝。

【知识拓展】

盛唐边塞诗

　　边塞诗是盛唐兴起的一个诗歌流派。代表诗人有王昌龄、王之涣、王翰、崔颢、李颀等，而以高适、岑参为首，故后人也称"高岑诗派"。

　　唐初边关战事频繁，唐统治者为了捍卫边关而征讨四方，这成了唐代边塞诗派形成的社会基础。唐代边塞诗人大多有从军入幕的戎马经历，他们擅长采用七言歌行和七绝的体裁，主要表现请缨杀敌、报国立功的豪情，描写边塞的艰苦生活和缭绕不尽的乡思边愁，揭露军中矛盾，以及表现塞外奇异风情和民族融合。这些作品不仅有一定的思想意义、认识价值，还具有很高的审美价值。诗歌兼容了建安风骨和秾丽的齐梁笔致，从而形成慷慨壮丽的风格，洋溢着昂扬的时代精神，成为盛唐诗坛的一大诗派。

沁园春·雪[1]

毛泽东

　　北国风光，千里冰封，万里雪飘。望长城内外，惟余莽莽[2]；大河上下，顿失滔滔[3]。山舞银蛇，原驰蜡象[4]，欲与天公试比高。须[5]晴日，看红装素裹，分外妖娆[6]。

　　江山如此多娇，引无数英雄竞折腰[7]。惜秦皇汉武，略输文采[8]；唐宗宋祖[9]，稍逊风骚[10]。一代天骄[11]，成吉思汗[12]，只识弯弓射大雕[13]。俱往矣，数风流人物，还看今朝。

【注释】

　　[1] 沁园春：词牌名，又名"东仙""寿星明""洞庭春色"等。双调，一百十四字。前段十三句，四平韵；后段十二句，五平韵。

[2] 惟余：只剩下。余：有版本作"馀"。莽莽：即茫茫，白茫茫一片，形容空旷无际。

[3] 顿失：立刻失去。顿：顿时，立刻。滔滔：滚滚的波涛。

[4] 原驰蜡象：作者原注"原指高原，即秦晋高原"。驰：有版本作"驱"。蜡象：白色的象。

[5] 须：待、等到。

[6] "看红装"二句：红日和白雪互相映照，看去好像装饰艳丽的美女裹着白色的外衣，格外娇媚。红装：身着艳丽服饰的美女。妖娆(ráo)：娇艳妩媚。

[7] 竞折腰：争着为江山奔走效劳。折腰：倾倒，躬着腰侍候。

[8] "秦皇汉武"二句：是说秦皇汉武，功业甚盛，相比之下，文治方面的成就略有逊色。秦皇：秦始皇嬴政，秦朝的创业皇帝。汉武：汉武帝刘彻，西汉第七位皇帝。略输：稍差。文采：本指辞藻、才华，这里引申为文治。

[9] 唐宗：唐太宗李世民，唐朝建立统一大业的皇帝。宋祖：宋太祖赵匡胤，宋朝的创业皇帝。

[10] 稍逊风骚：意近"略输文采"。逊：差。风骚：本指《诗经》里的《国风》和《楚辞》里的《离骚》，后来泛指文章辞藻。

[11] 天骄：汉时匈奴自称为"天之骄子"，以后泛称强盛的边地民族。

[12] 成吉思汗：元太祖铁木真统一蒙古后的尊称，意思是"强者之汗"。

[13] "只识"这句：是说只以武功见长。识：知道，懂得。雕：一种鹰类的大型猛禽，善飞难射，古代用"射雕手"比喻高强的射手。

【赏析】

本词上阕描写了壮观秀美的北国雪景，展现了伟大祖国的壮丽山河。"北国风光"是上阕内容的总领句。诗人登高远眺，眼界极为开阔，天地苍茫，浑然一色。"千里冰封"为静，"万里雪飘"为动，动静结合，灵动壮美。"望长城内外，惟余莽莽；大河上下，顿失滔滔"中"望"字统领下文，直至"欲与天公试比高"这句。此四句运用了视觉描写，赋予冰封雪飘的风光以更具体、更丰富的直觉，从而使景象更显奇伟雄浑。"山舞银蛇，原驰蜡象，欲与天公试比高"，运用了动态描写，表现了活泼奔放的气势。加上"欲与天公试比高"一句，更有一种奋发的态势和竞争的活力。"须晴日，看红装素裹，分外妖娆"写的是虚景，与前十句写眼前的实景形成对比，想象雪后晴日当空的景象，更显娇艳。

下阕是毛泽东对祖国山河的壮丽的感叹，并引出秦皇汉武等英雄人物，纵论历代英雄人物，抒发了作者伟大的抱负及胸怀。"江山如此多娇，引无数英雄竞折腰"，承上启下，使全词浑然一体。"惜秦皇汉武，略输文采；唐宗宋祖，稍逊风骚。一代天骄，成吉思汗，只识弯弓射大雕"中"惜"字总领七个句子，展开了对历代英雄人物的评论。诗人于历代帝王中举出五位代表性人物，展开一幅幅历史画卷，如同翻阅一部千秋史册，一一加以评说。"俱往矣，数风流人物，还看今朝"中"俱往矣"三字，将中国封建社会的历史一笔带过，转向诗人所处的时代，点出全词"数风流人物，还看今朝"的主题。这震撼千古的结语，发出了超越历史的宣言，道出了改造世界的壮志。

《沁园春·雪》突出体现了毛泽东词风的雄健、大气。作为领袖，毛泽东的博大胸襟和抱负，与广阔雄奇的北国雪景发生同构，充分展示了雄阔豪放、气势磅礴的风格。全词用字遣词，明快有力，挥洒自如。全词合律入韵，凝练通俗，堪称经典之作。

【知识拓展】

沁园春

沁园春，以苏轼词《沁园春·孤馆灯青》为正体，双调一百十四字，前段十三句，四平韵；后段十二句，五平韵。沁园春的代表作有毛泽东《沁园春·雪》等。

　　《沁园春》词牌经考证，最早出现于晚唐。现在传世的、最早的《沁园春》词当数张先的《沁园春·寄都城赵阅道》词。但张先的词与苏轼《沁园春·孤馆灯青》词相比，尚欠精工，故后人填《沁园春》，多遵苏词。

再别康桥

徐志摩

轻轻的我走了，
正如我轻轻的来；
我轻轻的招手，
作别西天的云彩。

那河畔的金柳，
是夕阳中的新娘；
波光里的艳影，
在我的心头荡漾。

软泥上的青荇，
油油的在水底招摇；
在康河的柔波里，
我甘心做一条水草。

那榆荫下的一潭，
不是清泉，是天上虹；
揉碎在浮藻间，
沉淀着彩虹似的梦。

寻梦？撑一支长篙，
向青草更青处漫溯；
满载一船星辉，
在星辉斑斓里放歌。

但我不能放歌，
悄悄是别离的笙箫；
夏虫也为我沉默，
沉默是今晚的康桥！

悄悄的我走了，
正如我悄悄的来；
我挥一挥衣袖，
不带走一片云彩。

第二章 诗歌欣赏

【赏析】

康桥(Cambridge)现通译为"剑桥",徐志摩于 1921—1922 年游学于此。这段短暂的时光对徐志摩产生了重要影响。他曾经说,在 24 岁以前,他对于诗的兴味远不如对于相对论或民约论的兴味,正是康河(River Cam)的水,开启了诗人的性灵:"我的眼是康桥教我睁的,我的求知欲是康桥给我拨动的,我的自我意识是康桥给我胚胎的。"(《吸烟与文化》)1928 年,徐志摩故地重游,在归国的途中吟成了这首经典之作。

这首诗打动了无数的读者,人们在诗歌朗诵会、晚会和离别的宴会上总喜欢吟诵它,就是因为它用清丽的语言和悦耳的音节表达出了带有普遍意义的情感——离愁别绪。诗歌可以表达各种各样的情感,比如欢乐、愤怒、怜悯,但是最好的诗歌应该是忧郁的,忧郁是人类最高贵、圣洁的情感,也是诗歌的灵魂。而离别是最令人难忘的,江淹曾说:"黯然销魂者,唯别而已矣。"离别时的忧郁是最能勾起读者的遐思的,人们在吟诵徐志摩这首诗的时候,会想起无数美好的时光,会禁不住泪流满面。这就是《再别康桥》的魅力所在。

其实早在 1922 年离别康桥前夕,徐志摩已经写了一首关于康桥的长诗——《康桥再会吧》,这首诗同样写到了天上的虹霞、河畔的垂柳、河里的水藻以及河上的歌吟,弥漫于诗中的同样是一种深深的离愁别绪。但是人人都知道《再别康桥》,却不知道《康桥再会吧》,一个很重要的原因就是后者缺少前者那种含蓄蕴藉之美。《康桥再会吧》多次直接宣泄对康桥的深深依恋和感激:"我心头盛满了别离的情绪,""康桥!汝永为我精神依恋之乡!""康桥!你岂非是我生命的泉源?""再见吧,我爱的康桥。"这样便失去了含蓄。而好的诗歌是讲究含蓄的,只有含蓄,才能给读者留下绵绵无尽的想象空间,所谓"一切尽在不言中""此时无声胜有声",就是这个意思。《再别康桥》很好地做到了这一点,整首诗没有一个"愁"字,没有一句依恋的话,相反,诗人在离别时表现得非常潇洒:"悄悄的我走了,正如我悄悄的来;我挥一挥衣袖,不带走一片云彩。"诗人只是在吟咏河畔的金柳、波光里的艳影、软泥上的青荇、水中的虹影,可是我们却读出了一种无处不在的离愁,一种无处不在的对康桥的依恋。

【知识拓展】

徐志摩

徐志摩(1896—1931),原名章垿,浙江海宁人。1921 年赴英国留学;1923 年参与发起成立新月社,成为新月诗派的代表诗人,1931 年因飞机失事而不幸殒命。其主要作品有诗集《志摩的诗》《翡冷翠的一夜》《猛虎集》《云游》,散文集《巴黎的鳞爪》,日记《爱眉小札》等。

文学欣赏

面朝大海，春暖花开

海子

从明天起，做个幸福的人
喂马，劈柴，周游世界
从明天起，关心粮食和蔬菜
我有一所房子，面朝大海，春暖花开

从明天起，和每一个亲人通信
告诉他们我的幸福
那幸福的闪电告诉我的
我将告诉每一个人

给每一条河每一座山取个温暖的名字
陌生人，我也为你祝福
愿你有一个灿烂前程
愿你有情人终成眷属
愿你在尘世获得幸福
我只愿面朝大海，春暖花开

【赏析】

解读诗歌，一般的方法有两个：一是看关键词，就是所谓的"诗眼"；二是看意象。解读《面朝大海，春暖花开》这首诗时，如果看诗眼的话，会发现，"幸福"是出现次数最多的，它似乎就是"诗眼"。此外，还有"温暖""灿烂"等具有情感色彩的形容词，都似乎是把握这首诗歌情感取向的关键；如果看意象，这首诗的重要意象有大海、春、花。无论从诗眼来看还是从意象来看，这都是一首表达了愉快情绪的诗歌。的确，海子是一个满怀赤子之心的诗人，对亲人，对朋友，对麦子，对土地，对天空和大海都充满了赤诚的爱，这些赋予他的诗歌表层以一种温暖、鲜亮的光泽，使人们很容易就把他的诗当作快乐的乐章。但如果翻开他的诗歌的表层，会发现里面却是忧郁，《面朝大海，春暖花开》正是这样的一首诗歌。此诗写于 1989 年 1 月 13 日，两个多月后他就自杀了，诗人的灵魂从忧郁的土地中得到了飞升，肉体融入土地。

诗中的关键词是"幸福"，那么海子所指的幸福是什么？诗的第一节说："喂马，劈柴，周游世界""关心粮食和蔬菜""有一所房子""有一个灿烂前程""有情人终成眷属"，这就是"幸福"，是物质的幸福，典型的"尘世的幸福"；此外，还应有精神的幸福："面朝大海，春暖花开。"这两种幸福都是诗人所需要的，但他并不拥有，所谓"从明天起，做个幸福的人"，是一个反讽的陈述句，意即现在并不幸福，"明天"也只是一个渺茫的时间指向。"从明天起"这个句式的反复出现，强化了幸福的渺茫感。诗的第二节煞有其事地说："从明天起，和每一个亲人通信/告诉他们我的幸福"，以便让亲人和诗人一起分享幸福，然而诗人随即就说："那幸福的闪电告诉我的/我将告诉每一个

人"，原来幸福只是像"闪电"一样倏尔即逝，又如何告诉每一个人呢？作者在想象中已经得到了幸福，并在想象中预先领受了幸福，急迫地要与亲人分享，急迫地要把幸福告诉每一个人，这种虚拟的行动只是彰显了幸福的虚幻。诗的第三节，诗人要把幸福的祝愿献给每一条河、每一座山、每一个人，而他自己，则"只愿面朝大海，春暖花开"，这里的"只愿"其实应该当作"只能"来读解，既然自己无法获得尘世的幸福，那就但愿别人都能获得吧，"我"只要能够得到精神的幸福就足够了。然而，"面朝大海，春暖花开"是一个相当虚幻的意境，所谓精神的幸福，仍旧是一个虚空。满篇是对幸福的言说，我们却只看到诗人的幸福只是一个幻觉。

所以这是一首看似欢快而实际上隐藏着忧郁的诗。但作者的忧郁又不仅仅是源于个人的不幸，这样毕竟太狭隘，作者的忧郁是一种哲学上的忧郁，是一种广义的对于人类的存在状况的忧郁。"幸福"作为人类存在的目的，一直是哲学上的核心概念，哲学家们殚精竭虑地想要论证幸福到底是什么、如何获得，但最后那些严肃的大哲学家(比如叔本华、尼采)相信幸福是短暂的，在得到的同时随即失去，所以痛苦和不幸是永恒的。得出这样的结论，诚然是令人沮丧的，但意识到人生存在的痛苦，却又勇于承担这种痛苦，乃是哲学和宗教指示给我们的接近幸福的路径，也是人类中的精英分子一直在践行的路径。从这个意义上来说，海子诗歌中的忧郁是一种高贵的情愫，它既非彻底的悲观，也非廉价的乐观可比，而是对生命价值的深层肯定。它启示我们：对于生活的复杂要有充分的准备，对于生活的挫折要有韧性的坚守。当然，海子最后无法完成这种坚守而卧轨自杀，这是令人遗憾的，但是正如海子的朋友——诗人西川所说，海子的自杀和他的诗歌都告诉我们："所有活着的人都应该珍惜自己的生命，这样，我们才能和时代生活中的种种黑暗、无聊、愚蠢、邪恶真正较量一番。"

【知识拓展】

海 子

海子(1964—1989)，原名查海生，安徽怀宁县人。1979年考入北京大学法律系。1983年毕业后任教于中国政法大学。1989年3月26日在河北山海关卧轨自杀。从1984年的《亚洲铜》到1989年3月14日的最后一首诗《春天，十个海子》，海子创造了数量惊人的诗歌作品，包括短诗、长诗、诗剧和一些札记。其中，影响最大、在青年中流传最为广泛的是他的短诗，比较著名的有《亚洲铜》《麦地》《以梦为马》《黑夜的献诗——献给黑夜的女儿》等。出版作品有长诗《土地》，短诗选集《海子、骆一禾作品集》《海子的诗》等。

格萨尔王史诗(节选)

藏族人民集体创作　王沂暖、华甲译

第四章　降服妖魔

……

格萨大王唱完，正要加鞭上路，王妃珠姆右手拿着一个金碗，左手举着一瓢美酒，来到大王面前，一把手抓住马缰绳，唱道：

文学欣赏

　　　　　　我左手拿的这瓢酒，
　　　　　　陈酒新酒搀一起。
　　　　　　大王现在要远行，
　　　　　　斟满金杯献给你。
　　　　　　这个酒做时费工夫，
　　　　　　做法请大王听仔细：
　　　　　　做酒的青稞好像野鸟成群飞，
　　　　　　煮酒的蒸汽好像香烟蓬蓬起。
　　　　　　下边一滴一滴好美酒，
　　　　　　滴到银盆里像金鱼。
　　　　　　先前丢上一块曲，
　　　　　　好像半山紫雾腾空起。
　　　　　　今天喝上一口酒，
　　　　　　好像尖嘴鱼鹰钻水里。
　　　　　　威武的大王喝了酒量大如天，
　　　　　　胆小的人儿喝了也能壮胆子。
　　　　　　酒走手上能拉硬宝弓，
　　　　　　酒走身上能穿重铠甲。
　　　　　　酒走头上能戴百斤盔，
　　　　　　酒走腿上能骑千里马。
　　　　　　外边哪有这样酒，
　　　　　　千好万好是在家。
　　　　　　大王你仔细思来仔细想，
　　　　　　还是留在岭尕吧！
　　珠姆唱完，格萨尔大王唱道：
　　　　　　珠姆妃子听我说，
　　　　　　百个里挑不出你这好姑娘。
　　　　　　你绯红双颊还比彩虹艳，
　　　　　　口中出气赛过百茶香。
　　　　　　你右发往右梳，
　　　　　　好像白胸鹰展翅膀。
　　　　　　你左发向左梳，
　　　　　　好像紫雕鸟在飞翔。
　　　　　　你前发向前梳，
　　　　　　好像金翎孔雀把头点。
　　　　　　你后发向后梳，
　　　　　　好像大梵天王坐在宝殿上。
　　　　　　你站起来好像一棵小松树，
　　　　　　你坐下好像一座白帐房。

> 你的美丽呵，
> 真是藏地少有世界也无双。
> 现在天神命令我，
> 远去降魔要快走。
> 我一年的路一月走，
> 一月的路一天走，
> 一天的路只走一顿饭，
> 快去快来不停留。
> 你好心好意来相劝，
> 我要喝完这瓢酒。
> 祝你平安住家里，
> 别伤心呵别发愁。

格萨尔大王唱完，珠姆难舍难离地唱道：
> 白雪山不留要远走，
> 丢下白狮子放哪里？
> 大河水不留要远走，
> 丢下金银鱼放哪里？
> 高草山不留要远走，
> 留下花母鹿放哪里？
> 岭大王不留要远走，
> 留下我珠姆姑娘放哪里？

格萨尔大王唱道：
> 森姜珠姆王妃呵！
> 请你细心听我言。
> 白雪山要远走，
> 手掌般的雪地要留下，
> 白狮子就请住在那上边。
> 大河水要远走，
> 鞍鞯般的草山要留下，
> 花母鹿就请住在山上边。
> 岭大王格萨尔要远走，
> 哥哥擦协尕尔在国内，
> 你可依靠哥哥住在宫里边。

珠姆又唱道：
> 岭尕的雄狮大王请听言，
> 我有一件紫花衫。
> 一千个姑娘做下摆，
> 一百个男儿做上肩。

豹皮做领口，
水獭皮缘四边。
用雕花的松儿石作纽扣，
用吃羊的野狼镶领边。
打开来可以覆盖全岭尕，
拿起来可以轻轻托在掌心间。
你若不走我永远献给你，
你若不留我一气就要扯烂它。
再不然就用刀子砍，
再不然就用石头砸。
如再不然啦，
干脆用火烧掉它！

格萨尔大王唱道：

妃子珠姆听分明，
现在不走怎能行！
天神的命令推不了，
请你放开马缰绳！
代替我的有宝物，
那就是神箭红鸟七弟兄。
我和神箭是一体，
降妖伏魔他都能。
把它留给妃子你，
强敌谁敢来逞凶！

【赏析】

　　这部宏伟壮丽的史诗叙述了古代藏族传奇英雄格萨尔替天行道、降服妖魔、为民除害的伟大业绩，围绕着他的战斗生涯，史诗对古代藏族部落联盟国家丰富多彩的社会生活，对部落纷争、民族团结、对社会各阶层的生活方式、文化习俗，对人民群众的思想、愿望、道德、情操等，都作了广阔、生动和富有诗意的描绘，表达了古代藏民热爱和平、仇恨邪恶、崇尚正义的民族情感。史诗以写征战为主，与惊心动魄的战争画面相交织的，有天人一体的奇异神话，有为国捐躯的壮烈颂歌，有神圣庄严的仪典，有缠绵悱恻的爱情，奇异如天神降生、变化形体，平凡如百姓家的日常琐细，均有独具风格的处理。全诗以雄浑壮丽为基调，又兼容崇高与优美于一体，具有永不衰竭的艺术生命。

　　史诗着重刻画了格萨尔王的艺术形象。格萨尔是生活在11世纪的一个人物，在藏族民间颇受推崇，《格萨尔王传》中的格萨尔王已与这一原型大不相同，他成了正义、力量和智慧的象征，是人民理想和愿望的化身。他是天上白梵天王之子，接受白梵天王的旨意，降临人间岭国(注：指西藏)除妖灭魔，救生民于水火之中。他历尽千难万险，战胜了十二头魔王。完成任务后，年老传位，返回天国。他热爱人民，公开向人民宣布："我要革除不善之王，我要战胜残暴和强横。"他神通广大、智勇双全，有英雄本色，却也情意

缠绵,是人神汇通、血肉饱满的生动典型。格萨尔王妃珠姆也是史诗刻画得较为成功的人物。她美丽善良,忠于爱情,热爱人民。在格萨尔战胜妖魔的过程中,她经受了磨难,帮助丈夫取得了斗争的胜利。

此处选录的是汉译《格萨尔王传》(王沂暖、华甲译)第四章《降服妖魔》中的一部分。《降服妖魔》叙述格萨尔王剿灭北方魔地长臂老妖魔的故事。长臂老妖魔生性残暴,时刻威胁着藏地的安全。格萨尔王奉白梵天王之命前往征讨。他拒绝大王妃珠姆的苦苦挽留,毅然前行。在征战过程中,收服了长臂老妖魔的妹妹阿达拉姆和小臣秦恩,在次妃纳梅绷吉协助下杀死了老妖魔,取得了征剿的胜利。

这场纠葛由格萨尔和珠姆的对唱组成,其语言优美且富有个性化。格萨尔的大义凛然与深情,珠姆的多情与缠绵,都因此而具体生动。同时,大量使用铺陈和比喻,是二人对唱的共同修辞特征。铺陈,可以把情感表达具体、充分,珠姆夸赞她要献给丈夫的美酒和紫花衫,使用的都是这种手法,可以充分表现美酒、紫花衫的珍贵,由此便格外突出了她对格萨尔的情之深、爱之笃。格萨尔夸奖珠姆的美丽,修辞手法和效果均与上同。在他们对唱中,比喻的运用也加强了表达效果,使语言含蓄,加浓了抒情气息。珠姆和格萨尔关于"白雪山不留要远走,丢下白狮子放哪里"等两节的对答,简直像两节优美的抒情诗。由一斑可窥全豹,从这些语言特征,我们可以大体了解这部史诗的语体风格。

为海伦阵前决斗[1]

荷马《伊利亚特》

现在,当他们互相接近在一起的时候,
特洛伊阵前,走出了如神的亚历山大[2]。
他肩上披一张豹皮,挎着一张弯弓,
还有一口剑,挥着两支铜头的长枪[3]。
叫阿开俄斯人[4]中最勇敢的人出来,
跟他面对面交手,进行殊死的决战。

战神宠爱的墨涅拉俄斯[5]一看到他,
跨着有力的步子走到队伍的前面,
高兴得像一头狮子碰到较大的兽尸[6]——
一匹长角的鹿或是长角的野山羊,
它饥肠辘辘,扑上去大啖,不管有许多
快步的猎犬和年轻的猎人前来驱赶它:
墨涅拉俄斯眼看到如神的亚历山大,
就像这样地高兴:他居心要惩罚罪魁[7]。
他全副披挂,从战车上面跳了下来。

如神的亚历山大看到他走了过来,
出现在军阵之前,他的心害怕得发抖;

文学欣赏

就逃回自己的阵营里面去躲避死亡。
好比一个人在山林里面看到了毒蛇，
缩了回来；他的两条腿直打哆嗦，
急忙抽身闪避，现出苍白的面色：
如神的亚历山大见到墨涅拉俄斯，
就吓得这样退回到堂堂的特洛伊人中。

赫克托耳[8]见到了，就开口责备他说道：
"该死的帕里斯，虚有其表者，色鬼，骗人精！
你倒是不出世的好！或是没娶亲就死掉！
我真情愿你如此！这样可对你好得多，
免得你在这里丢脸，让一切世人笑话！
长发的[9]阿开俄斯人一定要大加嘲笑，
说我们派出你这样的先锋，只因你长得漂亮，
而你的心中并没有勇气和力量。
不是你这个家伙？乘着过海的船舶渡过大海，
带着一批忠实的部下去跟外邦人交往，
却从遥远的地方拐来个美人，
持枪的勇士们的弟妇？
贻祸于你的父亲、都城和全体同胞，
让仇者快慰，而给你自己造成羞辱？
你不敢去会会战神宠爱的墨涅拉俄斯，
弄清楚那被你夺去娇妻的是何等样人？
你的琴、阿佛洛狄忒的宠赐[10]、美发、
容貌，当你在尘土里翻滚时，怎救得了你！
特洛伊人太软弱，否则，因为你闯下的
大祸，早就要给你披上石头的外套[11]。"

如神的亚历山大于是回答他说道：
"赫克托耳，你骂得好，一点不过火。
你的心总是那样顽强，像一把大斧，
操在一个造船的木工手里，
熟练地砍劈木料做船梁，越挥越是有劲。
你那胸中的心，就像这样的刚强；
可是别嘲笑美丽的阿佛洛狄忒的宠赐。
因为神赐的辉煌的礼物绝不可轻视，
这是神自愿赐予，你想要，也想不到。
现在如果你要我出去交锋，
就请你叫别的特洛伊人和阿开俄斯人都坐定，

让我单独跟战神宠爱的墨涅拉俄斯
为了海伦和她的财物进行决斗。
我们两人中哪一位打胜，占了上风，
就让他把美人和她的财物都带回家去[12]。
其余的众人就讲和，订立坚定的盟约，
你们仍留在富饶的特洛伊，而他们，
就回到牧马地阿尔戈斯和出产美女的阿开亚。[13]"
他说罢，赫克托耳觉得这番话很中听，
就走到两军之间，横握住枪杆的当中，
喝止住特洛伊将士，大家全坐定下来。
长发的阿开俄斯人却依旧张着弯弓，
对准他射出矢箭，或者投掷出石头。
大统帅阿伽门农[14]于是高声大叫道：
"阿尔戈斯人，快住手，阿开俄斯人，别射箭！
头盔鲜明的赫克托耳，他要来讲话。"
他说罢，大家就停止战斗，突然沉默下来；
赫克托耳就站到两军间说道：
"特洛伊人和裹胫甲的阿开俄斯人，
听我讲亚历山大的提议——他原是战争的祸首。
他叫其他的特洛伊人和阿开俄斯人
全把精美的武器放在滋育的大地上，
让他单独跟战神宠爱的墨涅拉俄斯
为了海伦和她的财物进行决斗。
他们两人中哪一位打胜，占了上风，
就让他把美人和她的财物都带回家去，
其余的众人就讲和，订立坚定的盟约。"

【注释】

[1] 节选自史诗《伊利昂纪》(一译《伊利亚特》)第三歌。
[2] 亚历山大，即帕里斯。亚历山大是希腊人的叫法。
[3] 长枪，枪柄是木头的，枪尖是铜的。
[4] 阿开俄斯人，当时希腊最强大的种族。此处泛指希腊全军。
[5] 墨涅拉俄斯，海伦的前夫斯巴达王。
[6] 兽尸，被猎人射死的猎物。
[7] 罪魁，帕里斯抢走海伦，引发特洛伊战争，故称他为"罪魁"。
[8] 赫克托耳，帕里斯的哥哥。特洛伊最勇敢的将领。
[9] 长发的，古代希腊人留长发表示勇敢。亚里士多德《修辞》中说长发是自由的象征。
[10] 阿佛洛狄忒的宠赐，阿佛洛狄忒是爱与美之神。她的宠赐，指美好的容貌。
[11] 披上石头的外套，指被人用石头打死。或把他处死，让他躺在石棺里。
[12] 帕里斯默认墨涅拉俄斯会获胜。
[13] 阿尔戈斯在伯罗奔尼撒半岛东北部，阿开亚在该半岛北部。

文学欣赏

[14] 阿伽门农，即迈锡尼王，他是墨涅拉俄斯的哥哥，希腊联军的最高统帅。

【赏析】

荷马史诗是古代希腊从原始公社制向奴隶制过渡时期的艺术产物，极其广泛而生动地反映了这一时期希腊社会的政治、经济、军事、文化、艺术等方面的情况，成为我们了解古代希腊社会的最珍贵史料。同时，它还创造了鲜明生动的古代社会的人物形象。荷马史诗中的形象大致可以分为五类：英雄形象、天神形象、妇女形象、奴隶形象、魔怪形象。

其中，最重要的形象是英雄的形象。荷马以其高超的艺术手法，塑造了一系列高大伟岸的英雄形象。在《伊利亚特》里，荷马塑造的是叱咤风云、英勇善战的英雄典型。荷马歌唱的英雄都是氏族社会向奴隶制社会过渡时期的人物，都有其丰富的个性特征和时代特点，反映了古希腊人民崇高的英雄主义和集体主义理想。他们身上既体现了与部落集体命运相关的高度责任感，也体现了氏族贵族和早期奴隶主的个人意识。例如，《伊利亚特》中的阿喀琉斯就是典型的个人主义英雄，他性格勇武、暴躁、易怒，作为原始时代的英雄，他有雄健的体魄、高强的武艺，是希腊联军中最勇敢的大将；当他像可怕的战神一样出现在战场上时，特洛伊最勇敢的英雄赫克托耳吓得转身逃跑。荷马把他们之间的战斗比作山鹰追鸽子，猎犬追小鹿，甚至连战神也看呆了。还比如富有悲剧性的英雄赫克托耳、智者形象的俄底修斯等。

荷马史诗是后世欧洲史诗的典范和文学艺术的宝库、土壤。后世许多作家从中寻找创作的题材、艺术形象和艺术技巧，获取创作灵感。各个时代的伟大作家都不同程度地受到荷马史诗的影响，如维吉尔、但丁、弥尔顿、歌德、托尔斯泰等。即使在当代文学中，荷马史诗在素材和艺术形象方面的影响也是始终存在的。

【知识拓展】

《伊利亚特》故事梗概

《伊利亚特》，24卷，共15693行。写的是特洛伊战争最后一年中51天发生的事。

特洛伊战争起因于三位女神争夺金苹果的希腊神话。特洛伊王子帕里斯把金苹果判给了爱神阿佛洛狄忒，后来他在爱神的帮助下把斯巴达国王墨涅拉俄斯的妻子——全希腊最美丽的女人海伦诱拐到特洛伊，做了自己的妻子。希腊各部落联合起来，推举迈锡尼国王阿伽门农为希腊联军的统帅，阿喀琉斯为主将，发动了10万大军，1186条战船，渡海远征特洛伊。

天上众神也分为两派，各助一方。赫拉、雅典娜等帮助希腊人，阿波罗、阿佛洛狄忒等庇护特洛伊人。这场旷日持久的战争进行了10年，希腊联军未能攻克特洛伊。最后，伊大卡国王俄底修斯设下了木马计，希腊军队假装撤退，留下一匹暗藏伏兵的大木马。特洛伊人把木马作为战利品运入城内，晚上伏兵打开暗门而出，同返回的希腊军队里应外合，终于攻克了特洛伊城。

《伊利亚特》没有系统地叙述特洛伊10年战争全部过程，只是集中笔力描写了战争结束前的一段时间内发生的事情。它描写了4天的战争和21天的埋葬仪式，再加上没有事件发生的26天空虚时间，一共仅51天。史诗一开始就点出，"阿喀琉斯的愤怒是我的主题"。阿伽门农和阿凯亚部落中最勇猛的首领阿喀琉斯争夺一名女俘，阿喀琉斯受辱后，愤而退出战场。希腊军方面连连失利，一直退到海岸边，也抵挡不住特洛伊主将赫克托耳的猛烈攻势，情况万分紧急。阿伽门农请求和解，遭到拒绝。阿喀琉斯的朋友帕特罗克洛斯借了他的盔甲，杀上战场，挡住了特洛伊人的进攻。但赫克托耳把他杀死，并夺走了他的盔甲。阿喀琉斯悔恨自己的过失，愤而重新参战，为亡友复仇，终于杀死了赫克托耳，并把他的尸体拖在马后奔驰。赫克托耳的父亲伊里昂的老王普里阿摩斯前来赎回儿子的尸首。全诗在为赫克托耳举行的盛大葬礼中结束。

<h2 style="text-align:center">贝阿特丽采的魅力</h2>

但丁《神曲》

她是多么高雅，多么纯洁，
我的姑娘，当她向人们施礼，
每个人都惶乱无神地垂下眼帘，
嘴唇颤颤栗栗，羞赧地沉寂。

她淡妆素裹，翩然远去，
带走了声声惊奇，
啊，她恍若上界的一位天使，
降临人间，把奇迹向我们显示。

瞻仰她的丰姿，飘飘欲仙，
甜蜜穿过眼睛，流淌进了心底，
幸福的水柱岂能在陌生人的心湖升起。
她口唇里一个灵魂游动，
温柔亲切，又充满着爱意，
它对她的心说："渴求吧，你！"

【赏析】

《神曲》中不断提到的这位圣女——贝阿特丽采，是但丁一生刻骨铭心的爱，在其文学创作中留下了不可磨灭的烙印。她是《神曲》中的重要出场人物，甚至可以说，但丁是为了贝阿特丽采而写的《神曲》。在但丁的一生中，她有着十分重要的意义。但丁对她的爱是一种精神上的爱情。传说在但丁9岁的时候，见到一位小姑娘。小姑娘的名字就叫贝阿特丽采。他第一次见到贝阿特丽采，就油然萌发出一种异样的情感，一种爱慕之情。后来，但丁在他的诗集《新生》中曾描写他9岁时见到贝阿特丽采时的感情："这个时候，藏在生命中最深处的生命之精灵，开始激烈地颤动起来，就连很微弱的脉搏里也感觉了震动。"然而，诗人对这位女子的爱并非世俗的爱，而是一种纯粹的精神上的，就像基督徒对圣母的虔诚的爱一样。这种爱陶冶他的情操，洗涤他的灵魂，使他的心智得到一种升华。这是一种伟大的精神力量和道德力量，使他变得更纯洁、更高尚。

文学欣赏

【知识拓展】

但丁与《神曲》

但丁·阿利吉耶里(1265—1321)，意大利文艺复兴的伟大先驱，欧洲中世纪向近代资本主义过渡的历史时期的巨人。恩格斯称他为"中世纪的最后一位诗人，同时又是新时代的最初一位诗人"。

但丁的处女诗集《新生》(1292—1293)是献给青年时所钟爱的女子贝阿特丽采的。由于参加政治活动失败，他被判处终身流放，其间写下了不朽名著《神曲》。

《神曲》分为三部：《地狱》《炼狱》《天堂》。由14233行三行连环韵体诗共一百首歌组成。第一部于1308年完成，三十四歌(含序歌)；第二部于1313年完成，三十三歌；第三部于1321年完成，三十三歌。诗人采用中世纪流行的梦幻文学的形式，描写了一个幻游地狱、炼狱、天堂三界的故事。

诗人在1300年的一个早晨，在耶路撒冷的一个阴暗的森林里迷了路，遇到一头狮子、一头豹子和一头狼，它们拦住了他的去路。在这危急关头，古罗马诗人维吉尔出现了，他受贝阿特丽采之托，前来援救但丁，带他从另一条路走向光明。维吉尔引导但丁游历了地狱和炼狱，最后由贝阿特丽采引导，游历了天堂。这里运用了象征的手法，"阴暗的森林"指当时混乱的政治环境；"狮子为野心"指攻打佛罗伦萨的法国王朝；"豹子为淫邪"指佛罗伦萨黑党；"狼是贪婪"指教会的权力。他非常巧妙地将现实状况和内心情绪写入诗歌。

十四行诗集

莎士比亚

像没有经验的演员初次登台，
慌里慌张，忘了该怎么表演，
又像猛兽，狂暴地吼叫起来，
过分的威力反而使雄心发软；
我，也因为缺乏自信而惶恐，
竟忘了说出爱的完整的辞令，
强烈的爱又把我压得太重，
使我的爱力仿佛失去了热情。
呵，但愿我无声的诗卷能够
滔滔不绝说出我满腔的语言，
来为爱辩护，并且期待报酬，
比那能言的舌头更为雄辩。
试读缄默的爱写下的作品吧，
用眼睛来倾听爱的睿智的声音吧。

第二章 诗歌欣赏

【赏析】

这是一首写得很有情趣的抒情诗,莎士比亚形象生动地把一个求爱者口拙舌笨而矛盾复杂的心理特征淋漓尽致地展现出来。为了方便赏析,根据这首诗歌的内容,可将这首诗分为两个层次:1~8行为第一层,9~14行为第二层。在第一层中的第一个四行里,诗人把抒情主人公比喻成"演员"和"猛兽"。但这个"演员"不同于我们一般在舞台上看到的那种光彩照人、能言善辩的演员,而是一个"没有经验的",而且还是"初次登台"的"演员"。的确,爱情是没有办法彩排的,这种正式演出就是第一次向爱人表白的"表演",怎能让一个"初次登台"的演员不"慌里慌张"呢?况且,越是爱得深,心就跳得越厉害。我们可以想象得出抒情主人公当时词不达意、手足无措的样子,这着实很滑稽,观众会为抒情主人公的这种因为爱而变得疯疯癫癫、痴痴傻傻的行为举止报以善意的一笑。这不禁让我们想起了《西厢记》里的一个场景。莺莺写了一首猜谜诗"待月西厢下,迎风户半开,隔墙花影动,疑是玉人来",叫红娘交予张生,张生看了信,兴奋不已,得意忘形,说自己是个"猜诗谜的社家",这首诗的意思他再明白不过。结果,傍晚西厢幽会,莺莺按说好的去给张生开门,张生这时却正在翻墙,一个文弱书生,对这个哪在行呢?结果人没见着,摔了个狗啃泥。原来张生把莺莺的意思给理解错了。同样是因为爱,莎士比亚诗中的抒情主人公和张生都把自己的本行给"丢"了,虽然原因不同,但是异曲同工。这的确很滑稽,但是仔细想想,却又是很合情合理的。

接下来,作者又把抒情主人公比喻成"猛兽",说过分的威力反而使这头爱的"猛兽""雄心发软",这又怎么理解呢?如果我们接着往下读就能够找到问题的答案。在第二个四行的后两行中,作者写道:"强烈的爱又把我压得太重,使我的爱力仿佛失去了热情。"原来,是因为爱太过强烈,才使得抒情主人公变成了"猛兽","狂暴地吼叫"证明了他对爱情的热度,但是为什么这种热度反而使他"失去了热情"呢?我们再回头去看第二个四行诗的前两行:"我,也因为缺乏自信而惶恐,竟忘了说出爱的完整的辞令。"原来,因为爱得深,抒情主人公反而变得不自信起来,觉得自己这也不好那也不好,凭什么去赢得心仪对象的爱呢?于是自己给自己打退堂鼓了,要放弃,要"失去热情"了。再仔细分析一下前面两个四行诗的结构,其实是对应的关系:第二个四行的前两行是对第一个四行前两行的解读;而第二个四行的后两行是对第一个四行的后两行的解读。同时,对于前两个四行而言,前两行与后两行实际上又构成了因果关系。

求爱者是不是真的"失去了热情"而放弃表白了呢?我们接下来进入第二层,也就是9~14行的分析中。原来抒情主人公并非要放弃求爱,而是要以最本色的面貌,用自己最擅长的东西来打动爱人的心:"呵,但愿我无声的诗卷能够/滔滔不绝说出我满腔的语言,/来为爱辩护。"既然没有当演员的天分,又何必以己之短去和别人之长竞争呢?也许甜言蜜语更容易打动人心,可那并不是作者笔下这个抒情主人公的专长。他认识到这一点后,最终决定用动人的诗篇抒写自己满腔的热情,传递自己对爱人的深情厚谊,并认为"比那能言的舌头更为雄辩"。回到自己的专长的求爱者,显然在对自己专长的自信中找回了对爱情的信心。最后两句,我们可以把它看作作者在"挥毫泼墨"完毕之后,期望着爱人给予自己回应的一种呼唤。他相信对方只要看到了自己的"杰作",就一定会给他回应,所以他大声地呼唤着:"试读缄默的爱所写下的作品吧,用眼睛来倾听爱的睿智的声音吧。"

去　国　行

拜伦《恰尔德·哈洛尔德游记》

别了，别了！故国的海岸
消失在海水尽头；
汹涛狂啸，晚风悲叹，
海鸥也惊叫不休。
海上的红日冉冉西斜，
我的船乘风直追，
向太阳、向你暂时告别，
我的故乡呵，再会！
不几时，太阳又会出来，
又开始新的一天，
我又会招呼蓝天、碧海，
却难觅我的家园。
华美的宅第已荒无人影，
炉灶里火灭烟消，
墙垣上野草密密丛生，
爱犬在门边哀叫。
"过来，过来，我的小书童！
你怎么伤心痛哭？
你是怕大海浪涛汹涌，
还是怕狂风震怒？
别哭了，快把眼泪擦干；
这条船又快又牢靠：
咱们家最快的猎鹰也难
飞得这般轻巧。"
"风只管吼叫，浪只管打来，
我不怕惊风险浪，
可是，公子呵，您不必奇怪
我为何这样悲伤。
只因我这次拜别了老父，
又和我慈母分离，
离开了他们，我无亲无故，
只有您——还有上帝。
父亲祝福我平安吉利，
没怎么怨天尤人；

母亲少不了唉声叹气,
巴望我回转家门。"
"得了,得了,我的小伙子!
难怪你哭个没完;
若像你那样天真幼稚,
我也会热泪不干。
过来,过来,我的好伴当!
你怎么苍白失色?
你是怕法国敌寇凶狂,[1]
还是怕暴风凶恶?"
"公子,您当我贪生怕死?
我不是那种脓包,
是因为挂念家中的妻子,
才这样苍白枯槁。
就在那湖边,离府上不远,
住着我妻儿一家,
孩子要他爹,声声哭喊,
叫我妻怎生回话?"
"得了,得了,我的好伙伴!
谁不知你的悲伤,
我的心性却轻浮冷淡,
一笑就去国离乡。"
谁会相信妻子或情妇
虚情假意的伤感?
两眼方才还滂沱如注,
又嫣然笑对新欢。
我不为眼前的危难而忧伤,
也不为旧情悲悼;
伤心的倒是:世上没一样
值得我珠泪轻抛。
如今我一身孤孤单单,
在茫茫大海漂流;
没有任何人为我嗟叹,
我何必为别人忧愁?
我走后哀吠不休的爱犬
又有了新的主子;
过不了多久,我若敢近前,
会把我咬个半死。

船儿呵，全靠你，疾驶如飞，
横跨那滔滔海浪；
任凭你送我到天南地北，
只莫回我的故乡。
我向你欢呼，苍茫的碧海！
当陆地来到眼前，
我就欢呼那石窟、荒埃！
我的故乡呵，再见！

【注释】

[1] 当时，英国同席卷欧陆的拿破仑法国正处于交战状态。恰尔德·哈洛尔德的航船从英国驶往葡萄牙，要经过法国海岸附近。

【赏析】

恩格斯称《恰尔德·哈洛尔德游记》的作者是"满腔热情而对当前社会进行辛辣讽刺的拜伦"。《恰尔德·哈洛尔德游记》对英国大资产阶级和土地贵族进行了猛烈的抨击，对封建暴君、侵略者进行了愤怒的谴责。抨击与谴责中，包含着辛辣的讽刺。长诗把讽刺的利剑直接指向英国在欧洲的所作所为和以"神圣同盟"为代表的欧洲反动势力。长诗的价值还表现在对争取自由、独立和解放的激情赞扬上，用西班牙、希腊、阿尔巴尼亚、意大利过去的历史，激励那些国家的人民为自由解放而战。

抒情主人公恰尔德·哈洛尔德是一个虚构的人物，属于当时不得志的青年贵族，曾经有过一段狂欢无度、放荡不羁的经历，后来厌倦了上流社会那种花天酒地、追求庸俗享乐的生活，决心离开祖国，到海外炎热的地方变换一下情调。哈洛尔德离家出游、乘风破浪、渡海出洋时的思想活动正是长诗中那些较生动的部分。他的思想反映了欧洲具有民主思想的知识分子对生活的失望情绪。他出游欧洲，是因为英国冷酷的文明和腐败的习俗使他感到痛恨。

然而，对现实的不满并没有导致他走上斗争的道路，引起的却是失望情绪。他漫游中目睹的"一切都不能减轻他的忧伤"，对各民族的斗争，他冷眼旁观，"心是冰冷的"，幻想离开人群过孤独的生活。哈洛尔德身上体现着既不满现实又找不到出路的民主知识分子的典型特征。

哈洛尔德是诗人笔下第一个"拜伦式英雄"。他高傲、孤独、忧郁，"好似一个在抑郁的僧房中的遁世僧人"。世人不爱他，他对世人也冷漠淡然。他以不平而厌世，远离人群，而以波涛起伏的大海为家乡，以崇山峻岭为挚友，以沙漠、洞窟和海上的白浪为相好，他对一切人、一切事都漠然旁观，却只身一人去细读阳光写在湖面上的大自然的诗篇。这一形象在当时具有很大的典型意义，反映了法国大革命失败后，资产阶级民主派知识分子对启蒙思想的失望，对"神圣同盟"控制下的欧洲现实不满但又找不到出路的幻灭迷惘情绪。

【知识拓展】

拜 伦

乔治·拜伦(1788—1824)，19世纪英国伟大的浪漫主义诗人。他出生于一个破落的贵族家庭。他天生跛一足，并对此很敏感。他求学于剑桥大学，成年后进入上议院，支持民主派。

拜伦一生憎恨封建专制压迫，赞美叛逆精神，向往和讴歌资产阶级的自由民主。他不但以诗歌，而且以战斗行动支持意大利和希腊的民族独立斗争，最后以身殉志。其主要代表作有长诗《恰尔德·哈洛尔德游记》、讽刺史诗《唐璜》等。他所作诗歌气势宏伟，意境开阔，见解高超，艺术卓越，对欧洲浪漫主义文学有重大影响。鲁迅先生称许拜伦为"立意在反抗，旨归在动作"的诗人们的"宗主"。

西 风 歌

雪莱

把我当作你的琴，当作那树丛，
纵使我的叶子凋落又有何妨？
在你怒吼咆哮的雄浑交响乐中，
将有树林和我的深沉的歌唱，
我们将唱出秋声，婉转而忧愁。
精灵呀，让我变成你，猛烈、刚强！
把我僵死的思想驱散在宇宙，
就像一片片枯叶，以鼓舞新生；
请听从我这诗篇中的符咒，
把我的话传播给全世界的人，
犹如从不灭的炉中吹出火花！
请向未醒的大地，借我的嘴唇，
像号角般吹出一声声预言吧！
如果冬天来了，春天还会远吗？

【赏析】

雪莱的《西风颂》写于1819年。当时，欧洲各国的工人运动和革命运动风起云涌。面对欧洲山雨欲来风满楼的革命形势，雪莱为之鼓舞，为之振奋，他也渴望像西风陆海空无所不至一样，投身于更广阔的战场；他更希望像西风勇于摧枯拉朽、鼓舞新生一样，与一切腐朽势力进行不屈不挠的斗争，为争得一个崭新的世界。"如果冬天来了，春天还会远吗？"充分表现了诗人对这场社会革命大风暴到来的坚定信念。

《西风颂》中的西风即秋风，诗人开篇便用"你是秋的呼吸，啊，奔放的西风"这样

文学欣赏

的诗句,把无形的西风具体而形象地送到读者面前,道出西风奔放的性格特点。接着,诗人便把读者带进了一个极富动感的想象境界中——西风在树林中的情形。在这个境界中,西风呼呼地刮着,残叶匆匆地逃着,无翼的种子在天空中自由地飞翔着。这里,诗人无一个字写声响,但西风那呼吼声、成群的残叶哗啦啦的奔跑声、树木的呜咽声无一不响在读者的耳畔。

这一切是由什么所致?是猛烈奔放的西风所致,因为它是这里一切的主宰。不仅如此,诗人还赋予它以人的思想感情。诗中写道:"你无形地莅临时,残叶们逃亡,他们像回避巫师的成群鬼魂。""巫师"与"鬼魂"这一恰当比喻的运用,使西风与残叶一下子对立了起来,大有秋风扫落叶毫不留情之感。西风如此的迅猛奔放,对腐朽的残叶又如此地冷酷无情,但它对孕育新生的"种子"却像武艺高强的保镖一样给予保护:"你,送飞翔的种子到它们的冬床。"西风对"残叶"和"种子"的态度充分体现了它爱憎分明的立场。

到此,诗人对西风的刻画已淋漓尽致了。然而,满怀激情的诗人仍觉程度不够,于是,在诗的第二章,诗人又使西风由陆地扩展到天空。西风以它雷霆万钧的威势席卷流云,撕扯云雾,呼啸着在太空中"掀起激流",那弥漫的激流"从朦胧的地平线到天的顶盖",面积之广可想而知。西风的威力之大也不难想象。而翻滚的浓云密雾、震天动地的雷声闪电又为西风的驰骋提供了战场环境,西风也以它的挑战为"这将逝的残年唱起挽歌"。

俗话说,一场翻云搅雾的大风暴之后,必将是一场倾盆大暴雨。西风也期待着从浓云密雾中"涌迸出电火、冰雹和黑的雨水",并为这大暴雨的到来而欢呼。不仅如此,它还像个胜利的预言家在呼唤人们:"听,快听!"

西风在浩瀚的太空中显示了它无比强大的威力,而这种威力又何止显现在陆地、天空。

诗人在第三章又给读者创设了一种意境——西风由天空扫向大海的具体情景。西风从天空俯冲向大海,它把沉醉在夏日梦幻里的青春的地中海唤醒,使它不再迷醉于芬芳的气息;浩瀚的大西洋也随着西风的脚步而裂开,深深隐藏在海底的腐朽的花树,在西风的威力下瑟瑟发抖,纷纷凋谢。西风以它无畏的激情迎接着暴雨的来临,它无所不至,浩瀚的大西洋也阻挡不了它的脚步。在它的威力下,一切虚假的事物都会露出它们的真面目,腐朽的势力无法摆脱崩溃的命运。这里,诗人运用拟人的手法,又一次塑造了西风爱憎分明的性格特点,如同对待种子和残叶一样,西风对地中海和大西洋底下的无浆汁的花树同样表现了鲜明的爱憎。觉醒的西风,战斗的西风,恰似无畏的勇士,粉饰的太平、隐藏的腐朽已不再使它困惑,它一遍又一遍地呼唤人们:"听,听!"风本是一种自然现象,但在诗人笔下,它已不再单纯地是一种自然现象了,而是具有了人的思想感情。联系当时欧洲的革命形势和诗人的身世经历,我们便不难从中找到抒情主人公的影子。

第二章 诗歌欣赏

【知识拓展】

雪 莱

珀西·雪莱(1792—1822)，伟大的英国诗人，革命的浪漫主义者。他出身于贵族家庭，就学于伊顿公学和牛津大学，曾参加爱尔兰民族独立运动，旅居意大利时在一次乘舟海行中遇风暴罹难。雪莱 17 岁开始写诗，21 岁自印长诗《麦布女王》。他的诗作纯洁无邪，经常以云彩、山花、流水、飞鸟入诗，赞美民族自由，向往理想社会，鞭挞专制暴政，鼓吹革命思想。他的抒情诗往往将友情同高远的理想结合，显示了不羁的想象、瑰丽的色彩和动人的音韵。他的著名作品有《西风颂》《致云雀》《云》《暴政的假面具》《解放了的普罗米修斯》等。雪莱认为："生命的形象表达在永恒的真理中的是诗。"他又说："诗是最美最善的思想在最善最美的时刻。"他的名句"如果冬天来了，春天还会远吗？"永远给人以美好的憧憬。

作品欣赏

又呈吴郎

将进酒

梦江南

踏莎行

浣溪沙

卜算子

武陵春

乘着歌声的翅膀

致大海

第三章　散文欣赏

【本章导读】

逍遥游

庄子

北冥有鱼[1]，其名为鲲[2]。鲲之大，不知其几千里也；化而为鸟，其名为鹏[3]。鹏之背，不知其几千里也；怒而飞[4]，其翼若垂天之云[5]。是鸟也，海运则将徙于南冥[6]。南冥者，天池也[7]。《齐谐》者[8]，志怪者也[9]。《谐》之言曰："鹏之徙于南冥也，水击三千里[10]，抟扶摇而上者九万里[11]，去以六月息者也[12]。"野马也[13]，尘埃也[14]，生物之以息相吹也[15]。天之苍苍，其正色邪？其远而无所至极邪[16]？其视下也，亦若是则已矣。且夫水之积也不厚，则其负大舟也无力。覆杯水于坳堂之上[17]，则芥为之舟[18]；置杯焉则胶，水浅而舟大也。风之积也不厚，则其负大翼也无力。故九万里，则风斯在下矣[19]，而后乃今培风[20]；背负青天，而莫之夭阏者[21]，而后乃今将图南。

蜩与学鸠笑之曰[22]："我决起而飞[23]，抢榆枋而止[24]，时则不至，而控于地而已矣[25]；奚以之九万里而南为[26]？"适莽苍者[27]，三飡而反[28]，腹犹果然[29]；适百里者，宿舂粮[30]；适千里者，三月聚粮。之二虫又何知[31]？

小知不及大知[32]，小年不及大年。奚以知其然也？朝菌不知晦朔[33]，蟪蛄不知春秋[34]，此小年也。楚之南有冥灵者[35]，以五百岁为春，五百岁为秋；上古有大椿者[36]，以八千岁为春，八千岁为秋[37]。而彭祖乃今以久特闻[38]，众人匹之[39]，不亦悲乎？

汤之问棘也是已[40]："穷发之北有冥海者[41]，天池也。有鱼焉，其广数千里，未有知其修者[42]，其名为鲲。有鸟焉，其名为鹏，背若太山[43]，翼若垂天之云；抟扶摇羊角而上者九万里[44]，绝云气[45]，负青天，然后图南，且适南冥也。斥鴳笑之曰[46]：'彼且奚适也？我腾跃而上，不过数仞而下[47]，翱翔蓬蒿之间，此亦飞之至也[48]。而彼且奚适也？'"此小大之辩也[49]。

故夫知效一官[50]，行比一乡[51]，德合一君，而征一国者[52]，其自视也亦若此矣。而宋荣子犹然笑之[53]。且举世誉之而不加劝[54]，举世非之而不加沮[55]，定乎内外之分[56]，辩乎荣辱之境[57]，斯已矣。彼其于世，未数数然也[58]。虽然，犹有未树也。夫列子御风而行[59]，泠然善也[60]，旬有五日而后反[61]。彼于致福者[62]，未数数然也。此虽免乎行，犹有所待者也[63]。若夫乘天地之正[64]，而御六气之辩[65]，以游无穷者，彼且恶乎待哉[66]？故曰：至人无己[67]，神人无功[68]，圣人无名[69]。

【注释】

[1] 冥：亦作"溟"，指海色深黑。"北冥"，就是北方的大海。下文的"南冥"仿此。传说北海无边无际，水深而黑。

[2] 鲲(kūn)：本指鱼卵，这里借表大鱼之名。

[3] 鹏：本为古"凤"字，这里用表大鸟之名。

[4] 怒：奋起。

[5] 垂：边远；这个意义后代写作"陲"。一说遮，遮天。

[6] 海运：海水运动，这里指汹涌的海涛；一说指鹏鸟在海面飞行。徙：迁移。
[7] 天池：天然形成的大池。
[8] 齐谐：书名。一说人名。
[9] 志：记载。
[10] 击：拍打，这里指鹏鸟奋飞而起时双翼拍打水面。
[11] 抟(tuán)：回旋而上。一说"抟"当作"搏"(bó)，拍击的意思。扶摇：又名"飙"，由地面急剧盘旋而上的暴风。
[12] 去：离开，这里指离开北海。息：停歇。
[13] 野马：春天林泽中的雾气。雾气浮动状如奔马，故名"野马"。
[14] 尘埃：扬在空中的土叫"尘"，细碎的尘粒叫"埃"。
[15] 生物：概指各种有生命的东西。息：这里指有生命的东西呼吸所产生的气息。
[16] 极：尽。
[17] 覆：倾倒。坳(ào)：坑凹处，"坳堂"指厅堂地面上的坑凹处。
[18] 芥：小草。
[19] 斯：则，就。
[20] 而后乃今：意思是这之后方才；以下同此解。培：凭，凭借。
[21] 莫：这里作没有什么力量讲。夭阏(è)：又写作"夭遏"，意思是遏阻、阻拦。"莫之夭阏"即"莫夭阏之"的倒装。
[22] 蜩(tiáo)：蝉。学鸠：一种小灰雀，这里泛指小鸟。
[23] 决(xuè)：通"觖"，迅疾的样子。
[24] 抢(qiāng)：触，碰，着落。榆枋：两种树名。
[25] 控：投下，落下来。
[26] 奚以：何以。之：去到。为：句末疑问语气词。
[27] 适：往，去到。莽苍：指迷茫看不真切的郊野。
[28] 飡(cān)：同"餐"。反：返回。
[29] 犹：还。果然：吃饱的样子。
[30] 宿：这里指一夜。
[31] 之：这。二虫：指上述的蜩与学鸠。
[32] 知(zhì)：通"智"，智慧。
[33] 朝：清晨。晦朔：一个月的最后一天和最初一天。一说"晦"指黑夜，"朔"指清晨。
[34] 蟪(huì)蛄(gū)：寒蝉，春生夏死或夏生秋死。
[35] 冥灵：传说中的大龟。一说树名。
[36] 大椿：传说中的古树名。一说为巨大的香椿。
[37] 根据前后用语结构的特点，此句之下当有"此大年也"一句，但传统本子均无此句。
[38] 彭祖：古代传说中年寿最长的人。乃今：而今。以：凭。特：独。闻：闻名于世。
[39] 匹：配，比。
[40] 汤：商汤。棘：汤时的贤大夫。已：矣。
[41] 穷发：传说中极荒远的不长草木的地方。
[42] 修：长。
[43] 太山：大山。一说即泰山。
[44] 羊角：旋风，回旋向上如羊角状。
[45] 绝：穿过。
[46] 斥鷃(yàn)：一种小鸟。

[47] 仞：古代长度单位，周制为八尺，汉制为七尺；这里应从周制。
[48] 至：极点。
[49] 辩：通"辨"，辨别、区分的意思。
[50] 效：效力，尽力；这里含有胜任的意思。官：官职。
[51] 行：品行。比：比并。
[52] 而：通"能"，能力。征：取信。
[53] 宋荣子：一名宋钘，宋国人，战国时期的思想家。犹然：讥笑的样子。
[54] 举：全。劝：劝勉，努力。
[55] 非：责难，批评。沮(jǔ)：沮丧。
[56] 内外：这里分别指自身和身外之物。在庄子看来，自主的精神是内在的，荣誉和非难都是外在的，而只有自主的精神才是重要的、可贵的。
[57] 境：界限。
[58] 数数(shuò)然：谋求名利、拼命追求的样子。
[59] 列子：郑国人，名叫列御寇，战国时代思想家。御：驾驭。
[60] 泠(líng)然：轻盈美好的样子。
[61] 旬：十天。有：又。
[62] 致：罗致，这里有寻求的意思。
[63] 待：凭借，依靠。
[64] 乘：遵循，凭借。天地：这里指万物，整个自然界。正：本；这里指自然的本性。
[65] 御：含有因循、顺着的意思。六气：指阴、阳、风、雨、晦、明。辩：通"变"，变化的意思。
[66] 恶(wū)：何，什么。
[67] 至人：这里指道德修养最高尚的人。无己：清除外物与自我的界限，达到忘掉自己的境界。
[68] 神人：这里指精神世界完全能超脱于物外的人。无功：不建树功业。
[69] 圣人：这里指思想修养臻于完美的人。无名：不追求名誉地位。

【赏析】

《逍遥游》是一篇神文，像这样的文章在中国文学史上是不多见的。我们首先惊讶于庄子超出寻常的想象力。在庄子的笔下，"鲲"不知有几千里之大，一变而为"鹏"，鹏的背不知几千里，羽翼遮天蔽日，奋起南飞，击水三千里，扶摇九万里，何等宏大！作者为什么要创造一个如此巨大的艺术形象呢？首先，庄子是一个大思想家，这样巨大的形象是他所欣赏的。其次，创造大的形象，也是为了与小的形象进行对比。你看，大的形象除了鲲鹏，还有冥灵、大椿、彭祖。小的形象有芥、蜩、斑鸠、朝菌、蟪蛄，这一大一小形成的对比是十分鲜明的。那么，庄子是在褒大贬小吗？不是。那么庄子为什么要进行大小的对比呢？这样的对比和下文的宋荣子、列子、至人、神人、圣人是什么关系呢？这是读懂本文的关键所在。作者写完大小的对比后，接着写了"知效一官，行比一乡，德合一君"者不过就是数仞间跳跃自得自满的小鸟，受到宋荣子的嘲笑。为什么？因为宋荣子不受外界舆论的束缚，懂得"内外"与"荣辱"的界限。然而，庄子对他仍然存有遗憾，"犹有未树也"，就是说，宋荣子没有达到庄子心目中的最高境界。列子可以御风而行，而且轻巧美妙，但他仍然达不到庄子的理想境界，因为列子"有所待"，没有风，他就无法飞，靠的是外部条件。庄子的理想境界是"无所待"，能够"乘天地之正，而御六气之辩，以游无穷者"。不依靠任何外物，达到绝对自由，这才是庄子的最高理想。至此，我

们明白庄子对比的意图了：大对于小，是相对自由的；宋荣子无视毁誉，较之"征一国者"相对自由；列子御风而行，免受行走之劳，较之于徒步者，是相对自由。但所有这些，都达不到庄子的最高理想境界，因为他们都"有所待"。最后，作者推出一种理想化的人物："至人""神人""圣人"。

庄子的对比手法是很有特点的。他发挥想象，将大与小推想到极致，从而给读者留下极深的印象。另外，庄子"大"的概念包含两方面的意思。一是空间上的概念，"几千里""几万里""坳堂""数仞"；二是时间上的概念，"五百岁""八千岁""朝菌不知晦朔""蟪蛄不知春秋"。庄子的对比往往借助寓言。本文通篇是寓言，形象生动，感人至深。鲁迅先生说："(庄子)著书十余万言，大抵寓言，人物土地，皆空无事实，而其文则汪洋辟阖，仪态万方，晚周诸子之作，莫之能先也"(《汉文学史纲要》)。

说本文是神文，还因为庄子提出了深刻的哲学概念。本文讨论的核心是"绝对自由"，这是一个哲学命题。如果把庄子的"绝对自由"理解为现实社会中的无组织、无纪律，那就错了。庄子的"绝对自由"是一个"理念"，是对人的精神的阐释。庄子认为，作为形体的生命，是没有绝对自由的，也不可能有；而作为精神的生命是有绝对自由的，也应该有。庄子生活在战国乱世，诸侯各国征伐不已，暴主佞臣杀人如麻，他的志向抱负不可能实现，他看透了这个社会的一切。于是，他开始追求精神上的自由。他希望自己的精神天马行空，无所羁绊，进而让精神的生命去解放作为形体的生命，从而达到物我两忘、超然物外的境界。本文的语言奇伟怪诞，最能代表庄子的语言风格。清代文人胡文英评价说："前段如烟雨迷离，龙变虎跃。后段如清风月朗，梧竹潇疏。善读者要须拨开枝叶，方见本根。千古奇文，原只是家常茶饭也。"

第一节 散 文 概 述

一、中国古代散文概述

散文和诗歌一样有着悠久的历史，一般谈论中国古代的散体文，都追溯到商代的卜辞，当然，这只算是些"句子"，实际上还未成为"文"。《尚书》中包括《盘庚》在内的商、周两代官方文书，大多是最高统治者就国家重大事件发表的言论。这些言论虽然还保存着说话的语气，但文字显然是经过一定程度的整理的，因此它的意思能够表述得有层次而且比较完整。这些文书构成了中国古代最早的成篇的散体文章。

春秋战国时代，私人讲学之风渐盛，学派林立，而各家的意见颇多相左乃至针锋相对，碰到一起难免发生口舌之争。在孔子讲学的年代，这种论争大概还不多，所以在其门生追记其言论的《论语》中，大抵是片段的语录。而《孟子》则已经是以善辩著称了。《墨子》和《庄子》有了更进一步的发展，就是单纯围绕一个问题作书面的论述，这样就有了脱离言辞记录的文章。而到了战国末年的《荀子》《韩非子》，则可以看到篇幅宏大、结构严整、逻辑性很强的论文了。

另一方面，对历史事件的记叙，也由简略逐渐趋向于详明。如春秋时代记录鲁国历史的《春秋》，只是纲要式的历史大事记，文字十分简单，前后不相连贯，严格说来不能称为"文"。而产生于战国初年的《左传》，虽然记叙的历史阶段与前者大致相同，但比较具体地描述了历史事件的发展过程和有关人物的言行。因此，前者只用一句话就说完的事情，后者往往铺展成相当长的篇幅，不少部分还描写得颇为生动。后来的《战国策》对有些历史事件(包括历史传说)的描写，较之《左传》又更为具体和细致。这些史书既保存了许多古人的言辞，又使记叙文获得很大的发展。

秦以后，散体文经历了长期的发展变化。在记叙文方面，《史记》把《左传》《战国策》的传统大大推进了一步，它不仅善于刻画人物，而且这种刻画中还蕴涵了激情。战国纵横家夸饰风格的文字与楚辞的传统相结合，形成了汉赋。这种特殊的文体可以算是中国最早的"美文"，因为它虽然也拿儒家的大道理作掩饰，其实质却是追求文辞的美以及人的想象力。而赋的盛行影响了散文的骈偶化，到了南北朝，散体文章在形式上有了崭新的变化，骈词俪句成为文章的主要形式，对偶日工，以至出现了整齐固定的四六之体，且声势显赫，广被文林，成为南北朝、隋朝的主要文章体式。骈文可以说是中国历史上最精致的一种文体，讲究对偶、藻饰、用典、声律，形式华丽，一般偏重抒情。到了唐代，骈文仍然很流行，但反对的声音多了起来。进入中唐，遂发生了由韩愈倡导的"古文运动"。他们反对当时流行的"时文"——骈文，提倡复兴古文，韩愈他们所指的古文是先秦两汉时不重骈偶的散体文。这种"古文"句子散而不整，奇而不偶，长短错落，自然成文，既不雕饰辞藻，也无固定韵律，更不刻意追求使事用典，以古朴平淡取胜。其用意一在复兴儒学，二在解放文体。这种"古文"传统又为宋代欧阳修等人所继承。在过去，唐宋"古文"常被视为文章的典范，所谓"唐宋八大家"也成为最为人们熟知的散文大家。

明清时代，唐宋"古文"被推崇为文章正统。但由于程朱理学的影响，这时候的"古文"已经沾染了浓厚的道学家气味，重"道"而轻"文"的倾向越发强烈。而偏离这一正统的，则以明末清初的所谓"小品文"为代表。代表作家有张岱、公安派的袁宏道及桐城派的姚鼐等人，他们以"独抒性灵，不拘格套"为标榜。这种小品文的出现与当时中国东南城市工商业经济发展的背景下产生的个性解放思潮有密切关联，其风格以轻灵活泼、自由抒发为主要特点，这被一些研究者认为在某些方面已向现代散文靠拢。它不仅在清代保持着一定影响，还在某种程度上影响了五四时期以及后来的白话散文的创作。

二、中国现代、当代散文概述

中国是诗的国度，也是散文的国度。五四运动之前，盘踞着文坛的是所谓"桐城派"的散文，这一派前期的代表是方苞、刘大櫆、姚鼐，因为他们都是安徽桐城人，所以称之为"桐城派"，中期的代表有管同、梅曾亮、方东树、姚莹、曾国藩等，后期代表则是林纾、严复，他们非常强调学习、模仿古圣先贤散文的精神和风格，因此泥古之风盛行，一提笔作文，言必曰孔子、孟子，致使散文越来越失去生机和活力。"五四"时期，随着白话文的推行和外国散文的传入，中国散文就开始了现代化的变革。林纾等人嘲笑白话不过是引车卖浆者流(下层百姓)说的话，根本不能用来写出漂亮的文章。陈独秀、钱玄同等把这些人称为"桐城谬种"和"选学妖孽"，予以狠狠痛斥。他们身先垂范，把《新青年》上所登载的文章全部改为白话文，并开辟了"随感录"专栏。在理论方面，周作人、王统照等人区分了文学性散文和非文学性散文，他们把文学性的散文称为"美文"或"纯散文"，这对于散文的发展具有重要意义。因为中国传统中的"散文"是个大散文概念，把

第三章　散文欣赏

许多不属于散文的文体,如书信、悼词、奏疏、论文等,都算作散文,现在把文学性的散文从这些文体中区分出来,有利于散文的独立发展。鲁迅翻译了厨川白村的随笔集《出了象牙之塔》,其中对散文有一个定义:如果是冬天,便坐在暖炉旁边的安乐椅子上,倘在夏天,则披浴衣,啜苦茗,随随便便,和好友任心闲话,将这些话照样地移在纸上的东西,就是essay(随笔)。这一散文观念的引进也对散文的发展产生了重要影响。

"五四"时期创立的散文多种多样,借用朱自清的话说,就是"有种种的样式,种种的流派……有中国名士风,有外国绅士风,有隐士,有叛徒……或描写,或讽刺,或委曲,或缜密,或劲健,或绮丽,或洗练,或流动,或含蓄……"如果以功用来划分,则主要包括议论性散文、记叙性散文和抒情散文三种。适应除旧布新、思想启蒙的时代需要,议论性散文率先兴起。《新青年》创办初期,陈独秀、李大钊等人的一些议论文,思想新颖,激情充沛,可说是白话散文的一种最初形式。鲁迅、周作人、刘半农等发表的"随感录",也是议论性散文的一个样式,后来形成了一种特殊的散文文体——杂文。记叙性的散文,则以记游为主。如瞿秋白的《饿乡纪程》和《赤都心史》,孙福熙的《山野掇拾》和《归航》,孙伏园的《伏园游记》,冰心的《寄小读者》,朱自清的《踪迹》,徐志摩的《巴黎的鳞爪》等。这些作品,或介绍域外社会风貌,充满异国情调,或采写国内风土人情,各具地方色彩,或以新的眼光领略山水名胜,尽情讴歌自然美,都开拓了散文的新境界。抒情性散文小品的勃兴发生在五四运动爆发之后,觉醒了的新文化先驱们,有太多的苦闷和彷徨,有太多的梦想和追求,有太多的生离死别和遭际感怀,他们将这些用小品的形式表现了出来。这一时期的抒情小品名家名篇有冰心的《笑》《往事》,许地山的《空山灵雨》,周作人的《乌篷船》《故乡的野菜》,朱自清的《背影》《荷塘月色》,徐志摩的《翡冷翠的一夜》,鲁迅的《朝花夕拾》,俞平伯的《陶然亭的雪》,丰子恺的《缘缘堂随笔》,梁遇春的《论"流浪汉"》《"春朝"一刻值千金》等。另外,鲁迅创作了散文诗集《野草》,他的学生高长虹也创作了散文诗集《心的探险》。而以小说出名的郁达夫,其散文(如《归航》《还乡记》《给一位文学青年的公开状》等)比其小说写得还好,这也是五四时期散文的重要收获。

"五四"时期散文所取得的成就是巨大的,胡适后来说,白话"美文"的出现,打破了"美文不能用白话的迷信",显示了新文学的创作实绩。鲁迅在20世纪30年代回顾"五四"时期的散文创作时,也说:"到五四运动的时候,才又来了一个展开,散文小品的成功,几乎在小说戏曲和诗歌之上。这之中,自然含着挣扎和战斗,但因为常常取法于英国的随笔,所以也带一点幽默和雍容;写法也有漂亮和缜密的,这是为了对旧文学示威,在表示旧文学之自以为特长者,白话文学也并非做不到。"

进入20世纪30年代,由于阶级斗争的激烈,作家的政治分化非常严重,散文创作也就带上了浓重的党派和政治的色彩,以此来划分这一时期的散文流派,大致上可以分为以鲁迅为代表的左翼作家的散文,以周作人、林语堂为代表的自由主义作家的散文和政治态度比较模糊的京派作家的散文。1930年代的散文,不仅没有没落,反而恰恰因为政治化的不同倾向而达到了高度的繁荣。左翼作家在政治和文化上都处于被国民党围剿的地位,作为反抗的武器,他们非常看重散文的批判性和战斗性,这样,杂文便成了他们习用的文体,由此形成了20世纪30年代杂文的一个繁荣期。鲁迅创作了大量既像"匕首",又像"投枪"的杂文,由于鲁迅从现实生活中提炼了大量精粹的隐喻和意象(如"丧家的资本家

的乏走狗""才子+流氓""奴隶总管""叭儿狗""西崽""革命小贩"等),这些杂文不仅具有极大的社会批判性,还产生了高度的诗性,因而超越了具体的时代,具有永久的文学价值。除了鲁迅,一批新的杂文作家也涌现出来,如瞿秋白、茅盾、唐弢、徐懋庸、聂绀弩等。瞿秋白的杂文达到了逼肖鲁迅的程度,以致鲁迅自己都无法分辨,竟将瞿秋白的十几篇杂文收进了自己的杂文集。1932年,林语堂创办了《论语》杂志,此后又相继创办了《人间世》和《宇宙风》,提倡幽默、闲适和独抒性灵的散文,周作人、鲁迅、俞平伯、老舍、郁达夫、丰子恺等众多作家都为其撰稿,一时之间,文坛幽默之风盛行,1932年也成为"小品文"年。这一时期,在北京、天津等北方大城市也形成了一个规模不小的散文流派——京派,代表作家有何其芳(《画梦录》)、李广田(《画廊集》)、吴伯箫(《羽书》)、师陀(《黄花苔》)、沈从文(《湘行散记》)等。

抗日战争开始之后,中国社会大动荡、大变迁,顺应这种变化,最先勃兴的是报告文学,这也是散文的一种特殊形式,这种文体拥有了最广大的作者和读者,俨然"成了战时文艺的主流"。代表性的作品有丘东平的《第七连》、骆宾基的《东战场别动队》、徐迟的《大场的一夜》、以群的《台儿庄战场散记》、碧野的《北方的原野》、范长江的《台儿庄血战经过》、萧乾的《血肉筑成的滇缅路》、沙汀的《我所见之H将军》等。

抗日进入相持阶段以后,杂文接替了报告文学,开始成为新的主角。这一时期以国统区的杂文创作最为繁荣。在桂林,聂绀弩等人创办了《野草》杂志,秦似、夏衍、郭沫若、茅盾、秦牧、周而复等都为它写稿。主要杂文作品有聂绀弩的《我若为王》、秦似的《随谈两则》、冯雪峰的《乡风与市风》、夏衍的《劫后随笔》、宋云彬的《破戒草》等。在上海"孤岛",许多报刊发表杂文,最有影响的当属《鲁迅风》。至于作者,最能得鲁迅杂文之精髓的当推唐弢,著有《从奴隶到奴隶》《略论吃饭与打屁股》《逃与趋》等;此外,巴人(王任叔)、周木斋、柯灵、阿英也都显得比较活跃。

小品文虽然在全民族艰苦抗战的背景下显得不合时宜,但是仍然取得了一些成绩。当时最有影响的小品文作家是梁实秋,他仍然承继了幽默闲适的风格,写出了《雅舍小品》,此书谈女人、男人、吃饭、穿衣等日常琐事,却妙趣横生,不但在当时十分风行,而且在20世纪80年代以后拥有了无数的读者,影响至今不衰。此外,冯至著有散文集《山水》,沈从文有散文集《湘西》,张爱玲有散文集《流言》,等等,这些散文都各有特色,十分耐读。

1949—1979年,散文创作受到诸多限制。当时比较活跃的散文作家有杨朔(《雪浪花》《荔枝蜜》)、刘白羽(《长江三日》《日出》)、秦牧(《土地》《古战场春晓》)、碧野(《天山景物记》)、魏巍(《谁是最可爱的人》),他们的散文虽然各有特色,但是程式化的倾向比较严重。一些老作家也偶有散文面世,如冰心(《小桔灯》)、巴金(《生活在英雄们的中间》)、老舍(《养花》)、茅盾(《海南杂忆》)等。最值得一提的是邓拓、廖沫沙、吴晗的杂文,主要有《三家村札记》(三人合写)、《燕山夜话》(邓拓)、《分阴集》(廖沫沙)、《况钟与周忱》、《海瑞骂皇帝》(吴晗)等,这些杂文或抨击官僚作风,或讽喻拍马溜须,或反对文牍主义,态度诚恳,文笔犀利,褒贬适中,是少有的好文章。

新时期以来,文学上的许多清规戒律被解除,散文创作也随之逐渐繁荣起来。为了反思"文革",表达忏悔,怀念故人,巴金发表了许多优秀散文,如《怀念萧珊》《小狗包

弟》《怀念胡风》《"文革"博物馆》等,这些文章结集成《随想录》《再思录》等,产生了广泛而深刻的影响。与许多控诉"文革"的文章不同,杨绛的《干校六记》只是以一种闲散的笔触记述下放到农村后的生活,"是大背景中的小点缀,大故事中的小穿插"(钱钟书语),但是以小见大,情感真挚,寓意深刻。萧乾的《负笈剑桥》《茶在英国》《欧战杂忆》写"二战"中在欧洲的流浪生涯,颇有情趣,而《往事三瞥》《老北京的小胡同》《我这两辈子》等都是关于北京城的故人往事,文思沉郁。这一时期,真正形成了创作潮流的是"文化散文",代表作家是余秋雨、马丽华、王英琦。余秋雨的散文大多是以文化遗迹为出发点,大量引用史籍和典故,抒发对中国五千年文明的浩叹,确实开启了一代文风,收在《文化苦旅》中的一些文章,如《莫高窟》《道士塔》《都江堰》《风雨天一阁》《夜航船》《千年庭院》《流放者的土地》等都是散文中的精品,但此后的创作,如《山居笔记》《霜冷长河》《千年一叹》等有每况愈下的趋势。王英琦的散文被称为"文化遗址散文",慷慨豪放,具有不同于余秋雨的独特风格,主要作品有《大唐的太阳,你沉沦了吗?》《我的先民,你在哪里?》《古城墙断想》等。马丽华的散文灵感主要来源于神秘的西藏,著有《追你到高原》《藏北游历》《西行阿里》等散文集或长篇散文。此外,莫言、张炜、贾平凹、韩少功等小说家也有很好的散文问世。最后应该提到的是新疆作家刘亮程的散文创作,他以一支充满诗性的想象之笔书写北疆一个小村子里的牛、马、狗、驴子、昆虫、老汉、光棍汉等平凡微小的生命,给 20 世纪末的文坛渲染了一抹绚丽的色彩。

第二节 散 文 类 别

散文从不同的角度,用不同的标准划分,可有很多的分法。若按表达方式分类,我们可将散文分为下列四类。

1. 记叙散文

记叙散文是指以记叙为主要表达方式,以人物、事件为主要表达对象,借记人记事以抒情写意的散文。其中,记人散文以记述作者所熟悉的人物为主,通过记述与人物有关的事迹来表达人物,表达作者对所记人物的情感、看法、意向等。而叙事散文则是以展示事件的过程和情景为中心,以事件的发生、发展为线索组织行文的散文。当然,记人叙事时常紧密联系,相依相伴,人靠事来显现,事是人之所为,有的文章还真难截然两分,何况无论是记人为主,还是叙事为主,都是为了抒情写意。

2. 写景状物散文

写景状物散文是以描写为主要表达方式,辅之以记叙、抒情、议论、说明等手段表达人文环境、自然景观和特定物件为主要内容的散文。其中,写景散文是把自然山水、人工场景、民俗风貌等当作主要描写对象,写出它们的形声色味、情态特征,充分展示其风采魅力,以传递作者情意。这类散文最能体现散文的美质,最具美景美意、诗情画意。状物散文则是以某一种物件为表现主体,通过对事物的描摹刻画来为物件传神写貌,从而达到托物寄意的写作目的。

3. 抒情散文

抒情散文在内容上强调主观感情的抒发，在表现手法上则以抒情为主，并辅之以描写、记叙和议论。这类散文的写作目的就是让读者走进作者营造的情境中产生不由自主的感动。当然，其他类型的散文也是为了写情，情感是散文的基础。在散文作者的笔下，都是情化的世界，抒情散文和其他散文的区别就在于情感是抒情散文构成的主体，它更加突出情感的激越与强烈，写得诗情洋溢，与诗歌接近。

4. 议论性散文

议论性散文是用来表现作者思维成果，展示一种理趣与哲思的散文，以论析事理、辨别是非为主，在表现方法和语言上都有一定的文学性。在中国古代散文中，论说性散文是最早取得繁荣的一类文体。古人所说"左史记言，右史记事"，"言"的绝大多数便是论说文字。在众多的古代议论性散文中，我们又可将其分为四类，即政论、理论、史论和文论。我国古代的哲人，一般也是文学家，反过来说也成立，我国古代的文学家，一般也是哲人。所以，哲理文字中有着鲜明的文学性，文学性的文字里内蕴深刻的哲理。

第三节　散文的艺术特色

一、立意深远

散文相对于小说、戏剧等文学体裁来说具有篇幅短小的特点，但"山不在高，有仙则名；水不在深，有龙则灵"。在散文家笔下，小花小草，有情则灵；一木一石，有意则神。正所谓"一粒沙中见世界，半瓣花上说人情"。好的散文虽然篇幅短小，但立意深远。散文是非常看重立意的，散文是立意的艺术。散文的题材散，没有意就会是一盘散沙，好的散文具有超乎寻常的审美价值与灵性立意，能给读者一种强烈的审美效应，让你犹如观胜景，品美酒，神清气爽，轻松愉快，甚至超越时空局限，产生一种永恒的艺术魅力。短短几百字、千把字，就可以把你带入你熟悉或不熟悉的特定时空，欣赏你想见而又未见过的景致，叙述你或许见过但未曾细想过的人和事，聊你想说而又未曾说出的话题，让你觉得舒心惬意而又受益匪浅。如周敦颐的《爱莲说》，全篇119字，由陶渊明爱菊，唐人爱牡丹，写到自己独爱莲花。然后着力描写莲花的可爱之处：出淤泥而不染，濯清涟而不妖，中通外直，不蔓不枝，香远益清，亭亭净植，可远观而不可亵玩焉。这与其说周敦颐描摹的是莲花，不如说吐露的是自己的志向，作者借歌咏莲花既表达了自己的心志，又暗讽追求富贵利达之流。

二、取材广泛

散文的表现对象可以不受任何局限，散文作者可以说是资源的富翁，"万物皆备于我"。首先，散文可以充分利用有形的物质材料，展示纷繁复杂的社会人生，不必拘泥于材料大小，可以描绘一叶、一花的美意情致，虚象、幻象、心象均可入笔；也不必拘泥于

时空；还可以不避重复，同样的事物，可以一写再写，你写我也写。天地万物之形，一旦与作者的心灵交会，形之于文，便会出现奇迹。其次，散文可以利用无形的精神材料：一是指对千百年来人类理性思维成果的利用，二是指对人类现时创造的精神财富的利用。散文作者都生活在特定的人文时空中，他们各自对人世、人生、自然等所作的理性思考和感性体悟，以及他们所收集来的他人的智慧成果，都是宝贵的无形材料。散文是一种结构自由的文学样式，与小说、戏剧等较规范的程式相比，它的结构没有严格的限制和固定的模式，随物赋形，灵活、随意是它的长处。

中国现代作家李广田指出"诗必须圆，小说必须严，而散文则比较散，若用比喻来说，那就是：诗必须像一颗珍珠那么圆满；小说就像一座建筑，无论大小，它必须结构严密，配合紧凑；至于散文，我以为很像一条河，它顺了壑谷避了丘陵，凡可流处它都流到，而流来流去还是归入大海，就像一个人随意散步一样，散完了，于是回到家里去"。这就是"散"的特色，这种散是形散而神不散，散而有序，散而有凝。"形散"指散文取材广泛，营构自由，不羁成法。

散文作家在平素的生活中有所感触，于是信手拈来，生发开去，时而勾勒描绘，时而倒叙联想，时而抒情言志，时而侃侃议论，手法十分灵活。如苏轼的《放鹤亭记》，前面直接交代："山人有二鹤，甚驯而善飞。旦则望西山之缺而放焉，纵其所如，或立于陂田，或翔于云表；暮则傃东山而归。故名之曰'放鹤亭'。"点明亭址，说明由来，是为叙事。又有："南面之君，虽清远闲放如鹤者，犹不得好，好之则亡其国。而山林遁世之士，虽荒惑败乱好酒者，犹不能为害，而况于鹤乎？"以国君好鹤、隐士好酒作比，反衬隐士之乐的可贵，这一层无疑是议论。最后写："鹤飞去兮西山之缺，高翔而下览兮择所适……""鹤归来兮东山之阴，其下有人兮黄冠草履，葛衣而鼓琴……"两段歌词，雅趣横生，当然是抒情。全文骈散并用，呈现出"随物赋形"的自由美。

三、语言灵活

散文的语言是多维度、多层面、个性化的，同时又具有时代感。有的本色天然，自由率真，清新朴实，自然典雅；有的浓墨重彩，金声玉振，五彩缤纷，斑斓夺目；有的又标新立异，活跃灵动；有的却妙语连珠，幽默风趣。就整体而言，和诗歌一样，我国古代散文的优秀篇章都具有音节美，作者都非常注意语言的音韵、节奏。

李密的《陈情表》就是一个典型例证。"臣少多疾病(平仄平仄仄)，九岁不行(仄仄仄平)，零丁孤苦(平平平仄)。至于成立(仄平平仄)，既无叔伯(仄平仄仄)，终鲜兄弟(平仄平仄)，门衰祚薄(平平仄仄)，晚有儿息(仄仄平仄)。外无期功强近之亲(仄平仄平平仄平平)，内无应门五尺之僮(仄平仄平仄仄平平)。茕茕孑立(平平仄仄)，形影相吊(平仄平仄)，而刘夙婴疾病(平平仄平仄仄)，常在床蓐(平仄平仄)，臣侍汤药(平仄平仄)，未曾废离(仄平仄平)。"这段文字，平仄相间，读来抑扬顿挫，而且所用仄声居多，仄声短促，给人以郁闷之感。这样，词语音韵便和内容达到和谐统一，难怪晋武帝阅后，深受感动。

四、气势张扬

文章以气韵为主，气韵不足，虽有辞藻，亦不足道也。气韵就是风采神韵，它是散文

最重要的一种内在美质，它是作者的内情与万物，心声与天籁的融合谐和，暗暗透入文字中来的一种情调和气氛。散文的气韵美主要体现在创作主体的气质张扬上，散文作者是最典型的本色演员，当情动于衷而形之于文时，往往笔之所至，一气呵成，成自然流淌之势。作者直接面对生活，面对读者，抒情写意。由于主体气质的差异性，不同作家的散文也呈现不同的风采。有的大气磅礴，一泻千里；有的内力充盈，气度不凡；有的自然流转，如涓涓流水；有的则天马行空，潇洒自如；等等。如东汉末王粲的《登楼赋》开章明义，直抒寄人篱下之苦、怀才不遇之恨、思念乡土之忧，起笔便纵情直呼："登兹楼以四望兮，聊暇日以销忧。览斯宇之所处兮，实显敞而寡仇。"当读到"情眷眷而怀归兮，孰忧思之可任！凭轩槛以遥望兮，向北风而开襟。平原远而极目兮，蔽荆山之高岑。路逶迤而修迥兮，川既漾而济深。悲旧乡之壅隔兮，涕横坠而弗禁"时，我们仿佛透过莹莹泪光的烛照，看到离乡游子敞开胸怀，迎受故乡吹来的风，而又因山高水长，战事离乱，无法回归，终至涕泪纵横的凄苦形象。这是对自己不平遭遇的坦诚倾诉。

五、理性思考

一篇好的散文绝不仅仅是一些物象的堆砌、一种情绪的宣泄，还应有作者对社会人生更加睿智、更加深广的思考和探究。当至真至性的情思交汇融合，常常会迸发出智慧的火花，凝集而成理性的思考，闪现出哲理性的思想蕴涵，呈现出一种启人心志的理趣美。散文的这种理性的美质有很多的表现形态，有的是就某一事、一物、一境的触动而产生一种理性的体悟，有的是融情入理，有的是在审视自我、体察社会、欣赏自然的过程中获得某种感悟和才思。如《阿房宫赋》，通过对阿房宫建筑的宏伟、宫内生活的气派和奢华描写，使读者同作者一同感知："族秦者秦也，非天下也。"并且使读者从文章结尾的话语中获得一个常理启示："秦人不暇自哀，而后人哀之；后人哀之而不鉴之，亦使后人而复哀后人也。"再比如范仲淹的《岳阳楼记》，通过对洞庭湖景色的描写引入感思：常人是情随景迁，或以物喜，或以己悲，患得患失，而后思绪连接古今，将古之仁人与今之庸人比较，进而明确自己愿以古代仁人志士的忧乐观为依归："先天下之忧而忧，后天下之乐而乐。"这种理性的揭示，成为一代又一代士大夫的道德理想和人生价值追求。

第四节　散文作品欣赏

散文的特点是形散而神不散。所谓"形散"有两个方面的含义，一是就题材而言，散文取材广泛，无所不包；二是就表现形式而言，散文的写作相当自由、灵活。散文既不像小说那样要求有完整的情节、引人入胜的故事，也不像诗歌那样要求高度的含蓄凝练，严格讲求节奏、韵律。但它又既可以像小说那样塑造典型环境中的典型人物，形象地再现生活片段和生活细节，逼真地进行心理描写和环境渲染，又可以像诗歌那样运用比喻、象征等艺术手法创造某种艺术意境，还可以自由地选择记叙、议论、抒情、描写等表现手法，一切根据文章内容及作者个性、兴趣、气质禀赋而定。法无定法，形无定形。所谓"神不散"指文章主题思想鲜明集中，各部分之间有严谨的内在联系。"神"就是指文章的主旨，也就是文章的立意，常常可理解为思想或中心，但也不限于此，有的散文的"神"表

第三章 散文欣赏

达的是一种情绪、心境，如张岱的《西湖七月半》。还有的散文的"神"要表达的是一种理趣或是纯粹的自然之美，如苏轼的《前赤壁赋》和姚鼐的《登泰山记》。既然散文的特点是散，如何从散文之"形"中抓住不散的"神"就成为欣赏散文的关键。要做到这一点，最重要的是必须弄清文章的线索，领会作者精巧的艺术构思。散文"神不散"的特点决定了它必须在结构上有一条线索把文章各部分看似散乱的材料统一组织起来，欣赏散文首先必须抓住这条线索，抓住它就等于抓住了文章的纲领。

"文学是人学"，散文更不例外，散文展示的是创作主体的自我形象，是真实的形象，即使是记人记事，写了他人他事，但目的还是写主体情绪和感情。所以，欣赏散文的一个主要目的是走进创作主体的内心世界，即所谓的"登堂入室"。而登堂入室必然有一个由浅入深、由表及里的过程，欣赏者要循着一级一级的阶梯往里走。

一是感受物美境美：无论写景状物，还是记事记人，散文最直观的呈现是境，即一个个的物象、一个个的场景、一个个的人物形象构成的一个个具体的物境和实境。哪怕是梦境和幻境，也是通过生动的叙述和描写呈现出来，作用于欣赏者的感觉或者想象、联想之类的形象思维的。而且这些物境都曾经因为其形态外貌的独特美质而让作者留下深刻的印象，或是因为其内涵的个性化而使作者产生过强烈的触动。或一轮朝日，一抹晚霞；或一脉山峰，一眼泉水；或人生百态，异地风情，奇闻逸事；等等。这些都给你赏心悦目的感受，都会给你广阔的视野。所以，欣赏者首先要注意这样一种感观的享受和见识的拓展。如姚鼐的《登泰山记》中有一句对泰山的描绘："苍山负雪，明烛南天。"读者读后，会被泰山这种美境所强烈触动。

二是体悟情美意美：散文要呈现有特质的物象和物境，但它不是为写物而写物，物象和物境只是一个载体，承载着作者的情感。富有个性特征的主体情感与具有特质美感的物境融合，就会形成别致的情境美质。所以，欣赏者应以文章所呈现的物象作为一个切入点，捕捉作者借此营构的内在心象，走进作者设置的情感氛围中，深切体味物境中所渗透着的情感层面。如苏轼的《记承天寺夜游》："元丰六年十月十二日夜，解衣欲睡，月色入户，欣然起行。念无与为乐者，遂至承天寺寻张怀民，怀民亦未寝，相与步于中庭。庭下如积水空明，水中藻、荇交横，盖竹柏影也。何夜无月？何处无竹柏？但少闲人如吾两人者耳。"此文写了事——夜游；写了人——两个闲人；写了物——庭下月色、竹柏影。但作者要表现的显然不是这一切所蕴含的恬淡清明之美，或是描绘一种远离尘世的淡泊之境，而是将这一切当成传导一种心态的表象，透过"闲人"句，我们可以感受到初受贬谪，闲居黄州的苏东坡的怨愤与不平，以及他那渴望建功立业的难抑心声。

三是拓展意象意境：这是对欣赏者的更高的要求，此时欣赏者已进入创造性参与的层面。这种创造性的参与主要表现在对文章意象的进一步开掘和对文章意境的更深广的拓展。方法有如下两点：一是用文学的眼光欣赏言外之旨，韵外之意；二是大胆追求多义多解。这样，就使散文有了一种品之有味、味之不尽的可创作空间，欣赏者就有了如饮美酒、陶醉其中而又情动心动的心理体验。

散文是语言的艺术，语言美和意境美在散文中是相辅相成、互为表里、缺一不可的。散文的语言是最具个性色彩的，也是最富创造性的，语言风格千姿百态，但从总体上看，优美的散文语言都具有精练顺畅、形象生动、韵律优美的特点。若从美的角度来归纳，基本上可分为质朴和华美两种类型。欣赏者要领略散文语言艺术的魅力，要从语言的构成——

文学欣赏

文辞入手,体察文辞的色彩,词性和词语组合的形式、方式,以及其构成的声韵、气韵效果等。首先体察文辞的色彩,散文文辞的色彩直接决定文章的情绪基调和情感色彩,欣赏者要能够通过一个个词语的亮丽与灰暗来体会情感的轻松与沉重,通过一个个词语的褒贬色彩来感知作者的爱憎与哀乐。其次,感受散文语言的韵律和节奏,散文的语言虽然不像诗歌那样有固定的韵律和节奏,但散文也注意韵律与节奏的协调,追求音韵旋律的和谐与独特,讲究舒徐缓疾、抑扬顿挫的音乐美感。

左 传

曹刿论战

十年春[1],齐师伐我[2]。公将战[3]。曹刿请见[4]。其乡人曰:"肉食者谋之,又何间焉[5]?"刿曰:"肉食者鄙,未能远谋。"乃入见。问:"何以战[6]?"公曰:"衣食所安[7],弗敢专也[8],必以分人[9]。"对曰:"小惠未遍[10],民弗从也。"公曰:"牺牲玉帛,弗敢加也,必以信[11]。"对曰:"小信未孚[12],神弗福也[13]。"公曰:"小大之狱,虽不能察,必以情[14]。"对曰:"忠之属也,可以一战。战则请从。"

公与之乘。战于长勺[15]。公将鼓之[16],刿曰:"未可。"齐人三鼓,刿曰:"可矣。"齐师败绩。公将驰之[17],刿曰:"未可。"下视其辙[18],登轼而望之[19],曰:"可矣。"遂逐齐师。

既克,公问其故。对曰:"夫战,勇气也,一鼓作气,再而衰,三而竭,彼竭我盈[20],故克之。夫大国,难测也,惧有伏焉。吾视其辙乱,望其旗靡,故逐之。"

【注释】

[1] 十年:鲁庄公十年(公元前684年)。

[2] 齐师:齐国的军队。齐,在今山东省中部。我,指鲁国。鲁,在今山东西南部。《左传》为鲁国史官而作,故称鲁国为"我"。

[3] 公:诸侯的通称,这里指鲁庄公。

[4] 曹刿(guì):春秋时期鲁国大夫。

[5] 肉食者:吃肉的人,指居高位、得厚禄的人。间(jiàn):参与。

[6] 何以战:即"以何战",凭什么作战。

[7] 衣食所安:衣食这类养生的东西。

[8] 专:独自享有。

[9] 人:这里指鲁庄公身边的近臣或贵族。

[10] 遍:遍及,普遍。

[11] 牺牲玉帛:古代祭祀用的祭品。牺牲,指猪、牛、羊等。玉帛,玉石、丝织品。加:虚夸,这里是说以少报多。

[12] 孚(fú):使人信服。

[13] 福:作动词,赐福,保佑。

[14] 狱:诉讼案件。

[15] 长勺:鲁国地名,在今山东曲阜县北。

[16] 鼓:作动词,击鼓进军。

[17] 驰:驱车(追赶)。

[18] 辙(zhé):车轮滚过地面留下的痕迹。

[19] 轼:古代车厢前边的横木,供乘车人扶手用。

[20] 盈：充沛，旺盛。

【赏析】

公元前684年的齐鲁长勺之战，是历史上以弱胜强的著名战例之一。这篇文章的主要内容不是记叙这次战役的进程，而是记录曹刿关于战争的论述，它生动地说明，政治上取信于民，运用正确的战略战术和掌握战机，是弱国战胜强国的必要条件。全文的文眼是"远谋"一语，通过人物对话，曹刿的"远谋"和"肉食者鄙"都得到了鲜明的再现。

全文分三段。第一段，叙述战前曹刿求见鲁庄公，通过他和鲁庄公的对话说明政治上取信于民是作战的先决条件。本段可分两层：第一层(开头到"乃入见")写曹刿求见鲁庄公的原因。开篇就指出战争发生的时间、作战对象、战争的性质和鲁庄公决定应战。文中只说"公将战"而不提其他事情，实际上是说庄公处于被动地位，不得已而应战，是为下文"曹刿请见"作铺垫。接着写曹刿和乡人对话。乡人的劝阻未必有深意，但也在某种程度上反映出人民对统治者的态度；而曹刿的回答则说明他对这次战争已有深远的考虑，对统治者的鄙陋也有认识，肯定了"请见"的必要。曹刿的答语正是全文的纲领，下文便一面写曹刿的"远谋"，一面写庄公之"鄙"。第二层("问：'何以战？'"到段末)写曹刿和庄公关于战前准备的对话，说明政治上取信于民是赢得战争胜利的先决条件。对话一开始曹刿就提出了战前准备的关键问题"何以战"，显示了锐利的眼光。庄公前两次的回答是"衣食所安，弗敢专也，必以分人"和"牺牲玉帛，弗敢加也，必以信"，说明他把取胜的希望寄托在近臣的拥护和神的保护上，表现了十足的鄙陋。曹刿对这两次答复都予以否定，指出庄公所说的不过是"小惠""小信"，并强调了"民从"和"孚"的重要性，这一观点无疑是正确的。在他的启发下，庄公终于认识到作战要依靠人民，决心为人民做一点好事，于是说："小大之狱，虽不能察，必以情。"从这番对话可以看出，曹刿求见庄公，目的就是要使庄公认识到人心在战争中的作用，努力争取人民的支持，为胜利奠定可靠的基础，这就初步显示了他的"远谋"。

第二段，叙述齐鲁长勺之战的经过。文章把庄公和曹刿的不同指挥方式作了对比描述：写庄公，以"将鼓""将逐"跟上文"将战"相应，表现他在作战中不察敌情，急躁冒进；写曹刿，则以两个"未可"和两个"可矣"前后映衬，表现他临阵从容，胸有成竹，善于掌握战机。这实际上又一次把曹刿的"远谋"和庄公之"鄙"作了对比。但作者又有意设伏，对曹刿为什么必待"齐人三鼓"而后才认为可以击鼓进军，为什么在"齐师败绩"之后还要"下视其辙，登轼而望之"，然后才认为可以追击，都先不作交代，把这两个问题留到下面去解答，才能更好突出"论战"的主旨。

第三段，写曹刿论述这次战役取胜的原因。先用"既克，公问其故"一句承上启下。"既克"而不知"其故"，足见庄公完全不懂军事，这既印证了开头说的"肉食者鄙"，又自然引出曹刿的论述。这段论述用两个"夫"字依次带出两层意思：第一层以"战，勇气也"为根据，提出要选择"彼竭我盈"的时机发动进攻的观点，回答了作战时为什么在"齐人三鼓"之后他才认为"可鼓"的问题；第二层以"大国难测"，以谨防埋伏为根据，提出判断敌方真实动态的观点，说明了他"下视其辙，登轼而望之"之后才认为"可驰"的原因。这就进一步说明曹刿的确是一位有"远谋"的军事家。

文学欣赏

【知识拓展】

先秦历史散文

我国历史散文的产生比说理性的诸子散文要早很多,它的发展与文字、史官的产生与发展有着极为密切的关系。我国文字和史官产生甚早,据考古发现和文献记载,夏代前夕已经产生。当时史官分左史、右史等。一般认为,左史记言,右史记事,各有所司。至春秋末战国之时,史官地位虽不如前,然各国诸侯看重修史,史官四散在诸侯,史籍大兴,出现了"百国春秋",体例颇有融合。先秦历史散文的发展,大致分三个阶段。第一阶段是夏到春秋时期,以《尚书》和《春秋》为代表,此期史官分司,言、事不混,如《尚书》记言,《春秋》记事,文字古朴简洁。第二阶段是春秋末到战国初期,代表作是《左传》和《国语》,此时的创作,既记言又记事,言事相融,篇幅加长,内容详赡,记事曲折,写人生动,富于文采。第三阶段是战国中后期,以《战国策》为代表,它采取国别体,吸取《左传》《国语》的创作技巧并加以发展,使历史散文发展到新的高峰。先秦历史散文发展的总趋势是由简到繁,由质而文,由片断的文辞到较详细生动的记言、记事、写人。从现存先秦的几部重要史籍看,主要成书于春秋战国时期。由于当时文史哲界限不清,人们的思维还带有文明史初期具象思维的诸多特点,因而其历史散文带有极强的文学特色,大都注意将神话、传说渗入史籍,使历史事件故事化;注重描写与人物特征刻画,使历史人物形象化;对事件进行褒贬评价,使记叙记言声情并茂。先秦历史散文的体例与艺术,对后世史书、散文、诗歌、小说、戏曲等都有重大影响。

水经注·三峡

郦道元

自[1]三峡七百里中,两岸连山,略无阙[2]处。重岩叠嶂,隐天蔽日,自非亭午夜分,不见曦月。

至于夏水襄陵,沿溯[3]阻绝。或王命急宣,有时朝发白帝,暮到江陵,其间千二百里,虽乘奔御风,不以疾也。

春冬之时,则素湍绿潭,回清[4]倒影,绝巘[5]多生怪柏,悬泉瀑布,飞漱其间,清[6]荣[7]峻[8]茂,良[9]多趣味。

每至晴初霜[10]旦,林寒涧肃[11],常有高猿长啸,属引[12]凄异,空谷传响,哀转久绝。故渔者歌曰:"巴东[13]三峡巫峡长,猿鸣三声泪沾裳[14]。"

【注释】

[1] 自:从,由。
[2] 阙(quē):同"缺",中断,空缺。
[3] 沿溯(sù):沿,顺流而下;溯,逆流而上。
[4] 清:这里指清波。
[5] 巘:山峰。
[6] 清:这里指水流清澈。
[7] 荣:这里指树木茂盛。
[8] 峻:指山高大。

[9] 良：真，实在。
[10] 霜：这里是名词用作动词，结霜。
[11] 肃：寂静。
[12] 属(zhǔ)引：接连不断。
[13] 巴东：郡名，现在重庆东部云阳、奉节、巫山一带。
[14] 裳(cháng)：古人穿的上衣为衣，下衣为裳。这里泛指衣裳。

【赏析】

郦道元，南北朝时北魏范阳人，他广泛收集前人有关全国水道的著作，加上自己游历各地山川的见闻，写成《水经注》四十卷。其中许多篇章都是优秀的游记散文。《三峡》就是其中的名篇之一。

作者先总写三峡形貌，着重突出七百里长的三峡，既山山相连，峰峰相接，又峰峦高耸，遮天蔽日，并以中午与半夜不能见到太阳和月亮这一典型情景，来表现三峡两岸的山高林密，给人一种群峰绵延，繁木满山，难见日月的肃穆寂静之感，为下文表现三峡的阴森凄清埋下了伏笔。接着分写三峡四季不同的景色。郦道元主要从水着笔，并根据三峡江水一年四季所呈现的不同特点，按照夏季、春季、冬季、秋季的顺序依次展开，写出了三峡江水的多姿多彩。写夏水，作者着力表现她的汹涌澎湃和一泻千里的奔腾气势，并以"朝发白帝，暮到江陵"的夸张，"乘奔御风，不以疾也"的比照，突出其水流的迅疾，写得惊心动魄，与上文所展示的山的沉静形成强烈的反差。如果说夏日里的长江是一群奔腾的野马，桀骜不驯，气势雄劲，那么春冬季节里的三峡江水，则是一位秀丽活泼，楚楚动人的少女。三峡江窄处，时而是急流飞湍，激荡起洁白的浪花；江面开阔处，时而是碧水深潭，清波荡漾，将山形树影倒映其中。而夹岸高山的绝顶之上，有奇形怪状的各色树木；山坡上，则是杂草青青；山谷间，则有飞泉瀑布冲泻而下。文章展现的是一幅飞扬灵动的山水画卷，极富层次感和立体感，就像是一位高明的摄影师巧妙地运用推、拉、特写、转换等多种手段，将远远近近、上上下下、方方面面各具特色的物景呈现于读者眼前，让你赏心悦目而又觉趣味无穷、韵味无尽。写秋季的三峡，作者则是抓住久寒初晴的日子，选择寒霜满地的早晨这样一个特定时空，通过描绘"林寒涧肃"、高猿哀鸣等特殊情景，有意突出秋季里三峡的凄清悲凉，并以渔夫的歌唱作为补充，以显现描写的真切，令人黯然神伤。

全文虽只有一百五十余字，却写尽了三峡风光，尤其是准确、传神地表现了三峡四季景色的不同特点。这既得力于作者的精心布局，同时也得力于特写镜头的准确摄取和表现手法的恰当运用，充分显示出语言艺术不受时空局限的特点与优势。夏季重水势，春季重色彩，秋季重音响，写得形神兼备，声韵俱全，从而使三峡风光得到了全方位的展示，给人留下深刻印象。

【知识拓展】

汉　赋

赋由《诗经》与《楚辞》演变而来，是一种介于诗文二者之间，不同于诗词，也不同于散文的文体。在汉代四百多年间，文人多致力于这种文体的写作，因而赋盛极一时，成为汉代文学的代表，乃至影响千年中国文学史。汉赋的形成和发展分为三个阶段：汉初的

文学欣赏

赋家，继承楚辞的余绪，这时流行的是所谓的"骚体赋"，代表作家和作品有贾谊的《吊屈原赋》、淮南小山的《招隐士》、枚乘的《七发》等；其后则逐渐演变为有独立特征的所谓的散体大赋，这是汉赋的主体，也是汉赋最兴盛的阶段，代表作家和作品有司马相如的《子虚赋》《上林赋》，扬雄的《甘泉赋》《河东赋》《羽猎赋》《长杨赋》，班固的《两都赋》等；东汉中叶以后，散体大赋逐渐衰微，抒情、言志的小赋开始兴起，代表作家和作品有张衡的《二京赋》《归田赋》，赵壹的《刺世疾邪赋》，蔡邕的《述行赋》，祢衡的《鹦鹉赋》等。汉赋篇幅较长，多采用问答体，韵散夹杂，其句式以四言、六言为主，但也有五言、七言或更长的句子。汉赋喜堆砌词语，好用难字，极尽铺陈排比之能事，被后人视为赋体正宗，也称"古赋"。它在丰富文学作品的词汇、词句，以及技法方面，在促进文学观念的形成方面，有着重要的意义。

桃花源记

陶渊明

晋太元[1]中，武陵[2]人捕鱼为业。缘[3]溪行，忘路之远近。忽逢桃花林，夹岸数百步[4]，中无杂[5]树，芳[6]草鲜美，落英缤纷，渔人甚异之；复前行，欲穷其林。

林尽水源，便得一山，山有小口，仿佛若有光。便舍船，从口入。初极狭，才通人。复行数十步，豁[7]然开朗。土地平旷，屋舍俨然[8]，有良田美池桑竹之属[9]，阡陌交通，鸡犬相闻。其中往来种作，男女衣着，悉如外人；黄发[10]垂髫[11]，并怡然自乐。

见渔人，乃[12]大惊，问所从来，具[13]答之，便要[14]还家，设酒杀鸡作食，村中闻有此人，咸来问讯。自云先世避秦时乱，率妻子邑人，来此绝境，不复出焉，遂与外人间隔。问今是何世，乃不知有汉，无论魏晋。此人一一为具言所闻，皆叹惋。余人各复延[15]至其家，皆出酒食。停数日，辞去。此中人语云："不足为外人道也！"

既出，得其船，便扶[16]向路[17]，处处志[18]之。及郡下，诣[19]太守，说如此。太守即遣人随其往，寻向所志，遂迷，不复得路。

南阳刘子骥[20]，高尚士也，闻之，欣然规[21]往，未果[22]，寻[23]病终。后遂无问津[24]者。

【注释】

[1] 太元：东晋孝武帝的年号(376—396)。
[2] 武陵：郡名，现在湖南省常德市一带。
[3] 缘：沿着。
[4] 步：古代的计量单位，六尺为一步。
[5] 杂：不纯，这里指别的。
[6] 芳：代指芳香的花。
[7] 豁：开阔的样子。
[8] 俨然：整齐的样子。
[9] 之属：之类。
[10] 黄发：旧说是长寿的特征，所以用来指老人。
[11] 垂髫：小孩垂下的头发，用来指小孩。
[12] 乃：副词，可译为"便""竟然""竟"。

[13] 具：通"俱"，全部。
[14] 要：通"邀"，邀请。
[15] 延：请，邀请。
[16] 扶：沿着，顺着。
[17] 向路：指来时的旧路。"向"：副词，原先，当初。
[18] 志：动词，做标志，做记号。
[19] 诣(yì)：到……去。
[20] 刘子骥：与陶渊明同时代人，好游山泽。
[21] 规：计划。
[22] 果：实现。
[23] 寻：不久。
[24] 问津：问路。这里的意思是探访、访求。津：本义是渡口。

【赏析】

此文是作者归隐田园六年之后，年近57岁时创作的，当时宋武帝刘裕采用阴谋手段杀君篡位，政治黑暗，形势险恶。陶渊明既不满现实，也无力改变现实，便借描绘一个与污浊现实相对的美好世界，来表达自己对理想社会的热切向往。

首先描述了发现桃花源的曲折情景，着意渲染出桃花源的一种神秘色彩。每次都是捕鱼人犹疑之际，便又峰回路转，现出一片崭新的天地，文章亦因此一波三折，惊喜交加，眼看是"山重水复疑无路"，转眼间即"柳暗花明又一村"。这样既显示出桃花源的神秘，又能激发起读者的阅读欲望，跟随着捕鱼人的脚步，去追寻那意外的惊喜，文章也因此而有了一种极强的引人入胜的力量。

桃花源隐蔽神秘的面纱被揭开之后，作者集中笔墨描写桃花源里的自然风光和人文胜景，文章以饱含深情的笔调，首先热情描绘了桃花源里的田园景色：这里有辽阔的土地、整齐的房舍、纵横交错的田间小路、美丽的池塘和苍翠欲滴的桑林修竹……作者似乎在不经意中将一幅恬静而又充满诗意的山村画卷展现在我们面前，与现实社会的喧嚣不安形成鲜明的对比，令人赏心悦目。然后竭力描绘的是这里的民情风俗：人们"往来种作""鸡犬相闻"，生产、生活与外界相同，穿着打扮也与外人无异，只是这里的人过得安宁祥和，无战乱，无苛捐，无欺压，男女老少都是"怡然自乐"。这里民风古朴，即使是一个素不相识的外乡人，人们也热情地邀请他到家中做客，还"设酒杀鸡"，家家如此。他们生活在一个封闭而又自给自足的狭小天地里，少受世俗社会名利之心的侵扰，因而本性质朴，极富人情味。这又与现实社会的尔虞我诈形成了强烈的反差。但他们并非不问世事，虽然久处世外，不知道朝代的更替，但对外界的社会情况仍然特别关心，见有外人来，"咸来问讯"；听闻外界的朝代变更，政事纷争，"皆叹惋"，喜忧与共，只是不愿为外界的纷争困扰，不愿参与世俗的斗争，不愿被世俗污浊浸染，所以当捕鱼人返回时，还一再嘱咐，不要让外界的人知道这里。作者就是这样，通过桃花源恬静优美的自然胜景及祥和安宁而又富有人情味的人文胜景的描述，表现了自己对现实社会的否定和对理想社会的追求与向往。

最后，写太守派人寻找而迷路，隐士刘子骥寻找而"未果"，意在表明桃花源是世外之地，不可复得，官方不可建造，世人不可企求，只是作者心中的理想而已。

文章采用虚实相生、真假结合的手法，创造了一个迥异于现实的世外桃源，既充满浪

文学欣赏

漫虚幻的神秘色彩,又给人以真实可信的真切感受。虚幻和现实描写的完美结合是本文的主要特色。作者精心描绘与现实社会相对的美好的理想社会,字里行间洋溢着赞颂之情。作者采用了虚实相生的手法,精心设置了一个从发现到进入再到离开的全过程,而发现时又颇费周折,桃花源若有若无,显而又隐,带有浓厚的神秘色彩,因而文章具有很强的故事性和引人入胜的魅力,疑而复行,惊喜交加是这篇文章情感变化的重要特点。

【知识拓展】

骈体文

"骈体文"或称"骈文""骈俪文""四六文",是从古代文学中的一种修辞手法逐渐发展形成的一种文体。它并不与诗歌、辞赋、小说、戏曲等一样是一种文学体裁,而是与散体文相区别的一种不同的表达方式。但由于它本身具有一定的格式和特点,是中国文学中的一个重要现象,所以一般也都把它看作中国文学中的一种体类。

骈体文产生于魏晋时代,在六朝广为流行。骈体文的主要特征是要求通篇句式都两两相对,这种平列的句式和词语相对,又称排偶或对仗。所谓排偶或对仗,本是适应汉语言的单音词比较多,容易构成配对的现象而产生的一种修辞手法。这种修辞手法,可以取得语句上整齐、对称之美,是在我国古代诗文中很早就有所运用的。在先秦诗文作品中,这种对偶句还只是在行文中偶然一用,而且一般来说,也不太工整、严格。两汉时期,"赋体"大兴。"赋体"本是一种半诗半文的文学体裁,要求铺叙内容,语句整练,且崇尚辞采。这样,排比对偶的修辞手法,便得到了比较自觉、广泛的运用。到了汉末魏晋,辞赋作品的骈化迹象更加明显,待至晋初,完全用骈偶写的赋也已经出现。辞赋作品的逐渐骈化,就形成了一种风气,散文和其他一些文体受其影响,也趋于骈化。但两汉以前,包括两汉在内的一些作品,虽程度不等地在运用对偶,但正像《文心雕龙·丽辞》中所说的那样,属于"高下相须,自然成对",还并非有意识地在作对偶文章。经过魏晋,到齐梁时代,作对偶文已经成为一种风尚。特别是齐梁时代,许多统治阶级文人生活面狭小,精神空虚,反映在文学上,形式主义趋于极盛。他们在创作中竞相追逐的不过是字句整齐、音韵铿锵、对仗工整和辞藻的华丽,这样,骈文就形成了一种普遍流行的独立文体,而与散体文互相区别开来。又由于当时统治者的大力提倡,骈文在文坛上竟一跃而占据了主导位置。从此,在中国文学史上,不但有了最初的韵文、散文之分,而且又有了骈文、散文之别了。

小石潭记

柳宗元

从[1]小丘[2]西[3]行[4]百二十步,隔篁竹[5],闻水声,如鸣珮环[6],心乐[7]之。伐[8]竹取[9]道,下见小潭[10],水尤清冽[11]。全石以为底[12],近岸,卷石底以出[13],为坻,为屿,为嵁,为岩[14]。青树翠蔓[15],蒙络摇缀,参差披拂[16]。

潭中鱼可百许头[17],皆若空游无所依[18]。日光下澈,影布石上[19],怡然不动[20],俶尔远逝[21],往来翕忽[22]。似与游者相乐。

潭西南而望,斗折蛇行,明灭可见[23]。其岸势犬牙差互[24],不可知其源。

第三章 散文欣赏

坐潭上，四面竹树环合，寂寥无人，凄神寒骨，悄怆幽邃[25]。以其境过清[26]，不可久居，乃记之而去[27]。

同游者：吴武陵[28]，龚古[29]，余弟宗玄[30]。隶而从者，崔氏二小生[31]：曰恕己，曰奉壹。

【注释】

[1] 从：自，由。

[2] 小丘：小山丘(在小石潭东边)。

[3] 西：向西，名词作状语。

[4] 行：走。

[5] 篁(huáng)竹：成林的竹子。

[6] 如鸣珮环：好像珮环碰撞的声音。珮、环都是玉饰。

[7] 乐：以……为乐，对……感到快乐(意动用法)。

[8] 伐：砍伐。

[9] 取：这里指开辟。

[10] 下见小潭：向下看就看见一个小潭。见，看见。下，向下。

[11] 水尤清冽：水格外(特别)清凉。尤，格外，特别。冽，凉。清冽，清凉。

[12] 全石以为底：即以全石为底(潭)，把整块石头当作底部。以，把。为，当作。

[13] 近岸，卷石底以出：靠近岸的地方，石底有些部分翻卷过来露出水面。近，靠近。岸，岸边。卷，弯曲。以，相当于"而"，表修饰，不译。

[14] 为坻(chí)，为屿，为嵁(kān)，为岩：成为坻、屿、嵁、岩各种不同的形状。坻，水中高地。屿，小岛。嵁，不平的岩石。岩，悬崖。

[15] 翠蔓：翠绿的藤蔓。

[16] 蒙络摇缀，参差披拂：覆盖缠绕，摇动下垂，参差不齐，随风飘动。

[17] 可百许头：大约有一百来条。文中指小潭里的鱼大约有一百来条。可，大约。许，用在数词后，表示约数，相当于同样用法的"来"。

[18] 皆若空游无所依：都好像在空中游动，什么依托也没有。空：在空中，名词作状语。皆：全，都。

[19] 日光下澈，影布石上：阳光向下直照到水底，鱼的影子好像映在水底的石头上。下：向下照射。布：照映，分布。澈，穿透，一作"彻"。

[20] 佁然不动：(鱼影)呆呆地一动不动。佁(yǐ)然，呆呆的样子。

[21] 俶(chù)尔远逝：忽然间向远处游去了。俶尔，忽然。

[22] 往来翕(xī)忽：来来往往，轻快敏捷。翕忽：轻快敏捷的样子。翕：迅疾。

[23] 斗折蛇行，明灭可见：(溪水)曲曲折折，(望过去)一段看得见，一段又看不见。斗折，像北斗七星那样曲折。蛇行，像蛇爬行那样弯曲。明灭可见，若隐若现。灭，暗，看不见。

[24] 犬牙差(cī)互：像狗的牙齿那样互相交错。犬牙，像狗的牙齿一样。差互，互相交错。

[25] 凄神寒骨，悄(qiǎo)怆(chuàng)幽邃(suì)：使人感到心神凄凉，寒气透骨，幽静深远，弥漫着忧伤的气息。凄、寒，使动用法，使……感到凄凉，使……感到寒冷。悄怆，忧伤的样子。邃：深。

[26] 以其境过清：因为那种环境太过凄清。以，因为。其，那。清，凄清。

[27] 不可久居，乃记之而去：不能长时间停留，于是记下小石潭的情况就离开了。居，待、停留。乃，于是……就。之，代游小石潭这件事。去，离开。

[28] 吴武陵：作者的朋友，也被贬在永州。

[29] 龚古：作者的朋友。

[30] 宗玄：作者的堂弟。

[31] 隶而从者，崔氏二小生：跟着我一同去的，有姓崔的两个年轻人。隶而从，跟着同去的。隶，作为随从，动词。崔氏，指柳宗元姐夫崔简。小生，年轻人。

【赏析】

柳宗元的《小石潭记》是一篇文质精美、情景交融的山水游记。全文193字，用移步换景、定点特写、变焦等手法，有形、有声、有色地刻画出小石潭的动态美，写出了小石潭环境中景物的幽美和静穆，抒发了作者贬官失意后的孤凄之情。

《小石潭记》第一段共四句话，写作者如何发现小石潭以及小石潭的概貌。作者采用"移步换景"的写法，写发现小石潭的经过及小石潭的景物特征，在移动变换中引导我们去领略各种不同的景致，很像一部山水风光影片，具有极强的画面感。第二段采用"定点特写"的方法，直接把镜头对准潭中的鱼，描写其动静状态，间接凸显潭水的清澈透明，着重表现一种游赏的乐趣。第三段用变焦的手法，把镜头推向远方，探究小石潭的水源及潭上的景物。第四段写作者对小石潭总的印象和感受。先写外景环境，后写内心感受，情景交融，构成一种特异的境界。对小石潭总的印象和感受，作者突出了一个"静"字，把环境中的静深入到心神中，情景相融，写出了一种凄苦孤寂的心境。第五段记下与作者同游小石潭的人。

《小石潭记》保持了《永州八记》一贯的行文风格，察其微，状其貌，传其神，是一篇充满了诗情画意、情景交融的山水游记散文。

【知识拓展】

古 文 运 动

中唐时期，由骈体到散体的文体与文风的革新运动称为"古文运动"。这场运动，从陈子昂开始，经元结、韩愈、柳宗元直到杜牧、罗隐等许多人的努力，在前后二百多年间，改变了自东汉以来逐渐形成的骈体文对文坛的统治，实现了文体、文风和文学语言的解放，推动了散文创作的发展。这次文学变革，适应着时代政治斗争和思想斗争的需要，总结了自先秦以来我国散文发展的历史经验，提出了一套比较完整的改革文体和革新散文创作的理论主张，并成功地进行创作实践。加之参加这次革新的作家们以极大的热忱和高度的自觉为推行新文体、创作新散文而不懈努力，并广为宣传，诱掖后进，在文坛上形成一股潮流。由于这次变革有理论指导，有成功的实践，又有群众基础和巨大的影响，俨然成为一个"运动"；而提倡新文体的韩愈、柳宗元等人，又与当时流行的骈体"俗下文字"相对立，称所倡导的文体为"古文"，因而，近代研究者把这次变革叫作"古文运动"。

岳 阳 楼 记[1]

范仲淹

庆历四年[2]春，滕子京谪守巴陵郡[3]。越明年[4]，政通人和[5]，百废具兴[6]。乃[7]重修岳阳楼，增其旧制[8]，刻唐贤今人[9]诗赋于其上。属予作文以记之[10]。

予观夫巴陵胜状[11]，在洞庭一湖。衔[12]远山，吞[13]长江，浩浩汤汤[14]，横无际涯[15]；朝晖夕阴，气象万千[16]。此则岳阳楼之大观也[17]，前人之述备矣[18]。然则[19]北通巫峡，南极潇湘[20]，迁客骚人[21]，多会[22]于此，览物之情，得无异乎[23]？

若夫淫雨霏霏[24]，连月不开[25]；阴[26]风怒号，浊浪排空[27]；日星隐曜[28]，山岳潜形[29]；商旅不行[30]，樯倾楫摧[31]；薄暮冥冥[32]，虎啸猿啼。登斯楼也，则有去国怀乡，忧谗畏讥[33]，满目萧然[34]，感极而[35]悲者矣。

至若春和景明[36]，波澜不惊[37]；上下天光，一碧万顷[38]；沙鸥翔集，锦鳞游泳[39]；岸芷汀兰[40]，郁郁[41]青青。而或长烟一空[42]，皓月千里[43]，浮光跃金[44]，静影沉璧[45]，渔歌互答[46]，此乐何极[47]！登斯楼也，则有心旷神怡[48]，宠辱偕忘[49]，把酒临风[50]，其喜洋洋[51]者矣。

嗟夫[52]！予尝求古仁人之心[53]，或异二者之为[54]。何哉？不以物喜，不以己悲[55]；居庙堂之高则忧其民[56]，处江湖之远则忧其君[57]。是进亦忧，退亦忧。然则何时而乐耶？其必曰："先天下之忧而忧，后天下之乐而乐"乎[58]。噫！微斯人，吾谁与归[59]？

时六年九月十五日。

【注释】

[1] 记：一种文体，可以写景、叙事，多为议论。但目的是为了抒发作者的情怀和政治抱负(阐述作者的某些观念)。

[2] 庆历四年：公元 1044 年。庆历，宋仁宗赵祯的年号。文章末句中的"时六年"，指庆历六年(1046 年)，点明作文的时间。

[3] 滕子京谪(zhé)守巴陵郡：滕子京降职任岳州太守。滕子京，名宗谅，子京是他的字，范仲淹的朋友。谪守，把被革职的官吏或犯了罪的人充发到边远的地方。在这里作为动词，被贬官、降职的意思。谪，封建王朝官吏降职或远调。守，做郡的长官。汉朝"守某郡"，就是做某郡的太守；宋朝废郡称州，应说"知某州"。巴陵郡，即岳州，治所在今湖南岳阳，这里沿用古称。"守巴陵郡"就是"守岳州"。

[4] 越明年：有三说，其一指庆历五年，为针对庆历四年而言；其二指庆历六年，此"越"为经过、经历；其三指庆历七年，针对作记时间(庆历六年)而言。

[5] 政通人和：政事顺利，百姓和乐。政，政事。通，通顺。和，和乐。这是赞美滕子京的话。

[6] 百废具兴：各种荒废的事业都兴办起来了。百，不是确指，形容其多。废，这里指荒废的事业。具，通"俱"，指全、皆。兴，复兴。

[7] 乃：于是。

[8] 制：规模。

[9] 唐贤今人：唐代和当代名人。贤，形容词作名词用。

[10] 属(zhǔ)：通"嘱"，嘱托、嘱咐。予：我。作文：写文章。以：连词，用来。记：记述。

[11] 夫：那。胜状：胜景，好景色。

[12] 衔：包含。

[13] 吞：吞吐。

[14] 浩浩汤(shāng)汤：水波浩荡的样子。汤汤，水流大而急。

[15] 横无际涯：宽阔无边。横，广远。际涯，边。际专指陆地边界，涯专指水的边界。

[16] 朝晖夕阴，气象万千：或早或晚(一天里)，阴晴多变化。朝，在早晨，名词作状语。晖，日光。气象，景象。万千，千变万化。

[17] 此则岳阳楼之大观也：这就是岳阳楼的雄伟景象。此，这。则，就。大观，雄伟景象。

[18] 前人之述备矣：前人的记述很详尽了。前人之述，指上面说的"唐贤今人诗赋"。备，详尽、完备。矣，语气词"了"。之，助词，的。

[19] 然则：虽然如此，那么。

[20] 南极潇湘：南面直到潇水、湘水。潇水是湘水的支流。湘水流入洞庭湖。南，向南。极，尽，最远到达。

[21] 迁客：谪迁的人，指降职远调的人。骚人：诗人。战国时屈原作《离骚》，因此，后人也称诗人为骚人。

[22] 多：大多。会：聚集。

[23] 览物之情，得无异乎：看到自然景物而引发的情感，怎能不有所不同呢？览，观看，欣赏。得无……乎，大概……吧。

[24] 若夫：用在一段话的开头以引起下文。下文的"至若"，同此。"若夫"近似"像那"。"至若"近似"至于"。淫雨：连绵不断的雨。霏霏：雨或雪(繁密)的样子。

[25] 开：(天气)放晴。

[26] 阴，阴冷。

[27] 排空，冲向天空。

[28] 日星隐曜(yào)：太阳和星星隐藏起光辉。曜(不为耀，古文中以此当作日光)，光辉，日光。

[29] 山岳潜形：山岳隐没了形体。岳，高大的山。潜，隐没。形，形迹。

[30] 行：走，此指前行。

[31] 樯(qiáng)倾楫(jí)摧：樯杆倒下，船桨折断。樯，樯杆。楫，船桨。倾，倒下。摧，折断。

[32] 薄暮冥冥：傍晚天色昏暗。薄，迫近。冥冥，昏暗的样子。

[33] 则有去国怀乡，忧谗畏讥：离开国都，怀念家乡，担心(人家)说坏话，惧怕(人家)批评指责。则，就。有，产生……的(情感)。去，离开。国，国都，指京城。忧，担忧。谗，谗言。畏，害怕，惧怕。讥，嘲讽。

[34] 萧然：凄凉冷落的样子。

[35] 感极：感慨到了极点。而：连词，表顺接。

[36] 至若春和景明：至于到了春天气候暖和，阳光普照。至若，至于。春和，春风和煦。景，日光。明，明媚。

[37] 波澜不惊：湖面平静，没有惊涛骇浪。惊，这里有"起""动"的意思。

[38] 上下天光，一碧万顷：天色湖面光色交映，一片碧绿，广阔无边。一，一片。万顷，极言其广。

[39] 沙鸥翔集，锦鳞游泳：沙鸥时而飞翔，时而停歇，美丽的鱼在水中游来游去。沙鸥，沙洲上的鸥鸟。翔集，时而飞翔，时而停歇。集，栖止，鸟停息在树上。锦鳞，指美丽的鱼。鳞，代指鱼。游泳，或浮或沉。游，贴着水面游。泳，潜入水里游。

[40] 岸芷(zhǐ)汀(tīng)兰：岸上的小草，小洲上的兰花。芷，香草的一种。汀，小洲，水边平地。

[41] 郁郁：形容草木茂盛。

[42] 而或长烟一空：有时大片烟雾完全消散。或，有时。长，大片。一，全。空，消散。

[43] 皓月千里：皎洁的月光照耀千里。

[44] 浮光跃金：湖水波动时，浮在水面上的月光闪耀起金光。这是描写月光照耀下的水波。有些版本作"浮光耀金"。

[45] 静影沉璧：湖水平静时，明月映入水中，好似沉下一块玉璧。这里是写无风时水中的月影。璧，圆形正中有孔的玉。沉璧，像沉入水中的璧玉。

[46] 互答：一唱一和。

[47] 何极：哪有穷尽。何，怎么。极，穷尽。

[48] 心旷神怡：心情开朗，精神愉快。旷，开阔。怡，愉快。

[49] 宠辱偕忘：荣耀和屈辱一并都忘了。宠，荣耀。辱，屈辱。偕，一起，一作"皆"。

[50] 把酒临风：端酒面对着风，就是在清风吹拂中端起酒来喝。把，持，执。临，面对。

[51] 洋洋：高兴的样子。

[52] 嗟(jiē)夫：唉。嗟夫为两个词，皆为语气词。

[53] 尝：曾经。求：探求。古仁人：古时品德高尚的人。心：思想(感情心思)。

[54] 或异二者之为：或许不同于(以上)两种心情。或，近于"或许""也许"的意思，表委婉口气。为，这里指心理活动，即两种心情。二者，这里指前两段的"悲"与"喜"。

[55] 不以物喜，不以己悲：不因为外物好坏和自己得失而或喜或悲(此句为互文)。以，因为。

[56] 居庙堂之高则忧其民：在朝中做官就担忧百姓。居庙堂之高：处在高高的庙堂上，意为在朝中做官。庙，宗庙。堂，殿堂。庙堂：指朝廷。下文的"进"，即指"居庙堂之高"。

[57] 处江湖之远则忧其君：处在僻远的地方做官就为君主担忧。处江湖之远：处在偏远的江湖间，意思是不在朝廷上做官。之：定语后置的标志。是，这样。下文的"退"，即指"处江湖之远"。

[58] 先天下之忧而忧，后天下之乐而乐：在天下人担忧之前先担忧，在天下人享乐之后才享乐。先，在……之前。后，在……之后。其，指"古仁人"。

[59] 微斯人，吾谁与归：(如果)没有这种人，那我同谁一道呢？微，(如果)没有。斯人，这种人(指前文的"古仁人")。谁与归，就是"与谁归"。归，归依。

【赏析】

文章开头即切入正题，叙述事情的本末缘起。以"庆历四年春"点明时间起笔，格调庄重雅正；说滕子京为"谪守"，暗喻对仕途沉浮的悲慨，为后文抒情设伏。下面仅用"政通人和，百废具兴"八个字，写出滕子京的政绩，引出重修岳阳楼和作记一事，为全篇文字的导引。

第二段，格调振起，情辞激昂。先总说"巴陵胜状，在洞庭一湖"，设定下文写景范围。三、四两段是两个排比段，并行而下，一悲一喜，一暗一明，像两股不同的情感之流，传达出景与情互相感应的两种截然相反的人生情境。第五段是全篇的重心，以"嗟夫"开启，兼有抒情和议论的意味。作者在列举了悲喜两种情境后，笔调突然激扬，道出了超乎这两者之上的一种更高的理想境界，那就是"不以物喜，不以己悲"。感物而动，因物悲喜虽然是人之常情，但并不是做人的最高境界。古代的仁人，就有坚定的意志，不为外界条件的变化而动摇。无论是"居庙堂之高"还是"处江湖之远"，忧国忧民之心不改，"进亦忧，退亦忧"。这似乎有悖于常理，有些不可思议。作者也就此拟出一问一答，假托古圣立言，发出了"先天下之忧而忧，后天下之乐而乐"的誓言，点明了全篇的主旨。"噫！微斯人，吾谁与归"一句结语，"如怨如慕，如泣如诉"，悲凉慷慨，一往情深，令人感喟。文章最后标明写作时间，与篇首照应。

这篇文章表现作者虽身居江湖，心忧国事；虽遭迫害，仍不放弃理想的顽强意志。同时，也是对被贬好友的鼓励和安慰。

【知识拓展】

范仲淹

范仲淹，字希文。祖籍邠州，后移居苏州吴县。北宋时期杰出的政治家、文学家。

范仲淹幼年丧父，母亲改嫁长山朱氏，遂更名朱说。大中祥符八年(1015年)，范仲淹苦读及第，授广德军司理参军。后历任兴化县令、秘阁校理、陈州通判、苏州知州、权知开封府等职，因秉公直言而屡遭贬斥。宋夏战争爆发后，康定元年(1040年)，与韩琦共任陕西经略安抚招讨副使，采取"屯田久守"的方针，巩固西北边防，对宋夏议和起到促进

文学欣赏

作用。西北边事稍宁后，仁宗召范仲淹回朝，授枢密副使，后拜参知政事，上《答手诏条陈十事》，发起"庆历新政"，推行改革。不久后新政受挫，范仲淹自请出京，历知邠州、邓州、杭州、青州。皇祐四年(1052 年)，改知颍州，在扶疾上任的途中逝世，年六十四。宋仁宗亲书其碑额为"褒贤"。累赠太师、中书令兼尚书令、魏国公，谥号"文正"，世称范文正公。至清代以后，相继从祀于孔庙及历代帝王庙。

范仲淹在地方治政、守边皆有成绩。其文学成就突出，有《范文正公文集》传世。他倡导的"先天下之忧而忧，后天下之乐而乐"思想和仁人志士节操，对后世影响深远。

醉 翁 亭 记[1]

欧阳修

环滁[2]皆山也。其西南诸峰，林壑尤美。望之蔚然[3]而深秀者，琅琊也。山行六七里，渐闻水声潺潺，而泻出于两峰之间者，酿泉也。峰回路转[4]，有亭翼然临于泉上者，醉翁亭也。作亭者谁？山之僧智仙也。名之者谁？太守自谓[5]也。太守与客来饮于此，饮少辄[6]醉，而年又最高，故自号曰"醉翁"也。醉翁之意[7]不在酒，在乎山水之间也。山水之乐，得之心而寓之酒也。

若夫[8]日出而林霏开[9]，云归而岩穴暝[10]，晦明变化者，山间之朝暮也。野芳发而幽香，佳木秀而繁阴[11]，风霜高洁[12]，水落而石出者，山间之四时也。朝而往，暮而归，四时之景不同，而乐亦无穷也。

至于负者[13]歌于途，行者休于树[14]，前者呼，后者应，伛偻提携[15]，往来而不绝者，滁人游也。临溪而渔，溪深而鱼肥；酿泉为酒，泉香而酒洌；山肴野蔌[16]，杂然而前陈者，太守宴也。宴酣之乐，非丝非竹[17]，射者中[18]，弈者胜，觥筹交错[19]，坐起而喧哗者，众宾欢也。苍颜[20]白发，颓然乎其间[21]者，太守醉也。

已而夕阳在山，人影散乱，太守归而宾客从也。树林阴翳[22]，鸣声上下[23]，游人去而禽鸟乐也。然而禽鸟知山林之乐，而不知人之乐；人知从太守游而乐，而不知太守之乐其乐也。醉能同其乐，醒能述其文者，太守也。太守谓谁？庐陵欧阳修也。

【注释】

[1] 欧阳修(1007—1072)，字永叔，号醉翁，晚年号六一居士。吉州永丰人(今属江西)，北宋著名文学家，诗词和文都很好，而散文成就最高。

[2] 环滁：环绕着滁州城。滁州，现安徽省滁州。

[3] 蔚然：茂盛的样子。

[4] 峰回路转：山势回环，路也跟着拐弯。

[5] 太守自谓：太守用自己的别号(醉翁)来命名。

[6] 辄(zhé)：就。

[7] 意：情趣。

[8] 若夫：文言文里承接上文而引出另一层意思时常用，近乎"要说那……""像那……"的意思。

[9] 林霏开：树林里的雾气散了。

[10] 云归而岩穴暝(míng)：烟云聚拢来，山谷就昏暗了。

[11] 佳木秀而繁阴：好的树木枝叶繁茂，形成一片浓荫。

[12] 风霜高洁：就是"风高霜洁"。天气高爽，霜色洁白。

第三章　散文欣赏

[13] 负者：背东西的人。
[14] 休于树：在树下休息。
[15] 伛(yǔ)偻(lǚ)：驼背。
[16] 山肴野蔌(sù)：野味野菜。
[17] 宴酣之乐，非丝非竹：宴会喝酒的乐趣，不在于音乐。
[18] 射者中(zhòng)：射者射中了目标。这里指宴饮时的一种游戏，射中的照规定的杯数喝酒。
[19] 觥(gōng)筹交错：酒杯和酒筹交互错杂。
[20] 苍颜：脸色苍老。
[21] 颓然乎其间：醉醺醺地坐在众人中间。颓然，原义是精神不振的样子。乎，这里相当于"于"。
[22] 阴翳(yì)：形容枝叶茂密成荫。翳，遮盖。
[23] 鸣声上下：意思是鸟到处鸣叫。

【赏析】

《醉翁亭记》这篇文章是欧阳修被贬为滁州太守时所写，文章通过描写滁州山间的美妙景色以及他和滁州人一起游玩的情景，展现出一幅"官民同乐"的图景，同时也委婉含蓄地表达了作者以游山玩水来排遣苦闷的心情。

文章开头犹如电影画中的一个远镜头，向我们展示出滁州城四面群山环抱而阔大的背景，继而作者将镜头移向西南一方，慢慢拉近，突现林木葱郁、幽深秀丽的琅邪山。然后让我们追随镜头，沿着蜿蜒曲折的山路，走进大山的深处。一路上，有泉水潺潺，从山谷中飞泻而下的潺潺泉水，有"峰回路转"这种目不暇接的山涧景观。最后，画面定格在醉翁亭上。由群峰而至琅邪山，由山而带出酿泉，再由酿泉而突现醉翁亭。如此一路推进，层层烘托，已显示出亭的非同寻常。接下来再由物到人，介绍建亭人和为亭命名的人，以扣住题目，并且通过阐释亭名的别致雅意，告诉我们，此亭的非同寻常不仅在于其位置，更重要的是它周围的山山水水给人们带来的无穷乐趣，"醉翁之意不在酒，在乎山水之间也"点明题意，确立文章主旨。

接着便以"乐"字为中心展开描写，先写览景之乐。一是山林美景随着早晚时序的变化而变化，一天之内，晨景和晚景迥然异趣，日出云开，日暮云归，阴晴明暗，变幻生姿。二是山间景象随着季节的变换而呈现出不同的风采，作者以精细的笔墨，着笔有特色的各季景物，生动传神地描绘出山间四时不同美景：春花烂漫，有幽香盈袖；夏木葱茏，看浓荫满地；秋风劲爽，露清霜白；而山间溪流，冬日里却是清清浅浅，水落石出。一年之中，气象万千。在此流连赏玩，确实乐趣无穷。作者以细致入微的观察力和惊人的表现技巧，非常巧妙地照应了前文的主题句。

然而，最令人难以忘怀的是醉翁亭上所见所感的游山之乐。所以，接下来便写游山之乐。作者先写游人的劳作与生活之乐，背负行囊的，歌声满路；驻足休憩的，应和欢唱；老幼相携，往来不绝。这是多么和乐甜美的一幅游乐图景！然后写亭上游宴之乐。吃的是溪边捕的鱼，鱼肥味美；喝的是泉水酿的美酒，水甘甜而酒香醇；山珍野味摆满一桌子，猜拳行令，觥筹交错；笑语喧哗，无拘无束。这又是一幅多么轻松自由的宴享图景！而一句"苍颜白发，颓然乎其间者，太守醉也"，不只让我们真真切切地感受到了旷放的情景，更让我们体悟到，的确是"醉翁之意不在酒，在乎山水之间也"。最后写禽鸟之乐，并以禽鸟之乐来衬托人之乐，进而又以"人"之乐衬托出太守个人之乐。夕阳西下之时，游人跟随太守离亭归去，此时林中昏暗，百鸟和鸣，一派人去林空而飞鸟乐的景象。至

85

此,作者突发奇想,认为禽鸟虽乐,但它们全然不知人之乐。而一般人只知跟从太守出游而乐,却不知道太守之乐的真正内涵。此处,作者应用了层层反衬的方法,强调了太守的主观感受和志趣追求,含蓄地表现了作者寄情山水、忘怀世俗的特殊情怀,奇意深远。

《醉翁亭记》的语言极有特色,格调清丽,遣词凝练,音节铿锵,臻于炉火纯青之境,既有图画美,又有音乐美。首先,《醉翁亭记》的语言高度概括,含义丰富。其次,《醉翁亭记》的语言凝练精粹,晶莹润畅。这是作者善于观察事物,精辟地捕捉对象的本质特征并加以提炼的结果。例如写晨昏景象之异,只用两句就概括殆尽:"日出而林霏开,云归而岩穴暝。"林、岩、晨气、暮霭均是山间常见之物,以此下笔,切景切境。同时,"出""开"联属,"开"是"出"的后果;"归""暝"联属,"归"是"暝"的前提。动词的出神入化、互为因果,使变化着的山景逼真欲现,恍若在眼前。又如写四季景物,作者独到地捕捉了富有季节特点的典型情景,以"香"言春,以"繁"状夏,以"洁"喻秋,以"水"写冬,无不情状俱到,精确熨帖。再如"树林阴翳,鸣声上下",前句写色,后句传声,兼声兼色,寥寥八字便把薄暮情景表现无遗。还如"有亭翼然",仅譬一喻,亭的形状、风貌便画出来:活像鸟儿展翅,凌空欲飞。本文旨在以山水游宴、官民同乐来消遣遭贬而致的苦闷,全文写景写人都充满着欢乐愉快的情调,而且文章前后情感一致,字里行间流露出一种无拘无束、自由自在的闲适与旷放,再加之文章句式骈散并用,长短交错,具有很强的节奏感和抒情韵味,读来朗朗上口,声韵悠然。

【知识拓展】

唐宋八大家

"唐宋八大家"是唐宋时期八个散文代表作家的合称,指的是唐代的韩愈、柳宗元,宋代的欧阳修、苏洵、苏轼、苏辙、王安石和曾巩。明初,朱右选了他们的文章编成《八先生文集》,八家之名便始于此。明代中叶的散文家唐顺之编纂的《文编》中也仅收上述八人作品。茅坤也根据朱右、唐顺之的编选方法选八家文章,编辑为《唐宋八大家文钞》,共一百四十四卷。由于这部书流传很广,"唐宋八大家"这一名称也得以广泛流行。

八大家是主持唐宋古文运动的中心人物,他们提倡言之有物的散文,反对六朝的浮丽文体,给予当时和后世的文坛以很大的影响。

前赤壁赋

苏轼

壬戌[1]之秋,七月既望[2],苏子与客泛舟,游于赤壁之下。清风徐来,水波不兴。举酒属客[3],诵明月之诗,歌窈窕之章[4]。少焉[5],月出于东山之上,徘徊于斗牛[6]之间。白露横江[7],水光接天。纵一苇之所如[8],凌万顷之茫然[9]。浩浩乎如冯虚御风[10],而不知其所止;飘飘乎如遗世独立,羽化而登仙。

于是饮酒乐甚,扣舷而歌之。歌曰:"桂棹兮兰桨,击空明兮溯流光[11]。渺渺兮予怀[12],望美人兮天一方。"客有吹洞箫者,倚歌[13]而和之,其声呜呜然,如怨如慕,如泣如诉;余音袅袅,不绝如缕;舞幽壑之潜蛟,泣孤舟之嫠妇[14]。

苏子愀[15]然，正襟危坐[16]而问客曰："何为其然也[17]？"客曰："月明星稀，乌鹊南飞，此非曹孟德之诗乎？西望夏口，东望武昌。山川相缪，郁乎苍苍[18]；此非孟德之困于周郎者乎？方其破荆州，下江陵[19]，顺流而东也，舳舻千里[20]，旌旗蔽空，酾酒临江，横槊赋诗[21]，固一世之雄也，而今安在哉？况吾与子，渔樵于江渚之上，侣鱼虾而友麋鹿，驾一叶之扁舟，举匏樽[22]以相属；寄蜉蝣[23]于天地，渺沧海之一粟。哀吾生之须臾，羡长江之无穷；挟飞仙以遨游，抱明月而长终。知不可乎骤得[24]，托遗响[25]于悲风。"

苏子曰："客亦知夫水与月乎？逝者如斯，而未尝往也；盈虚者如彼，而卒莫消长也[26]。盖将自其变者而观之，则天地曾不能以一瞬；自其不变者而观之，则物与我皆无尽也。而又何羡乎？且夫天地之间，物各有主。苟非吾之所有，虽一毫而莫取。惟江上之清风，与山间之明月，耳得之而为声，目遇之而成色，取之无禁，用之不竭。是造物者之无尽藏也，而吾与子之所共适。"

客喜而笑，洗盏更酌。肴核[27]既尽，杯盘狼藉[28]。相与枕藉乎舟中，不知东方之既白。

【注释】

[1] 壬(rén)戌：宋神宗元丰五年(1082年)。

[2] 既望：已经过了望日，即到了阴历十六日。既，过了。望，阴历每月十五日。

[3] 举酒属(zhǔ)客：举起酒杯，劝客人饮酒，属，通"嘱"，劝人饮酒。

[4] 诵明月之诗，歌窈(yǎo)窕(tiǎo)之章：朗诵"明月"诗里"窈窕"这一章。明月之诗，指《诗经·陈风·月出》。这首诗的第一章，有"舒窈纠兮"一语(古时"窈纠"与"窈窕"音相近)所以称之为"窈窕之章"。

[5] 少焉：不多一会儿。

[6] 斗牛：斗宿和牛宿，都是星宿名。

[7] 白露：指白茫茫的水气。

[8] 纵一苇之所如：任凭小船飘去。纵，任。一苇，指小船(比喻船很小，像一片苇叶)。《诗经·卫风·河广》："谁谓河广，一苇杭(航)之。"如，往。

[9] 凌万顷之茫然：越过那茫茫的江面。茫然：旷远的样子。

[10] 冯虚御风：凌空驾风而行。冯(píng)，通"凭"，乘。

[11] 击空明兮溯流光：(桨)划破月光下的清波啊，(船)在月光浮动的水面上逆流而上。空明，月光下的轻波。流光，江面浮动的月光。

[12] 渺渺兮予怀：我心里想得很远啊。

[13] 倚歌：接着歌曲的曲调和节拍。倚，依，循。

[14] 嫠(lí)妇：寡妇。

[15] 愀(qiǎo)然：容色改变的样子。

[16] 危坐：端坐。

[17] 何为其然也：(曲调)为什么这样(悲凉)呢？

[18] 山川相缪(liáo)，郁乎苍苍：山盘水绕，一片苍翠。

[19] 破荆州，下江陵：公元208年，曹操南击荆州，刘表的儿子刘琮(cóng)投降曹操，刘琮投降后，曹操又在当阳长坂击败刘备，进兵江陵。

[20] 舳(zhú)舻(lú)：船头船尾的并称，泛指首尾相接的船子。

[21] 酾(shī)酒临江，横槊(shuò)赋诗：面对大江斟酒，横执长矛吟诗。酾酒，斟酒。槊，长矛。

[22] 匏(páo)樽：用葫芦做成的酒器。匏，葫芦。

[23] 蜉(fú)蝣(yóu)：一种小飞虫，只能活几个小时。古人说它朝生暮死。

[24] 骤得：数得，即多有所得。

[25] 遗响：余音，指箫声。

[26] 逝者如斯，而未尝往也；盈虚者如彼，而卒莫消长也：流去的(水)像这样(不断地流去)，而并没有流去；时圆时缺的(月亮)像那样(不断的圆缺)，却终于没有增减。

[27] 肴核：菜肴和果品。

[28] 狼藉：凌乱。

【赏析】

本文的最大特点是通过描述意象、意境来展示一种独特的艺术境界。作者由游兴起笔，首先描绘出一幅如诗如画的秋江泛舟图。这里有良辰——秋高气爽的月圆之夜，与相知相得者相伴泛舟于长江之上，赤壁之下；有美景——"月出于东山之上""清风徐来""白露横江""水光接天"，秋江浩渺，秋意浓浓；有雅兴——"诵明月之诗，歌窈窕之章""纵一苇之所如，凌万顷之茫然"，怡然之情，溢于言表；还有美妙的情意幻境——小船荡漾在浩浩江面上，感觉就像乘风而飞，飘飘然如"遗世独立"，似羽化而登仙。这是情感的激荡，因陶醉而虚幻，激发起飞腾的想象。不仅如此，还有美酒与音乐——饮酒乐甚，扣舷而歌，自得自在，优哉游哉！而洞箫声也非常美妙，虽然是"如怨如慕"，却能"舞幽壑之潜蛟"，感天地而泣鬼神，可谓人间乐事在这秋月之夜全享有了，怎能不使作者陶醉其中，而让读者也心驰神往呢？

本文第二个特点是富有哲思理趣之美。文中情景，确实容易让人流连忘返，也容易让人触景生情。"良辰美景奈何天，赏心乐事谁家院？"此时的苏轼是迁客，是贬官，乐而忘忧是暂时的。作者由眼前景至心中意，中间巧妙地用音乐过渡，以箫声之悲凄引出主客间的对话，借此抒写自己对世事人生的感悟。"哀吾生之须臾，羡长江之无穷。"面对悠悠时空，英雄也好，平民也好，都是沧海一粟。既然如此，又何必执着沉迷！何不洒脱逍遥？这是古代士大夫们常有的一种情怀，一种无可奈何之际的自我解脱和心理慰藉。如果文章只写到这一层，也不见得深刻独到。作者的敏慧之处则在于站在一个更高的层面上，更深透地观照宇宙人生。"大江流日夜""月有阴晴圆缺"，万古依然。若从变化的角度看，天地间的万事万物只不过是悠悠时空的一个瞬间；而从不变的角度想，物之价值、人之价值又都是无穷无尽的。由此看来，人与物的融合，全在于人如何认识人与物之间的关系，全在于人的体悟和理解，取之所当取，舍之所当舍，拥清风明月，友鱼虾麋鹿，寄身于天地之间，"耳得之而为声，目遇之而成色"，达到一种物我皆忘的境界。这不是消极逃遁，也不是故作超脱，而是基于世事人生的深刻体认后的一种感悟，这是一种超然物外的精神境界。所以，千百年来，虽为许许多多文人士子所认可追慕，却不可企及。

第三个特点是构思巧妙。一是情感推进与境界营造大起大落，而又拓转自然，由乐景——哀音——悲情——通达自得，回环婉转，既有情致，也有意趣，有理智。二是设置主客对答，议论而不单调，以议论入文，揭示哲理，却不是直入题旨，而是以景、境、情作背景和铺垫，写的情由景生，理缘情起。三是首尾呼应，乘兴泛舟开篇，"喜""笑"忘情作结。全文流转灵动，如行云流水，自然成韵。

【知识拓展】

三 苏

"三苏"指北宋散文家苏洵和他的两个儿子苏轼、苏辙。宋人王辟之《渑水燕谈

第三章 散文欣赏

录·才识》记载:"苏氏文章擅天下,目其文曰三苏。盖洵为老苏、轼为大苏、辙为小苏也。""三苏"称号由此而来。苏氏父子积极参加和推进了欧阳修倡导的古文运动,他们在散文创作上都取得了很高的成就,后来俱被列入"唐宋八大家"。

"三苏"之中,苏洵和苏辙主要以散文著称;苏轼则不但在散文创作上成果甚丰,而且在诗、词、书、画等各个领域中都有重要地位。

苏洵的散文擅长议论,苏辙的议论文不如父兄,记叙文却纡徐曲折,饶有情致。苏洵散文以议论文成就最高,尤其擅长策论和史论。其议论文勇于立论,见解独到,好评古以论今,为现实服务;纵横驰骤,博辩宏伟,气势充畅,富有感情色彩和雄辩力量;善于运用生动的比喻或者是借用历史及生活中的具象化事例来阐述抽象的道理,极富形象性和表现力。

苏轼散文呈现出多姿多彩的艺术风貌。他以扎实的功力和奔放的才情,发展了欧阳修平易舒缓的文风,为散文创作开拓了新天地。谈史议政的论文,包括奏议、进策、史论等,大都是同其政治生活有密切联系的作品。有不少有的放矢、颇具识见的优秀篇章。如《进策》《思治论》《留侯论》等,见解新颖,不落窠臼,雄辩滔滔,笔势纵横,善于腾挪变化,体现出《孟子》《战国策》等散文的影响。叙事纪游散文在苏文中艺术价值最高,有不少广为传诵的名作。如记人物的碑传文《潮州韩文公庙碑》、记楼台亭榭的散文《喜雨亭记》。其写景的游记,更以捕捉景物特色和寄寓理趣见长,如《石钟山记》、前后《赤壁赋》,即地兴感,借景寓理,达到诗情画意和理趣的和谐统一。苏轼的记叙体散文,常常熔议论、描写和抒情于一炉,在文体上,不拘常格,勇于创新;在风格上,因物赋形,汪洋恣肆,更能体现出《庄子》和禅宗的影响。苏轼具有极高的表现力,自谓:"吾文如万斛泉源,不择地皆可出,在平地滔滔汩汩,虽一日千里无难。及其与山石曲折,随物赋形,而不可知也。所可知者,常行于所当行,常止于所不可不止。"(《自评文》)在他笔下几乎没有不能表现的客观事物或内心情思。韩愈古文依靠雄辩和布局、蓄势等手段来取得气势的雄放,而苏文却依靠挥洒如意、思绪泉涌的方式达到同样的目的,气势雄放,语言却平易自然。

苏辙散文以政论、史论和亭台游记最见功力。其文的风格有别于父、兄,汪洋淡泊,深醇温粹,疏宕有致。记叙文善于熔写景、叙事、抒情、议论于一炉,经营组织上纡徐曲折、委婉清丽、平淡悠远;议论文针砭时弊,指陈利害,剖辨明晰,平稳妥帖,反复曲折,穷尽事理。代表作品有《黄州快哉亭记》《武昌九曲亭记》。

项 脊 轩 志

归有光

项脊轩,旧南阁子[1]也。室仅方丈[2],可容一人居。百年老屋,尘泥渗漉[3],雨泽下注[4];每移案,顾视无可置者[5]。又北向[6]不能得日,日过午已昏[7]。余稍为修葺[8],使不上漏。前辟四窗,垣墙周庭,以当南日[9]。日影反照,室始洞然[10]。又杂植兰桂竹木于庭,旧时栏楯,亦遂增胜[11]。借书[12]满架,偃仰啸歌[13],冥然兀坐[14],万籁有声,而庭阶寂寂,小鸟时来啄食,人至不去。三五之夜[15],明月半墙,桂影斑驳[16],风移影动,珊珊[17]可爱。然予居于此,多可喜,亦多可悲。

文学欣赏

先是[18]庭中通南北为一,迨诸父异爨[19],内外多置小门墙,往往而是。东犬西吠,客逾庖而宴[20],鸡栖于厅。庭中始为篱,已为墙,凡再变矣。

家有老妪,尝居于此。妪,先大母[21]婢也。乳二世,先妣[22]抚之甚厚。室西连于中闺,先妣尝一至。妪每谓余曰:"某所,而[23]母立于兹。"妪又曰:"汝姊在吾怀,呱呱而泣;娘以指叩门扉,曰:'儿寒乎?欲食乎?'吾从板外相为应答。"语未毕,余泣,妪亦泣。

余自束发,读书轩中。一日,大母过余[24]曰:"吾儿,久不见若[25]影,何竟日默默在此,大类[26]女郎也?"比去[27],以手阖门,自语曰:"吾家读书久不效,儿之成,则可待乎[28]!"顷之,持一象笏[29]至,曰:"此吾祖太常公宣德间执此以朝,他日汝当用之。"瞻顾遗迹,如在昨日,令人长号不自禁。

轩东故尝为厨[30];人往,从轩前过。余扃牖而居[31],久之能以足音辨人。

轩凡四遭火,得不焚,殆有神护者。

项脊生[32]曰:"蜀清[33]守丹穴,利甲天下,其后秦皇帝筑女怀清台。刘玄德与曹操争天下,诸葛孔明起陇中。方二人之昧昧[34]于一隅也,世何足以知之?余区区[35]处败屋中,方扬眉瞬目,谓有奇景,人知之者,其谓[36]与坎井之蛙何异?"

余既为此志,后五年,吾妻来归[37]。时至轩中,从余问古事,或凭几学书。吾妻归宁,述诸小妹语曰:"闻姊家有阁子,且何谓阁子也?"

其后六年,吾妻死,室坏不修。其后二年,余久卧病无聊,乃使人复葺南阁子,其制稍异于前。然自后余多在外,不常居。

庭有枇杷树,吾妻死之年所手植也,今已亭亭如盖[38]矣。

【注释】

[1] 旧南阁子:原来的南阁子。
[2] 方丈:一丈见方。
[3] 尘泥渗漉:泥水由屋顶墙头向下漏。尘泥:指屋顶墙头上的泥土。
[4] 雨泽下注:雨水往下流。
[5] 顾视无可置者:看来看去没有地方可以安置。
[6] 北向:朝北。
[7] 已昏:(屋子里)已经昏暗。
[8] 修葺(qì):修补。
[9] 垣墙周庭,以当南日:院子周围砌上墙,用(北墙)来挡着南边射来的日光。
[10] 洞然:明亮的样子。
[11] 旧时栏楯(shǔn),亦遂增胜:以前修的栏杆,也就增加了光彩。
[12] 借书:有表示苦读的意思。
[13] 偃仰啸歌:时卧时起,大声吟唱。
[14] 冥然兀立:静静地端坐。
[15] 三五之夜:阴历每月十五日的夜晚。
[16] 斑驳:错杂。
[17] 珊珊:美好的样子。
[18] 先是:这以前。
[19] 迨诸父异爨(cuàn):到伯父叔父们分居。
[20] 客逾庖而宴:客人得越过厨房去吃饭。

第三章 散文欣赏

[21] 先大母：去世的祖母。
[22] 先妣：去世的母亲。
[23] 而：同"尔"。
[24] 过余：到我这里。
[25] 若：你。
[26] 大类：很像。
[27] 比去：及去。
[28] 儿之成，则可待乎：这孩子的成就(指得功名，做官)，却可以期待吧。
[29] 象笏(hù)：象牙制的笏。就是上朝拿的手板。
[30] 轩东故尝为厨：轩的东边旧时做过厨房。
[31] 扃(jiōng)牖(yǒu)而居：关着门窗住在里面。
[32] 项脊生：归有光自称。
[33] 蜀清：四川一个寡妇名清。能守其业，用财自卫，不见侵犯，秦皇帝以为贞妇而客之，为筑女怀清台。
[34] 昧昧：昏暗，意思是不为人所知。
[35] 区区：渺小的样子。
[36] 其谓：可要说。
[37] 来归：嫁到我家。
[38] 亭亭如盖：高高地立着，枝叶繁茂像伞一样。

【赏析】

这是一篇借记物以叙事抒情的散文名作。文章通过记叙项脊轩——作者当年的一座书斋，生动地回顾了青年时代刻苦好学的生活和志趣，并由此引出自己同亲人——祖母、母亲、妻子的一段"多可喜，亦多可悲"的往事，表达了对亲人的深切怀念。文章由物及人，即事抒情，记物、叙事和抒情融于一体，如行云流水，舒卷自如；笔墨纡徐平淡；语言清新、凝练、优美生动。读之，如同一杯醇美的甘泉沁入肺腑，使人领略到散文艺术之美。

项脊轩，是作者当年安于清贫发奋读书的地方。文章一开头交代了项脊轩的来历，并细致地刻画它修葺前后的不同风貌。修葺前，"室仅方丈，可容一人居。百年老屋，尘泥渗漉，雨泽下注，每移案，顾视无可置者。又北向，不能得日，日过午已昏"。这正是作者家境贫寒的写照。后来稍经修葺，旁边种上花草树木，又借来书籍满架，竟成了理想的书屋。作者欣然自得，"偃仰啸歌"，从中发现了无穷的乐趣和诗意："冥然兀坐，万籁有声。而庭阶寂寂，小鸟时来啄食，人至不去。三五之夜，明月半墙，桂影斑驳，风移影动，珊珊可爱。"一个多么恬静、悠闲、充满诗情画意的境界。作者安于清贫，乐于诗书自娱的性格和志趣，活脱脱地呈现在读者的面前。在这里写物也就是写人。

项脊轩，也是作者同亲人——祖母、母亲、妻子接触交往，留下深刻印象的地方。在这儿，老妪曾指指点点，告诉他：母亲曾在那个位置站过片刻；大姊在老妪怀里呱呱啼哭，母亲闻声赶来，怎样隔着门扉问寒问暖。当年说起这些，老妪和他是那样伤心落泪，泣不成声。在这儿，祖母曾来看望他，还送他一枚象笏，祝愿他将来也能像祖先太常公那样，常常带着它上朝奏事。在这儿，新婚不久的妻子常来同他谈论古今，或凭几学书，或聚谈家事，耳鬓厮磨，笑语盈盈……这一幕幕情景，至今历历在目，恍若昨天发生的事

文学欣赏

情。如今，物在人亡，无论是喜是悲，都如逝波一般无处追寻了。唯有项脊轩，兀兀无言，独立于世，在唤起主人深长久远的回忆，激起主人感情潮水的放纵奔流……

正是出于这个原因，为项脊轩作记，也就理所当然地同作者回顾身世和怀念亲人交融在一起了。文章以"然予居于此，多可喜，亦多可悲"数句，将笔锋由叙写转到对往事的回忆。这简洁的过渡，为开拓下文蓄满了气势，渲染了一种悲怆感人的氛围。尔后，或陈述项脊轩的变迁，或叙写亲人的往事，或抒发作者的情怀，始终因项脊轩而发。项脊轩像一根红线贯穿全文。许多看来散乱琐碎的生活片段，一旦用这根红线串起来，就如同散乱的珍珠穿成了一条闪光的项链。

作者善于捕捉生活中典型的细节和场面，寥寥几笔，就能形神毕肖，给人以深刻的印象。而且在纡徐平淡的笔墨中，洋溢着悱恻动人的真挚情感。比如写母亲，是借老妪之口说出来，作者年幼丧母，对母亲的慈爱不可能有什么记忆，而借老妪之口说出，极为真实自然，仅仅一个场面，就把母亲疼爱儿女、儿女痛悼母亲的感情，写得深切动人。再比如回忆祖母的一段文字，作者选取老祖母看望和勉励孙儿的一个感人的场面。一见面，祖母说："吾儿，久不见若影，何竟日默默在此，大类女郎也？"语气亲切而又诙谐，贴切地再现了老祖母对孙儿又是关切又是疼爱的心情。临去，"以手阖门，自语曰：'吾家读书久不效，儿之成，则可待乎！'"一个轻轻的关门动作，几句喃喃自语，细致入微地透露了老祖母内心的激动、喜悦和对孙儿何等殷切的期待之情。随即，"持一象笏至"，对孙儿再加叮咛勉励。祖母的举动异乎寻常，但语气又极平和，赞许激励之意灼热感人，而又不露半点骄矜浮夸之色，很符合一个世代官宦人家老长辈的身份、口吻。这些动作和语言具有鲜明的个性特征，生活的气息十分浓厚，作者抓住这样一个看似平淡实则感人肺腑的细节和场面，通过几笔传神的勾勒和点染，便让老祖母的音容笑貌、举止神态，甚至复杂细微的心理活动，都和盘托出，令人读后掩卷默想，情思奔涌，不能自已。

作者怀念亡妻，也是信手拈来几个生活片段，在纡徐平淡的笔墨中，倾吐出一片脉脉真情。看来是轻描淡写的几笔，但夫妻间的亲密、和谐宛然可见。即使关于南阁子的一句平常的笑话，也显得那么亲切有味。

本文的一大特点是全篇洋溢着浓郁的抒情气息，笼罩着一派诗意美。这种诗意美，不仅表现在寓情于景，创造出物我交融富有诗情画意的境界上，如关于项脊轩幽美、恬静的描写；也表现在即事抒情上，作者以传神之笔勾勒人物的音容笑貌，把读者带进可歌可泣的境界，如叙写家庭琐事、琐谈的那些片段；这种诗意美，还表现在文章结尾处安排的一个美丽的抒情特写镜头上，那亭亭如盖的枇杷树，是妻死之年所手植，睹物思人，怎不黯然销魂！这郁郁苍苍的枇杷树，宛然一座突兀挺立的石碑，永久地悼念着长眠于地下的亡妻。这亭亭如盖的枇杷树，年年岁岁守卫着、陪伴着古老的项脊轩，莫非也和主人一样，不能忘怀逝去的年华和昔日的悲欢？这亭亭如盖的枇杷树啊，融进了一棵拳拳的心。这个美丽的抒情镜头安排在作品的末尾，宛如风雨过后天空中的一道彩虹，又如日落时分涂在天际的一片晚霞——明丽、隽永。

本文的另一大特点是语言清新、凝练。作者注意炼字炼句，既工于状物，又善于叙事抒情。往往几个字，便能够将人情物态刻画得玲珑剔透，栩栩如生。作者非常善于运用叠词来描摹物态，全篇仅数百字，用叠字共有八九处。这种神韵生动的叠字、联绵字的使用，有助散文语言的诗化，使语言优美、凝练。

【知识拓展】

唐宋派

明代文学流派，代表人物有嘉靖年间的王慎中、唐顺之、茅坤和归有光等。他们作为前后七子的反对派而出现，继承唐宋八大家古文的既成传统，自觉地提倡唐宋文风，被称为"唐宋派"。在创作主张上，唐宋派注重"文以明道"的做法，使文章以六经为根本，直趋"圣贤之道"的内核，"明道"色彩比较浓厚。他们的一些较为成功的作品是一些富有文学意味的篇章。唐宋派中散文成就最高的当推归有光。他的散文善于抒情、记事，能把琐碎的事委曲写出，不事雕琢。

登泰山记

姚鼐

泰山之阳，汶水[1]西流；其阴，济水[2]东流，阳谷[3]皆入汶，阴谷[4]皆入济。当其南北分者，古长城也。最高日观峰，在长城南十五里。

余以乾隆三十九年十二月，自京师乘风雪，历齐河、长清，穿泰山西北谷，越长城之限[5]，至于[6]泰安。是月丁未，与知府朱孝纯[7]子颖由南麓登。四十五里，道皆砌石为磴[8]，其级七千有[9]余。泰山正南面有三谷。中谷绕泰安城下，郦道元所谓环水也。余始循以入，道少半[10]，越中岭[11]；复循西谷，遂至其巅。古时登山，循东谷入，道有天门。东谷者，古谓之天门溪水，余所不至也。今所经中岭及山巅崖限当道者，世皆谓之天门云。道中迷雾冰滑，磴几不可登。及既上，苍山负雪，明烛天南[12]；望晚日照城郭，汶水、徂徕[13]如画，而半山居[14]雾若带然。

戊申晦[15]，五鼓[16]，与子颖坐日观亭待日出。大风扬积雪击面。亭东自足下皆云漫[17]，稍[18]见云中白若樗蒱[19]数十立者，山也。极天[20]云一线异色，须臾成五彩；日上，正赤如丹，下有红光，动摇承之。或曰：此东海也。回视日观以西峰，或得日，或否，绛皓驳色[21]，而皆若偻[22]。

亭西有岱祠[23]，又有碧霞元君[24]祠；皇帝行宫在碧霞元君祠东。是日，观道中石刻，自唐显庆以来[25]，其远古刻尽漫[26]失。僻不当道者，皆不及往。

山多石，少土。石苍黑色，多平方，少圆[27]。少杂树，多松，生石罅[28]，皆平顶。冰雪，无瀑水[29]，无鸟兽音迹。至日观数里内[30]无树，而雪与人膝齐。桐城姚鼐记。

【注释】

[1] 汶(wèn)水：即大汶河，发源于山东省莱芜市东北原山，明永乐年间筑坝改流，后来导为运河。

[2] 济(jǐ)水：发源于河南省的济源市王屋山，东流到山东入海。

[3] 阳谷：山南面谷中的水。

[4] 阴谷：山北面谷中的水。

[5] 越长城之限：过了长城的城墙。限，指城墙。

[6] 至于：来到。

[7] 朱孝纯：字子颖，号海愚，历城人。乾隆进士，累官两淮盐运使，工诗能画。姚鼐很推崇他。

[8] 磴(dèng)：石级。

[9] 有：通"又"。

[10] 道少半：路不到一半。

[11] 中岭：又名中溪山，中溪发源于此。

[12] 苍山负雪，明烛天南：青山上盖着雪，(雪的)光照着南面的天空。

[13] 徂(cú)徕(lái)：山名，在泰安城东南四十里。

[14] 居：停着。

[15] 戊申晦：戊申日，也就是当月的最后一天。

[16] 五鼓：五更。

[17] 漫：动词，弥漫，布满。

[18] 稍：渐渐。

[19] 樗(chū)蒱(pú)：古代的一种博戏，这里当指樗蒱戏的博具"五木"(博时掷五木赌采)。五木，长形，两头尖锐，中间广平，立起来很像山峰。古人以五木形容山的形状。

[20] 极天：天边。

[21] 绛皓(hào)驳色：绛色和白色相杂。

[22] 若偻(lǚ)：像弯腰曲背的样子。

[23] 岱祠：东岳大帝庙。

[24] 碧霞元君：传说是东岳大帝的女儿。

[25] 以来：以后。

[26] 漫：磨灭。

[27] 少圆：圆形的不多。

[28] 罅(xià)：裂缝。

[29] 瀑水：瀑布。

[30] 至日观数里内：从日观峰下面到日观峰的几里之内。

【赏析】

　　全文分五段。描写和叙述交织。作者集中精力刻画的是第三段日观峰观日出，围绕这个中心形象的其余几个部分，则是把描写渗透在叙述里，用外围的形象扩大中心形象，使它构成有机的整体。开头一段，作者在还没有叙述登山的时候，先通过叙述汶水和济水的怎样分流以及分水界的古长城等，勾勒出一个泰山的轮廓。用笔虽很简括，却把泰山的地形和位置清晰地摆在读者面前了。最后写日观峰同长城的距离，特别提出日观峰的位置最高，这就给他这次游览的主要对象设下了伏笔，预示了下文的发展方向，这句话很有分量，对全文起提纲挈领的作用。

　　第二段写登山的经过。这又可分为三个部分：一是由北京到泰安；二是从山麓到山顶；三是到山顶以后所见的景物。在这一段里，有叙述，有描写，用笔有条不紊，而又极变化之能事。从北京到泰安，作者仅仅叙述了出游的时间和路程。从山麓到山顶，则详细记述了道路的远近、山路的石级和自己所经由的路线以及与这有关的一些地理知识。到登山以后，则完全是描写凭高俯瞰中的景物了。三种不同的写法，是与作者的心理状态相应的。作者完全是为了游山而来，因此，从北京到泰安途中应该是没有什么可记述的，即使有，最好也不写在此文中。因为把与泰山无关的事写在本文里，就会成为多余的成分。到了泰山之后，情形就不同了，由于长期的向往，凡属有关泰山的一切，对游人来说，都是有感情的东西；特别是文人，当他把从书本上所得的知识与自己的生活实践相印证的时候，更会感觉到亲切有味。因此，作者叙述了泰山的三谷和环水、天门，而且写得轻松自然，一点也不使人感觉到考证的烦冗。登山的过程是艰难的，但登上山顶之后，陡然呈现

在他眼底的气象万千的景物,又是怎样令人激动,喜悦。"苍山负雪,明烛天南;望晚日照城郭,汶水、徂徕如画,而半山居雾若带然。"这一明朗而开阔的画面正是在作者心中一刹那间心花怒放的形象概括。文章的情节发展到这里,就很自然地由远及近,由略而详,逐渐过渡到下文日观峰的集中描写中了。

描写日观亭观日出的奇景以后,在第四段里叙述山上所看到的一些建筑和古迹,这些东西都点缀在日观亭附近或者是作者从日观亭下来路上所见的。

第五段综合叙述泰山的景象并着重介绍山的特点,而最后仍然突出"至日观数里内无树,而雪与人膝齐",和前面相呼应,用来结束全篇,这样不但显得文章的结构严谨,而且通篇的脉络贯通,给人一种神完气固的感觉。

虽然说《登泰山记》是比较单纯地从欣赏的角度出发而写成的作品,并没有什么深刻的人生感慨和复杂的社会内容,但我们还是不难发现作品中洋溢着蓬勃饱满的健康情绪。游山玩水的时间,一般都在春秋佳日,可是作者这次却是冒着严寒,不远千里从北京"乘风雪"而游泰山。在四五十里的登山过程中,他走着"迷雾冰滑"的道路,爬上了"几不可登"的七千多层石级。从这里我们可以想象作者游兴之豪,对名山向往的心情是多么的热烈。看日出要上日观峰,可是日观峰附近数里"雪与人膝齐";而在日观峰等日出时,又有"大风扬积雪击面",作者把这些情况写出来,越发能使读者感到场面的伟大,对日出的奇景起了烘托的作用。作品的思想意义,作者的主观情感,也是通过时令的特征表现出来的。

【知识拓展】

三 袁

明万历年间,有以湖广公安(今属湖北)人袁宗道(1560—1600)、袁宏道(1568—1610)、袁中道(1570—1623)三兄弟为代表的"公安派",继续起来猛烈反对前后七子的拟古主义,袁氏三兄弟时称"三袁"。

"公安派"的文学主张发端于袁宗道,袁宏道实为中坚,是实际上的领导人物,袁中道则进一步扩大了它的影响。他们认为文学是随着时代的变化而变化的,不同的时代有不同的文学,因此反对贵古贱今,反对模拟古人。其文学主张主要有:反对抄袭,主张通变;独抒性灵,不拘格套;推崇民歌小说,提倡通俗文学。

背 影

朱自清

我与父亲不相见已二年余了,我最不能忘记的是他的背影。

那年冬天,祖母死了,父亲的差使也交卸了,正是祸不单行的日子。我从北京到徐州,打算跟着父亲奔丧回家。到徐州见着父亲,看见满院狼藉的东西,又想起祖母,不禁簌簌地流下眼泪。父亲说:"事已如此,不必难过,好在天无绝人之路!"

回家变卖典质,父亲还了亏空;又借钱办了丧事。这些日子,家中光景很是惨淡,一半为了丧事,一半为了父亲赋闲。丧事完毕,父亲要到南京谋事,我也要回北京念书,我们便同行。

到南京时,有朋友约去游逛,勾留了一日;第二日上午便须渡江到浦口,下午上车北

文学欣赏

去。父亲因为事忙，本已说定不送我，叫旅馆里一个熟识的茶房陪我同去。他再三嘱咐茶房，甚是仔细。但他终于不放心，怕茶房不妥帖；然后他颇颇踌躇了一会儿。其实我那年已二十岁，北京已来往过两三次，是没有什么要紧的了。他踌躇了一会，终于决定还是自己送我去。我再三回劝他不必去；他只说："不要紧，他们去不好！"

我们过了江，进了车站。我买票，他忙着照看行李。行李太多，得向脚夫行些小费才可过去。他便又忙着和他们讲价钱。我那时真是聪明过分，总觉他说话不大漂亮，非自己插嘴不可，但他终于讲定了价钱；就送我上车。他给我拣定了靠车门的一张椅子；我将他给我做的紫毛大衣铺好座位。他嘱我路上小心，夜里要警醒些，不要受凉。又嘱托茶房好好照应我。我心里暗笑他的迂；他们只认得钱，托他们只是白托！而且我这样大年纪的人，难道还不能料理自己么？唉，我现在想想，那时真是太聪明了！

我说道："爸爸，你走吧。"他往车外看了看说："我买几个桔子去。你就在此地，不要走动。"我看那边月台的栅栏外有几个卖东西的等着顾客。走到那边月台，须穿过铁道，须跳下去又爬上去。父亲是一个胖子，走过去自然要费事些。我本来要去的，他不肯，只好让他去。我看见他戴着黑布小帽，穿着黑布大马褂，深青布棉袍，蹒跚地走到铁道边，慢慢探身下去，尚不大难。可是他穿过铁道，要爬上那边月台，就不容易了。他用两手攀着上面，两脚再向上缩；他肥胖的身子向左微倾，显出努力的样子。这时我看见他的背影，我的泪很快地流下来了。我赶紧拭干了泪。怕他看见，也怕别人看见。我再向外看时，他已抱了朱红的桔子往回走了。过铁道时，他先将桔子散放在地上，自己慢慢爬下，再抱起桔子走。到这边时，我赶紧去搀他。他和我走到车上，将桔子一股脑儿放在我的皮大衣上。于是扑扑衣上的泥土，心里很轻松似的。过一会儿说："我走了，到那边来信！"我望着他走出去。他走了几步，回过头看见我，说："进去吧，里边没人。"等他的背影混入来来往往的人里，再找不着了，我便进来坐下，我的眼泪又来了。

近几年来，父亲和我都是东奔西走，家中光景是一日不如一日。他少年出外谋生，独力支持，做了许多大事。哪知老境却如此颓唐！他触目伤怀，自然情不能自已。情郁于中，自然要发之于外；家庭琐屑便往往触他之怒。他待我渐渐不同往日。但最近两年不见，他终于忘却我的不好，只是惦记着我，惦记着我的儿子。我北来后，他写了一信给我，信中说道："我身体平安，唯膀子疼痛厉害，举箸提笔，诸多不便，大约大去之期不远矣。"我读到此处，在晶莹的泪光中，又看见那肥胖的、青布棉袍黑布马褂的背影。唉！我不知何时再能与他相见！

【赏析】

从艺术角度来看，这篇散文朴素无华，语言淳朴自然，毫无矫揉造作之处。这是朱自清先生一贯的文风。全篇一千五百字，叙述得清楚明白，真情实感自然地流露出来。朱自清用了白描手法，语言朴素自然。我们读了《背影》，明显地感到语言与《荷塘月色》《匆匆》等篇的不同，它显示了作者散文的另一种风格。

文章没有多余的话，写得十分精粹。比如，全文有四处记载父亲的话，即："不要紧，他们去不好！""我买几个桔子去。你就在此地，不要走动。""我走了，到那边来信！""进去吧，里边没人。"并不是那天父亲只讲了这么四句，而是这四句典型地代表了父亲当时的心情。作者用简单的几句话，就反映了父亲对"我"的体贴、爱怜、依依不舍之情。仅此一例，也能说明作者语言的简练，文章中的描写、抒情，语言都非常简洁。

第三章 散文欣赏

正因为《背影》饱含着父子深情,所以长期受到人民的喜爱。

【知识拓展】

朱自清

朱自清(1898—1948),原名自华,号秋实,后改名自清,字佩弦。原籍浙江绍兴,生于江苏东海,后随祖父、父亲定居扬州。幼年在私塾读书,1912 年入高等小学,1916 年中学毕业后考入北京大学预科。1920 年北京大学哲学系毕业后,在江苏、浙江一带教中学。1922 年和俞平伯等人创办《诗》月刊。1923 年发表长诗《毁灭》和散文《桨声灯影里的秦淮河》。1925 年 8 月到清华大学任教,开始研究中国古典文学;创作则以散文为主。1927 年写的《背影》《荷塘月色》都是脍炙人口的名篇。1931 年留学英国,漫游欧洲,回国后写成《欧游杂记》。1932 年 9 月任清华大学中文系主任。1937 年抗日战争爆发,随校南迁至昆明,任西南联大教授,讲授宋诗、文辞研究等课程。这一时期曾写过散文《语义影》。1946 年由昆明返回北京,任清华大学中文系主任。北京解放前夕,患胃病辞世。

迟 暮

张爱玲

多事的东风,又冉冉地来到了人间,桃花支不住红艳的酡颜而醉倚在封姨的臂弯里,柳丝趁着这风力,俯下了腰肢,搔着行人的头发,成团的柳絮,好像春神足下坠下来的一朵朵轻云,结了队儿,模仿着二月间漫天舞出轻清的雪,飞入了处处帘栊。细草芊芊的绿茵上,沾濡了清明的酒气,遗下了游人的屐痕车迹。一切都兴奋到了极点,大概有些狂乱了吧?——在这缤纷繁华目不暇接的春天!

只有一个孤独的影子,她,倚在栏杆上;她的眼,才从青春之梦里醒过来的眼,还带着些朦胧睡意,望着这发狂似的世界,茫然地像不解这人生的谜。她是时代的落伍者了,在青年的温馨的世界中,她在无形中已被摈弃了。她再没有这种资格,这种心情,来追随那些站立时代前面的人们了!在甜梦初醒的时候,她所有的唯有空虚、怅惘,怅惘自己的黄金时代的遗失。

咳!苍苍者天,既已给与人们的生命,赋与人们创造社会的青红,怎么又吝啬地只给我们仅仅十余年最可贵的稍纵即逝的创造时代呢?这样看起来,反而是朝生暮死的蝴蝶为可美了。它们在短短的一春里尽情地酣足地在花间飞舞,一旦春尽花残,便爽爽快快地殉着春光化去,好像它们一生只是为了酣舞与享乐而来的,倒要痛快些。像人类呢,青春如流水一般的长逝之后,数十载风雨绵绵的灰色生活又将怎样度过?

她,不自觉地已经坠入了暮年人的园地里,当一种暗示发现时,使人如何的难堪!而且,电影似的人生,又怎样能挣扎?尤其是她,十年前痛恨老年人的她!她曾经在海外壮游,在崇山峻岭上长啸,在冻港内滑冰,在广座里高谈。但现在呢?往事悠悠,当年的豪举都如烟云一般霏霏然的消散,寻不着一点的痕迹,她也唯有付之一叹,青年的容颜,盛气,都渐渐的消磨去。她怕见旧时的挚友。她改变了的容貌、气质,无非添加他们或她们的惊异和窃议罢了。为了躲避,才来到这幽僻的一隅,而花,鸟,风,日,还要逗引她愁烦。她开始诅咒这逼人太甚的春光了……灯光绿黯黯的,更显出夜半的苍凉。在暗室的一

文学欣赏

隅,发出一声声凄切凝重的磬声,和着轻轻的喃喃的模模糊糊诵经声,"黄卷青灯,美人迟暮,千古一辙",她心里千回百转地想。接着,一滴冷的泪珠流到冷的嘴唇上,封住了想说话又说不出的颤动着的口。

【赏析】

这是张爱玲13岁时写下的一篇散文。韶光易逝,美人迟暮,青春难在,这是个老生常谈的话题。作者通过春天来对比,用起伏多姿的笔致、洞察人心的语言轻轻地蹑入大人的内心世界,将具体的当下的人生体验与深刻的哲理思考融于一体,为这个话题融进了许多凄厉和苍凉。

作者一起笔就写空间里的景致。东风、酡红的桃花、扭动腰肢的柳丝、春神足下轻云般的柳絮、印着屐痕车迹的细草,作者用"冉冉地来到""支不住""搔着行人的头发""结了队儿""酒气"……来为它们拟态,把一个放纵、肆意、癫狂的春天淋漓尽致地展现在读者面前。这看似是在描摹春天的美丽,首句"多事的东风"却暗示着有人恼春。而那个恼春的人在作者的笔下十分不情愿地亮相:"只有一个孤独的影子,她,倚在栏杆上。"这就是封姨。她才从青春之梦中醒来,在梦幻与现实的边缘徘徊着、犹豫着、挣扎着,却已经没有资格与春天共舞,所拥有的只是落伍者的空虚、怅惘与悲哀。

文章那种灰暗幽雅的基调易引起读者内心深处的共鸣,慢慢地,我们终将经历青春的消逝,往事会如烟云般飘散,逐渐步入"黄卷青灯,美人迟暮"的年纪。我们也会有刚从美好的青春梦幻中清醒过来的怅惘,但迟暮的景致也别有一番风味:不像春光般妩媚,不如夏日般绚烂,却有秋暮晚霞的温润柔和。

【知识拓展】

张爱玲

张爱玲(1920—1995),原名张煐,笔名梁京,祖籍河北丰润,生于上海,中国现代女作家。7岁开始写小说,12岁开始在校刊和杂志上发表作品。1943至1944年,创作和发表了《沉香屑·第一炉香》《沉香屑·第二炉香》《茉莉香片》《倾城之恋》《红玫瑰与白玫瑰》等小说。1955年,张爱玲赴美国定居,创作英文小说多部,但仅出版一部。1969年以后主要从事古典小说的研究,著有红学论集《红楼梦魇》。1995年9月在美国洛杉矶去世,终年75岁。有《张爱玲全集》行世。

小 桔 灯

冰心

这是十几年前的事了。

在一个春节前一天的下午,我到重庆郊外去看一位朋友。

她住在那个乡村的乡公所楼上。走上一段阴暗的仄仄的楼梯,进入一间有一张方桌和几张竹凳、墙上装着一架电话的屋子,再进去就是我的朋友的房间,和外间只隔着一幅布帘。她不在家,窗前桌上留着一张条子,说是她临时有事出去,叫我等着她。

我在她桌前坐下,随手拿起一张报纸来看,忽然听见外屋板门吱的一声开了,过了一会,又听见有人在挪动那竹凳子。我掀开帘子,看见一个小姑娘,只有八九岁光景,瘦瘦

第三章 散文欣赏

的苍白的脸,冻得发紫的嘴唇,头发很短,穿一身很破旧的衣裤,光脚穿一双草鞋,正在登上竹凳想去摘墙上的听话器,看见我似乎吃了一惊,把手缩了回去。我问她:"你要打电话吗?"她一面爬下竹凳,一面点头说:"我要××医院,找胡大夫,我妈妈刚才吐了许多血!"我问:"你知道××医院的电话号码吗?"她摇了摇头说:"我正想问电话局……"我赶紧从机旁的电话本子里找到医院的号码,就又问她:"找到了大夫,我请他到谁家去呢?"她说:"你只要说王春林家里病了,他就会来的。"

我把电话打通了,她感激地谢了我,回头就走。我拉住她问:"你的家远吗?"她指着窗外说:"就在山窝那棵大黄果树下面,一下子就走到的。"说着就蹬、蹬、蹬地下楼去了。

我又回到里屋去,把报纸前前后后都看完了,又拿起一本《唐诗三百首》来,看了一半,天色越发阴沉了,我的朋友还不回来。我无聊地站了起来,望着窗外浓雾里迷茫的山景,看到那棵黄果树下面的小屋,忽然想去探望那个小姑娘和她生病的妈妈。我下楼在门口买了几个大红桔子,塞在手提袋里,顺着歪斜不平的石板路,走到那小屋的门口。

我轻轻地叩着板门,刚才那个小姑娘出来开了门,抬头看见我,先愣了一下,后来就微笑了,招手叫我进去。这屋子很小很黑,靠墙的板铺上,她的妈妈闭着眼平躺着,大约是睡着了,被头上有斑斑的血痕,她的脸向里侧着,只看见她脸上的乱发和脑后的一个大髻。

门边一个小炭炉,上面放着一个小沙锅,微微地冒着热气。这小姑娘让我坐在炉前的小凳子上,她自己就蹲在我旁边,不住地打量我。我轻轻地问:"大夫来过了吗?"她说:"来过了,给妈妈打了一针……她现在很好。"她又像安慰我似的说:"你放心,大夫明早还要来的。"我问:"她吃过东西吗?这锅里是什么?"她笑着说:"红薯稀饭——我们的年夜饭。"我想起了我带来的桔子,就拿出来放在床边的小矮桌上。她没有作声,只伸手拿过一个最大的桔子来,用小刀削去上面的一段皮,又用两只手把底下的一大半轻轻地揉捏着。

我低声问:"你家还有什么人?"她说:"现在没有什么人,我爸爸到外面去了……"她没有说下去,只慢慢地从橘皮里掏出一瓣一瓣的桔瓣来,放在她妈妈的枕头边。

炉火的微光渐渐地暗了下去,外面变黑了。我站起来要走,她拉住我,一面极其敏捷地拿过穿着麻线的大针,把那小桔碗四周相对地穿起来,像一个小筐似的,用一根小竹棍挑着,又从窗台上拿了一段短短的蜡头,放在里面点起来,递给我说:"天黑了,路滑,这盏小桔灯照你上山吧!"

我赞赏地接过来,谢了她。她送我到门外,我不知道说什么好,她又像安慰我似的说:"不久,我爸爸一定会回来的。那时我妈妈就会好了。"她用小手在面前画一个圆圈,最后按到我的手上:"我们大家也都好了!"显然地,这"大家"也包括我在内。

我提着这灵巧的小桔灯,慢慢地在黑暗潮湿的山路上走着。这朦胧的橘红的光,实在照不了多远;但这小姑娘的镇定、勇敢、乐观的精神鼓舞了我,我似乎觉得眼前有无限光明!

我的朋友已经回来了,看见我提着小桔灯,便问我从哪里来。我说:"从……从王春林家来。"她惊异地说:"王春林,那个木匠,你怎么认得他?去年山下医学院里有几个

文学欣赏

学生,被当作共产党抓走了,以后王春林也失踪了,据说他常替那些学生送信……"

当夜,我就离开了山村,再也没有听见那小姑娘和她母亲的消息。但是从那时候起,每逢春节,我就想起那盏小桔灯。十二年过去了,那小姑娘的爸爸一定早回来了。她妈妈也一定好了吧?因为我们"大家"都"好"了!

【赏析】

文学艺术的使命在于创造出各式各样美的形象来满足人的审美需要。冰心的散文《小桔灯》中的主人公小姑娘,是一个极为平凡、贫苦的农家少女,而她的所言所行却无处不蕴含着内在的美——心灵美,情操美。作者通过精巧的、别开生面的艺术构思,十分真实而生动地刻画了小姑娘这一美好、感人的艺术形象。

首先,《小桔灯》之"美",美在选材上能够以小见大,平中见奇。作者善于从看似寻常的事物中发掘出不寻常的意义,从一滴水反映出太阳的光辉。冰心把山村小姑娘、不起眼的小桔灯、小姑娘照看生病的妈妈和做灯送客这些十分普通平凡的人、物、事,放在20世纪40年代抗日战争的最后阶段、在国民党的陪都重庆、光明与黑暗正在作生死搏斗这样一个时代背景上,从而开掘出"人民在受苦,也在反抗,在盼望,盼望着革命胜利的曙光"这一具有深刻思想意义的主题。《小桔灯》只有一千五百多字的短小篇幅,却包容着如此深刻的寓意,真可谓是一篇玲珑剔透、回味无穷的散文佳作。

其二,《小桔灯》之美,美在立意的深刻新颖。作者选取小姑娘打电话、照看妈妈、巧制小桔灯等三件事,如果仅表现小姑娘的早熟、能干、心地善良、珍重感情这样一个主题,也是能够成立的。然而作者并没有停留于此,而是站在特定的时代的高度来挖掘这一平凡题材的深刻含义,揭示生活的真谛。因此,《小桔灯》的主题提炼得深刻而新颖。作者紧接着叙事之后的一段抒情文字,直抒胸臆,真切自然,是对前面叙事的归结和深化,是全篇的点睛妙笔。它深化了主题,对小桔灯的象征意义作了充分的揭示——小桔灯象征着蕴藏在革命人民心中的希望和火种,小桔灯就是光明和胜利之灯,正如鲁真在《春颂——评冰心的〈小桔灯〉》一文中所说:"当她(作者)感激地接过小女孩送给她的小桔灯时,她感受到了革命人民的力量。""这段文字有很深的寓意,她(作者)在寻找光明,这是她在美国的慰冰湖畔没有找到的东西,现在,她从一个穷苦的木匠的女儿身上看到了光明。"看来,这段抒情文字绝不是可有可无的,它是对主题的升华,是对主人公形象的升华,也是美的升华;它给了读者始料不及的新意。

其三,《小桔灯》之美,美在其结构处理的明暗相济。初读《小桔灯》,似觉其结构平淡无奇,但仔细推敲,则会发现它的精妙之处。冰心善于精心地组织材料,把各种材料都放置在最适当、最能发挥其效用的地方。《小桔灯》结构的突出特点,即是明线与暗线的互相交替运用,这种结构处理使文章增加了立体感,而不同于那种一般化的平铺直叙、一览无余的平面结构。"我"与小姑娘的交往,小姑娘的音容举止是明线,作者运用正面描写,始终让这一明线处于主导地位;小姑娘的爸爸王春林及其一家人与医学院的学生的关系,则是暗线,作者运用了侧面描写,直到文章收尾,方令读者恍然省悟其中的奥秘。其暗线对明线起了陪衬和补充说明的作用。明暗相济,缺一不可,共同为表现主题服务。这种立体的艺术结构使全文平添了美感,使读者领略到"柳暗花明又一村"的艺术情趣。

其四,《小桔灯》之美,美在对人物形象的白描式勾勒。小姑娘是作者倾全部感情着力表现的中心人物。在全文五分之四的篇幅里,作者运用中国传统的白描手法,抓住人物

第三章 散文欣赏

最富有特征的言行，由表及里，由浅入深，以寥寥数笔，便将一个早熟、镇定、勇敢、乐观、纯真善良、富于内在美的中国农村贫苦少女的形象展示在读者面前，宛若塑像一般，很有立体感。她那贫寒的外貌，令人同情；"我"和她攀谈，进而感到她的懂事、可爱；"我"到她家探访，她沉静有礼地接待；她乐观地"笑谈"那寒酸的年夜饭，深思般地解释爸爸的下落；熟练、敏捷地制作小桔灯；热情地送客；特别是对光明未来的自信……这一切，衣着、外貌、言谈、举止，都只有在"这一个"抗日战争年代的、饱经生活磨难的山村小姑娘的身上才能具备，再不能有第二个了。她是那样活生生的、有血有肉的，她的形象仿佛开放在荒野中的一朵散发着清香的野菊花，给人以美的感受。特别是作者那一段充满象征意味的抒情文字，更把小姑娘的形象升华到新的高度，为她的形象平添了厚度和韵味。那茫茫暗夜里的小桔灯，不恰是对小姑娘的绝好象征吗？

其五，《小桔灯》之美，美在运用了相互衬托、交相辉映的表现手法。首先，小姑娘的言行是通过"我"的观察表现出来的，而"我"的感受也伴随着对小姑娘的描写而逐步流露，"我"的感情也伴随着对她的了解而不断升华，由初遇的"同情"，到了解后的"可爱"，直到最后告别时的"敬佩"。"我"的感受有力地衬托了主人公形象的可爱，心灵的美好、高尚。其次，作者着意描绘了小姑娘特定的生活处境，对她的内心世界也是有力的衬托。正是在她的生活逆境和磨难中，她那美好的内心世界才越焕发出动人的光彩。最后，用自然景物来衬托小桔灯：阴沉、迷茫、黑暗的自然环境，与当时重庆的政治气候相一致，而小桔灯那微弱的红光，却给人们带来活力和生机。这一衬托显示了小桔灯的象征意义，使主题更加鲜明。这种多角度的衬托手法的运用，增添了文章的立体感，也更加强了主人公形象的美的魅力。

【知识拓展】

冰　心

冰心(1900—1999)，原名谢婉莹，福建长乐人。中国诗人，现代作家，翻译家，儿童文学作家，社会活动家，散文家。笔名冰心取自"一片冰心在玉壶"。1919年8月的《晨报》上，冰心发表了第一篇散文《二十一日听审的感想》和第一篇小说《两个家庭》。1923年，冰心出国留学前后，开始陆续发表总名为《寄小读者》的通讯散文，成为中国儿童文学的奠基之作。1946年在日本被东京大学聘为第一位外籍女教授，讲授"中国新文学"课程，于1951年返回中国。1999年2月28日21时12分冰心在北京医院逝世，享年99岁，被称为"世纪老人"。

第四章 小说欣赏

【本章导读】

续齐谐记·阳羡书生[1]

吴均

  阳羡许彦，于绥安山行[2]，遇一书生，年十七八，卧路侧，云脚痛，求寄鹅笼中[3]。彦以为戏言。书生便入笼，笼亦不更广，书生亦不更小，宛然与双鹅并坐，鹅亦不惊。彦负笼而去，都不觉重。前行，息树下。书生乃出笼，谓彦曰："欲为君薄设[4]。"彦曰："善。"乃于口中吐出一铜奁子[5]。奁子中具诸肴馔[6]，珍羞方丈[7]。其器皿皆铜物。气味香旨[8]，世所罕见。酒数行，谓彦曰："向将一妇人自随[9]，今欲暂邀之。"彦曰："善。"又于口中吐一女子，年可十五六，衣服绮丽，容貌殊绝[10]。共坐宴。俄而书生醉卧，此女谓彦曰："虽与书生结好，而实怀怨。向亦窃得一男子同行，书生既眠，暂唤之，君幸勿言。"彦曰："善。"女子于口中吐出一男子，年可二十三四，亦颖悟可爱，乃与彦叙寒温[11]。书生卧欲觉，女子口吐一锦行障，遮书生[12]。书生乃留女子共卧。男子谓彦曰："此女子虽有情，心亦不甚[13]。向复窃将一女人同行，今欲暂见之，愿君勿泄。"彦曰："善。"男子又于口中吐一妇人，年可二十许，共酌，戏调甚久。闻书生动声，男子曰："二人眠已觉。"因取所吐女人，还纳口中。须臾，书生处女乃出，谓彦曰："书生欲起。"乃吞向男子，独对彦坐。然后书生起，谓彦曰："暂眠遂久，君独坐，当悒悒邪[14]！日又晚，当与君别。"遂吞其女子，诸器皿悉纳口中。留大铜盘，可二尺广，与彦别曰："无以藉君[15]，与君相忆也[16]。"彦大元中为兰台令史[17]，以盘饷侍中张散[18]。散看其铭题[19]，云是永平三年作[20]。

【注释】

  [1] 吴均(469—520)，字叔庠，吴兴故鄣(今浙江安吉县)人。南北朝时南朝梁代文学家、史学家。曾撰史书《齐春秋》《通史》，注范晔《后汉书》。著名文章有《与朱元思书》。《续齐谐记》，志怪小说集，是吴均所存的唯一小说集。《阳羡书生》选自《续齐谐记》，源自于佛经故事。阳羡，汉代县名，在今江苏宜兴市南。

  [2] 绥安：县名，故城在今宜兴市西南。

  [3] 寄：寄居。

  [4] 薄：微薄，自谦之词。设：备酒食。

  [5] 奁(lián)子：盒子。

  [6] 肴馔(zhuàn)：饭菜。肴，原本作"饰"，据他本改。

  [7] 羞：通"馐"，食物。方丈：形容肴馔之丰盛。

  [8] 旨：美味可口。

  [9] 向：先前。将：带。

  [10] 殊绝：美丽绝俗。

第四章　小说欣赏

[11] 叙寒温：相与寒暄。

[12] 锦行障：出游时用的锦制屏风。障，屏风。

[13] "此女"二句：一本作"此女子虽有情，心亦不尽"。

[14] 悒(yì)悒：愁闷不乐貌。

[15] 藉：进献。

[16] 相忆：作为留念。

[17] 大元：即晋孝武帝年号太元(373—396)。兰台令史：官名，掌管朝廷文籍图书。

[18] 饷：赠送。侍中：皇帝侍从官。

[19] 铭：刻在器物上的文字。

[20] 永平三年：公元60年。永平，东汉明帝年号。

【赏析】

《阳羡书生》是吴均的《续齐谐记》中的名篇。《续齐谐记》是南朝著名志怪小说集。十七篇作品中有一般志怪故事，有记民间时俗来历的传说和故事，有记鬼神的故事，还有一种是根据佛经故事改编的志怪小说。《阳羡书生》属于最后一类。

其故事本来自佛经《旧杂譬喻经》，三国时吴康僧会译。唐段成式《酉阳杂俎·续集·贬误篇》云："释氏《譬喻经》云，昔梵志作术，吐出一壶，中有女子与屏，处作家室。梵志少息，女复作术，吐出一壶，中有男子，复与共卧。梵志觉，次第互吞之，拄杖而去。"并云："余以吴均尝览此事，讶其说以为至怪也。"用梵志吐壶故事改编的志怪小说并非始于《续齐谐记》。晋荀氏《灵鬼志》曾据以演为《外国道人》，尚存原著风貌；至《续齐谐记》，则完全变成中国式志怪故事，道人换成了书生，情节更加奇诡曲折、变幻迷人了。

阳羡书生有异术，能于口中吐物吐人，人又能吐物吐人。以书生为主线，引出一男两女，令人称奇不已。作者不似《旧杂譬喻经》那样单纯讲某人作术，而是通过书生与许彦路遇、同行、分别等过程，组成一个结构完整的故事，来展现其中的人物形象。如书生因脚痛卧路侧，"求寄鹅笼中"，并能在笼中与双鹅并坐，鹅亦不惊，可见其神奇。在树下休息时，书生竟能口吐珍馐、美女，与之共饮为乐。书生一人之技，已为怪异，而其所吐女子思其情夫，乃复吐一男子；而此男又另有所欢，遂复吐一女子。俟书生将醒，诸男女遂依次吞纳，后皆入书生口中。诸男女似非有意作术，盖因各怀其志，又遇有良机，遂各显其能而已。但结构奇诡，情节曲折，却正是此篇艺术上的特点。尤其写书生与三位男女，情态各异，从容有致，虽感怪诞，又觉"自然"，形象生动而深刻。《阳羡书生》反映出人们对生活的一种超现实的幻想和向往。

《阳羡书生》之成篇，有一个发展过程，它反映了古代文化与印度文化的交流和融合，特别是佛经文学对古小说的影响；也可看出《续齐谐记》在思想和艺术上所取得的成就，使它在我国小说史上占有一定的地位。《四库全书总目》赞其为"亦小说之表者"；鲁迅称吴均"其小说，亦卓然可观"，可见评价之高。明代汤显祖评《阳羡书生》是"辗转奇绝"，纪昀《阅微草堂笔记·如是我闻》云："阳羡鹅笼，幻中出幻。"可见对后世文学影响之大。

文学欣赏

第一节 小 说 概 述

一、中国古代小说概述

在我国灿若云锦的古代文学遗产中，各种形式的小说作品也搭建出一座琳琅的艺术宝库，采之弥丰，探之弥深。小说的历史虽不如诗歌那样悠久，但也几乎纵贯了封建社会的各个朝代，到了明清时代，终于群峰耸峙，青透天下。虽不能字字珠玑，篇篇瑰宝，但爬罗剔抉，剪芜取精，足以彪炳文学史册。

"小说"一词最早见于《庄子·杂篇·外物》"饰小说以干县令，其于大达亦远矣"。以"小说"与"大达"对举，是指那些琐屑的言谈、无关政教的小道理，而非文学体裁。到了东汉班固据《七略》转《汉书·艺文志》言："小说家者流，盖出于稗官，街谈巷语，道听途说者之所造也。"

追溯中国小说的起源，首先是神话传说。鲁迅《中国小说史略·神话与传说》说，中国小说"探其根本，则亦犹他民族然，在于神话与传说"。尽管古代文献对神话的记载十分简略，我们仍然可以从中看到故事情节和人物性格这两个方面的重要小说因素。神话传说原先在口头流传，有的被采入正史，遂逐渐凝固，有的继续在口头流传并不断丰富发展，分化出一些新的神话和英雄，增添了新的故事情节。这些继续活在人们口头上的传说一旦记录下来，就成为具备浓厚小说意味的逸史。逸史可说是中国小说的直接的源头，逸史中最接近小说或者可视为早期小说的，莫过于《穆天子传》和《燕丹子》。胡应麟称《燕丹子》为："古今小说杂传之祖。"（《四部正讹》)而两汉时期，具有小说因素的作品数量则更多了。到了魏、晋时期，魏文帝曹丕的《列异传》、东晋史官干宝的《搜神记》所代表的志怪小说已经标志了中国古代小说的初步形成。它们在艺术上，比起此前的志怪小说已有了长足进步：故事情节更趋完整丰满，叙述描写渐趋细致，有的还用诗歌抒发情感，烘托气氛，丰富了作品的表现手段。这一时期，比较著名的志怪小说还有《玄中记》《神仙传》《拾遗记》《齐谐记》《续齐谐记》等。而唐代小说，尤其是代表着唐代小说成就的唐代传奇小说，标志了中国古代小说的基本成熟。前期有王度的《古镜记》、张鷟的《游仙窟》，盛期有李公佐的《南柯太守传》、元稹的《莺莺传》、白行简的《李娃传》、李朝威的《柳毅传》，后期有李复言的《续玄怪录》、裴铏的《传奇》及袁郊的《甘泽谣》等传奇小说集，叙事婉转，文辞华艳，有意识地想象虚构，文采与意想并重。及至明清时期，中国古代小说达到巅峰，影响至深至远的中国古典四大名著：曹雪芹的《红楼梦》、罗贯中的《三国演义》、施耐庵的《水浒传》和吴承恩的《西游记》皆出于此时期。另外，还出现了《金瓶梅》、《儒林外史》、"三言"、"二拍"、《官场现形记》等一大批脍炙人口的作品。这些作品以它们丰富生动的故事情节，绚烂多彩的人物形象，深厚的思想生活蕴涵，摄人心魄的艺术魅力，在中国文学史上闪烁出奇光异彩，产生了巨大的影响。

中国古代小说可以说是中华民族、中国社会形象的历史。在那里，我们可以看到历代王朝的兴衰交替，前仆后继的战争风云，劳动人民的反抗斗争，除暴安良的侠义之举，也可以看到青年男女的缠绵爱情，琐屑平凡的市井生活……打开古代小说，犹如通过神秘的

时间隧道,进入了前人的世界,目睹了前人的身影,身历了前人的生活。在那里,我们也看到了前人们对人生彼岸的奇思遐想,对现实生活的执着眷恋,对圣君贤相的殷殷期盼,对公道正义的孜孜渴求,对高尚品性的热情弘扬,对奸佞小人的嫉恨愤慨,对真挚爱情的心驰神往,对封建礼教的大胆反叛……阅读中国古代小说,将增强对我国历史的感性体验,加深对历史和现实的理解,也可以真切地感受到前人的心灵世界、道德情操,有助于了解我国民族性格形成的历史积淀,在此基础上铸造今天踔厉奋发的民族之魂。

二、中国现代、当代小说概述

在中国现代、当代文学的小说、诗歌、散文和戏剧这几个基本的文学门类中,成就最大的是小说。中国现当代小说,主要是指新文化运动以后诞生的用白话文写作的新体小说。

在传统中国文学中,小说的地位是非常卑下的,它被认为是街谈巷议之语,是没有什么文化的平民百姓茶余饭后的无稽之谈,中国文人是不屑于从事这种文体的,偶然有人创作了一篇两篇小说,也不愿写上自己的名字,他们在编自己的文集的时候,也不把这些小说收进去,怕辱没了名声,所以现在流传下来的小说,许多都不知道作者是谁。尽管如此,自明清以来,随着市民社会的发展,小说的艺术创造力也逐渐旺盛起来,名篇佳作不断涌现。不过小说的地位仍然摆不上台面。梁启超为了利用小说动员群众,发动革命,写文章为小说鼓吹,他认为"欲新一国之民,必先新一国之小说",也就是说,要改造民众,提高民众的觉悟,必须先改良小说的品位,提高小说的地位。这虽然是把小说当作政治的工具,并不承认小说的独立地位,但是受梁启超的影响,小说的实际地位的确实实在在地提高了,加上西方小说的大量传入,这一切,都为小说的繁荣提供了充分的条件。到了五四前后,小说终于一跃而成为中国文学的主体文类。

但是习惯了写八股文和试帖诗的文人,要正儿八经地来写具有现代意义的小说,也不是那么容易的事情。新文化运动的几个主将,胡适、刘半农、钱玄同、周作人,都动手写过诗,也写过话剧,散文当然是写得不少了,但是小说他们还是写不了。直到 1918 年的某一天,钱玄同到位于现今的北京西城区南半截胡同的绍兴会馆去,把躲在里面成天看佛经、抄古碑的周树人拉出来,情况才彻底改变。周树人在《新青年》上写了一些"随感录"的散文之后,终于以"鲁迅"的笔名发表了一篇小说——《狂人日记》,宣告了新文学的诞生,也宣告了中国现代小说的诞生。

此后鲁迅一发而不可收,在几年的时间内相继写出了《孔乙己》《药》《阿Q正传》《祝福》《伤逝》《孤独者》等小说,并先后结集为《呐喊》和《彷徨》两个集子出版了,获得巨大的反响。在以后的十多年中,鲁迅以历史和传说为题材,陆陆续续写成风格不同于《呐喊》和《彷徨》的八篇小说,分别为《理水》《采薇》《铸剑》《非攻》《奔月》《出关》《补天》《起死》,结集成《故事新编》。中国现代小说从鲁迅发端,又在他手中成熟,并形成了现实主义、浪漫主义、象征主义、现代主义等不同派别,写实与抒情等不同方法,诗化、散文化等不同文体,严肃与戏谑等不同风格,现实和历史等不同题材的多样化的小说创作格局,这在中外文学史上都是相当罕见的。没有一个现代小说家不曾接受鲁迅的深刻影响。所以,鲁迅成为中国现代小说的鼻祖。

当鲁迅在《新青年》发表小说之后,由北京大学学生创办的《新潮》杂志也涌现出几

文学欣赏

个小说作者，比如罗家伦、俞平伯、叶圣陶等。随着文学研究会的成立，以之为中心，形成一个"人生写实派"的小说作家群，代表作家有叶圣陶(《潘先生在难中》)、王统照(《沉思》《黄昏》)、冰心(《斯人独憔悴》《超人》)等。在1920年代的中国文坛，除了"人生写实派"之外，小说创作另有两大潮流：一是以创造社为主的"自叙传"抒情小说派，被看作是浪漫主义的追随者，其中影响最大的是郁达夫，其代表作是《沉沦》。张资平这一时期创作了长篇小说《冲击期化石》，这是中国现代最早的长篇小说之一。二是聚集在鲁迅周围的"乡土文学作家群"，他们多是流落城市的文学青年，受鲁迅乡土小说的影响，他们热衷于用回忆的笔触书写故乡的破败与辛酸，代表作家有王鲁彦(《柚子》)、彭家煌(《怂恿》)、台静农(《地之子》)、许钦文(《故乡》)、蹇先艾(《朝雾》)、许杰(《惨雾》)，这些年轻作家几乎每一位都有自己的特点，显示了乡土小说的强劲实力。

20世纪30年代是中国现代小说创作的高潮，大略有四大创作潮流：一是以"左联"作家为主要创作队伍的"左翼小说"，他们强调跟进时代，反映重大题材，表现对现实的批判和反抗。代表作家作品有蒋光慈的《短裤党》、柔石的《为奴隶的母亲》、萧红的《生死场》、萧军的《八月的乡村》等，这一派的政治色彩过于浓厚，创作成就不高。但是萧红是一个例外，她虽然列名于左翼作家之中，其小说却非常私人化，显示出了女性作家特有的细腻和丰富，她的《生死场》《小城三月》《呼兰河传》乃是现代小说中的经典。另有一位左翼女性作家丁玲，在20世纪20年代创作了《莎菲女士的日记》等个人化小说，这一时期则开始创作革命加恋爱小说，代表作有《水》。二是"社会剖析派"，也属于左翼文学流派，强调用马克思主义的社会和经济理论为指导来结构小说，领军人物是茅盾，代表作有《蚀》三部曲(《幻灭》《动摇》《追求》)和《子夜》。三是远离文学党派性和商业性的"京派"小说。代表作家是沈从文，他的小说反映的生活面极广，可以大致分为两个互相对照的艺术世界：一是染有文明病的现代都市世界，另一个是回忆与想象中的"湘西世界"，后者多以诗意的笔调描写田园牧歌式的乡村生活，表现那种日渐消逝的淳朴、自然、和谐的人生方式，以及正直朴素的人性美，创作成就高于前者，代表作《边城》最能体现沈从文的风格，是20世纪中国文学中不可多得的传世之作。京派其他主要作家作品有废名的《桥》、师陀的《谷》、萧乾的《篱下》等。四是特别注重商业效果的"海派"小说，作品在市民读者中比较畅销，言情和性爱是其常见的题材，代表作家有张资平、叶灵凤，他们是直接从新文学阵营"下海"的；此外还有张恨水，他是从旧派通俗小说中脱胎而出的，代表作有《啼笑姻缘》《金粉世家》。诞生于上海的"新感觉派"小说也是这一时期文坛不可忽略的生力军，代表作家作品有刘呐鸥的《都市风景线》、穆时英的《上海的狐步舞》、施蛰存的《梅雨之夕》等。

20世纪40年代的中国饱经战乱，小说创作却日趋成熟，作家的风格追求也更趋多样化。在"孤岛"上海，涌现了两位小说新锐：钱钟书和张爱玲。钱钟书的《围城》幽默地讽刺了知识分子的弊病；张爱玲承续并发展了20世纪30年代海派小说的风格，她主要从事于市民传奇小说的创作，代表作有《倾城之恋》和《金锁记》。在国统区，沙汀创作了《淘金记》，艾芜创作了《南行记》，"七月派"的小说家路翎创作了《财主底儿女们》，20世纪30年代就已经享有盛名的诗人冯至创作了具有浓郁诗情和哲理倾向的《伍子胥》，西南联大的学生汪曾祺创作了现代主义风格的《复仇》。而在抗日根据地和后来的解放区，出现了如柳青、孙犁、马烽、康濯等一批新的作者，都奉献了优秀的小说。丁

第四章 小说欣赏

玲的《太阳照在桑干河上》和周立波的《暴风骤雨》等反映土地改革运动的长篇小说的影响较大。最能代表解放区文学成就的作家是赵树理，他是地道的农民气质的小说家，能够忠实地反映农民的思想、情感及审美需求，并能真正拥有普通农民读者，代表作有《小二黑结婚》《李有才板话》等。

老舍和巴金是贯穿了20世纪30年代和40年代的重要作家。老舍擅长以京味儿语言写老北京，对北京各阶层市民的生活作全景式、风俗式的精细描写，带有浓郁的京腔、京韵、京味，代表作有《二马》《离婚》《月牙儿》《我这一辈子》《骆驼祥子》和《四世同堂》等。巴金的《爱情三部曲》(《雾》《雨》《电》)是表现革命加恋爱题材的小说，写上世纪二三十年代小资产阶级的反抗、追求与苦闷；他的另一类小说以描写封建家庭腐败与衰落为题材，代表作是《激流三部曲》(《家》《春》《秋》)，其中以《家》的影响最大，但真正代表了巴金小说最高成就的是20世纪40年代创作的《憩园》和《寒夜》。

从1949年新中国成立到1966年"文化大革命"爆发的这17年，小说创作主要以社会主义现实主义为其基本特征，涌现出大量的长篇小说，代表作是"三红一创"，即《红日》(吴强)、《红岩》(罗广斌、杨益言)、《红旗谱》(梁斌)和《创业史》(柳青)，此外重要的作品还有杜鹏程的《保卫延安》、杨沫的《青春之歌》、曲波的《林海雪原》、欧阳山的《一代风流》、周立波的《山乡巨变》、赵树理的《三里湾》等。在被称为"百花时代"的1956和1957年，出现了此前所没有的"干预生活"和以爱情为题材的优秀小说，主要有王蒙的《组织部新来的年轻人》、刘绍棠的《田野落霞》、邓友梅的《在悬崖上》、茹志鹃的《百合花》、陆文夫的《小巷深处》、宗璞的《红豆》等。

1962年出现了一批具有独特价值的历史小说，如陈翔鹤的《陶渊明写挽歌》《广陵散》，黄秋耘的《杜子美还家》等。"文革"时期，由于极"左"思潮的全面推行，许多作家遭受迫害，许多题材和风格禁止书写，小说创作呈现百花凋零的惨状，唯一受到推崇的小说家是浩然，其代表作是《艳阳天》和《金光大道》。

新时期以来，文学获得极大的解放，呈现出多元化的创作格局，出现了一波又一波的小说创作潮流。最早出现的小说思潮是"伤痕小说""反思小说""改革小说"和"寻根小说"。"伤痕小说"主要是揭露和控诉"四人帮"的罪行，代表作有卢新华的《伤痕》、刘心武的《班主任》、宗璞的《我是谁？》等；"反思小说"在清理"文革"灾难时具有更多的理性色彩和悲剧意味，如王蒙《蝴蝶》、茹志鹃的《剪辑错了的故事》、高晓声的《李顺大造屋》等；"改革小说"主要反映20世纪80年代各个领域的改革所引起的社会震荡，如蒋子龙的《乔厂长上任记》、路遥的《平凡的世界》等；"寻根小说"的特点是力图用现代意识探寻民族文化的得失，以及民族精神重建的可能性，如韩少功的《爸爸爸》、阿城的《棋王》等。此后又有"先锋小说""新写实小说""新生代小说"和"70后写作"。"先锋小说"的代表作家是马原(《冈底斯的诱惑》)、余华(《世事如烟》)、格非(《迷舟》)、苏童(《妻妾成群》)、孙甘露(《信使之函》)，"新写实小说"的代表作家是刘恒(《伏羲伏羲》)、刘震云(《一地鸡毛》)、池莉(《烦恼人生》)，"新写实小说"作家有韩东(《扎根》)、朱文(《我爱美元》)、毕飞宇(《玉米》)等，"70后"的小说写手有卫慧(《上海宝贝》)、棉棉(《糖》)等。

此外，还有汪曾祺(《受戒》《大淖记事》)、张承志(《黑骏马》《金牧场》)、陈忠实(《白鹿原》)、贾平凹(《废都》《秦腔》)、张炜(《九月寓言》《古船》)、莫言(《红高粱

家族》《丰乳肥臀》《檀香刑》)、王安忆(《小鲍庄》《长恨歌》)、铁凝(《玫瑰门》《大浴女》)、林白(《一个人的战争》《妇女闲聊录》)等。

20 世纪港台的重要小说家有：台湾的赖和(《善讼的人的故事》)、杨逵(《送报夫》)、吴浊流(《先生妈》《亚细亚的孤儿》)、白先勇(《游园惊梦》)、高阳(《胡雪岩》《慈禧全传》)、琼瑶(《在水一方》《青青河边草》)、古龙(《楚留香传奇》《陆小凤传奇》)、李敖(《北京法源寺》)等；香港的金庸(《射雕英雄传》《天龙八部》)、刘以鬯(《酒徒》)、西西(《我城》)等。

三、外国小说概述

中西方小说都是以神话传说为其渊源的。古时候，科学不发达，出于对自然的敬畏，人们想象出了许多主宰世间的"神"，对神人格化的描写，就是神话；将人神化的描写，就是传说。西方的古希腊、古罗马、北欧神话传说等都是其中的典型作品。

东西方最初的小说，是与历史紧密相连的，是作为史料的补充记载事件的。比如说古巴比伦的《吉尔伽美什》，古希腊的《荷马史诗》《伊索寓言》等都属于这一类小说，这类小说已具有小说讲求虚构的特点，但仍不是文人的创作，是直接从民间搜集记录下来的，所以这类小说情节比较简单，文笔比较粗糙。

西方小说是在"文艺复兴"后快速发展、成熟起来的。18 世纪的启蒙运动是欧洲文学的一个重要转型期，经历了这个时期后，小说才逐渐成为文学中的主要样式。它的演进历程大致经历了浪漫主义、现实主义、自然主义和现代主义这样几个阶段。

1. 浪漫主义小说

18 世纪末到 19 世纪中叶，欧洲文学进入浪漫主义时期，小说也是如此。而 18 世纪末，在英国兴起的感伤主义小说和随后在德国展开的"狂飙突进运动"可以看成是浪漫主义小说的先驱。"感伤主义"得名于英国小说家斯泰恩的纪游小说《感伤旅行》，它强调以人的感情生活为重点，通过对人物内心活动和情感世界的描写兼及透视人物内心活动所及的外在世界，使文学的主情性特质得到强化。德国的"狂飙突进运动"也受其影响，这个运动的宗旨是：反对理性主义为思想基础的古典主义文学教条，倡导崇尚自然，崇尚天才，要求个性解放，争取表达自己的思想感情和愿望的权利。可以看出，这些主张都已经体现了浪漫主义的某些特质。

德国浪漫主义小说的代表人物是霍夫曼，其作品常常将现实社会和幻想世界紧密交织，运用鬼怪题材和荒诞离奇的故事揭露和讽刺丑恶的现实，如童话小说《金罐》和他的第一部长篇小说《魔鬼的万灵药水》。英国的浪漫主义成就主要集中在诗歌方面，而司各特的历史小说成为这一时期英国浪漫主义小说的代表。他的历史小说热衷于对中世纪和宗法社会生活方式的描写，对大自然有着敏锐的感受，对各种不平常的事件的浓厚的兴趣使他的作品中经常会呈现出某些怪诞的成分。他的代表作品是以英格兰历史为题材的《艾凡赫》。美国影响最大的浪漫主义小说家应该是霍桑和麦尔维尔，他们的代表作分别是《红字》和《白鲸》，他们的作品运用象征性的手法都对罪恶的问题进行了探讨。

与其他国家相比，法国浪漫主义小说的成就似乎更加耀眼。初期阶段以夏多布里昂、

斯塔尔夫人为代表，鼎盛时期的中心人物是雨果及乔治·桑，与这些巨星为伍的小说家还有龚斯当、维尼、缪塞、大仲马等。夏多布里昂是法国浪漫主义小说的先驱，《基督教的真谛》为正在萌芽、滋生中的浪漫主义文学提供了一整套艺术主张；斯塔尔夫人的《苔尔芬》和《柯丽娜》成为浪漫主义的典范作品；大仲马的《三个火枪手》《基督山伯爵》充满了浪漫的传奇色彩，为后世读者所喜爱。而他们中，最有影响力的应该是雨果。雨果在批判古典主义创作理论的基础上，确立了以对照原则为核心的浪漫主义创作论。他的对照原则的理论要点是：自然中的万物并非都屈从人的意志呈现崇高优美的状态，崇高优美与滑稽丑怪是融于一体的，"丑就在美的旁边，畸形靠近着优美，粗俗藏在崇高的背后，恶与善并存，黑暗与光明相共"。在这些理论的基础上，雨果创作了《巴黎圣母院》和《悲惨世界》这样史诗般的伟大作品。

2. 现实主义小说

19 世纪欧洲现实主义文学是继浪漫主义文学思潮之后从 19 世纪 30 年代开始出现的一股新的文学思潮，由于这股思潮带有强烈的揭露和批判现实社会的特点，因此也称其为批判现实主义。这股思潮一出现即占据文坛的主导地位，并在欧美文坛上持续发展达 70 年之久。西方批判现实主义的最高成就主要集中在法国、英国、美国和俄国。

法国是欧洲批判现实主义文学的发源地。1830 年，法国著名作家司汤达出版了长篇小说《红与黑》，标志着法国批判现实主义文学的诞生。其后，法国迎来了批判现实主义文学发展的全盛时期。在前后近一个世纪的发展中，法国文坛上涌现出了一大批享有世界声誉的批判现实主义作家，如 19 世纪上半叶出现的梅里美、巴尔扎克和后期的雨果。其中巴尔扎克用他的《人间喜剧》把法国整整半个世纪的社会历史都概括进去了，这使他成为世界无与伦比的最伟大的批判现实主义作家。19 世纪 60 年代，法国文坛上继巴尔扎克之后，出现了一位批判现实主义作家福楼拜，他的《包法利夫人》成为批判现实主义文学中最有代表性的小说之一。19 世纪 70 年代以后，在法国文坛上批判现实主义文学开始与刚刚兴起的自然主义文学相交融，涌现出了都德、莫泊桑、左拉、法朗士这样一批批判现实主义文学家。其中左拉虽然是自然主义文学的创始人，然而他在很多文学作品中都灌注了批判现实主义文学的一切特征。

英国 19 世纪批判现实主义文学继承了 18 世纪现实主义和感伤主义小说的传统，大约从 19 世纪 40 年代开始进入繁荣期。19 世纪四五十年代狄更斯的《艰难时世》《双城记》，夏洛蒂·勃朗特的《简·爱》，萨克雷的《名利场》等作品，都是批判现实主义文学中最杰出的小说。此外，这个时期还有两位作家也创作了一些非常著名的小说，如爱米丽·勃朗特写出了《呼啸山庄》，乔治·艾略特则写出了《亚当·比德》。至 19 世纪 70 年代后，英国批判现实主义文学进入后期发展阶段，具有代表性的作家作品主要是梅瑞狄斯的《利己主义者》、哈代的《德伯家的苔丝》等。

美国 19 世纪批判现实主义文学是在工人阶级、劳动人民和资产阶级的矛盾的不断变化发展中逐渐发展起来的。初期，斯托夫人就发表了一部强烈谴责美国蓄奴制的小说《汤姆叔叔的小屋》，深刻批判了蓄奴制的残暴野蛮的本质。19 世纪 70 年代，马克·吐温发表了第一部长篇小说《镀金时代》，后期还创作了现实主义更强的《汤姆·索亚历险记》和《哈克贝利·费恩历险记》。19 世纪下半叶还出现了一位著名的现实主义短篇小说家

欧·亨利，他被誉为美国现代短篇小说的创始人，他创作的《警察和赞美诗》《最后一片藤叶》《麦琪的礼物》都让人感受到了生活中透出的点点苦涩。20世纪初，美国文坛还有两位成就卓著的批判现实主义作家——杰克·伦敦和德莱塞，代表作品分别是《马丁·伊登》和《美国的悲剧》。

俄国作家普希金的诗体小说《叶莆盖尼·奥涅金》奠定了俄国批判现实主义的基础。在19世纪二三十年代，俄国文坛上具有批判现实主义倾向的作家作品有克雷洛夫创作的寓言，莱蒙托夫的小说《当代英雄》，果戈理的《钦差大臣》《死魂灵》和著名文艺理论家别林斯基的一系列理论著述。19世纪40年代后半期，俄国文坛上形成了以果戈理为代表的"自然派"，这派作家始终坚持了真实描写和批判农奴制的方向，对俄国批判现实主义文学的发展起到了推动作用。到19世纪四五十年代，俄国文坛上又涌现出了一批批判现实主义作家及其作品，如赫尔岑的《谁之罪》，屠格涅夫的《罗亭》《贵族之家》，冈察洛夫的《奥勃洛摩夫》，陀思妥耶夫斯基的《穷人》等。19世纪六七十年代，俄国批判现实主义开始走向繁荣，一大批优秀的长篇小说开始出现，如屠格涅夫的小说《前夜》和《父与子》、车尔尼雪夫斯基的小说《怎么办？》、陀思妥耶夫斯基的小说《罪与罚》和《白痴》、托尔斯泰的小说《战争与和平》。到19世纪七八十年代，这批现实主义作家的作品显得更加成熟，如托尔斯泰的《安娜·卡列尼娜》《复活》，谢德林的《戈罗夫略夫一家》，陀思妥耶夫斯基的《卡拉马佐夫兄弟》，契诃夫的短篇小说集《梅尔波美娜的故事》《杂色的故事》《在昏暗中》等。到19世纪90年代，契诃夫又相续发表了《第六病室》《挂在脖子上的安娜》等，成为俄国19世纪批判现实主义文学中最后一位小说家。

3. 自然主义小说

自然主义是19世纪60年代产生于法国的一种文艺思潮。自然主义作家在文学创作中应用实验科学方法，排斥浪漫主义想象、夸张和抒情等主观因素，否认典型化原则，追求绝对客观性。自然主义小说的理论基础是产生于19世纪的实证主义哲学，而其直接理论来源为泰纳将实证主义哲学运用于文学理论，从而提出的文学创作和发展决定于种族、环境、时代三种根源。

左拉是公认的法国自然主义文学流派的领袖。他深受泰纳关于运用自然科学研究文艺问题的理论的影响，在19世纪下半叶科学技术迅速发展的条件下，决心利用生物学、生理学、遗传学等的科学实验方法来指导写作。1868年发表了体现其文学主张的小说《黛莱丝·拉甘》和《玛德莱纳·菲拉》，并于同年开始构思系列小说《鲁贡玛卡一家人的自然史和社会史》，为这个家族制订了世系分支图表即谱系树，在每部小说中出现的这个家族的人物都有亲缘关系和遗传因素的影响。从第一部《鲁贡家族的命运》到最后一部《帕斯卡医生》，左拉共花25年时间完成了20部小说，其中最有名的有《小酒店》《娜娜》《萌芽》《土地》和《金钱》等。它们是"第二帝国时代一个家族的自然史和社会史"，从政治、军事、金融、宗教、商业、工人、农民、科学艺术和日常生活等各个角度构成了一幅反映第二帝国时期社会现实的大型历史画卷。左拉的文学成就以及他在《实验小说论》和《自然主义小说家》等文集中阐述的文学理论，使他成为自然主义文学流派公认的领袖。莫泊桑、于斯曼等追随他的文学青年常在他的梅塘别墅里聚会，他们以普法战争为题材联合写作出版的中短篇小说集《梅塘之夜》，使这个文学流派以梅塘集团闻名于世。

4. 现代主义小说

现代主义小说流派众多，以第二次世界大战作为分界，可以分为前期和后期两个阶段。前期现代主义小说的流派主要有：意识流、表现主义、超现实主义等，这些流派虽然风格各异，但有一些共同的特征。第一，在文艺观方面，前期现代主义作家大都强调表现内心生活和心理的真实。他们受非理性主义哲学和现代心理学的影响，把自我的存在看成世界万物产生的本源，认为文学只有表现自我的主观世界，才是最高的真实。这种主观世界主要应是深层次的而不是浅层次的。他们侧重探索意识的未形成语言的层次以揭示"人物的精神存在"，如普鲁斯特的《追忆似水年华》。第二，创作的基本主题是表现西方社会人与社会、人与人、人与自然和人与自我的异化现象。在个人与社会关系方面，早期现代主义小说表现出从个人的角度全面反对社会的倾向，对传统的社会和价值观念进行全面的攻击。在人与人的关系方面，他们大多是自我中心论者，认为人与人之间无法沟通思想。卡夫卡的《变形记》把这一特点表现得淋漓尽致。第三，在艺术形式和手法上，现代主义作家常用的表现手法有象征、荒诞和意识流。从艺术角度讲，塞万提斯通过《唐•吉诃德》的创作奠定了世界现代小说的基础，现代小说的一些写作手法，如真实与想象、严肃与幽默、准确与夸张、故事中套故事，甚至作者走进小说对小说指指点点，在《唐•吉诃德》中都出现了。比如在唐•吉诃德身上，愚蠢和聪明博学、荒唐和正直善良、无能和勇敢顽强就这样矛盾地融合在一起。

后期现代主义小说的主要流派有存在主义、新小说派、黑色幽默和魔幻现实主义等。后期现代主义文学是离经叛道的前期现代主义文学的延伸和发展，并且还表现出抛弃前期现代主义的种种企图。后期现代主义小说的特征除了一般具有的前期特征以外，还有如下一些特征：第一，以游戏、冷漠、嘲讽等所谓"理智化"的态度对待异化的人生。表现世界、人生荒诞的同时又超然物外。加缪的《局外人》《西绪福斯神话》形象地表现了这一特征。还有新小说派"写生式"的描写、荒诞派戏剧以荒诞形式表现荒诞内容的游戏手法，都表现出这一特征。它们主张主观世界与客观世界之间应保持一定距离，尽可能获得精神上的解脱。第二，用日常生活题材表现人的生存体验，不再像前期现代主义那样刻意追求梦幻神秘的倾向。第三，后期现代主义文学的语言趋于明朗化、口语化，不再追求晦涩艰深的语言风格。例如存在主义小说语言简单明晰，不饰雕琢，语调客观冷漠，为的是直截了当表现世界荒谬的本质以及人与社会、人与自然、人与人、人与自我的冷漠关系。新小说派主张采用表明视觉和纯描写性的明确词汇，以反映"潜在的真实"，反对语言带有感情色彩。第四，文学与哲学融为一体，使文学具有精深的哲理性或借助文学传播哲学。第五，反英雄成了后期现代主义文学的重要角色。前期现代主义小说中的主人翁还属于"非英雄"，后期现代主义以"反英雄"取代了"非英雄"。"非英雄"和反英雄都缺乏传统的英雄品格，"自我"都是不稳定的，处于分裂状态。另外，他们都处在某种困境之中，往往充当受难者、牺牲品。但"非英雄"对自身受苦的境遇缺乏明确的认识，如《尤利西斯》中的布鲁姆、《审判》中的约瑟夫•K。而反英雄较为明确地意识到自身与周围环境的对立状态，并且力图摆脱困境，争取自身的自由，如《恶心》中的洛根丁、《局外人》中的莫尔索、《第二十二条军规》中的尤索林、《在路上》中的迪安，都是这种反英雄。

文学欣赏

第二节　小说的语言特色

小说不但是我国文学遗产中的奇珍，也是人民宝贵的精神财富。许多作品中栩栩如生的人物形象，曲折跌宕的故事情节，妙语连珠的生动语言，都让人回味无穷。研读小说，可以竖起一架攀登新民族文化高峰的阶梯，同时可以受到无穷无尽的艺术启迪。

一、戏剧性

从某种角度而言，没有戏剧性的冲突，就无法推动故事情节的展开和延伸，不仅要细致地刻画人物，展现社会风貌，而且需要以矛盾的冲突为依托，服务故事情节的展开和高潮的迭起。小说越是富有冲突的戏剧性，人物性格就越是生动逼真，栩栩如生，主题就会越发表现得尽善尽美。小说虽不像戏剧那般要求高度集中的矛盾冲突，但小说复杂的故事情节却要求富有复杂的戏剧性的冲突。只有这样，才能引人入胜，韵味绕梁。

例如《红楼梦》第十七至十八回写大观园落成后，贾宝玉被贾政叫去随众清客一起"题对额"，出来后小厮们讨赏，将他所佩之物尽行解去。到了贾母那里。

少时袭人倒了茶来，见身边佩物一件无存，因笑道："带的东西又是那起没脸的东西们解了去了。"林黛玉听说，走来瞧瞧，果然一件无存，因向宝玉道："我给的那个荷包也给他们了？你明儿再想我的东西，可不能够了！"说毕，赌气回房了，将前日宝玉所烦他作的那个香袋儿——才做了一半——赌气拿过来就铰。宝玉见他生气，便知不妥，忙赶过来，早剪破了。宝玉已见过这香囊，虽尚未完，却十分精巧，费了许多工夫。今见无故剪了，却也可气，因忙把衣领解了，从里面红袄襟上将黛玉所给的那荷包解了下来，递与黛玉瞧道："你瞧瞧，这是什么？我那一回把你的东西给人了？"林黛玉见他如此珍重，带在里面，可知是怕人拿去之意，因此又自悔莽撞，未见皂白，就剪了香袋。因此又愧又气，低头一言不发。宝玉道："你也不用剪，我知道你是懒待给我东西。我连这荷包奉还，何如？"说着，掷向他怀中便走。黛玉见如此，越发气起来，声咽气堵，又汪汪的滚下泪来，拿起荷包来又剪。宝玉见他如此，忙回身抢住，笑道："好妹妹，饶了他罢！"黛玉将剪子一摔，拭泪说道："你不用同我好一阵歹一阵的，要恼，就撂开手。这当了什么！"说着，赌气上床，面向里倒下拭泪。禁不住宝玉上来"妹妹"长"妹妹"短赔不是。

在这段不太长的文字里，冲突产生了，平息了；平息了，又产生。冲突的产生和平息都根源于人物的感情和性格，又表现着人物的感情和性格。在矛盾冲突中，人物的感情反应同冲突发展的趋势，人物的语言同心灵深处的真实感情，既一致又不一致，既平衡又不平衡，二者的差距将人物感情深化了，将这感情的复杂微妙性表现出来了。

我国古代小说出于对故事的强烈兴趣，也为了更好地刻画人物，不只是一般地将人物放在常态的矛盾冲突之中，还往往将人物推向矛盾冲突和命运的极端状态，从而使其灵魂曝光。在矛盾冲突的极端情境，人物的感情越复杂，感情层次越丰富，形象也就越生动，越真实。一些优秀的古代小说作家，都有意识地在矛盾冲突的极端状态，充分展示人物感情的复杂性和层次性。

第四章 小说欣赏

二、行动性

通过人物的行为动作来表现人物的性格特点，这是小说创作塑造形象的一个重要途径。性格即是"行动的特性，"这是柯尔尼洛夫在《意志与性格的培养》中得出的重要结论。因而在小说艺术形象的塑造中，对人物行为动作的描写比起其他方面的描写就更显得重要。茅盾说："人物的行动是表现人物性格的主要手段。"研究我国小说的发展脉络，无论是古代小说还是现代小说，无不重视人物的行动描写。

尤其是在那些塑造了鲜明艺术形象的作品中，我们可以看到十分精彩的人物行动描写。诸如《世说新语》中众多特写镜头的行为动作、《三国演义》中三顾茅庐、诸葛亮借东风、张飞鞭督邮的行为动作；《水浒传》中武松打虎、鲁智深倒拔垂杨柳的行为动作；《红楼梦》中黛玉葬花、王熙凤大闹宁国府的行为动作等，都在刻画人物、塑造形象中起到了十分重要的作用。像上述精彩的行为动作细节描写，是人物行为动作中最为精粹最有特点的细微部分，它们像璀璨的宝石闪耀在情节开展的过程中。

优秀的古代小说在以人物的行为动作表现人物性格时，不仅善于选择构成情节框架的重大行为动作，而且还善于在情节发展之中选择一些典型的行为动作进行细节描写。如《三国演义》第二十一回，曹操煮酒论英雄，对刘备说："今天下英雄，惟使君与操耳！"玄德闻言，吃了一惊，手中所执匙箸，不觉落于地下。时正值天雨将至，雷声大作。玄德乃从容俯首拾箸曰："一震之威，乃至于此！"

匙箸落地的细节，表现了寄人篱下、唯恐被害的刘备听到此话之后的惊怕心理；而俯首拾箸的细节，则又表现了他的随机应变，镇静自若，的确不愧为英雄。这里的行为动作细节描写，是十分典型有力的。

三、丰富性与趣味性

在小说情节的发展过程中，会出现一系列具体情况，即特定时空背景下的特定人物关系的画面，这就是场面。场面是情节线索中的大停顿，是构成情节的基本单位，随着人物性格和事件的发展，小说场面总是不断改变着。情节丰富的小说的场面相应地多变化，而情节极单纯的小说也许只有一两个场面描写。场面又有大小之别，大场面中往往可以包含一些小场面。

《红楼梦》里秦可卿出殡是个大场面，而其中又含有北静王见宝玉，宝玉和秦钟看见村女，秦钟智能相会，凤姐铁槛寺弄权等多个小场面。高明的小说家常常以这样富有思想性和生活情趣的小场面来充实、丰富波澜壮阔的大场面。也正因为这些精彩的场面描写使得中国古典小说作品得以永垂文学画廊，永葆青春魅力。

四、语言个性化

中国古代小说在把握语言的个性化和叙事性方面取得了非凡的成就。早在魏晋南北朝时期，一些小说特别是《世说新语》就已注意通过人物个性化语言表现人物性格。唐代传奇、宋元话本中许多作品的人物语言，也是充分个性化的。个性化的人物语言表现人物独特的性格，这在明清优秀小说中成就尤为突出，正如鲁迅所言："《水浒传》《红楼梦》的有些地方，是能使读者由说话看出人来的。"《金瓶梅》更是以语言新奇、独特、脍炙人口而著称，它的语言多采用市侩俗语，具有浓郁的生活气息和强烈的个性化色彩。《水浒传》第十八回中，叙述晁盖、吴用等七人劫生辰纲之后，投奔梁山泊入伙，而头领王伦心胸狭窄，嫉贤妒能，表面恭维备至，内心实不肯相留。对此，已是梁山头领之一的林冲十分不满，吴用则已将二人的心事看在眼里，预谋"教他本寨自相火并"。次日，林冲道："小人旧在东京时，与朋友交，礼节不曾有误。虽然今日能够得见尊颜，不得遂平生之愿，特地径来陪话。"金圣叹批曰"林冲语"。也就是说，这是表现了林冲独特的精细性格和此时特定心理的个性化语言。

《金瓶梅》向以"语言新奇，脍炙人口"著称，例如，第五十一回写吴月娘、李瓶儿、孟玉楼、潘金莲在一起听薛姑子唱佛曲儿。

那潘金莲不住在旁拉玉楼不动，又扯李瓶儿，又怕月娘说。月娘便道："李大姐，他叫你，你和他去不是！省的急的他在这里……"那李瓶儿方才同他出来。被月娘瞅了一眼，说道："拔了萝卜地皮宽。交他去了，省的他在这里跑兔子一般。原不是听佛法的人！"这潘金莲拉着李瓶儿走出仪门，因说道："大姐姐好干这营生！你家又不死人，平白让姑子家中宣起卷来了。都在那里围着他怎的？……"

吴月娘的话，表现了作为大老婆的她随时随地都在监视着、察看着群妾们的一言一行的特殊心态，以及对潘金莲的厌恶，潘金莲"跑兔子"似的坐不住的性格，早已从吴月娘的话中连带画出。而潘金莲对吴月娘的诅咒，则又表现了她心地的歹毒。崇祯本《金瓶梅》在这段话上边加眉批说："金莲之动，玉楼之静，月娘之憎，瓶儿之随，人各一心，心各一口，各说各是，都为写出。"在《儒林外史》《红楼梦》《歧路口》《聊斋志异》中，这类富有特色的个性化语言，更是不胜枚举。

第三节　小说欣赏技巧

小说鉴赏的差异是指不同的鉴赏者在小说赏析活动中表现出不同的审美倾向、艺术趣味、价值观念及逻辑哲学等现象。那么中外小说鉴赏又存在着怎样的不同呢？

一、刻画人物心理

中国小说，或因脱胎于志怪传奇而更重情节和行动的描写，或因起源于说话艺术而不轻易展开人物复杂的内心活动，所以人物心理刻画不甚发达，主要还是通过肖像描写、行动描写、景物和对话描写等方法间接刻画人物心理。只有少部分小说使用了内心独白、心里分析等直接刻画人物心理的方法。而外国小说除使用上述的间接方法外，典型心理分析也是屡见不鲜的，例如托尔斯泰就是公认的揭示人物"心灵辩证法"的大师。心理分析的长处是明了清晰，写得好便能"显示灵魂深处的根"，但也容易写得冗长，理性的分析难以达到形象描写的审美效果。所以有经验的小说家会将心理分析、内心独白与间接的活动过程描述结合起来。

二、人称运用

西方小说很早就使用第一人称。这种结构很灵活、自由，既能胜任对客观外界的观察，又能胜任对内心世界的探索，作家可以任意回避他难以处理的场面，又可以集中表现他能发挥的所长。第一人称在中国早期传奇(文言小说)中也是使用的，但那时多半是用来描述亲身经历，以加强叙述的可变性，并没有发现其在结构上的意义。中国古典小说大部分都使用全知的第三人称视角，使作者对小说的全部有了一个超越的俯视优势，这种技巧将所见物象平面化，缺少立体感，然而却有着高屋建瓴的磅礴气势。

西方小说一般很少从俯视的角度出发，大多随人物的目光进行，作者、人物、读者处于同一地平线，成一种立体走向的趋势，有的小说也不一定使用第一人称，但却往往会采用人物的特定角度来叙述。

三、小说结尾

谈到这个问题，文学鉴赏的差异性普遍地存在于艺术接受的整个过程。由于所处的时代、国家、民族、阶层的不同及生活经历、文化差异、思想观念等存在的强烈差异，便形成了人的审美倾向、价值体系的较大差异。在中外小说的发展、繁荣脉络中，也强烈地体现了这种差异。简而言之，国人认为小说通常应该是圆满的，圆满是美的极限，因而小说作品中特别是在结尾部分，我们能体味到国人圆满的哲学思辨，而外国的小说通常在结尾部分给人一种意想不到的新奇，一种不拘一格的发散。

第四节 小说作品欣赏

南柯太守传

李公佐[1]

东平[2]淳于棼，吴楚游侠之士。嗜酒使气，不守细行[3]。累巨产，养豪客。曾以武艺补淮南军裨将，因使酒忤帅，斥逐落魄，纵诞饮酒为事家住广陵郡东十里。所居宅南有大古槐一株，枝干修密，清阴数亩。淳于生日与群豪大饮其下。贞元七年九月，因沉醉致疾。时二友人于坐，扶生归家，卧于堂东庑[4]之下。二友谓生曰："子其寝矣！余将秣马[5]濯足，俟子小愈而去。"生解巾就枕，昏然忽忽，仿佛若梦。见二紫衣使者，跪拜生曰："槐安国王遣小臣致命奉邀。"生不觉下榻整衣，随二使至门。见青油小车，驾以四牡[6]，左右从者七八，扶生上车，出大户，指古槐穴而去。使者即驱入穴中。生意颇甚异之，不敢致问。忽见山川、风候、草木、道路，与人世甚殊。前行数十里，有郛郭城堞[7]。车舆人物，不绝于路。生左右传车者传呼甚严，行者亦争辟[8]于左右。又入大城，朱门重楼，楼上有金书，题曰"大槐安国"。执门者趋拜奔走。旋有一骑传呼曰："王以驸马远降，令且息东华馆。"因前导而去。俄见一门洞开，生降车而入。彩槛雕楹；华木珍果，列植于庭下；几案茵褥，帘帏肴膳，陈设于庭上。生心甚自悦。复有呼曰："右相且至。"生

降阶祗奉[9]。有一人紫衣象简[10]前趋，宾主之仪敬尽焉。右相曰："寡君[11]不以弊国远僻，奉迎君子，托以姻亲。"生曰："某以贱劣之躯，岂敢是望。"右相因请生同诣其所。行可百步，入朱门。矛戟斧钺，布列左右，军吏数百，辟易道侧。生有平生酒徒周弁者，亦趋其中。生私心悦之，不敢前问。右相引生升广殿，御卫严肃，若至尊之所。见一人长大端严，居正位，衣素练服，簪朱华冠[12]。生战栗，不敢仰视。左右侍者令生拜。王曰："前奉贤尊[13]命，不弃小国，许令次女瑶芳，奉事君子。"生但俯伏而已，不敢致词。王曰："且就宾宇，续造仪式。"有旨，右相亦与生偕还馆舍。生思念之，意以为父在边将，因殁蕃中，不知存亡。将谓父北蕃交通，而致兹事。心甚迷惑，不知其由。

是夕，羔雁币帛[14]，威容仪度[15]，妓乐丝竹，肴膳灯烛，车骑礼物之用，无不咸备。有群女，或称华阳姑，或称青溪姑，或称上仙子，或称下仙子，若是者数辈。皆侍从数十，冠翠凤冠，衣金霞帔，彩碧金钿，目不可视。遨游戏乐，往来其门，争以淳于郎为戏弄。风态妖丽，言词巧艳，生莫能对。复有一女谓生曰："昨上巳日[16]，吾从灵芝夫人过禅智寺，于天竺院观石延舞《婆罗门》。吾与诸女坐北牖[17]石榻上，时君少年，亦解骑来看。君独强来亲洽，言调笑谑。吾与穷英妹结绛巾，挂于竹枝上，君独不忆念之乎？又七月十六日，吾于孝感寺侍上真子，听契玄法师讲《观音经》。吾于讲[18]下舍金凤钗两只，上真子舍水犀合子[19]一枚。时君亦讲筵中于师处请钗合视之，赏叹再三，嗟异良久。顾余辈曰：'人之与物，皆非世间所有。'或问吾氏，或访吾里。吾亦不答。情意恋恋，瞩盼不舍。君岂不思念之乎？"生曰："中心藏之，何日忘之。"群女曰："不意今日与君为眷属。"复有三人，冠带甚伟，前拜生曰："奉命为驸马相者[20]。"中一人与生且故。生指曰："子非冯翊[21]田子华乎？"田曰："然。"生前，执手叙旧久之。生谓曰："子何以居此？"子华曰："吾放游，获受知[22]于右相武成侯段公，因以栖托。"生复问曰："周弁在此，知之乎？"子华曰："周生，贵人也。职为司隶，权势甚盛。吾数蒙庇护。"言笑甚欢。俄传声曰："驸马可进矣。"三子取剑佩冕服[23]，更衣之。子华曰："不意今日获睹盛礼，无以相忘也。"有仙姬数十，奏诸异乐，婉转清亮，曲调凄悲，非人间之所闻听。有执烛引导者，亦数十。左右见金翠步障[24]，彩碧玲珑，不断数里。生端坐车中，心意恍惚，甚不自安。田子华数言笑以解之。向者[25]群女姑姊，各乘凤翼辇[26]，亦往来其间。至一门，号"修仪宫"。群仙姑姊亦纷然在侧，令生降车辇拜，揖让升降[27]，一如人间。撤障去扇，见一女子，云号"金枝公主"。年可十四五，俨若神仙。交欢之礼，颇亦明显。生自尔情义日洽，荣曜日盛。出入车服，游宴宾御，次于王者。王命生与群僚备武卫，大猎于国西灵龟山。山阜峻秀，川泽广远，林树丰茂，飞禽走兽，无不蓄之。师徒大获，竟夕而还。

生因他日启王曰："臣顷结好之日，大王云奉臣父之命。臣父顷佐边将，用兵失利，陷没胡中。尔来绝书信十七八岁矣。王既知所在，臣请一往拜觐。"王遽谓曰："亲家翁职守北土，信问不绝。卿但具书状知闻[28]，未用便去。"遂命妻致馈贺之礼，一以遣之。数夕还答。生验书本意，皆父平生之迹。书中忆念教诲，情意委曲，皆如昔年。复问生亲戚存亡，间里兴废。复言路道乖远，风烟阻绝。词意悲苦，言语哀伤。又不令生来觐，云："岁在丁丑，当与女[29]相见。"生捧书悲咽，情不自堪。

他日，妻谓生曰："子岂不思为政[30]乎？"生曰："我放荡不习政事。"妻曰："卿但为之，余当奉赞。"妻遂白于王。累日，谓生曰："吾南柯政事不理，太守黜废。欲藉卿才，可曲屈之。便与小女同行。"生敦受[31]教命。王遂敕[32]有司备太守行李。因出金玉、锦绣、箱奁、仆妾、车马，列于广衢[33]，以饯公主之行。生少游侠，曾不敢有望，至是甚悦。因上表曰："臣将门余子，素无艺术[34]，猥当大任，必败朝章。自悲负乘，坐致覆𫗧[35]。今欲广求贤哲，以赞不逮[36]。伏见司隶颍川周弁，忠亮刚直，守法不回，有毗佐之器[37]。处士冯翊田子华，清慎通变，达政化之源。二人与臣有十年之旧，备知才用，可托政事。周请署南柯司宪，田请署司农。庶使臣政绩有闻，宪章不紊也。"王并依表以遣之。

其夕，王与夫人饯于国南。王谓生曰："南柯国之大郡，土地丰壤，人物豪盛，非惠政不能以治之。况有周、田二赞。卿其勉之，以副国念[38]。"夫人戒公主曰："淳于郎性刚好酒，加之少年；为妇之道，贵乎柔顺。尔善事之，吾无忧矣。南柯虽封境[39]不遥，晨昏有间。今日睽别，宁不沾巾。"生与妻拜首南去，登车拥骑，言笑甚欢。

累夕[40]达郡。郡有官吏、僧道、耆老[41]、音乐[42]、车舆、武卫、銮铃[43]，争来迎奉。人物阗咽[44]，钟鼓喧哗，不绝十数里。见雉堞台观，佳气郁郁。入大城门，门亦有大榜，题以金字，曰"南柯郡城"。见朱轩棨户[45]，森然深邃。生下车，省风俗，疗病苦，政事委以周、田，郡中大理。自守郡二十载，风化广被[46]，百姓歌谣，建功德碑，立生祠宇[47]。王甚重之。赐食邑，锡[48]爵位，居台辅[49]。周、田皆以政治著闻，递迁大位。生有五男二女。男以门荫授官，女亦聘于王族。荣耀显赫，一时之盛，代莫比之。

是岁，有檀萝国者，来伐是郡。王命生练将训师以征之。乃表周弁将兵三万，以拒贼之众于瑶台城。弁刚勇轻敌，师徒败绩。弁单骑裸身潜遁，夜归城。贼亦收辎重[50]铠甲而还。生因囚弁以请罪。王并舍之。是月，司宪周弁疽[51]发背，卒。生妻公主遘疾[52]，旬日又薨。生因请罢郡[53]，护丧赴国。王许之。便以司农田子华行南柯太守事。生哀恸发引，威仪在途，男女叫号，人吏奠馔，攀辕遮道者不可胜数。遂达于国。王与夫人素衣哭于郊，候灵舆之至。谥[54]公主曰"顺仪公主"。备仪仗，羽葆鼓吹，葬于国东十里盘龙冈。是月，故司宪子荣信，亦护丧赴国。

生久镇外藩，结好中国，贵门豪族，靡不是洽[55]。自罢郡还国，出入无恒，交游宾从，威福日盛。王意疑惮之。时有国人上表云："玄象谪见[56]，国有大恐。都邑迁徙，宗庙崩坏。衅起他族，事在萧墙[57]。"时议以生侈僭[58]之应也。遂夺生侍卫，禁生游从，处之私第。生自恃守郡多年，曾无败政，流言怨悖，郁郁不乐。王亦知之，因命生曰："姻亲二十余年，不幸小女夭枉，不得与君子偕老，良有痛伤。"夫人因留孙自鞠育之。又谓生曰："卿离家多时，可暂归本里，一见亲族。诸孙留此，无以为念。后三年，当令迎卿。"生曰："此乃家矣，何更归焉？"王笑曰："卿本人间，家非在此。"生忽若昏睡，瞢然[59]久之，方乃发悟前事，遂流涕请还。王顾左右以送生。

生再拜而去，复见前二紫衣使者从焉。至大户外，见所乘车甚劣，左右亲使御仆，遂无一人，心甚叹异。生上车，行可数里，复出大城。宛是昔年东来之途，山川原野，依然如旧。所送二使者，甚无威势，生逾怏怏。生问使者曰："广陵郡何时可到？"二使讴歌自若，久乃答曰："少顷即至。"俄出一穴，见本里闾巷，不改往日，潸然自悲，不觉流涕。二使者引生下车，入其门，升其阶，己身卧于堂东庑之下。生甚惊畏，不敢前近。二使因大呼生之姓名数声，生遂发寤[60]如初。见家之僮仆拥篲[61]于庭，二客濯足于榻，斜日未隐于西垣，余樽尚湛于东牖[62]。梦中倏忽，若度一世矣。

生感念嗟叹，遂呼二客而语之，惊骇。因与生出外，寻槐下穴。生指曰："此即梦中所经入处。"二客将谓狐狸木媚[63]之所为祟。遂命仆夫荷斤斧，断拥肿，折查枿[64]，寻穴究源。旁可袤丈，有大穴，洞然明朗，可容一榻。根上有积土壤，以为城郭台殿之状。有蚁数斛，隐聚其中。中有小台，其色若丹。二大蚁处之，素翼朱首，长可三寸；左右大蚁数十辅之，诸蚁不敢近：此其王矣。即槐安国都也。又穷一穴，直上南枝，可四丈，宛转方中，亦有土城小楼，群蚁亦处其中，即生所领南柯郡也。又一穴：西去二丈，磅礴空圬，嵌窦[65]异状。中有一腐龟壳，大如斗。积雨浸润，小草丛生，繁茂翳荟，掩映振壳，即生所猎灵龟山也。又穷一穴：东去丈余，古根盘屈，若龙虺[66]之状。中有小土壤，高尺余，即生所葬妻盘龙冈之墓也。追想前事，感叹于怀，披阅穷迹，皆符所梦。不欲二客坏之，遽令掩塞如旧。是夕，风雨暴发。旦视其穴，遂失群蚁，莫知所去。故先言"国有大恐，都邑迁徙"，此其验矣。复念檀萝征伐之事，又请二客访迹于外。宅东一里有古涸涧，侧有大檀树一株，藤萝拥织，上不见日。旁有小穴，亦有群蚁隐聚其间。檀萝之国，岂非此耶。嗟乎！蚁之灵异，犹不可穷，况山藏木伏之大者[67]所变化乎？

时生酒徒周弁、田子华并居六合县，不与生过从旬日矣。生遽遣家僮疾往候之。周生暴疾已逝，田子华亦寝疾于床。生感南柯之浮虚，悟人世之倏忽，遂栖心道门，绝弃酒色。后三年，岁在丁丑，亦终于家。时年四十七，将符宿契之限[68]矣。

公佐贞元十八年秋八月，自吴之洛，暂泊淮浦，偶觏[69]淳于生儿楚，询访遗迹，翻覆再三，事皆摭实[70]，辄编录成传，以资好事。虽稽神语怪，事涉非经[71]，而窃位著生，冀将为戒。后之君子，幸以南柯为偶然，无以名位骄于天壤间云。

前华州参军李肇[72]赞[73]曰：

贵极禄位，权倾国都，

达人视此，蚁聚何殊。

【注释】

[1] 李公佐(约公元 770—850)，字颛蒙，唐陇西人，杰出的唐传奇作家。著作有《南柯太守传》《谢小娥传》《古岳渎经》等传世。

[2] 东平：唐郡名，治所在今山东省东平县。

[3] 不守细行：不拘小节。

[4] 东庑(wǔ)：东廊。

[5] 秣(mò)马：喂马。

[6] 四牡(mǔ)：四匹健马。牡，雄性的鸟兽。这里泛指健壮的马匹。

[7] 郛(fú)郭城堞(dié)：郛郭，外城；城堞，城上如齿状的矮墙。

[8] 辟：避开。

[9] 祗(zhī)奉：恭候。

[10] 象简：即朝笏。古代朝臣上朝时带的手板，由象牙雕成，用以记事。

[11] 寡君：古代国君自称寡人，臣下在别国人面前提到自己的国君是谦称寡君。

[12] 衣素练服，簪朱华冠：穿白绸衣服，戴红花冠。

[13] 贤尊：对他人父亲的敬称。

[14] 羔雁币帛：订婚、结婚用的礼物。

[15] 威容仪度：各种仪仗。

[16] 上巳日：节日名。古代以阴历三月上旬巳日为"上巳"，魏晋以后也有以三月初三为"上巳"的。这一天，按照习俗，人们都到郊外水边嬉游，以消除不祥。

[17] 北牖(yǒu)：北窗。
[18] 讲：即下文的"讲筵"，也就是讲座，和尚讲经的法座。
[19] 水犀合子：用犀角制作的精致小盒子。
[20] 相者：傧相，古代主持礼节仪式或导引宾客的人。
[21] 冯翊：唐郡名，也叫同州，治所在今陕西省大荔县。
[22] 受知：受到别人的赏识和重用。
[23] 冕服：礼帽礼服。冕，本指皇冠，这里指礼帽。
[24] 步障：古代官僚贵族出行时在路旁两边特设的遮蔽风尘的屏障。
[25] 向者：过去；从前。
[26] 辇(niǎn)：本指皇帝乘坐的车子，这里泛指贵族的车子。
[27] 揖让升降：指婚礼中的作揖、跪拜等礼仪。
[28] 具书状知闻：写信告知。
[29] 女：同"汝"，你。
[30] 为政：指做官。
[31] 敦受：勉强接受。敦，勉力，勉强。
[32] 敕(chì)：皇帝的诏书。
[33] 广衢(qú)：大路。
[34] 艺术：才学。
[35] 自悲负乘，坐致覆餗(sù)：自想肩负重任，担心造成失误。悲，顾念。覆餗，打翻锅子。餗，鼎中煮的食物。
[36] 以赞不逮：来帮助我照顾我所顾及不到的地方。
[37] 有毗(pí)佐之器：具有辅佐政务的才干。毗，辅佐。
[38] 以副国念：意思是说不要辜负国家的期望。副，符合。
[39] 封境：疆界，此指边境地区。
[40] 累夕：几个晚上，此指几天。
[41] 耆(qí)老：泛指德高望重的老人。耆，六十岁的老年人。
[42] 音乐：指乐队。
[43] 銮铃：即鸾铃，马勒头上的铃铛。这里代指马匹。
[44] 人物阗(tián)咽：极言来迎接的人多。阗咽，充塞。
[45] 棨(qǐ)户：门口上架着门戟的宅第。棨，门戟，木制，架在宫殿、官署或大官僚私宅前，以示威严。
[46] 风化广被：普遍受到教化。
[47] 生祠宇：为活人建造的祠庙。
[48] 锡：同"赐"。
[49] 台辅：宰相。
[50] 辎重：粮草、器械等军用物资。
[51] 疽(jū)：一种毒疮，多生于背上，故亦称"搭背"。
[52] 遘(gòu)疾：害病。
[53] 请罢郡：请求罢去郡守职务，即请求辞职。
[54] 谥(shì)：古代帝王、官僚或其他有地位的人死后，统治阶级往往要给予某种表示褒贬的称号，叫作"谥号"，或"谥"。
[55] 靡不是洽：没有不融洽的。靡不，无不。是，语助词。
[56] 玄象谪见：天象变化。谪，本义是谴责，这里指变异。古人迷信，认为人间要发生什么不好的事情，天象会有感应，出现某种变异，并把这种变异看作上天所表示的谴责或警告。见，同"现"。

文学欣赏

[57] 事在萧墙：指内部发生祸乱。萧墙，也称照壁，即用作内部屏障的当门小墙，后来常用来比喻内部，如"祸起萧墙"。

[58] 侈(chǐ)僭(jiàn)：过于超越本分。僭，古时称地位在下的冒用地位在上的名义、礼仪或器物的行为为僭或僭越。

[59] 瞢(méng)然：目不明貌，引申为神志不清的样子。

[60] 寤(wù)：睡醒。

[61] 拥彗(huì)：拿着扫帚。

[62] 余樽尚湛于东牖：喝剩下的酒还清清亮亮的摆在东窗下没有收去。湛，澄清。

[63] 木媚：树妖。

[64] 查枿(niè)：大树根部丛生的细枝。

[65] 嵌(qiàn)窞(dàn)：指或凸起或凹陷。嵌，山石开张的样子，这里形容凸起的样子。窞，深坑，这里形容凹陷的样子。

[66] 虺(huǐ)：古书上说的一种毒蛇。

[67] 山藏木伏之大者：指隐藏在山林深处的大动物。

[68] 符宿契之限：正应合了从前约定的期限，即上文槐安国王所言"后三年当令迎卿"。

[69] 觌(dí)：见到。

[70] 事皆摭(zhí)实：事情都得到了确证。摭，摘取。

[71] 事涉非经：涉及不合常理的事情。

[72] 李肇：作者同时代人，著有《翰林志》《国史补》等。

[73] 赞：一种旧文体。多为赞颂韵文。古代史传后常有赞语，是发表评论或感慨的。

【赏析】

《南柯太守传》为李公佐于贞元十八年(802年左右)从吴郡至洛阳时泊船淮水边，偶逢淳于棼之子淳于楚，询访淳于棼有关传说遗迹后所作。作者站在屈居下僚、才能和抱负得不到施展的封建士人的立场上，对那些无才无德、凭借某种关系夤缘高升的新贵大僚做了无情的讽刺和鞭挞，深刻揭露了当时社会官场的黑暗和政治的险恶。

细绎小说全文我们可以看到，小说中的主角淳于棼是一个"将门余子"，落魄军官，一个没有才干、放荡无行的酒徒。就是这样一个人，却因某种机缘一下子飞黄腾达起来。在梦中淳于棼被招进了大槐安国当上了驸马；后更因裙带关系，被委任为南柯郡太守。酒友周弁、田子华也因此做了贵官。淳于棼在南柯郡主持一方的军政事务达二十年，位比藩王，贵为宰辅，所生五男二女，也都荣耀显赫。但是，盛极而衰，乐极悲来。一旦战争失利，公主病死，他也就从权势的顶峰上跌落了下来，被逐出国门，遣返还乡。他的南柯美梦也终于彻底破灭。淳于棼"梦中倏忽，若度一世"的经历，设事寓理，意蕴深长。小说的最后部分，作者以轻蔑的口吻警告淳于棼一流的人物说："窃位著生，冀将为戒。后之君子，幸以南柯为偶然，无以名位骄于天壤间。"篇末作者又借助李肇所作的赞语，进一步点明作品主旨："贵极禄位，权倾国都。达人视此，蚁聚何殊。"把封建朝廷比作蚁窟，把那些爵禄高登的庸碌之徒斥为蚁聚，其讥刺之情，鄙夷之态，是何等的鲜明、强烈。这些点睛之笔，都明白地把小说的主题思想揭示了出来。

《南柯太守传》不仅蕴涵丰富，立意深刻，而且艺术上也别具一格，有着独特的成就。

首先，构思巧妙，设想新奇。

作者充分运用了浪漫主义的表现手法，结构故事，描绘人物，主要遵循着幻想和理想

的逻辑，而不受现实生活的客观逻辑所约束，完全打破人间与异域的界限，把淳于棼极富起伏变化的一生压缩于一梦之中，让主人公投身蚁国，在短梦中想入非非，享尽了荣华富贵，涉遍了宦海波涛，大喜大悲，陡起陡落，离奇神异，变幻莫测。这样的奇思遐想，突破了时空的限制，摆脱了人世的羁绊，作者可以在更广阔的天地中翱翔，可以更自由地抒发胸臆，表达理想，更率真地评判人物，揭露时弊。这种巧妙的艺术构思往往能够更广泛深刻地反映真实的社会内容，有助于揭示事物的本质。

同时，李公佐并没有背离生活的真实，为奇而奇，为幻而幻，相反却做到了奇而不失其真，幻而不离其实。小说中的蚁国是按照人间国度设计的，幻化的异类也是根据人的特性塑造的。小说中一些重大情节，如淳于棼被招为驸马，出为郡守，檀萝国入寇，中谗被逐等，都是现实政治生活的真实反映。就连一些生活场景和生活细节的描写，如淳于棼与群女在扬州禅智寺和孝感寺观石延舞，听俗讲，公主婚后给公公送"馈贺之礼"等，也都是从现实生活中提取来的，是现实世界的曲折反映。因此小说写的虽是梦境，却具有浓厚的生活气息，读起来让人感到熟悉，真切，兴味盎然，从而受到启示和教益。鲁迅先生称赞它"假实证幻，余韵悠然"，一语道出了作者的艺术匠心和作品的艺术特点。

再者，结构精美，描写细腻。从结构上看，《南柯太守传》可分为四个部分。开头，小说介绍淳于棼的身份及入梦的环境，下笔见人，随即入事，把主人公迅速引发至梦境，尽快展开故事情节。接着，小说详细叙写了淳于棼梦中荣悴悲欢的一生经历，其中包括入赘驸马，备受荣宠；出守大郡，历尽二十年富贵；兵败妻丧，被逐梦觉三个段落。这是小说的主体部分，是作者最着力描写的地方。随后，小说写淳于棼梦醒后寻梦证梦及入道的经过。最后，作者直接出面，交代了故事的写作过程，发抒议论，点明题旨。全篇结构严整，层次分明，前后呼应，详略得体，给人以浑然完整的印象。

《南柯太守传》笔触工细，情思婉转。小说或写人，或叙事，或烘托环境，或渲染气氛，都很富有情致，娓娓动人。小说写人物的心理和对话相当出色，各种人物的音容笑貌、意态风情都清晰生动。小说故事曲折，波澜起伏，情节繁复，穿插很多，但繁复而不紊乱，穿插而不支离。如淳于棼婚礼前与群女调笑的插曲，既写出淳于棼平素为人的轻浮佻达，也刻画了淳于棼得宠时群女趋炎附势的丑态。再如小说中有关淳于棼父亲的一些插曲，也增加了梦境的情趣和故事的真实感。这些情节都是作品的有机血肉，丰富了故事内容和人物形象，使通篇小说显得错落有致，摇曳多姿。

《南柯太守传》托笔梦幻，实写人生，作者融合志怪、寓言、讽刺文学、史传文学和当时古文体的表现手法，充分发挥了传奇小说的长处，施之藻绘，扩其波澜，以精巧新颖的艺术构思，成功地创作了《南柯太守传》这篇优秀小说，使它卓然特立于唐人小说之林，并对当时和后世都产生了深远的影响。

【知识拓展】

唐代传奇小说

传奇是唐代兴起的一种新型文言小说，其特点是叙事曲折细致，形象鲜明生动，篇幅较长，讲究文采。得名于晚唐裴铏的小说集《传奇》。鲁迅说："小说亦如诗，至唐代而一变，虽尚不离于搜奇记逸，然叙述宛转，文辞华艳，与六朝之粗陈梗概者较，演进之迹甚明，而尤显者乃在是时则始有意为小说。"（《中国小说史略》）

文学欣赏

　　唐传奇根据它的历史发展情况，分三个时期：①初期：从志怪向"传"人事之"奇"过渡。代表作品有《古镜记》《补江总白猿传》《游仙窟》。②盛期：作家蔚起，名作如林，最突出的是爱情题材的兴盛。蒋防的《霍小玉传》被誉为"唐人最精彩动人之传奇"；元稹的《莺莺传》对后世文学影响最为巨大；沈既济的《任氏传》最早刻画出优美动人的狐精形象，影响了后来《聊斋志异》等的创作；沈既济的《枕中记》、李公佐的《南柯太守传》分别演变为成语"黄粱一梦""南柯一梦"。③晚期：爱情题材消歇，侠义题材兴起，神怪色彩加强。此期出现了许多传奇专集，以牛僧孺《玄怪录》、李复言《续玄怪录》、裴铏《传奇》等较著名。单篇传奇，代表作有杜光庭的《虬髯客传》，其主要人物虬髯客、李靖、红拂女，号称"风尘三侠"。宋初李昉主编的《太平广记》，是第一部古代小说总集，保存唐传奇甚多。

　　唐代传奇的产生，标志着我国小说的发展已逐渐趋于成熟。从此，小说正式形成了自己的规模和特点，成为一种独立的文学样式，而且出现了一些专门从事传奇创作的作家，促进了小说在艺术上的丰富和提高。它揭开了我国现实主义小说的序幕，反映了城市社会生活的繁荣复杂，把反对封建门阀制度和礼教压迫当作自己的基本主题。一些优秀的作品则往往兼有积极浪漫主义的精神。

杜十娘怒沉百宝箱[1]

冯梦龙

　　扫荡残胡立帝畿[2]，龙翔凤舞势崔嵬[3]。左环沧海天一带，右拥太行山万围。

　　戈戟九边[4]雄绝塞，衣冠万国仰垂衣[5]。太平人乐华胥世[6]，永永金瓯[7]共日辉。

　　这首诗，单夸我朝[8]燕京建都之盛。说起燕都的形势，北倚雄关，南压区夏，真乃金城天府[9]，万年不拔之基。当先洪武爷扫荡胡尘，定鼎金陵[10]，是为南京。到永乐爷从北平起兵靖难[11]，迁于燕都，是为北京。只因这一迁，把个苦寒地面，变作花锦世界。自永乐爷九传至于万历爷[12]，此乃我朝第十一代的天子。这位天子，聪明神武，德福兼全，十岁登基，在位四十八年，削平了三处寇乱。哪三处？

　　日本关白平秀吉[13]，西夏哱承恩[14]，播州杨应龙[15]。

　　平秀吉侵犯朝鲜，哱承恩、杨应龙是土官谋叛，先后削平。远夷莫不畏服，争来朝贡。真个是：

　　一人有庆民安乐，四海无虞国太平。

　　话中单表万历二十年间，日本国关白作乱，侵犯朝鲜。朝鲜国王上表告急，天朝发兵泛海往救。有户部官奏准：目今兵兴之际，粮饷未充，暂开纳粟入监[16]之例。原来纳粟入监的，有几般便宜：好读书，好科举，好中，结末来又有个小小前程结果。以此官家公子，富室子弟，到不愿做秀才，都去援例做太学生。自开了这例，两京太学生各添至千人之外。内中有一人，姓李名甲，字干先，浙江绍兴府人氏。父亲李布政[17]所生三儿，惟甲居长。自幼读书在庠，未得登科，援例入于北雍[18]。因在京坐监[19]，与同乡柳遇春监生同游教坊司[20]院内，与一个名姬相遇。那名姬姓杜名媺[21]，排行第十，院中都称为杜十娘，生得：

　　浑身雅艳，遍体娇香，两弯眉画远山青，一对眼明秋水润。脸如莲萼，分明卓氏文君;唇似樱桃,何减白家樊素[22]。可怜一片无瑕玉,误落风尘花柳中。

那杜十娘自十三岁破瓜[23],今一十九岁,七年之内,不知历过了多少公子王孙,一个个情迷意荡,破家荡产而不惜。院中传出四句口号来,道是:

坐中若有杜十娘,斗筲[24]之量饮千觞。

院中若识杜老媺,千家粉面都如鬼。

却说李公子风流年少,未逢美色,自遇了杜十娘,喜出望外,把花柳情怀,一担儿挑在他身上。那公子俊俏庞儿,温存性儿,又是撒漫[25]的手儿,帮衬的勤儿[26],与十娘一双两好,情投意合,十娘因见鸨儿[27]贪财无义,久有从良[28]之志;又见李公子忠厚志诚,甚有心向他。奈李公子惧怕老爷,不敢应承。虽则如此,两下情好愈密,朝欢暮乐,终日相守,如夫妇一般,海誓山盟,各无他志。真个:

恩深似海恩无底,义重如山义更高。

再说杜妈妈,女儿被李公子占住,别的富家巨室,闻名上门,求一见而不可得。初时李公子撒漫用钱,大差大使,妈妈胁肩谄笑[29],奉承不暇。日往月来,不觉一年有余,李公子囊箧渐渐空虚,手不应心,妈妈也就怠慢了。老布政在家闻知儿子阘[30]院,几遍写字来唤他回去。他迷恋十娘颜色,终日延挨。后来闻知老爷在家发怒,越不敢回。

古人云:"以利相交者,利尽而疏。"那杜十娘与李公子真情相好,见他手头愈短,心头愈热。妈妈也几遍教女儿打发李甲出院,见女儿不绐口[31],又几遍将言语触突[32]李公子,要激怒他起身。公子性本温克[33],词气愈和,妈妈没奈何,日逐[34]只将十娘叱骂道:"我们行户[35]人家,吃客穿客,前门送旧,后门迎新,门庭闹如火,钱帛堆成垛。自从那李甲在此,混帐[36]一年有余,莫说新客,连旧主顾都断了,分明接了个钟馗老[37],连小鬼也没得上门,弄得老娘一家人家,有气无烟,成什么模样!"杜十娘被骂,耐性不住,便回答道:"那李公子不是空手上门的,也曾费过大钱来。"妈妈道:"彼一时,此一时,你只教他今日费些小钱儿,把与老娘办些柴米,养你两口也好。别人家养的女儿便是摇钱树[38],千生万活,偏我家晦气,养了个退财白虎[39]。开了大门七件事[40],般般都在老身心上。到替你这小贱人白白养着穷汉,教我衣食从何处来?你对那穷汉说:有本事出几两银子与我,到得你跟了他去,我别讨个丫头过活却不好?"十娘道:"妈妈这话是真是假?"妈妈晓得李甲囊无一钱,衣衫都典尽了,料他没处设法,便应道:"老娘从不说谎,当真哩!"十娘道:"娘,你要他许多银子?"妈妈道:"若是别人,千把银子也讨了,可怜那穷汉出不起,只要他三百两,我自去讨一个粉头[41]代替。只一件,须是三日内交付与我。左手交银,右手交人。若三日没有银时,老身也不管三七二十一,公子不公子,一顿孤拐[42],打那光棍出去。那时莫怪老身!"十娘道:"公子虽在客边之钞,谅三百金还措办得来。只是三日忒[43]近,限他十日便好。"妈妈想道:这穷汉一双赤手,便限他一百日,他那里来银子。没有银子,便铁皮包脸,料也无颜上门。那时重整家风,媺儿也没得话讲。答应道:"看你面,便宽到十日。第十日没有银子,不干老娘之事。"十娘道:"若十日内无银,料他也无颜再见了。只怕有了三百两银子,妈妈又翻悔起来。"妈妈道:"老身年五十一岁了,又奉斗斋[44],怎敢说谎?不信时与你拍掌[45]为定,若翻悔时,做猪做狗。"

从来海水斗难量，可笑虔婆[46]意不良。

料定穷儒囊底竭，故将财礼难娇娘。

是夜，十娘与公子在枕边议及终身之事。公子道："我非无此心，但教坊落籍[47]，其费甚多，非千金不可。我囊空如洗，如之奈何！"十娘道："妾已与妈妈议定只要三百金，但须十日内措办。郎君游资虽罄，然都中岂无亲友可以借贷？倘得如数，妾身遂为君之所有，省受虔婆之气。"公子道："亲友中为我留恋行院[48]，都不相顾。明日只做束装起身，各家告辞，就开口假贷路费，凑聚将来，或可满得此数。"起身梳洗，别了十娘出门。十娘道："用心作速，专听佳音。"公子道："不须吩咐。"公子出了院门，来到三亲四友处，假说起身告别，众人到也欢喜。后来叙到路费欠缺，意欲借贷。常言道："说着钱，便无缘。"亲友们就不招架[49]。他们也见得是，道李公子是风流浪子[50]，迷恋烟花，年许不归，父亲都为他气坏在家。他今日抖然要回，未知真假。倘或说骗盘缠到手，又去还脂粉钱，父亲知道，将好意翻成恶意，始终只是一怪，不如辞了干净。便回道："目今正值空乏，不能相济，惭愧！惭愧！"人人如此，个个皆然，并没有个慷慨丈夫肯统口许他一十二十两。

李公子一连奔走了三日，分毫无获，又不敢回决十娘，权且含糊答应。到第四日又没想头，就羞回院中。平日间有了杜家，连下处也没有了，今日就无处投宿。只得往同乡柳监生寓所借歇。柳遇春见公子愁容可掬，问其来历。公子将杜十娘愿嫁之情备细说了。遇春摇首道："未必，未必。那杜嫩曲中[51]第一名姬，要从良时，怕没有十斛明珠，千金聘礼。那鸨儿如何只要三百两？想鸨儿怪你无钱使用，白白占住他的女儿，设计打发你出门。那妇人与你相处已久，又碍却面皮，不好明言。明知你手内空虚，故意将三百两卖个人情，限你十日。若十日没有，你也不好上门。便上门时，他会说你笑你，落得一场亵渎[52]，自然安身不牢。此乃烟花逐客之计。足下三思，休被其惑。据弟愚意，不如早早开交[53]为上。"公子听说，半晌无言，心中疑惑不定。遇春又道："足下莫要错了主意。你若真个还乡，不多几两盘费，还有人搭救。若是要三百两时，莫说十日，就是十个月也难。如今的世情，那肯顾缓急[54]二字的。那烟花也算定你没处告债，故意设法难你。"公子道："仁兄所见良是。"口里虽如此说，心中割舍不下。依旧又往外边东央西告，只是夜里不进院门了。

公子在柳监生寓中，一连住了三日，共是六日了。杜十娘连日不见公子进院，十分着紧，就教小厮四儿街上去寻。四儿寻到大街，恰好遇见公子。四儿叫道："李姐夫，娘在家里望你。"公子自觉无颜，回复道："今日不得功夫，明日来罢。"四儿奉了十娘之命，一把扯住，死也不放。道："娘叫咱[55]寻你，是必同去走一遭。"李公子心上也牵挂着婊子[56]，没奈何，只得随四儿进院。见了十娘，嘿嘿无言。十娘问道："所谋之事如何？"公子眼中流下泪来。十娘道："莫非人情淡薄，不能足三百之数么？"公子含泪而言，道出："不信上山擒虎易，果然开口告人难。"

一连奔走六日，并无铢两[57]，一双空手，羞见芳卿，故此这几日不敢进院。今日承命呼唤，忍耻而来，非某不用心，实是世情如此。"十娘道："此言休使虔婆知道。郎君今夜且住，妾别有商议。"十娘自备酒肴，与公子欢饮。睡至半夜，十娘对公子道："郎君果不能办一钱耶？妾终身之事，当如何也？"公子只是流涕，不能答一语。渐渐五更天

晓。十娘道："妾所卧絮褥内藏有碎银一百五十两，此妾私蓄，郎君可持去。三百金，妾任其半，郎君亦谋其半，庶易为力。限只四日，万勿迟误。"十娘起身将褥付公子，公子惊喜过望。唤童儿持褥而去。径到柳遇春寓中，又把夜来之情与遇春说了。将褥折开看时，絮中都裹着零碎银子，取出兑时果是一百五十两。遇春大惊道："此妇真有心人也。既系真情，不可相负。吾当代为足下谋之。"公子道："倘得玉成，决不有负。"当下柳遇春留李公子在寓，自出头各处去借贷。两日之内，凑足一百五十两，交付公子道："吾代为足下告债，非为足下，实怜杜十娘之情也。"

李甲拿了三百两银子，喜从天降，笑逐颜开，欣欣然来见十娘，刚是第九日，还不足十日。十娘问道："前日分毫难借，今日如何就有一百五十两？"公子将柳监生事情又述了一遍。十娘以手加额道："使吾二人得遂其愿者，柳君之力也。"两个欢天喜地，又在院中过了一晚。

次日十娘早起，对李甲道："此银一交，便当随郎君去矣。舟车之类合当预备，妾昨日于姊妹中借得白银二十两，郎君可收下为行资[58]也。"公子正愁路费无出，但不敢开口，得银甚喜。话犹未了，鸨儿恰来敲门叫道："嫩儿，今日是第十日了。"公子闻叫，启户相延道："承妈妈厚意，正欲相请。"便将银三百两放在桌上。鸨儿不料公子有银，嘿然变色，似有悔意。十娘道："儿在妈妈家中八年，所致金帛不下数千金矣。今日从良美事，又妈妈亲口所订，三百金不欠分毫，又不曾过期。倘若妈妈失信不许，郎君持银去，儿即刻自尽。恐那时人财两失，悔之无及也。"鸨儿无词以对。腹内筹划了半晌，只得取天平[59]兑准了银子，说道："事已如此，料留你不住了。只是你要去时，即今就去。平时穿戴衣饰之类，毫厘休想。"说罢，将公子和十娘推出房门，讨锁来就落了锁。此时九月天气。十娘才下床，尚未梳洗，随身旧衣，就拜了妈妈两拜。李公子也作了一揖。一夫一妇，离了虔婆大门。

鲤鱼脱却金钩去，摆尾摇头再不来。

公子教十娘且住片时："我去唤个小轿抬你，权往柳荣卿寓所去，再作道理。"十娘道："院中诸姊妹平昔相厚，理宜话别。况前日又承他借贷路费，不可不一谢也。"乃同公子到各姊妹处谢别。姊妹中惟谢月朗、徐素素与杜家相近，尤与十娘亲厚。十娘先到谢月朗家。月朗见十娘秃髻旧衫，惊问其故。十娘备述来因，又引李甲相见。十娘指月朗道："前日路资是此位姐姐所贷，郎君可致谢。"李甲连连作揖。月朗便叫十娘梳洗，一面去请徐素素来家相会。十娘梳洗已毕，谢、徐二美人各出所有，翠钿金钏，瑶簪宝珥，锦袖花裙，鸾带绣履，把杜十娘装扮得焕然一新，备酒作庆贺筵席。月朗让卧房与李甲杜嫩二人过宿。次日又大排筵席，遍请院中姊妹，凡十娘相厚者，无不毕集，都与他夫妇把盏称喜，吹弹歌舞，各逞其长，务要尽欢，直饮至夜分。十娘向众姊妹一一称谢。众姊妹道："十姊为风流领袖，今从郎君去，我等相见无日。何日长行[60]，姊妹们尚当奉送。"月朗道："候有定期，小妹当来相报，但阿姊千里间关[61]，同郎君远去，囊箧萧条，曾无约束[62]，此乃吾等之事。当相与共谋之，勿令姊有穷途之虑也。"众姊妹各唯唯[63]而散。

是晚，公子和十娘仍宿谢家。至五鼓，十娘对公子道："吾等此去，何处安身？郎君亦曾计议有定着否？"公子道："老父盛怒之下，若知娶妓而归，必然加以不堪，反致相累。展转寻思，尚未有万全之策。"十娘道："父子天性，岂能终绝。既然仓卒难犯，不若与郎君于苏杭胜地权作浮居[64]。郎君先回，求亲友于尊大人面前劝解和顺，然后携妾于

归[65]，彼此安妥。"公子道："此言甚当。"次日，二人起身辞了谢月朗，暂往柳监生寓中，整顿行装。杜十娘见了柳遇春，倒身下拜，谢其周全之德："异日我夫妇必当重报。"遇春慌忙答礼道："十娘钟情所欢，不以贫窭[66]易心，此乃女中豪杰。仆因风吹火[67]，谅区区何足挂齿！"三人又饮了一日酒。次早，择了出行吉日雇倩[68]轿马停当。十娘又遣童儿寄信，别谢月朗。临行之际，只见肩舆纷纷而至，乃谢月朗与徐素素拉众姊妹来送行。月朗道："十姊从郎君千里间关，囊中消索[69]，吾等甚不能忘情。今合具薄贶[70]，十姊可检收，或长途空乏，亦可少助。"说罢，命从人挈一描金文具[71]至前，封锁甚固，正不知什么东西在里面。十娘也不开看，也不推辞，但殷勤作谢而已。须臾，舆马齐集，仆夫催促起身。柳监生三杯别酒，和众美人送出崇文门[72]外，各各垂泪而别。正是：

他日重逢难预必，此时分手最堪怜。

再说李公子同杜十娘行至潞河[73]，舍陆从舟，却好有瓜洲差使船转回之便[74]，讲定船钱，包了舱口。比及下船时，李公子囊中并无分文余剩。你道杜十娘把二十两银子与公子，如何就没了？公子在院中阒得衣衫褴褛，银子到手，未免在解库中取赎几件穿着，又制办了铺盖，剩来只勾轿马之费。公子正当愁闷，十娘道："郎君勿忧，众姊妹合赠，必有所济。"乃取钥开箱，公子在傍自觉惭愧，也不敢窥觑箱中虚实。只见十娘在箱里取出一个红绢袋来，掷于桌上道：郎君可开看之。"公子提在手中，觉得沉重，启而观之，皆是白银，计数整五十两。十娘仍将箱子下锁，亦不言箱中更有何物。但对公子道："承众姊妹高情，不惟途路不乏，即他日浮寓吴越间，亦可稍佐吾夫妻山水之费矣。"公子且惊且喜道："若不遇恩卿，我李甲流落他乡，死无葬身之地矣。此情此德，白头不敢忘也。"自此每谈及往事，公子必感激流涕。十娘亦曲意抚慰，一路无话。

不一日，行至瓜洲。大船停泊岸口，公子别雇了民船，安放行李。约明日侵晨，剪江而渡。其时仲冬中旬，月明如水，公子和十娘坐于舟首。公子道："自出都门，困守一舱之中，四顾有人，来得畅语。今日独据一舟，更无避忌。且已离塞北，初近江南，宜开怀畅饮，以舒向来抑郁之气，恩卿以为何如？"十娘道："妾久疏谈笑，亦有此心，郎君言及，足见同志耳。"公子乃携酒肴于船首，与十娘铺毡并坐，传杯交盏。饮至半酣，公子执卮对十娘道："恩卿妙音，六院[75]推首。某相遇之初，每闻绝调，辄不禁神魂之飞动。心事多违，彼此郁郁，鸾鸣凤奏，久矣不闻。今清江明月，深夜无人，肯为我一歌否？"十娘兴亦勃发，遂开喉顿嗓，取扇按拍，呜呜咽咽，歌出元人施君美《拜月亭》杂剧上《状元执盏与婵娟》一曲，名《小桃红》[76]。真个：

声飞霄汉云皆驻，响入深泉鱼出游。

却说他舟有一少年，姓孙名富，字善赉，徽州[77]新安人氏。家资巨万，积祖扬州种盐[78]。年方二十，也是南雍中朋友。生性风流，惯向青楼[79]买笑，红粉追欢，若嘲风弄月，到是个轻薄的头儿。事有偶然，其夜亦泊舟瓜洲渡口，独酌无聊。忽听得歌声嘹亮，凤吟鸾吹，不足喻其美。起立船头，伫听半晌，方知声出邻舟。正欲相访，音响俱已寂然。乃遣仆者潜窥踪迹，访于舟人。但晓得是李相公雇的船，并不知歌者来历。孙富想道："此歌者必非良家，怎生得他一见？"展转寻思，通宵不寐。捱至五更，忽闻江风大作。及晓，彤云密布，狂雪飞舞。怎见得？有诗为证：

千山云树灭，万径人踪绝。

扁舟蓑笠翁，独钓寒江雪。[80]

第四章 小说欣赏

因这风雪阻渡,舟不得开。孙富命艄公移船,泊于李家舟之傍。孙富貂帽狐裘,推窗假作看雪。值十娘梳洗方毕,纤纤玉手揭起舟傍短帘,自泼盂中残水,粉容微露,却被孙富窥了,果是国色天香。魂摇心荡,迎眸注目,等候再见一面,杳不可得。沉思久之,乃倚窗高吟高学士[81]《梅花诗》二句道:

雪满山中高士卧,月明林下美人来。

李甲听得邻舟吟诗,舒头[82]出舱,看是何人。只因这一看,正中了孙富之计。孙富吟诗,正要引李公子出头,他好乘机攀话。当下慌忙举手,就问:"老兄尊姓何讳?"李公子叙了姓名乡贯,少不得也问那孙富,孙富也叙过了。又叙了些太学中的闲话,渐渐亲热。孙富便道:"风雪阻舟,乃天遣与尊兄相会,实小弟之幸也。舟次无聊,欲同尊兄上岸,就酒肆中一酌,少领清诲,万望不拒。"公子道:"萍水相逢,何当厚扰?"孙富道:"说那里话!'四海之内,皆兄弟也'。"喝教艄公打跳[83],童儿张伞,迎接公子过船,就于船头作揖。然后让公子先行,自己随后,各各登跳上涯。行不数步,就有个酒楼,二人上楼,拣一副洁净座头,靠窗而坐。酒保列上酒肴。孙富举杯相劝,二人赏雪饮酒。先说些斯文中套话。渐渐引入花柳之事。二人都是过来之人,志同道合,说得入港[84],一发成相知了。

孙富屏去左右,低低问道:"昨夜尊舟清歌者,何人也?"李甲正要卖弄在行[85],遂实说道:"此乃北京名姬杜十娘也。"孙富道:"既系曲中姊妹,何以归兄?"公子遂将初遇杜十娘,如何相好,后来如何要嫁,如何借银讨他,始末根由,备细述了一遍。孙富道:"兄携丽人而归,固是快事,但不知尊府中能相容否?"公子道:"贱室不足虑。所虑者,老父性严,尚费踌躇耳!"孙富将机就机,便问道:"既是尊大人未必相容,兄所携丽人,何处安顿?亦曾通知丽人,共作计较否?"公子攒眉而答道:"此事曾与小妾议之。"孙富欣然问道:"尊宠必有妙策。"公子道:"他意欲侨居苏杭,流连山水。使小弟先回,求亲友宛转于家君之前。俟家君回嗔作喜,然后图归,高明以为何如?"孙富沉吟半晌,故作愀然之色,道:"小弟乍会之间,交浅言深,诚恐见怪。"公子道:"正赖高明指教,何必谦逊?"孙富道:"尊大人位居方面[86],必严帷薄之嫌[87],平时既怪兄游非礼之地,今日岂容兄娶不节之人?况且贤亲贵友,谁不迎合尊大人之意者?兄枉去求他,必然相拒。就有个不识时务的进言于尊大人之前,见尊大人意思不允,他就转口了。兄进不能和睦家庭,退无词以回复尊宠。即使留连山水,亦非长久之计。万一资斧[88]困竭,岂不进退两难!"公子自知手中只有五十金,此时费去大半,说到资斧困竭,进退两难,不觉点头道是。孙富又道:"小弟还有句心腹之谈,兄肯俯听否?"公子道:"承兄过爱,更求尽言。"孙富道:"疏不间亲[89],还是莫说罢。"公子道:"但说何妨。"孙富道:"自古道'妇人水性无常[90],况烟花之辈,少真多假。他既系六院名姝,相识定满天下。或者南边原有旧约,借兄之力,挈带而来,以为他适之地。"公子道:"这个恐未必然。"孙富道:"即不然,江南子弟,最工轻薄。兄留丽人独居,难保无逾墙钻穴[91]之事。若挈之同归,愈增尊大人之怒。为兄之计,未有善策。况父子天伦,不可不绝。若为妾而触父,因妓而弃家,海内必以兄为浮浪不经之人。异日妻不以为夫,弟不以为兄,同袍不以为友,兄何以立于天地之间?兄今日不可不熟思也!"公子闻言,茫然自失,移席[92]问计:"据高明之见,何以教我?"孙富道:"仆有一计,于兄甚便。只恐兄溺枕席之爱,未必能行,使仆空费词说耳!"公子道:"兄诚有良策,使弟再睹家园之乐,乃弟之

恩人也。又何惮而不言耶？"孙富道："兄飘零岁余，严亲怀怒，闺阁离心，设身以处兄之地，诚寝食不安之时也。然尊大人所以怒兄者，不过为迷花恋柳，挥金如土，异日必为弃家荡产之人，不堪承继家业耳！兄今空手而归，正触其怒。兄倘能割衽席[93]之爱，见机而作，仆愿以千金相赠。兄得千金，以报尊大人，只说在京授馆[94]，并不曾浪费分毫，尊大人必然相信。从此家庭和睦，当无闲言。须臾之间，转祸为福。兄请三思，仆非贪丽人之色，实为兄效忠于万一也！"李甲原是没主意的人，本心惧怕老子，被孙富一席话，说透胸中之疑，起身作揖道："闻兄大教，顿开茅塞[95]。但小妾千里相从，义难顿绝，容归与商之。得其心肯，当奉复耳。"孙富道："说话之间，宜放婉曲。彼既忠心为兄，必不忍使兄父子分离，定然玉成兄还乡之事矣。"二人饮了一回酒，风停雪止，天色已晚。孙富教家僮算还了酒钱，与公子携手下船。正是：

逢人且说三分话，未可全抛一片心。

却说杜十娘在舟中，摆设酒果，欲与公子小酌，竟日未回，挑灯以待。公子下船，十娘起迎。见公子颜色匆匆，似有不乐之意，乃满斟热酒劝之。公子摇首不饮，一言不发，竟自床上睡了。十娘心中不悦，乃收拾杯盘，为公子解衣就枕，问道："今日有何见闻，而怀抱郁郁如此？"公子叹息而已，终不启口。问了三四次，公子已睡去了。十娘委决不下，坐于床头而不能寐。

到夜半，公子醒来，又叹一口气。十娘道："郎君有何难言之事，频频叹息？"公子拥被而起，欲言不语者几次，扑簌簌掉下泪来。十娘抱持公子于怀间，软言抚慰道："妾与郎君情好已及二载，千辛万苦，历尽艰难，得有今日。然相从数千里，未曾哀戚。今将渡江，方图百年欢笑，如何反起悲伤，必有其故。夫妇之间，死生相共，有事尽可商量，万勿讳也。"公子再四被逼不过，只得含泪而言道："仆天涯穷困，蒙恩卿不弃，委曲相从，诚乃莫大之德也。但反复思之，老父位居方面，拘于礼法，况素性方严，恐添嗔怒，必加黜逐。你我流荡，将何底止？夫妇之欢难保，父子之伦又绝。日间蒙新安孙友邀饮，为我筹及此事，寸心如割。"十娘大惊道："郎君意将如何？"公子道："仆事内之人，当局而迷。孙友为我画一计颇善，但恐恩卿不从耳！"十娘道："孙友者何人？计如果善，何不可从？"公子道："孙友名富，新安盐商，少年风流之士也。夜间闻子清歌，因而问及。仆告以来历，并谈及难归之故，渠意[96]欲以千金聘汝。我得千金，可借口以见吾父母，而恩卿亦得所天[97]。但情不能舍，是以悲泣。"说罢，泪如雨下。十娘放开两手，冷笑一声道："为郎君画此计者，此人乃大英雄也！郎君千金之资既得恢复，而妾归他姓，又不致为行李之累，发乎情，止乎礼，诚两便之策也。那千金在那里？"公子收泪道："未得恩卿之诺，金尚留彼处，未曾过手。"十娘道："明早快快应承了他，不可错过机会。但千金重事，须得兑足交付郎君之手，妾始过舟，勿为贾竖子[98]所欺。"

时已四鼓，十娘即起身挑灯梳洗道："今日之妆，乃迎新送旧，非比寻常。"于是脂粉香泽，用意修饰，花钿绣袄，极其华艳，香风拂拂，光彩照人。装束方完，天色已晓。孙富差家僮到船头候信。十娘微窥公子，欣欣似有喜色，乃催公子快去回话，及早兑足银子。公子亲到孙富船中，回复依允。孙富道："兑银易事，须得丽人妆台[99]为信。"公子又回复了十娘，十娘即指描金文具道："可便抬去。"孙富喜甚。即将白银一千两送到公子船中。十娘亲自检看，足色足数，分毫无爽。乃手把船舷，以手招孙富。孙富一见，魂不附体。十娘启朱唇，开皓齿道："方才箱子可暂发来，内有李郎路引[100]一纸，可检还

第四章 小说欣赏

之也。"

孙富视十娘已为瓮中之鳖[101]，即命家童送那描金文具，安放船头之上。十娘取钥开锁，内皆抽替[102]小箱。十娘叫公子抽第一层来看，只见翠羽明珰，瑶簪宝珥，充牣[103]于中，约值数百金。十娘遽投之江中。李甲与孙富及两船之人，无不惊诧。又命公子再抽一箱，乃玉箫金管。又抽一箱，尽古玉紫金玩器，约值数千金。十娘尽投之于大江中。岸上之人，观者如堵。齐声道："可惜可惜！"正不知什么缘故。最后又抽一箱，箱中复有一匣。开匣视之，夜明之珠，约有盈把。其他祖母绿、猫儿眼[104]诸般异宝，目所未睹，莫能定其价之多少。众人齐声喝采，喧声如雷。十娘又欲投之于江。李甲不觉大悔，抱持十娘恸哭，那孙富也来劝解。十娘推开公子在一边，向孙富骂道："我与李郎备尝艰苦，不是容易到此，汝以奸淫之意，巧为谗说，一旦破人姻缘，断人恩爱，乃我之仇人。我死而有知，必当诉之神明，尚妄想枕席之欢乎！"又对李甲道："妾风尘数年，私有所积，本为终身之计。自遇郎君，山盟海誓，白首不渝[105]。前出都之际，假托众姊妹相赠，箱中韫藏百宝，不下万金。将润色[106]郎君之装，归见父母，或怜妾有心，收佐中馈[107]，得终委托，生死无憾。谁知郎君相信不深，惑于浮议[108]，中道见弃，负妾一片真心。今日当众目之前，开箱出视，使郎君知区区千金，未为难事。妾椟[109]中有玉，恨郎眼内无珠。命之不辰[110]，风尘困瘁，甫得脱离，又遭弃捐，今众人各有耳目，共作证明，妾不负郎君，郎君自负妾耳！"于是众人聚观者，无不流涕，都唾骂李公子负心薄倖。公子又羞又苦，且悔且泣，方欲向十娘谢罪。十娘抱持宝匣，向江心一跳。众人急呼捞救。但见云暗江心，波涛滚滚，杳无踪影。可惜个如花似玉的名姬，一旦葬于江鱼之腹。

三魂渺渺归水府，七魄悠悠入冥途。

当时旁观之人，皆咬牙切齿，争欲拳殴李甲和那孙富。慌得李、孙二人手足无措，急叫开船，分途遁去。李甲在舟中，看了千金，转忆十娘，终日愧悔，郁成狂疾，终身不痊。孙富自那日受惊，得病卧床月余，终日见杜十娘在傍诟骂，奄奄而逝。人以为江中之报也。

却说柳遇春在京坐监完满，束装回乡，停舟瓜步[111]。偶临江净脸，失坠铜盆于水，觅渔人打捞。及至捞起，乃是个小匣儿。遇春启匣观看，内皆明珠异宝，无价之珍。遇春厚赏渔人，留于床头把玩。是夜梦见江中一女子凌波而来，视之乃杜十娘也。近前万福，诉以李郎薄幸之事。又道："向承君家慷慨，以一百五十金相助，本意息肩之后，徐图报答，不意事无终始。然每怀盛情，悒悒未忘。早间曾以小匣托渔人奉致，聊表寸心，从此不复相见矣。"言讫，猛然惊醒，方知十娘已死，叹息累日。

后人评论此事，以为孙富谋夺美色，轻掷千金，固非良士；李甲不识杜十娘一片苦心，碌碌蠢才，无足道者。独谓十娘千古女侠，岂不能觅一佳侣，共跨秦楼之凤[112]，乃错认李公子，明珠美玉，投于盲人，以致恩变为仇，万种恩情，化为流水，深可惜也！有诗叹云：

不会风流莫妄谈，单单情字费人参。

若将情字能参透，唤作风流也不惭。

【注释】

[1] 本篇选自《警世通言》卷三十二，作者冯梦龙。冯梦龙(1574—1646)，字犹龙、耳犹，号龙犹、墨憨斋主人，长洲(今江苏省苏州市)人。明代著名作家，著名的传世之作是他的《警世通言》《醒世

恒言》和《喻世明言》(即"三言")。

[2] "扫荡残胡"句：指朱元璋赶走元朝统治者建立明朝天下。残胡：指元朝。帝畿：京城及其附近之地。

[3] 崔嵬：高峻的样子。

[4] 九边：辽东、蓟州、宣府、大同、山西、延绥、宁夏、固原、甘肃，明代北方的九个边防地区。

[5] 垂衣：指天下太平之意。语出《易经·系辞下》，说黄帝、尧、舜垂衣拱手，无为而治。

[6] 华胥世：喻理想国。事出《列子·黄帝》，说黄帝梦游华胥国，国中无君长，绝争竞，人民安乐，帝醒后悟得治国之道。

[7] 金瓯：喻国土完整巩固。语出《南史·朱异传》。

[8] 我朝：明朝。

[9] 雄关：指居庸关。区夏：中夏，即中原地区。金城：喻城池险固。天府：喻土地富庶。

[10] 洪武：明太祖朱元璋的年号(1368—1398)。爷：一般人民对皇帝的尊称。定鼎：建都。

[11] 永乐：明成祖朱棣的年号(1403—1424)。靖难：平定祸乱。这是对明成祖的饰词，实是指他起兵反建文皇帝。

[12] 万历：明神宗朱翊钧的年号(1573—1620)。

[13] 关白：日本掌握军政大权的最高级大臣，相当于宰相。平秀吉：即丰臣秀吉。万历二十年(1592年)，丰臣秀吉带兵侵略朝鲜，明王朝出兵救援，终于获胜。事见《明史》卷三二三《日本传》。

[14] 西夏：宁夏。万历二十年宁夏副总兵哱承恩与其父哱拜起兵背叛明朝，杀死巡抚督御史党馨、副使石继芳，不久被魏学曾、叶梦熊等人平定。事见《明史》卷二二八《魏学曾传》。

[15] 播州：今贵州省遵义市。杨应龙：明播州宣慰使。万历二十五年(1597年)起兵背叛，万历二十八年(1600)被平定。事见《明史》卷二一《神宗本纪》及《明史》卷三一二《四川土司二》。

[16] 纳粟入监：捐纳粟米或金银入国子监，即捐监生。明制，具有了监生的资格，就可以去考举人。

[17] 布政：官名，即布政使。明太祖分全国为十三个布政司，各司设布政使掌握民政、财政。

[18] 庠：古代乡学的名称。登科：科举时代应考被录取叫登科。北雍：雍即辟雍，太学。明代北京的国子监叫"北雍"，南京的国子监叫"南雍"。

[19] 坐监：在国子监读书叫"坐监"。

[20] 教坊司：明代设立的专管乐伎的官署。这里代指妓院。

[21] 媺(měi)：美好，善。

[22] 樊素：唐诗人白居易的侍姬，善歌。白居易诗有"樱桃樊素口，杨柳小蛮腰"之句。

[23] 破瓜：指女子破身。

[24] 斗筲(shāo)：形容量小。斗，容十升。筲，容一斗二升。语出《论语·子路》。

[25] 撒漫：挥霍、抛撒的意思。

[26] 帮衬：体贴的意思。见《卖油郎独占花魁》的首段入话。勤儿：嫖客，浪子。

[27] 鸨儿：又称"老鸨"，妓院的老板娘。

[28] 从良：妓女隶属乐籍，脱籍嫁人叫从良。

[29] 胁肩谄笑：指耸肩强笑，阿谀逢迎。语出《孟子·滕文公》。

[30] 嫖(piáo)：同"嫖"。

[31] 绽口：开腔。

[32] 触突：冒犯。

[33] 温克：温良谦让。

[34] 日逐：天天。

[35] 行户：妓院。

第四章 小说欣赏

[36] 混帐：胡混。

[37] 钟馗(kuí)：据宋沈括《补笔谈》记载，唐开元时已有钟馗食鬼之说。后人于除夕夜或端午日多悬钟馗像以驱鬼。

[38] 摇钱树：这里指妓女，鸨母恃之以得钱，故云。

[39] 白虎：迷信传说中的凶神。

[40] 七件事：油、盐、柴、米、酱、醋、茶。

[41] 粉头：娼妓。

[42] 孤拐：脚踝骨。

[43] 忒：太。

[44] 斗斋：斗是二十八宿之一。旧时迷信，在斗降、三八、庚申、甲子、本命日吃素，叫"斗斋"。

[45] 拍掌：击掌。古代两人起誓打赌时，往往击掌示信。

[46] 虔婆：贼婆，干坏事的婆子。

[47] 落籍：旧时妓女名属乐籍，从良时于籍上除名，叫"落籍"。

[48] 行院：妓院。

[49] 招架：招呼，应酬。

[50] 风流浪子：轻薄的子弟。

[51] 曲中：妓院里。

[52] 亵渎：轻慢，侮蔑。

[53] 开交：分开，放手。

[54] 缓急：复词偏义，紧急的意思。

[55] 咱(zán)：我。

[56] 婊子：娼妓。

[57] 铢两：喻轻微，分文。铢，二十四铢等于一两。铢、两，都是很小的重量单位。

[58] 行赀：路费。

[59] 天平：秤。

[60] 长行：指长途远行。

[61] 间关：状道途艰险，犹言崎岖辗转。

[62] 约束：这里作准备讲。

[63] 唯唯：应诺声。

[64] 浮居：不定的暂居。

[65] 于归：女子出嫁到夫家叫"于归"。

[66] 贫窭(jù)：贫穷。

[67] 因风吹火：喻乘机行事，费力不多。

[68] 雇倩(qìng)：租赁请代。

[69] 消索：空乏。

[70] 薄赆(jìn)：临别时赠的薄礼。

[71] 描金文具：画有金花的文具箱。

[72] 崇文门：明时北京东门之一。

[73] 潞河：沽水南经潞县为潞河，潞县故城在今北京通州东。潞河又叫"潞水"，今称"白河"，又叫"北运河"。

[74] 瓜洲：镇名。今江苏省扬州市邗江区南部，又叫"瓜埠洲"。差使船：替官府运漕粮的船。

[75] 六院：妓院的代称。明初南京妓院所在地称楼，多到二十四楼，后来只剩六处，所以叫作"六院"。

131

文学欣赏

[76]《拜月亭》：相传元代施君美所撰的南戏戏文之一，又叫《幽闺记》。《小桃红》曲见世德堂刊本四十三折"成亲团圆"出内。

[77] 徽州：明置徽州府，治歙县(新安)。

[78] 扬州：明置扬州府，治江都、甘泉二县。种盐：包揽盐生意的盐商。

[79] 青楼：妓院。

[80] 这首是刘禹锡的《江雪》诗。

[81] 高学士：明诗人高启，因他曾任翰林院编修，故称学士。

[82] 舒头：伸头。

[83] 打跳：安跳板。

[84] 入港：投机。

[85] 卖弄：夸耀。在行：内行。

[86] 位居方面：古代封疆大臣，独当一面，故称方面官。李甲的父亲是布政使，这里是故意恭维他。

[87] 必严帷薄之嫌：指严守男女之间的礼防。帷：帷幕，薄：帘子。都是隔绝男女内外的东西。

[88] 资斧：旅费。

[89] 疏不间亲：关系疏远的人不介入关系亲密的人之间的事。

[90] 水性无常：喻妇女性情浮荡不定，这是歧视妇女的话。

[91] 逾墙钻穴：指向女子作挑逗勾引的行为。语出《孟子·滕文公》。

[92] 移席：移坐挨近。

[93] 衽席：古代睡觉时用的席子。

[94] 授馆：指做私人家庭教师。

[95] 顿开茅塞：立时打开了我的思路。茅塞：自谦心里如被茅草塞住一样。

[96] 渠意：他意。

[97] 所天：丈夫。封建社会中妇人把丈夫认为是终身依靠的天。

[98] 贾竖子：骂人的话，意思近市侩。

[99] 妆台：妇女的梳妆台。这里泛指妇女的化妆用品。

[100] 路引：指国子监发给回籍的证件。

[101] 瓮中之鳖：喻已到手之物。

[102] 抽替：抽屉。

[103] 充牣：充塞，充满。

[104] 祖母绿：绿宝石，又叫"子母绿"，助水绿。猫儿眼：有光彩的石英制造的宝石，又叫"猫眼石"。

[105] 渝：变。

[106] 润色：装点。

[107] 中馈：代妻子，古代谓妇职为主中馈。馈：为长者进食。佐中馈：指作妻。

[108] 浮议：无据的言论。

[109] 椟(dú)：匣子。

[110] 不辰：生不逢时。

[111] 瓜步：镇名，在南京市六合区东南，东临长江的瓜步山。

[112] 秦楼之凤：传说萧史善吹箫，秦穆公以女弄玉嫁给他，遂教弄玉吹箫作凤鸣，凤凰来止其屋，公为作凤台。一日弄玉乘凤，萧史乘龙，升天而去。事见《太平广记》卷四引《神仙传拾遗》。

【赏析】

一片行云，一湾流水，看似平淡无奇，然而随风舒卷，却呈万千景象。文同画竹，平

第四章 小说欣赏

铺直叙中波澜叠见,"振笔直遂",区区"数尺"而有"万尺之势"(苏轼《文与可画筼筜谷偃竹记》)。又如"清水出芙蓉,天然去雕饰"。这正是此篇明人拟话本《杜十娘怒沉百宝箱》的艺术魅力所在。

作品通过对杜十娘追求自由幸福的坚贞不渝和宁死不屈的刚烈行为的描写,表现了古代女子的纯洁爱情与封建等级、封建礼教的尖锐矛盾。作品对杜十娘形象的塑造采用了层层剥笋的方式,即依靠情节的自然发展逐渐披露人物的思想性格。开篇描写杜十娘天生丽质,绝代佳人,进行总的介绍,先写其色,后写其心。"可怜一片无瑕玉,误落风尘花柳中",这两句作者的叹息为整部作品的主题音乐定下基调。从和"在京坐监"的李甲情投意合到决心委身于"忠厚志诚"的李甲,这是剥开笋子的第一层。这第一层,从杜十娘与李甲的相会,"海誓山盟,各无他志",表现杜十娘"万里丹霄,何妨携手共归去,永弃却、烟花伴侣"(柳永《迷仙引》)的追求,但也只是芳容半现、春云初展的一场序幕。

过了一年,由于李甲"囊箧渐渐空虚",老鸨激李甲离院并逼迫十娘与之断绝往来,作品写出了杜十娘内心"久有从良之志"的一面。看到李甲"手头愈短",自己反倒"心头愈热",而且从此更多地侧重写杜十娘内心深思熟虑的冷一面,以冷写热。杜十娘作为京都名妓,她久历风尘,磨炼出坚强而审慎的待人处事作风。对老鸨,她抓准时机,多番较量,据理力争,以智取胜。由情节的发展体现了人物命运的变化,进一步展示人物的思想性格。同时也充分展现出杜十娘的胸有成竹与老鸨的利令智昏,从对比中让读者看到杜十娘的干练、机智。这可说是剥开笋子的第二层,作品借老鸨从反面陪衬杜十娘。

与老鸨议定之后,下一步就是赎身,作品侧重描写杜十娘对李甲的试探。杜十娘与李甲相爱有年,也知李甲"忠厚志诚",但李甲毕竟还是王孙公子,在这关系着她今后的前途与归宿的重要时刻,她不能不对李甲反复进行考察,及至将杜十娘的"从良之志"当作是"烟花逐客之计"的柳遇春大惊:"此妇真有心人也。既系真情,不可相负。"杜十娘的"有心"与"真情"才被正面衬出。这是剥开笋子的第三层。

出院以后的送别,好比剥开笋子的第四层。如果说此前侧重写杜十娘的深思熟虑,那么此后就侧重写她的深谋远虑。从同院姊妹谢月朗的收留到谢月朗和另一姊妹徐素素的"各出所有,翠钿金钏,瑶簪宝珥,锦袖花裙,鸾带绣履,把杜十娘装扮得焕然一新",再到众姊妹前来送别,"大排筵席",又各有所赠,全部装在一个"封锁甚固"的描金文具——百宝箱之中,细心人已不难看出,作品有意暗示所有借贷馈赠都来自杜十娘的精心安排,不独为遮掩老鸨的眼目,还为继续对李甲的重人抑或重物,守义抑或负心进行考察。她表面上不动声色,实际上考虑得何等细致、周密。至此,我们越来越清楚地看到杜十娘的真本色了。

但是,就在杜十娘与李甲乘舟南下的过程中,她一直提防着并希望不要发生的事情终于发生了。离家越近而忧虑越深的李甲在盐商孙富的诱惑下,把杜十娘出卖了。这是情节的又一次"突转",人物命运的再度变化,我们最后全部"发现"了人物的思想性格。杜十娘知道自己被出卖后,面对猝然事变,她没有哀求,没有恸哭,而是从容、镇静,措置裕如。次日,她"怒沉百宝箱",痛斥孙富,谴责李甲,然后投江而死。至此,作品剥开了笋子的第五层,终于显现出了笋心。故事情节的进展达到了高潮,人物的思想性格也就披露无遗。杜十娘毅然投江自尽,展示了她性格中坚强、刚烈的一面:在命运的残酷打击下,她没有怨天尤人地呼号,也没有声泪俱下地哭诉,在那冷笑与冷语中,表现出她对李

甲的极端蔑视、对孙富的无比痛恨，和对自己强行压抑的、美好追求被毁灭的深切悲哀，终于用死对封建社会发出了愤怒的控诉，进行了最后的抗争。至此，杜十娘的性格得到升华，杜十娘性格之美的展示也达到了顶点，艺术上达到了催人泪下的强烈效果，和那"曲终人不见，江上数峰青"的绵长余韵，使我们在回味不尽中深沉思索。

【知识拓展】

"三言""二拍"话本

在明代，因群众的爱好，书商的大量刊行，话本逐渐引起文人的注意。他们由对话本的编辑、加工，进而模拟话本写作，这就出现了主要供案头阅读的文人模拟的话本，通常称为"拟话本"。现在认为最早的话本集《清平山堂话本》是嘉靖年间洪楩编印的。天启年间，冯梦龙在广泛收集宋元话本和明代拟话本的基础上，经过加工编成了《喻世明言》《警世通言》《醒世恒言》三部短篇小说集，它们简称"三言"。此后拟话本的专集大量出现。凌濛初就是在"三言"的直接影响与书商的怂恿下，写成《初刻拍案惊奇》《二刻拍案惊奇》这两个拟话本集子，它们简称"二拍"。"三言"和"二拍"，代表了明代拟话本的成就，不仅在当时文坛上，而且对后来文学都有不小的影响。

司马徽再荐名士　刘玄德三顾草庐[1]

罗贯中《三国演义》

却说徐庶趱程赴许昌。曹操知徐庶已到，遂命荀彧、程昱等一班谋士往迎之。庶入相府拜见曹操。操曰："公乃高明之士，何故屈身而事刘备乎？"庶曰："某幼逃难，流落江湖，偶至新野，遂与玄德交厚。老母在此，幸蒙慈念，不胜愧感。"操曰："公今至此，正可晨昏侍奉令堂，吾亦得听清诲矣。"庶拜谢而出。急往见其母，泣拜于堂下。母大惊曰："汝何故至此？"庶曰："近于新野事刘豫州；因得母书，故星夜至此。"徐母勃然大怒，拍案骂曰："辱子飘荡江湖数年，吾以为汝学业有进，何其反不如初也！汝既读书，须知忠孝不能两全。岂不识曹操欺君罔上之贼？刘玄德仁义布于四海，况又汉室之胄，汝既事之，得其主矣。今凭一纸伪书，更不详察，遂弃明投暗，自取恶名，真愚夫也！吾有何面目与汝相见！汝玷辱祖宗，空生于天地间耳！"骂得徐庶拜伏于地，不敢仰视。母自转入屏风后去了。少顷，家人出报曰："老夫人自缢于梁间。"徐庶慌入救时，母气已绝。后人有《徐母赞》曰：

贤哉徐母，流芳千古：守节无亏，于家有补；教子多方，处身自苦；气若丘山，义出肺腑；赞美"豫州"，毁触魏武；不畏鼎镬，不惧刀斧；唯恐后嗣，玷辱先祖。伏剑同流，断机堪伍；生得其名，死得其所：贤哉徐母，流芳千古！

徐庶见母已死，哭绝于地，良久方苏。曹操使人赍礼吊问，又亲往祭奠。徐庶葬母柩于许昌之南原，居丧守墓。凡曹操所赐，庶俱不受。

时操欲商议南征。荀彧曰："天寒未可用兵；姑待春暖，方可长驱大进。"操从之，乃引漳河之水作一池，名玄武池，于内教练水军准备南征。

却说玄德正安排礼物，欲往隆中谒诸葛亮，忽人报："门外有一先生，峨冠博带[2]，道貌非常，特来相探。"玄德曰："此莫非即孔明否？"遂整衣出迎。视之，乃司马徽也。玄德大喜，请入后堂高座，拜问曰："备自别仙颜，因军务倥偬，有失拜访。今得光降，大慰仰慕之私。"徽曰："闻徐元直在此，特来一会。"玄德曰："近因曹操囚其母，徐母遣人驰书，唤回许昌去矣。"徽曰："此中曹操之计矣！吾素闻徐母最贤，虽为操所囚，必不肯驰书召其子；此书必诈也。元直不去，其母尚存；今若去，母必死矣！"玄德惊问其故，徽曰："徐母高义，必羞见其子也。"玄德曰："元直临行，荐南阳诸葛亮，其人若何？"徽笑曰："元直欲去，自去便了，何又惹他出来呕心血也？"玄德曰："先生何出此言？"徽曰："孔明与博陵崔州平、颍川石广元、汝南孟公威与徐元直四人为密友。此四人务于精纯，惟孔明独观其大略。尝抱膝长吟，而指四人曰：'公等仕进可至刺史、郡守。'众问孔明之志若何，孔明但笑而不答。每常自比管仲、乐毅，其才不可量也。"玄德曰："何颍川之多贤乎！"徽曰："昔有殷馗善观天文，尝谓'群星聚于颍分，其地必多贤士'。"时云长在侧曰："某闻管仲、乐毅乃春秋、战国名人，功盖寰宇；孔明自比此二人，毋乃太过？"徽笑曰："以吾观之，不当比此二人；我欲另以二人比之。"云长问："哪二人？"徽曰："可比兴周八百年之姜子牙、旺汉四百年之张子房也。"众皆愕然。徽下阶相辞欲行，玄德留之不住。徽出门仰天大笑曰："卧龙虽得其主，不得其时，惜哉！"言罢，飘然而去。玄德叹曰："真隐居贤士也！"

次日，玄德同关、张并从人等来隆中。遥望山畔数人，荷锄耕于田间，而作歌曰：

苍天如圆盖，陆地似棋局；世人黑白分，往来争荣辱；荣者自安安，辱者定碌碌。南阳有隐居，高眠卧不足！

玄德闻歌，勒马唤农夫问曰："此歌何人所作？"答曰："乃卧龙先生所作也。"玄德曰："卧龙先生住何处？"农夫曰："自此山之南，一带高冈，乃卧龙冈也。冈前疏林内茅庐中，即诸葛先生高卧之地。"玄德谢之，策马前行。不数里，遥望卧龙冈，果然清景异常。后人有古风一篇，单道卧龙居处。诗曰：

襄阳城西二十里，一带高冈枕流水；高冈屈曲压云根，流水潺湲飞石髓；势若困龙石上蟠，形如单凤松阴里；柴门半掩闭茅庐，中有高人卧不起。修竹交加列翠屏，四时篱落野花馨；床头堆积皆黄卷，座上往来无白丁；叩户苍猿时献果，守门老鹤夜听经；囊里名琴藏古锦，壁间宝剑挂七星；庐中先生独幽雅，闲来亲自勤耕稼；专待春雷惊梦回，一声长啸安天下。

玄德来到庄前，下马亲叩柴门，一童出问。玄德曰："汉左将军、宜城亭侯、领豫州牧、皇叔刘备，特来拜见先生。"童子曰："我记不得许多名字。"玄德曰："你只说刘备来访。"童子曰："先生今早少出。"玄德曰："何处去了？"童子曰："踪迹不定，不知何处去了。"玄德曰："几时归？"童子曰："归期亦不定，或三五日，或十数日。"玄德惆怅不已。张飞曰："既不见，自归去罢了。"玄德曰："且待片时。"云长曰："不如且归，再使人来探听。"玄德从其言，嘱咐童子："如先生回，可言刘备拜访。"

遂上马，行数里，勒马回观隆中景物，果然山不高而秀雅，水不深而澄清；地不广而平坦，林不大而茂盛；猿鹤相亲，松篁交翠。观之不已，忽见一人，容貌轩昂，丰姿俊爽，头戴逍遥巾，身穿皂布袍，杖藜从山僻小路而来。玄德曰："此必卧龙先生也！"急下马向前施礼，问曰："先生非卧龙否？"其人曰："将军是谁？"玄德曰："刘备也。"其人曰："吾非孔明，乃孔明之友：博陵崔州平也。"玄德曰："久闻大名，幸得

相遇。乞即席地权坐，请教一言。"二人对坐于林间石上，关、张侍立于侧。州平曰："将军何故欲见孔明？"玄德曰："方今天下大乱，四方云扰，欲见孔明，求安邦定国之策耳。"州平笑曰："公以定乱为主，虽是仁心，但自古以来，治乱无常。自高祖斩蛇起义，诛无道秦，是由乱而入治也；至哀、平之世二百年，太平日久，王莽篡逆，又由治而入乱；光武中兴，重整基业，复由乱而入治；至今二百年，民安已久，故干戈又复四起：此正由治入乱之时，未可猝定也。将军欲使孔明斡旋[3]天地，补缀[4]乾坤，恐不易为，徒费心力耳。岂不闻'顺天者逸，逆天者劳'，'数之所在，理不得而夺之；命之所在，人不得而强之'乎？"玄德曰："先生所言，诚为高见。但备身为汉胄，合当匡扶汉室，何敢委之数与命？"州平曰："山野之夫，不足与论天下事，适承明问，故妄言之。"玄德曰："蒙先生见教。但不知孔明往何处去了？"州平曰："吾亦欲访之，正不知其所往。"玄德曰："请先生同至敝县，若何？"州平曰："愚性颇乐闲散，无意功名久矣；容他日再见。"言讫，长揖而去。玄德与关、张上马而行。张飞曰："孔明又访不着，却遇此腐儒，闲谈许久！"玄德曰："此亦隐者之言也。"

三人回至新野，过了数日，玄德使人探听孔明。回报曰："卧龙先生已回矣。"玄德便教备马。张飞曰："量一村夫，何必哥哥自去，可使人唤来便了。"玄德叱曰："汝岂不闻孟子云：'欲见贤而不以其道，犹欲其入而闭之门也。'孔明当世大贤，岂可召乎！"遂上马再往访孔明。关、张亦乘马相随。时值隆冬，天气严寒，彤云[5]密布。行无数里，忽然朔风凛凛，瑞雪霏霏；山如玉簇，林似银妆。张飞曰："天寒地冻，尚不用兵，岂宜远见无益之人乎！不如回新野以避风雪。"玄德曰："吾正欲使孔明知我殷勤之意。如弟辈怕冷，可先回去。"飞曰："死且不怕，岂怕冷乎！但恐哥哥空劳神思。"玄德曰："勿多言，只相随同去。"将近茅庐，忽闻路傍酒店中有人作歌。玄德立马听之。其歌曰：

壮士功名尚未成，呜呼久不遇阳春！君不见：东海老叟辞荆榛，后车遂与文王亲；八百诸侯不期会，白鱼入舟涉孟津；牧野一战血流杵，鹰扬伟烈冠武臣。又不见：高阳酒徒起草中，长揖芒砀"隆准公[6]；高谈王霸惊人耳，辄洗延坐钦英风；东下齐城七十二，天下无人能继踪。二人功迹尚如此，至今谁肯论英雄？

歌罢，又有一人击桌而歌。其歌曰：

吾皇提剑清寰海，创业垂基四百载；桓灵季业火德衰，奸臣贼子调鼎鼐。青蛇飞下御座傍，又见妖虹降玉堂；群盗四方如蚁聚，奸雄百辈皆鹰扬。吾侪长啸空拍手，闷来村店饮村酒；独善其身尽日安，何须千古名不朽！

二人歌罢，抚掌大笑。玄德曰："卧龙其在此间乎！"遂下马入店。见二人凭桌对饮：上首者白面长须，下首者清奇古貌。玄德揖而问曰："二公谁是卧龙先生？"长须者曰："公何人？欲寻卧龙何干？"玄德曰："某乃刘备也。欲访先生，求济世安民之术。"长须者曰："我等非卧龙，皆卧龙之友也：吾乃颍川石广元，此位是汝南孟公威。"玄德喜曰："备久闻二公大名，幸得邂逅[7]。今有随行马匹在此，敢请二公同往卧龙庄上一谈。"广元曰："吾等山野慵懒之徒，不省治国安民之事，不劳下问。明公请自上马，寻访卧龙。"

玄德乃辞二人，上马投卧龙冈来。到庄前下马，叩门问童子曰："先生今日在庄否？"童子曰："现在堂上读书。"玄德大喜，遂跟童子而入。至中门，只见门上大书一

第四章　小说欣赏

联云:"淡泊以明志,宁静而致远。"玄德正看间,忽闻吟咏之声,乃立于门侧窥之,见草堂之上,一少年拥炉抱膝,歌曰:

凤翱翔于千仞兮,非梧不栖;士伏处于一方兮,非主不依。乐躬耕于陇亩兮,吾爱吾庐;聊寄傲于琴书兮,以待天时。

玄德待其歌罢,上草堂施礼曰:"备久慕先生,无缘拜会。昨因徐元直称荐,敬至仙庄,不遇空回。今特冒风雪而来。得瞻道貌,实为万幸!"那少年慌忙答礼曰:"将军莫非刘豫州,欲见家兄否?"玄德惊讶曰:"先生又非卧龙耶?"少年曰:"某乃卧龙之弟诸葛均也。愚兄弟三人:长兄诸葛瑾,现在江东孙仲谋处为幕宾;孔明乃二家兄。"玄德曰:"卧龙今在家否?"均曰:"昨为崔州平相约,出外闲游去矣。"玄德曰:"何处闲游?"均曰:"或驾小舟游于江湖之中,或访僧道于山岭之上,或寻朋友于村落之间,或乐琴棋于洞府之内:往来莫测,不知去所。"玄德曰:"刘备直如此缘分浅薄,两番不遇大贤!"均曰:"少坐献茶。"张飞曰:"那先生既不在,请哥哥上马。"玄德曰:"我既到此间,如何无一语而回?"因问诸葛均曰:"闻令兄卧龙先生熟谙韬略,日看兵书,可得闻乎?"均曰:"不知。"张飞曰:"问他则甚!风雪甚紧,不如早归。"玄德叱止之。均曰:"家兄不在,不敢久留车骑;容日却来回礼。"玄德曰:"岂敢望先生枉驾。数日之后,备当再至。愿借纸笔作一书,留达令兄,以表刘备殷勤之意。"均遂进文房四宝。玄德呵开冻笔,拂展云笺,写书曰:

备久慕高名,两次晋谒,不遇空回,惆怅何似!窃念备汉朝苗裔,滥叨名爵,伏睹朝廷陵替[8],纲纪崩摧,群雄乱国,恶党欺君,备心胆俱裂。虽有匡济之诚,实乏经纶之策。仰望先生仁慈忠义,慨然展吕望之大才,施子房之鸿略,天下幸甚!社稷幸甚!先此布达,再容斋戒薰沐,特拜尊颜,面倾鄙悃。统希鉴原。

玄德写罢,递与诸葛均收了,拜辞出门。均送出,玄德再三殷勤致意而别。方上马欲行,忽见童子招手篱外,叫曰:"老先生来也。"玄德视之,见小桥之西,一人暖帽遮头,狐裘蔽体,骑着一驴,后随一青衣小童,携一葫芦酒,踏雪而来;转过小桥,口吟诗一首。诗曰:

一夜北风寒,万里彤云厚;长空雪乱飘,改尽江山旧。仰面观太虚,疑是玉龙斗;纷纷鳞甲飞,顷刻遍宇宙。骑驴过小桥,独叹梅花瘦!

玄德闻歌曰:"此真卧龙矣!"滚鞍下马,向前施礼曰:"先生冒寒不易!刘备等候久矣!"那人慌忙下驴答礼。诸葛均在后曰:"此非卧龙家兄,乃家兄岳父黄承彦也。"玄德曰:"适间所吟之句,极其高妙。"承彦曰:"老夫在小婿家观《梁父吟》,记得这一篇;适过小桥,偶见篱落间梅花,故感而诵之。不期为尊客所闻。"玄德曰:"曾见令婿否?"承彦曰:"便是老夫也来看他。"玄德闻言,辞别承彦,上马而归。正值风雪又大,回望卧龙冈,悒怏[9]不已。后人有诗单道玄德风雪访孔明。诗曰:

一夜风雪访贤良,不遇空回意感伤。冻合溪桥山石滑,寒侵鞍马路途长。当头片片梨花落,扑面纷纷柳絮狂。回首停鞭遥望处,烂银堆满卧龙冈。

玄德回新野之后,光阴荏苒[10],又早新春。乃令卜者揲蓍[11],选择吉期,斋戒三日,薰沐更衣,再往卧龙冈谒孔明。关、张闻之不悦,遂一齐入谏玄德。正是:高贤未服英雄志,屈节偏生杰士疑。

未知其言若何,下文便晓。

【注释】

[1] 本文选自《三国演义》第三十七回。罗贯中，名本，号湖海散人。山西太原人，元末明初著名小说家。在陈寿《三国志》、范晔《后汉书》、元代的《三国志平话》及民间传说的基础上，整理加工成长篇小说《三国演义》，又名《三国志通俗演义》。此外，还编著有《隋唐志传》《三遂平妖传》等。

[2] 峨冠博带：高帽阔带。

[3] 斡(wò)旋：这里是挽回、转变的意思。

[4] 补缀：缝补破裂的衣服，也可泛指修补。

[5] 彤云：旧解以为就是同云，下雪时，天上布满颜色一样的阴云，因此叫作同云。一说彤即红色本义，将要下雪，云色呈暗红色，因此叫彤云。

[6] 隆准(zhǔn)公：对汉高祖刘邦的别称。隆，高大；准，鼻子。据说刘邦的鼻子生得很高大，故有此称。

[7] 邂(xiè)逅(hòu)：事先并没有约会，偶然遇见了。

[8] 陵替：衰微低落。指汉王朝统治失效，权力减弱。

[9] 悒(yì)怏(yàng)：愁闷不乐的意思。

[10] 荏(rěn)苒(rǎn)：时间渐进的意思。

[11] 揲(shé)蓍(shī)：卜卦的一种方式：把四十九根蓍草分作两部分，然后四根一数，以定阴爻或阳爻，推知"吉凶祸福"。这里是选择"吉日"的迷信行为。

【赏析】

"司马徽再荐名士，刘玄德三顾草庐"是《三国演义》中极其重要的章节之一，诸葛亮首次出场与读者见面，就是在林幽冈翠环抱的草庐之中。刘备的"三顾"初次展露了诸葛亮这位政治家和军事家的非凡才智，开始了他有声有色的政治生涯和军事生涯。"三顾茅庐"一节不仅以其独具的艺术魅力为全书增光添彩，而且已凝结成著名典故，为世人所尽知。

这段故事，情节并不复杂。刘备创业之初，正值用人之际，谋士徐元直(徐庶)却因故离去，临别时向他推荐了隆中隐士诸葛亮(道号卧龙)。为请诸葛亮，刘备三次亲至隆中。诸葛亮被刘备礼贤下士的诚挚精神所感动，最后终于决定出山，辅佐刘备，为恢复汉室而鞠躬尽瘁。

故事情节虽然比较简单，但作者写得曲折跌宕，妙趣横生。因为作者深知，"刘玄德三顾草庐"，既是塑造诸葛亮这一统摄全书主要人物的起笔处，又是写刘备的关节点。所以，作者殚精竭虑，施展其全部艺术才智，调动一切艺术手段，将"三顾草庐"写得峰回路转，波折迭起，使读者在田园诗般的幽雅意境中，体味到诸葛亮不求闻达于诸侯的淡泊情致；同时，又于刘备的欲见不得、欲罢不忍的急切心境中，为其思才若渴、求贤如饥的品德所感动。

在写刘备"三顾草庐"之前，作者用欲擒故纵之法，酣畅淋漓地渲染诸葛亮的惊世之才，为刘备的"三顾"作烘托铺垫。从第三十六回结尾处刘备哭送徐庶，徐庶走马荐诸葛到徐庶先行至卧龙岗劝孔明，而孔明闻言作色"拂袖而入"，诸葛亮的断然拒绝，无疑是为诸葛亮的隆中之行设下了障碍。而作者尚嫌气氛渲染得不够，又在第三十七回由司马徽向刘备介绍孔明之才："每常自比管仲、乐毅，其才不可量也。""可比兴周八百年之姜子牙，旺汉四百年之张子房也。"这显然是在吊刘备的胃口，同时也是在调动读者的胃口。这样，奇才与求才，隐居与三顾，便构成了故事情节的内在矛盾。从表面看，是通过他人

第四章 小说欣赏

之口写诸葛亮之才,实际正是在写刘备求才的急切之心。从徐庶的一走,司马徽的一来,使情节于动态中向刘备三顾的方向发展,是在为刘备的入山请贤作铺石垫路工作;从欣赏角度来看,则是让读者在情节进展线索中,把握刘备三顾求贤心理的变化轨迹。愈是宣扬诸葛亮为匡世奇才,就愈加坚定刘备三顾的决心。于是,便水到渠成地形成了刘备三顾茅庐的千古韵事。

书中以刘备的行为、见闻、心理为情节发展的基本轴线,从不同的角度和层次交相写来,从而构成了多角度、多侧面、多层次的外界环境空间、视听感觉空间和思维心理空间,读来令人顿生立体动态之感,似置身其境,与刘备同行止、共惊急。

从地理方位上,描写由远及近,层层深入,逐渐接近目标。一顾茅庐时,刘备只到柴门之外;二顾茅庐时,则开门入堂身入其内;三顾茅庐时,已是穿堂进室,深入其里。从刘备所见人物与诸葛亮的关系上,是由疏到亲,与这些人的交谈,也是由少至多;对诸葛亮的了解,也由略见详。一顾时所见是与诸葛亮为邻的农夫和朋友;二顾时则是朋友、弟弟、岳父;三顾时方达目的,见到了诸葛亮本人。很明显,作者虽然是在写刘备的见闻,但真正用意却是醉翁之意不在酒,是用绿叶扶红花的办法写诸葛亮。我们不是从农夫的荷锄作歌,亲朋的放浪形骸,环境的恬淡幽雅中,看到了诸葛亮的超尘拔俗的隐士风貌和精神气质吗?从时令节气上,是由暖变寒再变暖:一顾时是山青林翠,绿草如茵;二顾时已是隆冬,朔风凛凛,瑞雪霏霏,山如玉簇,林似银妆;三顾时,则是第二年的新春了。这既是写时间上的跨度,也是写三顾的难度,更是写刘备求贤心理的深度。

如果说以上是从地点、人物关系、时令等方面写外在的时空和视听感觉空间层次的话,那么,对刘备三顾过程中心情变化的描述,则是从内在心理空间上,对其心理活动的开掘和展示。

刘备一顾茅庐时,是满怀希望而来,失望扫兴而归的,心理状态是"惆怅不已"。可是作者却写刘备在归途中,行数里,勒马回观隆中的优美景致,这里与其说是写刘备的闲情,毋宁说是写其急切心情的一种特殊表现形式,即先是有心赏景没功夫,后来是无心赏景景入目。而同样是写刘备的思才若渴的急切心理,二顾茅庐中的写法、角度、深度,却与一顾时大相径庭。这不仅体现在时令节气的不同上,更表现在人物心理的对比描写上。张飞对刘备冒雪入山再访诸葛亮的心情和行动是不理解的,因此才表现出不耐烦的情绪。这是以反衬的手法于对比中写刘、张的不同心理,进而显现刘备求贤的内心世界,也写出了一个政治家的心理和气质。因为在刘备的心理上,政治是第一位的,恢复汉室是他既定的政治目标,请诸葛亮出山,便是刘备实现政治目标的关键之所在,所以当张飞说"量一村夫,何必哥哥自去,可使人唤来便了"时,刘备立即叱责说:"孔明当世大贤,岂可召乎!""吾正欲使孔明知我殷勤之意,如弟辈怕冷,可先回去。"这里绝不仅仅是写刘、张的性格之别,而是写心理气质之异。正是由心到言,由言见性,才表现出作者在塑造人物形象上的深厚功力和超群的艺术匠心。

在《三国演义》中所写的礼贤下士、爱才如命者,不只有刘备,写求贤的情节也屡见不鲜,但"三顾茅庐"写得最为用心,最为成功,这不能不说是出于作者对诸葛亮的偏爱,这种偏爱当然也会传染给读者,所以《三国演义》问世以来,诸葛亮的形象深入人心,"三顾茅庐"的叙写也深深受到历代读者的喜爱。

文学欣赏

【知识拓展】

历史演义

明代出现了大量以描写历史事件演变为主的长篇小说——历史演义。这是在宋元讲史的基础上发展起来的。所谓历史演义,就是以一朝一代的历史事实作基础,再吸取野史杂说和民间传说的内容,敷演扩大而成,以《三国演义》为代表。较著名的还有《列国志传》《全汉志传》等。所谓"七分事实,三分虚构",大体能反映这类小说的面貌。

首先,历史演义的大量产生是和当时的社会背景分不开的。明中叶后,阶级矛盾和民族危机进一步加深,厂卫的特务统治日益残暴,文人们感到直接表达自己的思想感情有困难,因此借用历史题材来托古讽今、寄托理想。其次,我国历史悠久,史籍浩繁,在客观上为这类小说提供了丰富的创作素材。明中叶后产生的历史演义,共有二十余部,从远古至明代,几乎每朝历史都有通俗的演绎。吴门可观道人在《新列国志序》中,概要地叙述了当时的情况:"自罗贯中氏《三国志》一书,以国史演为通俗,汪洋百余回,为世所尚,嗣是效颦日众,因而有《夏书》《商书》《列国》《残唐》《南北宋》诸刻,其浩瀚几与正史分签并架。"

智取生辰纲[1]

施耐庵

却说北京大名府梁中书[2],收买了十万贯[3]庆贺生辰礼物完备,选日差人起程。当下一日[4]在后堂坐下,只见蔡夫人问道:"相公[5],生辰纲[6]几时起程?"梁中书道:"礼物都已完备,明后日便用起身。只是一件事在此踌躇未决。"蔡夫人道:"有甚事踌躇未决?"梁中书道:"上年费了十万贯收买金珠宝贝,送上东京[7]去,只因用人不着[8],半路被贼人劫将去了,至今无获。今年帐前眼见得又没个了事的人送去[9],在此踌躇未决。"蔡夫人指着阶下道:"你常说这个人十分了得[10],何不着他委纸领状[11]送去走一遭,不致失误。"

梁中书看阶下那人时,却是青面兽杨志[12]。梁中书大喜,随即唤杨志上厅说道:"我正忘了你。你若与我送得生辰纲去,我自有抬举你处。"杨志叉手向前禀道:"恩相差遣,不敢不依。只不知怎地打点[13]?几时起身?"梁中书道:"着落大名府差十辆太平车子[14],帐前拨十个厢禁军[15]监押着车,每辆上各插一把黄旗,上写着'献贺太师生辰纲'。每辆车子再使个军健[16]跟着。三日内便要起身去。"杨志道:"非是小人推托,其实去不得;乞钧旨[17]别差英雄精细的人去。"梁中书道:"我有心要抬举你,这献生辰纲的札子[18]内另修一封书在中间,太师跟前重重保你受道敕命[19]回来。如何倒生支词[20],推辞不去?"杨志道:"恩相在上:小人也曾听得上年已被贼人劫去了,至今未获。今岁途中盗贼又多,甚是不好。此去东京,又无水路,都是旱路,经过的是紫金山、二龙山、桃花山、伞盖山、黄泥冈、白沙坞、野云渡、赤松林,这几处都是强人[21]出没的去处。更兼单身客人,亦不敢独自经过。他知道是金银宝物,如何不来抢劫?枉结果了性命。以此去不得。"梁中书道:"怎地[22]时,多着军校[23]防护送去便了。"杨志道:"恩相差遣五百

140

人去，也不济事。这厮[24]们一声听得强人来时，都是先走了的。"梁中书道："你这般地说时，生辰纲不要送去了？"杨志又禀道："若依小人一件事，便敢送去。"梁中书道："我既委在你身上，如何不依你说。"杨志道："若依小人说时，并不要车子，把礼物都装做十余条担子，只做客人的打扮行货[25]；也点十个壮健的厢禁军，却装做脚夫挑着。只消一个人和小人去，却打扮做客人，悄悄连夜送上东京交付。恁地时方好。"梁中书道："你甚说的是。我写书呈，重重保你受道诰命[26]回来。"杨志道："深谢恩相抬举。"当日便叫杨志一面打拴担脚[27]，一面选拣军人。

次日，叫杨志来厅前伺候，梁中书出厅来问道："杨志，你几时起身？"杨志禀道："告复恩相，只在明早准行，就委领状[28]。"梁中书道："夫人也有一担礼物，另送与府中宝眷[29]，也要你领。怕你不知头路，特地再教奶公谢都管并两个虞侯[30]，和你一同去。"杨志告道："恩相，杨志去不得了。"梁中书道："礼物都已拴缚完备，如何又去不得？"杨志禀道："此十担礼物都在小人身上，和他众人，都由杨志，要早行便早行，要晚行便晚行，要住便住，要歇便歇，亦依杨志提调[31]。如今又叫老都管并虞侯和小人去，他是夫人行[32]的人，又是太师府门下奶公，倘路上与小人别拗起来，杨志如何敢和他争执得？若误了大事时，杨志那其间如何分说？"梁中书道："这个也容易，我叫他三个都听你提调便了。"杨志答道："若是如此禀过，小人情愿便委领状。倘有疏失，甘当重罪。"梁中书大喜道："我也不枉了抬举你，真个有见识！"随即唤老谢都管并两个虞侯出来，当厅分付道："杨志提辖[33]情愿委了一纸领状，监押生辰纲十一担金珠宝贝赴京，太师府交割[34]，这干系[35]都在他身上，你三人和他做伴去，一路上早起晚行住歇，都要听他言语，不可和他别拗。夫人处分付的勾当[36]，你三人自理会[37]。小心在意，早去早回，休教有失。"老都管一一都应了。当日杨志领了。

次日早，起五更，在府里把担仗[38]都摆在厅前。老都管和两个虞侯又将一小担财帛[39]，共十一担，拣了十一个壮健的厢禁军，都做脚夫打扮。杨志戴上凉笠儿[40]，穿着青纱衫子，系了缠带行履麻鞋[41]，胯口腰刀，提条朴刀[42]。老都管也打扮做个客人模样。两个虞侯假装做跟着的伴当[43]。各人都拿了条朴刀，又带几根藤条。梁中书付与了札付书呈[44]。一行人都吃得饱了，在厅上拜辞了梁中书。看那军人担仗起程，杨志和谢都管、两个虞侯监押着，一行共是十五人，离了梁府，出得北京城门，取大路投东京进发。

此时正是五月半天气，虽是晴明得好，只是酷热难行。昔日吴七郡王有八句诗道：

玉屏四下朱阑绕，簇簇游鱼戏萍藻。
簟[45]铺八尺白虾须，头枕一枚红玛瑙。
六龙[46]惧热不敢行，海水煎沸蓬莱岛。
公子犹嫌扇力微，行人正在红尘[47]道。

这八句诗单题着炎天暑月，那公子王孙在凉亭上水阁中，浸着浮瓜沉李，调冰雪藕避暑，尚兀自[48]嫌热；怎知客人为些微名薄利，又无枷锁拘缚，三伏内只得在那途路中行。今日杨志这一行人，要取六月十五日生辰，只得在路途上行。自离了这北京五七日，端的[49]只是起五更，趁早凉便行，日中热时便歇。

五七日后，人家渐少，行路又稀，一站站都是山路。杨志却要辰牌[50]起身，申时[51]便歇。那十一个厢禁军，担子又重，无有一个稍轻。天气热了，行不得，见着林子便要去歇息。杨志赶着催促要行，如若停住，轻则痛骂，重则藤条便打，逼赶要行。两个虞侯虽只背些包裹行李，也气喘了行不上。杨志也嗔道："你两个好不晓事！这干系须是俺的！你们不替洒家[52]打这夫子，却在背后也慢慢地挨。这路上不是耍处！"那虞侯道："不是我两个要慢走，其实热了行不动，因此落后。前日只是趁早凉走，如今怎地正热里要行？正是好歹不均匀。"杨志道："你这般说话，却似放屁！前日行的须是好地面，如今正是尴尬去处[53]，若不日里赶过去，谁敢五更半夜走？"两个虞侯口里不道，肚中寻思："这厮不直得[54]便骂人。"

杨志提了朴刀，拿着藤条，自去赶那担子。两个虞侯坐在柳阴下，等着老都管来，两个虞侯告诉道："杨志那厮，强杀[55]只是我相公门下一个提辖，直这般做大[56]？"老都管道："须是相公当面分付道：休要和他别拗。因此我不做声。这两日也看他不得[57]，权且耐他。"两个虞侯道："相公也只是人情话儿，都管自做个主便了。"老都管又道："且耐他一耐。"

当日行到申牌时分，寻得一个客店里歇了。那十一个厢禁军雨汗通流，都叹气吹嘘，对老都管说道："我们不幸做了军健，情知道被差出来，这般火似热的天气，又挑着重担，这两日又不拣早凉行，动不动老大藤条打来，都是一般父母皮肉，我们直恁地[58]苦！"老都管道："你们不要怨怅，巴到[59]东京时，我自赏你。"众军汉道："若是似都管看待我们时，并不敢怨怅。"又过了一夜。

次日，天色未明，众人跳起来趁早凉起身去。杨志跳起来喝道："哪里去！且睡了，却理会[60]。"众军汉道："趁早不走，日里热时走不得，却打我们。"杨志大骂道："你们省得什么！"拿了藤条要打。众军汉忍气吞声，只得睡了。当日直到辰牌时分，慢慢地打火，吃了饭走，一路上赶打着，不许投凉处歇。那十一个厢禁军口里喃喃讷讷[61]地怨怅[62]，两个虞侯在老都管面前絮絮聒聒地搬口[63]。老都管听了，也不着意[64]，心内自恼他。

话休絮繁。似此行了十四五日，那十四个人，没一个不怨怅杨志。当日客店里辰牌时分，慢慢地打火吃了早饭行。正是六月初四日时节，天气未及晌午，一轮红日当天，没半点云彩，其日十分大热。古人有八句诗道：

祝融[65]南来鞭火龙，火旗焰焰烧天红。
日轮当午凝不去，万国如在红炉中。
五岳翠干云彩灭，阳侯[66]海底愁波竭。
何当一夕金风[67]起，为我扫除天下热。

当日行的路，都是山僻崎岖小径，南山北岭。却监着那十一个军汉，约行了二十余里路程。那军人们思量要去柳阴树下歇凉，被杨志拿着藤条打将来，喝道："快走！教你早歇！"众军人看那天时，四下里无半点云彩，其时那热不可当。但见：

热气蒸人，嚣尘扑面。万里乾坤如甑[68]，一轮火伞当天。四野无云，风寂寂树焚溪坼[69]；千山灼焰，哔剥剥[70]石裂灰飞。空中鸟雀命将休，倒撷[71]入树林深处；水底鱼龙鳞角脱，直钻入泥土窖中。直教石虎喘无休，便是铁人须汗落。

当时杨志催促一行人在山中僻路里行。看看日色当午，那石头上热了，脚疼走不得。众军汉道："这般天气热，兀的[72]不晒杀人。"杨志喝着军汉道："快走！赶过前面冈子去，却再理会。"正行之间，前面迎着那土冈子。众人看这冈子时，但见：

顶上万株绿树，根头一派黄沙。嵯峨浑似老龙形，险峻但闻风雨响。山边茅草，乱丝丝攒[73]遍地刀枪；满地石头，磕可可[74]睡两行虎豹。休道西川蜀道险，须知此是太行山。

第四章 小说欣赏

当时一行十五人奔上冈子来，歇下担仗，那十四人都去松阴树下睡倒了。杨志说道："苦也！这里是什么去处，你们却在这里歇凉？起来，快走！"众军汉道："你便剁做我七八段，其实去不得了！"杨志拿起藤条，劈头劈脑打去。打得这个起来，那个睡倒，杨志无可奈何。只见两个虞候和老都管气喘急急，也巴到冈子上松树下坐了喘气。看这杨志打那军健，老都管见了，说道："提辖，端的热了走不得，休见他罪过[75]。"杨志道："都管，你不知，这里正是强人出没的去处，地名叫做黄泥冈。闲常太平时节，白日里兀自[76]出来劫人，休道是这般光景[77]，谁敢在这里停脚！"两个虞候听杨志说了，便道："我见你说好几遍了，只管把这话来惊吓人！"老都管道："权且叫他们众人歇一歇，略过日中行如何？"杨志道："你也没分晓[78]了，如何使得！这里下冈子去，兀自有七八里没人家。甚么去处，敢在此歇凉！"老都管道："我自坐一坐了走，你自去赶他众人先走。"杨志拿着藤条喝道："一个不走的，吃俺二十棍。"众军汉一齐叫将起来。数内一个分说道："提辖，我们挑着百十斤担子，须不比你空手走的。你端的不把人当人！便是留守相公自来监押时，也容我们说一句。你好不知疼痒，只顾逞办[79]！"杨志骂道："这畜生不怄死俺[80]！只是打便了。"拿起藤条，劈脸便打去。老都管喝道："杨提辖且住！你听我说。我在东京太师府里做奶公时，门下官军见了无千无万[81]，都向着我喏喏连声[82]。不是我口浅[83]，量你是个遭死的军人[84]，相公可怜，抬举你做个提辖，比得芥菜子大小的官职，值得凭地逞能！休说我是相公家都管，便是村庄一个老的，也合[85]依我劝一劝。只顾把他们打，是何看待？"杨志道："都管，你须是城市里人，生长在相府里，那里知道途路上千难万难。"老都管道："四川、两广也曾去来，不曾见你这般卖弄。"杨志道："如今须不比太平时节。"都管道："你说这话该剜口割舌，今日天下怎地不太平？"

杨志却待要回言，只见对面松林里影着[86]一个人，在那里舒头探脑价望。杨志道："俺说什么，兀的不是歹人来了！"撇下藤条，拿了朴刀，赶入松林里来，喝一声道："你这厮好大胆，怎敢看俺的行货？"正是：

说鬼便招鬼，说贼便招贼；却是一家人，对面不能识。

杨志赶来看时，只见松林里一字儿摆着七辆江州车儿[87]，七个人脱得赤条条的在那里乘凉。一个鬓边老大一搭朱砂记[88]，拿着一条朴刀，望杨志跟前来。七个人齐叫一声："阿也！"都跳起来。杨志喝道："你等是什么人？"那七人道："你是什么人？"杨志又问道："你等莫不是歹人？"那七人道："你颠倒问[89]，我等是小本经纪，那里有钱与你。"杨志道："你等小本经纪人，偏俺有大本钱！"那七人问道："你端的是甚么人？"杨志道："你等且说那里来的人？"那七人道："我等弟兄七人，是濠州[90]人；贩枣子上东京去，路途打从这里经过。听得多人说，这里黄泥冈上时常有贼打劫客商。我等一面走，一头自说道：'我七人只有些枣子，别无甚财赋。'只顾过冈子来。上得冈子，当不过这热，权且在这林子里歇一歇，待晚凉了行。只听得有人上冈子来，我们只怕是歹人，因此使这个兄弟出来看一看。"杨志道："原来如此，也是一般的客人。却才见你们窥望，惟恐是歹人，因此赶来看看。"那七个人道："客官请几个枣子了去。"杨志道："不必。"提了朴刀，再回担边来。

老都管道："既是有贼，我们去休。"杨志说道："俺只道是歹人，原来是几个贩枣子的客人。"老都管道："似你方才说时，他们都是没命的。"杨志道："不必相闹，只要没事便好，你们且歇了，等凉些走。"众军汉都笑了。杨志也把朴刀插在地上，自去一

边树下坐了歇凉。没半碗饭时,只见远远地一个汉子,挑着一副担桶,唱上冈子来。唱道:

"赤日炎炎似火烧,野田禾稻半枯焦。

农夫心内如汤煮,公子王孙把扇摇。"

那汉子口里唱着,走上冈子来,松林里头歇下担桶,坐地乘凉。众军看见了,便问那汉子道:"你桶里是甚么东西?"那汉子应道:"是白酒。"众军道;"挑往那里去?"那汉子应道:"挑去村里卖。"众军道:"多少钱一桶?"那汉子道:"五贯足钱。"众军商量道:"我们又热又渴,何不买些吃,也解暑气。"正在那里凑钱。杨志见了,喝道:"你们又做甚么?"众军道:"买碗酒吃。"杨志调过朴刀杆便打,骂道:"你们不得洒家言语,胡乱便要买酒吃,好大胆!"众军道:"没事又来鸟乱[91]!我们自凑钱买酒吃,干你甚事,也来打人?"杨志道:"你这村鸟[92]理会的甚么!到来只顾吃嘴,全不晓得路途上的勾当艰难。多少好汉,被蒙汗药[93]麻翻了。"那挑酒的汉子看着杨志冷笑道:"你这客官好不晓事,早是[94]我不卖与你吃,却说出这般没气力的话来!"

正在松林边闹动争说,只见对面松林里那伙贩枣子的客人,都提着朴刀走出来问道:"你们做什么闹?"那挑酒的汉子道:"我自挑这酒过冈子村里卖,热了在此歇凉。他众人要问我买些吃,我又不曾卖与他。这个客官道我酒里有甚么蒙汗药。你道好笑么?说出这般话来!"那七个客人说道:"我只道有歹人出来,原来是如此。说一声也不打紧[95]。我们正想酒来解渴,既是他们疑心,且卖一桶与我们吃。"那挑酒的道:"不卖,不卖!"这七个客道:"你这鸟汉子也不晓事,我们须不曾说你。你左右[96]将到村里去卖,一般还你钱,便卖些与我们,打甚么不紧[97]?看你不道得[98]舍施了茶汤,便又救了我们热渴。"那挑酒的汉子便道:"卖一桶与你不争[99],只是被他们说的不好,又没碗瓢舀吃。"那七人道:"你这汉子忒[100]认真!便说了一声,打甚么不紧。我们自有椰瓢在这里。"只见两个客人去车子前取出两个椰瓢来,一个捧出一大捧枣子来。七个人立在桶边,开了桶盖,轮替换着舀那酒吃,把枣子过口。无一时,一桶酒都吃尽了。七个客人道:"正不曾问得你多少价钱?"那汉道:"我一了不说价[101],五贯足钱一桶,十贯一担。"七个客人道:"五贯便依你五贯,只饶[102]我们一瓢吃。"那汉道:"饶不的,做定的价钱。"一个客人把钱还他,一个客人便去揭开桶盖,兜了一瓢,拿上便吃。那汉去夺时,这客人手拿半瓢酒,望松林里便走,那汉赶将去。只见这边一个客人从松林里走将出来,手里拿一个瓢,便来桶里舀一瓢酒。那汉看见,抢来劈手夺住,望桶里一倾,便盖了桶盖,将瓢望地下一丢,口里说道:"你这客人好不君子相!戴头识脸的,也这般罗唣[103]!"

那对过众军汉见了,心内痒起来,都待要吃。数中一个看着老都管道:"老爷爷,与我们说一声。那卖枣子的客人买他一桶吃了,我们胡乱也买他这桶吃,润一润喉也好。其实热渴了,没奈何,这里冈上又没讨水吃处。老爷方便!"老都管见众军所说,自心里也要吃得些,竟来对杨志说:"那贩枣子客人已买了他一桶酒吃,只有这一桶,胡乱教他们买吃些避暑气。冈子上端的没处讨水吃。"杨志寻思道:"俺在远远处望,这厮们都买他的酒吃了,那桶里也见吃了半瓢,想是好的。打了他们半日,胡乱容他买碗吃吧。"杨志道:"既然老都管说了,教这厮们买吃了便起身。"众军健听了这话,凑了五贯足钱来买酒吃。那卖酒的汉子道:"不卖了,不卖了!这酒里有蒙汗药在里头。"众军陪着笑说

第四章 小说欣赏

道："大哥，直得便还言语。"那汉道："不卖了，休缠！"这贩枣子的客人劝道："你这个鸟汉子，他也说得差了，你也忒认真，连累我们也吃你说了几声，须不关他众人之事，胡乱卖与他众人吃些。"那汉道："没事讨别人疑心做甚么？"这贩枣子客人把那卖酒的汉子推开一边，只顾将这桶酒提与众军去吃，那军汉开桶盖，无甚舀吃，陪个小心，问客人借这椰瓢用一用。众客人道："就送这几个枣子与你们过酒。"众军谢道："甚么道理[104]。"客人道："休要相谢，都是一般客人，何争[105]在这百十个枣子上。"众军谢了，先兜两瓢，叫老都管吃一瓢，杨提辖吃一瓢。杨志那里肯吃。老都管自先吃了一瓢。两个虞侯各吃一瓢。众军汉一发上，那桶酒登时[106]吃尽了。杨志见众人吃了无事，自本不吃，一者天气甚热，二乃口渴难熬，拿起来，只吃了一半，枣子分几个吃了。那卖酒的汉子说道："这桶酒被那客人饶一瓢吃了，少了你些酒，我今饶了你众人半贯钱罢。"众军汉凑出钱来还他。那汉子收了钱，挑了空桶，依然唱着山歌，自下冈子去了。

那七个贩枣子的客人，立在松树傍边，指着这一十五人说道："倒也，倒也！"只见这十五个人，头重脚轻，一个个面面厮觑，都软倒了。那七个客人从松树里推出这七辆江州车儿，把车子上枣子丢在地上，将这十一担金珠宝贝都装在车子内，遮盖好了，叫声"聒噪！"[107]一直望黄泥冈下推了去。正是：

诛求膏血庆生辰，不顾民生与死邻。

始信从来招劫盗，亏心必定有缘因。

杨志口里只是叫苦，软了身体，挣扎不起。十五人眼睁睁地看着那七个人都把这金宝装了去，只是起不来，挣不动，说不得。

我且问你：这七个人端的[108]是谁？不是别人，原来正是晁盖、吴用、公孙胜、刘唐、三阮这七个。却才那个挑酒的汉子，便是白日鼠白胜。却怎地用药？原来挑上冈子时，两桶都是好酒。七个人先吃了一桶，刘唐揭起桶盖，又兜了半瓢吃，故意要他们看着，只是教人死心塌地。次后，吴用去松林里取出药来，抖在瓢里，只做走来饶他酒吃，把瓢去兜时，药已搅在酒里，假意兜半瓢吃，那白胜劈手夺来，倾在桶里。这个便是计策。那计较[109]都是吴用主张。这个唤做"智取生辰纲"。

【注释】

[1] 选自《水浒全传》第十六回，作者施耐庵。施耐庵(1296—1370)，原名耳，字子安，元末明初人，传世著作长篇小说《水浒传》。

[2] 却说：中国古代章回小说常用的开头语。大名府：辖境约为今河北省南部，府治为今河北省大名县，北宋时称北京。梁中书：名世杰，北宋当朝太师蔡京的女婿，北京大名府留守司，兼管一府军政。中书，即中书令，是给梁世杰加的官衔。

[3] 贯：古代用铜钱，用细绳穿起一十个铜钱为"一贯"。

[4] 当下一日：这一天。

[5] 相公：旧是对官员的敬称。

[6] 生辰纲：指成批运送寿礼的运输队。纲，成批运送货物的组织。

[7] 东京：北宋都城，也称汴梁，即今河南省开封市。

[8] 用人不着：用人不当。

[9] 帐前：军营中。了事的人：精明能干的人。

[10] 十分了得：特别能干。此指武艺高强。

[11] 委纸领状：具立负责领送礼物的文书。委：派；状，文书。

145

[12] 青面兽：杨志的绰号。杨志面有青痣。
[13] 打点：安排。
[14] 着落：吩咐，命令；太平车子：宋代运送货物的大车，车前可套驴、骡等牲口。
[15] 厢禁军：宋制，驻防京城的军队称"禁军"，驻防地方各州、路的军队称"厢军"。后来厢军和禁军有互相调换的情形，因此，驻防地方州、路的军队就混称为"厢禁军"。这里指警卫和杂役用的士兵。
[16] 军健：士兵。
[17] 乞钧旨：请下命令。钧，表示尊敬的词。钧旨，上司旨意。
[18] 札子：官文书。此指献寿礼的书信。
[19] 敕(chì)命：帝王的命令。此指皇帝的赐爵或嘉奖的文书。
[20] 支词：支吾推托之言。
[21] 强人：强盗。
[22] 恁(nèn)地：如此，这样。
[23] 军校：士兵。
[24] 这厮：这家伙。厮，对男子轻蔑的称呼。
[25] 行(háng)货：货物。
[26] 诰(gào)命：皇帝委任官职的命令。
[27] 打拴担脚：收拾担子。
[28] 委领状：接受领状。
[29] 府中宝眷：指蔡京府中眷属。
[30] 奶公：指蔡夫人乳母的丈夫。都管：府中总管杂务和仆役的人。虞侯：宋朝掌管禁卫的一种武官。此指梁中书府中听候派遣或传达命令的人。
[31] 提调：指挥。
[32] 夫人行(háng)：蔡夫人一方的亲信。
[33] 提辖：负责训练士兵、捉捕盗贼的军官。
[34] 交割：交代。
[35] 干系：责任。
[36] 勾当：事情。
[37] 自理会：自行办理。
[38] 担仗：担子。
[39] 将：拿来。财帛：财物。帛，丝织品。
[40] 凉笠儿：用竹或草编成的可御暑的帽子。
[41] 缠带行履(lǔ)麻鞋：走远路时穿的一种带带儿麻鞋，走路时鞋带儿系在脚脖上。
[42] 朴(pō)刀：一种短把的窄长的刀。
[43] 伴当：仆役。
[44] 札付书呈：公文书札。
[45] 簟(diàn)：竹席。
[46] 六龙：古神话说有六龙牵引太阳车。
[47] 红尘：尘埃。
[48] 兀自：还，还是。
[49] 端的：委实，确实。
[50] 辰牌：古代以铜壶滴漏的方法计时，滴漏上有"漏箭"和"时牌"以标示时间。"辰牌"即辰时，相当于早晨七至九点钟时候。

第四章 小说欣赏

[51] 申时：相当于下午三时至五时。
[52] 洒家：宋元时方言，相当于"我"。
[53] 尴(gān)尬(gà)去处：不好行走，容易出事的地方。
[54] 直得：值得。
[55] 强杀：至多、大不了。
[56] 直：竟，竟然。做大：摆架子。
[57] 看他不得：看不惯他那样子。
[58] 直恁地：竟然这样的。
[59] 巴到：挣扎到，赶到。
[60] 却理会：再说。
[61] 打火：点火做饭。
[62] 喃(nán)喃讷(nè)讷：断断续续地低语、牢骚。
[63] 絮(xù)絮聒(guō)聒：话讲不完的样子。搬口：搬弄口舌。
[64] 不着意：不在意。
[65] 祝融：传说中的火神。
[66] 阳侯：传说中的水神。
[67] 金风：秋风。
[68] 乾(qián)坤：指天地、世界。乾和坤为《周易》中两个卦名，指阴阳两种对立的势力。阳性的势力为乾，阴性的势力为坤，乾之象为天，坤之象为地，故引申为天地。甑(zèng)：古代蒸食炊器。
[69] 坼(chè)：分裂，裂开。
[70] 哔(bì)剥剥：象声词。
[71] 颠(diān)：跌。
[72] 兀的：同"这"。
[73] 攒(zǎn)：积聚。
[74] 碜(chěn)可可：凶险怪恶的样子。
[75] 休见他罪过：不要怪罪他们。
[76] 兀自：还，尚且。
[77] 休道是这般光景：不要说是这样(不太平)的情况了。
[78] 没分晓：不明事理，做事糊涂。
[79] 逞办：又作"逞辩"，卖弄口舌。
[80] 恼死俺：气死我。
[81] 无千无万：不知几千几万，不知多少。
[82] 喏(rě)喏连声：恭敬地连声招呼。
[83] 口浅：多嘴，口直。
[84] 量你是个遭死的军人：杨志在东京卖祖传宝刀，泼皮牛二无赖，要抢他的刀，他在气头上杀了牛二，到官府自首，充军到大名府。梁中书赦了他的罪，把他提拔做提辖。
[85] 合：应该。
[86] 影着：隐隐约约地藏着，遮掩着。
[87] 江州车儿：相传是诸葛亮在川东江州(今重庆巴南一带)所造一种独轮车，便于在山地运送货物。
[88] 朱砂记：像朱砂般的红记。
[89] 你颠倒问：你反倒问我们。
[90] 濠州：治所在今安徽省凤阳县东。

文学欣赏

[91] 鸟乱：瞎捣乱。鸟，骂人的话。
[92] 村鸟：蠢货。
[93] 蒙汗药：使人麻醉昏迷的药物。
[94] 早是：幸亏。
[95] 不打紧：不要紧。
[96] 左右：反正、横竖。
[97] 打甚么不紧：有什么要紧。
[98] 不道得：岂不是。
[99] 不争：不要紧，无所谓。
[100] 忒：太。
[101] 一了不说价：一向不讲价钱，从不讨价还价。
[102] 饶：多给，加添。
[103] 君子相：体面的样子。戴头识脸：有脸面身份。罗唣(zào)：饶舌，找麻烦。
[104] 甚么道理：哪有这个道理。
[105] 何争：哪在乎。
[106] 登时：立刻、马上。
[107] 聒(guō)噪(zào)：打搅、打扰。
[108] 端的：这里是"究竟"的意思。
[109] 计较：计划。

【赏析】

　　作品选自《水浒全传》第十六回，"智取生辰纲"是全书中一个重要情节，它描写晁盖、吴用等英雄好汉智取生辰纲的故事，深刻揭露了封建统治阶级残酷剥削和掠夺人民的罪行，热情歌颂了人民群众组织起来，打击封建统治阶级的正义行动和高度智慧。

　　从开头"却说北京大名府梁中书"到"取大路投东京进发"，是本篇的第一部分，写发送生辰纲的准备和筹划过程，交代出发送生辰纲的环境背景：社会动荡不安，阶级矛盾复杂尖锐，发送生辰纲更加困难。杨志正是在这样的背景下出现的。梁中书对杨志开口便说："你若与我送得生辰纲去，我自有抬举你处。"可见梁中书的狡猾，他针对当时杨志负罪在身，又想求取功名的心理，以利相招，收买和拉拢杨志为自己效劳，而杨志为了出头之日，报主之情也正迫切："恩相差遣，不敢不依。只不知怎地打点？几时起身？"话虽不多，却显出了杨志心情的急切。在与梁中书短促的问答之间，已经可以看出杨志的深细之处和对社会民情的深切了解，显出他的精细和老练。而梁中书对杨志既赞赏又多疑，阴险狡猾再一次暴露出来。这一部分虽然是交代生辰纲发送的筹备过程，但是各种矛盾都已点出，杨志和梁中书是各怀心事，明争暗斗，杨志和谢都管、虞侯的矛盾已经半公开；杨志和"贼"的矛盾虽然未公开，却是潜伏的严重问题。复杂的矛盾以不同方式存在着，它们将影响以后情节的发展。

　　从"此时正是五月半天气"至"今日天下怎地不太平"是本篇第二部分，写杨志离开大名府到达黄泥冈途中押运生辰纲的情况。这一部分中，作者加强了自然环境的描写，反复强调"酷热难行"这一点，以促进情节的发展。首先描写了杨志和十一个厢禁军之间矛盾的激化，这个矛盾又使杨志与谢都管、虞侯们的矛盾激化，在这里，杨志与军士的矛盾较为激烈和集中，军士们受皮肉之苦，还要在酷暑之中肩挑重担，而且又时时受杨志的鞭

第四章 小说欣赏

打,这其实也是受着梁中书的驱使和逼迫,是为了给他的丈人蔡京送生日贺礼。军士们的怨怅以及后来公开责问杨志,足见低层军士反对压迫和暴行的反抗情绪,体现着被压迫者的要求。谢都管和杨志的矛盾,则是这一矛盾激化后引起又一层矛盾的激化。运送生辰纲的队伍中种种矛盾的层层激化,为以后描写智夺生辰纲作了很好的铺垫。

从"杨志却待要回言"到"挣不动,说不得"是本篇的第三部分,写出黄泥冈上英雄好汉智取生辰纲的经过,这是本篇的高潮部分,着力表现"智取"。"智取"的关键在于"释疑",即只有打消杨志的"疑心"才能实现"智取"。于是作品描写了一场杨志和"脱得赤条条的"七个人之间关于谁是"歹人"的争论,通过争论达到"释疑"的目的。这场争论是针锋相对的,互相指责对方是"歹人",正是在互相指责和怀疑之时,作者巧妙而自然地安排"七人"对自己的身世做了说明,使精细多疑的杨志也放弃了怀疑,相信七人是贩枣子的客人。接着作品又写谢都管反言相激,这些带有讽刺意味的话使杨志进一步放松警惕,同意军士们"且歇了,等凉些再走",并且也"自去一边树下坐了歇凉"。至此,一场虚惊像是平静了,其时的杨志并没有完全放弃戒备之心。当一个汉子挑着酒桶上冈来,众军士围上要吃时,他马上又提出了"多少好汉,被蒙汗药麻翻了"的问题。为了"释疑",作品描写了一段精彩的"假戏真唱",七个"贩枣子的客人"买了酒,吃了一桶,又在另一桶里舀了一瓢,他们吃得口甜,争得热闹,外人看了全然无假,连杨志也寻思道:"俺在远远处望,这厮们都买他的酒吃了,那桶里当面也见吃了半瓢,想是好的。"在这里,杨志心细在远远处望,但他却未见出任何破绽,相信酒中没有"蒙汗药",解除了心中之疑,并且自己也吃了一半。"假戏真唱",解除了杨志的疑心,最终实现了"智取生辰纲"的目的。这里表面写杨志智而多疑,而实则在写英雄好汉的见疑释疑智上加智,正所谓"魔高一尺,道高一丈"。英雄智取生辰纲是在与杨志斗智斗勇的过程中实现的。

从"我且问你"到"这个唤做'智取生辰纲'"是本文的结尾,对智取生辰纲的人物和精心安排的计策做了补叙,揭示"智取"之妙,颇引人入胜,又首尾圆合,浑然天成。本篇结构严谨,情节曲折,扣人心弦,同时又生动诙谐,饶有趣味。对"智取生辰纲"的全过程构思精细。塑造人物形象大量运用言语和行动描写,是《水浒传》描写人物的特点之一。杨志这个贯穿本篇始终的人物就是靠他自己的语言行动塑造出他的形象的,而劫取生辰纲的英雄好汉们的性格则是在对比与衬托之中表现出来的,杨志多智,英雄更智,在激烈紧张的环境中通过富于机趣的"智取"表现出来,英雄们不仅有智,而且有勇,智勇双全,更胜一筹。这样,英雄群体的形象也就生动地表现出来了。

【知识拓展】

英 雄 传 奇

与历史演义同为讲史小说范围的英雄传奇也是在宋元讲史的基础上发展起来的。英雄传奇虽亦取材于史实,但与历史小说不同,不拘泥于一朝一代的历史事件的演变,而以描写英雄人物为主,即鲁迅所称"叙一时故事而特置重于一人或数人者",以《水浒传》为代表,较有影响的还有《北宋志传》《大宋中兴通俗演义》《隋史遗文》等。这些作品很多是通过隋末农民起义、唐末五代的分裂、宋代抗辽抗金的战争等,塑造了一系列的英雄

文学欣赏

形象。这些英雄人物原来就在民间广泛流传,受到人民的热爱和尊敬。成书后,大都保存了民间传说的精彩部分,在一定程度上表达了人民的思想感情和愿望。

儒林外史[1](节选)

吴敬梓

元朝末年,也曾出了一个嵌崎磊落[2]的人。这人姓王,名冕,在诸暨县乡村里住。七岁上死了父亲,他母亲做些针指,供给他到村学堂里去读书。看看三个年头,王冕已是十岁了。母亲唤他到面前来说道:"儿阿,不是我有心要耽误你。只因你父亲亡后,我一个寡妇人家,只有出去的,没有进来的。年岁不好,柴米又贵,这几件旧衣服和些旧家伙,当的当了,卖的卖了,只靠着我替人家做些针指生活寻来的钱,如何供得你读书?如今没奈何,把你雇在间壁人家放牛,每月可以得他几钱银子,你又有现成饭吃,只在明日就要去了。"王冕道:"娘说的是。我在学堂里坐着,心里也闷,不如往他家放牛。倒快活些。假如我要读书,依旧可以带几本去读。"当夜商议定了。

第二日,母亲同他到间壁秦老家。秦老留着他母子两个吃了早饭,牵出一条水牛来交与王冕,指着门外道:"就在我这大门过去两箭之地[3],便是七泖湖。湖边一带绿草,各家的牛都在那里打睡。又有几十棵合抱的垂杨树,十分阴凉。牛要渴了,就在湖边上饮水。小哥,你只在这一带玩耍,不必远去。我老汉每日两餐小菜饭是不少的,每日早上,还折两个钱与你买点心吃。只是百事勤谨些,休嫌怠慢。"他母亲谢了扰要回家去,王冕送出门来,母亲替他理理衣服,口里说道:"你在此须要小心,休惹人说不是。早出晚归,免我悬望。"王冕应诺,母亲含着两眼眼泪去了。

王冕自此只在秦家放牛,每到黄昏,回家跟着母亲歇宿。或遇秦家煮些腌鱼、腊肉给他吃,他便拿块荷叶包了来家,递与母亲。每日点心钱,他也不买了吃,聚到一两个月,便偷个空,走到村学堂里,见那闯学堂的书客,就买几本旧书。日逐[4]把牛拴了,坐在柳阴树下看。

弹指又过了三四年。王冕看书,心下也着实明白了。那日,正是黄梅时候,天气烦躁。王冕放牛倦了,在绿草地上坐着。须臾,浓云密布,一阵大雨过了。那黑云边上镶着白云,渐渐散去,透出一派日光来,照耀得满湖通红。湖边山上,青一块,紫一块,绿一块。树枝上都像水洗过一番的,尤其绿得可爱。湖里有十来枝荷花,苞子上清水滴滴,荷叶上水珠滚来滚去。王冕看了一回,心里想道:"古人说'人在画图中',其实不错。可惜我这里没有一个画工,把这荷花画他几枝,也觉有趣。"又心里想道:"天下那有个学不会的事,我何不自画他几枝?"

正存想间,只见远远的一个夯汉[5],挑了一担食盒来,手里提着一瓶酒,食盒上挂着一块毡条,来到柳树下,将毡条铺了,食盒打开。那边走过三个人来,头戴方巾[6],一个穿宝蓝夹纱直裰[7],两人穿元色[8]直裰,都有四五十岁光景,手摇白纸扇,缓步而来。那穿宝蓝直裰的是个胖子,来到树下,尊那穿元色的一个胡子坐在上面,那一个瘦子坐在对席。他想是主人了,坐在下面把酒来斟。吃了一回,那胖子开口道:"危老先生回来了。新买了住宅,比京里钟楼街的房子还大些,值得二千两银子。因老先生要买,房主人让了

第四章 小说欣赏

几十两银卖了,图个名望体面。前月初十搬家,太尊[9]、县父母[10]都亲自到门来贺,留着吃酒到二三更天。街上的人,那一个不敬!"那瘦子道:"县尊是壬午举人[11],乃危老先生门生,这是该来贺的。"那胖子道:"敝亲家也是危老先生门生,而今在河南做知县。前日小婿来家,带二斤干鹿肉来见惠,这一盘就是了。这一回小婿再去,托敝亲家写一封字来,去晋谒晋谒危老先生;他若肯下乡回拜,也免得这些乡户人家放了驴和猪在你我田里吃粮食。"那瘦子道:"危老先生要算一个学者了。"那胡子说道:"听见前日出京时,皇上亲自送出城外,携着手走了十几步,危老先生再三打躬辞了,方才上轿回去。看这光景,莫不是就要做官?"三人你一句,我一句,说个不了。

　　王冕见天色晚了,牵了牛回去。自此,聚的钱不买书了,托人向城里买些胭脂铅粉之类,学画荷花。初时画得不好,画到三个月之后,那荷花精神颜色无一不像,只多着一张纸,就像是湖里长的,又像才从湖里摘下来贴在纸上的。乡间人见画得好,也有拿钱来买的。王冕得了钱,买些好东好西,孝敬母亲。一传两,两传三,诸暨一县都晓得是一个画没骨花卉[12]的名笔,争着来买。到了十七八岁,不在秦家了,每日画几笔画,读古人的诗文,渐渐不愁衣食,母亲心里欢喜。

　　这王冕天性聪明,年纪不满二十岁,就把那天文、地理、经史上的大学问,无一不贯通。但他性情不同,既不求官爵,又不交纳朋友,终日闭户读书。又在《楚辞图》上看见画的屈原衣冠,他便自造一顶极高的帽子,一件极阔的衣服。遇着花明柳媚的时节,乘一辆牛车,载了母亲,他便戴了高帽,穿了阔衣,执着鞭子,口里唱着歌曲,在乡村镇上,以及湖边,到处玩耍,惹的乡下孩子们三五成群跟着他笑,他也不放在意下。只有隔壁秦老,虽然务农,却是个有意思的人,因自小看见他长大,如此不俗,所以敬他爱他,时常和他亲热,邀在草堂里坐着说话儿。

　　一日,正和秦老坐着,只见外边走进一个人来,头戴瓦楞帽,身穿青布衣服。秦老迎接,叙礼坐下。这人姓翟,是诸暨县一个头役,又是买办[13]。因秦老的儿子秦大汉拜在他名下,叫他干爷,所以常时下乡来看亲家。秦老慌忙叫儿子烹茶,杀鸡、煮肉款留他,并要王冕相陪。彼此道过姓名,那翟买办道:"这位王相公,可就是会画没骨花的么?"秦老道:"便是了。亲家,你怎得知道?"翟买办道:"县里人那个不晓得!因前日本县老爷吩咐,要画二十四幅花卉册页送上司,此事交在我身上。我闻有王相公的大名,故此一径来寻亲家。今日有缘,遇着王相公,是必费心大笔画一画。在下半个月后,下乡来取。老爷少不得还有几两润笔的银子,一并送来。"秦老在傍,着实撺掇[14]。王冕屈不过秦老的情,只得应诺了。回家用心用意,画了二十四幅花卉,都题了诗在上面。翟头役禀过了本官,那知县时仁发出二十四两银子来。翟买办扣克了十二两,只拿十二两银子送与王冕,将册页取去。时知县又办了几样礼物,送与危素,作候问之礼。

　　危素受了礼物,只把这本册页看了又看,爱玩不忍释手。次日,备了一席酒,请时知县来家致谢。当下寒暄已毕,酒过数巡,危素道:"前日承老父台所惠册页花卉,还是古人的呢,还是现在人画的?"时知县不敢隐瞒,便道:"这就是门生治下[15]一个乡下农民,叫做王冕,年纪也不甚大,想是才学画几笔,难入老师的法眼。"危素叹道:"我学生[16]出门久了,故乡有如此贤士,竟坐不知,可为惭愧。此兄不但才高,胸中见识,大是不同,将来名位不在你我之下。不知老父台可以约他来此相会一会么?"时知县道:"这

个何难？门生出去，即遣人相约。他听见老师相爱，自然喜出望外了。"说罢，辞了危素，回到衙门，差翟买办持个侍生[17]帖子去约王冕。

翟买办飞奔下乡，到秦老家，邀王冕过来，一五一十向他说了。王冕笑道："却是起动头翁，上复县主老爷，说王冕乃一介[18]农夫，不敢求见。这尊帖也不敢领。"翟买办变了脸道："老爷将帖请人，谁敢不去！况这件事，原是我照顾你的；不然，老爷如何得知你会画花？论理，见过老爷，还该重重的谢我一谢才是！如何走到这里，茶也不见你一杯，却是推三阻四，不肯去见，是何道理？叫我如何去回复得老爷！难道老爷一县之主，叫不动一个百姓么？"王冕道："头翁，你有所不知。假如我为了事，老爷拿票子传我，我怎敢不去！如今将帖来请，原是不逼迫我的意思了。我不愿去，老爷也可以相谅。"翟买办道："你这都说的是甚么话！票子传着倒要去，帖子请着倒不去，这不是不识抬举了？"

秦老劝道："王相公，也罢，老爷拿帖子请你，自然是好意，你同亲家去走一回罢。自古道，'灭门的知县'，你和他拗些甚么？"王冕道："秦老爹！头翁不知，你是听见我说过的。不见那段干木、泄柳的故事[19]么？我是不愿去的。"翟买办道："你这是难题目与我做，叫拿甚么话去回老爷？"秦老道："这个果然也是两难。若要去时，王相公又不肯；若要不去，亲家又难回话。我如今倒有一法，亲家回县里，不要说王相公不肯，只说他抱病在家，不能就来，一两日间好了就到。"翟买办道："害病，就要取四邻的甘结！"彼此争论了一番。秦老整治晚饭与他吃了，又暗叫了王冕出去问母亲秤了三钱二分银子，送与翟买办做差钱，方才应诺去了，回复知县。

知县心里想道："这小厮[20]那里害甚么病！想是翟家这奴才走下乡狐假虎威，着实恐吓了他一场。他从来不曾见过官府的人，害怕不敢来了。老师既把这个人托我，我若不把他就叫了来见老师，也惹得老师笑我做事疲软。我不如竟自己下乡去拜他。他看见赏他脸面，断不是难为他的意思，自然大着胆见我，我就便带了他来见老师，却不是办事勤敏？"又想道："一个堂堂县令，屈尊去拜一个乡民，惹得衙役们笑话。"又想道："老师前日口气，甚是敬他，老师敬他十分，我就该敬他一百分。况且屈尊敬贤，将来志书上少不得称赞一篇。这是万古千年不朽的勾当，有甚么做不得！"当下定了主意。

次早，传齐轿夫，也不用全副执事[21]，只带八个红黑帽夜役军牢[22]，翟买办扶着轿子，一直下乡来。乡里人听见锣响，一个个扶老携幼，挨挤了看。轿子来到王冕门首，只见七八间草屋，一扇白板门紧紧关着。翟买办抢上几步，忙去敲门。敲了一会，里面一个婆婆，挂着拐杖出来说道："不在家了。从清早晨牵牛出去饮水，尚未回来。"翟买办道："老爷亲自在这里传你家儿子说话，怎的慢条斯理！快快说在那里，我好去传！"那婆婆道："其实不在家了，不知在那里。"说毕，关着门进去了。

说话之间，知县轿子已到。翟买办跪在轿前禀道："小的传王冕，不在家里，请老爷龙驾到公馆里略坐一坐，小的再去传。"扶着轿子，过王冕屋后来。屋后横七竖八几棱窄田埂，远远的一面大塘，塘边都栽满了榆树、桑树。塘边那一望无际的几顷田地，又有一座山，虽不甚大，却青葱，树木堆满山上。约有一里多路，彼此叫呼，还听得见。知县正走着，远远的有个牧童，倒骑水牯牛，从山嘴边转了过来。翟买办赶将上去，问道："秦小二汉，你看见你隔壁的王老大牵了牛在那里饮水哩？"小二道："王大叔么？他在二十

第四章 小说欣赏

里路外王家集亲家家吃酒去了。这牛就是他的,央及我替他赶了来家。"翟买办如此这般禀了知县。知县变着脸道:"既然如此,不必进公馆了!即回衙门去罢!"时知县此时心中十分恼怒,本要立即差人拿了王冕来责惩一番,又想恐怕危老师说他暴躁,且忍口气回去,慢慢向老师说明此人不中抬举,再处置他也不迟。知县去了。

王冕并不曾远行,即时走了来家。秦老过来抱怨他道:"你方才也太执意了。他是一县之主,你怎的这样怠慢他?"王冕道:"老爹请坐,我告诉你。时知县倚着危素的势要,在这里酷虐小民,无所不为。这样的人,我为甚么要相与他?但他这一番回去,必定向危素说;危素老羞变怒,恐要和我计较起来。我如今辞别老爹,收拾行李,到别处去躲避几时。只是母亲在家,放心不下。"母亲道:"我儿,你历年卖诗卖画,我也积聚下三五十两银子,柴米不愁没有。我虽年老,又无疾病,你自放心出去躲避些时不妨。你又不曾犯罪,难道官府来拿你的母亲去不成?"秦老道:"这也说得有理。况你埋没在这乡村镇上,虽有才学,谁人是识得你的?此番到大邦去处,或者走出些遇合来也不可知。你尊堂[23]家下大小事故,一切都在我老汉身上,替你扶持便了。"王冕拜谢了秦老,秦老又走回家去,取了些酒肴来替王冕送行,吃了半夜酒回去。

次日五更,王冕起来收拾行李,吃了早饭,恰好秦老也到。王冕拜辞了母亲,又拜了秦老两拜,母子洒泪分手。王冕穿上麻鞋,背上行李,秦老手提一个小白灯笼,直送出村口,洒泪而别。秦老手拿灯笼,站着看着他走,走的望不着了方才回去。

王冕一路风餐露宿,九十里大站,七十里小站,一径来到山东济南府地方。这山东虽是近北省分,这会城[24]却也人物富庶,房舍稠密。王冕到了此处,盘费用尽了,只得租个小庵门面屋,卖卜测字,也画两张没骨的花卉贴在那里,卖与过往的人。每日问卜卖画,倒也挤个不开。

弹指间,过了半年光景。济南府里有几个俗财主,也爱王冕的画,时常要买,又自己不来,遣几个粗夯小厮,动不动大呼小叫,闹的王冕不得安稳。王冕心不耐烦,就画了一条大牛贴在那里,又题几句诗在上,含着讥刺。也怕从此有口舌,正思量搬移一个地方。

那日清早,才坐在这里,只见许多男女啼啼哭哭,在街上过。也有挑着锅的,也有箩担内挑着孩子的,一个个面黄肌瘦,衣裳褴褛。过去一阵,又是一阵,把街上都塞满了。也有坐在地上就化钱的,问其所以,都是黄河沿上的州县,被河水决了,田庐房舍尽行漂没。这是些逃荒的百姓,官府又不管,只得四散觅食。王冕见此光景,过意不去,叹了一口气道:"河水北流,天下自此将大乱了。我还在这里做甚么!"将些散碎银子收拾好了,拴束行李,仍旧回家。入了浙江境,才打听得危素已还朝了,时知县也升任去了,因此放心回家,拜见母亲。看见母亲康健如常,心中欢喜。母亲又向他说秦老许多好处。他慌忙打开行李,取出一匹茧绸,一包耿饼[25],拿过去拜谢了秦老。秦老又备酒与他洗尘。自此,王冕依旧吟诗作画,奉养母亲。

又过了六年,母亲老病卧床。王冕百方延医调治,总不见效。一日,母亲吩咐王冕道:"我眼见得不济事了。但这几年来,人都在我耳根前说你的学问有了,该劝你出去做官。做官怕不是荣宗耀祖的事,我看见这些做官的都不得有甚好收场。况你的性情高傲,倘若弄出祸来,反为不美。我儿可听我的遗言,将来娶妻生子,守着我的坟墓,不要出去做官。我死了,口眼也闭。"王冕哭着应诺。他母亲奄奄一息,归天去了。王冕擗踊[26]哀

文学欣赏

号,哭得那邻舍之人无不落泪。又亏秦老一力帮衬,制备衣衾棺椁。王冕负土成坟,三年苦块[27],不必细说。到了服阕[28]之后,不过一年有余,天下就大乱了。方国珍据了浙江,张士诚据了苏州,陈友谅据了湖广,都是些草窃的英雄。只有太祖皇帝起兵滁阳,得了金陵,立为吴王,乃是王者之师,提兵破了方国珍,号令全浙,乡村镇市,并无骚扰。

一日,日中时分,王冕正从母亲坟上拜扫回来,只见十几骑马竟投他村里来。为头一人,头戴武巾,身穿团花战袍,白净面皮,三绺髭须,真有龙凤之表。那人到门首下了马,向王冕施礼道:"动问一声,那里是王冕先生家?"王冕道:"小人王冕,这里便是寒舍。"那人喜道:"如此甚妙。特来晋谒。"吩咐从人都下了马,屯在外边,把马都系在湖边柳树上。那人独和王冕携手进到屋里,分宾主施礼坐下。王冕道:"不敢拜问尊官尊姓大名?因甚降临这乡僻所在?"那人道:"我姓朱,先在江南起兵,号滁阳王;而今据有金陵,称为吴王的便是。因平方国珍到此,特来拜访先生。"王冕道:"乡民肉眼不识,原来就是王爷。但乡民一介愚人,怎敢劳王爷贵步?"吴王道:"孤是一个粗卤汉子,今得见先生儒者气象,不觉功利之见顿消。孤在江南,即慕大名,今来拜访,要先生指示:浙人久反之后,何以能服其心?"王冕道:"大王是高明远见的,不消乡民多说。若以仁义服人,何人不服,岂但浙江?若以兵力服人,浙人虽弱,恐亦义不受辱。不见方国珍么?"吴王叹息,点头称善。两人促膝谈到日暮。那些从者都带有干粮。王冕自到厨下烙了一斤面饼,炒了一盘韭菜,自捧出来,陪着。吴王吃了,称谢教诲,上马去了。这日,秦老进城回来,问及此事。王冕也不曾说就是吴王,只说是军中一个将官,向年在山东相识的,故此来看我一看。说着就罢了。

不数年间,吴王削平祸乱,定鼎应天[29],天下一统,建国号大明,年号洪武。乡村人各各安居乐业。到了洪武四年,秦老又进城里,回来向王冕道:"危老爷已自问了罪,发在和州去了。我带了一本邸抄[30]来与你看。"王冕接过来看,才晓得危素归降之后,妄自尊大,在太祖面前自称老臣。太祖大怒,发往和州守余阙墓[31]去了。此一条之后,便是礼部[32]议定取士之法:三年一科,用《五经》《四书》八股文[33]。王冕指与秦老看,道:"这个法却定的不好!将来读书人既有此一条荣身之路,把那文行出处[34]都看得轻了。"说着,天色晚了下来。此时正是初夏,天时乍热,秦老在打麦场上放下一张桌子,两人小饮。须臾,东方月上,照耀得如同万顷玻璃一般。那些眠鸥宿鹭,阒然[35]无声。王冕左手持杯,右手指着天上的星,向秦老道:"你看贯索犯文昌[36],一代文人有厄!"话犹未了,忽然起一阵怪风,刮的树木都飕飕的响,水面上的禽鸟格格惊起了许多,王冕同秦老吓的将衣袖蒙了脸。少顷,风声略定,睁眼看时,只见天上纷纷有百十个小星,都坠向东南角上去了。王冕道:"天可怜见,降下这一伙星君去维持文运,我们是不及见了!"当夜收拾家伙,各自歇息。

自此以后,时常有人传说,朝廷行文到浙江布政司[37],要征聘王冕出来做官。初时不在意里,后来渐渐说的多了,王冕并不通知秦老,私自收拾,连夜逃往会稽山中。

半年之后,朝廷果然遣一员官,捧着诏书,带领许多人,将着彩缎表里[38],来到秦老门首,见秦老八十多岁,须鬓皓然,手扶拄杖。那官与他施礼,秦老让到草堂坐下。那官问道:"王冕先生就在这庄上么?而今皇恩授他咨议参军[39]之职,下官特地捧诏而来。"秦老道:"他虽是这里人,只是久矣不知去向了。"秦老献过了茶,领那官员走到王冕

第四章 小说欣赏

家,推开了门,见蟏蛸[40]满室,蓬蒿满径,知是果然去得久了。那官咨嗟叹息了一回,仍旧捧诏回旨去了。

王冕隐居在会稽山中,并不自言姓名。后来得病去世,山邻敛些钱财,葬于会稽山下。

是年,秦老亦寿终于家。可笑近来文人学士,说着王冕,都称他做王参军,究竟王冕何曾做过一日官?

【注释】

[1] 作品选自《儒林外史》第一回。作者吴敬梓(1701—1754),字敏轩,号粒民,后又自号秦淮寓客、文木老人。安徽全椒人。清代著名作家,除著名的讽刺小说集《儒林外史》外,还有《文木山房诗文集》。

[2] 嵚(qīn)崎磊落:指人物的品格特异,光明正大。

[3] 两箭之地:每箭的距离约在一百二十步到一百五十步之间,这里指相距不远的意思。

[4] 日逐:每天。

[5] 夯(bèn)汉:夯,同"笨"。夯汉,剥削者对体力劳动者的蔑称。

[6] 方巾:明代有秀才以上功名的人戴的方形软帽。

[7] 直裰(duō):古人的便服,斜领大袖、四周镶边的袍子。

[8] 元色:黑色。元本作玄,清代避玄烨(康熙)的讳,改为"元"。

[9] 太尊:明、清时府的长官叫知府,谀称为太尊。

[10] 县父母:对知县的恭维称呼。

[11] 壬午举人:壬午年考中的举人。

[12] 没骨花卉:国画中不用线条勾画轮廓,直接用颜色或水墨画的花卉。

[13] 买办:官府中管采购杂务的差役。

[14] 撺(cuān)掇(duō):在旁鼓动。

[15] 治下:封建官吏管辖的区域。

[16] 学生:封建士大夫表示谦虚的自称。

[17] 侍生:明、清士大夫对前辈的自称。

[18] 一介:一个,表示自谦。

[19] 段干木、泄柳的故事:段干木,战国时人,魏文侯请他做官,他跳墙跑掉。泄柳,春秋时人,鲁穆公请他做官,他关门不接见。这里用来表示王冕不愿趋奉时知县和危素。

[20] 小厮(sī):服杂役的年轻奴仆。这里表示时知县对王冕的轻蔑。

[21] 全副执事:全副仪仗。

[22] 红黑帽夜役军牢:官员出门时走在前面喝道、官员坐堂时站在两边排班的差人。

[23] 尊堂:对他人母亲的敬称。

[24] 会城:省城,这里指济南。

[25] 耿饼:山东菏泽市耿庄出产的柿饼。

[26] 擗(pǐ)踊:擗,以手搥胸。踊,以足顿地。形容极度悲哀。

[27] 三年苫(shān)块:封建时代规定父母死了,要服丧三年。在服丧期间要睡草垫,枕土块。

[28] 服阕(què):服丧期满。阕,终了。

[29] 定鼎应天:鼎为古代传国的重器,把定国都称为"定鼎"。应天即南京一带。这里指朱元璋建立明朝,定都南京。

[30] 邸抄:又名"邸报"。京城发行的登载文告、文件以及官员任免的印刷品。

[31] 守余阙墓：余阙是元朝安庆的守将，与陈友谅作战身死。危素是投降明朝的元朝大官僚，明太祖发他去守余阙墓，是对他的嘲弄。

[32] 礼部：明、清时掌管典章制度和科举考试等事务的中央机构。当时中央设吏、户、礼、兵、刑、工六部，各部长官叫尚书。

[33] 八股文：明、清应试文章以《四书》命题的书艺和以《五经》命题的经艺的通称。每篇文章规定必须有八股，因而称为"八股文"。

[34] 文行出处：文，书本知识；行，道德规范；出，做官；处，退隐。"处则不失为真儒，出则可以为王佐。"作者提出它来作为读书人的行为准则。

[35] 阒(qù)然：寂静。

[36] 贯索犯文昌：象征牢狱的贯索星冲犯了主持文运的文昌星，对文人不吉利。

[37] 布政司：明代官署名(全称为承宣布政使司)，长官叫布政使。

[38] 表里：衣料，多指礼品。

[39] 咨议参军：指军队中参谋性质的职务。据《明史》，朱元璋下婺州时，曾任命王冕为咨议参军。

[40] 蟏(xiāo)蛸(shāo)：蜘蛛网。

【赏析】

　　王冕是作者心目中的理想人物。他在《儒林外史》第一回楔子中出现，隐括了全书的主旨。王冕勤奋好学，贯通古今，轻视功名富贵，蔑视八股制度，这样一个"嵚崎磊落的人"，是总领全篇主题的人物形象，是作者苦心树立起来的一个楷模。但作者写他并没有孤立来写，而是以他为中心，带出了一连串的人物：大官僚危素，当地时知县，爪牙翟买办，乡绅胖子、瘦子和胡子，还有王冕的母亲及忠厚老实的秦老爹，甚至还写到未来的皇帝朱元璋。作品将这些人物有机地组织起来，合理地安排他们之间的种种纠葛与关系，使他们在这些纠葛与关系中形成强烈的对比，从而使王冕的思想性格更加鲜明突出。官场人物邀见王冕与王冕的拒而不见形成尖锐对比。欺上压下、狐假虎威的衙门杂差翟买办原以为轻而易举就可以请到王冕，满不在乎，不想王冕婉言拒绝，使翟买办一下子凶相毕露。而王冕依旧不卑不亢据理反驳：县老爷"将帖来请，原是不逼迫我的意思了；我不愿去，老爷也可以相谅"。又引证战国段干木与春秋泄柳不愿做官的故事，入情入理，无懈可击。翟买办的无能，逼得一心想讨好危大人的时知县只好亲自出马了。

　　然而，他对王冕也作了错误的估计，吃了个闭门羹。老谋深算的时知县虽然十分恼怒，但又恐危素说他暴躁，不得不暂时忍着，容后再伺机报复。

　　危素在书中虽只偶露一面，但却颇有深意。历史上的王冕是浙江诸暨人，危素是江西人，作者对他们的籍贯自然是很清楚的。而作者故意把危素改为王冕的同县人，并写他是回到家乡来暂住，目的就是为了同王冕形成对比。危素原是元朝的大官，元朝灭亡，他归降明朝，仍旧高官厚禄。后因妄自尊大，被贬去守元朝守将余阙的墓，这对他卑下的人格是一个嘲笑。这正应了王冕母亲的话："我看见这些做官的都不得有甚好收场。"翟买办的狗仗人势、肆意欺凌，时知县的老谋深算、狡猾多端以及危素的卑鄙龌龊、官迷心窍和他可悲的下场，都反衬出王冕无视功名、不畏官绅、清高自守、不染污泥的高贵品格。

　　三个没有姓名拼命巴结危素的乡绅，从另一个侧面同王冕形成对比。无名无姓，正是概括了当时社会上趋炎附势的一般乡绅的形象。他们并不认识危素，却又处处巴结、攀附。危素在元明交替之时回家暂避，待机而起。而这些乡绅们便如逐臭之蝇，从四面八方聚拢来，想借他的地位挤压百姓，借那毫不相干的"亲戚"关系加紧对百姓的压迫与盘

剥。这些都与王冕的邀而不往，请而不至，避之犹若瘟疫，形成鲜明对照。谁清谁浊，孰优孰劣，一目了然。

邻居秦老爹的宽厚怯弱，同王冕形成了另一层意义上的对比。秦老爹是老实厚道的农民，他不读书，不识字，却极讲情义，为一般有知有识的人所难以相比。他收留王冕放牛，供他吃食，让他有读书之便，对王冕有养育之恩。王冕很敬重他。但是，王冕的思想品行，却又是他所不能企及的。当翟买办来家威逼时，秦老爹唯恐惹恼了差役，处处给以圆场。王冕避官不见，秦老爹抱怨他不该怠慢了县官。他不愿得罪官吏，甚至希望王冕为躲避官府干扰而出走他乡时，碰到好机会，就寻个出头之日，免得"埋没在这乡村"。王冕却始终坚持不求功名富贵，不与官绅同流合污。他不怕得罪官吏，不怕违逆哺育自己成长的秦老，甚至不怕怠慢了至高无上的皇帝。何等的心清如水，志比天高！

同王冕的高清品质形成鲜明对比的还有济南府的俗财主、投村下访的滁阳王等，他们的共同点是劝官，都给王冕开辟了一条升官发财的道路，逼迫或者牵导王冕往这条路上走；而王冕则是避官，偏偏不愿苟同，违逆着他们的意志，这种对立的性格就在这相互的矛盾中得以展示。在相互对比中加强了对危素、翟买办等人的批判，更使王冕不慕功名、憎恶权贵、不与统治者同流合污的恬淡高洁的形象熠熠生辉。

【知识拓展】

关于《儒林外史》

吴敬梓(1701—1754)，字敏轩，清代安徽全椒人。他出身于仕宦名门，小时候受到良好的教育，对文学创作表现出特别的天赋，及至成年，因为随父亲到各处做官而有机会获得包括官场内幕的大量见识。22岁时，父亲去世，家族内部因为财产和权力而展开了激烈的争斗。经历了这场变故，吴敬梓既无心做官，对虚伪的人际关系又深感厌恶，无意进取功名。他不善持家，遇贫即施，家产卖尽，直至去世时，一直过着清贫的生活。吴敬梓一生创作了大量的诗歌、散文和史学研究著作。但确立其在中国文学史上的杰出地位的，是他创作的长篇讽刺小说《儒林外史》。

《儒林外史》全书56回，由许多个生动的故事组成，这些故事都是以真人真事为原型塑造的。全书的中心内容，就是抨击僵化的科举制度和由此带来的严重社会问题。作者希望借此说明，正是这种过度追求功名富贵的考试制度，腐蚀了读书人的灵魂，污染了社会风气，同时吏治腐败，社会问题层出不穷。

《儒林外史》是我国古代讽刺文学的典范，吴敬梓对生活在封建末世和科举制度下的封建文人群像的成功塑造，以及对吃人的科举、礼教和腐败事态的生动描绘，使他成为我国文学史上批判现实主义的杰出作家之一。《儒林外史》不仅直接影响了近代谴责小说，而且对现代讽刺文学也有深刻的启发。晚清谴责小说《官场现形记》等显然受了《儒林外史》讽刺艺术的影响，并在结构上有所模仿。我国新文学的伟大作家鲁迅，极其推崇《儒林外史》，他的战斗的文学风格特别讽刺手法的运用，与《儒林外史》也有一定的关系。现在，《儒林外史》已被译成英、法、德、俄、日等多种文字，成为一部世界性的文学名著。有的外国学者认为：这是一部讽刺迂腐与卖弄的作品，却可称为世界上一部最不引经据典、最饶诗意的散文叙述体之典范。它可与意大利薄伽丘、西班牙塞万提斯、法国巴尔扎克等人的作品相抗衡。

文学欣赏

黑骏马(节选)

张承志

十四年前是羊年：我和索米娅都十三岁了。

十三岁是蒙古儿童第一次得到众人礼遇的年头，过年的时候，奶奶给我和索米娅都穿上用牛粪烟熏得鲜黄的、花边鲜艳的新皮袍。我们套上牛车到处去串门，因为是我们的本命年，所以牧人们照规矩送给我们各式各样的礼物。索米娅高兴地数着自己的礼物，一个个地翻看着那些月饼、花手巾、磁茶碗。而我，却不免开始有了一丝感慨：在这样重要的节日，我居然和女人家一样，赶着牛车去串门；而其他有畜群人家的孩子，却神气地跨着剪齐鬃毛的高头大马，随着大人的马队，在飞扬的雪雾中吆喊着，从一个蒙古包驰向另一个蒙古包，唉！我什么时候才能有匹马呢？

索米娅安慰我说："别急，会有的。奶奶说，过两年，我们向队里要一群牛放。那时你就有整整五匹乘马啦。"

"哼！两年！"我愤愤地朝她喊道，"可是这两年里怎么办？"

没想到，事情变化得那么快。

春天，清明前几天的一个夜里，刮了一场天昏地暗的风雪。整夜我们都缩在皮被里，挤在奶奶身边，倾听着嗷嗷的风吼声、包顶咔咔的摇晃声和分辨不清的马群的驰骤。奶奶不安地拖长了声说："唔，马群被风雪抓跑啦……唔，怀驹的骒马要死啦……"

第二天清晨，奇迹出现了！

我和索米娅使劲推开被雪封住的木门后，突然看见，在我们包门外站着一匹漆黑漆黑的马驹子。远处依然在刮着白毛风的雪坡上，隐隐可以望见一匹黑骒马的僵尸。

我们惊叫着，又牵又抱地把马驹拉进了包内。它害怕地睁着泪汪汪的眼睛，四肢弯曲着，靠着毡墙打颤。炉火烤化了它身上冻硬的毛片，愈发显得漆黑闪亮。

奶奶连腰带都顾不上系了，她颤巍巍地搂住马驹，用自己的被子揩干它的身体，然后把袍子解开，紧紧地把小马驹搂在怀里。她一下下亲着露在她袍襟外面的马驹的脑门儿，絮叨叨地说着一套又一套的迷信话。她说，这黑马驹很可能是神打发来的。因为白音宝力格已经到了骑马的年龄。白音宝力格是好孩子，是神给她的男孩，所以神应该记着给白音宝力格一匹好马。如果不是这样，有谁见过骒马在风雪中产驹冻死，而一口奶没吃的马驹子反而能从山坡上走下来，躲到蒙古包门口呢？她还说，她一辈子见过多少马驹子，可是没见过这么漂亮的。看来，把这马驹子养活喂大，是神打发她这把老骨头这辈子干的最后一件事啦……

我和索米娅听得入了迷。我们完全被奶奶的思想征服了。后来我们看到她在用红绸块给黑马驹缝护身符时，我们都忘了老师教过我们的、要反对迷信的教导。

晚雪尚未化净，山野还是一片斑驳。每天，黑马驹喝了一小桶牛奶以后，常在柔软的草地上挺直脖颈，轻轻跃起，又缓缓卧下，久久地凝望着山峦和流云。我和索米娅在山坡上拾粪回来时，总喜欢鼓起腮，尖尖地打个唿哨；或者拖长声音喊一声"呵——依——"黑马驹会像灵巧的兔子一样，蹦蹦跳跳地，躲闪着它害怕的马莲草丛和牛粪堆，用那让人心疼又美丽无比的步法飞一般朝我们奔来。我们则扔下筐，帮它把弄脏的黑皮毛擦净，把

第四章 小说欣赏

歪了的红布护身符挂正,把我们省下来的月饼块、红糖、油果子,一块块地喂给它吃。远处,奶奶飘着一头银发,勤奋地忙碌着,挤奶、拴牛犊,像是为着一项神圣的使命。我们当然不让它在外面过夜,晚上总是用软羊毛绳把它拴在包里的炉火旁。小马驹加入了我们的家,我们四个愉快地生活着,享受着它给我们带来的无限乐趣。

一天,我们正在逗黑马驹玩呢,蹲在乳牛脚旁的奶奶突然来了兴致。她一面挤着奶,一面哼起了一支歌子,那就是《钢嘎·哈拉》《黑骏马》。

奶奶旁若无人地干着活儿,唱着。她挤完奶,又把豆饼掰成小块,放进木食槽里,挨个地牵过乳牛和牛犊。她唱着、教训着贪嘴的牛:"漂亮善跑的——黑骏马,呵哟……滚开!白鼻子!还吃不够么!——拴在……那榆木的车上,呵哟……"

奶奶在情在意地唱着,没料到,她还是一个歌手呢!在她拖出婉转的长长的尾音时,她的嗓音嘶哑而高亢,似乎她能随便唱出很难唱的花音,也许是我以前听惯了学校教的那些节奏欢快的儿童歌曲吧,这朴直古老的《黑骏马》,使我觉得那么新奇。索米娅和我对望着,连气也不敢出,呆呆地听着奶奶自我陶醉的吟唱。奶奶唱的是一个哥哥骑着一匹美丽绝伦的黑骏马跋涉着迢迢的路程,穿越了茫茫的草原,去寻找他的妹妹的故事。她总是在一个曲折无穷的尾腔上咏叹不已,直到把我们折磨够了才简单地用一两个词告诉我们这一步寻找的结果。那骑手哥哥一次次地总是找不到久别的妹妹,连我们在一旁听着都为他心急如焚。

哦,这是多么新鲜、多么动人的歌啊,它像一道清清的雪水溪,像一阵吹得人身心透明的风,浸浸过我的肌肤,轻抚着我的心……我失神地默立在草地上,握紧拳头听着。神妙的曲调在我心灵中唤起的阵阵感动,渐渐地化成一匹浑身宛如黑缎的、昂首长嘶的骏马;这匹黑马的一举足一甩鬃都在我脑海里印下了那么深、那么逼真的印象。

歌子唱完了。我醒过来。索米娅正搂着黑马驹的脖子,不出声地流着泪。我大喊道:"喂,沙娜!我要给这匹马取一个响亮的名字!你知道吗,它就是奶奶唱的那黑马的儿子。我要叫它'钢嘎·哈拉'!它一定会成为一匹真正的快马。嘿,多棒的名字:黑骏马……我要骑着它去追那些讨厌的老牛。我,我要骑着它走遍乌珠穆沁,走遍锡林郭勒,走遍整个草原!"

索米娅惊讶地看着我。她说:"当然啦,它会是一匹黑骏马。你看,它刚生下来就有本事穿过风雪跑到咱们家门口……可是,巴帕,"她闪着黑黑的眼睛盯着我,"嗯,等你真的走遍了锡林郭勒和全部草原以后,你会像奶奶唱的那样,骑着你的钢嘎·哈拉回到这里,来看看我吗?"

"当然!"我毫不迟疑地回答。

尽管我一本正经地给黑马驹命名为"钢嘎·哈拉",而且弄得全牧业队的男女老幼都习惯了这样称呼它;但我倒并没有像索米娅那样常常哼着《黑骏马》,对我来说,那支歌子毕竟还是古怪了一些。那时被我喜爱的歌子是《阿洛淖尔》,一支简单明快的骏马赞歌。因为在《阿络淖尔》里,叙述了一匹神马从一岁开始,到两岁,到长成熟的种种奇迹和本事;一直到"在达赖喇嘛的赛会上,它七十三次跑第一"那样的总结。从黑马驹降临的那个可庆幸的春天开始,我差不多整整一年反复哼着"还是一岁驹哟,你就备上鞍"。等到第二年,它的大脑袋刚刚显得小了点,小沙狐般的短尾巴刚刚能甩上几甩,我就眼巴巴地盼它长大,盼它超过全公社的千万马群。那时,早晨在迷糊中被奶奶或索米娅推醒,

文学欣赏

我揉着发粘的眼皮,打着哈欠。直到端起奶茶碗,还没有清醒过来,只是觉得该说点儿什么。一张口,"二岁马哟……像飞箭!"

奶奶笑了。索米娅也格格地笑了。

第三个春天——奶奶从棚车深处找出一盘破碎的鞍子,央求附近的牧民修理。她说,这是索米娅的父亲留下的。自他死后,这个只有女人的家里就没有人用它。而现在该收拾齐整啦;钢嘎·哈拉已经成为三岁马,很快就要调教出来;白音宝力格也过了十五岁,是男子汉啦。

十五岁是儿童和青年的分界。对早熟的草原少年更是如此。那时,我正一心钻研畜牧业机械和兽医技术,索米娅则在给邻居家的羊群守夜。我早已不再傻乎乎地把半句《阿洛淖尔》哼个没完了,那时我寡言少语,喜欢思索。父亲来看我时已很少耍威风,因为我常常正在安静地读一本图文并茂的《怎样经营牧业》,或者是赤着上身在用镐头刨着圈里的羊粪砖——我的汗水淋淋的两臂肌肉发达,他看看就会明白:白音宝力格已经成人了。

那天天气晴朗,是春季里的一个好天。我束紧腰带,走到草地上,解下钢嘎·哈拉的马绊。昨天晚上我们商量过:如果天气好,就正式给马备上鞍,把它调教出来。

索米娅朝我跑来。可能因为天热的缘故吧,也可能是为了帮我调马,她脱去了臃肿的皮袍子,穿着一件奶奶穿旧的、显得很小很窄的旱獭皮薄袍。她气喘吁吁地跑来,阳光直射着她的脸。她抬起手臂擦着汗珠,紧束着的腰带立即勒出了她躯体的曲线。刹那间,我的心动了一下:呵……我说不出心里的滋味儿,只觉得跑来的好像不是那个和我耳鬓厮磨地一块儿生活了六七年的沙娜了。沙娜——那个为我熟悉的小索米娅是多么小、多么胖乎乎,眼睛眯得是多么可笑呵,而差几步就要跑到我面前的,却分明是一个颀长、健壮、曲线分明、在阳光下向我射出异彩的姑娘。

"巴帕,真的今天就骑么?嘿,真高兴!"她的大眼睛闪着喜悦的光,以前她也常为些小事兴高采烈的,但那时从来没有这样一种奇怪的味道。我的心绪乱了,不知为什么生起气来。

我暴躁地把皮马绊摔到地上,粗声吆喝她:"喂,收好马绊子!"接着我揪紧马鬃,跃上了马背。

钢嘎·哈拉挣咬着旋转起来。索米娅高喊着:"骑稳,巴帕!"她的声音也完全不像从前那样甜甜的;而是那么圆润,扰得人心神不安,我朝她吼道:"别乱嚷!"随即松松马缰,黑马立即发疯般又踢又跳起来。

晚春的三岁马没有多大劲儿。傍晚时,钢嘎·哈拉已经学会在马鞭子的拨弄下,忽左忽右地顺路小跑了,我下了马,把它的绊子放开,让它去啃刚冒芽的绿草尖。

已经融得一片斑驳的残雪,在渐渐黯淡的天色里显得白亮亮的。露出去年枯草的土地,在薄暮中颜色很黑。凉风阵阵拂过,使山凹里的积雪、袅袅的炊烟和整个春牧场都涂上了一分纯净的青色。我和索米娅抱着鞍鞯鞭绊,吱吱地踩着含水很多的雪地朝家走去。索米娅快活得很,她总是一面说话,一面朝我转过身子,或者干脆侧着走,说着,哼着什么歌子。

"巴帕,你骑得真不错!我原来以为,恐怕钢嘎·哈拉会把你摔下来,喂,喂!你听着吗?"她像以前一样,扳着我的肩头,摇着我。

"嗯,喂——"我觉得自己在费劲地寻找话题。这是多么奇怪的、异样的感觉呐。"我

说,今天晚上,吃什么好呢?"

"吃肉饼!"索米娅欢叫起来,"哈哈,我们吃肉饼!我去取肉!"她一阵风似地向前跑了。我注视着她的背影,惊奇她怎么会用这样婀娜的姿态在草地上奔跑……

哦,成年的日子!当油然而生、连自己也无法理解的那异样的兴奋和萌动,突然间从心田里破土而出的时候,惶惑中的我们究竟能理解它的几分含义呢?我们根本没有理解,甚至不知道这就是青春的来临。我们只记得心中涌起的,那神圣的激动……我真切地感到,自己正在体验着一个纯净透明的世界和一个可怕的、令人羞耻和心跳的世界的啮咬和更替。我在初次爱上了生活的同时,也意识到自己失去的东西。我们再不会在冬夜里一块儿钻进老奶奶的皮被,你捅我一下,我打你一下地瞎闹;再不会在开着蓝花的青草地上滚成一团,争抢一个染红的羊拐骨;再不会一块儿骑在腱牛的背上,后一个扶着前一个的肩,沿着一条被成行的牛群踏出的蜿蜒小道,去水井拉水啦……索米娅穿的那旧袍子太窄了,腰带也束得太紧了。她在明媚的阳光里朝我跑来的时候,突然蜕去了过去的躯壳。她以完全陌生的东西敲击了一下我的心扉,并在一瞬间完成了一次惊人的启蒙。哦,男子汉!我从那么小就盼着长成个男子汉。可是男子汉原来完全不仅仅是拥有一匹骏马。我根本没有料到,也没有理解这一切,我太年轻了。

在我独自咀嚼着这模糊的感受的时候,索米娅似乎也同时悟到什么。第二天,我看见她一个人套上牛车去拉水。她没有骑牛,而是像女人们那样,斜斜地坐在车辕一侧。她没有喊我,我也明白:不该再去插手女人们的家务活儿了,我望着她的影子消失在低洼不平的盐碱地里,然后提着十字镐和斧头走出去。那天,我把家里的木轮车一一修好,并且刨了整整半圈羊粪砖。

新的生活开始了。尽管没有人宣布过它的开始。不觉间,奶奶不太去张罗门口和停列成一排的勒勒车那儿的活计了,她更多的是撑起身子,在昏暗的包内发表着她对里里外外各种事情的看法。在阳光强烈的夏天,她喜欢蹒跚地迈出包门,舒服地晒着太阳,捉捉虱子。

过路的牧人向她致意:"好舒服呀!额吉!"她乐呵呵地说:"当然。两个孩子都大了嘛!没有我干的活儿啰。"我已经成了见习兽医,每天跟着老兽医四处转悠,去对付一些难产的骡马和不要犊的乳牛。没事的时候,我喜欢读书,尤其爱读那本《怎样经营牧业》。那本书是由模范牧民参与讨论、由专家分门别类写成的。我不仅从那里面读到了知识,也从那里窥见了为我不知的、新鲜而博大的世界。当我吃力地读完一段时,就伸手去摸茶碗。"等一下,巴帕。"一个低柔的、姑娘的声音传来,索米娅在给我斟着茶。我看见她低垂着的、微微闪动的黑睫毛和红润的一侧脸颊。我念不下去了。于是推门出来,牵过钢嘎·哈拉。它已经是四岁的马了。我喊着:"喂!拿剪刀来!"索米娅跑出来,递给我剪刀。我给黑马修整着打齐的鬃,时而瞟索米娅一眼,那时,她会对我微微地一笑。

这样,到了我们十六岁的那个秋天。

一天,我们把一秋天拾来晒干的白蘑菇运到公社供销社去卖。索米娅和奶奶赶着装满蘑菇的棚车,我骑着钢嘎·哈拉相随。

在公社耽搁了好久——父亲要招待奶奶和我们吃饭。等我们返回伯勒根河湾的时候,天色已晚。索米娅拾来一些早枯的芦叶和干马粪;我在河畔的硝土岸上架起一口小锅。我们打算架起篝火,用河水煮一锅茶,吃些东西再赶路。

文学欣赏

硝土岸旁长着细嫩多盐的碱草。芨芨草丛粗硬的根茎旁，也还有一些没有变白的绿叶。健牛和钢嘎·哈拉贪婪地嚼着，几乎一步不移，任阵阵浮动的炊烟漫过它们黝黑的身体。我们祖孙三人围坐在篝火旁，随意闲谈着。河湾青朦朦的，通红的火焰里溅着橘橙色的火星，烤着我们的胸怀。流水跳跃着粼光，平坦无声地滑过，我们注视着恬静的家乡，心里充满了美好的感觉。

"就是这儿。孩子们，"奶奶啜着茶，用浑浊的眼光注视着河湾。"这儿就是出嫁姑娘告别亲人的地方。唉，这一辈子，我看见多少姑娘，唉，就像你一样的年轻姑娘，索米娅。——跨过这条小河，就再也没有见过面呀。我也一样，自从跨过这条河，来到这儿，已经整整五十多年啰……老人们唱过这样的歌：'伯勒根，伯勒根，姑娘涉过河水，不见故乡亲人'……"

我们收拾了锅碗，熄灭了篝火，准备继续赶路时，奶奶突然扯住我们俩。她急急地、紧张地说："索米娅！唉，如果你也跨过这条河，给了那遥远的地方，我，我会愁死的！我看，我看，你们俩就在咱们自己的家里成亲吧！你们结成夫妻！这样，我一个宝贝也不会丢掉……"

我们俩同时从奶奶怀里挣脱出来。我跳上马，连抽几鞭。在呼啸的风声中，黑马一蹦子冲上了山岗。等我勒住马时，身后响起了歌声。我扯转马头，远远看见那银发的老奶奶正精神抖擞地边走边唱，她一手牵着牛车，一手牵着姑娘。她步履坚定，银发在夜风中一飘一飘。她准是看见了一种最实在，最鼓舞她的美景，才滋生了如此蓬勃的精神。

当天夜里，奶奶执拗地躲到蒙古包西侧去睡；炉灶正北的、属于男女主人的那块白垫毡空出来了……

我和索米娅并没有占用炉灶北侧那块最大的白垫毡。奶奶好心的饶舌，反而使我们真的疏远了。我在一心迷入书本和兽医知识以后，已经开始不善言笑和有点儿不像草地上长大的年轻人。索米娅在给羊群下夜时，常常在门口的棚车里过夜，我们彼此间已经缺少话语，但我们又都在相互猜测。好像，我们都愿意长久地、这样日复一日地过下去，并悄悄地保护住一株珍奇的、无形的嫩芽。只有在我们一块商议一些生活琐事时，比如准备给谁缝一件袍子啦，把在公社忙昏了头的父亲接来吃顿羊肉啦——我才发现，索米娅总是非常兴奋。她热心于每一件日常的小小的高兴事，甚至吃一次从公社买来的"酱"，她也那么兴致十足。我清楚地感到：她的身上已经燃起了一般的人的希望之火。一个像明媚春光一样的幸福未来，已经迫不及待地要闯进我们的破毡包来了。

就在那时，父亲奉命调动工作。在他出发赴邻旗的一个边远公社前，曾来和我们告别。我蹲在外面宰羊时，听到奶奶在和他叽叽咕咕地说些什么。后来听见父亲的声音："他们还太年轻，刚十六岁多一点……不过，额吉，一切就按你的主意吧。白音宝力格首先是你的孩子啊……咦，有酒吗？应该喝点……我真是个有福气的人哪！"

他临走时，猛地把我搂住了。他浑身的骨节嘎巴嘎巴地响。我很不好意思，可是又推不开他。他喉音浓重地嘟囔着说："白音宝力格！我真高兴，你母亲若是活着，唉——算了！我说，你真是个好小子！"

过了些日子，公社兽医站发给我一个通知：旗里准备开办一个牧技训练班，为牧业生产队培养畜牧兽医骨干，为期半年。

几年来，我一直对真正的专业学习向往不已。因为我觉得，如果继续跟着老兽医学下去，很可能会堕入旁门左道。想想看，把拖拉机排气管插进乳牛肛门吹气，医治那些不要犊的乳牛啦；用狗奶灌骒马，打下马肚子里的死胎啦，等等。这套办法虽然经常确是卓有成效，可是难道能用理论来阐明吗？也许，这个训练班将带我走进真正的牧业科学，我决定不放过这对一个牧民孩子来说是得之不易的机会。

我当然想到了索米娅。或者说正是因为她的缘故，我才有了这个抉择。等我半年后回来时，钢嘎·哈拉将是五岁马，真正的大马，我呢，也将满了十八岁。十八岁，成人的、使草原刮目相待的年龄，独立的男人和成家立业的年龄，十八岁的我将带着魁梧的身量和铁块一样的肌肉，还有一身本领回到草原。当然，十八岁的索米娅也会更勤劳、更能干、更善良和更美丽。那时我将以坚毅的神情和成熟的大人气，向她建议我们的生活。我和她将有一个使整个草原美慕不已的家，在幸福中照顾好我们亲爱的奶奶，让她享受一个充满安慰的晚年。呵，我深深地被自己的计划迷醉了。我渴望走向这样的未来，渴望着那跨着黑缎子般漂亮的黑骏马重归草原的日子。生活已经朝我敞开了大门，那全部的劳动、温暖、充实和休憩正强烈地召唤着我的心。

我喊来索米娅，递给她那张通知书："喂，我准备去旗里参加学习，帮我收拾一下东西。"

她赶快去找马褡子，我也再没有多说什么——一切都留到将来再说吧。第二天，有一辆卡车来我们生产队拉秋毛，我同司机说好，搭他的车去旗里报到。那司机是个直爽的汉族小伙子，他说，驾驶室里已经有两个人先我一步占了座位，不过，他可以在装羊毛时，用羊毛捆在车顶给我搭一个没有顶的房子。"保险像坐飞机一样舒服。"他说。

我们伯勒根草原离旗所在地很远。为了当天赶到，司机嘱咐我：夜里——也就是凌晨三点钟就要开车。

家里商量，决定由索米娅送我到旗里，帮助我安顿下来，顺便买点儿东西，再乘这辆车返回。

夜里，我俩攀着粗硬的绳索，爬上了装得比一座蒙古包还高的羊毛垛上。顶上，有一个用长方形的毛捆拦成的凹字形，这就是司机讲的房子啦。

汽车轮碾着草地上光滑的海勒格纳草，发出了均匀的密密切切的哔剥声。黑黑的天穹上星光稀疏；上半夜悬在中天的弦月潜进了辨不出形状的一抹暗云。夜，深邃而浩茫。卡车偶尔驶上一道山梁时，苍茫的视野中一下子闪出一些橘黄色的光点，那是些帐篷里未熄抑或是早燃的灯火。而车子冲下黑暗的山谷时，神秘跳跃的火光熄灭了，只有座座朦胧的山影四下围合，并迎面向我们送来阵阵袭人的秋寒。

"喏，冷么？"我裹紧身上的薄皮袍，问她。

"冷。嗯，风太大……"她牙齿在打战。

我想了想，解开腰带，把宽大的袍子平摊开来，盖住我们两人的膝盖和前胸。靠着高高的羊毛捆，后背并不冷。只是冰冷的寒风马上从没盖严的肩头钻进来，我扯住袍角。

"不行，还是穿上吧。你会冻病的。"索米娅转过身来对我说。

"不。"

"你冻病了，奶奶会骂我。她会——"

"住嘴。"我顺嘴训她一句。

"喂！白音宝力格，挤过来些，你太冷啦！"

文学欣赏

"我才不怕！"我故意坐得更高些，眺望着黯淡星光下起伏不定的原野。我们的卡车隆隆地吼着前进，路旁惊醒的黄羊从梦里跳了起来，痴呆地盯着我们这庞然大物。当车厢掠过它们伫立不动的侧影时，我觉得这些黄羊简直就像草坡上嶙峋的黑色岩石。伯勒根河上游的很多溪水在这儿汩汩地、昼夜不息地汇集着，流淌着，好像在引导着我们的车子奔向天明。我遐想着，心里突然涌起一阵激情。不是吗？像这些不辞劳苦的溪流一样，我也正在穿过荒僻空旷的漠野，把过去了的幼稚生活长留身后。就在这个宁静的草原之夜，故乡的姑娘正送我走上旅程。我当然不会感到什么冷的，傻丫头。脱下皮袍子又算什么？你知道我将来会怎样保护你和关怀你么……索米娅正在我身旁可怜巴巴地缩成一团，像只小羊一样躲在我搭在她身上的皮袍下面。在星光下，我看见她的大眼睛在一眨一眨地注视着黑暗，注视着这博大的夜草原。我的心里一下子涨起了一股强烈的、怜爱的潮水，一股要保卫这纯洁姑娘不受欺负和痛苦的决心。我猛然翻身掀起皮袍，把整个袍子都裹到她的身上，我不理睬她吃惊的叫唤和阻挠，起劲地把袍子塞紧在她的肩下、腰下和腿下。虽然寒风立即吹透了我里面穿的绒衣，呛得我喘不过气来，但我却感到那么痛快，不，是满足或者自豪。我从未有过这样的英勇的自豪感。

"不——"索米娅挣扎着跳了起来，"巴帕——白音宝力格……你疯啦？你会冻死的！"她吃惊地喊着，双手举着皮袍扑向我。

这时，汽车忽地一斜，冲进了一条浅浅的小溪，满载的羊毛捆沉重地晃了一下。我坐不稳，一下子倒在"房子"的侧墙上。索米娅叫了一声，重重地栽在我的怀里，她冰凉的脸颊一下碰到了我的脖颈。我胸中轰然掀起了雄壮的波涛，心儿像一面骤然响起的战鼓，我不顾一切地、疯狂地把她搂在自己的怀里，胡乱地抚摸着、亲吻着她，我把她搂得那么紧，以至她低低地呻吟起来。我激动得语无伦次，只顾一个劲儿地嘟囔着："索米娅，沙娜，沙娜……"

索米娅使劲贴紧我，把头死死地扎在我的怀里，不肯抬起来。等到我贴身的衣服热乎乎的湿了一小片时，我才发现，她哭了。

这时汽车正在一条开阔的、流水纵横的戈壁里行驶。马达轰鸣着，高高的羊毛捆一摇一晃，我摇晃着索米娅的身子，伸手捧起她的腮，我着急地朝她喊着："索米娅！你这傻瓜别哭！听我说，我早想好啦，等我明年回来，就——结婚！听见吗？半年，结婚！"

索米娅啜泣着，用力地点了点头。

就这样，我们紧紧抱着，用青春的热和更暖人心怀的美好憧憬，驱走了拂晓前秋夜的寒冷，卡车愈开愈快，宛如一匹高大的、黝黑的巨马。茫茫的草地，条条的山梁，都呼啸着从两侧疾疾退去。哦，世界多辽阔！未来多美好！我禁不住小声地哼起歌来，但是索米娅止住了我。她伸出手捂住我的嘴，然后轻柔地摸着我的脸。最后，她把手指插进我的头发，把它弄乱，又抚平。她久久地、一言不发地亲吻着我，吻得那么潮湿、温暖，又使人心酸。黑暗中，她那双大眼睛一眨一眨地凝望着我，眸子深处那么晶莹。我胸中的涛声和鼓点又激越起来，带着幸福的晕眩，莫名的烦乱，和守护神般的、男人式的责任感，我又把皮袍子给索米娅裹紧，然后紧握住她的小手。车轮溅起溪流的水花，飞扬的水珠高高四散，像是碰上了我们灼热的脸。头顶上方可能浮盖着一层厚厚的云，我们看不见它，但可以相信：是它遮住了天上的乔里玛星和那片残月。我们拥抱着，默默地把手握在一起，让手心热得冒汗，东方的天空已经褪去那种夜的清冷。它虽然仍是一片墨蓝，轻缀其中的几

第四章 小说欣赏

簇残星虽然也依旧熠熠闪亮，但是那缀着星星的黑幕后面，已经苏醒般地升起并悄然朝这儿飘来了一支壮美音乐的最初和声。它听不见，也许根本没有音响，但它确实已经出现并愈来愈近。它使莽莽的长夜失去了均匀的平静。也许它就是爱情吧，它汹涌而来，把不安宁的、富有活力的情绪注入这已经黑暗了太久的夜草原。

索米娅用鬓发触着我的面颊。她用几乎听不见的声音轻轻说道："你真好！巴帕……"

就在这一瞬间，我们的大卡车轰鸣着冲上了青格尔敖包一线最高的山口。朝向我的索米娅的脸庞在那一瞬突然变成通红通红的、妩媚的颜色。我吃惊地转向东方一看——

啊，日出……极远极远的、大概在几万里以外的、草原以东的大海那儿吧，耀眼的地平线上，有半轮鲜红欲滴的、不安地颤动的太阳露了出来。从我们头顶上方一直伸延东去的那块遮满长空的蓝黑色云层，在那儿被火红的朝阳烧熔了边缘。熊熊燃烧的、那红艳醉人的一道霞火，正在坦荡无垠的大地尽头蔓延和跳跃，势不可挡地在那遥远的东方截断了草原漫长的夜。

呵，话语已不能形容。这是我一生中见到的最美好、最壮丽的一次黎明。

我们已经不觉站立起来，在那强劲而热情地喷薄而来的束束霞光中望着东方。索米娅惊讶万分地睁大眼睛，注视着那天际烧沸的红云，她的脸上久久凝着感动的神情，金红的朝霞辉映着她黑亮的眸子，在那儿变成了一星喜悦的火花。我忍着心跳，屏住了呼吸，牢牢地抓着她的手。那半轮红日转动着，轻跳着，终于整个挣出了大地，跃进了人间。索米娅忽然抱住了我，我也把她紧贴在胸前。我们目不转睛地望着这千载难逢的美景，心里由衷地感激着太阳和大地，感激着我们的草原母亲，感激着她们对我们的祝福。

……哦，黎明，朝霞染红的黎明！你带给我们多么醉人的开始啊！

那次的牧业技术训练班延长了两个月。等我回到伯勒根草原时，已经是五月初，草皮泛青的季节了。

我学得很好，在小畜改良和兽医这两门课程上，我都得到教师的赞扬。结业式上，我得到了一张奖状和一套奖品——一个装满兽医用的器械的皮药箱。

旗畜牧局李局长说，内蒙古农牧学院畜牧系和兽医系今年都在我们这里招收新生，根据我的学习成绩，如果我愿意的话，旗畜牧局愿意推荐我去其中任何一个系上学深造。我看了那份表格，又还给了李局长。我说："这实在太诱人啦，但是我不愿离开草原。"李局长劝我再考虑考虑。他说："你应当懂得什么叫机会。并不是每一个草原青年都能遇上它的。"而我却在第二天一早，就跨上一匹借来的马，朝伯勒根河湾飞驰而去。

走近家门口时，远远看见奶奶和索米娅都站在门口。风儿正掀得她们的袍角上下翻飞。

呵，这才是千金难买的机会！和心爱的姑娘一起，劳动、生活，迎接一个个红霞燃烧的早晨，做一个真正的男子汉。这样的前景是怎样地吸引着我啊！

奶奶依然饶舌地问这问那，索米娅给我搬出了那么多好吃的东西。我整理着带回来的一大包书籍，心里很快活。我把这些书齐齐地码在箱盖上，觉得我们的家已经焕然一新。一切都要开始啦，我们郑重地、仔细地商量了我和索米娅结婚的事。我们想等到秋天，等到忙完了接羔、剪毛和畜群检疫以后，而且那时父亲也许能有空闲。奶奶准备在夏天给他烧一大桶奶子酒，让他来这儿尽情地喝个痛快。

有了书，我当然更喜欢读书了。我还是习惯地在读完一页以后，就伸手去端茶碗。索米娅还是在那时立刻把热腾腾，香喷喷的奶茶斟进我手中的碗里。

那时，我照旧望她一眼，有时会遇见她出神的、直直地望着我的目光。但是，她的目光和神情非常古怪，甚至可以说是黯然神伤。她小心地、迟疑地盯着我，那眼光不仅使我感到陌生，而且似乎含着敌意的警惕。那是一种女人的眼神。

我奇怪了。难道新娘对她的未婚夫是这么疑心重重么？我说："索米娅，你怎么啦？哎，过来。"而她却慌忙连连摇头，急匆匆地推门出去，没系腰带的宽大袍子绊着她的脚。

回家几天后的一个傍晚，我出诊去一户牧人家医治几头跛腿的山羊，等我干完后，主人搬出一个塑料桶来，请我喝酒。这时又来了一群闲逛的牧民，于是，大家便围着炉火喝起来。

喝一阵，唱一会儿，大家都醉了，我的兴致很好，歌子唱得也特别响亮。这时，黄头发的希拉醉醺醺地扳过我的肩，问道："白音宝力格，你……可真高兴呀，把，把高兴事说给我们……听听嘛！"

"是这样，希拉兄弟。"我兴奋地对他倾吐心曲，"我不久就要……就要和索米娅结婚啦！我不去农牧学院！不去！我要永远和……和索米娅……和额吉，嗯……永远！"我的舌头僵硬可是心里却满是甜蜜。

"索米娅么？嘎，嘎，嘎，"希拉怪声怪气地哑笑起来。他端起半碗烈酒，咕咚咚地灌下肚，又凑向我，"那可真是……真是头漂亮的小乳牛哇……嘿嘿，那奶——那奶，甜哟……"他开心得前仰后合，最后竟哼唱起来。

昏暗中，有人厉声喝斥他："住嘴！希拉！""你胡说些什么！""住嘴，你喝醉了！"

"我胡说？"希拉突然蹦起来，呼呼地喷着浓烈的酒气，血红的眼珠也斜着，恶狠狠地扫视着屋里的人。最后，他盯住了我，盯了好久。接着，他无耻地笑起来："反正白音宝力格最明白！对吧？你那漂亮的……小乳牛快下犊了吧？对！黄牛犊……嘎嘎嘎……对吧，兄弟？"

我气疯了。我暴跳起来，甩开揪扯着我的牧人，狠狠地抬起靴子，一脚把这个黄毛踢翻在毡子上，随即冲出了包门。

当我气急败坏地扯过钢嘎·哈拉的缰绳，踏住马镫时，包里传出那卑劣的黄毛恶毒的、发狂般的怪吼声："滚回去吧！摸摸你那头小乳牛……我希拉把她连牛犊子都送给你啦！"

我狠狠地鞭打着马，黑骏马的四蹄在石头上重重地击出一串串火星。这黄毛鬼的恶毒诅咒气昏了我。自从我生长在这片草原，还从没有听到过这样肮脏的话！我后悔没有揍那张污秽的嘴，或者用头号粗针头给他扎上一针冬眠灵——他居然如此放肆地侮辱和中伤我的爱情，还有我亲爱的索米娅！

黑马在门口猛地停住，我翻身下马，一下子撞开了家门。同时，我听见一声尖厉的惊叫。

索米娅正在换衣服。她还来不及扣上袍子的前襟。我的眼睛被牢牢地吸住了——在她敞开的长袍里面，我看见一个高高凸起的肚子。

第四章 小说欣赏

我呆住了，手扶着门框一动不动，只顾直直地盯住她那怀孕至少五六个月的、隆起的肚子。刹那间，我似乎突然明白了黄毛希拉那些毒言恶语的含义，也明白了几天来索米娅古怪的神情和敌意的目光。

奶奶在一旁呼呼熟睡着。索米娅惶惑地、害怕地望着我，慢慢朝角落退去。她扣着袍子上的纽扣，可是总扣不上。我看见她睁圆的眼睛里溢满了泪水。酒精和狂怒已经攫住了我，但一种莫名的难过又一下涌来，使我痛苦而悲伤。我一步步地朝她走去，她一步步地退着。

我绝望地问："真的吗……是黄毛鬼希拉吗？"我听着自己的声音，觉得它简直像是哭。

索米娅紧紧靠着毡墙，颤抖着。她一言不发地死盯着我，脸上已是泪水纵横。

我的眼前黑了……哦，黄头发希拉是一个真正的恶棍，他耍弄过的牧民妇女究竟有多少，没有谁数得清。草原上已经有不少孩子长着一头丑陋的黄发，用呆滞阴沉的眼睛看人，我不止一次地听到人们指着那些孩子说："哼，都是黄毛希拉的种子！"

我勃然大怒了，可怕的痉挛阵阵袭来，我觉得眼前直冒金星。我猛扑过去，抓住索米娅的衣领，拼命地摇撼着她，要她开口。可她却倔强地愈发沉默。我发狂地吼叫起来，更用力地摇着她："你说！你说呀！为什么……说……你说！那个黄毛恶鬼！"

"松开——"索米娅忽然锐声地尖叫起来，"孩子！我的孩子！你——松开！松开——"她哭叫着，在我死命钳住她的手里挣扎着。突然，她一低头，狠狠地在我僵硬的手上咬了一口！

我痛得倒抽了一口凉气，手瘫软地松开了。索米娅愣怔了一下，一下子捂住脸嚎啕大哭起来，她撞开我，披头散发地奔到外面去了。

我揩去手上的血，伤口处立即又渗出新的一层血珠。我颓然坐下，猛地看见白发蓬松的奶奶正在一旁神色冷峻地注视着我。原来她早就坐在一旁，我想喊她一声"奶奶"，但是喊不出来。她那样隔膜地看着我，使我感到很不是滋味，一种真正可怕的念头破天荒地出现了：我突然想到自己原来并不是这老人的亲生骨肉。

奶奶慢条斯理地开口了。她讲了很多，但我没有听进去，也不愿听进去。那无非是古老草原上比比皆是的一些过程，是我们久已耳闻并决心在我们这一代结束它的丑恶。这些丑恶的东西就像黑夜追逐着太阳一样，到处追逐着、玷污着、甚至扼杀着过于脆弱的美好的东西。所以，索米娅也无法逃避在打水路上遇见黄毛希拉时的那种厄运。"唉，自从你去学习以后，那个希拉闹腾得叫我们一秋天都不得安宁，"奶奶感慨地说，"这狗东西。"听她的口气，显然也没有觉得事情有多严重。

我沉默了。包里一片寂静。奶奶低下头数着她的那串念珠。门外，在远处传来的声声狗吠中，隐约能听见索米娅在棚车里的啜泣。

我打开箱子，摸出一柄父亲送我的蒙古刀。我悲愤地用力拔出刀子，雪亮的刀光在灯下一闪。奶奶抬起头来，不解地望着我。

"白音宝力格，怎么，"她用充满了奇怪的口吻说，"怎么，孩子，难道为了这件事也值得去杀人么？"

我生气了。我怨恨地、愤愤地朝她问道："怎么？难道那样的坏蛋还配活到明天？"

她不以为然地摇头，然后开始搔着那一头白发，她嘟囔地说："不，孩子。佛爷和牧人们都会反对你。希拉那狗东西……也没有什么太大的罪过。"她朝我伸过一只瘦骨嶙峋的手来，"给我，好孩子。让我收起你那吓人的玩艺儿来吧……有什么呢？女人——世世代代还不就是这样吗？嗯，知道索米娅能生养，也是件让人放心的事呀。"

我气得浑身哆嗦。但我更感到无法忍受的孤独。手里的匕首沉重地落在地上。我一句话也说不出，只是痛苦地、感慨地凝视着这一头银发的老人。我推门走到包外，皎好的银月正静挂中天。我倚门站着，久久注视着这一望迷茫的广袤草原。

钢嘎•哈拉嘶鸣起来。我看见它正披鞍挂镫，精神抖擞地跺着脚，像是等待着我。不，已经用不着我们去复仇啦，我的朋友。我走近它，开始松开它的肚带，那肚带勒得很紧，我解着它，流血的手背一阵疼痛。我感到身心交瘁，就把脸埋在骏马的鬃毛里，马儿不安地打着响鼻，用前蹄刨着草地。

……也许是因为几年来读书的习惯渐渐陶冶了我的另一种素质吧，也许就因为我从根子上讲毕竟不是土生土长的牧人，我发现了自己和这里的差异。我不能容忍奶奶习惯了的那草原的习性和它的自然法律，尽管我爱它爱得是那样一往情深。我在黑暗中搂着钢嘎•哈拉的脖颈，忍受着内心的可怕的煎熬。不管我怎样拼命地阻止自己，不管我怎样用滚滚的往事之河淹灭那一点诱惑的火星，但一种新鲜的渴望已经在痛苦中诞生了。这种渴望在召唤我、驱使我去追求更纯洁、更文明、更尊重人的美好，也更富有事业魅力的人生。

但我决不能没有索米娅！我回忆着远自童年就开始了的那漫长的十几年生活。昔日的生活是那样亲切，就像春季化雪时节在山谷里浸过草根，汩汩淌着的溪流。那溪水清澄又甘甜，浸泡着我心田的一寸一分。我仿佛又看见了那些两小无猜、无忧无虑的日子；又看到索米娅美丽眸子里的明亮火花，和那熊熊燃烧的、使一切自然界和人间的美都相形见绌的绚丽红霞。我走到棚车前面，轻声地呼唤着索米娅。我盼望她能再用湿润的嘴唇吻着我，把手指插进我的头。我等着她把满腹的委屈和痛苦向我诉说。我最终是会原谅她的，而且我坚信会有办法让恶魔希拉一直到死都不得安生。

索米娅已经不再哭了，但她不回答我的呼唤。我又在棚车旁站了许久，才回到包里。那一夜，我彻夜未眠。

两天过去了。索米娅已经恢复了平静。我一直在等着她来向我倾诉。每当我饮马回来，出诊回来，或者在夜里走到棚车附近时，我总以为，她会立即出现在我眼前并扑向我。

但是没有，两天就这样过去了。

第三天早晨，我去伯勒根河湾里赶牛，在一块被芦苇隔开的浅滩草地上，遇上了我的仇人：黄毛希拉。

他骑着一匹棕白相间的小花马，歪戴着一顶软软的鸭舌帽。他见了我，有些手足无措，似乎想搭讪着和我讲些话。可是他的嘴角刚一动，我就看见了那个恶毒下流的笑容。

我的怒火燃烧起来了，痉挛的手几乎握不住缰绳。突然间，钢嘎•哈拉嘶叫着跳了起来，朝着他冲上去。我也用力挥起马鞭，狠狠地朝他那丑恶的嘴脸抽过去。鸭舌帽打飞了，我看见那个焦黄的头倒栽向河滩的盐碱地，我下了马，朝他走去。希拉凶狠地瞪着我，突然一跃而起，朝我扑来。

我和他扭打了好久，踏倒了一大片芦苇。我的小腹被他踢得疼痛难忍，但他最终还是

第四章 小说欣赏

被我一拳打翻在蓝色的河水里,浪花溅得很高很远。

我浑身打着战,忍着小腹的剧疼,跨上黑马,慢慢走回家来。

在门外,我听见包里索米娅正在和奶奶说话,我捂着腹部,艰难地一步步挨到门口。我听见索米娅的声音:"奶奶,这布多好看啊。"我的脚步太轻了,她们都没有听见。我口渴得要命,恶心得想呕吐。我想喊索米娅来扶我一下,可是喊不出声来。我费劲地拉开门,索米娅的声音停住了。我看见她正慌忙藏起一双红花绒布缝的婴儿鞋子。她警惕地望着我,把那双为腹中婴儿准备的小鞋子藏在背后,一声不响。

一阵从未体验过的绝望和伤心笼罩了我,我觉得一股酸酸的东西堵住了喉头。我转过脸,把一口粘稠的血吐在外面的草地上——像她们一样,我也没有让她们看见。我无力地倚着门框,缓缓地滑坐在门槛上,目不转睛地望着索米娅。而索米娅却像是想起来什么一样,突然不顾一切地朝门口冲来。我抬起一只手臂,轻轻地说:"别到棚车那儿去了……索米娅,这里是你的家啊。"

一句话不知怎样滑了出来。后来,我曾经长久地感到奇怪:自己从哪儿找到了这样的一句话。我说:"你不要走——是该我走了……索米娅,奶奶,我要走了。"

【赏析】

《黑骏马》根据一首流传久远的同名蒙古古歌演义而成,这首古歌讲述了一个哥哥寻找妹妹的故事,她"嫁到了山外——那遥远的地方",他骑着黑骏马走遍草原去找她,可是最后"那熟识的绰约身影哟,却不是她"。小说以这首古歌为线索,在回忆与现实中交叉讲述"我"(白音宝力格)与索米娅的故事。"我"从小失去母亲,父亲是公社社长,没有时间管"我",只好把"我"送到一个牧民家去寄养。这家只有一位白发的老奶奶和她的小孙女索米娅,"我"与索米娅一块学习、劳动、玩耍、心心相印,青梅竹马。13岁时"我们"意外得到一匹梦寐以求的黑骏马。在奶奶的养育和索米娅的情谊滋润下,"我"长成了男子汉,索米娅也出脱成了漂亮的姑娘,爱情的种子在"我们"体内萌生。奶奶提出让"我们"成亲,"我"却想先去牧技训练班学习半年,然后再娶索米娅。等到"我"兴高采烈学成回来后,却发现索米娅已经被黄毛希拉强奸并怀孕了。奶奶认为这并没有什么大不了的:"知道索米娅能生养,也是件让人放心的事呀。"而索米娅出于母爱的本能,生怕"我"伤害她肚里的孩子,对"我"非常警惕。"我"对这个家感到非常陌生,便离开她们上大学去了。等到"我"九年后回来时,打听出奶奶已经死了,而索米娅嫁给了白音乌拉一个脾气暴躁而心地善良的牧民达瓦仓。"我"怀着歉疚骑着黑骏马去找寻索米娅,发现她成了草原上成熟的女性,一个拥有四个孩子的母亲,日子过得不错。我怀着惆怅和感激向索米娅告别,也向过去的青春告别了。

一对青梅竹马的恋人,却无法结成眷属,而且还因此间接导致了一位老人的死亡,这个悲剧是如何造成的呢?从根本上讲,源于草原文明和现代文明这两种文明的冲突。当奶奶提出"我们"两人成亲之后,就把毡包里属于男女主人的那块白垫毡空出来了,可是"我们"不仅没有占用它,反而因此疏远起来,"我"一心迷恋书本和兽医知识,把爱情降温成那无力的一再拖延的结婚许诺,终于给了黄毛希拉以可乘之机。这就与草原上的习惯很不相同,带着一种被现代文明所熏染后产生的羞涩与矜持。索米娅被希拉强奸怀孕后,奶奶觉得没什么大不了,因为这在草原上是很正常的事情:"佛爷和牧人们都会反对你。希拉那狗东西……也没有什么太大的罪过。"所以,希拉糟蹋了那么多妇女,也没有

文学欣赏

得到什么惩罚。可是对"我"来说，一方面年轻高傲的自尊心因此受到了损伤，另一方面在理性上认为这种行为是非常野蛮的陈规陋习，是现代文明所不能接受的，所以对于奶奶和索米娅不能理解了，觉得她们陌生了，只有不负责任地负气一走了之。正如小说中所言："也许是因为几年来读书的习惯渐渐陶冶了我的另一种素质吧，也许就因为我从根子上讲毕竟不是土生土长的牧人，我发现了自己和这里的差异。我不能容忍奶奶习惯了的那草原的习性和它的自然法律。"从整篇小说来看，作者虽然对草原上这种"自然法律"有所批判，可是并没有因此否定草原文明，"我"的去而复归以及忏悔的心情都说明了作者对这种充满野性的草原文明的一定程度的皈依。

《黑骏马》具有浓郁的抒情性和浪漫主义色彩，语言华美，充满诗性，并不时穿插一些富有哲理的人生感悟，诸如"像许多年轻的朋友一样，我们总是在举手之间便轻易割舍了历史，选择了新途，……我们总是在永远失去之后，才想起去珍惜往日曾挥霍和厌倦的一切，包括故乡，包括友谊，也包括自己的过去"，这样的议论总是能够引起读者的深深共鸣。

【知识拓展】

张承志

张承志，回族，原籍山东省济南市，1948 年出生于北京。1967 年自清华附中毕业后，到内蒙古乌珠穆沁旗插队四年。1975 年进入北京大学历史系考古专业学习，1978 年考入中国社会科学院研究生院民族历史语言系，1981 年毕业并获得硕士学位，主要进行北方民族史研究工作，这期间开始文学创作。他的处女作是蒙文诗《做人民之子》，短篇小说《骑手为什么歌唱母亲》获 1978 年全国优秀短篇小说奖和全国少数民族文学创作荣誉奖，中篇小说《阿勒克足球》获第一届《十月》文学奖和全国少数民族文学创作奖。《黑骏马》获 1981—1982 年全国优秀中篇小说奖，《春天》获 1983 年北京文学奖。《北方的河》获 1983—1984 年全国优秀中篇小说奖。

红 高 粱

莫言

我奶奶刚满十六岁时，就由她的父亲做主，嫁给了高密东北乡有名的财主单廷秀的独生子单扁郎。单家开着烧酒锅，以廉价高粱为原料酿造优质白酒，方圆百里都有名。东北乡地势低洼，往往秋水泛滥，高粱高秆防涝，被广泛种植，年年丰产。单家利用廉价原料酿酒谋利，富甲一方。我奶奶能嫁给单扁郎，是我曾外祖父的荣耀。当时，多少人家都渴望着和单家攀亲，尽管风传着单扁郎早就染上了麻风病。单廷秀是个干干巴巴的小老头，脑后翘着一支枯干的小辫子。他家里金钱满柜，却穿得破衣烂袄，腰里常常扎一条草绳。

奶奶嫁到单家，其实也是天意，那天，我奶奶在秋千架旁与一些尖足长辫的大闺女耍笑游戏，那天是清明节，桃红柳绿，细雨霏霏，人面桃花，女儿解放。奶奶那年身高一米六〇，体重六十公斤，上穿碎花洋布褂子，下穿绿色缎裤，脚脖子上扎着深红色的绸带子。由于下小雨，奶奶穿了一双用桐油浸泡过十几遍的绣花油鞋，一走克朗克朗地响。奶奶脑后垂着一根油光光的大辫子，脖子上挂着一个沉甸甸的银锁。我曾外祖父是个打造银

第四章　小说欣赏

器的小匠人，曾外祖母是个破落地主的女儿，知道小脚对于女人的重要意义。奶奶不到六岁就开始缠脚，日日加紧。一根裹脚布，长一丈余。曾外祖母用它，勒断了奶奶的脚骨，把八个脚趾，折断在脚底，真惨！我的母亲也是小脚，我每次看到她的脚，就心中难过，就恨不得高呼：打倒封建主义！人脚自由万岁！奶奶受尽苦难，终于裹就一双三寸金莲。十六岁那年，奶奶已经出落得丰满秀丽，走起路来双臂挥舞，身腰扭动，好似风中招飐的杨柳。单廷秀那天撅着粪筐子到我曾外祖父村里转圈，从众多的花朵中，一眼看中了我奶奶。三个月后，一乘花轿就把我奶奶抬走了。奶奶坐在憋闷的花轿里，头晕目眩。罩头的红布把她的双眼遮住，红布上散着一股强烈的霉馊味。她抬起手，掀起红布（曾外祖母曾千叮咛万嘱咐，不许她自己揭动罩头红布），一只沉甸甸的绞丝银镯子滑到小臂上，奶奶看着镯子上的蛇形花纹，心里纷乱如麻。温暖的熏风吹拂着狭窄的土路两侧翠绿的高粱。高粱地里传来鸽子咕咕咕咕的叫声。刚秀出来的银灰色的高粱穗子飞扬着清淡的花粉。迎着她的面的轿帘上，刺绣着龙凤图案，轿帘上的红布因轿子经年赁出，已经黯淡失色，正中间油渍了一大片。夏末秋初，轿外阳光茂盛，轿夫们轻捷的运动使轿子颤颤悠悠，拴轿杆的生牛皮吱吱扭扭地响，轿帘轻轻掀动，把一缕缕的光明和一缕缕比较清凉的风闪进轿里来。奶奶浑身流汗，心跳如鼓，听着轿夫们均匀的脚步声和粗重的喘息声，脑海里交替着出现卵石般的光滑寒冷和辣椒般的粗糙灼热。

自从奶奶被单廷秀看中后，不知有多少人向曾外祖父和曾外祖母道过喜。奶奶虽然也想过上上马金下马银的好日子，但更盼着有一个识字解文、眉清目秀、知冷知热的好女婿。奶奶在闺中刺绣嫁衣，绣出了我未来的爷爷的一幅幅精美的图画。她曾经盼望着早日成婚，但从女伴的话语中隐隐约约听到单家公子是个麻风病患者，奶奶的心凉了。奶奶向她的父母诉说心中的忧虑。曾外祖父遮遮掩掩不回答，曾外祖母把奶奶的女伴们痛骂一顿，其意大概是说狐狸吃不到葡萄就说葡萄是酸的之类。曾外祖父后来又说单家公子饱读诗书，足不出户，白白净净，一表人材。奶奶恍恍惚惚，不知真假，心想着天下无有狠心的爹娘，也许女伴真是瞎说。奶奶又开始盼望早日完婚。奶奶丰腴的青春年华辐射着强烈的焦虑和淡淡的孤寂，她渴望着躺在一个伟岸的男子怀抱里缓解焦虑消除孤寂。婚期终于熬到了，奶奶被装进这乘四人大轿，大喇叭小唢呐在轿前轿后吹得凄凄惨惨，奶奶止不住泪流面颊。轿子起行，忽悠悠似腾云驾雾。偷懒的吹鼓手在出村不远处就停止了吹奏，轿夫们的脚下也快起来。高粱的味道深入人心。高粱地里的奇鸟珍禽高鸣低转。在一线一线阳光射进昏暗的轿内时，奶奶心中丈夫的形象也渐渐清晰起来。她的心像被针锥扎着，疼痛深刻有力。

"老天爷，保佑我吧！"奶奶心中的祷语把她的芳唇冲动。奶奶的唇上有一层纤弱的茸毛。奶奶鲜嫩茂盛，水分充足。她出口的细语被厚重的轿壁和轿帘吸收得干干净净。她一把撕下那块酸溜溜的罩头布，放在膝上。奶奶按着出嫁的传统，大热的天气，也穿着三表新的棉袄棉裤。花轿里破破烂烂，肮脏污浊。它像具棺材，不知装过了多少个必定成为死尸的新娘。轿壁上衬里的黄缎子脏得流油，五只苍蝇有三只在奶奶头上方嗡嗡地飞翔，有两只伏在轿帘上，用棒状的黑腿擦着明亮的眼睛。奶奶受闷不过，悄悄地伸出笋尖状的脚，把轿帘顶开一条缝，偷偷地往外看。她看到轿夫们肥大的黑色衫绸裤里依稀可辨的、优美颀长的腿，和穿着双鼻梁麻鞋的肥大的脚。轿夫的脚踏起一股股噗噗作响的尘土。奶奶猜想着轿夫粗壮的上身，忍不住把脚尖上移，身体前倾。她看到了光滑的紫槐木轿杆和

文学欣赏

轿夫宽阔的肩膀。道路两边,板块般的高粱坚固凝滞,连成一体,拥拥挤挤,彼此打量,灰绿色的高粱穗子睡眼未开,这一穗与那一穗根本无法区别。高粱永无尽头,仿佛潺潺流动的河流。道路有时十分狭窄,沾满蚜虫分泌物的高粱叶子擦得轿子两侧沙沙地响。

轿夫身上散发出汗酸味,奶奶有点痴迷地呼吸着这男人的气味,她老人家心中肯定漾起一圈圈春情波澜。轿夫抬轿从街上走,迈得都是八字步,号称"踩街",这一方面是为了讨主家欢喜,多得些赏钱;另一方面,是为了显示一种优雅的职业风度。踩街时,步履不齐的不是好汉,手扶轿杆的不是好汉,够格的轿夫都是双手卡腰,步调一致,轿子颠动的节奏要和上吹鼓手们吹出的凄美音乐,让所有的人都能体会到任何幸福后面都隐藏着等量的痛苦。轿子走到平川旷野,轿夫们便撒了野,这一是为了赶路,二是要折腾一下新娘。有的新娘,被轿子颠得大声呕吐,脏物吐满锦衣绣鞋;轿夫们在新娘的呕吐声中,获得一种发泄的快乐。这些年轻力壮的男子,为别人抬去洞房里的牺牲,心里一定不是滋味,所以他们要折腾新娘。

那天抬着我奶奶的四个轿夫中,有一个成了我的爷爷——他就是余占鳌余司令。那时候他二十啷当岁,是东北乡打棺抬轿这行当里的佼佼者——我爷爷辈的好汉们,都有高密东北乡人高粱般鲜明的性格,非我们这些孱弱的后辈能比——当时的规矩,轿夫们在路上开新娘子的玩笑,如同烧酒锅上的伙计们喝烧酒,是天经地义的事,天王老子的新娘他们也敢折腾。

高粱叶子把轿子磨得嚓嚓响,高粱深处,突然传来一阵悠扬的哭声,打破了道路上的单调。哭声与吹鼓手们吹出的曲调十分相似。奶奶想到乐曲,就想到那些凄凉的乐器一定在吹鼓手们手里提着。奶奶用脚撑着轿帘能看到一个轿夫被汗水湿透的腰,奶奶更多地是看到自己穿着大红绣花鞋的脚,它尖尖瘦瘦,带着凄艳的表情,从外边投进来的光明罩住了它们,它们像两枚莲花瓣,它们更像两条小金鱼埋伏在澄澈的水底。两滴高粱米粒般晶莹微红的细小泪珠跳出奶奶的睫毛,流过面颊,流到嘴角。奶奶心里又悲又苦,往常描绘好的、与戏台上人物同等模样、峨冠博带、儒雅风流的丈夫形象在泪眼里先模糊后湮灭。奶奶恐怖地看到单家扁郎那张开花绽彩的麻风病人脸,奶奶透心地冰冷。奶奶想这一双乔乔金莲,这一张桃腮杏脸,千般的温存,万种的风流,难道真要由一个麻风病人去消受?如其那样,还不如一死了之。高粱地里悠长的哭声里,夹杂着疙疙瘩瘩的字眼:青天哟——蓝天哟——花花绿绿的天哟——棒槌哟亲哥哟你死了——可就塌了妹妹的天哟——。我不得不告诉您,我们高密东北乡女人哭丧跟唱歌一样优美,民国元年,曲阜县孔夫子家的"哭丧户"专程前来学习过哭腔。大喜的日子碰上女人哭亡夫,奶奶感到这是不祥之兆,已经沉重的心情更加沉重。这时,有一个轿夫开口说话:"轿上的小娘子,跟哥哥们说几句话呀!远远的路程,闷得慌。"

奶奶赶紧拿起红布,蒙到头上。顶着轿帘的脚尖也悄悄收回,轿里又是一团漆黑。

"唱个曲儿给哥哥们听,哥哥抬着你哩!"

吹鼓手如梦方醒,在轿后猛地吹响了大喇叭,大喇叭说:"姆咚——姆咚——"

"猛捅——猛捅——"轿前有人模仿着喇叭声说,前前后后响起一阵粗野的笑声。

奶奶身上汗水淋漓。临上轿前,曾外祖母反复叮咛过她:在路上,千万不要跟轿夫们磨牙斗嘴,轿夫、吹鼓手都是下九流,奸刁古怪,什么样的坏事都干得出来。

轿夫们用力把轿子抖起来,奶奶的屁股坐不安稳,双手抓住座板。

第四章 小说欣赏

"不吱声？颠！颠不出她的话就颠出她的尿！"

轿子已经像风浪中的小船了，奶奶死劲抓住座板，腹中翻腾着早晨吃下的两个鸡蛋，苍蝇在她耳畔嗡嗡地飞。她的喉咙紧张，蛋腥味冲到口腔，她咬住嘴唇。不能吐，不能吐！奶奶命令着自己，不能吐呵，凤莲，人家说吐在轿里是最大的不吉利，吐了轿一辈子没好运……

轿夫们的话更加粗野了，他们有的骂我曾外祖父是个见钱眼开的小人，有的说鲜花插到牛粪上，有的说单扁郎是个流白脓淌黄水的麻风病人，他们说站在单家院子外，就能闻到一股烂肉臭味，单家的院子里，飞舞着成群结队的绿头苍蝇……

"小娘子，你可不能让单扁郎沾身啊，沾了身你也烂啦！"

大喇叭小唢呐呜呜咽咽地吹着，那股蛋腥味更加强烈，奶奶牙齿紧咬嘴唇，咽喉里像有只拳头在打击，她忍不住了，一张嘴，一股奔突的脏物蹿出来，涂在了轿帘上，五只苍蝇像子弹一样射到呕吐物上。

"吐啦吐啦，颠呀！"轿夫们狂喊着，"颠呀，早晚颠得她开口说话。"

"大哥哥们……饶了我吧……"奶奶在呃嗝中，痛不欲生地说着，说完了，便放声大哭起来。奶奶觉得委屈，奶奶觉得前途险恶，终生难脱苦海。爹呀，娘呀，贪财的爹，狠心的娘，你们把我毁了。

奶奶放声大哭，高粱深径震动。轿夫们不再颠狂，推波助澜、兴风作浪的吹鼓手们也停嘴不吹。只剩下奶奶的呜咽，又和进了一支悲泣的小唢呐，唢呐的哭声比所有的女人哭泣都优美。奶奶在唢呐声中停住哭，像聆听天籁一般，听着这似乎从天国传来的音乐。奶奶粉面凋零，珠泪点点，从悲婉的曲调里，她听到了死的声音，嗅到了死的气息，看到了死神的高粱般深红的嘴唇和玉米般金黄的笑脸。

轿夫们沉默无言，步履沉重。轿里牺牲的哽咽和轿后唢呐的伴奏，使他们心中萍翻桨乱，雨打魂幡。走在这高粱小径上的，不像迎亲的队伍，倒像送葬的仪仗。在奶奶脚前的那个轿夫——我后来的爷爷余占鳌，他的心里，有一种不寻常的预感，像熊熊燃烧的火焰一样，把他未来的道路照亮了。奶奶的哭声，唤起他心底早就蕴藏着的怜爱之情。

轿夫们中途小憩，花轿落地。奶奶哭得昏昏沉沉，不觉把一只小脚露到了轿外。轿夫们看着这玲珑的、美丽无比的小脚，一时都忘魂落魄。余占鳌走过去，弯腰，轻轻地，轻轻地握住奶奶那只小脚，像握着一只羽毛未丰的鸟雏，轻轻地送回轿内。奶奶在轿内，被这温柔感动，她非常想撩开轿帘看看这个生着一只温暖的年轻大手的轿夫是个什么样的人。

我想，千里姻缘一线穿，一生的情缘，都是天凑地合，是毫无挑剔的真理。余占鳌就是因为握了一下我奶奶的脚唤醒他心中伟大的创造新生活的灵感，从此彻底改变了他的一生，也彻底改变了我奶奶的一生。

花轿又起行。喇叭吹出一个猿啼般的长音，便无声无息。起风了，东北风，天上云朵麇集，遮住了阳光，轿子里更加昏暗。奶奶听到风吹高粱，哗哗哗啦啦啦，一浪赶着一浪，响到远方。奶奶听到东北方向有隆隆雷声响起。轿夫们加快了步伐。轿子离单家还有多远，奶奶不知道，她如同一只被绑的羔羊，愈近死期，心里愈平静。奶奶胸口里，揣着一把锋利的剪刀，它可能是为单扁郎准备的，也可能是为自己准备的。

奶奶的花轿行走到蛤蟆坑被劫的事，在我的家族的传说中占有一个显要的位置。蛤蟆

文学欣赏

坑是大洼子里的大洼子，土壤尤其肥沃，水分尤其充足，高粱尤其茂密。奶奶的花轿行到这里，东北天空抖了一个血红的闪电，一道残缺的杏黄色阳光，从浓云中，嘶叫着射向道路。轿夫们气喘吁吁，热汗淋淋。走进蛤蟆坑，空气沉重，路边的高粱乌黑发亮，深不见底，路上的野草杂花几乎长死了路。有那么多的矢车菊，在杂草中高扬着细长的茎，开着紫、蓝、粉、白四色花。高粱深处，蛤蟆的叫声忧伤，蝈蝈的唧唧凄凉，狐狸的哀鸣惆怅。奶奶在轿里，突然感到一阵寒冷袭来，皮肤上凸起一层细小的鸡皮疙瘩。奶奶还没明白过来是怎么一回事，就听到轿前有人高叫一声："留下买路钱！"

奶奶心里咯噔一声，不知忧喜，老天，碰上吃拤饼的了！

高密东北乡土匪如毛，他们在高粱地里鱼儿般出没无常，结帮拉伙，拉驴绑票，坏事干尽，好事做绝，如果肚子饿了，就抓两个人，扣一个，放一个，让被放的人回村报信，送来多少张卷着鸡蛋大葱一把粗细的两拃多长的大饼。吃大饼时要用双手拤住往嘴里塞，故曰"拤饼。"

"留下买路钱！"那个吃拤饼的人大吼着。轿夫们停住，呆呆地看着劈腿横在路当中的劫路人。那人身材不高，脸上涂着黑墨，头戴一顶高粱篾片编成的斗笠，身披一件大蓑衣，蓑衣敞着，露出密扣黑衣和拦腰扎着的宽腰带，腰带里别着一件用红绸布包起的鼓鼓囊囊的东西。那人用一只手按着那布包。

奶奶在一转念间，感到什么事情也不可怕了，死都不怕，还怕什么？她掀起轿帘，看着那个吃拤饼的人。那人又喊："留下买路钱！要不我就崩了你们！"他拍了拍腰里那件红布包裹着的家伙。吹鼓手们从腰里摸出曾外祖父赏给他们的一串串铜钱，扔到那人脚前。轿夫放下轿子，也把新得的铜钱掏出，扔下。

那人把钱串子用脚踢拢成堆，眼睛死死地盯着坐在轿里的我奶奶。

"你们，都给我滚到轿子后边去，要不我就开枪啦！"他用手拍拍腰里别着的家伙大声喊叫。

轿夫们慢慢吞吞地走到轿后。余占鳌走在最后，他猛回转身，双目直逼吃拤饼的人。那人瞬间动容变色，手紧紧捂住腰里的红布包，尖叫着："不许回头，再回头我就毙了你！"

劫路人按着腰中家伙，脚不离地蹭到轿子前伸手捏捏奶奶的脚。奶奶粲然一笑，那人的手像烫了似地紧着缩回去。

"下轿，跟我走！"他说。

奶奶端坐不动，脸上的笑容像凝固了一样。

"下轿！"

奶奶欠起身，大大方方地跨过轿杆，站在烂漫的矢车菊里。奶奶右眼看着吃拤饼的人，左眼看着轿夫和吹鼓手。

"往高粱地里走！"劫路人按着腰里用红布包着的家伙说。

奶奶舒适地站着，云中的闪电带着铜音喻喻抖动，奶奶脸上粲然的笑容被分裂成无数断断续续的碎片。

劫路人催逼着奶奶往高粱地里走，他的手始终按着腰里的家伙。奶奶用亢奋的眼睛，看着余占鳌。

余占鳌对着劫路人笔直地走过去，他薄薄的嘴唇绷成一条刚毅的线，两个嘴角一个上

翘，一个下垂。

"站住！"劫路人有气无力地喊着，"再走一步我就开枪！"他的手按在腰里用红布包裹着的家伙上。

余占鳌平静地对着吃拤饼的人走，他前进一步，吃拤饼者就缩一点。吃拤饼的人眼里跳出绿火花，一行行雪白的清明汗珠从他脸上惊惶地流出来。当余占鳌离他三步远时，他惭愧地叫了一声，转身就跑，余占鳌飞身上前，对准他的屁股，轻捷地踢了一脚。劫路人的身体贴着杂草梢头，蹭着矢车菊花朵平行着飞出去，他的手脚在低空中像天真的婴孩一样抓挠着，最后落到高粱棵子里。

"爷们儿，饶命吧！小人家中有八十岁的老母，不得已才吃这碗饭。"劫路人在余占鳌手下熟练地叫着。余占鳌抓着他的后颈皮，把他提到轿子前，用力摔在路上，对准他吵嚷不休的嘴巴踢了一脚。劫路人一声惨叫，拤饼半截吐出口外，半截咽到肚里，血从他鼻子里流出来。

余占鳌弯腰，把劫路人腰里那个家伙拔出来，抖掉红布，露出一个弯弯曲曲的小树疙瘩，众人嗟叹不止。

那人跪在地上，连连磕头求饶。余占鳌说："劫路的都说家里有八十岁的老母。"他退到一边，看着轿夫和吹鼓手，像狗群里的领袖看着群狗。

轿夫吹鼓手们发声喊，一拥而上，围成一个圈圈，对准劫路人，花拳绣脚齐施展。起初还能听到劫路人尖厉的咒叫声，一会儿就听不见了。奶奶站在路边，听着七零八落的打击肉体的沉闷声响，对着余占鳌顿眸一瞥，然后仰面看着天边的闪电，脸上凝固着的，仍然是那种粲然的、黄金一般高贵辉煌的笑容。

一个吹鼓手挥动起大喇叭，在劫路者的当头心儿里猛劈了一下，喇叭的圆刃劈进颅骨里去，费了好大劲才拔出。劫路人肚子里咕噜一声响，痉挛的身体舒展开来，软软地躺在地上。一线红白相间的液体，从那道深刻的裂缝里慢慢地挤出来。

"死了？"吹鼓手提着打瘪了的喇叭说。

"打死了，这东西，这么不经打！"

轿夫吹鼓手们俱神色惨淡，显得惶惶不安。

余占鳌看看死人，又看看活人，一语不发。他从高粱上撕下一把叶子，把轿子里奶奶呕吐出的脏物擦掉，又举起那块树疙瘩看看，把红布往树疙瘩上缠几下，用力摔出，飞行中树疙瘩抢先，红包布落后，像一只赤红的大蝶，落到绿高粱上。

余占鳌把奶奶扶上轿："上来雨了，快赶！"

奶奶撕下轿帘，塞到轿子角落里，她呼吸着自由的空气，看着余占鳌的宽肩细腰。他离着轿子那么近，奶奶只要一跷脚，就能踢到他青白色的结实头皮。

风利飕有力，高粱前推后拥，一波一波地动。路一侧的高粱抬起头伸到路当中，向着我奶奶弯腰致敬。轿夫们飞马流星，轿子出奇的平稳，像浪尖上飞快滑动的小船。蛙类们兴奋地鸣叫着，迎接着即将来临的盛夏的暴雨，低垂的天幕，阴沉地注视着银灰色的高粱脸庞，一道压一道的血红闪电在高粱头上裂开，雷声强大，震动耳膜。奶奶心中亢奋，无畏地注视着黑色的风掀起的绿色的浪潮，云声像推磨一样旋转着过来，风向变幻不定，高粱四面摇摆，田野凌乱不堪。最先一批凶狠的雨点打得高粱颤抖，打得野草毂觫，打得道上的细土凝聚成团后又立即迸裂，打得轿顶啪啪响，打在奶奶的绣花鞋上，打在余占鳌的头

文学欣赏

上，斜射到奶奶的脸上。

余占鳌他们像兔子一样疾跑，还是未能躲过这场午前的雷阵雨。雨打倒了无数的高粱，雨在田野里狂欢，蛤蟆躲在高粱根下，哈达哈达地抖着颔下雪白的皮肤，狐狸蹲在幽暗的洞里，看着从高粱上飞溅而下的细小水珠。道路很快就泥泞不堪，杂草伏地，矢车菊清醒地擎着湿漉漉的头。轿夫们肥大的黑裤子紧贴在肉上，人就变得苗条流畅。余占鳌头皮被冲刷得光洁明媚，像奶奶眼中的一颗圆月。雨水把奶奶的衣服打湿了，她本来可以挂上轿帘遮挡雨水，她没有挂，她不想挂。奶奶越过敞亮的轿门，看到了纷乱不安的宏大世界。

……

奶奶想起那一年，在倾盆大雨中，像坐船一样乘着轿，进了单廷秀家住的村庄，街上流水恍恍，水面上漂浮着一层高粱的米壳。花轿抬到单家大门时，出来迎亲的只有一个梳着豆角辫的干老头子。大雨停后，还有一些零星落雨打在地面上的水汪汪里。尽管吹鼓手也吹着曲子，但没有一个人来看热闹，奶奶知道大事不妙。扶我奶奶拜天地的是两个男人，一个五十多岁，一个四十多岁。五十多岁的就是刘罗汉大爷，四十多岁的是烧酒锅上的一个伙计。

轿夫、吹鼓手们落汤鸡般站在水里，面色严肃地看着两个枯干男子把一抹酥红的我奶奶架到了幽暗的堂房里。奶奶闻到两个男人身上那股强烈的烧酒气息，好像他们整个人都在酒里浸泡过。

奶奶在拜堂时，还是蒙上了那块臭气熏天的盖头布。在蜡烛燃烧的腥气中，奶奶接住一根柔软的绸布，被一个人牵着走。这段路程漆黑憋闷，充满了恐怖。奶奶被送到炕上坐着。始终没人来揭罩头红布，奶奶自己揭了。她看到在炕下方凳上蜷曲着一个面孔痉挛的男人。那个男人生着一个扁扁的长头，下眼睑烂得通红。他站起来，对着奶奶伸出一只鸡爪状的手，奶奶大叫一声，从怀里摸一把剪刀，立在炕上，怒目逼视着那男人。男人又萎萎缩缩地坐到凳子上。这一夜，奶奶始终未放下手中的剪刀，那个扁头男人也始终未离开方凳。

第二天一早。趁着那男人睡着，奶奶溜下炕，跑出房门，开开大门，刚要飞跑，就被一把拉住。那个梳豆角辫的干瘦老头子抓住她的手腕，恶狠狠地看着她。

单廷秀干咳了两声，收起恶容换笑容，说："孩子，你嫁过来，就像我的亲女儿一样，扁郎不是那病，你别听人家胡说。咱家大业大，扁郎老实，你来了，这个家就由你当了。"单廷秀把一大串黄铜钥匙递给奶奶，奶奶未接。

第二夜，奶奶手持剪刀，坐到天明。

第三天上午，我曾外祖父牵着一匹小毛驴，来接我奶奶回门，新婚三日接闺女，是高密东北乡的风俗。曾外祖父与单廷秀一直喝到太阳过晌，才动身回家。

奶奶偏坐毛驴，驴背上搭着一条薄被子，晃晃荡荡出了村。大雨过后三天，路面依然潮湿，高粱地里白色蒸气腾腾升集，绿高粱被白气缭绕，具有了仙风道骨。曾外祖父褡裢里银钱叮当，人喝得东倒西歪，目光迷离。小毛驴蹙着长额，慢吞吞地走，细小的蹄印清晰地印在潮湿的路上。奶奶坐在驴上，一阵阵头晕眼花，她眼皮红肿，头发凌乱，三天中又长高了一节的高粱，嘲弄地注视着我奶奶。

奶奶说："爹呀，我不回他家啦，我死也不去他家啦……"

第四章 小说欣赏

曾外祖父说:"闺女,你好大的福气啊!你公公要送我一头大黑骡子,我把毛驴卖了去……"

毛驴伸出方方正正的头,啃了一口路边沾满细小泥点的绿草。

奶奶哭着说:"爹呀,他是个麻风……"

曾外祖父说:"你公公要给咱家一头骡子……"

曾外祖父已醉得不成人样,他不断地把一口口的酒肉呕吐到路边草丛里。污秽的脏物引逗得奶奶翻肠搅肚。奶奶对他满心仇恨。

毛驴走到蛤蟆坑,一股扎鼻的恶臭,刺激得毛驴都垂下耳朵。奶奶看到了那个劫路人的尸体。他的肚子鼓起老高,一层翠绿的苍蝇,盖住了他的肉皮。毛驴驮着奶奶,从腐尸跟前跑过,苍蝇愤怒地飞起,像一团绿云。曾外祖父跟着毛驴,身体似乎比道路还宽,他忽而擦动左边高粱,忽而踩倒右边野草。在倒尸面前,曾外祖父嘀嘀连声,嘴唇哆嗦着说:"穷鬼……你这个穷鬼……你躺在这里睡着了吗……"奶奶一直不能忘记劫路人南瓜般的面孔,在苍蝇惊起的一瞬间,死劫路人雍容华贵的表情与活劫路人凶狠胆怯的表情形成鲜明的对照。走了一里又一里,白日斜射,青天如涧,曾外祖父被毛驴甩在后面,毛驴认识路径,驮着奶奶,徜徉前行。道路拐了个小弯,毛驴走到弯上,奶奶身体后仰,脱离驴背,一只有力的胳膊挟着她,向高粱深处走去。

奶奶无力挣扎,也不愿挣扎,三天新生活,如同一场大梦惊破,有人在一分钟内成了伟大领袖,奶奶在三天中参透了人生禅机。她甚至抬起一只胳膊,搅住了那人的脖子,以便他抱得更轻松一些。高粱叶子嚓嚓响着。路上传来曾外祖父嘶哑的叫声:"闺女,你去哪儿啦?"

……

那人把奶奶放到地上,奶奶软得像面条一样,眯着羊羔般的眼睛。那人撕掉蒙面黑布,显出了真相。是他!奶奶暗呼苍天,一阵类似幸福的强烈震颤冲激得奶奶热泪盈眶。

余占鳌把大蓑衣脱下来,用脚踩断了数十棵高粱,在高粱的尸体上铺上了蓑衣。他把我奶奶抱到蓑衣上。奶奶神魂出舍,望着他脱裸的胸膛,仿佛看到强劲慓悍的血液在他黝黑的皮肤下川流不息。高粱梢头,薄气袅袅,四面八方响着高粱生长的声音。风平,浪静,一道道炽目的潮湿阳光,在高粱缝隙里交叉扫射。奶奶心头撞鹿,潜藏了十六年的情欲,迸然炸裂。奶奶在蓑衣上扭动着。余占鳌一截截地矮,双膝啪嗒落下,他跪在奶奶身边,奶奶浑身发抖,一团黄色的、浓香的火苗,在她面上哔哔剥剥地燃烧。余占鳌粗鲁地撕开我奶奶的胸衣。让直泻下来的光束照耀着奶奶寒冷紧张,密密麻麻起了一层小白疙瘩的双乳上。在他的刚劲动作下,尖刻锐利的痛楚和幸福磨砺着奶奶的神经,奶奶低沉暗地叫了一声:"天哪……"就晕了过去。

奶奶和爷爷在生机勃勃的高粱地里相亲相爱,两颗蔑视人间法规的不羁心灵,比他们彼此愉悦的肉体贴得还要紧。他们在高粱地里耕云播雨,为我们高密东北乡丰富多彩的历史上,抹了一道酥红。我父亲可以说是秉领天地精华而孕育,是痛苦与狂欢的结晶。毛驴高亢的叫声,钻进高粱地里来,奶奶从迷荡的天国回到了残酷的人世。她坐起来,六神无主,泪水流到腮边。她说:"他真是麻风。"爷爷跪着,不知从什么地方抽出一柄二尺多长的小剑,噌一声拔出鞘,剑刃浑圆,像一片韭叶。爷爷手一挥,剑已从高粱秸秆间滑过,两棵高粱倒地,从整齐倾斜的茬口里,渗出墨绿的汁液。爷爷说:"三天之后,你只

文学欣赏

管回来!"奶奶大惑不解地看着他。爷爷穿好衣。奶奶整好容。奶奶不知爷爷又把那柄小剑藏到什么地方去了。爷爷把奶奶送到路边,一闪身便无影无踪。

三天后,小毛驴又把奶奶驮回来。一进村就听说,单家父子已经被人杀死。尸体横陈在村西头的湾子里。

【赏析】

莫言的《红高粱》在中国当代文坛上是一部惊世骇俗的作品。小说取材于作者家乡高密的抗日历史,写作目的也非常明确,这在小说结尾有交代:"谨以此文召唤那些激荡在我的故乡无边无际的通红的高粱地里的英魂和冤魂。"但是它与过去众多抗日题材的小说又是如此不同。过去的同类题材小说,都是写军队和人民武装的抗日,比如《吕梁英雄传》《新儿女英雄传》《铁道游击队》《烈火金钢》《敌后武工队》《平原枪声》《野火春风斗古城》《苦菜花》《大刀记》等,这些小说中的英雄几乎都是高大全的人物,没有什么情感纠纷,他们参加抗日也没有任何私人动机,小说自始至终也高扬着一种必胜的明朗、乐观的基调。《红高粱》却是写土匪抗日,这些土匪"坏事做尽,好事做绝",杀人越货,无所不为;他们体内奔涌着欲望——性欲、口腹之欲;他们抗日没有什么宏大的目的,只是要复仇,要保护私人财产。这些土匪处于绝对劣势,与鬼子拼到最后一人,小说鼓荡着悲壮的调子。过去的小说写抗战,是为了表达一套一套的政治理念;《红高粱》写抗战,是为了以此为契机高扬人性中那种敢说、敢想、敢做的野气十足的原始生命力。这样的小说一出来(1984年),就刷新了读者的阅读感觉,曾获得第四届全国中篇小说奖、意大利诺尼诺国际文学奖和日本福冈亚洲文化大奖;而根据它改编的同名电影也获得过1988年西柏林国际电影节金熊奖。

小说中最引人注目的形象是"我奶奶",这是一个非同凡俗的女子,一个敢爱敢恨、充满女性魅力的光辉形象。她十六岁时"已经出落得丰满秀丽,走起路来双臂挥舞,身腰扭动,好似风中招飐的杨柳",憧憬着能颠倒在一个强壮男人的怀抱里,但贪财狠心的父母把她嫁给了一个麻风病人单扁郎,只因为单家是百里首富,只因为单老头子答应许给他们一头骡子。"我奶奶"绝望了,在花轿里,她随身带着一把剪刀,准备杀了单扁郎或者自杀。轿夫余占鳌的出现使她看到了一条光辉的生路,在回娘家的路上把自己慨然交给了余占鳌。他们在高粱地里的野合是小说中最为精彩的一个部分。性描写最能看出一个作家的才华和文学品格,下流和健康,干瘪和丰盈,高下立分,《红高粱》的作者属于后者,他把野合的过程写得情味十足,诗意盎然,淋漓尽致地展现出了"我爷爷""我奶奶"那旺盛的生命力。一个是杀人越货、身强力壮的土匪种子,一个是绝处逢生、情欲沸腾的妙龄女子,他们通过疯狂的性爱达到了心灵的契合,他们以这种蔑视礼教的叛逆行为将传统伦理道德扫荡得落花流水。

有这样充盈的生命力,对于他们的抗日行为,我们就毫不感到奇怪了。"我奶奶"抗日的直接原因是替罗汉大爷报仇,罗汉大爷为保护她和她家的财产而被日本人活剥了。他们成功伏击了日本人,但是"我奶奶"也在这次战斗中献出了生命。莫言承认"我奶奶"是个"幻想中的人物",在20世纪30年代的农村,这样的女性可能是不多见的。尽管如此,这一形象仍然可以在民间传统文化中找到渊源。在我国广大农村,保存与流传着一种具有原始意味的、常与礼教相对峙的俗文化方式,人们以求生为第一愿望,以男女欢爱为本性常情,以忠义相助为处世原则,以敢作敢为为英雄本色。"我奶奶"这一光辉形象正是这样一种野性十足的民间文化的体现。

【知识拓展】

莫 言

莫言，本名管谟业，1955 年 2 月 17 日出生于山东省潍坊市高密市东北乡文化发展区大栏平安村，中国当代作家。1981 年，发表处女作短篇小说《春夜雨霏霏》。1985 年，因发表中篇小说《透明的红萝卜》而一举成名。1986 年，在《人民文学》杂志发表小说《红高粱》引起文坛轰动。1987 年，担任电影《红高粱》编剧。1988 年，发表长篇小说《天堂蒜薹之歌》。1989 年，出版长篇小说《食草家族》。1993 年，出版长篇讽刺小说《酒国》。1996 年，出版长篇小说《丰乳肥臀》。1999 年，出版长篇小说《红树林》。2001 年，出版长篇小说《檀香刑》。2003 年，出版长篇小说《四十一炮》。2006 年，出版长篇小说《生死疲劳》。2009 年，出版长篇小说《蛙》。2011 年，凭借《蛙》获得茅盾文学奖。2012 年，获得诺贝尔文学奖。2016 年，当选中国作家协会第九届全国委员会副主席。2019 年，创作小说《等待摩西》。2019 年，长篇小说《红高粱家族》入选"新中国 70 年 70 部长篇小说典藏"。2020 年 7 月 31 日，出版中短篇小说集《晚熟的人》。

孕 妇 和 牛

铁凝

孕妇牵着牛从集上回来，在通向村子的土路上走。

节气已过霜降，午后的太阳照耀着平坦的原野，干净又暖和。孕妇信手撒开缰绳，好让牛自在。缰绳一撒，孕妇也自在起来，无牵挂地摆动着两条健壮的胳膊。她的肚子已经很明显地隆起，把碎花薄棉袄的前襟支起来老高。这使她的行走带出了一种气势，像个雄赳赳的将军。

牛与孕妇若即若离，当它拐进麦地歪起脖子啃麦苗时，孕妇才唤一声："黑，出来。"

黑是牛的名字，牛却是黄色的。

黑迟迟不肯离开麦地，孕妇就恼了："黑！"她喝道。她的吆喝在寂静的旷野显得悠长，传得很远，好似正和远处的熟人打着亲热的招呼："嘿！"

远处没有别人，黑只好独自响应孕妇这恼，它忙着又啃两口，才溜出麦地，拐上了正道。

远处已经出现了那座白色的牌楼。穿过牌楼，家就不远了。四下里是如此的旷达，那气派、堂皇的汉白玉牌楼宛若从天而降，突然矗立在大地上，让人毫无准备。即使对这牌楼望了一辈子的老人，每逢看见蓝天下这耀眼的存在，仍不免有种突然的感觉。

孕妇遥望着牌楼，心想多亏我嫁到了这儿啊。每回见到牌楼，孕妇都不免感叹她的出嫁。

孕妇的娘家在山里，山里的日子不如山前的平原。可孕妇长得俊。俊就是财富，俊就叫人觉得日子有奔头儿。孕妇的爹娘供不起闺女上学，却也不叫她做粗活儿，什么好吃的都尽着她，仿佛在武装一个能献得出手的宝贝。他们一心一意要送这宝贝出山，到富裕的平原去见他们终生也见不着的世面。

文学欣赏

孕妇终于嫁到了山前。她的婆婆自豪地给她讲解这里的好风水：这地盘本是清朝一个王爷的坟茔，王爷的陵墓就在村北，那白花花的大牌楼就属于那个王爷。孕妇并不知王爷是多大的官，也不知道清朝距离今天有多么远，可她见过了坟墓和牌楼。墓早已被盗，只剩了一个盆样的大坑，坑里是疯长的荒草和碎砖烂瓦。孕妇站在坑边，望着坑底那些阴沉的青砖想着，多亏我嫁到了这儿呵。这大坑原本也是富贵的象征，里边的宝贝虽已被盗贼劫空，可它毕竟盛过宝贝。这坑、这牌楼保佑了这地方的富庶，这就是风水。

孕妇在这风水宝地过着舒心的日子，人更俊了。没有村人敢耻笑她那生硬的山里口音。

公婆和丈夫待她很好，丈夫常说，为了媳妇，什么钱多他就干什么。如今的城市需要各式各样的高楼大厦，农闲时丈夫就随建筑队进城做工。婆婆搬过来与孕妇就伴儿，净给她沏红糖水喝。红糖水把孕妇的嘴唇弄得湿漉漉地红，人就异常地新鲜。婆婆逢人便夸儿媳："俊得少有！"

孕妇怀孕了，越发显得娇贵，越发任性地愿意出去走走。她爱赶集，不是为了买什么，而是为了什么都看看。婆婆总是牵出黑来让孕妇骑，怕孕妇累着身子。

黑也怀了孕啊，孕妇想。但她接过了缰绳，她愿意在空荡的路上有黑做伴。她和它各自怀着一个小生命，仿佛有点儿同病相怜，又有点儿共同的自豪感。于是，她们一块腆着骄傲的肚子上了路。

孕妇从不骑黑，走快走慢也由着黑的性儿。初到平原，孕妇眼前十分地开阔，住久了平原，孕妇眼里又多了些寂寞。住在山里望不出山去，眼光就短；可平原的尽头又是些什么呢？

孕妇走着想着，只觉得她是一辈子也走不到平原的尽头了。当她走得实在沉闷才冷不丁叫一声："黑——呀！"她夸张地拖着长声，把专心走路的黑弄得挺惊愕。黑停下来，拿无比温顺的大眼瞪着孕妇，而孕妇早已走到它前头去了，四周空无一人。黑直着脖子笨拙而又急忙地往前赶，却发现孕妇又落在了它的身后。于是孕妇无声地乐了，"黑——呀！"她轻轻地叹着，平原顿时热闹起来。孕妇给自己造出来一点儿热闹，觉得太阳底下就不仅是她和黑闲散地走，还有她的叫嚷，她的肚子响亮的蠕动，还有黑的笨手笨脚。

像往常一样，孕妇从集上空手而归，伙同着黑慢慢走近了那牌楼，太阳的光芒渐渐柔和下来，涂抹着孕妇有些浮肿的脸，涂抹着她那蒙着一层小汗珠的鼻尖，她的鼻子看上去很晶莹。远处依稀出现了三三两两的黑点，是那些放学归来的孩子。孕妇累了。每当她看见在地上跑跳着的孩子，就觉出身上累。这累源于她那沉重的肚子，她觉得实在是这肚子跟她一起受了累，或者，干脆就是肚里的孩子在受累。她双手托住肚子直奔躺在路边的那块石碑，好让这肚子歇歇。孕妇在石碑上坐下，黑又信步去了麦地闲逛。

这巨大的石碑也属于那个王爷，从前被同样巨大的石龟驮在背上，与那白色的牌楼遥相呼应。后来这石碑让一些城里来的粗暴的年轻人给推倒了。孕妇听婆婆说过，那些年轻人也曾经想推倒那堂皇的牌楼，推不动，就合计着用炸药。婆婆的爹率领着村人给那些青年下了跪，牌楼保住了。那石碑却再也没有立起来。

石碑躺在路边，成了过路人歇脚的坐物。边边沿沿让屁股们磨得很光滑。碑上刻着一些文字，字很大，个个如同海碗。孕妇不识字，她曾经问过丈夫那是些什么字。丈夫也不知道，丈夫只念了三年小学。于是丈夫说："知道了有什么用？一个老辈子的东西。"

第四章 小说欣赏

孕妇坐在石碑上,又看见了这些海碗大的字,她的屁股压住了其中一个。这次她挪开了,小心地坐住碑的边沿。她弄不明白为什么她要挪这一挪,从前她歇脚,总是一屁股就坐上去,没想过是否坐在了字上。那么,缘故还是出自胸膛下面的这个肚子吧。孕妇对这肚子充满着希冀,这希冀又因为远处那些越来越清楚的小黑点而变得更加具体——那些放学的孩子。那些孩子是与字有关联的,孕妇莫名的不敢小视他们。小视了他们,仿佛就小视了她现时的肚子。

孕妇相信,她的孩子将来无疑要加入这上学、放学的队伍,她的孩子无疑要识很多字,她的孩子无疑要问她许多问题,就像她从小老是在她的母亲跟前问这问那。若是她领着孩子赶集(孕妇对领着孩子赶集有着近乎狂热的向往),她的孩子无疑也要看见这石碑的,她的孩子也会问起这碑上的字,就像从前她问她的丈夫。她不能够对孩子说不知道,她不愿意对不起她的孩子。可她实在不认识这碑上的字啊。这时的孕妇,心中惴惴的,仿佛肚里的孩子已经出来逼她了。

放学的孩子们走近了孕妇和石碑,各自按照辈分和她打着招呼。她叫住了其中一个本家侄子,向他要了一张白纸和一杆铅笔。

孕妇一手握着铅笔,一手拿着白纸,等待着孩子们远去,她觉得这等待持续了很久,她就,仿佛要背着众人去做一件鬼祟的事。

当原野重又变得寂静如初,孕妇将白纸平铺在石碑上,开始了她的劳作:她要把这些海碗样的大字抄录在纸上带回村里,请教识字的先生那字的名称,请教那些名称的含义。当她打算落笔,才发现这劳作于她是多么不易。孕妇的手很巧,描龙绣凤、扎花纳底子都不怵,却支配不了手中这杆笔。她努力端详着那于她来说十分陌生的大字。越看那些字就越不像字,好比一团叫不出名称的东西。于是她把眼睛挪开,去看远处的天空和大山,去看辽阔的平原上偶尔的一棵小树,去看奔腾在空中的云彩,去看围绕着牌楼盘旋的寒鸦。它们分散着她的注意,又集中着她的精力,使她终于收回眼光,定住了神。她再次端详碑上的大字,然后胆怯而又坚决地在白纸上落下了第一笔。

有了这第一笔,就什么都不能阻挡孕妇的书写和描画了。她描画着它们,心中揣测它们代表着什么意思。虽然她不知道它们是什么意思,她却懂得那一定是些很好的意思。因为字们个个都很俊——她想到了通常人们对她的形容。这想法似乎把她自己和那些字联得更紧了一点儿,使她心中充满着羞涩的欣喜。她愿意用"俊"来形容慢慢出现在她笔下的这些字,这些字又叫她由不得感叹:字是一种多么好的东西呵!

夕阳西下,孕妇伏在石碑上已经很久。她那过于努力的描画使她出了很多的汗,汗浸湿了她的袄领,汗珠又顺着袄领跌进她的胸脯。她的脸红彤彤的,茁壮的手腕不时地发着抖。

可她不能停笔,她的心不叫她停笔。她长到这么大,还从来没有遇见过一桩这么累人、又这么不愿停手的活儿,这活儿好像使尽了她毕生的聪慧、毕生的力。

不知什么时候,黑已从麦地返了回来,卧在了孕妇的身边。它静静地凝视着孕妇,它那憔悴的脸上满是安然的驯顺,像是守候,像是助威,像是鼓励。

孕妇终于完成了她的劳作。在朦胧的暮色中她认真地数了又数,那碑上的大字是十七个:

忠敬诚直勤慎廉明和硕怡贤亲王神道碑

孕妇认真地数了又数，她的白纸上也落着十七个字：

忠敬诚直勤慎廉明和硕怡贤亲王神道碑

纸上的字歪扭而又奇特，像盘错的长虫，像混乱的麻绳。可它们毕竟不是鞋底子、不是花绷子，它们毕竟是字。有了它们，她似乎才获得一种资格，她似乎才真地俊秀起来，她似乎才敢与她未来的婴儿谋面。那是她提前的准备，她要给她的孩子一个满意的回答。她的孩子必将在与俊秀的字们打交道中成长，她的孩子对她也必有许多的愿望，她也要像孩子愿望的那样，美好地成长。孩子终归要离开孕妇的肚子，而那块写字的碑却永远地立在了孕妇的心。每个人的心中，多少都立着点什么吧。为了她的孩子，她找到了一块石碑，那才是心中的好风水。

孕妇将她劳作的果实揣进袄兜，捶着酸麻的腰，呼唤身边的黑启程。在碑楼的那一边，她那村庄的上空已经升起了炊烟。

黑却执意不肯起身，它换了跪的姿势，要它的主人骑上去。

"黑——呀！"孕妇怜悯地叫着，强令黑站起来。她的手禁不住去抚摸黑那沉笨的肚子。想到黑的临产期也快到了，黑的孩子说不定会和她的孩子同一天出生。黑站了起来。

孕妇和黑在平原上结伴而行，像两个相依为命的女人。黑身上释放出的气息使孕妇觉得温暖而可靠，她不住地抚摸它，它就拿脸蹭着她的手作为回报。孕妇和黑在平原上结伴而行，互相检阅着，又好比两位检阅着平原的将军。天黑下去，碑楼固执地泛着模糊的白光，孕妇和黑已将它丢在了身后。她检阅着平原、星空，她检阅着远处的山、近处的树，树上黑帽子样的鸟窝，还有嘈杂的集市，怀孕的母牛，陌生而俊秀的大字，她未来的婴儿，那婴儿的未来……她觉得样样都不可缺少，或者，她一生需要的不过是这几样了。

一股热乎乎的东西在孕妇的心里涌现，弥漫着她的心房。她很想把这突然的热乎乎说给什么人听，她很想对人形容一下她心中这突然的发热，她永远也形容不出，心中的这一股情绪就叫做感动。

"黑——呀！"孕妇只在黑暗中小声儿地嘟囔，声音有点儿颤，宛若幸福的呓语。

【赏析】

这是一篇没有故事的小说。一篇没有故事的东西能算小说吗？如果不是小说，又是什么呢？你也许会说它是散文，你甚至会说它是诗。这样说都对，也许作者铁凝根本就没有把它当作任何东西来写。也许她像文中的孕妇一样，坐过那块刻有"忠敬诚直勤慎廉明和硕怡亲王神道碑"十七个字的石碑。当她坐在石碑上，望着蓝天下那气派、堂皇的汉白玉牌楼的时候，也许走来了一个非常俊俏的孕妇，挺着大肚子，像一位检阅军队的将军；孕妇牵了牛，也许没有牵牛；牛也许怀孕了，也许没有怀孕；它的毛色也许是黑的，也许是黄的……这都没有关系。也许走来的不是孕妇，而是一群小学生，他们像小鸟儿一样蹦到石碑跟前，要铁凝教他们认那十七个字；也许没有让她教字，只是那么叽叽喳喳地走过去了，寂静的平原在热闹了一会儿之后又恢复了原初的寂静。在夕阳的余晖下，那矗立的碑楼显得越发肃穆而神秘，历史的背景在它身后黯淡了，但是它的确确见证了许多沧桑往事。也许就在这个时候，坐在石碑上的铁凝被莫名地感动了，她展开想象，一篇东西就在她脑子里成形了。这样的东西，得自自然，是小说，是散文，也是诗。

一个孕妇，一头孕牛，都腆着大肚子，结伴走在回家的路上，村庄上空已经升起袅袅炊烟——这是一幅令人感到非常温暖的画面，它充满了温情、母性、希冀与和谐。没有一

第四章 小说欣赏

双善于发现美的眼睛，没有一颗氤氲着诗性的心灵，是无法捕捉到这样的画面的。孕妇不识字，这样就使她对文字充满敬畏，她觉得应该让这神圣的东西与自己以及肚里的孩子发生联系，于是那描龙绣凤、扎花纳底子的灵巧的手拿起笔，要把那叫作"字"的东西描摹下来。这对于一个不识字的农妇来说，几乎是不可能的。但是在小说里，没有什么是不可能的。我们读到这里的时候，觉得非常自然，她要是不这样，我们反而觉得不自然了，这就是文学的逻辑。孕妇终于将那十七个字描摹了下来，捶着酸麻的腰，呼唤卧在她身边的名叫黑的孕牛启程，她们相互体恤，以一种从容的步伐检阅着平原，许多美好的梦想在她们心里展开，一种幸福感弥漫了午后的原野。

这是一篇非常温暖的令人感到欢喜的小说。古人说："愁苦之言易好，欢愉之辞难工。"就是说，写离情别绪、生死相隔、仕途失意、亲人反目、壮志未酬身先死等这样一些表达愁苦的东西，要写好是并不难的，这些东西最容易引起读者的情感共鸣，所谓"人同此心，心同此理"。而要把花前月下、金榜题名、得胜还朝、儿孙满堂、有情人终成眷属这样一些喜庆、欢乐的事情写得工巧，却是很不容易的事情，因为人与人之间的欢乐是很难相通的，别人的欢乐不仅不能感染自己，反而容易引起嫌恶。这是深知创作甘苦的人的经验之谈。孕妇个人的幸福，与我们不是孕妇的人，可以沟通吗？这是铁凝在这篇小说中所作的一个尝试，她通过细腻的描写为我们呈现出了一种生活的美，而美（美的失去或者获得）是沟通人与人之间的情感的桥梁。所以我们在读这篇小说以及在读完了之后，会与孕妇一样感到幸福。

【知识拓展】

铁 凝

铁凝，祖籍河北赵县，1957年生于北京。1975年在保定高中毕业后到河北农村插队。1979年回保定，1980年在《花山》编辑部任小说编辑。铁凝的作品多次获得国家级文学奖，自1983年《哦，香雪》获全国优秀短篇小说奖后，1985年《没有纽扣的红衬衫》和《六月的话题》分获全国优秀中、短篇小说奖，1997年散文集《女人的白夜》获中国首届鲁迅文学奖，2002年《永远有多远》获中国第二届鲁迅文学奖中篇小说奖和首届老舍文学奖，2005年艺术随笔集《遥远的完美》获中国第二届冰心散文奖，等等。

2021年12月16日，中国作家协会第十届全国委员会第一次全体会议在京举行。会议选出新一届领导机构，铁凝连任中国作家协会主席。同日，中国文联第十一届主席团成员名单公布，铁凝当选主席。

简·爱

夏洛蒂·勃朗特

【故事梗概】

简·爱是个穷牧师的女儿。幼年时父母去世。她寄养在有钱的舅母里德太太的家里。里德太太是个褊狭、自私的贵族妇人。她原本不愿意养育简·爱，是她丈夫在临终时，逼她答应下来的。她有三个孩子：女儿利沙和乔治安娜，儿子约翰·里德。他们都歧视简·爱，嫌她穷，骂她是个"靠人养活的人"。

简·爱从小有一种倔强不受辱的性格，当她受约翰少爷欺侮时，便骂他是个残酷的坏

文学欣赏

孩子,像个杀人凶手和罗马皇帝。为此,她被里德太太关进一间阴森森的红房子。之后,里德太太又把她送进罗沃德一家私人开办的公益学校去寄食。从此,便把简•爱推出了家门。简•爱临出门对舅母说:"我宣布我不爱你……我决不愿意再叫你舅母了,我长大成人的时候,决不愿意来看你……我要说你用悲惨的残酷对待我。"

罗沃德公益学校收留的都是些孤儿,生活环境和条件都极坏,学校只关心用宗教信条束缚孩子的思想,而不关心他们的生活。孩子们吃的是"烧糊的稀饭"和"叫人恶心的食物"。一次伤寒病蔓延,八十个儿童竟病倒四十五个。孩子们稍有过失,便要遭到严厉的处罚和凌辱。简•爱的好朋友海兰•朋斯便经常受到教员斯加契德的责骂和鞭打。但朋斯始终一声不吭地忍受着。简•爱不能理解朋斯这种羔羊般的驯服。她认为如果自己受鞭打,便要把那根鞭子夺过来,当面把它折断。她对朋斯说:"假如人们对于残酷不正的人老是仁厚服从,那么坏人就要为所欲为了……我们要无缘无故被打的时候,我们应当很厉害回打。"但朋斯深受学校宗教意识的毒害,她认为简•爱这套理论是异教徒和野蛮人的主张,基督徒和文明民族决不承认,她告诉简•爱应当爱自己的仇人,不要与人作对。

学校总监布鲁克尔哈斯忒先生是个瘦长的男人,像一尊黑色的大理石像,人们都害怕他。有一天,他带着太太、女儿来视察学校。他把学校里孩子们过着吃不饱、穿不暖的生活,称作是要培养"吃苦、忍耐、克己"的习惯。而他自己的女儿却打扮得花枝招展,她们穿着阔绰的皮衣,戴着时新的海獭帽。布鲁克尔哈斯忒夫人则披着贵重的天鹅绒围巾,边上还镶着鼬鼠皮。简•爱不小心打破了一块写字的石板,被布鲁克尔哈斯忒看见了。他当众羞辱她,说她是个被逐的坏孩子,是个忘恩负义的人,要别的孩子疏远她。他对孩子们说:"不让她加入你们的游戏,不要和她说话。"这样一来,孩子们都避开简•爱,只有朋斯接近她、安慰她。简•爱把自己的委屈和里德太太对她的苛刻待遇,原原本本告诉女教师潭泊尔女士。潭泊尔女士便召集全体学生,宣布简•爱并没有过错,消除了简•爱和孩子们间的隔阂。

一年夏天,朋斯患肺结核病被隔离了。简•爱偷偷地去看望她,并和她同床睡了一晚。第二天,她们被人发现时候,朋斯已死了。简•爱还熟睡着,她的脸靠着朋斯的肩,胳膊抱着她的颈子。

简•爱在公益学校度过了八年窒息而又刻板的生活(六年做学生,两年当教师)。后来,她最喜欢的教师潭泊尔女士和人结婚了,搬到一个遥远的州里去了。简•爱也产生了离开罗沃德的念头。她在报上登出广告,要去教授私馆。不几天,一位叫费尔肥的太太复信给她,聘请她到桑恩费尔德去给一家地主当家庭教师。

桑恩费尔德是个美丽的田庄,一座三层的绅士住宅,顶上绕着雉堞,宅子的灰色前沿从白嘴鸦巢背景中显露出来,屋前有一块草坪,还有一排结实有节的老荆棘,枝茎粗得像橡树一样,这使人联想起这宅子的命名的来源了(桑恩费尔德意为荆棘场)。再向前就是一座小山,房顶被树木掩映的小村落散布在山的一边,教堂旧塔顶俯瞰着房屋与大门之间的土阜。费尔肥太太是这里庄园地主的管家,一个上了年纪的小女人,戴着寡妇帽,穿着雪白的棉布裙子,态度很和气。她把简•爱迎接到家里,并告诉她,主人罗切斯特外出旅行去了。她的任务是给一个法国出生的女孩阿戴尔小姐授课。

简•爱在桑恩费尔德舒适和安静地过了一夜。第二天,她看到了她的学生。这是个七八岁的小女孩,身体弱,脸色苍白,一头卷发垂到她的腰间。简•爱学过法语,便以法语

第四章 小说欣赏

和她交谈起来。然后，费尔肥太太带简·爱参观地主宅子。房子既古老又宽敞，三楼有几间又窄又暗的房子，两排小黑门全闭着，当简·爱轻轻地走着的时候，突然从那里面传来一声怪笑。费尔肥太太解释说大概是仆人发出的笑声。

一个冬日的下午，简·爱到邻近村子去为费尔肥太太寄信。在通向小山的一条小路上，她遇见了一个骑马的男子，那马在冰上滑了蹄，把主人摔了下来。这是个中等身材的中年男子，胸部很宽，黑黑的脸，严肃的面孔，忧愁的容颜，由于他扭伤了筋，他的眼睛和皱拢的眉毛都显得气愤的样子。简·爱帮他上了马。原来这不是别人，就是桑恩费尔德的地主罗切斯特先生。

第二天，罗切斯特整天忙着，料理他农业上的事务。晚上，他召见了简·爱。她感到他行为有点怪异，而且古板，"嘴、下颔和腮——是的，三样都很古板"。他那方前额，因为黑头发横垂显得更方了。他问了简·爱在罗沃德学校的生活，并让她弹了一会琴，便打发她走了。费尔肥太太告诉简·爱，罗切斯特先生正遭受家庭烦恼的折磨，他经常心神不定，过着一种不稳定的生活。一天，罗切斯特和简·爱谈话，他对她说："你察看我，简·爱小姐，你觉得我漂亮吗？"简·爱直率地回答说不漂亮。罗切斯特喜欢她那爽快的性格。对她说："你有一个小修女的神气；特别，安静，庄严，单纯。"他把自己一部分的身世告诉她。他说阿戴尔小姐是法国舞女色立奈·瓦朗的女儿。色立奈曾是他的情妇，后来她丢开他，把一个并非他生的女儿交给他抚养。罗切斯特的身世和不幸的遭遇引起简·爱的同情。

晚上，简·爱睡觉时，又听到一声怪笑。接着，罗切斯特的卧室着火了。简·爱冲进他的房去，把火扑灭了，拯救了正在熟睡中的罗切斯特。简·爱以为这笑声和纵火是三楼住的一个缝衣妇葛来司·波尔的过错，她甚至怀疑罗切斯特和这位缝衣妇有什么暧昧的关系。

罗切斯特的一批贵族朋友要暂时住到桑恩费尔德来，仆人们忙于张罗和打扫房间。这些贵族客人打扮得很阔气，而且很骄傲。他们成天吃喝玩乐，唱歌打球，把简·爱当作保姆，瞧不起她。其中有一位美丽的殷格莱姆小姐和罗切斯特特别亲热。他们来到那天，简·爱亲眼看到，殷格莱姆小姐骑着马和罗切斯特并肩走着，她高高的身材，大而明亮得像珠宝一样的眼睛，还有一头黑玉般的卷发，人们都称她为女王。仆人们都在议论，主人要和她结婚。简·爱感到一阵难过。她认为如果他们真的结婚了，自己则要和"两只老虎——嫉妒和绝望"有力地一战了。因为，她已暗暗地爱上了罗切斯特。

一个姓马逊的商人从西印度群岛归来，来看罗切斯特。当天夜里，简·爱听到从三楼传来呼救的喊声，住在桑恩费尔德的贵族客人都惊醒过来，问发生了什么事。罗切斯特掩饰说，这是仆人发疯发出的叫喊，要大家不必惊慌，回房去安睡。然后，他要简·爱陪他到三楼去。在那里，简·爱看到白天来的商人马逊躺在血泊里，他刚被人刺伤和啃咬过。罗切斯特叫简·爱给这位垂危的伤者揩去血迹，他自己则跳上马车去请医生。天亮前，马逊被送走了。临别时，马逊交代罗切斯特要好好照看刺伤他的人。这人是谁呢？罗切斯特并不肯告诉简·爱。

里德太太的儿子约翰因赌钱花光了财产，自杀了。里德太太气得患了重病，她派车夫接简·爱到她家去。里德太太向简·爱认错，责备自己未遵守丈夫的嘱托，没把简·爱当作自己的子女那样抚养；在公益学校流行伤寒病时，她盼望简·爱病死；后来，又藏匿了

简·爱的叔叔给她的一封信,这封信是通知简·爱做他的财产继承人的,而她却回信说简·爱死了。里德太太把心里的秘密一一说了出来,并认为简·爱是她命中注定的苦难。最后,她死了。

简·爱回到桑恩费尔德。罗切斯特却向她求起婚来。他把殷格菜姆小姐和简·爱作了比较,认为殷格菜姆小姐并不是因为爱情而嫁他,而是为了他的财产;简·爱却要纯洁得多。他对简·爱说:"对于只有脸面使我欢喜的妇女,在我发现她们既没有灵魂也没有心——在她们向我显出平庸、琐屑,或者无能、粗鄙、坏脾气的时候,我便是恶魔;但是对于清楚的眼光,流利的口舌,火的灵魂,屈而不折的——既柔又稳,既易驾驭却又不挠的——性格,我却永远是忠实而且温存的。"他说,他可以不顾世人的议论,决心要娶简·爱;他要像娶贵族小姐一样,给她钻石珍宝,把她打扮得"像平地花坛一般闪光",并要给她一半田产。简·爱并不贪图这些财富,她回答说:"我要你一半田产做什么?你以为我是个犹太放高利贷的人,想在田地上找好的投资吗?"

简·爱对罗切斯特的爱情不敢十分相信。她在管家费尔肥太太的参谋下,有意惹恼他、回避他,直到她感到罗切斯特是一片真心而不是欺骗时,才答应嫁他。但在结婚前一天,她的结婚面纱被人撕成两半。简·爱问罗切斯特这是谁干的,罗切斯特又不肯回答她。

婚礼在附近的一个教堂举行。正当结婚仪式进行到一半时,那位先前在桑恩费尔德被人刺伤的马逊,带了一个律师匆匆从伦敦赶来,阻挠婚礼的进行。他揭发罗切斯特家里有一个活着的妻子,这是他的妹妹,名叫白沙·安东尼塔。原来,马逊是罗切斯特的内兄。按当时英国的法律,重婚是不许可的,婚礼被停止下来。简·爱挨了当头一棒,而这事罗切斯特一直是瞒着她的。

罗切斯特在年轻时,由父兄做主娶了大商人约纳司·马逊之女为妻室。婚后,他才知道女方患有癫痫症。罗切斯特为了贵族的名誉和面子,把妻子带回田庄后,藏匿在三楼,并专门派了一个女仆人葛来司·波尔(缝衣妇)照料她,对外人隐而不宣。简·爱到来的第二天,听到的怪笑声和罗切斯特房间的失火事件,都是这个疯女人干的。

罗切斯特请求简·爱不要离开他,他们结婚不成,可以一同到国外去生活。但简·爱拒绝了,因为她不愿意做他的情妇。在一个凄凉的夜晚,她悄悄地从罗切斯特的家里出走了。

简·爱乘坐一辆过路的马车,在白十字地方下了车。由于走时匆忙,身上没有多带钱,她遭到饥饿和寒冷的威胁,在荒野里徘徊了两天两夜。然后来到偏僻的乡村泽地房。一位正在守丧的牧师圣约翰收留了她。圣约翰有两个妹妹:狄安娜和玛丽。他们的父亲不久前中风死了。他们的家境很贫困,客厅里的设备很简陋,但很整洁,旧式椅子非常光亮,胡桃木的桌子像镜子一样。圣约翰先生有着高细身材,一张希腊人的脸庞,轮廓很纯正,平直的古希腊型鼻子,雅典人似的嘴和下颌,高高的前额和象牙一样白。简·爱患了三天热病,圣约翰兄妹三人轮流照看着她。病好后,简·爱不愿过寄食的生活,要求参加工作。那时,圣约翰正为穷人子弟开办了一所小学校,简·爱便担任了这所乡村小学的校长。

圣约翰是个虔诚的宗教徒。他把自己的一生献给了上帝。他认为自己神圣的职责是"要向无知领域传播知识——以和平代战争,以自由代束缚,以宗教代迷信,以天国希望代

第四章 小说欣赏

地狱恐惧"。他准备到印度去传教，他正在和工厂主的女儿阿立夫小姐恋爱，但他认为阿立夫小姐不是吃苦耐劳的人，不能成为他的事业的合作者，简·爱却是个"勤劳、有条理、有精力的妇女"，因此要求她成为他的妻室和助手。简·爱对此感到为难。

简·爱的叔父爱先生死了，留下两万英镑的财产给简·爱。在交谈中，简·爱知道爱先生是圣约翰的舅父——她和他们是姑表兄妹。简·爱不愿独得遗产，便把它均分成四份，给圣约翰和他的妹妹每人一份。

在婚姻问题上，简·爱和圣约翰进行了一场辩论，圣约翰一再向她解释"不是他自己，而是为他的任务他要结婚"，并说他是"为工作，不是为了爱情而创造的"。简·爱反对这种不是为了爱情，而是为了传教需要的结合，她反驳说："假若我不是为爱情而创造，那也就不是为了结婚而创造的了。"从而拒绝了圣约翰的求婚。

简·爱得到罗切斯特遭受灾祸的消息。为了证实它，她亲自到桑恩费尔德去了一次。她看到旧主人的房舍已被烧为平地，人们告诉她，这场大火是罗切斯特的疯妻放的。放火后，她跳楼自杀了。罗切斯特因为救火，被火柱压倒受了伤，锯掉了一只胳膊，双目也失明了。他和马车夫搬到一个偏僻的地方——芬丁去居住了。阿戴尔小姐被送进学校。罗切斯特已彻底破产了。

罗切斯特的芬丁住宅是所古老的建筑，深深隐在一座森林里面，原是他父亲在这里打猎，用来储藏野味的地方，是个十分荒僻的所在。在一个细雨的黄昏，简·爱赶到芬丁，她准备和旧主人重温旧好。虽然这样做她要作出牺牲，但她认为从罗切斯特那里可得到真正的爱情，而这个在圣约翰那里正是缺少的。罗切斯特提醒她说："你是独立的妇人，有钱的妇人。"然而她已下定决心留下了。

罗切斯特由于得到简·爱的爱，他不再责怪自己的命运和上帝了，而是对上帝表示了极大的虔诚。简·爱也感到很幸福，"因为我是我丈夫的生命，正如同他是我的生命一样"。他们在这人世的偏僻的一隅过着和平宁静的生活。后来，罗切斯特在伦敦医好了一只眼睛，他和简·爱也生下了一个男孩。圣约翰到印度去传教了。他的两个妹妹狄安娜、玛丽也都先后结了婚，她们和简·爱保持经常的往来。

【赏析】

《简·爱》是一部以爱情为题材的小说，述说了一对年龄不同、门第不同、社会地位不同的情侣如何冲破世俗樊篱追求纯真爱情的故事。简·爱是小说的主人公，是一个最令人同情和激动人心的形象。在她成长的过程中，她有寄人篱下的痛苦体验，也有在慈善学校经历过的悲惨生活。正是这些生活经历，培养了她的坚强性格和敢于反抗的精神，同时也促使她努力通过个人奋斗去争取自尊、独立，追求爱情和幸福。例如在童年时，她就敢于反抗假仁假义的舅母。在孤儿院里，她也敢于反抗那些虐待儿童的伪善的资产阶级慈善家。她对海兰·朋斯说："我们无缘无故被打的时候，应该很厉害地回击。"

她走出慈善学校去当家庭教师，这是她反抗和奋斗的最初成果，也是她走向自由和独立的第一步。在以后的生活中，处处表现出她是一个有思想、有个性的女子，聪明诚实，蔑视权贵，不受世俗约束。

简·爱的形象同英国文学中传统的女性形象不同，她不仅不按照传统的资产阶级道德规范自己，还打破传统的道德束缚，在自由、平等的基础上追求爱情。她的追求同萨克雷在《名利场》中描写的女主人公完全不同，简·爱没有利己主义倾向，没有损害别人。她

文学欣赏

对爱情的追求不是为了物质享受和财富,而是为了理解、尊重和情感。她的这些特点不仅赢得了罗切斯特的尊重,也赢得了他的爱情。罗切斯特轻视财产,不重门第,讽刺上流社会的伪善,嘲笑它的空虚。所以简·爱认为"他是属于我这一类的。我们在心灵、血液和神经中有一种共同的东西把我们连在了一起"。她在像月亮女神一样漂亮的殷格莱姆小姐的对照下,表现出了一种强大魅力和崇高的美。殷格莱姆小姐身材修长,皮肤白嫩,举止优雅,嗓音甜润。她虽然给人以一种才女的印象,但是她实质上是一个傲慢、自私和追逐虚荣的平庸女子。她的外表美反衬了简·爱的心灵美。所以罗切斯特不爱她,一心追求柔弱瘦小和外貌平常的简·爱,并最终获得简·爱的爱情。

简·爱的人生经历既是对不合理的资产阶级社会的揭露和批判,也是对妇女追求自由、独立和解放的精神肯定。她的行为代表着社会发展的趋势,她的追求代表了当时广大人民对社会、爱情和婚姻的理想。在英国文学中的女性画廊里,她是最难让人忘怀的艺术典型之一,对于今天的读者而言,仍然保持着巨大魅力。

【知识拓展】

夏洛蒂·勃朗特

夏洛蒂·勃朗特(1816—1855)是 19 世纪英国杰出的女作家,同狄更斯、萨克雷等齐名。她是艾米莉·勃朗特之姐。夏洛蒂的作品主要描写贫苦的小资产者的孤独、反抗和奋斗,属于被马克思称为以狄更斯为首的"出色的一派"。《简·爱》是她的处女作,也是代表作,至今仍受到广大读者的欢迎。夏洛蒂还出版过诗集,她的其他小说有《雪莉》(1849)、《维莱特》(1853)、《教师》(1857)和去世之前写的《爱玛》的前几章。

红 与 黑

司汤达

第十章 雄心和逆境

德·莱纳先生走遍了古堡的所有卧房,跟着搬回床垫的仆人又回到孩子们的卧房。这个人突然进来,对于连来说,犹如盛满水的罐子又加了一滴,立刻溢了出来。

于连朝着他冲过去,脸色比平时更苍白,更阴沉。德·莱纳先生站住了,看了看他的仆人们。

"先生,"于连对他说,"您认为您的孩子跟别的任何一位家庭教师会跟我取得同样的进步吗?如果您说不,"于连继续说,不容德·莱纳开口,"那您怎么敢指责我丢下他们不管呢?"

德·莱纳先生吓了一跳,惊魂甫定,立刻从这个小乡下人的奇怪的口吻中得出结论,他的口袋里肯定装着什么条件更好的建议,他要弃他而去了。于连越说火越大:"我离了您也能活,先生。"他补了一句。

"看到您这样冲动,我确实感到遗憾。"德·莱纳先生有点儿结结巴巴地回答说。仆人们在十步以外,正忙着铺床。

"我要的不是这个,先生,"于连怒不可遏,"想想您对我说的那些破坏我名誉的话吧,而且还是当着女人的面!"

德·莱纳先生太知道于连要什么了,一场痛苦的斗争撕扯着他的心。于连真的是疯

了，吼道："出了您的门，先生，我知道上哪儿去。"

听了这句话，德·莱纳先生立刻看见于连在瓦勒诺先生家里安顿下来。

"好吧！先生，"他终于说，叹了口气，那神情就像请求外科医生给他做一个最令人痛苦的手术，"我同意您的要求。后天是一号，我从后天起每月给您五十法郎。"

于连真想笑，却惊得一下呆住，他的怒火已经无影无踪了。

"这畜生我还蔑视得不够，"他心想，"这大概是一个如此卑劣的人所能表示的最大的歉意了。"

孩子们听见了这场争吵，惊得嘴都合不上。他们跑到花园里，告诉他们的妈妈于连先生火发得好大，不过他每个月就要有五十法郎了。

于连习惯地跟着他们出去了，看都没有看德·莱纳先生一眼，留下他一个人在那儿气得鼓鼓的。

市长心里想："瓦勒诺先生又让我破费了一百六十八法郎。他要管弃儿的供应，我一定得给他来两句硬的。"

过了一会儿，于连又来到德·莱纳先生面前。

"我有些良心上的事情要对谢朗先生说，我有幸通知您，我要离开几个小时。"

"啊，我亲爱的于连，"德·莱纳先生说，一边最虚假地笑笑，"您愿意的话，一整天都行，明天一整天吧，我的好朋友。骑上园丁的马到维里埃去吧。"

德·莱纳先生心里说："他这是去给瓦勒诺先生回话了，他对我还没有任何许诺，不过应该让这个年轻人的头脑冷下来。"

于连迅速离开，走进山上的大树林，从那里可以直奔维里埃。他不想这么快就到谢朗先生那里去。他一点儿也不想强制自己再去演一场虚伪的戏，他需要把自己的心灵看个清楚，审视使他激动不已的那些蜂拥而至的感情。

"我打了一个胜仗，"他一进入树林，远离了众人的目光，就立刻对自己说，"我这是打了一个胜仗呀！"

这句话给他的整个处境涂上了一重美丽的色彩，使他的心平静了一些。

"我现在一个月有五十法郎啦，德·莱纳先生刚才肯定是怕得要命。可他怕什么呢？"

这个又幸运又有权势的家伙，于连一个小时之前还对他大发雷霆，能有什么事情让他害怕呢？于连想着想着，心里终于完全平静下来。他在树林中走着，一时居然对其迷人的美有了些感觉。大块大块光秃秃的岩石很久以前从山峰那边滚下来，落在树林中央，一些粗壮的山毛榉长得几乎和这些岩石一样高。岩石的阴影中凉爽宜人。三步之外，阳光炽热，晒得人不能驻足。

于连在这些巨石的阴影中喘了口气，然后又开始攀登。他沿一条很不明显、只供放山羊的人走的狭窄小路走着，很快发现自己站在一块巨大的悬岩上，并且确信已经远离了所有的人。这种肉体的位置使他露出了微笑，为他描绘出他渴望达到的精神的位置。高山上纯净的空气给他的心灵送来了平静，甚至快乐。在他眼里，维里埃的市长当然一直是世上所有有钱的人和蛮横的人的代表，但是他感到，刚才还使他激动的那种仇恨虽然在情绪上表现得十分强烈，却没有丝毫个人的性质。倘使他不再看见德·莱纳先生了，只须一个礼拜，他就会忘掉他，忘掉他本人、他的古堡、他的狗、他的孩子和他的全家。"我不知

189

文学欣赏

道怎么就迫使他做出了最大的牺牲。怎么！每年五十多个埃居！而且我刚刚摆脱了最大的危险。一天里竟获得了两个胜利；第二个胜利微不足道，但是应该猜出个究竟。不过，还是明天见吧，这种伤脑筋的追究。"

于连站在那块巨大的悬岩上，凝视着被八月的太阳烤得冒火的天空。蝉在悬岩下面的田野上鸣叫，当叫声停止的时候，周围一片寂静。方圆二十法里的地方展现在他的脚下，宛然在目。于连看见一只鹰从头顶上那些大块的山岩中飞出，静静地盘旋，不时画出一个个巨大的圆圈。于连的眼睛不由自主地跟随着这只猛禽。这只猛禽的动作安详宁静，浑厚有力，深深地打动了他，他羡慕这种力量，他羡慕这种孤独。

这曾经是拿破仑的命运，有一天这也将是他的命运吗？

【赏析】

小说通过描写于连这样一个有理想、有才华的年轻人在复辟时期惨遭毁灭的故事来表达作者强烈地反对复辟的政治主题。于连是拿破仑的忠实信徒，是一个一心想建立功名的英雄主义者，他不满贵族阶级，鄙视那些昏庸无能的达官显贵。然而，于连并非想去推翻贵族、僧侣的统治，并不想去变革整个社会，作为平民小资产阶级的于连，他只是对阻碍他升迁的社会组织不满，对那些庸俗无能而又自以为是、高人一等的贵族阶级产生某种本能的反感。因此，他的反抗和对社会的挑战始终带着一股小资产阶级个人奋斗的色彩。这种反抗虽然有时在外表方面显得异常激烈，然而，由其性质所决定，这种反抗也很容易变成妥协，就像已经相当了解于连的玛特尔小姐所说的："他不是一只狼，只不过是狼的影子罢了。"他不会真正去咬伤这个社会，只要这个社会能满足他的个人野心和欲望，他就会毫不犹豫地依附于这个可耻堕落的社会。当然，历史是残酷的，于连想摆脱自己平民的身份却始终摆脱不掉，而作为社会统治者的贵族阶级又吝啬得不给于连留下一点希望。于连的失败表明由于小资产阶级的软弱性和妥协性，其所进行的社会反抗斗争及其与贵族阶级的较量是绝不会成功的。

在《红与黑》中，作者明显赋予于连一个时代悲剧的形象，作者有意想让读者在感叹和惋惜这个人物之余，去更多地思考这个社会是如何残害了这样一个热血青年的。作者意在让人们懂得，于连是王朝复辟时代的产物，是这样的社会塑造和孕育出了于连，同时又将其毁灭。为了展现产生出于连这样独特人物的时代和环境，作者在小说中全面勾勒出一幅波旁王朝复辟时期的社会图景。在这里，我们看到各种正义人士遭到逮捕，民主诗人贝朗瑞被关进监狱，自由党人新闻记者方唐和马加农被放逐，下层人民的生活苦不堪言，家里没有粮食，口袋没钱财。人们痛恨这些只知欺压人民、贪婪攫取财富的贵族阶级，却非常向往拿破仑的革命时代，由此，这个社会实际上弥漫着一股革命的气氛。正由于人民大众对政权存在普遍的不满和怨恨，因此，不论生活在巴黎还是生活在外省的贵族阶级普遍感到地位不稳，坐立不安，他们唯恐再次爆发革命。作品中描写那些权贵们一提及大革命就谈虎色变，他们认为"罗伯斯庇尔在人间重新出现是很有可能的"，他们似乎"在每一段篱笆后面都看到一位罗伯斯庇尔和他架来的囚车"。小说对1830年七月革命前夕法国社会所孕育的社会矛盾和尖锐的社会冲突的确作了非常现实主义的描写。另外，小说对波旁王朝复辟时期的教会势力也作了深刻揭露，在作品中，教会明显与政府勾结在一起来欺压和愚弄人民，他们搞什么"圣骸瞻礼""圣体游行"等一系列宗教仪式，以转移和扑灭人民中日益增长的革命意识和燃烧起来的革命烈火。小说描写教会直接干预政事，插手地

第四章 小说欣赏

方官的任免,而且大多数教士和神职人员实际上是监视人民思想和行为的密探。作品还着重描写了一个天主教会的典型——贝尚松神学院,作者视其为一座"人间地狱",这里没有任何思想自由,神父在课堂上叫学生要为罗马教皇和法国国王服务,并向这些未来的神父们灌输这种思想,即神职会给你带来大量的钱财、肥大的阉鸡、新鲜的鸡蛋、奶油等。教会对思想的严格控制及大多数教士们的卑鄙虚伪的嘴脸,构成了波旁王朝复辟时期教会的一个缩影。

《红与黑》通过对法国波旁王朝复辟时期的社会描写,强烈谴责了贵族阶级的残酷反动统治和教会特务组织卑鄙、虚伪的本质,作品表现出了强烈的政治倾向性,正如作者在书中借出版家之口所说的:"若是你的人物不谈政治,那就已经不是 1830 年的法国人了。"很明显,司汤达努力将《红与黑》写成了一部政治小说。

【知识拓展】

司 汤 达

司汤达(1783—1842),法国作家,是法国现实主义文学的主要代表。他反对古典主义美学,提出体现现实主义精神的文学原则。他受启蒙运动影响,向往法国大革命,曾服役于拿破仑的军队,后侨居意大利,因同情意大利人民反抗奥地利统治者的斗争,被迫回国。其代表作有论著《拉辛与莎士比亚》,小说《红与黑》《巴马修道院》等。

高 老 头

巴尔扎克

第一章 伏盖公寓

一个夫家姓伏盖、娘家姓龚弗冷的老妇人,四十年来在巴黎开着一所兼包客饭的公寓,坐落在拉丁区与圣·玛梭城关之间的圣·日内维新街上。被大家称为"伏盖"的这所寄宿舍,男女老少,一律招留,从来没有为了风化问题受过飞短流长的攻击,可是三十年间也不曾有姑娘寄宿;而且非要家庭给的生活费少得可怜,才能使一个青年男子住到这儿来。话虽如此,一八一九年上,正当这幕惨剧开场的时候,公寓里的确住着一个可怜的少女。虽然"惨剧"这个字眼近来被多愁善感、颂赞痛苦的文学用得那么滥,那么歪曲,以致无人相信;这儿可是不得不用。并非在真正的字义上说,这个故事有什么戏剧意味;但我这部书完成之后,京城内外也许有人会掉几滴眼泪。出了巴黎是不是还有人懂得这件作品,确是疑问;书中有许多考证于本地风光,只有曾在蒙玛脱岗和蒙罗越高地中间的人能够领会。这个著名的盆地,墙上的石灰老是在剥落,阴沟内全是漆黑的泥浆;到处是真苦难、空欢喜,而且那么忙乱,不知要怎么重大的事故才能在那儿轰动一下。然而,也有些东零西碎的痛苦,因为罪恶与德行混在一块而变得伟大庄严,使自私自利的人也要定一定神,生出一点同情心;可是他们的感触不过是一刹那的事,像匆匆忙忙吞下的一颗美果。文明好比一辆大车,和印度的神车一样[1],碰到一颗比较不容易粉碎的心,略微耽搁了一下,马上把它压碎了,又浩浩荡荡地继续前进。你们读者大概也是如此:雪白的手捧了这本书,埋在软绵绵的安乐椅里,想道:也许这部小说能够让我消遣一下。读完了高老头隐秘的痛史以后,你依旧胃口很好地用晚餐,把你的无动于衷推给作者,说作者夸张,渲染

过分。殊不知这惨剧既非杜撰，亦非小说。一切都是真情实事[2]，真实到每个人都能在自己身上或者心里发现剧中的要素。

公寓的屋子是伏盖太太的产业，坐落在圣•日内维新街下段，正当地面从一个斜坡向弩箭街低下去的地方。坡度陡峭，马匹很少上下，因此挤在华•特•葛拉斯军医院和先贤祠之间的那些小街道格外清静。两座大建筑罩下一片黄黄的色调，改变了周围的气息；穹窿阴沉严肃，使一切都暗淡无光。街面上石板干燥，阳沟内没有污泥，没有水，沿着墙根生满了草。一到这个地方，连最没心事的人也会像所有的过路人一样无端端的不快活。一辆车子的声音在此简直是件大事；屋子死沉沉的，墙垣全带几分牢狱气息。一个迷路的巴黎人[3]在这一带只看见些公寓或者私塾、苦难或者烦恼、垂死的老人或是想作乐而不得不用功的青年。巴黎城中没有一个区域更丑恶、更没有人知道的了。特别是圣•日内维新街，仿佛一个古铜框子，跟这个故事再合适不过。为求读者了解起见，尽量用上灰黑的色彩和沉闷的描写也不嫌过分，正如游客参观初期基督徒墓窟的时候，走下一级级的石梯，日光随着暗淡，向导的声音越来越空洞。这个比较的确是贴切的。谁又能说，枯萎的心灵和空无一物的骸髅，究竟哪一样看上去更可怕呢？

公寓侧面靠街，前面靠小花园，屋子跟圣•日内维新街成直角。屋子正面和小园之间有条中间微凹的小石子路，大约宽两公尺；前面有一条平行的砂子铺的小路，两旁有风吕草、夹竹桃和石榴树，种在蓝白二色的大陶盆内。小路靠街的一头有一扇小门，上面钉一块招牌，写着"伏盖宿舍"；下面还有一行：本店兼包客饭，男女宾客，一律欢迎。临街的栅门上装着一个声音刺耳的门铃。白天你在栅门上张望，可以看到小路那一头的墙上，画着一个模仿青色大理石的神龛，大概是本区画家的手笔。神龛内画着一个爱神像：浑身斑驳的釉彩，一般喜欢象征的鉴赏家可能认做爱情病的标记，那是在邻近的街坊上就可医治的。[4]神像座子上模糊的铭文，令人想起雕像的年代，伏尔泰在一七七七年上回到巴黎大受欢迎的年代。那两句铭文[5]是：不论你是谁，她总是你的师傅；现在是，曾经是，或者将来是。天快黑的时候，栅门换上板门。小园的宽度正好等于屋子正面的长度。园子两旁，一边是临街的墙，一边是和邻居分界的墙；大片的长春藤把那座界墙统统遮盖了，在巴黎城中显得格外清幽，引人注目。各处墙上都钉着果树和葡萄藤，瘦小而灰土密布的果实成为伏盖太太年年发愁的对象，也是和房客谈天的资料。沿着侧面的两堵墙，各有一条狭小的走道，走道尽处是一片菩提树荫。伏盖太太虽是龚弗冷出身，"菩提树"三字老是念别音的，房客们用文法来纠正她也没用。两条走道之间，一大块方地上种着朝鲜蓟，左右是修成圆锥形的果树，四周又围着些莴苣、旱芹、酸菜。菩提树荫下有一张绿漆圆桌，周围放几个凳子。逢着大暑天，一般有钱喝咖啡的主顾，在热得可以孵化鸡子的天气到这儿来品尝咖啡。

四层楼外加阁楼的屋子用的材料是粗沙石，粉的那种黄颜色差不多使巴黎所有的屋子不堪入目。每层楼上开着五扇窗子，全是小块的玻璃；细木条子的遮阳撑起来高高低低，参差不一。屋子侧面有两扇窗，楼下的两扇装有铁栅和铁丝网。正屋之后是一个二十尺宽的院子：猪啊，鸭啊，兔子啊，和和气气地混在一块儿；院子底上有所堆木柴的棚子。棚子和厨房的后窗之间接一台凉橱，下面淌着洗碗池流出来的脏水。靠圣•日内维新街有扇小门，厨娘为了避免瘟疫不得不冲洗院子的时候，就把垃圾打这扇门里扫到街上。

房屋的分配本是预备开公寓的。底层第一间有两扇临街的窗子取光，通往园子的是一

第四章 小说欣赏

扇落地长窗。客厅侧面通到饭厅，饭厅和厨房中间是楼梯道，楼梯的踏级是用木板和彩色地砖拼成的。一眼望去，客室的景象再凄凉不过：几张沙发和椅子，上面包的马鬃布满是一条条忽而暗淡忽而发光的纹缕；正中放一张黑地白纹的云石面圆桌，桌上摆一套白瓷小酒杯，金线已经剥落一大半，这种酒杯现在还到处看得到；房内地板很坏，四周的护壁板只有半人高，其余的地方糊着上油的花纸，画着《丹兰玛葛》[6]主要的几幕，一些有名的人物都着有彩色。两扇有铁丝网的窗子之间的壁上，画着加里泼梭款待于里斯的儿子的盛宴[7]；四十年来，这幅画老是给年轻的房客当作说笑的引子，把他们为了穷而不得不将就的饭食取笑一番，表示自己的身份比处境高出许多；石砌的壁炉架上有两瓶藏在玻璃罩下的旧纸花，中间放一座恶俗的半蓝不蓝的云石摆钟；壁炉内部很干净，可见除了重大事故，难得生火。

这间屋子有股说不出的味道，应当叫做公寓味道。那是一种闭塞的、霉烂的、酸腐的气味，叫人发冷，吸在鼻子里潮腻腻的，直往衣服里钻；那是刚吃过饭的饭厅的气味，酒菜和碗盏的气味，救济院的气味。老老少少的房客特有的气味，跟他们伤风的气味合凑成的令人作呕的成分，倘能加以分析，也许这味道还能形容。话得说回来，这间客室虽然教你恶心，同隔壁的饭厅相比，你还觉得客室很体面、芬芳，好比女太太们的上房呢。

饭厅全部装着护壁，漆的颜色已经无从分辨，只有一块块油迹画出奇奇怪怪的形状。几口粘手的食器柜上摆着暗淡无光的破裂的水瓶、刻花的金属垫子、好几堆都奈窑的蓝边厚瓷盆。屋角有口小橱，分成许多标着号码的格子，存放寄膳客人满是污迹和酒痕的饭巾。在此有的是销毁不了的家具，没处安插而扔在这儿，跟那些文明的残骸留在瘤疾救济院里一样。你可以看到一个晴雨表，下雨的时候有一个教士出现；还有些令人倒胃的版画，配着黑漆描金的框子；一台镶铜的贝壳座钟；一只绿色火炉；几盏灰尘跟油混在一块儿的提灯；一张铺有漆布的长桌，油腻之厚，足够爱淘气的医院实习生用手指在上面刻划姓名；几张断腿折臂的椅子；几块可怜的小脚毯，草辫老在散率而始终没有分离；还有些破烂的脚炉，洞眼碎裂，铰链零落，木座子像炭一样的焦黑。这些家具的古旧、龟裂、腐烂、摇动、虫蛀、残缺、老弱无能、奄奄一息，倘使详细描写，势必长篇累牍，妨碍读者对本书的兴趣，恐非性急的人所能原谅。红色的地砖，因为擦洗或上色之故，画满了高高低低的沟槽。总之，这儿是一派毫无诗意的贫穷，那种锱铢必较的、浓缩的、百孔千疮的贫穷；即使还没有泥浆，却已有了污迹；即使还没有破洞，还不会褴褛，却快要崩溃腐朽，变成垃圾。

这间屋子最有光彩的时间是早上七点左右，伏盖太太的猫赶在主人之前先行出现，它跳上食器柜，把好几罐盖着碟子的牛奶闻嗅一番，呼哟呼哟地做它的早课。不久寡妇出现了，网纱做的便帽下面，露出一圈歪歪斜斜的假头发，懒洋洋地趿着愁眉苦脸的软鞋。她的憔悴而多肉的脸、中央耸起一个鹦鹉嘴般的鼻子、滚圆的小手、像教堂的耗子[8]一般胖胖的身材、膨亨饱满的面颊、颠耸耸的乳房，一切都跟这寒酸气十足而暗里蹲着冒险家的饭厅调和。她闻着室内暖烘烘的臭味，一点不觉得难受。她的面貌像秋季初霜一样新鲜，眼睛四周布满皱纹，表情可以从舞女那样的满面笑容，一变而为债主那样的竖起眉毛，板起脸孔。总之，她整个的人品足以说明公寓的内容，正如公寓可以暗示她的人品。监狱少不了牢头禁卒，你想象中绝不能有此无彼。这个小妇人的没有血色的肥胖，便是这种生活的结果，好像传染病是医院气息的产物。罩裙底下露出毛线编成的衬裙，罩裙又是用旧衣衫改的，棉絮从开裂的布缝中钻出来；这些衣衫就是客室、饭厅和小园的缩影，同时也泄露了厨房的内容与房客的流品。她一出场，舞台面就完全了。五十岁左右的伏盖太太跟一切经过忧患的女人一样。无精打采的眼睛，假惺惺的神气像一个会假装恼怒，以便敲竹杠的媒婆，而且她也存心不择手段地讨便宜，倘若世界上还有什么乔治或毕希葛吕可以出卖，她是决计要出卖的。[9] 房客们却说她骨子里是个好人，他们听见她同他们一样咳嗽，哼哼，便相信她真穷。伏盖先生当初是怎么样的人，她从无一字提及。他怎样丢了家私的呢？她回答说是遭了厄运。他对她不好，只留给她一双眼睛好落眼泪，这所屋子好过活，还有给了她不必同情别人灾祸的权利，因为她说，她什么苦难都受尽了。

【注释】

[1] 印度每年逢 Vichnou 神纪念日，将神像置于车上游行，善男信女奉之若狂，甚至有攀附抑或置身轮下之举，以为如此则来世可托生于较高的阶级(caste)。

[2] 原文是用的英文 All is true，且用斜体字。莎士比亚的悲剧《亨利八世》原名为 *All is true*，巴尔扎克大概是借用此句。

[3] 真正的巴黎人是指住在塞纳河右岸的人。公寓所在地乃系左岸。迷路云云谓右岸的人偶尔漫步到左岸去的意思。

[4] 指附近圣·雅备城关的加波桑医院。

[5] 伏尔泰为梅仲宫堡园中的爱神像所作的铭文。

[6] 《丹兰玛葛》系 17 世纪法奈龙的名著。

[7] 即《丹兰玛葛》中的情节。

[8] 教堂的耗子原是一句俗语，指过度虔诚的人；巴尔扎克以动物比人的用意在本书中特别显著，故改按字面译。

[9] 乔治与毕希葛吕均系法国大革命时代人物，以阴谋推翻拿破仑而被处死刑。

【赏析】

该小说是波旁王朝时期的一幅生动的风俗画，包含众多的内容。首先，它真实地再现了波旁王朝时期贵族阶级必然灭亡的历史命运；其次，它真实地再现了资产阶级的罪恶发家史；再次，小说淋漓尽致地揭露了金钱的统治地位和拜金主义的种种罪孽。

在《高老头》中，巴尔扎克通过塑造典型人物形象，生动地反映出贵族阶级被资产阶级取代的历史过程，写出金钱对人伦关系的破坏，揭示了资本主义社会唯利是图的社会风尚。作者表现这一切时，巧妙地借助"金钱"这一中间媒介。金钱，使鲍赛昂夫人黯然失色；金钱，让纽沁根夫人大放异彩；金钱，使高老头得到又失去女儿的爱；金钱，使伏脱冷铤而走险；金钱，促成拉斯蒂涅性格的突变。

当然，在这众多的人物当中，高老头是最引人注目的一号形象。他的悲剧有深刻的社会意义，他父爱的无私反衬出女儿的无情无义，他任性的温馨反衬出社会的冷酷，这就有力控诉了金钱败坏道德、腐蚀社会的罪恶，揭露了资本主义社会中人与人之间关系的金钱化特别是家庭金钱化的可悲现象。资产阶级在它已经取得统治地位的地方，使人和人之间除了赤裸裸的利害关系，除了冷酷无情的现金交易，就再也没有任何别的联系了。高老头的悲剧就是一个极好的说明。

第四章　小说欣赏

【知识拓展】

巴尔扎克

巴尔扎克(1799—1850)，19 世纪法国伟大的批判现实主义作家，欧洲批判现实主义文学的奠基人和杰出代表。1829 年发表长篇小说《朱安党人》，迈出了现实主义创作的第一步。1931 年出版的《驴皮记》使他声名大振。为使自己成为文学事业上的拿破仑，在 19 世纪 30—40 年代以惊人的毅力创作了大量作品，写出了 91 部小说，合称《人间喜剧》。《人间喜剧》分"风俗研究""哲理研究"和"分析研究"三大类，原定书名为《社会研究》。1842 年，巴尔扎克受但丁《神曲》谓之"神的喜剧"的启发，遂改此名，即把资产阶级社会作为一个大舞台，把资产阶级的生活比作一部丑态百出的"喜剧"。《人间喜剧》有"社会百科全书"之称，它真实地反映了当时的社会生活，描写了贵族阶级注定灭亡，揭露了资产阶级的贪婪、掠夺和一切建立在金钱基础上的社会关系。巴尔扎克注重具体、详尽的环境描写和细节描写，善于通过人物的言行揭示人物的灵魂。全书共塑造了两千四百多个人物，并且一个人物往往在多部小说中出现。其中著名的篇章有：《舒昂党人》《高老头》《欧也妮·葛朗台》《高利贷者》《古物陈列室》《纽沁根银行》《幻灭》《农民》。

作品欣赏

聊斋志异之梦狼　　尸魔三戏唐三藏　　宝玉挨打
　　　　　　　　　圣僧恨逐美猴王

第五章 戏剧欣赏

【本章导读】

桃花扇[1](选场)

孔尚任

香君骂筵

【缕缕金】(副净扮阮大铖[2]吉服上)风流代,又遭逢,六朝金粉样,我偏通。管领烟花[3],衔名供奉。簇新新帽乌衬袍红,皂皮靴绿缝,皂皮靴绿缝。

(笑介)我阮大铖,亏了贵阳相公[4]破格提挈,又取在内庭供奉;今日到任回来,好不荣耀。且喜今上性喜文墨,把王铎[5]补了内阁大学士,钱谦益[6]补了礼部尚书。区区不才,同在文学侍从之班;天颜日近,知无不言。前日进了四种传奇,圣心大悦;立刻传旨,命礼部采选宫人,要将《燕子笺》[7]被之声歌,为中兴一代之乐。我想这本传奇,精深奥妙,倘被俗手教坏,岂不损我文名。因而乘机启奏:"生口不如熟口,清客[8]强似教手。"圣上从谏如流,就命广搜旧院,大罗秦淮[9],拿了清客妓女数十余人,交与礼部拣选。前日验他色艺,都只平常;还有几个有名的,都是杨龙友[10]旧交,求情免选,下官只得勾去。昨见贵阳相公说道:"教演新戏是圣上心事,难道不选好的,倒选坏的不成。"只得又去传他,尚未到来。今乃乙酉新年人日佳节,下官约同龙友,移樽赏心亭;邀俺贵阳师相,饮酒看雪。早已吩咐把新选的妓女,带到席前验看。正是:花柳笙歌隋事业,谈谐裙屐晋风流。[11](下)

【黄莺儿】(老旦扮卞玉京[12]道妆背包急上)家住蕊珠宫,恨无端、业海风,把人轻向烟花送。喉尖唱肿,裙腰舞松,一生魂在巫山洞。俺卞玉京,今日为何这般打扮,只因朝廷搜拿歌妓,逼俺断了尘心。昨夜别过姊妹,换上道妆,飘然出院,但不知那里好去投师。望城东云山满眼,仙界路无穷。(飘飘下)(副净、外、净扮丁继之、沈公宪、张燕筑三清客上)

【皂罗袍】(副净)正把秦淮箫弄,看名花好月,乱上帘栊。凤纸签名唤乐工,南朝天子春心动。我丁继之年过六旬,歌板久抛;前日托过杨老爷,免我前往,怎的今日又传起来了。(外、净)俺两个也都是免过的,不知又传,有何话说。(副净拱介)两位老弟,大家商量,我们一班清客,感动皇爷,召去教歌,也不是容易的。(外、净)正是。(副净)二位青年上进,该去走走,我老汉多病年衰,也不望甚么际遇[13]了。今日我要躲过,求二位遮盖一二。(外)这有何妨,太公钓鱼,愿者上钩。(净)是是!难道你犯了王法,定要拿去审问不成。(副净)既然如此,我老汉就回去了。(回行介)急忙回首,青青远峰;逍遥寻路,森森乱松。(顿足介)若不离了尘埃,怎能免得牵绊。(袖出道巾、黄绦换介)(转头呼介)二位看俺打扮罢,道人醒了扬州梦[14]。

(摇摆下)(外)咦!他竟出家去了,好狠心也。(净)我们且坐廊下晒暖,待他姊妹到来,同去礼部过堂。(坐地介)(小旦扮寇白门,丑扮郑妥娘,杂扮差役跟上)(小旦)桃片随风不结子。(丑)柳绵浮水又成萍。(望介)你看老沈老张不约俺一声儿,先到廊下向暖,我们走去,打他个耳刮子。(相见,诨介)(外问杂介)又传我们到那里去?(杂)传你们到礼部过堂,送入内庭教戏。(外)前日免过俺们了。(杂)内阁大老爷不依,定要借重你们几个老清客哩。(净)

第五章　戏剧欣赏

是那几个？(杂)待我瞧瞧票子。(取票看介)丁继之、沈公宪、张燕筑。(问介)那姓丁的如何不见？(外)他出家去了。(杂)既出了家，没处寻他，待我回官罢！(向净、外介)你们到了的，竟往礼部过堂去。(净)等他姊妹们到齐着。(杂)今日老爷们秦淮赏雪，吩咐带着女客，席上验看哩。(外、净)既是这等，我们先去了。正是：传歌留乐府，擫笛傍宫墙。(下)(杂看票问小旦介)你是寇白门么？(小旦)是。(杂问丑介)你是卞玉京么？(丑)不是，我是老妥。(杂)是郑妥娘了。(问介)那卞玉京呢？(丑)他出家去了。(杂)咦！怎么出家的都配成对儿。(问介)后边还有一个脚小走不上来的，想是李贞丽[15]了？(小旦)不是，李贞丽从良去了！(杂)我方才拉他下楼，他说是李贞丽，怎的又不是？(丑)想是他女儿顶名替来的。(杂)母子总是一般，只少不了数儿就好了。(望介)他早赶上来也。

【忒忒令】(旦)下红楼残腊雪浓，过紫陌早春泥冻；不惯行走，脚儿十分痛。传凤诏，选蛾眉，把丝鞭，骑骄马；催花使乱拥。

奴家香君[16]，被捉下楼，叫去学歌，是俺烟花本等，只有这点志气，就死不磨。(杂喊介)快些走动！(旦到介)(小旦)你也下楼了，屈尊，屈尊。(丑)我们造化，就得服侍皇帝了。(旦)情愿奉让罢。(同行介)(杂)前面是赏心亭了，内阁马老爷，光禄阮老爷，兵部杨老爷，少刻即到。你们各人整理伺候。(杂同小旦、丑下)(旦私语介)难得他们凑来一处，正好吐俺胸中之气。

【前腔】赵文华[17]陪着严嵩[18]，抹粉脸席前趋奉；丑腔恶态，演出真鸣凤。俺做个女祢衡[19]，挝渔阳，声声骂；看他懂不懂。

(净扮马士英，副净扮阮大铖，末扮杨文骢，外、小生扮从人喝道上)(旦避下)(副净)琼瑶楼阁朱微抹[20]。(末)金碧峰峦粉细勾。(净)好一派雪景也。(副净)这座赏心亭，原是看雪之所。(净)怎么原是看雪之所？(副净)宋真宗曾出周昉[21]雪图，赐与丁谓。说道："卿到金陵，可选一绝景处张之。"因建此亭。(净看壁介)这壁上单条，想是周昉雪图了。(末)非也。这是画友蓝瑛[22]新来见赠的。(净)妙妙！你看雪压钟山，正对图画，赏心胜地，无过此亭矣。(末吩咐介)就把炉、槛、游具，摆设起来。(外、小生设席坐介)(副净向净介)荒亭草具，恃爱高攀，着实得罪了。(净)说那里话。可笑一班小人，奉承权贵，费千金盛设，十分丑态，一无所取，徒传笑柄。(副净)晚生今日扫雪烹茶，清谈攀教，显得老师相高怀雅量，晚生辈也免了几笔粉抹。(净)呵呀！那戏场粉笔，最是利害[23]，一抹上脸，再洗不掉；虽有孝子慈孙，都不肯认做祖父的。(末)虽然利害，却也公道，原以儆戒无忌惮之小人，非为我辈而设。(净)据学生看来，都吃了奉承的亏。(末)为何？(净)你看前辈分宜相公严嵩，何尝不是一个文人，现今《鸣凤记》[24]里抹了花脸，着实丑看。岂非赵文华辈奉承坏了。(副净打恭介)是是！老师相是不喜奉承的，晚生惟有心悦诚服而已。(末)请酒！(同举杯介)(副净问外介)选的妓女，可曾叫到了么？(外禀介)叫到了。(杂领众妓叩头介)(净细看介)(吩咐介)今日雅集，用不着他们，叫他礼部过堂去罢。(副净)特令到此伺候酒席的。(净)留下那个年小的罢。(众下)(净问介)他唤什么名字？(杂禀介)李贞丽。(净笑介)丽而未必贞也。(笑向副净介)我们扮过陶学士[25]了，再扮一折党太尉[26]何如？(副净)妙妙！(唤介)贞丽过来斟酒唱曲。(旦摇头介)(净)为何摇头？(旦)不会。(净)呵呀！样样不会，怎称名妓。(旦)原非名妓。(掩泪介)(净)你有甚心事，容你说来。

【注释】

[1]《桃花扇》是写南明王朝兴亡的历史剧。是"借离合之情，写兴亡之感"，它通过复社文人侯方

文学欣赏

域和秦淮名妓李香君悲欢离合的爱情故事,反映南明小王朝一代覆亡的悲剧历史,并从中揭示出明代三百年基业一旦瓦解的历史原因。《桃花扇》是中国古典戏剧的最后一部杰作,在许多方面均富有艺术创造性。孔尚任在每一出都为剧情设定时间,此处的时间是崇祯乙酉年正月,公元纪年应该是1645年2月。

[2] 阮大铖:明清之际安庆怀宁(今安徽安庆)人,字集之,号圆海。万历进士,天启中任吏科给事中。崇祯初以阿附魏忠贤,名列逆案,废居南京。南明弘光朝立,经马士英推荐官至兵部尚书。翻逆案,报复东林党人,激起公愤。顺治二年(1645年),南京为清兵所破,逃至浙江方国安军中。次年,降清,领清兵破金华,从攻仙霞岭,中风而死。一说为清兵所杀。颇有才名,善诗词,作传奇多种,有《燕子笺》《春灯谜》《牟尼合》《双金榜》等。

[3] 烟花:宋元以来妓女之通称。

[4] 贵阳相公:马士英(1591—1646),贵州贵阳人,字瑶草,万历时进士。崇祯五年(1632年)任宣府巡抚,因擅取公帑行贿,坐遣戍,流寓南京。崇祯末起为兵部右侍郎,总督庐州、凤阳等处军务。明亡后,联江北四镇,拥立福王监国,进东阁大学士兼兵部尚书,排斥史可法,援引阮大铖,卖官鬻爵,独断专权,致使南明败亡。

[5] 王铎:字觉斯,一字觉之,号十樵,一号嵩樵、痴庵,又号痴仙道人,孟津(今河南孟津)人。明天启二年(1622年)进士,入清官至大学士,谥文安。高爽博学,工诗善文,书画俱佳。

[6] 钱谦益:字受之,号牧斋、蒙叟、东涧老人等。明万历三十八年(1610年)进士,授翰林院编修。天启时参修《神宗实录》,崇祯时为礼部侍郎,兼翰林院侍读学士。南明弘光时官礼部尚书。明清鼎革之际失节降清,遭到遗老遗少的蔑视,后人也因为非议他的人品,而对他的文品嗤之以鼻。

[7] 《燕子笺》:明末传奇,阮大铖著。后清代澹园(非真实姓名)据此改编为同名小说,共六卷十八回。有迎薰楼刊本,题"玩花主人评"。书叙唐朝才子霍都梁与妓女华行云恋爱故事,为明清十大禁书之一。

[8] 清客:也叫"篾片",指传统中国在富贵场中帮闲凑趣的知识分子,所谓"学得文武艺,货与帝王家。"

[9] 秦淮:秦淮河,源出溧水,流经南京。城南两侧河房,古代多为妓女聚居地,笙歌画舫,颇称繁华。

[10] 杨龙友:杨文骢(cōng),贵阳人,弘光朝官常州、镇江二府巡抚,后从唐王朱聿键抗清兵败被杀。

[11] 隋事业:隋炀帝杨广,隋朝的第二个皇帝,杨坚的次子,才华过人、头脑精明,却以残暴著称于世,在位时笙歌艳舞,极尽奢靡。晋风流:魏晋人崇尚清谈,喜善思辨,褒衣博带,手执尘尾扇,面颊舞髭须,他们行为轻盈飘逸、举止抒情宛转,可谓风流。

[12] 卞玉京:名赛,又名赛赛,因后来自号"玉京道人",习称玉京。"秦淮八艳"之一。她出身于秦淮官宦之家,姐妹二人,因父早亡,二人沦落为歌妓,卞赛诗琴书画无所不能,尤擅小楷,还通文史。她的绘画技艺娴熟,落笔如行云,"一落笔尽十余纸",喜画风枝袅娜,尤善画兰。下文中寇白门:名湄,字白门,也是"秦淮八艳"之一。《板桥杂记》曰:"白门娟娟静美;跌宕风流,能度曲,善画兰,相知拈韵,能吟诗,然滑易不能竟学。"正是由于白门为人单纯不圆滑,而造成了她在婚恋上的悲剧。

[13] 际遇:机遇。

[14] 扬州梦:杜牧壮志难酬,心怀不平,纵情声色,放任生活,有诗《遣怀》:"落魄江湖载酒行,楚腰纤细掌中轻。十年一觉扬州梦,赢得青楼薄幸名。"元人乔志据此作《扬州梦》杂剧叙写杜牧与歌女张好好的姻缘故事。

[15] 李贞丽:老鸨,李香君之养母。

[16] 香君:李香君,又名李香,为秣陵教坊名妓,侯朝宗(即侯方域)之妻,本剧之主要人物。

第五章　戏剧欣赏

[17] 赵文华，嘉靖时官刑部主事，因贪赃被贬，后投靠严嵩，拜严为干爹，助纣为虐陷害忠良。

[18] 严嵩：明朝嘉靖时人，与儿子严世蕃、同党赵文华恃宠揽权，胡作非为，后被人弹劾，罢职为民。

[19] 祢衡：三国时人，曾击鼓痛骂曹操。

[20] 琼瑶楼阁朱微抹：雪后的楼台像图画一样。琼瑶，美玉。

[21] 周昉(fǎng)：唐京兆人，以善画人物著名。真宗赐丁谓的是《袁安卧雪图》。

[22] 戏场粉笔，最是厉害：我国戏曲中饰演曹操、严嵩等奸臣时，用粉笔画上大白脸，故马士英有此一说。

[23] 蓝瑛：字田叔，号蝶叟、石头陀等，明末清初画家，钱塘人。

[24] 《鸣凤记》：明代传奇，相传为王世贞门人所作，剧中严嵩奸党陷害忠臣杨继盛。上文"真鸣凤"暗指马士英、阮大铖一伙正如严嵩奸党误国害民。

[25] 陶学士：陶谷，字秀实，是《陶学士》(宋元·无名氏作)中的人物，邠州新平人，五代时，任后周翰林学士。陶谷奉命出使江南，恃本国国力强盛，言辞傲慢，盛气凌人。韩熙载为此教训陶谷，特设下一计，令妓女秦弱兰装成驿卒女，每日穿着破旧衣衫，在驿中扫地。陶谷见其衣着虽破旧，而颇有姿色，因与之相狎，并赠"风光好"词一阕。词云："好因缘，恶因缘，奈何天，只得邮亭一夜眠，别神仙。琵琶拨尽相思调，知音少。待得鸾胶续断弦，是何年？"第二天，李后主宴请陶谷，席间，命秦弱兰歌此词。陶谷羞惭得无地自容，傲慢之气顿时不见，当日就匆匆北归。全剧已佚。

[26] 党太尉：党进，朔州马邑(山西朔县)人，北宋初年军事将领，因性情粗鲁留下许多笑柄。

【赏析】

《桃花扇》是一部借离合之情，写兴亡之感的历史剧，而作者的兴亡之感与民族感情也在剧中的女主角李香君这一人物形象身上得到了强烈的反映。《骂筵》是本剧第二十四出，是李香君同阮大铖、马士英等阉党余孽作面对面斗争的一场戏，也是她的反抗性格与爱憎感情表现得最充分、最集中的一场戏。

从整场戏的情节来看，以李香君的出场为界，可分为前后两个部分，前一部分既是交代这场戏发生的背景，又是为李香君的出场渲染气氛；后一部分则淋漓尽致地表现李香君痛骂权奸的情景。第一个出场的是阮大铖。阮大铖的出场，既是交代这场戏发生的背景，又为后面李香君"骂筵"的"骂"先树立了"靶子"。接着出场的是卞玉京、丁继之、沈公宪、张燕筑、郑妥娘、寇白门等被拉来的歌妓清客。这些人对朝廷的征选歌妓有着不同的态度。如果说作者让阮大铖先出场是为了给李香君的"骂"树立"靶子"，那么让卞玉京等歌妓清客先于李香君出场，则是给李香君的出场作铺垫，以这些与李香君同样身份地位的人的不同态度来烘托李香君宁死不屈、英勇斗争的反抗精神。

李香君是被误作她的养母李贞丽而被捉来的。由于前面有了卞玉京等人作铺垫，故李香君一出场，其精神面貌就光彩夺目。她上场后，便剖明了自己的心迹，决不向阉党余孽低头屈服。当她知道马士英、阮大铖一伙今天正好凑在一起，便打定主意要痛斥他们，发泄胸中的愤恨。在这一部分中，作者紧紧围绕"骂"字做文章。李香君共唱了四支曲，"忒忒令"曲是在正面交锋前所唱的，可以说是"骂"的前奏曲。在这支曲文中，李香君先把马士英、阮大铖比作前朝的严嵩和赵文华一伙。阮大铖本是魏忠贤的干儿义子，已声名狼藉，但为了东山再起，勾结马士英迎立福王，对马士英献媚趋奉，两人狼狈为奸，卖官鬻爵，祸国殃民。他们的所作所为，正如当年的严嵩和赵文华，故李香君的这一比拟是十分恰当的。

文学欣赏

　　从"江儿水"曲开始，便是面对面的痛骂了。李香君先从自身的不幸遭遇开始，痛骂阉党余孽给她带来的苦难。接下来的"五供养"曲，则从国家的兴亡来痛斥马、阮一伙祸国殃民的罪恶行径。马、阮一伙身居高位，本来负有复兴南明、收复失地的重任，但是他们却争权夺利，结党营私；另一方面，苟且偷安，把国家民族的危亡置于脑后，选妾买优，征歌买笑。这一阵痛骂，确是骂到了马、阮一伙的要害处。在香君唱完第一支曲后，他们因不知香君的真实身份，还"装聋作哑"，没有发作，而在香君唱完这支曲后，他们就再也坐不住了，一个个恼羞成怒，连声喊打。香君并没有被吓倒，她大义凛然，又唱了一支"玉交枝"曲。在这支曲文中，她将马、阮一伙阉党的干儿义子与代表进步势力的"东林伯仲"相比较，褒忠贬奸。这一阵痛骂，骂得马、阮一伙个个暴跳如雷。

　　这出戏在艺术上很有特色。

　　首先是结构巧妙。作者在李香君出场之前，先安排一些次要人物上场，为她出场痛骂权奸和突出她的反抗精神作烘托渲染。具体安排情节时，又详略得当，主次分明。作者利用戏曲时空自由的优势，采用过场的形式，只是让那些作为烘托陪衬的各色人物登台亮相，没有铺开敷演。这样既做了必要的渲染烘托，又不至于喧宾夺主，使剧情发展紧凑而不拖沓。

　　其次，人物性格鲜明。作者在剧中除了用大段的唱词和典型动作塑造了主要人物李香君刚烈正直的形象外，其余几个人物也都栩栩如生，各具性格。由于这出戏是由李香君一人主唱的，其他人物多为说白，而作者通过他们一些简略的念白，清晰地勾勒出了他们各自的性格特征。如马士英与阮大铖出场时的一段对白，马士英明明知道阮大铖设筵赏雪是在奉承自己，表面上却又要标榜自己是不喜欢奉承的，"可笑一班小人，奉承权贵，费千金盛设，做十分丑态，一无所取，徒传笑柄"。而阮大铖听了马士英的话后，连声说："是是，老师相是不喜欢奉承的，晚生惟有心悦诚服而已。"作者仅用了短短几句对白，就成功地塑造了两个狼狈为奸、结党营私的权奸形象。又如杨龙友，他在剧中是个两面派人物。一方面，他是马士英的妹夫，又是阮大铖的盟弟，因此，他也要依附马、阮，帮闲讨好；另一方面，他与侯方域、柳敬亭、苏昆生等也有往来，因此，他也要与复社文人周旋。在这场戏里，作者刻画出了他的复杂性格，一方面他要帮闲奉迎，另一方面又要尽力回护李香君。当李香君唱了"江儿水"曲后，杨龙友唯恐惹恼了马、阮，便连忙阻止："今日老爷们在此行乐，不必只是诉冤了。"当阮大铖指出香君就是与东林党人有交往的李贞丽时，杨龙友又马上替香君遮掩："看他年纪甚小，未必是那个李贞丽。"他既要搭救李香君，又不敢得罪马、阮，他表面上不露声色，似乎在恭维马士英，对马说："丞相之尊，娼女之贱，天地悬绝，何足介意。"而实际上是在为香君解脱。既要帮闲，又要回护，这两者在杨龙友的言行中是如此的融洽统一，而这也就十分形象地写出了杨龙友"圆通世故"的性格特征。

第一节　戏　剧　概　述

　　戏曲是一种在舞台上表演的综合艺术。它借助文学、音乐、舞蹈、美术等艺术手段来塑造人物形象，揭示社会矛盾，反映社会生活。在西方，戏剧即话剧。在中国，戏剧是戏曲、话剧、歌剧等的总称，也常专指话剧。中国戏剧与古希腊戏剧、印度梵语戏剧通常被

第五章 戏剧欣赏

并称为"世界三大戏剧"。中国戏剧历史源远流长，它是伴随着中华民族的发展而发展的。

一、中国古典戏剧概述

1. 起源

中国戏剧艺术的渊源可以追溯到上古时代的祭祀仪式，这些祭祀仪式里广泛运用的拟态装扮的歌舞表演，便是戏剧发展中的原始形态。

人类进入阶级社会以后，巫风开始盛行，原始社会中的祭祀仪式逐渐发展成为一种统治阶级的大型国家祭典活动，统治者们在郊外或庙堂之上祭祀祖先和神明，这种祭祀活动与原始的祭祀活动相比，不但歌唱颂词，而且配合舞蹈，它同样包含着象征和拟态的表演成分，体现了戏剧萌芽时期的状态。

殷商时期，在祭神的仪式中还存在着一种祭鬼的仪式，即在民间和宫廷逐渐形成的叫做"驱傩"的拟态扮饰仪式，这种驱傩的模拟活动具有丰富的戏剧因子，以后逐渐演变为中国古典戏剧中的"傩戏"。春秋战国时期，祀神、娱神的歌舞逐渐演变成娱人的歌舞，这时在宫廷中出现了十分活跃的专门供人娱乐的优戏活动，出现了专职艺人——优人，优人也称"倡优"或"俳优"，可谓是中国最早的艺人。西汉建立后，百戏开始盛行，在我国的戏剧歌舞中，它是最初被称为"戏"的，百戏也称"角抵戏"，主要以竞技为主，包含许多杂技在内，大多来自西域和民间，系以两人角力角技兼演故事。南北朝时期，出现了"拨头""代面""踏摇娘""参军"等具有一定故事内容和战斗意义的表演艺术形式。

从原始社会开始至唐朝初期，中国的戏剧长期处于初级形态，满足于片段与零散的模拟表演所带给人们的快感和欢乐，表演的形制一般比较短小，内容大多是世俗活动中一个场面或一个短小故事的复现，穿插以歌舞调笑，以娱乐为宗旨，通常不能调动人们深层次的情感。虽然它为我国戏剧的形成准备了良好的条件，但始终没有发展成为真正的戏剧。

2. 发展

中唐以后，我国的戏剧艺术开始形成。唐代是我国历史上比较繁盛的时期，各种艺术都获得了高度的发展，它们从多方面推动了戏曲的诞生。参军戏以至歌舞戏到了唐代逐渐有了艺术综合的趋势，开始程度不同地吸收小说、诗歌、舞蹈、讲唱、咏语、表演、音乐、武术、杂技、美术等种种艺术因素，开始以综合技艺来表现人物和故事情节，这种多种艺术综合为一体的形式为"戏"与"曲"的结合开启了先河。

宋金时代，中国古典戏剧在唐代的基础上更是获得了长足的进展，宋代杂剧、金代院本和讲唱形式的诸宫调无论从乐曲、结构到内容都为元杂剧的繁荣打下了坚实的基础。宋代的杂剧和另一种盛行于宋、元的南戏的演出体制和音乐体制都不同于汉、唐时的初级戏剧，它们能够比较纯熟地运用诗、歌、舞的综合舞台形式来表现完整的故事情节和比较复杂的场景，使中国戏剧表演从滑稽谐谑的简单小戏向结构完整、以歌唱为主的正剧大戏转变。

3. 繁荣

元代，杂剧在原有基础上大大发展，成为一种新型的戏剧，它将宋杂剧、金院本和宋金诸宫调等融合在一起形成了一种完整的戏剧形式。同时，它在唐宋以来的话本、词曲、讲唱文学的基础上创造了成熟的文学剧本，具备了戏剧的基本特点，标志着我国戏剧进入成熟的阶段，同时使元代成为中国戏剧发展史上的高峰时期。

元杂剧的繁荣还表现在出现了大批的作家和作品，当时有姓名可考的杂剧作家有 80 余人，见于书面记载的作品约有 500 余种，这些作品全面而深刻地反映了元代社会生活的面貌，在当时产生了广泛的影响，其中有许多优秀作品，已成为我国珍贵的文化遗产。

产生于南宋的南戏在元初时由于北方杂剧南下而一度趋于衰落，但到元末时，南戏吸收了杂剧的一些优点，又重新兴盛起来，这一时期最著名的南戏作品是高明所创作的《琵琶记》。《琵琶记》在文学史上有较大的影响，它不仅振兴了南戏，还促进了它的进一步发展。另外，《荆钗记》《白兔记》《拜月亭》和《杀狗记》也是元末明初风行舞台的四部南戏，又因为它们是南戏向传奇过渡时期产生的作品，因此也称为"四大传奇"。

在中国戏曲文学史上，传奇创作是继杂剧创作之后的又一座高峰，涌现出了千余名作家、数千部剧本，其数量之多、范围之广、成就之大都是空前绝后的。

明代中叶到明末清初是传奇发展的黄金时期，在这一时期里，传奇创作上出现了三个高潮。第一个高潮是在嘉靖年间，以《宝剑记》《鸣凤记》《浣纱记》这样具有现实主义内容的传奇作品为代表；第二个高潮是万历年间，以汤显祖"临川四梦"（《牡丹亭》《紫钗记》《南柯记》《邯郸记》)为标志；第三个高潮是明末清初，以李玉为首的苏州派作家的出现。

清代戏剧是在明代戏剧的基础上发展起来的，也取得了重大的成就。清初剧坛，承晚明戏剧高度繁荣之余波，戏曲创作的高潮进一步向纵深发展。以吴伟业、尤侗为代表的文人化剧作家，往往借剧中的故事和人物，抒发个人怀才不遇的苦闷，寄寓国破家亡的哀思，他们以文字为剧，以才学为剧，案头化倾向严重。以李玉为代表的苏州派剧作家，关注社会政治，紧贴现实生活，注重舞台的表演性和戏剧性，开创了戏曲创作的新局面。戏剧艺术家李渔重视戏剧的本体价值和娱乐作用，专演才子佳人的故事，对我国喜剧艺术的建构做出了重要贡献。康熙年间，洪昇的《长生殿》和孔尚任的《桃花扇》是两部传奇杰作，它们"借离合之情，写兴亡之感"，在思想上和艺术上都代表了清代戏剧的最高成就，洪昇和孔尚任也被称为清代剧坛上的"南洪北孔"。清代中期是戏剧创作从元明以来的兴盛繁荣走向衰落的重要转折阶段。就戏剧发展的总体趋势而言，杂剧、传奇已经走完了它们的历史行程，代之而起的是植根于民间的地方戏曲。多部地方戏的蓬勃发展和京剧的兴起，标志着中国戏曲艺术进入了一个新的历史阶段。

二、中国现代、当代戏剧概述

按照表现的手段来划分戏剧种类，可以将其分为话剧、歌剧、舞剧、哑剧等。中国传统的戏曲以歌唱为主，有几分类似于西方的歌剧，现代戏剧的主要种类话剧是随着中国国门的洞开而从西方传入的。1866 年，在上海的西方人建立了上海兰心剧院，开始公演话剧

(称为文明戏);在一些教会学校(上海圣约翰大学、上海南洋公学等)中,中国学生也开始了话剧业余演出。1906年冬,中国留学生李叔同、曾孝谷、欧阳予倩等在日本东京组织了一个戏剧团体——春柳社,并于第二年春在日本演出了《茶花女》(第三幕),接着又公演了根据林琴南的翻译小说《黑奴吁天录》(即《汤姆叔叔的小屋》,美国斯托夫人原著),从而正式宣告了中国现代戏剧(话剧)的诞生。此后,话剧剧团如雨后春笋般在中国出现,但是由于经济和剧本等原因,文明戏很快失去了观众。

  新文化运动兴起之后,中国话剧进入了新的发展期。为了替话剧运动打开新路,新文化先驱们对中国传统戏曲进行了大张旗鼓的挞伐,批评旧戏"野蛮"、游戏性、追求"大团圆"等"恶习",提倡建立白话新剧。胡适率先示范,模仿易卜生(挪威戏剧家)的话剧《娜拉》创作了《终身大事》,揭示中国社会的婚姻问题,从而引发了以反封建为主题的"社会问题剧"的创作风潮。陈大悲的《幽兰女士》,欧阳予倩的《泼妇》也揭露了封建包办婚姻的罪恶。这些剧本艺术价值并不高,但是因为击中了许多社会问题,所以赢得了观众的喜爱。相反,洪深创作的《赵阎王》借鉴了西方话剧的现代艺术手法,刻画了赵阎王的复杂性格,但是因不适合观众的欣赏习惯而受到冷遇。

  20世纪20年代的话剧创作,以创造社的几个作家的水平为最高。郭沫若相继创作了以历史为题材的"三个叛逆的女性"(《卓文君》《王昭君》和《聂嫈》)。田汉则是中国现代话剧的奠基者之一,他在这一时期创作了20余部话剧(包括5部多幕剧和10多部独幕剧),其中最为著名的是《名优之死》《南归》《湖上的悲剧》等,这些剧作塑造了一系列艺术家的形象,具有浓郁的诗情。除了创作,田汉还创办了《南国》杂志和"南国社",开展了许多戏剧活动,为20世纪20年代中国话剧的繁荣作出了巨大贡献。

  此外,还有一些不那么注重社会意义而追求"趣味"的戏剧家活跃在20世纪20年代的戏剧舞台上。熊佛西的《醉了》《洋状元》,余上沅的《兵变》都是讲究"趣味"的闹剧。在这批剧作家中,以北京大学的物理学教授丁西林最为出色,戏剧对他来说只是业余创作,却达到了较高的艺术性。他的《一只马蜂》《压迫》《酒后》《亲爱的丈夫》《瞎了一只眼》等,全部取材于日常生活,以小见大,在细微处揭示人物的微妙情感,通过"误会"等手段达到浓厚的喜剧效果。

  20世纪30年代,是中国现代话剧的成熟时期。此一时期戏剧的"大众化"成为普遍的潮流。中国左翼戏剧家联盟的戏剧家们创作了大量以工人、农民为主人公的剧本,试图将话剧推向工厂和农村,例如田汉的《洪水》《顾正红之死》《梅雨》,欧阳予倩的《同住的三家人》,洪深的《农村三部曲》(《五奎桥》《香稻米》《青龙潭》)等。在20世纪20年代提倡"趣味"的熊佛西,这时也开始了"戏剧大众化"的实验。他和学生、朋友一起在河北定县成立了许多农民剧团,改编和创作了大量"寓教于乐"的戏剧作品,如《卧薪尝胆》《兰芝与仲卿》《锄头健儿》等。

  20世纪30年代,戏剧界的最大收获是出现了曹禺这位杰出的戏剧大师。曹禺自小跟随家中大人出入戏院,在南开中学和清华大学读书时导演、主演、创作、改编过不少话剧,获得了丰富的戏剧舞台经验,终于在1933年创作出了四幕话剧《雷雨》,该话剧在上海著名的卡尔登剧场连演3个月,两三年的时间内在全国各地一共上演五六百场。《雷雨》的成功标志着中国话剧由幼稚走向成熟。此后不久,曹禺又连续创作了《日出》《原野》等不朽的剧本。此外,必须一提的重要剧作家还有夏衍和李健吾,前者创作了《中

文学欣赏

秋》《上海屋檐下》《娼妇》等反映小市民生活的剧作，显示出了简约、含蓄的独特风格；后者则有《这不过是春天》《梁允达》等作品。

20世纪40年代是中国戏剧的全面繁荣时期。由于演出地点的变化(从城市的现代剧场到了街头、破庙、临时搭起的简陋戏台)，这一时期的戏剧呈现出广场化的特点，起到了鼓励民众抗日的宣传效果。在国统区和上海"孤岛"，历史剧的创作都得到迅速发展，成为抗战时期成绩最显著、社会影响最广泛的一种艺术形式。郭沫若创作了《屈原》《棠棣之花》《虎符》《高渐离》《南冠草》，阳翰笙创作了《李秀成之死》《天国春秋》，欧阳予倩创作了《忠王李秀成》和《桃花扇》，阿英创作了《南明遗恨》，吴祖光创作了《正气歌》；另外，陈白尘创作了《升官图》等讽刺喜剧，宋之的、夏衍等人创作了《祖国在召唤》《法西斯细菌》等一大批描写知识分子的剧本，小说家老舍也有《残雾》《归去来兮》《大地龙蛇》等剧作问世。解放区的戏剧运动走的是民间文艺的路子，创作了一大批有中国气派和中国风格、为老百姓所喜闻乐见的剧作，最为有名的是新歌剧《白毛女》(由贺敬之、丁毅执笔)，其中的《北风吹》《扎头绳》《我们的喜儿哪里去了》等唱段，为人们反复传唱，至今魅力不减。

新中国成立以后的前十七年，话剧创作的一个重要特点是从不同侧面反映新中国发生的天翻地覆的巨大变化和社会主义建设的新貌，代表作品有老舍的《龙须沟》(反映北京的市政建设)、曹禺的《明朗的天》(反映知识分子的改造)、李庆升的《四十年的愿望》(反映成渝铁路的建设)等。反映革命战争题材的剧作也占有重要位置，如陈其通的《万水千山》(反映红军长征)、胡可的《战斗里成长》(反映农民的反抗阶级压迫的斗争)等。这一时期，一些老剧作家创作了一批旨在以古鉴今、古为今用的优秀历史剧，如田汉的《关汉卿》《文成公主》，曹禺的《胆剑篇》，郭沫若的《蔡文姬》《武则天》等；也出现了一批反映社会问题的"干预生活"的剧本(如杨履方的《布谷鸟又叫了》)和讽刺喜剧(老舍的《西望长安》、何求《新局长到来之前》)。本时期话剧创作最大的收获是老舍创作于1957年的《茶馆》，该剧时间跨度大、人物对话精粹、人物形象丰富、戏剧结构特别，达到了很高的艺术成就，成为中外戏剧史上的经典之作。

"文革"开始后，文学园地百花凋零。戏剧方面，只有八个样板戏——革命现代京剧《红灯记》《智取威虎山》《沙家浜》《海港》和《奇袭白虎团》，革命现代芭蕾舞剧《红色娘子军》和《白毛女》，以及革命交响音乐《沙家浜》。这些戏剧虽然被看作"四人帮"推行"阴谋文艺"的产物，但是它们在京剧的现代化、芭蕾舞剧的民族化以及音乐、唱腔和人物形象塑造等方面所取得的成就是不容忽略的。

新时期以来，话剧创作与之前相比，在整体上走入了低谷，一直到现在都是如此。一方面，这与电影、电视、电脑等现代电子媒介的普及有很大关系，另一方面也与创作队伍的质量不高不无关系。尽管如此，这一时期的话剧创作还是取得了一定成就。最先出现的是揭露封建主义和官僚主义以及为无产阶级革命家树碑立传的话剧作品，主要有崔德志的《报春花》，赵梓雄的《未来在召唤》，邵冲飞等的《报童》，丁一三的《陈毅出山》，沙叶新的《陈毅市长》，王德英、靳洪的《彭大将军》等。但最为引人注目的是"探索剧"。探索剧大胆借鉴了蒙太奇、意识流、荒诞、象征等西方现代艺术手法，给人耳目一新的感觉。代表作品有高行健的《绝对信号》《车站》《野人》，贾鸿源、马中骏、瞿新华的《屋外有热流》《街上流行红裙子》，刘树纲的《一个死者对生者的访问》，陶骏的

《魔方》，沙叶新的《寻找男子汉》《耶稣、孔子、披头士列侬》，锦云的《狗儿爷涅槃》，陈子度、杨健、朱晓平的《桑树坪纪事》等，其中以高行健的成就最高。他定居法国之后，陆续写出小说《灵山》《一个人的圣经》等，并因此获得2000年度的诺贝尔文学奖。此外，苏叔阳、李龙云、何冀平等人创作的具有十足"京味儿"的话剧也是值得重视的，如苏叔阳的《太平湖》《左邻右舍》，李龙云的《小井胡同》《这里不远是圆明园》，何冀平的《天下第一楼》等。

三、外国戏剧概述

欧洲戏剧自古希腊戏剧诞生到现在，已有两千五百多年的历史。戏剧是西方文学体系中发展最早、最为成熟的艺术门类之一。历数欧洲戏剧文学的发展演变，我们很清楚地看到其清晰脉络：西方戏剧的祖先——古希腊和古罗马戏剧；欧洲中世纪"黑暗时代"的戏剧(包括宗教剧、奇迹剧、道德剧、笑剧等)；文艺复兴时期人文主义戏剧；模仿古代、重视格律的古典主义戏剧；以主观色彩与浪漫主义为特色的启蒙和浪漫主义戏剧。大致到19世纪下半叶，欧洲戏剧才开始进入一个多元化的时代。在此之前，西欧戏剧基本上是一种思潮统领一个时代。19世纪末20世纪初以来，西方戏剧艺术也同其他艺术一样进入相杂相生、流派丛出、争奇斗艳、相互影响的多元化时代。

1. 古希腊戏剧

相对于直到13世纪中叶才真正步入成形成熟与第一次创作繁盛期的姗姗来迟的中国元代杂剧，西方戏剧早在遥远的古希腊时代，便迎来了一个戏剧艺术高度繁荣的壮观局面。

古希腊悲剧是西方戏剧的源头，也是两千多年前古希腊人奉献给人类文明的奇葩。古希腊戏剧主要分为悲剧和喜剧两种。相对于喜剧来说，希腊悲剧对后世影响更大。公元前6世纪末，从雅典的酒神颂歌合唱中逐渐发展出古希腊悲剧。相传，酒神漫游世界时，有半人半山羊神伴随，因此酒神颂歌合唱队的队员也身披羊皮，头顶羊角，戴着山羊胡子，装扮成半人半山羊的模样。由数十人组成的合唱队，围着阿夫洛斯管吹奏者载歌载舞。行至酒神祭坛前停下，合唱队长开始讲述酒神的故事，合唱队则报以赞美酒神的歌唱。后来，合唱队中增加了一个演员，与合唱队员有问有答，所叙述的故事也扩展到酒神以外的希腊神话，这便是悲剧的开端。悲剧的形式包含戏剧表演与合唱、抒情两大部分。同一场面中的演员最多不超过3人，合唱队员初期为2人，后增至15人。通常以"开场白"开始，接着是合唱队的"进场曲"，然后有3~5个戏剧场面和3~5首"合唱歌"，彼此互相交织，最后以"退场"结束。古希腊悲剧的成就主要集中在三大悲剧诗人的身上，他们分别是埃斯库罗斯、索福克勒斯和欧里庇德斯。他们的创作大多取材于神话传说，都贯穿着强烈的民主思想和英雄主义精神。埃斯库罗斯生活于雅典民主政治初建时期，现存7部悲剧，以《普罗米修斯》《俄瑞斯忒斯》最著名；索福克勒斯处于雅典民主政治的极盛时期，代表作有《俄狄浦斯王》和《安提戈涅》；欧里庇德斯是雅典民主政治盛极而衰时期的悲剧诗人，代表作是《美狄亚》和《特洛伊妇女》。

古希腊悲剧和喜剧出自不同的根源，悲剧产生于艺术性的专业合唱队的歌唱，而喜剧

文学欣赏

是从普通农民们在葡萄和谷物收割节日的化装游戏中诞生的。古代希腊农民在收获葡萄的季节为了祭祀酒神狄俄尼索斯，化装成鸟兽，举行狂欢游行，载歌载舞，他们唱的歌叫作 komos，意即"狂欢人群之歌"。化装游行的演员在长笛和管乐器的伴奏下，唱着颂神歌向神庙进发，并以即兴的插科打诨娱乐观众。"喜剧"一词在希腊文里叫作 komoidia，意为"狂欢歌舞剧"。喜剧于公元前 460 年获得迅速发展。喜剧的基础形式可以分为两部分，中间插入了对驳场。先是一般地说明假定的情景和装扮的意义，继而进行歌队的对驳。歌队共有 24 人，分为两个对驳的小队。整个歌队作为剧作者的代言人出场对驳，代表作者发言，评论实事政治。接着是一连串松散滑稽的场面，说明第一部分达到的情景。收场是欢乐的队伍兴高采烈地退场。喜剧的发展经历了旧喜剧、中喜剧和新喜剧三个阶段，主要成就集中在雅典旧喜剧诗人阿里斯托芬身上，他的代表作品是《阿卡奈人》和《鸟》。

2. 中世纪戏剧

中世纪戏剧主要包括宗教剧、奇迹剧、道德剧、傻子剧、笑剧等。宗教剧从罗马天主教仪式活动的祷文发展而来，采用戏剧形式是为了形象地宣讲宗教教义。1210 年，教会发布公告，禁止神职人员登台，于是戏剧演出由民间取而代之。在当时欧洲各国，宗教戏剧的内容和形式基本相同，主要有"奇迹剧"和"神秘剧"。奇迹剧主要表现宗教"奇迹"。14 世纪法国的奇迹剧有 40 余部，内容大多来自变水为酒和起死回生的《圣经》故事。当时，奇迹剧在英国也很流行，比较著名的有诺亚方舟和耶稣诞生的故事。中世纪法国盛行圣母崇拜，所以很多作品又专门表现圣母创造的奇迹。神秘剧在内容与形式上与"奇迹剧"几乎相同。该剧种主要得名于它的演出性质，它主要由当时的一些贸易行会的从业人员参加演出，因而被称作"mystery play"，剧中人物都以抽象的品质为名，如"善行""美德"或"罪行"等。当时有一部流行颇广的道德剧讲述的是一个名叫"每个人"的人遭遇"死亡"的故事。

道德剧、傻子剧和笑剧属于中世纪城市文学中的戏剧部分。其中，道德剧主要是通过寓意的手法，宣扬宗教道德或世俗道德，傻子剧则通过人物装疯卖傻表现市民对封建贵族和教会的不满。相比之下，笑剧更具有现实意义，主要表现市民的生活和处世态度。笑剧中最优秀的一部作品是《巴特兰律师》的笑剧，它正面赞扬了人的机智，并且把不择手段的欺骗当作智慧加以欣赏。

3. 文艺复兴时期戏剧

在文艺复兴时期，各种倾向的文学并存，但崭新的人文主义文学是这一时期文学的主流。它继承了古希腊、古罗马文学的优良传统，大量汲取包括骑士文学在内的中世纪民间文学的丰富营养，并加以创新，形成了近代资产阶级文学的第一座高峰。

文艺复兴时期，人文主义戏剧的成就主要集中在英国。之所以如此，是因为此时的英国诞生了一位天才的戏剧大师——威廉·莎士比亚。二十多年的创作生涯，他一共为后人留下了 37 部戏剧、2 部长诗、154 首十四行诗和其他诗歌。莎士比亚的戏剧创作按其思想和艺术的发展，大致可以分为三个时期。第一时期(1590—1600)是莎士比亚从思想到艺术渐趋成熟并且取得初步成就的时期，这一时期的戏剧创作主要以历史剧和喜剧为主，如《亨利四世》(上、下)和《威尼斯商人》；第二时期(1601—1607)是莎士比亚人文主义思想

进一步发展、深化的时期，这时的创作题材从历史剧、喜剧转向了以悲剧为主，主要成就是举世闻名的四大悲剧(《哈姆雷特》《奥赛罗》《李尔王》《麦克白》)；第三时期(1608—1613)是莎士比亚写作传奇剧的时期，《暴风雨》是这个时期的代表作。

莎士比亚代表了文艺复兴戏剧的最高成就。他的作品几乎涉及当时所有重大社会问题，集中表现了人文主义思想。他最善于刻画人物、创造典型和展现人的精神世界。他的优秀剧作大都具有紧张复杂的矛盾冲突、生动丰富的情节和富有表现力的细节。他不遵守所谓时间和地点的一致，无论是喜剧、悲剧、历史剧，在他写来都既真实又富于想象，既悲喜交融又充满哲理与诗意，他的戏剧语言丰富准确，极富性格化。马克思要求戏剧"莎士比亚化"，这是对其艺术成就的极高评价。

4. 古典主义戏剧

文艺复兴过后，在 17 世纪的欧洲，古典主义成为主要的文艺思潮。它产生于法国并使法国文学达到欧洲的最高水平。它在创作实践和文艺理论上以古希腊、古罗马文学为典范，故有"古典主义"之称。古典主义沿袭了文艺复兴时期注重模仿古代、模仿自然、要求艺术真实的传统，因而也是对人文主义精神的继承和发扬。它肯定男女爱情、个人幸福，又用理性收敛已经泛滥开去的个性解放和纵欲主义，试图建立社会生活和文学创作的新秩序。古典主义作为一种统一的文艺思潮，虽然作家中间存在着保守和民主两种倾向，个性和艺术风格也千差万别，但他们的创作仍表现出许多共同点。首先，他们都拥护中央集权、歌颂贤明君主。古典主义是君主专制的政治产物，从诞生之日起就具有鲜明的政治倾向性。歌颂开明君主、鼓吹国家统一、宣扬公民义务成了文学创作的重要内容。其次，崇尚理性。中央集权要求人们的行为合乎规范，体现统一意志；资产阶级拥戴王权，与贵族阶级妥协，也要求自身的发展遵循理性原则。古典主义把理性作为文学创作和文学批评的最高标准。再次，他们都注重模仿古代、重视规则。古典主义者把古希腊、古罗马文学奉为典范，试图从这些典范作品中建树自己的文学，以古代人物折射出时代生活图景。古典主义者秉承亚里士多德，尤其是贺拉斯的思维模式，制订出许多规则来约束作家的创作，影响最大的是"三一律"，即"三整一律"，指时间一律、地点一律、情节一律，也就是说剧情包含的时间只能在 24 小时以内，事件要发生在同一地点，全剧只能有一条情节线索。

17 世纪，法国古典主义文学的发展分为三个时期。在三四十年代，法国古典主义文学兴起，随着路易十四的专制统治日益巩固，首相红衣主教黎塞留直接干预文艺，文学创作开始规范化，作品反映出阶级妥协的精神。悲剧诗人高乃依是这一时期的代表作家，代表作品主要是四大悲剧：《熙德》《贺拉斯》《西拿》《波利厄克特》。六七十年代是古典主义文学繁荣的时期，路易十四的极权统治也达到巅峰。王权进一步控制文艺界，使文学更加规范化、御用化。这一时期文坛繁荣，名家辈出，佳作不断问世。代表作家有喜剧作家莫里哀、悲剧作家拉辛、寓言作家拉封丹、文艺理论家布瓦洛等。17 世纪末是古典主义文学衰败的时期，也是路易十四王朝盛极而衰的时期。随着资产阶级的发展和封建贵族的迅速没落，阶级妥协日益瓦解，古典主义的政治基础已经动摇。"古今之争"中的进步作家与古典保守势力展开斗争，他们不满王权，要求冲破古典主义的桎梏，争取更大的创作自由，预示着18 世纪启蒙思潮即将来临。

5. 启蒙和浪漫主义戏剧

18世纪，启蒙文学是最能体现时代精神的文学主流。启蒙文学的共同特征是：鲜明的政治倾向性，深刻的民主性，强烈的政论性、教诲性和浓烈的哲理色彩。为配合这些启蒙特征，戏剧家们打破了悲喜剧的界限，创造了属于市民戏剧的正剧，并且使之成为后来欧洲文学的主要戏剧类型之一。

启蒙戏剧在欧洲各个国家的发展状况不尽相同。在英国，谢立丹的戏剧创作代表了18世纪英国戏剧的最大成就；在法国，戏剧方面的杰出代表是狄德罗和博马舍，前者的贡献主要在戏剧理论方面，创立了市民剧理论，后者是法国启蒙戏剧最成功的实践者，其代表作是《费加罗的婚礼》；而在德国，戏剧成了它在这一时期文学上的主要成就。莱辛是德国启蒙运动的领袖和启蒙文学的代表人物。在莱辛将德国戏剧创作引向现实主义的民族戏剧道路之后，几乎所有重要的德国作家都写过剧本。莱辛的现实主义戏剧理论和市民悲剧、歌德和席勒体现狂飙突进精神的启蒙戏剧是它最辉煌的成就，而熔铸了启蒙主义文学思想和艺术精华的《浮士德》是它的不朽丰碑。浪漫主义作为启蒙精神的延续，其成就主要体现在小说和诗歌方面，戏剧上的成就主要体现在了雨果身上，他提出了浪漫剧的主张，创作了奠定浪漫主义戏剧胜利的作品，如他的戏剧代表作《欧那尼》。

6. 现代派戏剧

20世纪，文学进入现代主义时期，现代主义又叫"先锋派"，是20世纪欧美诸多流派的总称。戏剧在20世纪主要有以下几个流派：象征主义、表现主义、存在主义、荒诞派。象征主义作为一种艺术流派，形成于19世纪末20世纪初的法国，其创始人是法国诗人魏尔伦、马拉美和比利时剧作家梅特林克。象征主义戏剧作为象征主义艺术重要组成部分，它是指那种总体上带有象征色彩的戏剧。象征主义则代表一种完全不同于现实主义的美学观，它对纷繁的外部世界不感兴趣。在象征主义剧作家看来，世上所发生的种种琐事都是无足轻重的表象。他们无意于就事论事地应付一个个具体而琐碎的社会问题，而是表现对人的本质、人生的思考以及由此而获得的哲理意义。

表现主义作为一种艺术运动，主要形成于第一次世界大战后的德国，并于20世纪二三十年代达到全盛。表现主义戏剧的先驱者是瑞典作家斯特林堡。其著名的三部曲《到大马士革去》是欧洲最早的表现主义戏剧。另外还有意大利表现主义剧作家皮蓝德娄、美国表现主义剧作家奥尼尔、捷克剧作家恰佩克等。表现主义戏剧几乎是与象征主义戏剧同时产生的戏剧流派。表现主义戏剧常用的手法是将人物的内心冲突转化为观众可以感受的视觉或听觉形象，探索人的内心世界，表现现代人复杂的内心活动。表现主义戏剧是典型的"主观戏剧"。象征主义也重视表现主观，表现静止状态下人的内心生活和心理上的微波细澜，而表现主义则充满激情，充满幻想，崇尚动作，崇尚令人震惊的戏剧效果。

存在主义文学是在存在主义哲学基础上产生的现代主义文学流派之一。它产生于第二次世界大战前夕，战后盛行于西方世界。从时间上来看，存在主义文学几乎与存在主义哲学同时产生。存在主义戏剧是存在主义文学的重要组成部分。存在主义文学与其他文学流派很不一样的地方在于，文学与哲学之间的关系紧密且明显。萨特和加缪是此期最著名的存在主义哲学家和文学家。他们与18世纪的哲学家伏尔泰和思想家狄德罗一样，他们的文学创作基本上是其哲学思想形象化的体现。他们借助文学的形式来解释其存在主义哲学思想。

荒诞派戏剧是第二次世界大战后，紧随存在主义的发展脚步而在法国舞台上出现的一种新的戏剧流派。荒诞派开始时被称为"先锋派"。1961年，美国戏剧理论家马丁·艾思林根据其思想和艺术特点，把它定名为"荒诞派"。荒诞派戏剧是延续了存在主义文学的"荒诞"的主题。概括起来，荒诞的主题有两个方面：其一，人对其所处世界的陌生感；其二，价值观念丧失后，人对自我的失落感。这种失落感表现为一切都变得不可思议、不可理喻、毫无意义，活着只是为了走向死亡而已。这种主题在《秃头歌女》(1949年)、《女仆》(1951年)、《犀牛》(1958年)、《椅子》(1959年)等剧中都表现了出来。《最后一局》(1957年)、《美好的日子》(1961年)等戏剧则极力宣扬人生的卑贱、毫无目的、毫无希望，人类的归宿就是死亡等意念。

第二节　戏剧的特征及分类

戏剧艺术是一种由多种艺术综合而成的艺术，其中一个重要的组成部分就是戏剧的剧本，剧本是以人物台词为手段、集中反映戏剧矛盾冲突的一种独立的文学体裁。它是舞台演出的基础，直接决定着戏剧的思想性和艺术性。本书论述的戏剧欣赏主要是抛开舞台表演形式的戏剧欣赏，而专门进行作为文学体裁专供舞台表演使用的文学剧本的欣赏，因此，这里主要介绍一下戏剧文学的特征和它的分类。

一、戏剧文学的特征

戏剧文学具有双重性：一方面，它作为文学作品，具备一般叙事性作品共同的要求，诸如塑造典型形象、揭示深刻的主题以及结构的完整性、统一性等，并具有独立的欣赏(阅读)价值；另一方面，它作为戏剧演出的基础，是通过演出表现出它的全部价值的，因此，它又要受到舞台演出的制约，必须符合舞台艺术的要求。

戏剧文学的主要特征如下。

一是剧本必须适合舞台演出，剧本的结构必须遵循空间和时间高度集中的原则，浓缩地反映现实生活。戏剧表演由于受到表演时间、空间的制约，形成了自己特有的时空观念。剧本中的戏剧冲突和戏剧情节，都应当在高度集中的场面和场景中展开，情节结构也相对单纯集中，要在有限的时空中表现丰富的内容。

二是剧本必须有集中、尖锐的矛盾冲突。各种文学作品都要表现社会的矛盾冲突，而戏剧要求在有限的空间和时间里反映的矛盾冲突更加尖锐突出。因为戏剧这种文学形式是为了集中反映现实生活中的矛盾冲突而产生的。所以说，没有矛盾冲突就没有戏剧。又因为剧本受篇幅和演出时间的限制，所以对剧情中反映的现实生活必须凝缩在适合舞台演出的矛盾冲突中。

三是剧本主要运用人物语言塑造形象。人物语言具有个性化、口语化、动作性和文学性的特征，并富于潜台词。个性化，即既能够鲜明地表现出人物特定的年龄、经历、教养、情趣等，又能揭示出人物在特定环境下的心理状态。口语化，即与人们生活的语言接近，易说、易懂、富于生活色彩。动作性，亦称行动性，即指能够同演出时人物的行动相

配合，能够暗示和引起角色和动作反应，能够推动戏剧情节的发展。文学性，即指戏剧文学中的人物语言虽然是口语化的，但决不芜杂鄙陋，而是经得起欣赏咀嚼的。富于潜台词，即指戏剧文学中的人物语言除了表面上的意义外，它还包含有更深一层的意义。

二、戏剧剧本的组成

戏剧剧本通常包括两个部分。

一是舞台说明，又叫舞台提示，是剧本不可缺少的一部分，是剧本里的一些说明性文字。舞台说明包括剧中人物表，剧情发生的时间、地点、服装、道具、布景以及人物的表情、动作、上下场等。这部分内容一般出现在每一幕(场)的开端、结尾和对话中间。

二是人物的台词，就是剧中人物所说的话，包括对话、独白、旁白。独白是剧中人物独自抒发个人情感和愿望时说的话；旁白是剧中某个角色背着台上其他剧中人从旁侧对观众说的话，其任务是展开情节、提示人物性格、表现主题思想。

三、戏剧的分类

戏剧的分类是多种多样的，根据不同的划分标准，它可以分为不同的类别。

- 按照内容性质分为悲剧、喜剧和正剧(即能反映悲喜等思想感情的复杂变化的戏剧)。
- 按照题材涉及内容分为现代剧、历史剧、神话剧、科学幻想剧、童话剧、儿童剧。
- 按照篇幅规模分为多幕剧和独幕剧。
- 按照主题、情节分为情节剧、社会问题剧、哲理剧、寓言剧、心理剧。
- 按照演出形式不同分为舞台剧、广播剧、电影、电视剧等。

第三节　戏剧文学的欣赏方法

一、把握戏剧冲突

主要从以下几个方面入手。

1. 认识冲突的基本特征

一是尖锐激烈。在戏剧中，戏剧冲突一般都扣人心弦，波澜起伏，使观众一直处于紧张和期待之中。二是高度集中。戏剧要在既定的时间和空间里表现社会矛盾，必须巧妙地把事件和人物集中组织在一起，使戏剧冲突鲜明突出。三是曲折多变。戏剧冲突往往是曲折复杂、变化多姿的。

2. 掌握冲突的基本内容

一出戏往往涉及许多冲突，各种冲突之间往往互相牵连形成极为复杂的冲突网。作为观众，一是尽快明晰各种人物的关系及各种冲突的缘起，二是要厘清主次，抓住本质。后者尤其重要，因为抓住本质冲突是探求作品主题的关键。

3. 抓住冲突的表现形态

戏剧冲突主要表现为具有不同性格的人物在追求各自目标过程中所发生的斗争，主要有三种表现形态。一是人与人的冲突，即表现为人与人之间意志和性格的冲突，这是戏剧冲突的本质。意志冲突是指人物间对立的目的和动机出现，交织成错综复杂的戏剧冲突；性格冲突是指人物间对待事物的态度、追求的理想、采取手段的不同所引起的冲突。人物性格越典型就越容易引起冲突。意志冲突和性格冲突往往是紧密地结合在一起的，在戏剧中不能截然分开。二是人物内心冲突。这种内心冲突往往使人物陷于不易摆脱的境地。中国古代戏曲常常以抒发内心冲突的片段作为一出戏的重点。三是人物与环境的冲突。这种环境，既指自然环境，又指社会环境。

4. 把握冲突的不同类型

戏剧冲突因剧作情节结构不同，往往呈现出不同类型。单一型：这类戏剧冲突的对立面自始至终基本不变，一贯到底，在一次次交锋中，冲突越来越激烈，最后发生总爆发。主次型：全剧有一主要冲突，但这一冲突并非每场都出现，有时出现的是次要冲突。多样型：一些剧作由于没有贯穿到底的完整而集中的戏剧情节，各场多由一系列人物的生活片段组成，它在众多人物的生活场景中，展示一个个分散的冲突，这些冲突统一于共同的主题之下。

5. 分析冲突的内在结构

戏剧冲突是加工后的矛盾冲突，了解剧作家组织冲突的方式，也是把握冲突的一个重要方面。有些戏剧是依据人物间的敌对关系来组织冲突的，有些戏剧是依据人物的亲缘关系来组织冲突的，有些戏剧是依据人物自身的心理矛盾来组织冲突的，有些戏剧是利用场内场外的关系来组织冲突的。总之，组织戏剧冲突的方法是多种多样的，了解冲突的内部结构可使鉴赏者更好地领悟艺术家的创作旨趣，并提高自己的鉴赏能力。

6. 了解冲突发生的背景

所有冲突都是在一定的背景下发生发展的，都是和社会生活紧密联系的，我们只有把冲突放在社会的、历史的辽阔背景中才能准确地把握冲突。

7. 探求冲突的思想倾向

戏剧冲突之中往往寄寓着戏剧家强烈的情感倾向，或者说戏剧的本质冲突往往与剧作的思想主题相一致，把握戏剧冲突总是以探求作者的创作意图和作品的深刻内涵为旨归的。反过来，只有有意识地探求戏剧的思想倾向，才能使戏剧艺术的审美认知功能得到充分的发挥。

二、分析人物形象

1. 分析人物及人物间的关系

戏剧由于受时空限制，在人物数量的设置上一般都是少而精的，因此，我们在欣赏戏剧

时要注意厘清有限的几个人物之间的关系。戏剧里的主要人物往往是戏剧冲突的双方主要当事人，因此这些主要当事人之间的关系都是对立的关系，有的虽对立却只是内部矛盾，但是这种矛盾也可能成为不可调和的、尖锐的冲突。在中国古典戏剧中，矛盾双方当事人都有某种对立关系的例子是不胜枚举的。除对立关系外，还有中间关系，这些中间关系就是一些次要人物，这些中间关系的人物，也是必不可少的，有时甚至还是非常重要的。例如我国传统戏曲中"丫鬟"的形象，就是很典型的中间关系的人物，凡戏中有小姐的，就必定有丫鬟。这不是形式，也并非多余。在戏曲中，人物再节省，一个贴身丫鬟还是不可少的，如果崔莺莺身边没有红娘，她和张生独来独往，这是不可想象也不能成立的。戏中的次要人物使戏剧具有浓厚的生活气息，使人们感到戏剧像生活一样丰富多彩。中间关系人物对调节戏剧冲突也起重要作用。如果只有矛盾双方当事人，双方剑拔弩张，矛盾冲突一触即发，这样就不可能有波澜起伏，也说不上有什么节奏，甚至可以说没有什么戏可看。

2. 分析人物性格之间的对比与陪衬

在现实生活中，任何事物都在与其他事物的比较中显示出各自不同的特色。在戏剧里往往有这样的情况：主要人物一个正直，一个阴险；一个高尚，一个卑劣；一个勇敢，一个怯懦；一个慷慨，一个吝啬；一个聪明，一个愚蠢；一个严肃，一个放荡。这样的安排和处理，都是为了使双方的性格在对比中表现得更为鲜明突出。陪衬是以性格一致而又有差别，同中有异，以显示出一种层次来表现性格特点的手法。对比是差异明显对立，陪衬烘托则是协调、温和差别，陪衬也可称"帮衬"，这就是所谓的"一个好汉三个帮"。

3. 分析人物的行为动作

戏剧作为行动的艺术，从它诞生之时起，就是以动作的模仿来再现生活的。一出戏是一个庞大的动作体系。通过动作、行动来塑造人物形象是戏剧作品中塑造人物的重要艺术手段。人物一个微小的动作，往往能生动地表现其某些性格特点。人的动作主要是指人体外部的动作，也可称为形体动作，是指看得见的身体各部分的动作，如头部、颈部、腰部、背部、四肢等的动作，人的面部表情也可算作形体动作，人的内心活动也总是要通过表情和形体动作来表现的，所以这些形体动作和人的性格密切有关，它能表现出人物的个性。

4. 分析人物的语言

戏剧文学中除少量舞台指示外，几乎全部是人物的对话，也就是人物的语言。每个人都有自己的个性，每个人的语言也都在表现人物的性格，因而戏剧作品中的语言特别要求个性化，通过个性化的语言来塑造人物性格是极为重要的艺术手段。

三、品味戏剧语言

戏剧语言是构建剧本的基础，主要包括舞台说明和人物语言。舞台说明是一种叙述性质的语言，主要用来说明人物的动作、心理、剧情发展的布景、环境、人物之间的关系

第五章 戏剧欣赏

等,能直接展示人物的性格和戏剧的情节。尽管舞台说明是戏剧文学中不可或缺的组成部分,但同人物语言相比,它起辅助说明的作用,我们只作一般性的了解即可。人物语言也称台词,包括对话、独白、旁白等,这是人物心理活动与行为动作的外观,由此展开戏剧冲突、塑造人物形象、揭示戏剧主题。欣赏戏剧作品,深入品味作品中人物的语言是至关重要的。不同的人物语言,反映了人物怎样不同的心理,表达了人物怎样不同的思想感情,这些都需要我们在反复阅读的基础上仔细揣摩和品味。

1. 品味戏剧语言口语化和个性化的特征

戏剧作品语言的口语化首先是人物语言的口语化。中国古典戏曲中的语言有很多属于艺术化了的大白话。戏曲中说白 (也称宾白、道白、对白)比较通俗,唱词比较高雅,但和一般写文章又不相同,既高雅又口语。例如《西厢记》中,张生初遇莺莺,一见钟情,夜里在床上思念莺莺而睡不着觉,在他此时的一段唱词中有这样一段话:"睡不着如翻掌,少可有一万声长吁短叹,五千遍捣枕捶床。"最后,他说自己只看了莺莺一眼,记不真她那娇模样,怎么办?他唱:"我则索手抵着牙儿慢慢地想。"这"如翻掌""捣枕捶床"和"手抵着牙儿慢慢地想"等,既高雅又通俗,同时又非常生动形象,十分传神。个性化语言是指人物的语言符合并表现人物的身份、性格。个性化的语言能准确表达人物的思想感情,是刻画人物达到合理性、真实性的重要手段,优秀的戏剧人物语言往往三言两语就能把人物个性展示出来。

2. 品味戏剧文学语言的行动性特点

戏剧既然是通过人物的语言和行动在舞台上表演一个故事,那么作为剧本,它的语言就必须富有动作性和行动性,能为人物提供动作和行动。语言的行动性是一个比较宽的概念,它既包括一些能直接附带着行动的语言,又包括能集中地表现人物内心复杂细致的思想感情活动的台词。戏剧中人物的独白也是很富有行动性的,它是表现人物内心活动的台词,所以又可称为内心独白。独白是指无旁人在场或者有旁人而并不能听见的情况下人物的台词。莎士比亚是位写独白的能手,他的剧作中有许多深奥、优美、极富哲理性和行动性,使人久久不能忘怀的精彩独白。

3. 品味戏剧文学语言的诗意

戏剧作为一种行动的艺术,看起来和抒情性很强的诗似乎不会有什么特殊关系,而实际情况不是这样,戏剧和诗有着极为密切的关系。中国戏曲中的唱词实际上就是极好的抒情诗和叙事诗。例如《西厢记》中,崔老夫人逼迫张生进京赶考,莺莺长亭送别时有这样一段唱词:"碧云天,黄花地,西风紧,北雁南飞。晓来谁染霜林醉?总是离人泪……"这就是情景交融,把离别时的感情表现得如此深沉。

4. 品味人物语言中蕴含的丰富的潜台词

潜台词即言中有言,意中有意,弦外有音。潜台词充分体现了语言的魅力,优秀的潜台词往往意蕴丰富,耐人寻味,给人以深广的想象空间。

第四节　戏剧作品欣赏

牡丹亭[1]（选场）

汤显祖

游园惊梦

【绕池游】(旦上)梦回莺啭，乱煞年光遍[2]。人立小庭深院。(贴)炷尽沉烟[3]，抛残绣线，恁今春关情似去年？

【乌夜啼】(旦)晓来望断梅关[4]，宿妆[5]残。(贴)你侧着宜春髻子[6]恰凭阑。(旦)剪不断，理还乱[7]，闷无端。(贴)已分付催花莺燕借春看。(旦)春香，可曾叫人扫除花径？(贴)分付了。(旦)取镜台衣服来。(贴取镜台衣服上)云髻罢梳还对镜，罗衣欲换更添香。[8]镜台衣服在此。

【步步娇】(旦)袅晴丝吹来闲庭院[9]，摇漾春如线。停半晌、整花钿。没揣菱花[10]，偷人半面，迤逗的彩云偏[11]。(行介)步香闺怎便把全身现！(贴)今日穿插的好。

【醉扶归】(旦)你道翠生生出落的裙衫儿茜[12]，艳晶晶花簪八宝填[13]，可知我常一生儿爱好是天然[14]。恰三春好处[15]无人见。不提防沉鱼落雁鸟惊喧[16]，则怕的羞花闭月花愁颤。(贴)早茶时了，请行。(行介)你看：画廊金粉半零星，池馆苍苔一片青。踏草怕泥[17]新绣袜，惜花疼煞小金铃[18]。(旦)不到园林，怎知春色如许！

【皂罗袍】原来姹紫嫣红[19]开遍，似这般都付与断井颓垣。良辰美景奈何天，赏心乐事谁家院[20]！恁般景致，我老爷和奶奶再不提起。(合)朝飞暮卷[21]，云霞翠轩；雨丝风片，烟波画船——锦屏人[22]忒看的这韶光贱！(贴)是[23]花都放了，那牡丹还早。

【好姐姐】(旦)遍青山啼红了杜鹃[24]，荼蘼外烟丝醉软[25]。春香呵，牡丹虽好，他春归怎占的先[26]！(贴)成对儿莺燕呵。(合)闲凝眄，生生燕语明如翦，呖呖莺歌溜的圆。(旦)去罢。(贴)这园子委是观之不足[27]也。(旦)提他怎的！(行介)

【隔尾】观之不由他缱[28]，便赏遍了十二亭台是枉然。倒不如兴尽回家闲过遣。(作到介)(贴)开我西阁门，展我东阁床[29]。瓶插映山紫[30]，炉添沉水香。小姐，你歇息片时，俺瞧老夫人去也。(下)(旦欢介)默地游春转，小试宜春面[31]。春呵，得和你两留连，春去如何遣？咳，恁般天气，好困人也。春香那里？(作左右瞧介)(又低首沉吟介)天呵，春色恼人，信有之乎！常观诗词乐府，古之女子，因春感情，遇秋成恨，诚不谬矣。吾今年已二八，未逢折桂之夫；忽慕春情，怎得蟾宫之客？昔日韩夫人得遇于郎[32]，张生偶逢崔氏[33]，曾有《题红记》《崔徽传》二书。此佳人才子，前以密约偷期[34]，后皆得成秦晋[35]。(长叹介)吾生于宦族，长在名门。年已及笄[36]，不得早成佳配，诚为虚度青春，光阴如过隙耳。(泪介)可惜妾身颜色如花，岂料命如一叶乎[37]！

【山坡羊】没乱里[38]春情难遣，蓦地里怀人幽怨。则为俺生小婵娟，拣名门一例、一例里神仙眷。甚良缘，把青春抛的远！俺的睡情谁见？则索因循腼腆[39]。想幽梦谁边，和春光暗流转？迁延，这衷怀那处言！淹煎，泼残生[40]，除问天！身子困乏了，且自隐几[41]而眠。(睡介)(梦生介)(生持柳枝上)莺逢日暖歌声滑，人遇风情笑口开。一径落花随水入，今朝阮肇到天台[42]。小生顺路儿跟着杜小姐回来，怎生不见？(回介)呀，小姐，小姐(旦作惊起介)(相见介)(生)小生那一处不寻访小姐来，却在这里！(旦作斜视不语介)(生)恰

第五章　戏剧欣赏

好花园内，折取垂柳半枝。姐姐，你既淹通书史，可作诗以赏此柳枝乎？(旦作惊喜，欲言又止介)(背想)这生素昧平生，何因到此？(生笑介)小姐，咱爱杀你哩！

【山桃红】则为你如花美眷，似水流年，是答儿闲寻遍[43]。在幽闺自怜。小姐，和你那答儿讲话去。(旦作含笑不行)(生作牵衣介)(旦低问)那边去？(生)转过这芍药栏前，紧靠着湖山石边。(旦低问)秀才，去怎的？(生低答)和你把领扣松，衣带宽，袖梢儿揾着牙儿苫也，则待你忍耐温存一晌[44]眠。(旦作羞)(生前抱)(旦推介)(合)是那处曾相见，相看俨然，早难道[45]这好处相逢无一言？(生强抱旦下)(末扮花神束发冠，红衣插花上)"催花御史[46]惜花天，检点春工又一年。蘸[47]客伤心红雨下，勾人悬梦彩云边。"吾乃掌管南安府后花园花神是也。因杜知府小姐丽娘，与柳梦梅秀才，后日有姻缘之分。杜小姐游春感伤，致使柳秀才入梦。咱花神专掌惜玉怜香，竟来保护他，要他云雨十分欢幸也。

【鲍老催】(末)单则是混阳蒸变，看他似虫儿般蠢动把风情煽。一般儿娇凝翠绽魂儿颠。[48]这是景上缘[49]，想内成，因中见。呀，淫邪展污了花台殿[50]。咱待拾片落花儿惊醒他。(向鬼门[51]丢花介)他梦酣春透了怎留连？拾花闪碎的红如片。秀才才到的半梦儿，梦毕之时，好送杜小姐仍归香阁。吾神去也。(下)

【山桃红】(生、旦携手上)(生)这一霎天留人便，草借花眠。小姐可好？(旦低头介)(生)则把云鬟点，红松翠偏。小姐休忘了呵，见了你紧相偎，慢厮连，恨不得肉儿般团成了片，逗的个日下胭脂雨上鲜。(旦)秀才，你可去呵？(合)是那处曾相见，相看俨然，早难道这好处相逢无一言？(生)姐姐，你身子乏了，将息将息。(送旦依前作睡介)(轻拍旦介)姐姐，俺去了。(作回顾介)姐姐，你可十分将息，我再来瞧你那。行来春色三分雨，睡去巫山一片云。(下)(旦作惊醒，低叫介)秀才，秀才，你去了也？(又作痴睡介)(老旦上)夫婿坐黄堂，娇娃立绣窗。怪他裙衩上，花鸟绣双双。孩儿，孩儿，你为甚瞌睡在此？(旦作醒，叫秀才介)咳也。(老旦)孩儿怎的来？(旦作惊起介)奶奶到此！(老旦)我儿，何不做些针指，或观玩书史，舒展情怀？因何昼寝于此？(旦)孩儿适花园中闲玩，忽值春暄恼人，故此回房。无可消遣，不觉困倦少息。有失迎接，望母亲恕儿之罪。(老旦)孩儿，这后花园中冷静，少去闲行。(旦)领母亲严命。(老旦)孩儿，学堂看书去。(旦)先生不在，且自消停[52]。(老旦叹介)女孩儿长成，自有许多情态，且自由他。正是："宛转随儿女，辛勤做老娘。"(下)(旦长叹介)(看老旦下介)哎也，天那，今日杜丽娘有些侥幸也。偶到后花园中，百花开遍，睹景伤情。没兴而回，昼眠香阁。忽见一生，年可弱冠[53]，丰姿俊妍。于园中折得柳丝一枝，笑对奴家说："姐姐既淹通书史，何不将柳枝题赏一篇？"那时待要应他一声，心中自忖，素昧平生，不知名姓，何得轻与交言。正如此想间，只见那生向前说了几句伤心话儿，将奴搂抱去牡丹亭畔，芍药阑边，共成云雨之欢。两情和合，真个是千般爱惜，万种温存。欢毕之时，又送我睡眠，几声"将息"。正待自送那生出门，忽值母亲来到，唤醒将来。我一身冷汗，乃是南柯一梦[54]。忙身参礼母亲，又被母亲絮了许多闲话。奴家口虽无言答应，心内思想梦中之事，何曾放怀。行坐不宁，自觉如有所失。娘呵，你教我学堂看书去，知他看那一种书消闷也。(作掩泪介)

【绵搭絮】雨香云片[55]，才到梦儿边。无奈高堂，唤醒纱窗睡不便。泼新鲜冷汗粘煎，闪的俺心悠步嚲[56]，意软鬟偏。不争多[57]费心神情，坐起谁忺[58]？则待去眠。(贴上)晚妆销粉印，春润费香篝[59]。小姐，薰了被窝睡罢。

【尾声】(旦)困春心游赏倦，也不索香薰绣被眠。天呵，有心情那梦儿还去不远。

春望逍遥出画堂(张说)[60]，间梅遮柳不胜芳(罗隐)[61]。

可知刘阮逢人处(许浑)[62]？回首东风一断肠(韦庄)[63]。

【注释】

[1] 《牡丹亭》是汤显祖的代表作，是继《西厢记》之后最著名的爱情剧，又名《还魂记》《牡丹亭还魂记》，共55出，作于万历二十六年(1598年)秋，它的故事取材于明代话本小说《杜丽娘慕色还魂》。《牡丹亭》写的是杜丽娘与书生柳梦梅的爱情故事。它通过少女杜丽娘为了追求爱情和幸福，死而复生的离奇动人的情节，揭露了封建礼教压抑人性的罪恶，表现了青年男女冲破礼教罗网的决心，歌颂了他们为追求自由爱情而舍生忘死的斗争精神，具有强烈的反封建意义。

[2] 乱煞年光遍：缭乱的春光到处都是。

[3] 沉烟：沉水香，薰用的香料。

[4] 梅关：大庾岭，宋代在这里设有梅关。在本剧故事发生地点江西省南安府(大庾)的南面。

[5] 宿妆：隔夜的残妆。

[6] 宜春髻子：相传立春那天，妇女剪彩绸作燕子状，戴在髻上，上贴"宜春"二字。见《荆楚岁时记》。

[7] 剪不断，理还乱：南唐后主李煜词《相见欢》中的两句。

[8] "云髻罢梳还对镜"两句：薛逢诗《宫词》中的两句，见《全唐诗》卷二十。

[9] 晴丝：游丝、飞丝，也即后文所说的烟丝，虫类所吐的丝缕，常在空中飘游，在春天晴朗的日子最易看见。

[10] 没揣：不意，蓦然。菱花，镜子。古时用铜镜，背面所铸花纹一般为菱花，因此称"菱花镜"，或用菱花作镜子的代称。

[11] 迤(yí)逗的彩云偏：迤逗，引惹，挑逗；彩云，美丽的发髻的代称。全句，想不到镜子(拟人化)偷偷地照见了她，害得(迤逗的)她羞答答地把发髻也弄歪了。这几句写出一个少女的含情脉脉的微妙心理，她是连看见镜子里自己的影子也有些不好意思的。迤逗，元曲中或作"拖逗"。

[12] 翠生生出落的裙衫儿茜：翠生生，极言彩色鲜艳。苏轼诗："一朵妖红翠欲流。"用法正同。见《苏诗编注集成》卷十一《和述古冬日牡丹》四首。《老学庵笔记》卷八："鲜翠，犹言鲜明也。"出落的，显出，衬托出。茜(qiàn)，茜红色。

[13] 艳晶晶花簪八宝填：镶嵌着多种宝石的簪子。

[14] 天然：天性使然。上文爱好，犹言爱美。《紫箫记》十一出"懒画眉"："道你绿鬓乌纱映画罗。"系丫鬟赞李十郎词，下接十郎云："小生从来带一种爱好的性子。"用法正同。现在浙江还有这样的方言。

[15] 三春好处：比喻自己的青春美貌。

[16] 沉鱼落雁：小说戏剧中用来形容女人的美貌。意思说，鱼见她的美色，自愧不如而下沉；雁则为看她的美色而停落下来。下文羞花闭月，同。此外，"沉鱼""落雁""羞花""闭月"分别指西施、王昭君、杨玉环、貂蝉四大古典美女，此处借用是指杜丽娘容貌出众、美艳绝伦。

[17] 泥：沾污，这里作动词用。

[18] 惜花疼煞小金铃：《开元天宝遗事》："天宝初，宁王……于后园中纫红丝为绳，密缀金铃，系于花梢之上。每有鸟鹊翔集，则令园吏掣铃索以惊之。盖惜花之故也。"疼，为惜花常常掣铃，连小金铃都被拉得疼煞了。这是夸大的描写。

[19] 姹紫嫣红：花色鲜艳的样子。

[20] 谁家：哪一家。一说作"甚么"解，见张相《诗词曲语辞汇释·谁家条》。全句本谢灵运《拟魏太子邺中集诗序》："天下良辰美景赏心乐事，四者难并。"

[21] 朝飞暮卷：唐王勃《滕王阁诗》："画栋朝飞南浦云，朱帘暮卷西山雨。"

[22] 锦屏人：深闺中人，包括自己。

第五章　戏剧欣赏

[23] 是：凡是、所有的。

[24] 啼红了杜鹃：开遍了红色的杜鹃花。从杜鹃(鸟)泣血联想起来的。

[25] 荼蘼：花名，晚春时开放。

[26] 牡丹虽好，他春归怎占的先：《诚斋乐府·牡丹品》三折《喜莺》："花索让牡丹先。"

[27] 观之不足：看不厌。

[28] 缱(qiǎn)：留恋、牵绻。

[29] 开我西阁门，展我东阁床：《木兰诗》："开我东阁门，坐我西阁床。"

[30] 映山紫：映山红(杜鹃花)的一种。

[31] 宜春面：指新妆。参看注[5]。

[32] 韩夫人得遇于郎：唐人传奇故事。唐僖宗时，宫女韩氏以红叶题诗，从御沟中流出，被于佑拾到。于佑也以红叶题诗，投入上流，寄给韩氏。后来两人结为夫妇。见《青琐高议》前集卷五《流红记》。汤显祖的同时代人王骥德曾以这个故事写成戏曲《题红记》，见王骥德《曲律·杂论》第三十九下。

[33] 张生偶逢崔氏：即张生和崔莺莺的爱情故事，见唐元稹《会真记》，后来《西厢记》讲的就是这个故事。下文说的《崔徽传》是另外一个故事，见《丽情集》：妓女崔徽和裴敬中相爱，分别之后不再相见。崔徽请画工画了一幅像，托人带给敬中说："崔徽一旦不及卷中人，徽且为郎死矣！"这里《崔徽传》疑是《莺莺传》或《西厢记》的笔误。

[34] 偷期：幽会。

[35] 得成秦晋：得成夫妇。春秋时代，秦、晋两国世代联姻，后世称联姻为"秦晋"。

[36] 及笄(jī)：古代女子十五岁开始以笄 (簪)束发，叫"及笄"。见《礼记·内则》。及笄，意指女子已成年，到了婚配的年龄。

[37] 岂料命如一叶句：元好问《鹧鸪天·薄命妾》词："颜色如花画不成，命如叶薄可怜生。"

[38] 没乱里：形容心绪很乱。

[39] 腼腆：害羞。则索，只得。索，要，须。

[40] 淹煎，泼残生：淹煎，受熬煎，遭磨折；泼残生，苦命儿。泼，表示厌恶，原来是骂人的话。

[41] 隐几：靠着几案。

[42] 阮肇到天台：见到爱人。用刘晨和阮肇在天台山桃源洞遇到仙女的故事。

[43] 是答儿：到处。是，凡。下文，那答儿，那边。

[44] 一响：一会儿。

[45] 早难道：这里就是难道，但证据较强。

[46] 催花御史：《说郛》卷二十七《云仙散录》引《玉尘集》：唐"穆宗，每宫中花开，则以重顶帐蒙蔽，置惜花御史掌之。"

[47] 蘸(zhàn)：指红雨 (落花)洒落在人的身上。

[48] 单则是混阳蒸变……魂儿颤：形容幽会。

[49] 景上缘：景，影；与下文的想、因都是佛家的说法。景上缘，想内成，喻姻缘短暂，是不真实的梦幻。因中见 (现)，佛家认为一切事物都由因缘造合而成。

[50] 展污：沾污、弄脏。

[51] 鬼门：一作古门，戏台上演员的上、下场门。

[52] 消停：休息。

[53] 弱冠：二十岁。《礼·曲礼上》："人生十年曰幼，学；二十曰弱，冠；三十曰壮，有室……。"冠，男子到二十岁行冠礼表示已经成人。

[54] 南柯一梦：唐人传奇故事，淳于棼梦见自己被大槐安国国王招为驸马，做南柯太守，历尽了富贵荣华，人世浮沉。醒来，才发现大槐安国不过是大槐树下的一个蚁穴，南柯郡则是南面树枝下的另一

个蚁穴。见《太平广记》卷四七五引李公佐《淳于梦》。南柯,后来被用作梦的代称。

[55] 雨香云片:云雨,指梦中的幽会。

[56] 步鞾(duǒ):脚步不动。鞾,偏斜。闪得俺:弄得我,害得我。

[57] 不争多:差不多,几乎。

[58] 忺:惬意。

[59] 香篝(gōu):即薰笼,薰香用。

[60] "春望"句:摘自张说《奉和圣制春日出苑应制》。

[61] "间梅"句:摘自罗隐《桃花》。

[62] "可知"句:摘自许浑《早发天台中岩寺度关岭次天姥岑》。

[63] "回首"句:摘自韦庄《春陌二首》。此句为变式,原句是"肠断东风各回首",此外,罗隐《桃花》中却有"回首东风一断肠"句。明清传奇中常以集句的方式引用前人诗词作为下场诗。汤显祖的《牡丹亭》全剧五十五出,每出下场诗四句,都是从唐诗中辑出。这里的集句是与剧作的内容联系在一起的,用"逍遥出画堂"暗指杜丽娘的幽闭生活和在游园时的喜悦,"东风一断肠"又指杜丽娘青春觉醒后的痛苦。

【赏析】

《游园》是《牡丹亭》第十出的上半出,共由七支曲子构成。杜丽娘在春香的引逗下,来到后花园游玩,大自然美丽的景色引发了她青春的觉醒,产生了摆脱封建礼教束缚、追求幸福爱情的强烈愿望。

春日清晨,少女杜丽娘被黄莺婉转动听的鸣叫声从梦中唤醒,深感春满人间。而她,却幽闭于庭院深深的闺房。"炷尽沉烟,抛残绣线",百无聊赖;"恁今春关情似去年?""似"作"胜似"解,用一反问句写她今年对春天,也是对自己青春的关情胜似去年。

杜丽娘凭栏远眺,无情无绪,愁闷万端。春情抑郁难遣,于是准备梳妆游园,以遣春情。

晴空中轻柔的游丝,被吹到寂静的庭院,摇漾如线。"晴丝"与"情丝"谐音,语意双关,寓情于景。"停半晌"以下六句,写杜丽娘对镜整妆步出香闺时的娇羞情态,细腻描绘其微妙心理。

"一生儿爱好是天然"中"好"作"美"解,杜丽娘爱美是天性使然。她慨叹自己的美貌似"三春好处"但无人欣赏,抒发其爱而不能、青春虚度的惆怅。

"原来姹紫嫣红开遍","原来"二字表现了杜丽娘初次见到春日园林美景的惊喜。但是"姹紫嫣红"无人欣赏,只能付与"断井颓垣",象征着杜丽娘空有美貌无人爱惜。虽有良辰美景,但在这样的封建家庭里,何来赏心乐事呢?写尽杜丽娘抑郁的春情和满腔的幽怨。

火红的杜鹃、洁白的荼蘼竞相盛开,牡丹虽是花王,但是开花较晚,怎能在大好春光中与百花争胜呢?象征杜丽娘这朵美丽的牡丹花虚度青春。

双双对对的莺燕相和而鸣,使杜丽娘更觉自己的寂寞孤单。

美丽的春光观之不足,就任凭春光萦绕心间吧!对杜丽娘来说,赏遍了美景也是枉然,不但不能排遣春愁,这满园美景反而使她的愁绪更深长了!

此处描写情景交融,细致入微地描绘杜丽娘莫可言状的少女情怀。七支曲子环环相扣,展现了游园的全过程,构思严密,结构完整,文采斐然,优美妩媚,抒情性极强。

第五章 戏剧欣赏

《惊梦》是《牡丹亭》第十出的下半出，杜丽娘游园之后，大自然美丽的景色引发了她青春的觉醒，产生了摆脱封建礼教束缚、追求幸福爱情的强烈愿望。但这一愿望在当时的现实生活中是不可能实现的，只能在虚幻的梦境中实现，正如汤显祖所说的："因情成梦，因梦成戏。"(《复甘义麓》)作者让杜丽娘在梦幻中找到了自己理想的情人，"两情相合，真个是千般爱惜，万种温存"。如果说"游园"是唤醒了杜丽娘的青春理想，那么"惊梦"则是她主动追求理想爱情的开始，是她对"礼教"的又一次反抗与斗争。

游园从结构上来说，具有承上启下的作用，即从现实进入梦境前的一个过渡。杜丽娘本想通过游园来排遣心中的愁闷，不料因春触情，引发了她的春情。但由于生于宦族，长于名门，虽年已及笄，不得早成佳配，父母所关心的是家庭的利益，要选择一个门当户对的女婿，并不考虑女儿自己的意愿，扼杀了杜丽娘的青春，"把青春抛的远"。因此，杜丽娘既慨叹自己的命运，又倾诉了对封建礼教与封建家长的怨恨，而这就为接下去的"入梦"作了铺垫。凡梦，总是有心理依据的，所谓"日有所思，夜有所梦"。杜丽娘的梦，正是因情而生的。

惊梦这半出又可分为两个层次。从"睡介"到"又作痴睡介"为第一层次：因情成梦，入梦幽会。摆脱了现实生活中封建礼教的束缚与封建家长的管束，在梦境中，杜丽娘找到了理想中的情人，自由自在地幽会相爱。作者化实为虚，在虚构的梦境中，真实地展现了杜丽娘的心理状态。

从"老旦上"到尾声是第二个层次，即惊梦而醒，痴痴忆梦。杜丽娘从梦中醒来后，回到现实之中，面对的仍然是封建礼教的束缚与封建家长的严厉管束，遭到了母亲的责怪。但既然已经看到了理想，杜丽娘决不屈从于礼教束缚与家长管束，不放弃对理想爱情的追求。因此，她在母亲离开后，心中仍然想着刚才梦中与柳梦梅幽会相爱的情景，并表示还要去寻找这一情景。

《牡丹亭》全剧贯穿了"情"与"理"的冲突，《游园惊梦》这一场戏也同样如此，而作者在描写这一冲突时，采用了化实为虚、虚实结合的表现手法，将杜丽娘在梦境中与理想情人幽会相爱的情景与现实生活中封建家长的严厉管教相对比，以增强矛盾冲突的程度，既真实地反映了封建势力对青年一代的自由幸福爱情的扼杀，也进一步突出了杜丽娘的反抗精神。因此，"惊梦"虽所占的篇幅不多，但集中体现了作者的创作意图，表达了剧作的主题。

在艺术上，"惊梦"也能代表《牡丹亭》的特色，如对杜丽娘这一人物形象的刻画，作者也是用一些典型动作，来刻画她的心理状态与复杂性格。在这一场戏中，杜丽娘内心虽已充满了对理想爱情的渴望，但由于长期受到禁锢压抑，此时心里还是有所顾忌的，因此，作者为她设置了一些典型动作，如当她在梦中刚见到柳梦梅时的两个动作："作惊喜介，欲言又止介"；当柳梦梅用手牵她的衣服，要与她到湖山石边幽会并上前抱她时，她的"低问介""作羞介""推介"等动作。通过这些富有个性的动作，十分细腻形象地刻画出了杜丽娘彷徨犹豫的心理状态与复杂性格。

【知识拓展】

汤显祖与"临川四梦"

"临川四梦"是指汤显祖创作的《紫钗记》《牡丹亭》《南柯记》和《邯郸记》四部

作品，因为这四部作品都有梦境的展现且因汤显祖是临川人，所以被称作"临川四梦"，又因为汤显祖的书斋名为"玉茗堂"，因而又被称为"玉茗堂四梦"。

汤显祖(1550—1616)，字义仍，号若士，亦号海若，又号清远道人，别号玉茗堂主人，江西临川人，是明代伟大的戏剧家、文学家，被誉为"东方的莎士比亚"。他天资聪颖、好读诗书，于古文词外，能精通乐府、歌行、五七言诗；诸史百家之外，通天文、地理、医药、兵书等；更广交"气义"之士，通过积极的社会活动，铸就了正直刚强、不肯趋炎附势的品格。他的一生历经嘉靖、隆庆、万历三个朝代，当时朝廷政治黑暗，正直清白的汤显祖虽有一腔才情，却在科举上历经坎坷，仕途也是颠簸不断，长期屈居下僚，后弃官归里，回到临川闲居，致力于戏剧和文学创作活动，终其一生。

长生殿[1]（选场）

洪昇

小宴惊变

(丑上)玉楼天半[2]起笙歌，风送宫嫔[3]笑语和；月殿影开闻夜漏[4]，水晶帘卷近秋河[5]。咱家高力士，奉万岁爷之命，着咱在御花园中，安排小宴，要与贵妃娘娘同来游赏，只得在此伺候！(生、旦乘辇[6]，老旦、贴随后，二内侍引行，上)

【北中吕·粉蝶儿[7]】天淡云闲，列长空数行新雁。御园中秋色斓斑[8]：柳添黄，萍减绿，红莲脱瓣。一抹[9]雕栏，喷清香桂花初绽。

(到介)(丑)请万岁爷、娘娘下辇。(生、旦下辇介)(丑同内侍暗下)(生)妃子，朕与你散步一回者。(旦)陛下请。(生携旦手介)(旦)

【南泣颜回】携手向花间，暂把幽怀同散。凉生亭下，风荷映水翩翻[10]；爱桐阴静悄，碧沉沉并绕回廊看。恋香巢秋燕依人，睡银塘鸳鸯蘸眼[11]。

(生)高力士，将[12]酒过来，朕与娘娘小饮数杯。(丑)宴已排在亭上，请万岁爷、娘娘上宴。(旦作把盏，生止住介)妃子坐了。

【北石榴花】不劳你玉纤纤[13]高捧礼仪烦，只待借小饮对眉山[14]。俺与你浅斟低唱互更番，三杯两盏，遣兴消闲。妃子，今日虽是小宴，倒也清雅。回避了御厨中、回避了御厨中，烹龙炰凤[15]堆盘案，咿咿哑哑乐声催趱[16]；只几味脆生生，只几味脆生生蔬和果清肴馔，雅称[17]你仙肌玉骨美人餐。

妃子，朕与你清游小饮，那[18]些梨园旧曲，都不耐烦听他。记得那年在沉香亭[19]上赏牡丹，召翰林李白草《清平调》三章[20]，命李龟年[21]度成新谱，其词甚佳。不知妃子还记得么？(旦)妾还记得。(生)妃子可为朕歌之，朕当亲倚玉笛以和[22]。(旦)领旨。(老旦进玉笛，生吹介)(旦按板介)

【南泣颜回】花繁，秾艳想容颜，云想衣裳光璨。[23]新妆谁似，可怜飞燕娇懒。[24]名花国色，笑微微常得君王看。向春风解释春愁，沉香亭同倚阑干[25]。

(生)妙哉！李白锦心，妃子绣口，[26]真双绝矣！宫娥，取巨觥[27]来，朕与妃子对饮。(老旦、贴送酒介)(生)

【北斗鹌鹑】畅好是喜孜孜驻拍停歌[28]，喜孜孜驻拍停歌，笑吟吟传杯送盏。妃子干一杯！(作照干介)不须他絮烦烦射覆藏钩[29]，闹纷纷弹丝弄板[30]。

(又作照杯介)妃子，再干一杯！(旦)妾不能饮了。(生)宫娥每，跪劝。(老旦、贴)领旨。(跪旦介)娘娘请上这一杯。(旦勉饮介)(老旦、贴作连劝介)(生)我这里无语持觞仔细看,早只见[31]花一朵上腮间。(旦作醉介)妾真醉矣。(生)一会价软哈哈柳觐花敧[32],软哈哈柳觐花敧,困腾腾莺娇燕懒。妃子醉了,宫娥每,扶娘娘上辇进宫去者。(老旦、贴)领旨。(作扶旦起介)(旦作醉态呼介)万岁!(老旦、贴扶旦行)(旦作醉态介)

【南扑灯蛾】态恹恹[33]轻云软四肢,影蒙蒙空花乱双眼[34];娇怯怯柳腰扶难起,困沉沉强抬娇腕,软设设金莲倒褪[35],乱松松香肩觐云鬟[36],美甘甘思寻凤枕,步迟迟倩宫娥搀入绣帏间[37]。

(老旦、贴扶旦下)(丑同内侍暗上)(内击鼓介)(生惊介)何处鼓声骤发?(副净[38]急上)渔阳鼙鼓动地来,惊破霓裳羽衣曲。[39](问丑介)万岁爷在那里?(丑)在御花园内。(副净)军情紧急,不免径入。(进见介)陛下,不好了。安禄山起兵造反,杀过潼关,不日就到长安了!(生大惊介)守关将士何在?(副净)哥舒翰[40]兵败,已降贼了。(生)

【北上小楼】呀!你道失机的哥舒翰,称兵的安禄山,赤紧的[41]离了渔阳,陷了东京[42],破了潼关。唬得人胆战心摇,唬得人胆战心摇,肠慌腹热,魂飞魄散,早惊破月明花灿。

卿有何策,可退贼兵?(副净)当日臣曾再三启奏,禄山必反,陛下不听,今日果应臣言。事起仓卒,怎生抵敌?不若权时幸[43]蜀,以待天下勤王[44]。(生)依卿所奏。快传旨:诸王百官,即时随驾幸蜀便了。(副净)领旨。(急下)(生)高力士,快些整备军马。传旨令右龙武将军陈元礼,统领御林军士三千,[45]扈驾前行[46]。(丑)领旨。(下)(内侍)请万岁爷回宫。(生转行叹介)唉!正尔欢娱,不想忽有此变,怎生是了也!

【南扑灯蛾】稳稳的宫廷宴安,扰扰的边廷造反。冬冬的鼙鼓喧,腾腾的烽火罤[47]。的溜扑碌[48]臣民儿逃散,黑漫漫乾坤覆翻,碜磕磕[49]社稷摧残,碜磕磕社稷摧残。当不得萧萧飒飒西风送晚,黯黯的一轮落日冷长安。

(向内问介)宫娥每,杨娘娘可曾安寝?(老旦、贴内应介)已睡熟了。(生)不要惊他,且待明早五鼓同行。(泣介)天那!寡人不幸,遭此播迁[50];累他玉貌花容,驱驰道路,好不痛心也!

【南尾声】在深宫兀自娇慵惯,怎样支吾[51]蜀道难。(哭介)我那妃子呵!愁杀你玉软花柔要将途路趱。

宫阙参差落照间(卢纶)[52],渔阳烽火照函关(吴融)[53]。
遏云声绝悲风起(胡曾)[54],何处黄云是陇山(武元衡)[55]。

【注释】

[1] 《长生殿》是洪昇的代表作。它本于白居易《长恨歌》及陈鸿《长恨歌传》,参以白朴《梧桐雨》杂剧和有关传说,重新演绎唐明皇与杨贵妃的故事,从中展现深邃的历史内蕴,寄寓"乐极哀来,垂戒来世"(《自序》)的思想。该剧场面壮阔,虚实相生,章法井然,排场有致,语言精美,音律和谐,是明清传奇中的上品。《惊变》是其中第二十四出,写李隆基和杨玉环在《密誓》之后,爱情发展到高潮,正在忘情欢乐之际,"渔阳鼙鼓动地来",安史叛军杀过潼关,李隆基吓得"魂飞魄散",决定入蜀避乱。这是全剧剧情发展中的关键一出,集中表现了作者的寓意。

[2] 玉楼:华丽的高楼,指宫殿。天半:犹言半空中,形容极高。
[3] 宫嫔:宫女。嫔是宫廷中的女官。
[4] 夜漏:古代计时的工具。器中贮水下滴,有声,故曰"闻"。
[5] 水晶帘:珠帘。秋河:银河。以上四句引用唐马逢《宫词二首·其二》。
[6] 生:扮李隆基。旦:扮杨玉环。下面的"老旦""贴",扮宫女念奴、永新。辇(niǎn):人拉的

车。此指帝王所乘的便车。

[7] 北中吕：指北曲的中吕宫。粉蝶儿一曲，属北中吕宫。这出戏用南北曲合套，北曲由李隆基唱，南曲由杨玉环唱。

[8] 斓(lán)斑：亦作"斑斓"，颜色错杂灿烂。

[9] 一抹：一带。

[10] 风荷：风中的莲花。翩翻：飘忽摇曳貌。

[11] 蘸(zhàn)眼：招眼，引人注目。

[12] 将：拿。

[13] 玉纤纤：比喻洁白纤细的手。

[14] 眉山：用青色画过的眉毛，其色、状与远山相似，故称为"眉山""眉峰"。

[15] 烹龙炰(páo)凤：指烹制的珍贵食品。炰，同"炮制"的炮。

[16] 催趱(zǎn)：各种乐器竞奏。

[17] 雅称：非常适合、相称。雅，极、甚。

[18] 梨园：唐玄宗设置的教练伶人的机构。《新唐书·礼乐志》："明皇既知音律，又酷爱法曲，选坐部伎子弟三百，教于梨园。"

[19] 沉香亭：亭名，在唐兴庆宫内。

[20] "召翰林"句：天宝初，李白在长安供奉翰林。玄宗与杨妃在兴庆宫沉香亭前赏牡丹，命李白进新词，李白宿醉未醒，援笔写成《清平调词》三章。(参见《松窗杂录》)

[21] 李龟年：唐玄宗时著名乐人，精音律，受到玄宗的宠遇。(参见《明皇杂录》)度：作曲。

[22] 倚玉笛以和：用玉笛来伴奏。

[23] "花繁"三句：化用李白《清平调词·其一》"云想衣裳花想容，春风拂槛露华浓"两句。

[24] "新妆"二句：化用《清平调词·其二》"借问汉宫谁得似？可怜飞燕倚新装"两句。可怜，可爱。飞燕，赵飞燕，西汉成帝的皇后赵飞燕，以貌美著称。

[25] "名花"四句：化用《清平调词·其三》："名花倾国两相欢，长得君王带笑看。解释春风无限恨，沉香亭畔倚阑干。"名花，指牡丹。国色，国中最美的女子。《公羊传·昭公三十一年》："颜夫人者，国色也。"旧注："谓颜色一国之选也。"解释，解除，消除。

[26] "李白"二句：谓李白文思美妙，杨妃歌喉优雅。锦心，形容写文章的人的文心。绣口，指文章辞藻富丽。这里指声音优美。语出柳宗元《乞巧文》："骈四俪六，锦心绣口。"

[27] 觞(shāng)：古代酒器。

[28] 畅好是：正好是。驻：同住。

[29] 射覆藏钩：古代两种游戏。射覆，《汉书·东方朔传》："上尝使诸数家射覆。"颜师古注："数家，术数之家也。于覆器之下而置诸物，令暗射之，故云射覆。"即让人猜出器物覆盖的东西。后世称猜谜语为"射覆"。藏钩，《艺经》："腊日饮祭之后，叟妪儿童为藏钩之戏，分为二曹(两队)，以较胜负。"即寻找物件藏匿之处。

[30] 弹丝弄板：弹奏乐器。

[31] 早只见：早见。"只"为语助词，无义。

[32] 软咍(hāi)咍：软绵绵。柳軃(duǒ)花欹(qī)：形容杨贵妃醉后不能支持，身体软得如柳条低垂，花枝倾斜。軃，垂下。欹，倾斜。

[33] 恹恹：软弱无力的样子。

[34] "影蒙蒙"句：形容杨贵妃醉眼蒙眬，看不清楚。空花，佛教语。本指隐现于病眼者视觉中繁花状的虚影，常以喻纷繁的妄想和假象。

[35] 软设设：软绵绵。金莲：指女子的脚。

[36] 云鬓：形容妇女发髻如云。

第五章 戏剧欣赏

[37] 倩：使，请。
[38] 副净：扮杨国忠。
[39] "渔阳"二句：借用白居易《长恨歌》原句。渔阳，郡名，今天津蓟州区、北京平谷一带，安禄山盘踞之地。鼙(pí)鼓，古代军中的一种小鼓。霓裳羽衣曲，唐乐曲名。来自西凉，名《婆罗门曲》，经玄宗润色，天宝十三载改为《霓裳羽衣曲》。后附会为玄宗游月宫闻仙乐，归而记之，乃为此曲。
[40] 哥舒翰：唐天宝年间，任河西节度使。安史之乱，李隆基委命驻守潼关，失败被俘。新旧《唐书》有传。
[41] 赤紧的：曲中习用语，形容时间短促，犹转眼间。
[42] 东京：唐代以洛阳为东都。
[43] 幸：皇帝去到某地的专用词。
[44] 勤王：指封建时代由地方出兵援救王朝。
[45] "传旨"二句：陈元礼，即陈玄礼，为避清圣祖玄烨讳而改为"元"。皇帝的亲军有六军，即左右龙武军和左右羽林军。陈玄礼是右龙武军的将领。御林军，泛指皇帝禁卫军。
[46] 扈(hù)驾：即护驾，保卫皇帝。
[47] 黰(yān)：黑色，指烽烟的颜色。
[48] 的溜扑碌：口语，形容慌乱。
[49] 碜(chěn)磕磕：也作"碜可可"，曲中常用语，凄惨可怕的意思。
[50] 播迁：迁徙、流移。
[51] 支吾：应付，支应。
[52] "宫阙"句：摘自卢纶《长安春望》。
[53] "渔阳"句：摘自吴融《华清宫四首·其二》。函关，函谷关，在今河南灵宝西南。
[54] "遏云"句：摘自胡曾《咏史诗·铜雀台》。遏云，谓乐声高入云霄。
[55] "何处"句：摘自武元衡《摩诃池送李侍御之凤翔》诗。黄云，黄色云气。此指天子之气。陇山，山名，在陕西、甘肃一带。唐玄宗由长安奔成都，途经陇山。

【赏析】

《长生殿》写唐明皇与杨贵妃的爱情故事。《惊变》是《长生殿》第二十四出，是唐明皇与杨贵妃的爱情悲剧的开始。

"北中吕·粉蝶儿"中描写朵朵白云在蓝天上悠闲地飘荡，数行新来的大雁在长空里列队飞翔，这是唐明皇与杨贵妃游赏御花园所见之景色。"天淡云闲"用宋人张舜民《卖花声》词成句，义近"秋高气爽"，是秋天气候的特征。用"淡"修饰"天"，用"闲"修饰"云"，生动地描绘出天宇之高远恬静、轻云之舒卷从容，充分表达了主人公轻松、娴雅的心情。"雁"称之为"新"，说明刚从北方飞来，时值秋季。"数行"的"数"字用得恰到好处：若是一行，就显得太孤单；若是十数行，又觉太满，都会破坏这幅画面的优美和谐。全句不着一"秋"字，却处处隐含着"秋"意，给人以满目秋色之感，悲凉之气顿生，为此出剧情定下了乐极生悲的感情基调。

这一出剧又分为《小宴》《惊变》两部分，气氛由热闹欢乐转为紧张凄凉，两相映衬，更足以说明政治的危机乃是封建统治阶级荒淫享乐造成的恶果。《小宴》中描写唐明皇借游园赏花、小饮对酌，深切细腻地表达出他对杨贵妃的缠绵悱恻之情。游园小宴之时，那杨贵妃承凭羞花之容，可比嫦娥之貌；数盏美酒入怀，身呈摇摆之态；几分醉意朦胧，十分惹人怜爱。酒过三巡之后，"态恹恹轻云软四肢，影蒙蒙空花乱双眼；娇怯怯柳腰扶难起，困沉沉强抬娇腕，软设设金莲倒褪，乱松松香肩軃云鬟，美甘甘思寻凤枕，步

文学欣赏

迟迟倩官娥挽入绣帏间"。帝王宠幸集一身，妃子龙床情何欢，春宵苦短日高起，从此君王不早朝。

《惊变》中由白居易《长恨歌》中"渔阳鼙鼓动地来，惊破霓裳羽衣曲"的诗句转换剧情。安禄山起兵造反，杀过潼关，迫近长安。哥舒翰兵败降贼，只好临时幸蜀，以待天下勤王。直到此时，身为九五之尊的唐明皇非但没有严阵以待、组织平叛，反而担心蜀道艰难，他的爱妃如何忍耐路途的颠簸，真是让他好生心疼；甚至认为是君王不幸，牵累得贵妃玉貌折损、花容憔悴，可谓是：不爱江山爱美人，帝王慕做花上仙。由此，李、杨的爱情悲剧皴染上了政治悲剧的气氛。

《长生殿》既是一部浪漫的爱情剧，又具有历史剧的特色。这一双线平行交织、互相映衬的结构，把杨、李的爱情故事具体地结合重大的历史事件和广阔的社会背景来描写，除了通过对唐明皇失政的批评，寄寓了"乐极哀来，垂戒来世"（《自序》)的教训意义外，还通过描写爱情在历史变乱中的丧失和由此引起的痛苦，渲染了个人命运为巨大的历史力量所摆布的哀伤，而这一点在当时尤其容易引起人们的共鸣。

此出曲词优美，尤为人们称道。从文字上说，它具有清丽流畅、刻画细致、抒情色彩浓郁的特点，也完全体现了《长生殿》这部剧作的语言艺术特色。

【知识拓展】

杂剧、南戏与传奇

杂剧、南戏与传奇是中国古代戏剧史上一脉相承的三种艺术形式，中国古代戏曲主要是指这三种。

杂剧最早见于唐代，与汉代的百戏差不多，泛指歌舞以外诸如杂技等各色节目。到了宋代，杂剧逐渐成为一种新的包括有歌舞、音乐、调笑、杂技等表演形式的专称。到了元代，杂剧发展成为一种成熟的戏剧。在结构上，一本杂剧通常由四折组成。四折一般分别是故事的开端、发展、高潮和结局。四折之外可以加一两个楔子。楔子一般放在第一折之前，介绍剧情，类似现代剧中的序幕；也有的放在两折之间，相当于后来的过场戏。每本杂剧的末尾有两句、四句或八句对语，用以概括全剧内容，叫作"题目正名"。如《窦娥冤》结尾的"题目"是"秉鉴持衡廉访法"，"正名"是"感天动地窦娥冤"。在音乐上，杂剧的每折用同一宫调的若干曲牌组成套曲。杂剧的舞台演出由"唱""白""科"三部分组成。白，即宾白，是剧中人的说白，因"唱为主，白为宾，故曰宾白"。剧本还规定了主要动作、表情和舞台效果，叫作"科范"，简称"科"，如"再跪科""鼓三通、锣三下科"。

南戏是中国戏曲史上最早成熟的文艺戏剧，北宋末年至明朝初年流行于中国东南沿海，为区别同时代的北曲杂剧，后人称之为"南曲戏文"，简称"南戏"。南戏的存在，使中国的古代戏曲曲艺与古希腊戏剧和古印度戏剧并称为世界"三大古代戏剧体系"。南戏诞生于南北宋交接年间的浙江温州（当时名永嘉)，故称"温州杂剧"或"永嘉戏曲"。元朝末年发展到巅峰，取得当时剧坛的统治地位。

"传奇"一词，含义数变。唐代文言小说称传奇。宋元时期，曾用传奇指称诸宫调等说唱艺术，以及南戏、杂剧。明代以后，传奇则成为以演唱南曲为主的长篇戏曲的专称。近代以来，人们沿袭明人习惯，把明、清演唱南曲为主的戏曲作品称作传奇。

窦娥冤[1](选场)

关汉卿

(外[2]扮监斩官上)(云)下官监斩官是也。今日处决犯人,着做公的[3]把住巷口,休放往来人闲走。(净扮公人,鼓三通、锣三下科)(刽子磨旗[4]、提刀,押正旦带枷上)(刽子云)行动些[5],行动些,监斩官去法场上多时了。(正旦唱)

【正宫·端正好】没来由犯王法[6],不提防遭刑宪[7],叫声屈动地惊天。顷刻间游魂先赴森罗殿[8],怎不将天地也生埋怨。

【滚绣球】有日月朝暮悬,有鬼神掌着生死权。天地也!只合把清浊分辨,可怎生糊突了盗跖颜渊[9]:为善的受贫穷更命短,造恶的享富贵又寿延。天地也!做得个怕硬欺软,却原来也这般顺水推船。地也,你不分好歹何为地?天也,你错勘[10]贤愚枉做天!哎,只落得两泪涟涟。

(刽子云)快行动些,误了时辰也。(正旦唱)

【倘秀才】则被这枷纽的我左侧右偏,人拥的我前合后偃。我窦娥向哥哥行[11]有句言。(刽子云)你有甚么话说?(正旦唱)前街里去心怀恨,后街里去死无冤,休推辞路远。

(刽子云)你如今到法场上面,有甚么亲眷要见的,可教他过来,见你一面也好。(正旦唱)

【叨叨令】可怜我孤身只影无亲眷,则落的吞声忍气空嗟怨。(刽子云)难道你爷娘家也没的?(正旦云)止有个爹爹,十三年前上朝取应去了,至今杳无音信。(唱)早已是十年多不睹爹爹面。(刽子云)你适才要我往后街里去,是什么主意?(正旦唱)怕则怕前街里被我婆婆见。(刽子云)你的性命也顾不得,怕她见怎的?(正旦云)俺婆婆若见我被枷带锁赴法场餐刀[12]去呵,(唱)枉将她气杀也么哥[13],枉将她气杀也么哥。告哥哥,临危好与人行方便。

(卜儿哭上科)(云)天那,兀的不是我媳妇儿!(刽子云)婆子靠后。(正旦云)既是俺婆婆来了,叫她来,待我嘱咐他几句话咱。(刽子云)那婆子,近前来,你媳妇要嘱咐你话哩。(卜儿云)孩儿,痛杀我也!(正旦云)婆婆,那张驴儿把毒药放在羊肚儿汤里,实指望药死了你,要霸占我为妻。不想婆婆让与他老子吃,倒把他老子药死了。我怕连累婆婆,屈招了药死公公,今日赴法场典刑。婆婆,此后遇着冬时年节,月一十五,有瀽[14]不了的浆水饭,瀽半碗儿与我吃;烧不了的纸钱,与窦娥烧一陌儿[15]。则是看你死的孩儿面上。(唱)

【快活三】念窦娥葫芦提当罪愆[16],念窦娥身首不完全,念窦娥从前已往干家缘[17],婆婆也,你只看窦娥少爷无娘面。

【鲍老儿】念窦娥伏侍婆婆这几年,遇时节将碗凉浆奠;你去那受刑法尸骸上烈[18]些纸钱,只当把你亡化的孩儿荐[19]。(卜儿哭科)(云)孩儿放心,这个老身都记得。天那,兀的不痛杀我也!(正旦唱)婆婆也,再也不要啼啼哭哭,烦烦恼恼,怨气冲天。这都是我做窦娥的没时没运,不明不暗,负屈衔冤。

(刽子做喝科)(云)兀那婆子靠后,时辰到了也。(正旦跪科)(刽子开枷科)(正旦云)窦娥告监斩大人,有一事肯依窦娥,便死而无怨。(监斩官云)你有什么事?你说。(正旦云)要一领[20]净席,等我窦娥站立;又要丈二白练[21],挂在旗枪[22]上。若是我窦娥委实冤枉,刀过处头落,一腔热血休半点儿沾在地下,都飞在白练上者。(监斩官云)这个就依你,打甚么不紧[23]。(刽子做取席站科,又取白练挂旗上科)(正旦唱)

【耍孩儿】不是我窦娥罚下这等无头愿[24],委实的冤情不浅。若没些儿灵圣与世人传,也不见得湛湛[25]青天。我不要半星热血红尘洒,都只在八尺旗枪素练悬。等他四下里皆瞧见,这就是咱苌弘化碧[26],望帝啼鹃[27]。

(刽子云)你还有甚的说话,此时不对监斩大人说,几时说那?(正旦再跪科)(云)大人,如今是三伏天道,若窦娥委实冤枉,身死之后,天降三尺瑞雪,遮掩了窦娥尸首。(监斩官云)这等三伏天道,你便有冲天的怨气,也召不得一片雪来,可不胡说!(正旦唱)

【二煞】你道是暑气暄[28],不是那下雪天;岂不闻飞霜六月因邹衍[29]?若果有一腔怨气喷如火,定要感得六出冰花[30]滚似绵,免着我尸骸现[31];要什么素车白马[32],断送出古陌荒阡[33]?

(正旦再跪科)(云)大人,我窦娥死的委实冤枉,从今以后,着这楚州亢旱[34]三年。(监斩官云)打嘴!那有这等说话!(正旦唱)

【一煞】你道是天公不可期[35],人心不可怜,不知皇天也肯从人愿。做甚么三年不见甘霖降?也只为东海曾经孝妇冤[36]。如今轮到你山阳县[37]。这都是官吏每[38]无心正法,使百姓有口难言。

(刽子做磨旗科)(云)怎么这一会儿天色阴了也?(内做风科)(刽子云)好冷风也!(正旦唱)

【煞尾】浮云为我阴,悲风为我旋,三桩儿誓愿明题遍。(做哭科)(云)婆婆也,直等待雪飞六月,亢旱三年呵,(唱)那其间才把你个屈死的冤魂这窦娥显。

(刽子做开刀,正旦倒科)(监斩官惊云)呀,真个下雪了,有这等异事!(刽子云)我也道平日杀人,满地都是鲜血,这个窦娥的血,都飞在那丈二白练上,并无半点落地,委实奇怪。(监斩官云)这死罪必有冤枉,早两桩儿应验了,不知亢旱三年的说话,准也不准?且看后来如何。左右,也不必等待雪晴,便与我抬他尸首,还了那蔡婆婆去罢。(众应科,抬尸下)。

【注释】

[1] 杂剧《窦娥冤》是关汉卿的代表作,讲述的是青年女子窦娥的悲惨遭遇:楚州贫儒窦天章因无钱进京赶考,无奈之下将幼女端云(后改名窦娥)卖给蔡婆家为童养媳。窦娥婚后丈夫去世,婆媳相依为命。蔡婆外出讨债时遇到流氓张驴儿父子,被其胁迫。张驴儿企图霸占窦娥,见她不从便想毒死蔡婆以要挟窦娥,不料误毙其父。张驴儿诬告窦娥杀人,官府严刑逼讯婆媳二人,窦娥为救蔡婆自认杀人,被判斩刑。窦娥在临刑之时指天为誓,死后将血溅白练、六月降雪、大旱三年,以明己冤,后来果然都应验。三年后窦天章任廉访使至楚州,见窦娥鬼魂出现,于是重审此案,为窦娥申冤。

[2] 外:这里是外末的省称。

[3] 做公的:即公人,官府衙役。

[4] 磨旗:摇旗。

[5] 行动些:走快些。

[6] 没来由:无缘无故。

[7] 刑宪:刑法。

[8] 森罗殿:传说中阎王的公堂。

[9] 糊突:糊涂,混淆。盗跖:传为春秋时大盗。颜渊:孔子的学生,贫穷早夭。

[10] 错勘:审断错。

[11] 哥哥:对一般男子客气的称呼。行(háng):用在人称后面,表示这里、这边、那里、那边的意思。

第五章　戏剧欣赏

[12] 餐刀：挨刀，指被杀。
[13] 也么哥：语尾助词，无义。
[14] 㳎(jiǎn)：倒，泼。
[15] 一陌儿：一百张。
[16] 葫芦提：糊里糊涂，莫名其妙。当：承担。罪愆(qiān)：罪过。
[17] 干家缘：操劳家务。
[18] 烈：焚烧。
[19] 荐：祭奠。
[20] 一领：一张。
[21] 白练：白色绢绸。
[22] 旗枪：旗杆。
[23] 打甚么不紧：有什么要紧。
[24] 无头愿：不着边际的誓愿。
[25] 湛湛：深色、清澈。
[26] 苌弘化碧：苌弘为周朝大夫，《拾遗记》说，他受冤被杀，死后蜀人藏起他的血，三年后化为碧玉。
[27] 望帝啼鹃：《华阳国志》等载，蜀王杜宇，号望帝，失位后变作杜鹃鸟，鸣声悲切，不啼到口角流血不止。
[28] 暄：暖。
[29] 邹衍：战国时齐人，事燕惠王。燕惠王听信谗言把他关进牢内，他望天长叹。时值盛夏，天忽然降霜。
[30] 六出冰花：雪花。因其结晶体一般是六角形。
[31] 现：暴露。
[32] 素车白马：东汉张劭死时，他的好友范式从远方乘白马拉的素车来吊丧。后因以素车白马指送葬的车马。
[33] 断送：发送。古陌荒阡：荒凉的原野。
[34] 亢旱：干旱。
[35] 期：指望。
[36] 东海曾经孝妇怨：传说东海有寡妇周青，侍奉婆婆十分孝顺。婆婆不愿拖累她，自缢而死。小姑诬告周青杀死婆婆，官府判周青死刑。临刑，周青指车上长竹竿说："我如有罪，被斩后血往下流；无罪，血逆流上竹竿。"及斩，血果逆流。于是东海三年不雨，后于公为她雪冤，才又下雨。
[37] 山阳县：即今江苏淮安县。
[38] 官吏每：官吏们。

【赏析】

本折戏选自关汉卿的《窦娥冤》第三折，是全剧的高潮部分。通过窦娥蒙受的千古奇冤，揭露了封建社会的黑暗和统治阶级的昏庸残暴，歌颂了窦娥的美好心灵和反抗精神。

这折戏由三部分组成。第一部分写窦娥谴责天地鬼神，第二部分写她与婆婆诀别，第三部分写她在临刑前发下的三桩奇愿。全折贯穿一个"冤"字，由冤生怨——由冤生悲——由冤生誓。三个部分的情节有张有弛，层相递进，逐步揭示人物性格特征，突出人物的叛逆精神。同时，成功地塑造了窦娥的光辉形象，并运用积极的浪漫主义手法，以丰富的想象、大胆的夸张，设计了三桩誓愿，有力地深化了主题。语言"字字本色"，不事雕饰，朴素自然，鲜明生动，具有强烈的感染力。

文学欣赏

窦娥是一个悲剧人物。她有善良的一面，又有倔强的一面。她七岁就被抵债做了童养媳，成亲不久又死了丈夫。她对生活没有更高的要求，也不准备逾越封建的伦理纲常，默默地忍受着命运加之于她的种种磨难，安分守己地侍奉自己的婆婆。看不出有什么反抗的表示，她简直是以逆来顺受的态度对待生活的。

可是在黑暗的封建社会里，以婆媳两个寡妇组成的家庭，必然要成为别人侵凌欺侮的对象。张驴儿父子的闯入虽然带有偶然性，但两个寡妇遭受侵凌欺侮却有其必然性。即使张驴儿不来，别的恶势力也会来。在恶势力的迫害下，那个平日里似乎软弱可欺的窦娥采取了和她婆婆截然相反的态度，坚决地奋起反抗了。她不仅严词拒绝了张驴儿，而且勇敢地跟他走上公堂，打了一场显然对她不利的官司。

在桃杌几番无情棍棒的拷打下，窦娥的反抗精神和斗争性格充分地发展起来。她不但把矛头指向那些贪官污吏，而且也把矛头指向了在封建社会具有至高无上权威的天地。

这是剧中最精彩的一段唱词。窦娥斥天骂地，喊出了人民的愤怒和人民的反抗。

窦娥的反抗性格，是随着剧情的发展逐渐展现出来的。在短短的四折戏里，关汉卿为她安排了三次重大的戏剧冲突。

第一次是她在自己家里和张驴儿父子的冲突。她对前来逼婚的张驴儿毫不屈服，一面批评婆婆的软弱，一面向张驴儿展开正面斗争。

第二次是在公堂上和贪官酷吏桃杌的冲突。这个孤苦无依的女子，不怕官府，不怕严刑，据理力争，表现出无畏的气概。随后在刑场上斥天骂地，并发下三桩誓愿，进一步展现斗争的性格。

第三次，作者让窦娥的鬼魂向窦天章诉说冤屈。这时，窦天章是以提刑肃政廉访使的身份出现的，窦娥的鬼魂向窦天章申诉冤情，实际上是一次上诉行为。窦娥活着敢于反抗，死后仍不放弃斗争。理不明，仇不报，她是死不瞑目的。这样把窦娥的反抗性格展现得更加充分了。

窦娥临刑前立下的三桩誓愿也是一种反抗方式。在昏庸的官吏面前她有口难言，只好用这种方法来证明自己无辜。她的冤屈不能为官吏所明却能感动天地。三桩誓愿的实现，证明了她的冤屈，也使她的故事带上了浪漫主义色彩。

【知识拓展】

关 汉 卿

关汉卿，号已斋叟，元大都（今北京市）人，约生于13世纪初期，卒于元成宗大德年间。关汉卿是我国古代伟大的戏剧家、元杂剧的奠基人，他以其惊人的艺术胆略和卓越的创作实践，为中国古典戏剧的发展开辟了广阔道路。关汉卿一生共写作了67部杂剧，现留存于世的仅有18部（《窦娥冤》《单刀会》《哭存孝》《蝴蝶梦》《调风月》《救风尘》《金线池》《望江亭》《绯衣梦》《谢天香》《拜月亭》《双赴梦》《玉镜台》《裴度还带》《陈母教子》《单鞭夺槊》《五侯宴》《鲁斋郎》）。上述现存的18部剧本，按照习惯，可以分为公案剧、爱情婚姻剧、历史剧三类。

关汉卿的戏剧创作在中国戏剧史和文学史上占有重要的地位，他是中国戏曲的奠基人，被称为"元杂剧的鼻祖"；他的杂剧，是推动元杂剧脱离杂剧的"母体"走向成熟的杠杆，是标志戏曲艺术创作走上高峰的旗帜，并对后来的戏曲创作产生了巨大的影响。关

第五章 戏剧欣赏

汉卿在世界文学艺术史上也享有盛誉,1958年经世界和平理事会提名,关汉卿被列为"世界文化名人"之一。

西厢记(选场)

王实甫

长亭送别

(夫人、长老上)(云)今日送张生赴京,十里长亭[1],安排下筵席。我和长老先行,不见张生、小姐来到。(旦、末、红同上)(旦云)今日送张生上朝取应。早是离人伤感,况值那暮秋天气,好烦恼人也呵!"悲欢聚散一杯酒,南北东西万里程。"

【正宫·端正好】碧云天,黄花地[2],西风紧,北雁南飞。晓来谁染霜林醉?总是离人泪。

【滚绣球】恨相见得迟,怨归去得疾。柳丝长玉骢[3]难系,恨不倩疏林挂住斜晖。马儿迍迍[4]的行,车儿快快的随,却[5]告了相思回避,破题儿[6]又早别离。听得道一声"去也",松了金钏;遥望见十里长亭,减了玉肌:此恨谁知!

(红云)姐姐今日怎么不打扮?(旦云)你哪知我的心里呵!

【叨叨令】见安排着车儿、马儿,不由人熬熬煎煎的气;有甚么心情花儿、靥儿[7],打扮得娇娇滴滴的媚;准备着被儿、枕儿,只索昏昏沉沉的睡;从今后衫儿、袖儿,都揾[8]做重重叠叠的泪。兀的不闷杀人也么哥;兀的不闷杀人也么哥;久已后书儿、信儿,索与我凄凄惶惶的寄。

(做到,见夫人科)(夫人云)张生和长老坐,小姐这壁坐。红娘将酒来。张生,你向前来,是自家亲眷,不要回避。俺今日将莺莺与你,到京师休辱末[9]了俺孩儿,挣揣[10]一个状元回来者。(末云)小生托夫人余荫,凭着胸中之才,视官如拾芥[11]耳。(洁云)夫人主见不差,张生不是落后的人。(把酒了,坐)(旦长吁科)

【脱布衫】下西风黄叶纷飞,染寒烟衰草萋迷[12]。酒席上斜签着坐的[13],蹙愁眉死临侵地[14]。

【小梁州】我见他阁泪汪汪不敢垂,恐怕人知;猛然见了把头低,长吁气,推整素罗衣。

【幺篇】虽然久后成佳配,奈时间[15]怎不悲啼。意似痴,心如醉,昨宵今日,清减了小腰围。

(夫人云)小姐把盏者!(红递酒)(旦把盏长吁科)(云)请吃酒!

【上小楼】合欢未已,离愁相继。想着俺前暮私情,昨夜成亲,今日别离。我谂知[16]这几日相思滋味,却原来比别离情更增十倍。

【幺篇】年少呵轻远别,情薄呵易弃掷。全不想腿儿相挨,脸儿相偎,手儿相携。你与俺崔相国做女婿,妻荣夫贵,但得一个并头莲,煞强如状元及第。

(夫人云)红娘把盏者!(红把酒科)(旦唱)

【满庭芳】供食太急,须臾对面,顷刻别离。若不是酒席间子母每当回避,有心待与他举案齐眉[17]。虽然是厮守得一时半刻,也合着俺夫妻每共桌而食。眼底空留意,寻思起就里,险化做望夫石。

(红云)姐姐不曾吃早饭,饮一口儿汤水。(旦云)红娘,甚么汤水咽得下!

【快活三】将来的酒共食,尝着似土和泥。假若便是土和泥,也有些土气息,泥滋味。

【朝天子】暖溶溶玉醅，白泠泠似水，多半是相思泪。眼面前茶饭怕不待要[18]吃，恨塞满愁肠胃。"蜗角虚名，蝇头微利"[19]，拆鸳鸯在两下里。一个这壁，一个那壁，一递一声长吁气[20]。

(夫人云)辆[21]起车儿，俺先回去，小姐随后和红娘来。(下)(末辞洁科)(洁云)此一行别无话儿，贫僧准备买登科录[22]看，做亲的茶饭少不得贫僧的。先生在意，鞍马上保重者！"从今经忏无心礼，专听春雷第一声[23]。"(下)(旦唱)

【四边静】霎时间杯盘狼藉，车儿投东，马儿向西。两意徘徊，落日山横翠。知他今宵宿在那里？有梦也难寻觅。

(旦云)张生，此一行得官不得官，疾早便回来。(末云)小生这一去，白夺一个状元。正是："青霄有路终须到，金榜无名誓不归。"(旦云)君行别无所赠，口占一绝，为君送行："弃掷今何在，当时且自亲。还将旧来意，怜取眼前人。"[24](末云)小姐之意差矣，张珙更敢怜谁？谨赓[25]一绝，以剖寸心："人生长远别，孰与最关亲？不遇知音者，谁怜长叹人？"(旦唱)

【耍孩儿】淋漓襟袖啼红泪[26]，比司马青衫更湿[27]。伯劳东去燕西飞[28]，未登程先问归期。虽然眼底人千里，且尽生前酒一杯。未饮心先醉[29]，眼中流血，心内成灰。

【五煞】到京师服水土，趁程途节饮食，顺时自保揣[30]身体。荒村雨露宜眠早，野店风霜要起迟！鞍马秋风里，最难调护，最要扶持。

【四煞】这忧愁诉与谁？相思只自知，老天不管人憔悴。泪添九曲黄河溢，恨压三峰华岳[31]低。到晚来闷把西楼倚，见了些夕阳古道，衰柳长堤。

【三煞】笑吟吟一处来，哭啼啼独自归。归家若到罗帏里，昨宵个绣衾香暖留春住，今夜个翠被生寒有梦知。留恋你别无意，见据鞍上马，阁不住泪眼愁眉。

(末云)有甚言语嘱咐小生咱？(旦唱)

【二煞】你休忧"文齐福不齐"[32]，我只怕你"停妻再娶妻"[33]。休要一春鱼雁无消息[34]！我这里青鸾有信[35]频须寄，你却休金榜无名誓不归。此一节君须记：若见了那异乡花草[36]，再休似此处栖迟。

(末云)再谁似小姐？小生又生此念。(旦唱)

【一煞】青山隔送行，疏林不做美，淡烟暮霭相遮蔽。夕阳古道无人语，禾黍秋风听马嘶。我为甚么懒上车儿内，来时甚急，去后[37]何迟？

(红云)夫人去好一会，姐姐，咱家去。(旦唱)

【收尾】四围山色中，一鞭残照里。遍人间烦恼填胸臆，量这些大小车儿[38]如何载得起？

(旦、红下)(末云)仆童赶早行一程儿，早寻个宿处。泪随流水急，愁逐野云飞。(下)

【注释】

[1] 长亭：古时设在城外路边供人休息或饯别亲友的亭舍。《白孔六帖》："十里一长亭，五里一短亭。"

[2] "碧云天"二句：本范仲淹《苏幕遮》词："碧云天，黄叶地。"

[3] 玉骢(cōng)：毛色青白相间的马。此代指马。

[4] 迍(zhūn)迍：行动迟缓貌。毛西河说："马在前，故行慢，车在后，故随快，不欲离也。"

[5] 却：恰。此句毛西河释云："言相思才了，别离又起。"
[6] 破题儿：开头。唐宋人称诗赋起首几句为"破题"。
[7] 靥(yè)：原指嘴边的酒窝，此指妇女装扮面部的饰物。《酉阳杂俎》："近代妆尚靥，如射月，曰黄星靥。"
[8] 揾(wèn)：揩拭。
[9] 辱末：同"辱没"，带来羞愧。
[10] 挣揣：夺取。
[11] 拾芥：言轻而易举，唾手可得。《汉书·夏侯胜传》："尝谓诸生曰：'士病不明经术，经术苟明，其取青紫，如俯拾地芥耳。'"
[12] 萋迷：草茂盛貌。衰草萋迷，即枯草遍地。
[13] 斜签着坐的：指张生。签，插。
[14] 死临侵：极度憔悴。死在此为程度副词。
[15] 奈时间：无奈此时。
[16] 谂知：深知，熟知。谂(shěn)，知道，劝告。
[17] 举案齐眉：汉梁鸿妻孟光，知礼明义，夫妇恩爱，相敬如宾，每食孟光必举案齐眉。
[18] 怕不待要：难道不要。
[19] "蜗角"二句：苏轼《满庭芳》词中句。蜗角用《庄子·则阳》典："有国于蜗之左角者，曰触氏；国于蜗之右角者，曰蛮氏。时相与争地而战，伏尸数万。"此指微不足道的名誉。蝇头句，出班固《难庄篇》，言世人竞争利，如蝇之追逐肉汁，所沾无多。
[20] 一递一声长吁气：言二人更互不断地叹气。
[21] 辆：套。
[22] 登科录：科举考试中试者名录。
[23] 春雷第一声：传黄河鲤鱼春雷响则跳龙门。旧时科举会试多在春天，因称登科为"登龙门"。此春雷第一声即指放榜，又借指夺得头名状元。
[24] "弃掷"四句：元稹《会真记》中莺莺谢绝张生的诗句。
[25] 赓(gēng)：续，和。
[26] 红泪：《拾遗记》，薛灵芸选入宫时，别父母，以玉唾壶承泪，壶则红色。及至京师，壶中泪凝如血。
[27] "比司马"句：言别离凄苦。白居易《琵琶行》："座中泣下谁最多？江州司马青衫湿。"
[28] "伯劳"句：用乐府"东飞伯劳西飞燕"句，指离别。
[29] 未饮心先醉：刘禹锡《酬令狐相公杏园花下饮有怀见寄》诗中句。
[30] 保揣：保重。揣，量度。
[31] 三峰华岳：指华山莲花峰、毛女峰、松桧峰。
[32] 文齐福不齐：当时俗语，言有文才而不能中式。
[33] 停妻再娶妻：弃旧娶新。
[34] 一春鱼雁无消息：秦观《鹧鸪天》词中句。
[35] 青鸾有信：《汉武故事》载王母曾令青鸾送信。
[36] 异乡花草：指别处女子。
[37] 去后：即去。后在此同"呵"，语气词。
[38] 大小车儿：即小车儿。

【赏析】

《长亭送别》选自王实甫的《西厢记》第四本第三折。

《长亭送别》写的是张生被迫离开崔莺莺，赴京应考，莺莺到十里长亭送别张生，含

悲饮恨地与张生惜别的场面。通过描写崔、张二人的离愁别绪，进一步揭露了封建礼教的冷酷无情，歌颂了崔、张坚贞的爱情，突出了莺莺的叛逆性格，深化了全剧的主题。

"端正好"这支曲子化用北宋范仲淹《苏幕遮》词："碧云天，黄叶地，秋色连波，波上寒烟翠。"完全切合剧中情景和人物的心情，哀怨欲绝，动人心弦。"端正好"是通过景物描写来衬托人物的别情，饶有画意。"滚绣球"则直抒胸臆，写出莺莺的恨和怨。她怨恨长长的柳丝难以系住真实的坐骑，将他留住；又怨恨疏林不能挂住斜晖，以延迟离别的到来。她的怨恨竟然达到这种程度：听得道一声去也，顿时就减瘦了。"叨叨令"这支曲子用了一连串的排比句，一口气倾泻出积蓄在心中的愁闷，真是妙笔生花。"收尾"这支曲子先用工整的对仗对偶句描摹了环境："四围山色中，一鞭残照里。"气象壮阔。接着说："遍人间烦恼填胸臆，量这些大小车儿如何载得起？"化用李清照《武陵春》词"只恐双溪舴艋舟，载不动，许多愁"的意境，又别具一格，使人产生无穷的回味。曲词优雅秀丽，其中许多曲子既有宋词的意趣，又有元人小令的风格，诗情画意盎然于纸上，在元人杂剧中是很难得的。

这折戏以场面描写来表现人物思想性格和主题。全折写了四个场面，一是送别路上的场面描写，突出莺莺触景生情的愁苦哀怨的心境；二是饯别的场面描写，突出二人的依恋和无可奈何的情态与心理；三是描写莺莺叮嘱张生的场面，突出了莺莺轻鄙功名利禄、重视婚姻爱情的思想性格；四是描写崔、张二人分手，莺莺伫立目送的场面，表达了莺莺依依难舍的深情。莺莺是一个封建礼教的叛逆者；张生是一个至诚至爱的情种。人物形象鲜明生动，寓情于景，景为情设，情景交融，从人物对自然环境的感受中，表达了人物内心的思想感情。

《长亭送别》一折，不仅情景交融，朗朗上口，其语言也是高度个性化的，不同的人物有不同的语言风格，同时又富于抒情意味。张生的语言稚气、诚挚，常常是直抒胸臆，把自己的心事和盘托出，并带有夸张成分，富有幽默的趣味。莺莺的语言含蓄蕴藉，带有感伤的情调和清丽的色彩。红娘的语言泼辣俏皮，机警犀利，有一针见血的效果。

《西厢记》态度鲜明地歌颂自由的爱情，鞭挞封建礼教，是中国古典戏曲中的光辉杰作。《长亭送别》更是此剧的精彩片段，历来为鉴赏家所推崇。

【知识拓展】

西厢记

《西厢记》是元杂剧作品中最为杰出的经典，由王实甫所著。故事取自唐元稹传奇小说《莺莺传》(又名《会真记》)，是张生与崔莺莺故事的最初形式。后来这一故事广为流传，形式也多变，宋代赵令畤根据这个故事做成鼓子词《元微之崔莺莺商调蝶恋花词》，金代董解元有《西厢记诸宫调》，元代王实甫有杂剧《西厢记》，明代周公鲁有《翻西厢记》(又名《锦面厢》)等，其中以王实甫的版本最为成功，在元代和明代为人所推崇，被称为杂剧之冠。

剧本描写书生张生在寺庙中遇见崔相国之女崔莺莺，两人产生爱情，通过婢女红娘的帮助，历经坎坷，终于冲破封建礼教束缚而结合的故事。

《西厢记》被称为元杂剧的"压卷"之作，不仅在于其表现了反对封建礼教和封建婚姻制度的进步思想，更在于它在戏剧冲突、结构安排、人物塑造等方面，都取得了很高的

艺术成就。

《西厢记》的戏剧冲突有两条线索。一条是封建势力的代表"老夫人"与崔莺莺、张生、红娘之间展开的冲突。这是维护封建礼教的封建势力和反对封建礼教、追求婚姻自主的叛逆者之间的冲突。此外，《西厢记》还有由崔莺莺、张生、红娘之间的种种矛盾引起的另一条戏剧冲突的线索，这些冲突虽然属次要，却是大量的、错综复杂的，常常和主要矛盾交织在一起，互相影响，推动戏剧情节一环扣一环地发展，具有强烈的戏剧效果。这正是《西厢记》令人叫绝之处。

《西厢记》的角色不多，戏却很多，情节曲折。《西厢记》的结构规模在中国戏剧史上是空前的。它突破了元杂剧的一般惯例，用鸿篇巨制来表现一个曲折动人的完整的爱情故事，《西厢记》最突出的艺术成就是成功地塑造了栩栩如生、性格各异的人物形象。王实甫很善于按照人物的地位、身份、教养以及彼此之间的具体关系，准确地把握人物的性格特征，并且调动多种艺术手段，生动、鲜明地将其表现出来。崔莺莺、张生、红娘、老夫人都由于王实甫的卓越才能而成为不朽的艺术典型。

雷雨(第四幕)

曹禺

时间：半夜两点钟

地点：周家客厅

天气：电闪雷鸣，雨声淅沥可闻

人物：朴园，周萍，周冲，繁漪，鲁贵，鲁大海，四凤，侍萍

【外面还隐隐滚着雷声，雨声淅沥可闻，窗前帷幕垂了下来，中间的门紧紧地掩了，由门上玻璃望出去，花园的景物都掩埋在黑暗里，除了偶尔天空闪过一片耀目的电光，蓝森森的

看见树同电线杆，一瞬又是黑漆漆的。仆人上】

仆人　老爷！

朴园　我叫了你半天。

仆人　外面下雨，听不见。

朴园　什么时候了？

仆人　嗯，——大概有两点钟了。

朴园　刚才我叫帐房汇一笔钱到济南去，他们弄清楚没有？

仆人　您说寄给济南一个，一个姓鲁的，是么？

朴园　嗯。

仆人　预备好了。

【外面闪电，朴园回头望花园】

朴园　藤萝架那边的电线，太太叫人来修理了么？

仆人　叫了，电灯匠说下着大雨不好修理，明天再来。

文学欣赏

朴园　　那不危险么？

朴园　　可不是么？刚才大少爷的狗走过那儿，碰着那根电线，就给电死了。现在那儿已经用绳子圈起来，没有人走那儿。

朴园　　哦。——什么，现在几点了？

仆人　　两点多了。

【仆人由中门下，周朴园一人坐在沙发上，读报纸。过了一会儿，放下报，呵欠，伸了伸懒腰，拿起桌上侍萍的相片看着，表情畏惧，感伤，透出他内心的悲苦。周冲上】

周冲　　(没想到父亲在这儿)爸！

朴园　　(露喜色)你——你没有睡？

周冲　　嗯。

朴园　　找我么？

周冲　　不，我以为母亲在这儿。

朴园　　(失望)哦——你母亲在楼上。

周冲　　没有吧，我在她的门上敲了半天，她的门锁着。——是的，那也许。——爸，我走了。

朴园　　冲儿，(周冲立)不要走。

周冲　　爸，您有事？

朴园　　没有。(慈爱地)你现在怎么还不睡？

周冲　　(服从地)是，爸，我睡晚了，我就睡。

朴园　　(立起，拉起他的手)为什么，你怕我么？

周冲　　是，爸爸。

朴园　　(干涩地)你像是有点不满意我，是么？

周冲　　(窘迫)我，我说不出来，爸。

【两人沉默一会儿。朴园走回沙发，坐下叹一口气。招周冲来，周冲走近】

朴园　　(寂寞地)今天——呃，爸爸有一点觉得自己老了。(停)你知道么？

周冲　　(冷淡地)不，不知道，爸。

朴园　　(忽然)你不怕你爸爸有一天死了，没有人照拂你，你不怕么？

周冲　　(无表情地)嗯，怕。

朴园　　(想自己的儿子亲近他，可亲地)你今天早上说要拿你的学费帮一个人，你说说看，我也许答应你。

周冲　　(悔怨地)那是我糊涂，以后我不会这样说话了。

【半晌】

朴园　　(恳求地)后天我们就搬新房子，你不喜欢么？

周冲　　嗯。

【半晌】

朴园　　(责备地望着冲)你对我说话很少。

周冲　　(无神地)嗯，我——我说不出，您平时总像不愿意见我们似的。(嗫嚅地)您今天有点奇怪，我——我——

朴园　　(不愿他向下说)嗯，你去吧！

234

周冲　　是，爸爸。

【周冲下。朴园失望地看着他儿子下去，立起，拿起侍萍的相片，寂寞地呆望着四周。繁漪上，她浑身湿透，头发上滴着水，流下脸颊，朴园惊愕地望着她，她站在沙发前不动。】

繁漪　　(毫不奇怪地)还没有睡？(立在中门前，不动)

朴园　　你？(走近她，粗而低的声音)你上哪儿去了？(望着她，停)冲儿找你一个晚上。

繁漪　　(平常地)我出去走走。

朴园　　这样大的雨，你出去走？

繁漪　　嗯，——(忽然报复地)我有神经病。

朴园　　我问你，你刚才在哪儿？

繁漪　　(厌恶地)你不用管。

朴园　　(打量她)你的衣服都湿了，还不脱了它。

繁漪　　(冷冷地，有意义地)我心里发热，我要在外面冰一冰。

朴园　　(不耐烦地)不要胡言乱语的，你刚才究竟上哪儿去了？

繁漪　　(无神地望着他，清楚地)在你的家里！

朴园　　(烦恶地)在我的家里？

繁漪　　(觉得报复的快感，微笑)嗯，在花园里赏雨。

朴园　　一夜晚？

繁漪　　(快意地)嗯，淋了一夜晚。

【半晌，朴园惊疑地望着她，繁漪像一座石像似的仍站在门前】

朴园　　(愠怒)好，你上楼去吧，我要一个人在这儿歇一歇。

繁漪　　不，我要一个人在这儿歇一歇，我要你给我出去。

朴园　　(严肃地)繁漪，你走，我叫你上楼去！

繁漪　　(轻蔑地)不，我不愿意。我告诉你，(暴躁地)我不愿意。

朴园　　(低声)你要注意这儿(指头)，记着克大夫的话，他要你静静地，少说话。明天克大夫还来，我已经替你请好了。

繁漪　　谢谢你！(望着前面)明天？哼！

【周萍上，神色忧郁】

朴园　　萍儿！

周萍　　(抬头，惊讶)爸，您还没有睡。

朴园　　(责备地)怎么，现在才回来？

周萍　　(害怕)不，不，爸，我早回来了，我出去买东西了。

朴园　　那你不去休息，来这儿干什么？

周萍　　我到书房，拿爸爸写的介绍信。

朴园　　(向繁漪)你到书房把信拿来。

【繁漪瞟了朴园一眼，下】

朴园　　她不愿上楼，回头你先陪她到楼上去，叫底下人好好伺候她睡觉。

周萍　　(无奈)是，爸爸。

朴园　　(小心地，招周萍走近说)她现在病得很重，在外面淋了一夜晚的雨，说话也非

常奇怪，我怕这不是好现象。

周萍 (不安地)我想爸爸只要不把事看得太严重了，事情就会过去的。

【繁漪持信上】

繁漪 (嫌恶)信在这儿!

朴园 (向周萍)好，你走吧，我也想睡了。(向繁漪)你好好休息，别到处乱跑，后天我们一定搬新房子。

繁漪 (盼望他走，干脆地)嗯，好!

【朴园下】

繁漪 (见朴园走出，阴沉地)这么说你是一定要走了。

周萍 (声略带愤)嗯。

繁漪 (忽然急躁地)刚才你父亲对你说什么?

周萍 (闪避地)他说要我陪你上楼去，请你睡觉。

繁漪 (冷笑)他应当叫几个人把我拉上去，关起来。

周萍 (故意装做不明白)你这是什么意思?

繁漪 (迸发)你不用瞒我。我知道，我知道，(辛酸地)他说我是神经病，疯子，我知道他，要你这样看我，他要什么人都这样看我。

周萍 (心悸)不，你不要这样想。

繁漪 (奇怪的神色)你? 你也骗我? (低声，阴郁地)我从你们的眼神看出来，你们父子都愿我快成疯子! (刻毒地)你们——父亲同儿子——偷偷在我背后说冷话，说我，笑我，在我背后计算着我。

周萍 (镇静自己)你不要神经过敏，我送你上楼去。(推她走)

繁漪 (突然地，高声)我不要你送，走开! (抑制着，恨恶地，低声)我还用不着你父亲偷偷地，背着我，叫你小心，送一个疯子上楼。

周萍 (抑制着自己的烦嫌)那么，你把信给我，让我自己走吧。唉! (看表)不早了，我还要收拾东西呢。

繁漪 (恳求地)萍，这不是不可能的。(乞怜地)萍，你想一想，你就一点——就一点无动于衷么?

周萍 你——(故意恶狠地)你自己要走这一条路，我有什么办法?

繁漪 (愤怒地)什么，你忘记你自己的母亲也被你父亲气死的么?

周萍 (一了百了，更狠毒地激惹她)我母亲不像你，她懂得爱! 她爱她自己的儿子，她没有对不起我父亲。

繁漪 (爆发，眼睛射出疯狂的火)你有权利说这种话么? 你忘了就在这屋子，三年前的你么? 你忘了你自己才是个罪人; 你忘了，我们——(突停，压制自己，冷笑)哦，这是过去的事，我不提了。

【周萍低头，身发颤，坐沙发上，悔恨抓着他的心，面上筋肉成不自然的拘挛】

繁漪 (她转向他，哭声，失望地说着)哦，萍，好了。这一次我求你，最后一次求你。我从来不肯对人这样低声下气说话，现在我求你可怜可怜我，这家我再也忍受不住了。(哀婉地诉出)今天这一天我受的罪过你都看见了，这样子以后不是一天，是整月，整年地，以至到我死，才算完。他厌恶我，你的父亲; 他知道我明白他的底细，他怕我。他

愿意人人看我是怪物，是疯子，萍！——

周　萍　(心乱)你，你别说了。你难道不知道这种关系谁听着都厌恶么？你明白我每天喝酒胡闹就因为自己恨——恨我自己么？(说完站起)

繁　漪　(绝望，沉郁地)刚才我在鲁家看见你同四凤。

周　萍　(惊)什么，你刚才是到鲁家去了？

繁　漪　(坐下)嗯，我在他们家附近站了半天。

周　萍　(悔惧)什么时候你在那里？

繁　漪　(低头)我看着你从窗户进去。

周　萍　(急切)你呢？

繁　漪　(无神地望着前面)就走到窗户前面站着。

周　萍　那么有一个女人叹气的声音是你么？

繁　漪　嗯。

周　萍　后来，你又在那里站多半天？

繁　漪　(慢而清朗地)大概是直等到你走。

周　萍　哦！(走到她身旁，低声)那窗户是你关上的，是么？

繁　漪　(更低的声音，阴沉地)嗯，我。

周　萍　(恨极，恶毒地)你是我想不到的一个怪物！哼！再见了，你这个疯子！

【周萍愤怒而下，繁漪呆滞地坐在沙发上，鲁贵进】

鲁　贵　(鞠躬，身略弯)太太，您好。

繁　漪　(略惊)你来做什么？

鲁　贵　(假笑)跟您请安来了。我在门口等了半天。

繁　漪　(镇静)哦，你刚才在门口？

鲁　贵　(低声)对了。(更秘密地)我看见大少爷正跟您打架，我——(假笑)我就没敢进来。

繁　漪　(沉静地，不为所迫)你原来要做什么？

鲁　贵　(倨傲地)我想见见老爷。

繁　漪　老爷睡觉了，你要见他什么事？

鲁　贵　没有什么，要是太太愿意办，不找老爷也可以。——(着重，有意义地)都看太太要怎么样。

繁　漪　(半晌，忍下来)你说吧，我也许可以帮你的忙。

鲁　贵　(谄媚地)太太做了主，那就是您积德了。——我们只是求太太还赏饭吃。

繁　漪　(不高兴地)你，你以为我——(转缓和)好，那也没有什么。

【大海上，衣服俱湿，脸色阴沉】

大　海　(向鲁贵)你在这儿！

鲁　贵　(讨厌他的儿子)嗯，你怎么进来的？

大　海　(冰冷地)铁门关着，叫不开，我爬墙进来的。

鲁　贵　你要干什么？

大　海　你先跟我把这儿大少爷叫出来，我找不着他。

鲁　贵　(疑惧地，摸着自己的下巴)你要怎么样？我刚弄好，你是又要惹祸？

大　海　(冷静地)没有什么，我只想跟他谈谈。

鲁贵　(不信地)我看你不对，你大概又要——
大海　(暴躁地，抓着鲁贵的领口)你找不找？
鲁贵　(怯弱地)我找，我找，你先放下我。
大海　好，(放开他)你去吧。
鲁贵　我，我，大海，你，你——
繁漪　(镇静地)鲁贵，你去叫他出来，我在这儿，不要紧的。
鲁贵　(生气)你，你，你，——(低声，自语)这个小王八蛋！(没法子，走进饭厅下)
繁漪　(眼色阴沉地)我怕他会不见你。
大海　(冷静地)那倒许。
繁漪　(缓缓地)听说他现在就要上车。
大海　(回头)什么！
繁漪　(阴沉的暗示)他现在就要走。
大海　(愤怒地)他要跑了，他——
繁漪　嗯，他——

【周萍上】

周萍　(向大海)哦！
大海　好。你还在这儿，(回头)你叫这位太太走开，我有话要跟你一个人说。
周萍　(望着繁漪，她不动，再走到她的面前)请您上楼去吧。
繁漪　好！(昂首由饭厅下)

【二人都紧紧地握着拳，大海愤愤地望着他，二人不动】

周萍　(平静下来)我以为我们中间误会太多。
大海　误会？(看自己手上的血，擦在身上)我对你没有误会，我知道你是没有血性，只顾自己的一个十足的混蛋。
周萍　(柔和地)我们两次见面，都是我性子最坏的时候，叫你得着一个最坏的印象。
大海　(轻蔑地)不用推托，你是个少爷，你心地混帐，你们都是吃饭太容易，有劲儿不知道怎样使，就拿着穷人家的女儿开开心，完了事可以不负一点儿责任。
周萍　(看出大海的神气，失望地)现在我想辩白是没有用的。我知道你是有目的而来的。(平静地)你把你的枪或者刀拿出来吧。我愿意任你收拾我。
大海　(侮蔑地)你会这样大方，——在你家里，你很聪明！哼，可是你不值得我这样，我现在还不愿意拿我这条有用的命换你这半死的东西。要不是我妈，我早宰了你了。
周萍　我死了，那是我的福气。(辛酸地)你以为我怕死，我不，我不，我恨活着，我欢迎你来。我够了，我是活厌了的人。
大海　(厌恨地)哦，你——活厌了，可是你还拉着我年轻的糊涂妹妹陪着你，陪着你。
周萍　(无法，强笑)你说我自私么？你以为我是真没有心肝，跟她开开心就完了么？你问问你的妹妹，她知道我是真爱她。她现在就是我能活着的一点生机。
大海　这么，你反而很有理了。可是，董事长大少爷，谁相信你会爱上一个工人的妹妹，一个当老妈子的穷女儿？
周萍　(略顿，嗫嚅)那，那——那我也可以告诉你。有一个女人逼着我，激成我这

样的。

  大海 (紧张地，低声)什么，还有一个女人？

  周萍 嗯，就是你刚才见过那位太太。

  大海 她？

  周萍 (苦恼地)她是我的后母！——哦，我压在心里多少年，我当谁也不敢说——她念过书，她受了很好的教育，她，她，——她看见我就跟我发生感情，她要我——(突停)那自然我也要负一部分责任。

  大海 四凤知道么？

  周萍 她知道，我知道她知道。(含着苦痛的眼泪，苦闷地)那时我太糊涂，以后我越过越怕，越恨，越厌恶。我恨这种不自然的关系，你懂么？我要离开她，然而她不放松我。她拉着我，不放我。我只要离开她，我死都愿意。她叫我恨一切受过好教育，外面都装得很正经的女儿。过后我见着四凤，四凤叫我明白，叫我又活了一年。

  大海 (不觉吐出一口气)哦。

  周萍 (诚恳地)嗯，我今天走了，过了一二个月，我就来接她。

  大海 可是董事长少爷，这样的话叫人相信么？

  周萍 (半晌，抬头)那我现在再没有什么旁的保证，你口袋里那件杀人的家伙是我的担保。你再不相信我，我现在人还是在你手里。

  大海 (辛酸地)周大少爷，你想这样我就完了么？(恶狠地)你觉得我真愿意我的妹妹嫁给你这种东西么？(忽然拿出自己的手枪来)

  周萍 (惊慌)你要怎么样？

  大海 (恨恶地)我要杀了你。你父亲虽坏，看着还顺眼。你真是世界上最用不着，最没有劲的东西。

  周萍 哦。好，你来吧！(骇惧地闭上目)

  大海 可是——(叹一口气，递手枪与周萍)你还是拿去吧。这是你们矿上的东西。

  周萍 (莫明其妙地)怎么？(接下枪)

  大海 (苦闷地)没有什么。老太太们最糊涂。我知道我的妈。我妹妹是她的命。只要你能够多叫四凤好好地活着，我只好不提什么了。

  【萍还想说话，大海挥手，叫他不必再说，周萍沉郁地到桌前把枪放好，四凤低声喊："萍"……，两人听见】

  大海 她在哪儿？

  周萍 大概就在花园里。(向大海)你先暂时在旁边屋子躲一躲，她没想到你在这儿。我想她再受不得惊了。

  【引大海右面下后，到左面迎四凤上，四凤头发蓬乱，衣服湿透】

  四凤 萍！

  周萍 (感动地)凤。

  四凤 (胆怯地)没有人吧。

  周萍 (难过，怜悯地)没有。(拉着她的手)

  四凤 (放开胆)哦！萍！(抱着周萍抽咽)

  周萍 凤，你的手冰凉，你先换一换衣服。(引她到沙发，坐在自己一旁，热烈地)

你，你上哪儿去了，凤？(顺手拿起沙发上的一床紫线毯给她围上)我可怜的凤儿，你怎么这样傻，你上哪儿去了？我的傻孩子！

四凤　　(擦着眼泪，拉着周萍的手，周萍蹲在旁边)我一个人在雨里跑，不知道自己在哪儿。天上打着雷，前面我只看见模模糊糊的一片；我什么都忘了，我像是听见妈在喊我，可是我怕，我拼命地跑，我想找着我们门口那一条河跳。

周萍　　(紧握着四凤的手)凤！哦，凤，我对不起你，原谅我，是我叫你这样，你原谅我，你不要怨我。

四凤　　萍，我怎样也不会怨你的。我糊糊涂涂又碰到这儿，走到花园那电线杆底下，我忽然想死了。我知道一碰那根电线，我就可以什么都忘了。我爱我的母亲，我怕我刚才对她起的誓，我怕她说我这么一声坏女儿，我情愿不活着。可是，我刚要碰那根电线，我忽然看见你窗户的灯，我想到你在屋子里。哦，萍，我突然觉得，我不能这样就死，我不能一个人死，我丢不了你。我想起来，世界大得很，我们可以走，我们只要一块儿离开这儿。萍啊，你——

周萍　　(沉重地)我们一块儿离开这儿？

四凤　　(急切地)就是这一条路，萍，我现在已经没有家，(辛酸地)哥哥恨死我，母亲我是没有脸见的。我现在什么都没有，我没有亲戚，没有朋友，我只有你，萍(哀告地)你明天带我去吧。

周萍　　(沉重地摇着头)不，不——

四凤　　(失望地)萍。

周萍　　(望着她，沉重地)不，不——我们现在就走。

四凤　　(不相信地)现在就走？

周萍　　(怜惜地)嗯，我原来打算一个人现在走，以后再来接你，不过现在不必了。

四凤　　(不信地)真的，一块儿走么？

周萍　　嗯，真的。

四凤　　(狂喜地，扔下线毯，立起，亲周萍的一手，一面擦着眼泪)真的，真的，真的，萍，你是我的救星，你是天底下顶好的人，你是我——哦，我爱你！(在他身上流泪)

周萍　　(感动地，用手绢擦着眼泪)凤，以后我们永远在一块儿了，不分开了。

四凤　　(自慰地，在周萍的怀里)嗯，我们离开这儿了，不分开了。

【二人站起要走，鲁妈与大海进，鲁妈衣服湿透，头发零乱】

四凤　　(惊惧)妈！(畏缩)

【略顿，鲁妈哀怜地望着四凤】

侍萍　　(伸出手向四凤，哀痛地)凤儿，来！

【四凤跑至母亲面前，跪下】

四凤　　妈！(抱着母亲的膝)

侍萍　　(抚摸四凤的头顶，痛惜地)孩子，我的可怜的孩子。

四凤　　(泣不成声地)妈，饶了我吧，饶了我吧，我忘了您的话了。

侍萍　　(扶起四凤)你为什么早不告诉我？

四凤　　(低头)我疼您，妈，我怕，我不愿意有一点叫您不喜欢我，看不起我，我不敢告诉您。

第五章　戏剧欣赏

　　侍萍　(沉痛地)这还是你的妈太糊涂了,我早该想到的。(酸苦地)然而天,这谁又料得到,天底下会有这种事,偏偏又叫我的孩子们遇着呢?哦,你们妈的命太苦,你们的命也太苦了。

　　大海　(冷淡地)妈,我们走吧,四凤先跟我们回去。——我已经跟他(指周萍)商量好了,他先走,以后他再接四凤。

　　侍萍　(迷惑地)谁说的?谁说的?

　　大海　(冷冷地望着鲁妈)妈,我知道您的意思,自然只有这么办。所以,周家的事我以后也不提了,让他们去吧。

　　侍萍　(迷惑,坐下)什么?让他们去?

　　周萍　(喏嚅)鲁奶奶,请您相信我,我一定好好地待她,我们现在决定就走。

　　侍萍　(拉着四凤的手,颤抖地)凤,你,你要跟他走?

　　四凤　(低头,不得已紧握着鲁妈的手)妈,我只好先离开您了。

　　侍萍　(忍不住)你们不能够在一块儿!

　　大凤　(奇怪地)妈,您怎么?

　　侍萍　(站起)不,不成!

　　四凤　(着急)妈!

　　侍萍　(不顾她,拉着她的手)我们走吧。(向大海)你出去叫一辆洋车,四凤大概走不动了。我们走,赶快走。

　　四凤　(死命地退缩)妈,您不能这样做。

　　侍萍　不,不成!(呆滞地,单调地)走,走。

　　四凤　(哀求)妈,您愿意您的女儿急得要死在您的眼前么?

　　侍萍　(不得已,严厉地,向大海)你先去雇车去!(向四凤)凤儿,你听着,我情愿你没有,我不能叫你跟他在一块儿。——走吧!

　　周萍　(走向鲁)鲁奶奶,您无论如何不要再固执哪,都是我错了;我求你!(跪下)我求您放了她吧。我敢保我以后对得起她,对得起您。

　　四凤　(立起,走到鲁妈面前跪下)妈,您可怜可怜我们,答应我们,让我们走吧。

　　侍萍　(不做声,坐着,发痴)我是在做梦。我的女儿,我自己生的儿女,三十年工夫——哦,天哪,(掩面哭,挥手)你们走吧,我不认得你们。(转过头去)

　　周萍　谢谢你!(立起)我们走吧。凤!(四凤起)

　　侍萍　(回头,不自主地)不,不能够!

【四凤又跪下】

　　四凤　(哀求)妈,您,您是怎么?我的心定了。不管他是富,是穷,不管他是谁,我是他的了。我心里第一个许了他,我看得见的只有他,妈,我现在到了这一步:他到哪儿我也到哪儿;他是什么,我也跟他是什么。妈,您难道不明白,我——

　　侍萍　(指手令她不要向下说,苦痛地)孩子。(沉重的悲伤,低声)啊,天知道谁犯了罪,谁造的这种孽!——他们都是可怜的孩子,不知道自己做的是什么。天哪,如果要罚,也罚在我一个人身上;我一个人有罪,我先走错了一步。那么,天,真有了什么,也就让我一个人担待吧。(回过头)凤儿,——

　　四凤　(不安地)妈,您心里难过,——我不明白您说的什么。

241

文学欣赏

侍萍　(回转头。和蔼地)没有什么。(微笑)你起来,凤儿,你们一块儿走吧。
四凤　(立起,感动地,抱着她的母亲)妈!
侍萍　(沉静地)不,你们这次走,是在黑地里走,不要惊动旁人。(向大海)大海,你出去叫车去,我要回去,你送他们到车站。
大海　嗯。
【大海由中门下】
侍萍　(向四凤哀婉地)过来,我的孩子,让我好好地亲一亲。(四凤过来抱母;鲁妈向周萍)你也来,让我也看你一下。(周萍至前,低头,鲁妈望他擦眼泪)好,你们走吧——我要你们两个在未走以前答应我一件事。
周萍　您说吧。
侍萍　你们不答应,我还是不要四凤走的。
四凤　妈,您说吧,我答应。
侍萍　(看他们两人)你们这次走,最好越走越远,不要回头。今天离开,你们无论生死,永远也不许见我。
四凤　(难过)妈,那不——
周萍　(眼色,低声)她现在很难过,才说这样的话,过后,她就会好了的。
四凤　嗯,也好,——妈,那我们走吧。
【四凤跪下,向鲁妈叩头,四凤落泪,鲁妈竭力忍着】
侍萍　(挥手)走吧!
【三人欲下,繁漪上】
四凤　(失声)太太!
繁漪　(沉稳地)咦,你们到哪儿去?外面还打着雷呢!
周萍　(向繁漪)怎么你一个人在外面偷听!
繁漪　嗯,你只我,还有人呢。(向饭厅上)出来呀,你!
【周冲由饭厅上,畏缩地】
四凤　(惊愕)二少爷!
周冲　(不安地)四凤!
周萍　(不高兴,向弟)弟弟,你怎么这样不懂事?
周冲　(莫明其妙地)妈叫我来的,我不知道你们这是干什么。
繁漪　(冷冷地)现在你就明白了。
周萍　(焦燥,向繁漪)你这是干什么?
繁漪　(嘲弄地)我叫你弟弟来给你们送行。
周萍　(气愤)你真卑——
周冲　哥哥!
周萍　弟弟,我对不起你!——(突向繁漪)不过世界上没有像你这样的母亲!
周冲　(迷惑地)妈,这是怎么回事?
繁漪　你看哪!(向四凤)四凤,你预备上哪儿去?
四凤　(嗫嚅)我……我?……
周萍　不要说一句瞎话。告诉他们,挺起胸来告诉他们,说我们预备一块儿走。

第五章　戏剧欣赏

周冲　(明白)什么，四凤，你预备跟他一块儿走？

四凤　嗯，二少爷，我，我是——

周冲　(半质问地)你为什么早不告诉我？

四凤　我不是不告诉你；我跟你说过，叫你不要找我，因为我——我已经不是个好女人。

周萍　(向四凤)不，你为什么说自己不好？你告诉他们！(指繁漪)告诉他们，说你就要嫁我！

周冲　(略惊)四凤，你——

繁漪　(向冲)现在你明白了。(周冲低头)

周萍　(突向繁漪，刻毒地)你真没有一点心肝！你以为你的儿子会替——会破坏么？弟弟，你说，你现在有什么意思，你说，你预备对我怎么样？说！哥哥都会原谅你。

【周冲望繁漪，又望四凤，自己低头】

繁漪　冲儿，说呀！(半晌，急促)冲儿，你为什么不说话呀？你为什么抓着四凤问？你为什么不抓着你哥哥说话呀？(又顿。众人俱看周冲，周冲不语)冲儿你说呀，你怎么，你难道是个死人？哑巴？是个糊涂孩子？你难道见着自己心上喜欢的人叫人抢去，一点儿都不动气么？

周冲　(抬头，羔羊似的)不，不，妈！(又望四凤，低头)只要四凤愿意，我没有一句话可说。

周萍　(走到冲面前，拉着他的手)哦，我的好弟弟，我的明白弟弟！

周冲　(疑惑地，思考地)不，不，我忽然发现……我觉得……我好像并不是真爱四凤；(渺渺茫茫地)以前——我，我，我——大概是胡闹！

周萍　(感激地)不过，弟弟——

周冲　(望着周萍热烈的神色，退缩地)不，你把她带走吧，只要你好好地待她！

繁漪　(整个幻灭，失望)哦，你呀！(忽然，气愤)你不是我的儿子；你不像我，你——你简直是条死猪！

周冲　(受侮地)妈！

周萍　(惊)你是怎么回事！

繁漪　(昏乱地)你真没有点男子气，我要是你，我就打了她，烧了她，杀了她。你真是糊涂虫，没有一点生气的。你还是父亲养的，你父亲的小绵羊。我看错你了——你不是我的，你不是我的儿子。

周冲　(心痛地)哦，妈。

周萍　(眼色向周冲)她病了。(向繁漪)你跟我上楼去吧！你大概是该歇一歇。

繁漪　胡说！我没有病，我没有病，我神经上没有一点病。你们不要以为我说胡话。(指眼泪，哀痛地)我忍了多少年了，我在这个死地方，监狱似的周公馆，陪着一个阎王十八年了，我的心并没有死；你的父亲只叫我生了冲儿，然而我的心，我这个人还是我的。(指周萍)就只有他才要了我整个的人，可是他现在不要我，又不要我了。

周冲　(痛极)妈，我最爱的妈，您这是怎么回事？

周萍　你先不要管她，她在发疯！

繁漪　(激烈地)不要学你的父亲。没有疯——我这是没有疯！我要你说，我要你告诉

243

文学欣赏

他们——这是我最后的一口气！

周萍　(狠狈地)你叫我说什么？我看你上楼睡去吧。

繁漪　(冷笑)你不要装！你告诉他们，我并不是你的后母。

【大家俱惊，略顿】

周冲　(无可奈何地)妈！

繁漪　(不顾地)告诉他们，告诉四凤，告诉她！

四凤　(忍不住)妈呀！(投入鲁妈怀)

周萍　(愤怒)不要理她，她疯了，我们走吧。

繁漪　不用走，大门锁了。你父亲就下来，我派人叫他来的。

侍萍　哦，太太！

周萍　你这是干什么？

繁漪　(冷冷地)我要你父亲见见他将来的好媳妇你们再走。(喊)朴园，朴园！……

周冲　妈，您不要！

周萍　(走到繁漪面前)疯子，你敢再喊！

【繁漪跑到书房门口，喊】

侍萍　(慌)四凤，我们出去。

繁漪　不，他来了！

【朴园上】

朴园　(在门口)你叫什么？你还不上楼去睡。

繁漪　(倨傲地)我请你见见你的好亲戚。

朴园　(见鲁妈，四凤在一起，惊)啊，你，你，——你们这是做什么？

繁漪　(拉四凤向朴园)这是你的媳妇，你见见。(指着朴园向四凤)叫他爸爸！(指着鲁妈向朴园)你也认识认识这位老太太。

侍萍　太太！

繁漪　萍，过来！当着你父亲，过来，跟这个妈叩头。

周萍　(难堪)爸爸，我，我——

朴园　(明白地)怎么——(向鲁妈)侍萍，你到底还是回来了。

繁漪　(惊)什么？

侍萍　(慌)不，不，您弄错了。

朴园　(悔恨地)侍萍，我想你也会回来的。

侍萍　不，不！(低头)啊！天！

繁漪　(惊愕地)侍萍？什么，她是侍萍？

朴园　嗯。(烦厌地)繁漪，你不必再故意地问我，她就是萍儿的母亲，三十年前死了的。

繁漪　天哪！

朴园　(沉痛地)萍儿，你过来。你的生母并没有死，她还在世上。

周萍　(半狂地)不是她！爸，您告诉我，不是她！

朴园　(严厉地)混帐！萍儿，不许胡说。她没有什么好身世，也是你的母亲。

周萍　(痛苦万分)哦，爸！

第五章　戏剧欣赏

朴园　(尊严地)不要以为你跟四凤同母，觉得脸上不好看，你就忘了人伦天性。

四凤　(向母痛苦地)哦，妈！

周萍　(向鲁妈)您——您是我的——

侍萍　(不自主地)萍——(回头抽咽)

朴园　跪下，萍儿！不要以为自己是在做梦，这是你的生母。

四凤　(昏乱地)妈，这不会是真的。

侍萍　(不语，抽咽)

繁漪　(笑向周萍，悔恨地)萍，我，我万想不到是——是这样，萍——

周萍　(怪笑，向朴园)父亲！(怪笑，向鲁妈)母亲！(看四凤，指她)你——

四凤　(与周萍相视怪笑，忽然忍不住)啊，天！(由中门跑下)

【周萍扑在沙发上，鲁妈死气沉沉地立着】

繁漪　(急喊)四凤！四凤！(转向周冲)冲儿，她的样子不大对，你赶快出去看她。

【周冲由中门跑下，喊四凤。】

朴园　(至周萍前)萍儿，这是怎么回事？

周萍　(突然)爸，你不该生我！(跑，由饭厅下)。

【远处听见四凤的惨叫声，周冲狂呼四凤，过后周冲也发出惨叫】

侍萍　四凤，你怎么啦！——

(同时叫)

繁漪　我的孩子，我的冲儿！——

【二人同由中门跑出】

朴园　(急走至窗前拉开窗幕，颤声)怎么？怎么？

【仆由中门跑上】

仆人　(喘)老爷！

朴园　快说，怎么啦？

仆人　(急不成声)四凤……死了……

朴园　(急)二少爷呢？

仆人　也……也死了。

朴园　(颤声)不，不，怎……么？

仆人　四凤碰着那条走电的电线。二少爷不知道，赶紧拉了一把，两个人一块儿中电死了。

朴园　(几晕)这不会。这，这，——这不能够，这不能够！

【朴园坐倒在沙发上】

【侍萍，繁漪上，嘴里还念叨着】

繁漪　(为人拥至中门，倚门怪笑)冲儿，你这么张着嘴？你的样子怎么直对我笑？——冲儿，你这个糊涂孩子。冲儿，我的好孩子。刚才还是好好的，你怎么会死，你怎么会死得这样惨？(呆立)

朴园　(已进来)你要静一静。(擦眼泪)

繁漪　(狂笑)冲儿，你该死，该死！你有了这样的母亲，你该死！

朴园　鲁大海呢？

245

文学欣赏

  侍萍 走了。
  朴园 (哀伤地)我丢了一个儿子，不能再丢第二个了。
【三人都坐下来，沉寂着，呆坐着】
  侍萍 都去吧！让他去了也好，我知道这孩子。他恨你，我知道他不会回来见你的。
  朴园 年轻的反而走到我们前头了，现在就剩下我们这些老——(忽然)萍儿呢？大少爷呢？萍儿，萍儿！(无人应)来人呀！来人！(无人应)你们给我找呀，我的大儿子呢？
【书房枪声，屋内死一般的静默。朴园和繁漪："啊……"，同时站起，"他……他"，二人跑下，鲁妈站起，至台中，渐向下倒，跪在地上】

【赏析】

  《雷雨》是中国戏剧史上的一部杰作。它展示了两个相互交叉的家庭中的八个人在三十年中纠结在一起的生死爱欲。30年前，周朴园还是一个"大少爷"的时候，曾经勾引使女梅侍萍，后来为了要娶"一位有钱有门第的小姐"，在大年夜将她和新生的第二个儿子赶出门去；18年前，他又娶了第二任妻子繁漪。繁漪不堪忍受周朴园像"阎王"似的压迫和"监狱"似的家庭生活，3年前和周朴园的长子周萍发生了情爱关系。但周萍像他父亲一样，不久就厌弃了繁漪，爱上了使女鲁四凤；而四凤却是侍萍嫁给鲁贵后所生的女儿。同时，繁漪与周朴园所生的儿子周冲也在爱着四凤，但四凤偏偏爱的是与她同母异父的哥哥周萍。

  周朴园继续压迫繁漪，繁漪也就只好把周萍看做一根救命稻草紧抓住不放，而周萍却竭力逃避，被逼上了绝路的繁漪就不顾一切地从中破坏，写信叫四凤的母亲侍萍来带走四凤，以此向周萍报复。这样，侍萍就与30年前抛弃她的老情人周朴园重逢了。此外，知道自己女儿四凤与周家大少爷的关系以及周萍与其后母繁漪之间的关系的周家的大仆人鲁贵，因为喜好喝酒赌博，时时以此要挟自己女儿四凤和女主人繁漪；被周朴园抛弃的他与侍萍所生的第二个儿子鲁大海，在周朴园的矿上当工人，因为周朴园草菅人命而找上门来，要代表工人与周朴园算血账。这种种复杂的关系相互冲突的结果，必然是一场巨大的悲剧。

  本书所选的是《雷雨》第四幕，这是整部话剧的高潮所在。在第二幕中，因为鲁大海在周家"闹事"，周朴园一气之下不仅解雇了大海，而且把四凤和鲁贵也辞退了。在第三幕中，周冲去鲁家看四凤，被大海赶走了；周萍从窗口爬进四凤的房间，要带着四凤一起离开，两人相拥相泣的时候被大海发现了，周萍要从窗口逃出去，却发现窗子被繁漪从外面拴住了。在大海的喊打声中，周萍狼狈地逃离了鲁家。四凤也因为无脸见母亲(她曾答应侍萍永远不要和周萍见面)，跑进了雨中。大海和侍萍也追了出去。第四幕开始，周朴园正抱怨家里一个人都没有的时候，周冲、周萍和繁漪一个个都湿淋淋地陆续回来了。周萍告诉父亲，今天晚上他就离家去矿上。等周朴园和周冲都去睡了，剩下周萍和繁漪面对面的时候，他才知道窗子是她拴的，于是对她说，他要带着四凤一起走，永远不回来了。繁漪在多次劝说周萍无望的情况下，决定报复他的绝情。正在这时候，鲁贵因为握着繁漪的把柄，就来周家要繁漪让他继续做仆人；鲁大海和侍萍因为寻找四凤，来到了周家；四凤因为思念周萍，也莫名其妙地来到了周家。由此，戏剧冲突发展到顶峰，真相完全揭示了出来。四凤才知道自己爱的人原来是亲哥哥，痛苦万分中冲出屋子，触电身亡；周冲去拉四

凤,也触电而亡;周萍开枪自杀;繁漪疯了,侍萍呆了,剩下周朴园独自"品尝"他30年来酿造的苦酒。

《雷雨》严格遵守了西方戏剧理论中的"三一律"(即故事发生在一天之中,一个场景之内,全剧只有一条情节线索),在不到 24 小时的时间内完成了一个持续 30 年的恩怨情仇的叙述,而且矛盾冲突紧张有序,高潮迭起,人物性格鲜明而复杂,人物语言精练而富有暗示性,情节严密,内涵丰富;虽然叙说的是一个家庭的悲剧,却又不仅仅局限于一个家庭,而是具有时代的普遍意义;虽然是话剧,但是象征手法的运用却使它具有丰富的诗意和高度浓缩的哲理意味;虽然运用了西方的戏剧理论和方法,却又具有中国气派和中国风格。这些都使《雷雨》成为一部几乎无可挑剔的经典之作,久演不衰。当时年仅 24 岁的曹禺也因为这部话剧而一举奠定了他在中国文学史上的永久的地位。

【知识拓展】

曹 禺

曹禺(1910—1996),本名万家宝,字小石,祖籍湖北潜江。曹禺生于封建官僚家庭,青少年时代在天津度过。1922 年入南开中学,1925 年加入南开新剧团,成为重要骨干。1928 年升入南开大学政治系,次年转入清华大学西洋文学系。1936 年 8 月,他在国立戏剧专科学校教授剧作和西洋戏剧。抗日战争开始后,他随戏校迁至四川。1946 年返回上海,后应美国国务院邀请赴美讲学,1947 年 1 月回国,应聘于上海实验戏剧学校。1949 年初,曹禺接受中国共产党地下组织安排,由上海经香港抵达北平(今北京)。后参与筹备全国文学艺术工作者代表大会和中国人民政治协商会议。1949 年 7 月文代会召开,曹禺当选为主席团成员。1950 年、1952 年先后担任中央戏剧学院副院长和北京人民艺术剧院院长。1966—1976 年在"文革"中遭到迫害,被迫搁笔。1988 年 11 月在中国文学艺术界联合会第五次代表大会上当选为执行主席。

哈姆雷特(节选)

莎士比亚

哈姆雷特 第三幕

第一场 城堡中一室

国王、王后、波洛涅斯、奥菲利娅、罗森格兰兹及吉尔登斯吞上。

  国王:你们不能用迂回婉转的方法,探出他为什么这样神魂颠倒,让紊乱而危险的疯狂困扰他的安静的生活吗?

罗森格兰兹:他承认他自己有些神经迷惘,可是绝口不肯说为了什么。

吉尔登斯吞:他也不肯虚心接受我们的探问;当我们想要引导他吐露他自己的一些真相的时候,他总是用假作痴呆的神气故意回避。

  王后:他对待你们还客气吗?

罗森格兰兹:很有礼貌。

吉尔登斯吞:可是不大自然。

罗森格兰兹:他很吝惜自己的话,可是我们问他话的时候,他回答起来却是毫无拘束。王后你们有没有劝诱他找些什么消遣？

罗森格兰兹：娘娘，我们来的时候，刚巧有一班戏子也要到这儿来，给我们赶过了。我们把这消息告诉了他，他听了好像很高兴。现在他们已经到了宫里，我想他已经吩咐他们今晚为他演出了。

波洛涅斯：一点不错；他还叫我来请两位陛下同去看看他们演得怎样哩。

国王：那好极了；我非常高兴听见他在这方面感到兴趣。请你们两位还要更进一步鼓起他的兴味，把他的心思移转到这种娱乐上面。

罗森格兰兹：是，陛下。(罗森格兰兹、吉尔登斯吞同下)

国王：亲爱的乔特鲁德，你也暂时离开我们；因为我们已经暗中差人去唤哈姆雷特到这儿来，让他和奥菲利娅见见面，就像他们偶然相遇一般。她的父亲跟我两人将要权充一下密探，躲在可以看见他们、却不能被他们看见的地方，注意他们会面的情形，从他的行为上判断他的疯病究竟是不是因为恋爱上的苦闷。

王后：我愿意服从您的意旨。奥菲利娅，但愿你的美貌果然是哈姆雷特疯狂的原因；更愿你的美德能够帮助他恢复原状，使你们两人都能安享尊荣。

奥菲利娅：娘娘，但愿如此。(王后下)

波洛涅斯：奥菲利娅，你在这儿走走。陛下，我们就去躲起来吧。(向奥菲利娅)你拿这本书去读，他看见你这样用功，就不会疑心你为什么一个人在这儿了。人们往往用至诚的外表和虔敬的行动，掩饰一颗魔鬼般的内心，这样的例子太多了。

国王：(旁白)啊，这句话是太真实了！它在我的良心上抽了多么重的一鞭！涂脂抹粉的娼妇的脸，还不及掩藏在虚伪的言辞后面的我的行为更丑恶。难堪的重负啊！

波洛涅斯：我听见他来了；我们退下去吧，陛下。(国王及波洛涅斯下)

哈姆雷特：上。

哈姆雷特：生存还是毁灭，这是一个值得考虑的问题，默然忍受命运的暴虐的毒箭，或是挺身反抗人世的无涯的苦难，通过斗争把它们扫清，这两种行为，哪一种更高贵？死了，睡着了，什么都完了；要是在这一种睡眠之中，我们心头的创痛，以及其他无数血肉之躯所不能避免的打击，都可以从此消失，那正是我们求之不得的结局。死了；睡着了；睡着了也许还会做梦；嗯，阻碍就在这儿：因为当我们摆脱了这一具朽腐的皮囊以后，在那死的睡眠里，究竟将要做些什么梦，那不能不使我们踌躇顾虑。人们甘心久困于患难之中，也就由于这个缘故；谁愿意忍受人世的鞭挞和讥嘲、压迫者的凌辱、傲慢者的冷眼、被轻蔑的爱情的惨痛、法律的迁延、官吏的横暴和费尽辛勤所换来的小人的鄙视，要是他只要用一柄小小的刀子，就可以清算他自己的一生，谁愿意负着这样的重担，在烦劳的生命的压迫下呻吟流汗，倘不是因为惧怕不可知的死后，惧怕那从来不曾有一个旅人回来过的神秘之国？是它迷惑了我们的意志，使我们宁愿忍受目前的磨折，不敢向我们所不知道的痛苦飞去。这样，重

重的顾虑使我们全变成了懦夫，决心的赤热的光彩，被审慎的思维盖上了一层灰色，伟大的事业在这一种考虑之下，也会逆流而退，失去了行动的意义。且慢！美丽的奥菲利娅！——女神，在你的祈祷之中，不要忘记替我忏悔我的罪孽。

奥菲利娅：我的好殿下，您这许多天来贵体安好吗？

哈姆雷特：谢谢你，很好，很好，很好。

奥菲利娅：殿下，我有几件您送给我的纪念品，我早就想把它们还给您；请您现在收回去吧。

哈姆雷特：不，我不要；我从来没有给你什么东西。

奥菲利娅：殿下，我记得很清楚您把它们送给了我，那时候您还向我说了许多甜言蜜语，使这些东西显得格外贵重；现在它们的芳香已经消散，请您拿回去吧，因为在有骨气的人看来，送礼的人要是变了心，礼物虽贵，也会失去了价值。拿去吧，殿下。

哈姆雷特：哈哈！你贞洁吗？

奥菲利娅：殿下！

哈姆雷特：你美丽吗？

奥菲利娅：殿下是什么意思？

哈姆雷特：要是你既贞洁又美丽，那么你的贞洁应该断绝跟你的美丽来往。

奥菲利娅：殿下，难道美丽除了贞洁以外，还有什么更好的伴侣吗？

哈姆雷特：嗯，真的；因为美丽可以使贞洁变成淫荡，贞洁却未必能使美丽受它自己的感化；这句话从前像是怪诞之谈，可是现在时间已经把它证实了。我的确曾经爱过你。

奥菲利娅：真的，殿下，您曾经使我相信您爱我。

哈姆雷特：你当初就不应该相信我，因为美德不能熏陶我们罪恶的本性；我没有爱过你。

奥菲利娅：那么我真是受了骗了。

哈姆雷特：进尼姑庵去吧；为什么你要生一群罪人出来呢？我自己还不算是一个顶坏的人；可是我可以指出我的许多过失，一个人有了那些过失，他的母亲还是不要生下他来的好。我很骄傲，有仇必报，富于野心，我的罪恶是那么多，连我的思想也容纳不下，我的想象也不能给它们形象，甚至于我都没有充分的时间可以把它们实行出来。像我这样的家伙，匍匐于天地之间，有什么用处呢？我们都是些十足的坏人；一个也不要相信我们。进尼姑庵去吧。你的父亲呢？

奥菲利娅：在家里，殿下。

哈姆雷特：把他关起来，让他只好在家里发发傻劲。再会！

奥菲利娅：嗳哟，天哪！救救他！

哈姆雷特：要是你一定要嫁人，我就把这一个咒诅送给你做嫁奁：尽管你像冰一样坚贞，像雪一样纯洁，你还是逃不过谗人的诽谤。进尼姑庵去吧，去！再会！或者要是你必须嫁人的话，就嫁给一个傻瓜吧！因为聪明人都明白你们会叫他们变成怎样的怪物。进尼姑庵去吧，去；越快越好。再会！

奥菲利娅： 天上的神明啊，让他清醒过来吧！

哈姆雷特： 我也知道你们会怎样涂脂抹粉；上帝给了你们一张脸，你们又替自己另外造了一张。你们烟视媚行，淫声浪气，替上帝造下的生物乱取名字，卖弄你们不懂事的风骚。算了吧，我再也不敢领教了；它已经使我发了狂。我说，我们以后再不要结什么婚了；已经结过婚的，除了一个人以外，都可以让他们活下去；没有结婚的不准再结婚，进尼姑庵去吧，去！

（下）

奥菲利娅： 啊，一颗多么高贵的心是这样陨落了！朝臣的眼睛、学者的辩舌、军人的利剑、国家所瞩望的一朵娇花；时流的明镜、人伦的雅范、举世瞩目的中心，这样无可挽回地陨落了！我是一切妇女中间最伤心而不幸的，我曾经从他音乐一般的盟誓中吮吸芬芳的甘蜜，现在却眼看着他的高贵无上的理智，像一串美妙的银铃失去了谐和的音调，无比的青春美貌，在疯狂中凋谢！啊！我好苦，谁料过去的繁华，变作今朝的泥土！

（国王、波洛涅斯重上）

国王： 恋爱！他的精神错乱不像是为了恋爱；他说的话虽然有些颠倒，也不像是疯狂。他有些什么心事盘踞在他的灵魂里，我怕它也许会产生危险的结果。为了防止万一，我已经当机立断，决定了一个办法：他必须立刻到英国去，向他们追索延宕未纳的贡物。也许他到海外各国游历一趟以后，时时变换的环境，可以替他排解去这一桩使他神思恍惚的心事。你看怎么样？

波洛涅斯： 那很好。可是我相信他的烦闷的根本原因，还是因为恋爱上的失意。啊，奥菲利娅！你不用告诉我们哈姆雷特殿下说些什么话；我们全都听见了。陛下，照您的意思办吧。可是您要是认为可以的话，不妨在戏剧终场以后，让他的母后独自一人跟他在一起，恳求他向她吐露他的心事；她必须很坦白地跟他谈谈，我就找一个所在听他们说些什么。要是她也探听不出他的秘密来，您就叫他到英国去，或者凭着您的高见，把他关禁在一个适当的地方。

国王： 就这样吧，大人物的疯狂是不能听其自然的。

【赏析】

这个作品具有丰富而深刻的思想蕴涵。剧本的本质是矛盾冲突，悲剧《哈姆雷特》演示的矛盾冲突，实质上是文艺复兴时期英国社会现实矛盾的艺术反映。剧本展示的是作为"颠倒混乱"的时代，是一种令人不安的社会现实。克劳斯迪为权势所诱惑，私欲的洪流淹没了智慧的堤岸，作为叔父置伦理道德于不顾，在实施杀兄、篡位、娶嫂的系列暴行之后，还不惜采取种种阴谋奸诈手段，暗杀哈姆雷特。王后乔特鲁德经不住情欲的引诱，在先王去世不久，连送葬时穿的丧鞋还没有破旧，就"迫不及待地钻进了乱伦的衾被"。官廷朝臣或是哈姆雷特往昔的朋友，如今也成了克劳斯迪的密探。人类生存秩序的此种混乱

第五章 戏剧欣赏

状况，迫使王子哈姆雷特连声感叹："那是一个荒芜不治的花园，长满了恶毒的莠草""世界是一所很大的牢狱，丹麦是其中最黑暗的一间"；哀叹"人世间的一切在我看来是多么可厌、陈腐、乏味无聊"。这种反常现象仿佛诫人们：传统的信念和美德正在失落，世界真的快要变成了毒草丛生、失去理性光芒的荒原。悲剧《哈姆雷特》所展示的这种时代氛围，实际上正是文艺复兴时期英国和欧洲社会现实的艺术写照。

　　哈姆雷特这个人物形象是文艺复兴的时代产物。他是作者在人文主义思想指导下塑造出来的理想人物。在他身上体现了欧洲资产阶级革命酝酿时期的时代精神。倘若运用社会历史美学视角审视，哈姆雷特无疑是文艺复兴时期生活在封建宫廷里的人文主义青年知识分子的典型。他在德国威登堡大学读书时，接受了人文主义思想教育，对人、对世界充满乐观的幻想，认为人世间是一座美好的花园，无论是"负载万物的大地"，或是"覆盖众生的苍穹"都是圣洁无邪的。在哈姆雷特的心目中，"人是一件多么了不得的杰作！多么高贵的理性！多么伟大的力量！"人是"宇宙的精华，万物的灵长！"可是父王的暴死、叔父的篡位、母亲的匆促改嫁以及周边人物的趋炎附势，使他原先美好无邪的生活理想完全破灭。他不得不清醒地看到那"负载万物的大地"，"只是一个不毛的荒岬"；这个"覆盖众生的苍穹"，聚集的也"只是一大堆污浊的瘴气"。这是理想与现实的矛盾。

　　哈姆雷特复仇行动的犹豫，又体现了他的复仇愿望与复仇实践之间的深刻矛盾。他要复仇抗恶，"负起重整乾坤的责任"，先王又把复仇的重任嘱咐给他，要他赶快行动，他自己的内心也要求立即泄愤复仇。但是，人文主义者周密的思考能力和认知能力，又要求他行动审慎，这在时间上又必须有所延宕。况且，哈姆雷特还清醒地意识到，现实生活中的恶势力绝不是个别的、孤独的；要复仇又绝非是短剑一击所能了事。这种矛盾心态，在他著名的"生死独白"中表现得最为清晰："生存还是毁灭，这是一个值得考虑的问题；默然忍受命运的暴虐的毒箭，或是挺身反抗人世的无涯的苦难，通过斗争把它们扫清，这两种行为，哪一种更高贵？"因此，更要整顿乾坤，又深感力不从心。这就加剧了他的愤激、烦恼、忧郁之情。这样的思绪心态，从性格上说是软弱，见之于行动，则成了踌躇。同时，哈姆雷特在复仇意志与复仇方式上也有思想矛盾。先王的死是暴力的结果。复仇要用暴力，要流血斗争，而具有人文主义思想的哈姆雷特又怀疑暴力斗争，认为暴力本身就是罪恶的一种形式。哈姆雷特希望正义会抬头，罪魁会醒悟，理性会伸张，但在客观上，这只是一种幻想。严酷的现实又无情地教训他，要复仇又不得不采取暴力手段。

　　哈姆雷特的性格，就沿着这些矛盾冲突交替发展，不断明朗化，其结果也必然推迟了他的复仇行动，形成他思想上、精神上的悲剧性危机。由此可见，哈姆雷特所考虑的不是要不要复仇，而是如何复仇。他知道应该做什么，但不知道究竟应该如何做才好。哈姆雷特的性格，既有"软弱"的一面，又有"坚强"的另一面，他的最大特点是善于思索，慎于行动，遇事三思而行。就其复仇而言，他是一个既善于思考又善于行动的人。在哈姆雷特复仇斗争的整个过程中，他自身的精神世界也经历了"快乐的王子""忧郁的王子""延宕的王子""行动的王子""复仇的王子"等曲折演变与考验。哈姆雷特的悲剧，实际上就是人文主义者的悲剧，也是文艺复兴时期英国的社会悲剧。从更深的哲学层面看，他在复仇过程中思想上的犹豫和行动上的延宕，实在不单是复仇方式、方法、时机等方面引起的心理矛盾，而是他感悟人的渺小、人性的脆弱、人生的迷惘的矛盾心理，以及进退两难境遇和困惑心态哲理化、性格化的表述。

文学欣赏

【知识拓展】

莎士比亚

威廉·莎士比亚(1564—1616)是欧洲文艺复兴时期英国最伟大的剧作家和卓越的人文主义思想的代表。马克思和恩格斯曾提出创作方法上要"莎士比亚化"，称赞莎士比亚剧作情节丰富，浑然一体，赞许他历史剧中的"福斯塔夫式的背景"。他以奇伟的笔触对英国封建制度走向衰落和资本主义原始积累的历史转折期的英国社会做了形象、深入的刻画。

1564 年 4 月 23 日，莎士比亚出生于英国沃里克郡斯特拉福镇的一位富裕的市民家庭。他少年时代曾在当地的一所主要教授拉丁文的"文学学校"学习，掌握了写作的基本技巧与较丰富的知识，但因他的父亲破产，未能毕业就走上独自谋生之路。他当过肉店学徒，也曾在乡村学校教过书，还干过其他各种职业，这使他增长了许多社会阅历。18 岁时他和一个比自己大 8 岁的农场主女儿结了婚，几年后就做了三个孩子的父亲。22 岁时他离开家乡独自来到伦敦，最初是给到剧院看戏的绅士们照料马匹，后来他当了演员，演一些小配角。1588 年前后开始写作，先是改编前人的剧本，不久即开始独立创作。当时的剧坛为牛津、剑桥背景的"大学才子"们所把持，一个成名的剧作家曾以轻蔑的语气写文章嘲笑莎士比亚这样一个"粗俗的平民""暴发户式的乌鸦"竟敢同"高尚的天才"一比高低！

但莎士比亚后来赢得了包括大学生团体在内的广大观众的拥护和爱戴，学生们曾在学校业余演出莎士比亚的一些剧本，如《哈姆雷特》《错误的喜剧》。写作的成功，使莎士比亚赢得了南安普顿勋爵的眷顾，勋爵成了他的保护人。莎士比亚在 1590 年代初曾把他写的两首长诗《维纳斯与阿都尼》《鲁克丽丝受辱记》献给勋爵，也曾为勋爵写过一些十四行诗。借助勋爵的关系，莎士比亚走进了贵族的文化沙龙，使他对上流社会有了观察和了解的机会，开阔了他的视野，为他日后的创作提供了丰富的源泉。

从 1594 年起，他所属的剧团受到王公大臣的庇护，称为"宫内大臣剧团"；詹姆斯一世即位后也予以关爱，改称为"国王的供奉剧团"，因此，剧团除了经常的巡回演出外，也常常在宫廷中演出，莎士比亚创作的剧本进而蜚声社会各界。

1599 年，莎士比亚加入了伦敦著名的环球剧院，并成为股东兼演员。莎士比亚逐渐富裕起来，并为他的家庭取得了世袭贵族的称号。1612 年，他作为一个有钱的绅士衣锦还乡，四年后与世长辞。

伪君子(节选)

莫里哀

伪君子　第三幕，第三场

达尔杜弗：愿上天有好生之德，保佑您心身永远健康，并俯允最谦恭的信徒的愿望，赐你福寿无疆。

艾耳密尔：十分感谢这种虔诚的祝词。不过我们坐下来吧，这样舒服多了。

达尔杜弗：尊恙见好了吗？

第五章　戏剧欣赏

艾耳密尔：好多了，很快就退烧啦。
达尔杜弗：上天这种恩典，绝不是我的祷告所能为力的；可是我没有一次祈祷，不是恳求上天，恢复您的健康的。
艾耳密尔：您过分为我操心了。
达尔杜弗：珍重您宝贵的健康，就无所谓过分不过分；我宁可牺牲自己的健康，也要恢复您的健康。
艾耳密尔：难得您这样发扬基督的仁爱精神，种种盛德，我简直不知道怎么感谢了。
达尔杜弗：比起我该当为您效劳的，相去还是远。
艾耳密尔：我想跟你单独谈一桩事，我很高兴现在没有人偷听。
达尔杜弗：我也一样喜出望外。夫人，只我一个人和您在一起，我确实心里好过。我求上天赐我这样一个机会。直到如今，才算给我。
艾耳密尔：我这方面，就希望听您一句话，什么也不隐瞒，以真诚相见。
达尔杜弗：感谢上天的特殊恩典，我也希望，把我全部的心情暴露给您看，并以上天的名义，向您声明：有些人爱慕您的姿色，来府上做客，我虽然责备，但是对您本人，并没有丝毫仇恨的意思，其实只是热情所至，不由自主，动机纯洁。
艾耳密尔：我也这样想，并且相信您是为了我好，才操这份心的。
达尔杜弗：(捏住她的手指尖)是呀，夫人，的确是这样子的，我热烈到这种地步……
艾耳密尔：呀！您把我捏疼啦。
达尔杜弗：因为我过于热心。我没有一点点要您难过的意思，我宁可……
【他把手放在她的膝盖上】
艾耳密尔：您把手放在我这儿干什么？
达尔杜弗：我摸摸您的衣服：料子挺柔软的。
艾耳密尔：啊！请您拿开手，我顶怕痒痒。
【她往后挪开椅子，达尔杜弗拿椅子往前凑】
达尔杜弗：我的上帝！花边织得多么灵巧！如今的手艺简直神啦，我从来没有见过这样细巧的东西。
艾耳密尔：的确好。不过我们还是谈谈正经事吧。据说，我丈夫打算毁约，把女儿嫁给您，您说，真有这回事吗？
达尔杜弗：他对我提起来的；不过说实话，夫人，这不是我朝思暮想的幸福；人间极乐，美妙难言，能使我心满意足的，我看还在旁的地方。
艾耳密尔：那是因为你不贪恋红尘。
达尔杜弗：我胸脯里的心不是石头做的。
艾耳密尔：在我看来，我相信您一心一意礼拜上天，尘世与您无关。
达尔杜弗：我们爱永生事物的美丽；上天制造完美的作品，我们的心灵就有可能容易入迷。类似您这样的妇女，个个反映上天的美丽，可是上天最珍贵的奇迹，却显示在您一个人身上：上天给了您一副美丽的脸，谁看了也目夺神移，您是完美的造物，我看在眼里，就不能不赞美造物主；您是造物主最

美的自由像，我心里不能不感热烈的爱。起初我怕这种私情是魔鬼的奇袭，甚至于把您看成我修道的障碍，下定决心回避，可是最后，哦！真是个销魂的美人，我认识到这种痴情不就那样要不得，安排妥帖，就能适应廉耻，我也就能随心所欲，成其好事，努力也属徒然，我的愿望能不能实现，也就全看您的慈悲。您是我的希望、我的幸福、我的清净。我是受苦受难，还是欢悦无量，大权在您。总之，您要我享福，我就享福，您要我遭殃，我就遭殃，全看您的最后决定。

艾耳密尔：您这番话，非常多情，不过说实话，有一点出人意料。我以为您就该刚强自持，稍加检点才是。像您这样一位信士，人人说是⋯⋯

达尔杜弗：哎呀！我是信士，却也是人；我看见您的仙姿妙容，心荡神驰，不能自持，也就无从检点了。我知道我说这话，未免不伦不类，可是说到最后，夫人，我不是神仙。您要是怪我不该同您谈情说爱，就该责备自己貌美迷人才是。我一看见您这光彩熠熠的绝世仙姿，您就成了我内心的主宰；我未尝不想抗拒，可是您水汪汪的眼睛，投出一道明媚的神光，摧毁抗拒，战胜斋戒、祷告、眼泪、一切我的努力，您的魅力吸去我全部的愿心。我的眼睛和我的呻吟有一千回向您说破我的心事，如今我借重声音再把我的情况向您交代。您对您这不称职的奴才的苦难稍有恻隐之心，愿意慈悲为怀，加以安慰，俯就微末，哦！秀色可餐的奇迹，我将永远对您虔心礼拜，没有第二个人可以相比。跟我在一起，您的名声决无挂碍，您也不必害怕从我这方面受到任何羞辱，妇女喜爱那些出入宫廷的风流人物，其实他们个个办事粗心，语言轻薄，不断夸耀他们的进展，逢人张扬他们得到好处。人家相信他们口紧，不料他们舌无留言，竟然玷污他们供奉的圣坛。不过像我们这样的人，谈爱小心谨慎，永远严守秘密，女方大可放心。我们爱惜名声，对所爱的女子先是最好的保证，所以接受我们的心，她们就能从我们这边，得到爱情而不惹是生非，得到欢乐，也不必害怕。

艾耳密尔：我细细听您道来，觉得您的辞令，对我解释的也相当清楚。难道您就不怕我一时兴起，把这番热烈的情话说给我丈夫知道？我直截了当把这番话告诉他，难道您就不怕他改变对您的友谊？

达尔杜弗：我知道你居心仁慈，会宽恕我的孟浪行为的，也会想到人的弱点，原谅我情不自禁，出语无状，冒犯了您的；而且，看一眼您的风姿，就会承认我不是瞎子，不是肉体凡胎。

艾耳密尔：别人遇到这种事，也许会换一种做法；不过我倒以为还是慎重的好。我不说给我丈夫知道，可是要我这样做，有一件事也要您做到，这就是：老老实实，促成法赖尔和玛丽雅娜的亲事，决不从中作梗，也决不利用不正当的势力，牺牲别人的幸福，满足您的希望⋯⋯

【赏析】

达尔杜弗是《伪君子》这部喜剧的中心人物，他的典型性格是伪善。作品通过刻画这个骗子的丑行，集中揭露了教会势力的虚伪和反动。达尔杜弗是一个伪君子。他表面上清心寡欲，但到了奥尔恭家后，尽情享受世俗快乐；他表面上不图财物，但实际上觊觎奥尔

第五章 戏剧欣赏

恭的全部家产，并以卑鄙的手段最终达到了鲸吞其财产的目的；他表面上"仁慈善良"，但实际上心狠手辣，一旦伪装被揭穿，便凶相毕露，不惜恩将仇报，欲置奥尔恭于死地；他假装道貌岸然，忌讳女色，但实际上寡廉鲜耻，对奥尔恭年轻貌美的妻子垂涎三尺。《伪君子》集中揭露了达尔杜弗作为一个宗教信士、"良心导师"，打着上帝旗号干坏事的欺骗性和危害性。达尔杜弗看起来比谁都虔敬上帝，开口闭口不离上帝。当他接受奥尔恭的财产时，声称这"一切都是上帝的旨意，应该遵从"；他恬不知耻地把勾引艾耳密尔说成是"上天特殊的恩典"，甚至赤裸裸地自供，如果要"抬出上帝来反对"他的淫邪愿望，"那么索性拔去这样一个障碍"，这说明上帝在他手中只是谋财纵欲的工具罢了。

奥尔恭是一个专横的资产者的形象，也是一个受骗者的形象。奥尔恭曾在"投石党"活动时期勤王有功，但这个在政治上很聪明的贵人，在宗教骗子的面前却是一个十足的傻瓜。作者越是突出他的昏聩和灾难的深重，越能深刻地揭示宗教骗子的欺骗性和危害性。奥尔恭不仅引狼入室，而且鬼迷心窍，心中唯有达尔杜弗，任何规劝都听不进去，他的行为愈来愈不近情理。他的愚昧与专断几乎毁灭了一个家庭。这个形象的意义在于引起观众对骗子的警惕，让观众知道这些伪君子可以把一个正常的人扭曲到何等荒谬的程度。

全剧情节集中、结构严谨、层次分明，围绕人物性格展开戏剧冲突。第一、二幕达尔杜弗不出场，通过奥尔恭一家人的争吵，从侧面介绍了达尔杜弗的为人；第三、四幕正面揭露达尔杜弗的伪善面目和罪恶用心；第五幕进一步揭露达尔杜弗的凶恶本性和危害性。最后，以好人得救、坏人受惩治结束全剧。作者紧紧围绕达尔杜弗伪善的特征，运用夸张和讽刺相结合的手法，层层深入地剥掉他的伪装，使其凶恶的面目暴露无遗。整个剧情的时间发生在同一天内；全剧只有一个中心情节——揭露伪善，矛盾集中，剧情进展迅速；地点始终在奥尔恭家。但由于作者巧妙设计，如套间、桌下藏人等，造成令人可信的关键性情节，产生了强烈的艺术效果。《伪君子》集中体现了古典主义戏剧的艺术特点，但莫里哀对古典主义法则也有一定的突破，如悲剧因素的插入，主要表现在奥尔恭一家被欺骗的结局上，加强了作品的批判力量。此外，采用民间闹剧的一些手法，增添了作品的喜剧气氛。

【知识拓展】

莫 里 哀

莫里哀(1622—1673)，原名让·巴蒂斯特·波克兰，是法国古典主义喜剧的创始人，也是欧洲戏剧史上继莎士比亚之后的又一个戏剧大师。

莫里哀出生于宫廷陈设商家庭，从小喜欢戏剧，中学时期接触伽桑狄哲学并受其影响。1645 年，他在巴黎组织"盛名剧团"，演出流行悲剧失败后，决定到外省巡回演出，从此有机会深入社会，接触民间戏剧，磨砺技巧。此间，他创作了一些民间闹剧，并改编了一些意大利喜剧。1658 年，剧团回到巴黎，在罗浮宫演出滑稽剧《风流医生》，得到路易十四赏识，从此立足巴黎。《可笑的女才子》(1659)、《丈夫学堂》(1661)和《妇人学堂》(1662)等都创作于这一时期。作品以家庭生活为题材，涉及爱情、婚姻、教育等问题，矛头指向传统封建道德。

1664 年至 1669 年是莫里哀创作喜剧的全盛时期。其主要作品有《伪君子》《堂璜》《恨世者》《身不由己的医生》《悭吝人》《乔治·唐丹》等。这些作品或揭露宗教伪

文学欣赏

善，或讽刺贵族荒唐和庸俗，或嘲笑资产阶级吝啬和虚荣，其中以《伪君子》和《悭吝人》最为重要。《悭吝人》是他第一次用散文体写的喜剧。作品通过守财奴阿巴贡跟子女之间的家庭纠纷，生动地揭露了高利贷者爱财如命的本质和资本主义社会中人与人之间的赤裸裸的金钱关系。阿巴贡已成为举世公认的"悭吝"的代名词。

晚年，莫里哀对现实的批判与王权有抵触，不再得到路易十四赏识。这时期写有《醉心贵族的小市民》《史嘉本的诡计》《女才子》《心病者》。《史嘉本的诡计》是莫里哀这一时期的代表作。作品塑造了仆人史嘉本的形象，赞扬他在帮助青年主人反对家长专制斗争中所显示的机智、勇敢、聪明和乐观，表达了作者反对封建等级观念的民主思想。

参 考 文 献

[1] 樊莉. 文学欣赏[M]. 北京：经济科学出版社，2020.
[2] 胡山林. 文学欣赏[M]. 北京：清华大学出版社，2020.
[3] 吴梅. 词学通论[M]. 北京：人民文学出版社，2020.
[4] 张子泉，王会凯. 文学欣赏与实用写作[M]. 北京：科学出版社，2014.
[5] 刘大杰. 中国文学发展史[M]. 北京：中华书局，1963.
[6] 鲁迅. 中国小说史略[M]. 北京：人民文学出版社，1973.
[7] 刘明华，余立新. 精神家园：唐诗宋词的人文情怀[M]. 成都：天地出版社，2004.
[8] 祝德纯. 散文创作与鉴赏[M]. 北京：中国社会科学出版社，2002.
[9] 陈军，王哲平. 艺术审美简论[M]. 南昌：江西美术出版社，1990.
[10] 克林斯·布鲁克斯，罗伯特·潘·沃伦. 小说鉴赏[M]. 主万，译. 成都：四川人民出版社，2020.
[11] 傅谨. 中国话剧百年典藏[M]. 北京：人民文学出版社，2017.